헌사

한국어판《대망》첫판이 나왔을 때 명역(名譯)이라고
아낌없이 칭찬해 주신 김소운 선생님,
한국의 정서를 걱정하셔서《도쿠가와 이에야스》등을
한국어판 책이름《대망》으로 지어주신 김천운 선생님,
명필《大望》제자(題字)를 써주신
원곡 김기승 선생님,
창춘사도 대학에서 일문학을 전공하고
《대망》번역을 주도해 주신 박재희 선생님,
니혼대학에서 일문학을 전공하고
《대망》을 번역해 주신 김문운 선생님,
와세다 대학에서 일문학을 전공하고
《대망》을 번역해 주신 김영수 선생님,
게이오 대학에서 일문학을 전공하고
《대망》을 번역해 주신 문호 선생님,
조지 대학에서 일문학을 전공하고
《대망》을 번역해 주신 유정 선생님,
서울대학에서 사회학을 전공하고
《대망》을 번역해 주신 추영현 선생님,
경남대학에서 불교학을 전공하고
《대망》을 번역해 주신 허문영 선생님,
숙명여대에서 미술과 일문학을 전공하고
《대망》을 번역해 주신 김인영 선생님,
선생님들의 집필 열정이 동서문화사《대망》을
국민적 애독서로 만들어주셨습니다.
깊은 감사를 올립니다.
고정일

민중의 영웅
요시카와 에이지

　민중 위에 서 있는 영웅과 민중 속에 어울려 있는 영웅, 이와같이 옛 영웅들도 밤하늘의 별자리처럼 저마다의 성격과 궤도를 지니고 있었다. 도요토미 히데요시(豊臣秀吉)는 후자에 속하는 사람이다.

　태어날 때부터 장년기는 말할 것도 없고, 호다이코(豊太閤 : 도요토미 히데요시의 존칭)가 된 뒤에도, 주라쿠모모야마(聚樂桃山 : 히데요시가 집권하던 시대를 가리킴)의 현란한 큰 성으로 둘러싸인 뒤에도 그의 주변에는 언제나 서민의 냄새가 풍겼다. 그는 중우범속(衆愚凡俗)도 사랑했다.
　히데요시는 자기 자신도 범속(凡俗)임을 잘 알고 있었던 사람이다. 그만큼 인간에 대해서 관대한 사람도 없었다. 인간성이 풍부한 영웅이 누구냐고 묻는다면 누구나 먼저 히데요시를 첫째손가락으로 꼽는 것도 그의 그러한 일면이 민중들 속에 깊이 친숙해졌기 때문이 아닐까.

　적어도 히데요시에 대한 친밀감은 그 뒤에도 변함이 없다. 그 이유는 간단하다. 그는 전형적인 일본인이었기 때문이다. 그리고 그 동질감(同質感)에서 그를 좋아하게 된다. 특히 그의 대범하고 바보스러운 점이 친근감으로 공명(共鳴)되기 때문이다.
　일본인의 장점도 단점도 몸에 지니고 있었던 사람. 그것이 히데요시라고 할 수 있다. 그의 장점을 들면 틀에 박은 듯한 히데요시 예찬이 성립될 것은 말할 나위도 없다. 우리가 단순히 그의 장점을 든다면 도리어 그라는 인간의 규격이 작아질 뿐이다. 그의 크기는 그런 정도의 것이 아니다.

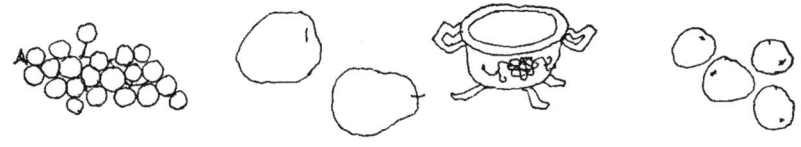

　나의 이《다이코(太閤)》, 히데요시의 전기는 아직 히데요시의 죽음까지는 쓰지 못했다. 그도 영웅의, 예외 없는 비극적인 사람이었다. 오사카성(大阪城)의 사양(斜陽)은 '지는 해의 장엄함'과 같았다. 나는 도리어 그의 고난시대를 좋아한다. 이 책에서도 히데요시의 장년기에 대해서 많은 글을 쓴 것은 그것 때문이다. 또한 히데요시 혼자만의 행동을 주로 묘사하는 《다이코》를 쓰고 싶지는 않았다. 적어도 노부나가(信長)가 나타난 이후 덴쇼(天正)·게이초(慶長) 시대에 걸친 무수한 별들·행성들의 출몰도 취급해 보고 싶었다. 특히 도쿠가와 이에야스(德川家康)에 대해 쓰지 않고서는 다이코는 완성되었다고 할 순 없다.

　예전부터 있었던 여러 유본(類本), 곧《가와즈미 다이코기(川角太閤記)》, 《진서 다이코기(眞書太閤記)》, 《이본 다이코기(異本太閤記)》 등, 거기서 전화(轉化)된 그 뒤의 여러 책들도 모두 주제(主題)인 히데요시관(觀)을 첫째로 삼아 그의 성정(性情)을 묘사하는데 있어서, 특종으로 유머와 위트와 공리주의로 서로 의논이나 한 것처럼 같은 타입으로 표현했다.

　예전의《다이코》작가들도 모두 히데요시라는 인간을 정면으로 직접 취급할 수 없었다는 것을 알 수 있다. 나는 그런 도피 방법은 취하지 않으려고 했다. 나의 힘이 부족함을 알고 있었지만, 그 또한 우리와 같은 피와 어리석음을 지니고 있었던 일본인의 한 사람이라는 기본 이념이 무엇보다 필자의 힘이 되었다.

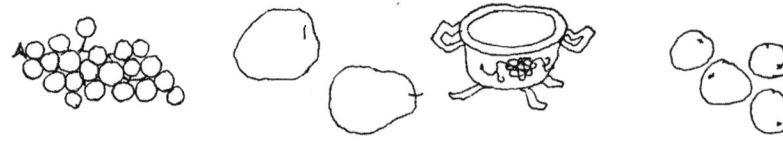

대망 13 다이코 1
차례

민중의 영웅—요시카와 에이지

날수레 달수레 …… 15
가난한 집 한 채 …… 31
대붕(大鵬) …… 50
고양이 먹이 …… 80
토호 …… 95
벌(罰)을 내리다 …… 115
하늘은 드높고 …… 132
이나바 산성 …… 143
바람과 불길 …… 164
무명(無明) …… 191
오다 노부나가(織田信長) …… 205
명마 …… 237
충성의 길 …… 266

처녀의 가슴 …… 284
낙성 …… 313
폭풍과 성벽 …… 324
나루미 성의 이변 …… 353
젊은 이에야스(家康) …… 379
망촉 …… 407
천기와 인물 …… 433
전기(戰機) …… 461
하얀 비, 검은 바람 …… 481
박꽃 피는 저녁 …… 499
국화의 계절 …… 517
하객소동 …… 539
신춘귀빈 …… 571
용을 부르다 …… 598

날수레 달수레

덴분(天文) 5년(1536년). 그 해 정월 오와리(尾張) 아쓰타(熱田) 영역 5, 6십호밖에 되지 않는 가난한 마을 한 초가집 볏짚 위에서 기이한 아이가 태어났다. 뒷날의 도요토미 히데요시(豊臣秀吉)이다. 갓난아기는 산모의 영양실조로 소금에 절인 묵은 매실처럼 붉고 주름살투성이였다.

초가 처마 끝에 고드름이 주렁주렁 달린 추운 정월인데도 산욕(産褥)을 가려줄 병풍 하나 없는 가난한 살림이었다. 아이는 탯줄을 잘랐는데도 울음소릴 내지 않았다.

'사산인가?'

모두들 걱정스러운 표정이었다.

그러나 그의 아버지 야에몬(彌右衛門)과 출산을 돕는 아낙네들이 아기를 목욕시켜 포대기 위에 눕혀 놓자, 갑자기 아이가 크게 울음을 터뜨렸다. 몇 번 울어 대더니 아기는 백 년의 긴 잠에서 깨어난 듯 긴 하품을 했다.

"살아 있었구나. 어쨌든 길러야지!"

소매를 걷어 붙이고 출산을 거들던 아낙네들이 이렇게 말하며 아기 아버지 야에몬을 위로하고, 또한 산모를 축복했다.

…………
그 무렵.
중국에서는 대동(大同) 지방에 병란(兵亂)이 일어나고 요동에선 소요(騷擾)가 있었지만, 원나라에 이어 명나라 주황조 수백 년의 치세는 아직 끄떡도 하지 않고 있었다. 아니, 오히려 원나라의 전 시대인 송나라 당나라보다 융성하고 근대적인 각성이 곁들여, 바야흐로 명나라는 그 전성시대를 이룬 듯이 보였다.
황하의 물결.
양자강의 흐름.
예나 다름없이 황색의 탁류를, 중국과 조선 사이 바다로 끊임없이 쏟아내고 있었다.

맑디 맑은 밤하늘
우러러보노라면
사무치게 그리운
가스가(春日) 산마루에
솟아오른
달이여……

일본을 멀리 떠난 고로다유(五郎大夫)의 머릿속에는 어느덧 고국마저도 희미해져 가고 있었지만, 이 노래만은 결코 잊혀지지 않았다.
아베노 나카마로(阿倍仲麻呂)가 읊은 노래이다.
달을 보고, 풀을 보고, 또 철새를 볼 때마다 고로다유는 나카마로가 읊었듯이 그 얼마나 고국을 그리워하는 망향에 젖어 있었던가.
그러나 이제 내일이면 돌아간다!
날이 새면 12년이나 머물렀던 이 강서성 요주부(饒州府)의 부량(浮梁: 현재의 景德鎭)을 떠나지 않는가.
'날이 밝으면…….'
고로다유는 잠자리에 들었지만, 잠이 오지 않는다.
'일본에 두고 온 가족들은 내가 살아 있으리라곤 꿈에도 생각 못하겠지. 어머니는 무고하실까? 동생들은 어떻게 되었는지……'

밤이 깊어질수록 오히려 머리는 더 맑아진다. 내일의 여행에 대비하여 한숨 푹 자야 한다고 생각은 하면서도……

그때 그와 같은 생각으로 잠을 이룰 수 없었음인지, 일본에서 데리고 와 줄곧 그를 섬겨 온 충실한 시종 스테지로(捨次郎)가 침실 문을 조심스럽게 두드렸다.

"나리, 주무십니까? 주무시지 않는다면 잠깐만……."

고로다유는 침상에서 내려와 걸상에 옮겨 앉으며 말했다.

"들어오너라. 너도 잠이 오지 않는 게로구나."

"뭐, 저는……."

스테지로는 방 안으로 들어와 주인 앞에 섰다.

"초저녁에 실컷 잤습니다…… 한 가지, 그 일이 마음에 걸려서요……."

"그 일이라니?"

고로다유가 되묻는다.

"아드님 말입니다."

"음……."

고로다유는 매우 괴로운 표정을 지었다.

부량에 머무는 동안 고로다유는 한 여자와의 사이에 자식이 생겼다.

그녀는 여산(廬山) 너머 성자(星子)란 곳에서 이 부량의 요업장에 일하러 와 있었다. 성은 양(楊)이요, 이름은 이금(梨琴)으로 마음씨 착한 여인이었다. 그녀는 허리가 가냘프고 연약해 보이는 미인이었으므로 힘든 노동에는 어울리지 않았다.

이야기는 다소 빗나가지만, 본디 이 강서성의 부량이라는 곳은 멀리 일본에까지 널리 알려진 도자기의 산지였다. 당나라 때부터 가마가 만들어져, 송나라 원나라에 이르러서는 궁중에서 쓰일 그릇을 구워 내는 관요까지 만들었다.

따라서 거기에 딸린 관청이나 상가들이 생겨나고, 많은 직공들이 붐비는, 그즈음 중국에서 으뜸가는 도자기 마을이라고 일컬어질 만큼 번창했다.

고로다유는 여기서 도자기 만드는 법을 배우기 위해 실로 12년 동안 괴로움과 향수를 견디어 가며, 이국땅에서 살아 온 셈이다.

일본에서 여기까지 오려면, 바닷길 6백리에 장강(長江)을 거슬러 올라 4백여 리 길을 더 와야 한다. 심양성(潯陽城 : 현재의 구강) 포구에서 다시 수로와 육로를 거쳐 여산을 바라보며 파양호를 건너고, 낙평강을 돌아, 천릿길을 반년이나 걸려서 와야 하는 길이다.
 그 뱃길과 육지의 천릿길을 내일부터는 고국을 향해 되짚어 가야 하는 것이다.
 고로다유도 스테지로도, 잠을 이룰 수 없을 만큼 들떠 있었다.
 그러나 초저녁부터 휘장을 늘어뜨리고 얼굴조차 보이지 않으며 울고 있는 사람이 있었다. 어린아이를 안은 이금이었다.
 이금은 일터에서 고로다유와 가까워진 뒤에는 첩도, 노비도 아닌 상태로 이 집에 와 있었다.
 고로다유는 목적을 이루고 마침내 금의환향할 날이 온 것이다.
 진작부터 각오는 하고 있었고, 그의 오랫동안의 노고가 고국에서 열매를 맺을 것을 생각하면 슬픔을 견디고 남자를 위해 기뻐해야 한다는 것을 이금도 알고 있었다. 그러나 이제 겨우 3살이 된 어린 자식을 무릎에 앉히고 보니 가슴이 메어왔다.
 '이 아이를 어쩐단 말이냐? ……'
 그녀는 그제 밤부터 울기만 하며 얼굴조차 내밀지 않는다.
 시종인 스테지로가 갑자기 주인의 침실을 찾은 이유는 이금이 그 동안 괴로워하던 문제를 스스로 정리하고 마음을 정했다는 것을 알리러 온 것이다.
 스테지로는 이렇게 말했다.
 "방금 이금 아씨의 말이, 어제도 그제도 그토록 고집을 부렸지만, 장래를 생각하면 역시 어린애를 자기 손으로 키우는 것보다는 일본으로 데려가는 편이 행복할 것 같으니, 처음 말씀하신 대로 아이는 나리께 맡기겠다고……."
 "그래? 생각이 달라졌단 말이지?"
 그러나 고로다유는 여자의 심정을 생각하니 콧마루가 시큰해졌다.
 "좀 불러 주지 않겠나, 이금을?"
 "예."
 스테지로는 방에서 나갔다.
 큰 집은 아니었다. 그리고 물론 집도 가재도구도 주인과 종자의 차림마저도 모두 이곳 풍속 그대로였다.
 "나리, 모시고 왔습니다."

스테지로는 이윽고 이금의 팔을 부축하고 다시 들어왔다.
이금은 울음을 터뜨리며 방바닥에 엎드렸다.
"상서(祥瑞)님!"
그녀는 흐느끼며 불렀다.
상서란 고로다유의 중국 이름이었다. 도자기를 굽는 비법을 얻기 위해, 그는 모든 관습을 버리고 이 나라의 생활에 동화해 온 것이었다.
"음...... 방금 스테지로에게 들었다. 어린 것은 걱정하지 말아라."
그런 말로 위로가 될 리가 없었지만 고로다유는 그렇게밖에 할 말이 없었다.
이금은 겨우 눈물을 거두고 말했다.
"나리와 헤어져야 하는 데다 어린것마저도 떨어진다는 것은 죽기보다 더 괴롭습니다만, 잘 생각해 보니 저에게는 의지할 곳도 없고, 몸도 약해서, 이 애가 성장할 때까지 살아 있을 것 같지도 않습니다. 결국 이 애는 노예로 팔리거나 도둑 떼의 부하가 되든가, 아무튼 올바른 사람이 될 것 같지가 않습니다."
이미 그녀는 총명한 어머니로서의 냉정을 되찾고 있었다.
"저는 오랫동안 나리를 모셔오며, 또 주종 간의 생활 태도를 보아 오는 사이에 그동안 알지 못했던 일본이란 나라를 조금은 짐작할 수 있을 것 같습니다. 우리 나라에서는 나리의 나라 사람들을, 왜놈이니, 동양귀니 하여 두려워하고 있습니다만, 그것은 남쪽 해안이나 양자강을 거슬러 올라오는, 저 왜구라는 것을 보고 그것이 일본 사람이라고 생각하기 때문일 것입니다...... 그러나 저는 그렇게 생각하지는 않습니다."
그녀는 울음으로 보냈던 지난 3일 동안의 갖가지 생각을 한꺼번에 다 털어놓듯 말을 계속하였다.
"일본엔 가 본 적이 없습니다만, 나리 마음속은 몇 년 동안 겪어 왔습니다. 나리께선 아무리 중국옷을 입고 중국 계집과 같이 살고 중국집에서 살지만 피는 조금도 변하지 않은 일본 사람입니다. 그 일본이란 나라는 정의에 강하고 무예에 능하며, 또한 아름다운 나라라는 것을 제 딴엔 잘 알고 있다고 생각합니다...... 그 때문에 이 애는 제 손으로 키우는 것보다 나리께 맡기는 것이 아이의 행복을 위하는 길이라고 생각한 것입니다."
"......"

고로다유는 잠자코 크게 고개를 끄덕여 보였다.

스테지로도 곁에 선 채, 고개 숙여 듣고만 있었다.

그때 바깥에서 시끄러운 소리가 들려 왔다. 문득 바라보니 창문에는 희미한 새벽빛이 물들기 시작하고 있었다. 바깥에서 웅성거리는 소리는 오늘 일본으로 떠나는 고로다유를 배웅하러 온 같은 일터의 사람들일 것이다. 물론 그 웅성거림은 모두 중국말이었다.

고로다유는 문을 열고 능숙한 중국어로 인사를 했다.

"이렇게 일찍부터 와 주셔서 감사합니다. 곧 준비를 끝낼 테니, 차라도 들고 있기 바랍니다."

전송하러 온 사람들은 말했다.

"아니오. 차도 조반도 도중에서 경치 좋은 곳을 찾아서 합시다. 준비가 됐으면 떠나시죠."

부량은 언덕으로 둘러싸인 평평한 마을이다.

점토를 캐 오는 곳, 나무를 베어 오는 곳, 그리고 수많은 도기 가마들이 눈 아래 내려다보인다.

몇 군데 가마에서는 누르스름한 새벽하늘로 여러 줄기의 연기가 솟아오르고 있었다.

"상서 공, 이제 작별이군요."

전송 나온 사람들이 말했다.

고로다유는 언덕 위 오솔길에서 뒤돌아서서 한동안 물끄러미 내려다보았다.

"그렇군요. 참으로 섭섭합니다."

말은 그렇게밖에 나오지 않았지만, 그의 가슴에는 지난 12년이 한꺼번에 되살아나고 있었다.

특히 남겨 두고 온 이금이 가엾기만 했다.

"저는 창문에서 전송하겠어요. 공연히 따라나서면 아주 일본까지 쫓아가고 싶어질 것 같아서요."

그녀는 이런 말을 하며 뒤따라오지 않았던 것이다.

싫증이 날만큼 볼을 비비다가, 눈물과 함께 그녀가 넘겨 준 아이는, 지금 노비인 스테지로에게 업혀 있다. 사내아이. 이름은 양경복(楊景福).

전송 나온 사람들은 15, 6명이나 되었다. 짐은 죄다 한 필의 당나귀와 수레에 실었다. 전송 나온 한 사람이 도중에 스테지로에게 말했다.
"스테지로 서방, 무겁지 않은가? 먼 길이니 아이는 여기에 태우는 게 어때?"
스테지로는 등에 업었던 아이를 수레에 태웠다.
바퀴가 큰 손수레였다. 들이고 고개고 닥치는 대로 밀고 가야 할 조그마한 수레여서, 굴대에는 일부러 기름을 치지 않았다. 바퀴가 돌아가면 마치 암탉이 울부짖는 소리를 내어 치쿵차라는 이름이 붙어 있었다. 수레 위 짐 사이에 끼어 앉아서 어린애는 좋아라고 재잘거렸다. 이따금 쌀가루나 엿을 빨아먹곤 했다.
배에서 자고, 주막에서 쉬고 여러 날이 지난 뒤에 비로소 양자강 기슭 심양에 이르렀다.
따라오던 사람들은 도중에서 한두 사람씩 돌아가고, 이 성 안까지 따라온 사람들도 이윽고 모두 돌아가 버렸다.
선창가 주막에서 그들은 여러 날을 두고 배편을 기다렸다.
드디어 금릉(金陵:南京)까지 내려가는 배가 오늘 밤 늦게 분포강을 떠나게 되었다. 아직 해지기 전이었다.
주막 하인이 얄팍한 종이 꾸러미를 가지고 와서는 말했다.
"나리께 전해 드리라고 가냘프고 예쁜 여자 분이 이것을 맡기고는 도망치듯 가버렸습니다."
용모나 나이를 따져 물어보니 틀림없는 이금이었다.
이상스레 생각하며 끌러 보았다. 그것은 고로다유가 오랫동안 아무리 애써도 손에 넣을 수 없었던, 도자기 만드는 법에 관한 비본이었다.
이 책을 가지고 있던 자는 일터의 우두머리 격으로 있던 고집통이었다.
"일본 사람에겐 팔 수 없다!"
이렇게 말하면서, 터무니없는 값을 부르는 바람에 고로다유는 결국 단념할 수밖에 없었다.
'이금이 어떻게 이걸 손에 넣었을까?'
그녀가 나타난 것은 바로 조금 전이었다고 했다. 고로다유는 아이를 주막에 맡기고, 스테지로와 함께 성 안을 샅샅이 찾아보았다.
없었다. 이금의 모습은 끝내 찾아내지 못했다.
해는 저물어 버렸다.

밤은 점점 깊어 가기 시작한다.

도리어 주막에서는 고로다유와 노비를 찾아 헤매다 겨우 만나자 배가 곧 떠난다고 서두르라며 알려 주었다.

허둥지둥 짐과 아이를 분포강 기슭으로 옮겨서, 갈대밭 사이에 매어 둔 작은 배에 올라탔다.

본선은 강 한가운데에 닻을 내리고 있었다. 그곳까지 작은 배로 가 옮겨타게끔 되어 있었다.

검푸른 물에 배가 흔들리기 시작하자, 어린애는 울음을 터뜨렸다.

"울지 마라, 울지 마. 우리 아기야…… 자, 착하지……우리 아기 착하지……"

고로다유는 무릎 위에 어린애를 올려놓고 얼르기만 했다.

그러자 어디선가 비파 소리가 들려오기 시작했다. 가까이에 있는 누각의 등불도 보이지 않는다. 물 위에는 그저 갈대 잎이 검푸른 잔물결에 흔들리고 있을 뿐이었다.

"아! 혹시 이금이 아닐까?"

고로다유는 두리번거리며 살폈다.

이금은 비파에 능했기 때문이다. 그러나 노젓는 사공은 담담한 목소리로 말했다.

"나리는 모르시는 모양이군요. 이 심양성 선창은 옛적에 백낙천이란 시인이 '비파행'이란 유명한 시를 남긴 곳이라 해서 비파정이 세워졌고, 배 위에서 비파를 뜯으며 손님을 모시는 계집들도 있습니다…… 원하신다면 뱃전을 두드리며 어어이…… 하고 불러 보십시오. 곧 이쪽으로 저어 올 테니까요."

고로다유는 그 말을 한쪽 귀로 들으며 어둠 속을 둘러보았다.

비파 소리는 그쳤다.

그때 마침 지나쳐 온 갈대밭 사이에 한 척의 배가 보였다. 대로 엮은 뜸 안에서 희미한 불빛이 새어 나오고, 그 불빛 속에 귀고리를 단 한 여자의 하얀 얼굴이 보였다.

"……"

물론 이금은 아니었다.

그러나 그녀의 마음과 고로다유의 마음은, 별빛 아래, 그리고 물결 위에서 분명히 서로 어울리고 있었다.

'일본에 돌아가더라도……'

그는 혼자 생각했다. 형식적인 이별이 결코 절대적인 이별이 될 수는 없지 않겠는가.

하나의 꽃이 다른 꽃에 꽃가루를 옮겨 주었을 때 생겨난 것은, 영원히 지상에서 사라지지 않는 싹을 대지 위에 심어 놓기 마련이다. 싹은 자연의 도움으로 크게 자라 꽃이 되고 열매가 되곤 한다.

천리를 떨어져 있어도 흙과 흙이, 그리고 마음과 마음이 비슷한 두 나라는 그런 문화적인 교류가 마치 비와 바닷물처럼 수천 년 전부터 자연스럽게 이루어져 왔다.

깊은 밤, 강물 위에도 가을 기운이 어렸다.

고로다유는 동쪽으로 동쪽으로, 양자강을 내려가는 배 위에서, 그런 생각을 하고 있었다. 자기가 이 강을 거슬러 올라왔던 것도 그런 자연스러운 행동이었다.

그의 몇 대 전 조상 이토 고로다유(伊藤五郎大夫)는 도겐(道元) 선사를 모시고, 그 또한 중국으로 건너갔던 사람이었다.

린자이(臨濟)의 에이사이(榮西) 선사도, 고보(弘法)도.

그리고 그보다도 훨씬 전에 견당사로 갔던 수많은 젊은이들도.

중국에서도 진이나 한나라 시대 사람들이 수없이 일본으로 건너왔다. 그리고 그들은 이 나라 국민이 되어, 핏줄마저 한데 얽혀 오늘에 이르고 있는 것이다.

들녘의 소년들

"내 벌(峰)이야!"

"내 거야!"

"거짓말쟁이!"

"내가 먼저 봤단 말야!"

주위에는 하얀 무꽃과 평지꽃이 숨이 멎을 만큼 가득 피어 있었다.

그 속에서 7, 8명의 개구쟁이들이 막대기를 마구 휘두르며 꿀벌을 찾고 있었다. 꼬리에 꿀주머니를 가진 놈을 한 마리라도 찾아내기만 하면 흙먼지를 일으키며 아이들은 서로 빼앗으려고 안간힘을 썼다.

야에몬(弥石衛門)의 아들 히요시(日吉)는 올해 7살. 뱃속에 있을 때 어머니가 충분히 음식물을 섭취하지 못한 탓인지 소금에 절인 매실 같은 꼬락서니로 태어난 이 아이는, 7살이 되어도 아직 원기를 회복하지 못한 듯했다. 다른 애들보다 키도 작고, 얼굴에는 주름투성이였다.

그렇지만 장난이라면, 이 나카무라(中村) 마을에서 둘째 가라면 서러울 정도이다.

"바보 같은 자식!"

벌을 가지고 다투면서 히요시는 소리질렀다. 큰 아이에게 떠밀린 것이다. 다른 아이가 쓰러진 그 애를 사정없이 짓밟았다. 히요시는 짓밟은 아이의 발목을 낚아채고 잽싸게 내달으며 말했다.

"잡은 사람이 임자다. 누구든지 잡은 사람이 임자란 말야!"

그는 달리면서 껑충 뛰어올라 벌을 한 마리 움켜잡았다.

"이것 봐. 이건 내 벌이야!"

히요시는 벌을 움켜쥔 채, 10걸음쯤 그대로 달려가서 손을 펼쳤다. 벌의 머리와 날개를 따 버리고 재빨리 입에 넣어 버렸다.

벌의 배는 그야말로 달콤한 꿀주머니였다. 설탕 같은 것은 먹어 보지도 못한 소년들의 입에는 세상에 이런 맛있는 것이 또 있으랴 싶을 정도였다.

"아이, 달아……."

히요시는 눈을 가늘게 뜨고, 꿀이 목구멍으로 흘러내려가 버린 다음에도 몇 번이고 입맛을 다셨다.

"……."

다른 소년들은 침을 흘리며 부러운 듯 그의 표정을 바라보고 있었다. 벌은 얼마든지 있었지만 꼬리에 주머니 달린 벌은 좀처럼 보기 드물다. 약이 바짝 오른 큰 아이가 소리쳤다.

"원숭이 놈!"

인왕(仁王)이라는 별명을 가진 소년이다. 인왕에게만은 히요시도 당해 내지 못했다. 그것을 알고 있기 때문에, 모두 그의 꽁무니에 붙어 놀려 댔다.

"원숭이!"

"원숭이 놈아!"

"원숭이, 원숭이, 원숭이 놈!"

어린 꼬마 오후쿠(於福)까지 한몫 끼었다.

오후쿠는 올해 9살이었지만, 7살짜리 히요시와 별 차이가 없었다. 그러나 얼굴이 희멀겋고 이목구비도 제대로 갖추어진 것이, 용모로 보아 히요시는 비할 바가 못 된다.

게다가 마을에서는 제법 있는 집 아이여서, 옷다운 옷을 입고 있는 것도 오후쿠뿐이었다. 본명은 후쿠타로(福太郎)라든가 후쿠마쓰(福松)라든가 하는 따위였겠지만, 남자 이름도 오(於)자를 앞에 붙여서 부르는 것이 양가의 풍습으로 되어 있어, 이 부잣집 아이도 그렇게 부르고 있는 것 같았다.

"이 자식, 너 말 다했어?"

히요시는 누가 원숭이라고 하건 화를 낸 일이 없었으나, 오후쿠가 그 말을 했을 때는 무섭게 노려보았다.

"언제나 내가 감싸 주곤 한 것을 잊었니! 이 쓸개 빠진 놈아!"

히요시가 그렇게 욕을 퍼붓자, 오후쿠는 아무 말도 하지 못했다. 고개를 움츠리고 손톱만 깨물었다.

쓸개 빠진 놈이란 욕을 먹은 것보다 은혜를 모른다는 말을 들은 것이, 어린 마음에도 부끄럽기만 했다. 다른 아이들은 이미 눈을 딴 데로 돌리고 있었다. 벌 대신 밭 저쪽을 지나가는 한 줄기 누런 흙먼지에 시선을 집중시키고 있었다.

"야, 군인들이다!"

"군인들이 지나간다."

"싸움터에서 돌아온 모양이다."

'와아' 하고 두 손을 들어 그들을 환호했다.

영주 오다 노부히데(織田信秀)와 이웃 영주 이마가와 요시모토(今川義元)는 양립할 수 없는 두 세력이었다. 국경 방면에서는 끊임없이 분규가 계속됐다. 어떤 해에는 이마가와측 정예들이 이 근처까지 잠입해 와 별안간 민가에 불을 지르거나, 논에서 벼를 베어 가고 밭을 망쳐 놓곤 했다.

그런데 영주의 군사들은 불길을 보면 나고야(那古屋)나 기요스 성(淸州城)에서 몰려와 눈앞에서 적을 베고, 무찌르곤 했다. 각처의 성채나 성문을 지키던 군사들도 합세하여 적을 섬멸했다.

겨울.

겨울이 오면 언제나 토착민들은 먹을 것에도 살 집에도 곤란을 겪었지만, 아무도 영주를 원망하지는 않았다. 굶주리면 굶주린 대로, 추우면 추운 대로, '두고 봐라. 이제 혼이 한번 날 테니' 하고 오히려 이마가와측에 대한 적개심에 불탈 뿐이었다.

이 근처의 조무래기들은 태어날 때부터 그런 것을 보고 들으며 자란 것이다.

따라서 영주의 군대를 자기 자신들처럼 생각했다. 또한 아이들은 병마를 보면, 다른 무엇을 봤을 때보다도 더 피가 끓어올랐다.

"가 보자!"

지금도 누군가 말하자, 소년들은 병사들을 향해 달려갔다.

오후쿠와 히요시만 뒤에 남은 채 아직 서로 노려보고 있었다. 마음 약한 오후쿠는 다른 아이들과 함께 달려가고 싶었지만 히요시의 눈에 묶이어, 뒤따라 갈 수 없는 형편이었다.

"……미안해."

오후쿠는 겁먹은 듯 조심조심 히요시 쪽으로 다가와서는 그의 어깨에 손을 얹었다.

"미안해…… 응?"

히요시는 얼굴이 홍당무가 되어 잔뜩 부어 가지고 어깨를 흔들었으나, 금방 울음을 터뜨릴 것 같은 오후쿠의 눈을 보자 갑자기 어깨를 누그러뜨렸다.

"딴 애들 편들어 내 욕을 하니까, 그렇지 뭐……."

그러나 아직도 화가 풀리지 않은 듯 말을 이었다.

"모두들 너보고 언제나 되놈, 되놈하고 놀리지만, 내가 언제 그런 말을 한 적이 있어?"

"없지……."

"나는, 되놈 아이들도 우리하고 같이 놀면 우리 나라 사람이라고 했어."

"그래."

"정말 그랬지, 오후쿠?"

"그래 맞아……."

오후구는 눈을 비볐다. 진흙이 눈물에 녹아, 눈 가장자리가 얼룩져 있었다.

"바보. 툭하면 우니까 되놈이란 말 듣는 거야. 군인들을 보러 가자. 아, 빨리 가지 않으면 못 보겠구나……."

오후쿠를 끌고 히요시도 뒤늦게 달리기 시작했다.

저만치서 누런 흙먼지 속에 군마와 깃발이 눈에 띄기 시작했다.

20기 정도의 무사와, 2백 명 정도의 보병이었다. 그리고 군량을 끌고 오는 한 부대가 제멋대로 섞이어——창병도 궁수도 무질서하게——아쓰타 가도(熱田街道)에서 들판을 가로질러 쇼나이 강(庄內江)의 둑 위로 마침 한 깃발 한 깃발 안간힘을 쓰며 올라가고 있는 참이었다.

"……와아!"

밭에서 달려온 소년들은 군마를 앞질러 둑 위로 달려 올라갔다.

히요시도 오후쿠도 인왕도, 그 밖의 다른 코흘리개들도, 눈을 반짝이며 손에 닿는 대로 찔레꽃, 오랑캐꽃, 혹은 잡초를 두 손에 뜯어 쥐고는 눈앞으로 씩씩해 보이는 무장이나 병졸들이 지나갈 때마다,

"하치만, 하치만(八幡: 八幡宮에 모신 신)!"

"이겼다!"

"만세, 만세!"

가락을 붙여 소리치며, 손에 든 꽃들을 앞다투어 던졌다.

마을에서도 거리에서도 영내의 조무래기들은 병마를 보면 그렇게 소리치며 축복했다. 그러나 말을 탄 무장이나, 지친 다리를 끌고 가는 병사들이나, 모두 가면같이 무뚝뚝한 얼굴로 묵묵히 지나가 버렸다.

병사들은 가까이 오지 말라고 꾸짖지도 않았지만, 대신 아이들의 환호에 웃음 하나 던져 주지 않았다.

특히 지금 지나가는 병마는 미카와(三河) 방면에서 돌아오는 군사의 일부인 듯, 전선에서 격전을 겪은 모양으로 말도 사람도 지칠 대로 지쳐 있었다.

배가 갈라져 창자를 늘어뜨린 말도 있었다. 군졸 중에도 온 몸이 피투성이가 되어 전우의 어깨에 매달려 가까스로 걸어가는 사람도 있다.

창 자루에도 갑옷에도 말라붙은 핏자국이 옻칠을 한 것처럼 검붉게 빛나고 있었다. 어느 얼굴을 보나 모두 땀과 먼지투성이였다. 다만 번뜩이는 눈만이 줄지어 가는 것 같았다.

"물을 먹여, 말한테……."

강가 모래톱에 내려서자 선두에 섰던 무장 하나가 말했다.

옆에 있던 기마병이 곧장 영을 내린다.

"휴식!"

기마병들은 우르르 말에서 내리고 보병들도 휴우 한숨을 쉬듯 걸음을 멈

추더니 일제히 풀밭에 주저앉는다.
 기요스 성은 강 건너 저편에 조그맣게 보인다. 대열 중에는 이 오와리 사군의 영주 오다 노부히데의 아우 오다 요사부로(織田與三郎)도 있었다. 요사부로는 걸상에 걸터앉아 대여섯 명의 부하들에 둘러싸인 채, 묵묵히 하늘을 우러러보고 있었다.
 "……."
 부하들도 죄다 입을 다물고 있었다. 다리나 팔목의 상처를 고쳐 매는 자도 있었다. 이들의 안색으로 보아 분명히 전선에서 대패하였을 것이다.
 그러나 아이들에게는 물론 그런 관찰력이 있을 리 없었다. 피를 보면 자신이 흘린 듯 가슴이 뛰고, 번뜩이는 창을 보면 적을 섬멸하고 온 것으로만 생각되어 그저 흥분하고 떠들어 댈 뿐이었다.
 "하치만, 하치만!"
 "용사들을 축하하자……."
 물을 먹고 있는 말에도 꽃을 던지며 좋아했다. 그러자 말 곁에 있던 무사 하나가 히요시를 보고, 손짓하며 불렀다.
 "야에몬의 아들이군. 어머니는 별일 없느냐."
 "나 말인가요?"
 히요시는 그의 곁으로 다가갔다. 까만 콧구멍을 치켜들고 그 무사를 똑바로 쳐다보았다.
 "음……."
 히요시를 부른 사람은 땀내 나는 히요시의 머리를 짚으며 크게 고개를 끄덕였다.
 아직 스물이 됐을까 말까 한 젊은 무사였다. 이 사람도 싸움터에서 돌아오는 군인의 한 사람이라고 생각하자, 히요시는 머리에 얹혀진, 갑옷 팔 덮개로 묵직한 손이 가슴이 벅차도록 영광스럽게 느껴졌다.
 '어때! 우리 집안은 이런 무사와 알고 있단 말야……'
 이런 자랑스러운 표정으로, 이쪽을 바라보며 늘어서 있는 친구들에게 으스대고 있었다.
 "야에몬의 아들. 넌 분명 히요시라 했지?"
 "예."
 "좋은 이름이구나, 좋은 이름이야!"

젊은 무사는 그의 머리를 한 번 쓰다듬었다. 그리고 그 손을 가죽을 두른 자신의 허리로 가져가자, 조금 몸을 젖히듯 하며 히요시의 얼굴을 다시 바라보고 왠지 혼자 웃고 있었다.

히요시는 어른에게도 여자에게도, 금방 붙임성 있는 표정을 지어 보이곤 했다. 그것은 타고난 성격인 듯했다. 처음 보는 아저씨가, 더구나 멀리서만 바라보곤 하던 무사가 손수 머리를 쓰다듬어 주는 바람에 큼직한 눈이 대번에 반짝이며 여느 때처럼 수다를 늘어놓기 시작하였다.

"하지만 아저씨, 아무도 나를 히요시라고는 부르지 않아요. 히요시라고 부르는 건 아버지와 엄마뿐이죠."

"닮았으니까 말이야."

"원숭이하고 말예요?"

"그걸 알고 있으니 기특하군?"

"모두 그렇게 부르는걸요?"

"하하하……."

싸움터에서 자고 깨는 무사는 웃음소리마저 요란하게 컸다. 곁에 있던 무사들도 따라 웃었다.

그 사이에 히요시는 심심하다는 표정으로 호주머니에서 수수깡 같은 것을 꺼내어 질겅질겅 씹고 있었다. 수수깡에는 풀 냄새와 함께 달콤한 맛이 있었다.

"퉤……퉤……."

씹을 만큼 씹자 히요시는 수수깡을 닥치는 대로 뱉어 버린다.

"몇 살이지?"

"나 말예요?"

"그래."

"일곱 살."

"벌써 그렇게 됐나?"

"아저씬 누구죠?"

"네 어머니와 잘 아는 사람이다."

"네에!"

"네 어머니의 여동생이 가끔 우리 집에 놀러오곤 한단다. 돌아가거든 어머니에게 안부 전해다오. 대숲 언덕에 사는 가토 단조(加藤彈正)가 그러더라고 말이야."

잠깐 쉬고 난 병마는 그때 이미 대열을 고치고 얕은 곳을 골라 쇼나이 강을 건너고 있었다.

돌아다보니, 단조도 급히 말 위에 뛰어오르고 있었다. 칼과 갑옷 같은 것들이 흔들리는 몸에 따라 덜컥거렸다.

"싸움이 그치면 한번 들른다고 전해라. 아버지에게도 말이야."

그 말을 남기고, 대열에서 뒤떨어진 단조는 급히 말을 몰아 물속으로 들어갔다. 말발굽에서 하얀 물보라가 솟구친다.

히요시는 수수깡을 입에 문 채 멀거니 그 뒷모습만 바라보고 있었다.

가난한 집 한 채

그의 어머니는 헛간에 들어갈 때마다 마음이 어두워졌다.

반찬이나 곡식이나 땔감 등, 헛간에 들어올 때는 으레 그런 것을 가지러 오는 것이었지만, 그것은 항상 바닥이 드러나 있기가 일쑤였다.

'앞으로 어떻게?……'

생각하면 가슴이 미어지는 일이었다.

아이는 7살 난 히요시와 10살이 된 그의 누나, 둘뿐이었지만, 둘 다 아직 일터로 보낼 나이는 아니었다. 남편인 야에몬은 여름에도 불을 끼고 앉아 물 주전자 밑을 바라보는 일밖에는 아무것도 못하는 불구자였으니 말이다.

'……저 따위는 숫제 땔감으로나 써 버렸으면 속이 후련할 텐데……'

헛간 벽을 바라보면 검은 박달나무 자루가 달린 창과 전립과 누더기 같은 갑옷이 매달려 있었다.

예전에 남편이 출전할 때마다 사용했던 물건들이었다.

그것도 지금은 먼지투성이가 된 채 불구가 된 남편처럼 헛간 한구석에서 썩고 있는 것이다. 그녀는 이것을 볼 때마다 불길한 생각에 사로잡혔다. 싸움만 생각하면 온몸이 부들부들 떨렸다.

'남편이 뭐라 하든 히요시는 무사로 만들지 말아야지.'
그렇게 생각하곤 했다.
그러나 때로는 문득 혼자 이런 생각도 해보곤 했다.
자기가 기노시타 야에몬 집에 출가해 올 무렵에는, 남편을 고른다면 반드시 무사이어야만 한다고 생각했었다. 자기가 태어난 집도 변변치는 않았지만 무사 가문이었고, 기노시타 야에몬도 보병이기는 했지만, 오다 노부히데의 군사였다. 지금 이 헛간 속에서 먼지 뒤집어 쓰고 걸려 있는 갑옷도, 부부의 인연을 맺자마자 살림살이 도구보다도 먼저 무리해서 새로 마련한 것이었다.
'장차는 천석의 녹을 받는 몸으로······'
그런 희망을 걸고 산 것이다. 부부에게는 그리운 시절의 추억이 담긴 물건이었다.
그러나 그런 젊은 시절의 꿈은 지금의 현실 앞에서는 한 푼의 가치도 없을 뿐더러, 오히려 저주스런 생각이 들어 한층 가슴을 아프게 할 뿐이었다. 남편은 이렇다 할 공도 세우기 전에 싸움터에서 몸도 제대로 가누지 못하는 병신이 되고 말았다. 신분이 낮은 보병이었으므로 그나마 자리를 물러나게 되자, 반 년 만에 벌써 살림이 어려워졌다. 결국 농사라도 지을 수밖에 없게 되었지만, 그 농사일마저 해내지 못하는 지금의 남편이었다.
그러나 여자 손으로, 게다가 두 아이를 데리고 뽕잎을 따고 밭을 일구고 보리를 밟으며 몇 년 간을 가난과 싸워 왔다.
'앞으로는······?'
이런 생각을 하면, 과연 이 가냘픈 팔의 안간힘이 언제까지 버티어줄 것인지, 여자로서의 그녀의 마음은 헛간 속의 어둠처럼 차갑게 얼어붙는 것만 같았다.
저녁거리로 얼마 안 되는 좁쌀과 무 조각을 바구니에 넣어 가지고, 그녀는 헛간에서 나왔다. 아직 서른도 되기 전인데 히요시를 낳은 후 산후조리가 좋지 않아 언제나 덜 익은 복숭아 같은 파리한 얼굴을 하고 있는 그녀였다.
"엄마!"
히요시가 집 옆을 돌아오며 어머니를 찾고 있는 모양이다.
그녀는 빙그레 웃었다.
그렇다. 나에게도 하나의 광명은 있다. 저 히요시를 키우는 일. 어서 키워 가엾은 불구의 남편에게 하루 한 홉의 반주라도 대 줄 수 있는 의젓한 아들로 만들어야 한다.

그런 생각을 하자, 그녀는 갑자기 마음이 밝아져서, 큰 소리로 대답했다.

"히요시냐? 여기 있다. 엄마 여기 있어!"

히요시는 어머니의 목소리를 듣고 달려왔다. 그리고 바구니를 낀 어머니 팔에 매달리며 말했다.

"엄마, 나 오늘 엄마가 아는 사람을 만났어, 강가에서 말야."

"누군데?"

"무사야. 대숲 언덕에 사는 가토라면 엄마가 안댔어…… 참, 그리고 별일 없느냐고 내 머리를 쓰다듬으며 물었어."

"그럼 단조 아저씬 게로구나."

"싸움터에서 돌아오는 많은 군인들과 같이 있었어. 멋진 말을 타고 말야. 누구야?"

"지금 말하지 않았니? 고묘사(光明寺)가 있는 대숲 언덕에 사는 단조라는 아저씨야."

"단조?"

"네 이모의……약혼자야."

"약혼이 뭐지?"

"꽤도 따지는구나."

"그렇지만 모르는걸."

"이제 곧 부부가 되면 남편이 될 사람이야."

"헤에…… 그럼 그 사람이 이모 새신랑이란 말야?"

히요시는 어떻게 받아들였는지 킬킬거리고 웃기 시작했다. 어머니는 그 하얀 이빨과 되바라진 입매를 보자, 애도 원, 올되기는——하고 얄밉게 생각되는 것이었다.

"엄마, 헛간에 이만한 칼이 있었지?"

"있지……왜?"

"나 좀 빌려 줘. 그 따위 낡아빠진 칼, 아버지도 이젠 못 쓸 게 아니야?"

"또 싸움놀이를 할 작정이냐?"

"……어때서?"

"안 된다."

"왜요?"

"농사꾼 자식이 칼 같은 걸 손에 익힌들, 무슨 소용이란 말이냐?"

"난 무사가 될 테야!"

히요시는 떼를 쓰듯 발을 구르며 입을 꼭 다물었다. 어머니는 물끄러미 바라보고 있다가, 두 눈에 눈물이 가득 괴었다.

"……바보 같으니라구."

갑자기 그렇게 꾸짖고 어머니는 황급히 눈물을 닦았다.

다른 손으로는 히요시의 손목을 잡으며 말했다.

"물이나 길어서 조금이라도 누나를 도와 줄 생각은 하지 않고!"

어머니는 히요시를 질질 끌다시피 하며 봉당으로 걸어갔다.

"싫어, 싫어!"

히요시는 잡힌 손을 빼내려고 악쓰며 소리쳤다. 그러나 아무리 두 발로 버티어도, 어머니는 그를 자기 마음대로 끌고 가기만 했다.

"싫어, 싫다니까! 엄마 미워!"

그러자 대나무로 만든 창문 안에서 늙은이 같은 기침 소리가 이로리(圍爐裏:방바닥을 사각으로 잘라내고 재와 함께 불을 묻어 둔 곳)의 연기와 함께 새어 나왔다.

아버지의 기침 소리를 듣자, 히요시는 목을 움츠리며 입을 다물었다. 아버지 야에몬은 아직 40밖에 안되었지만, 오랫동안 폐인이나 다름없는 신세로 보내고 있어 기침마저 50을 넘긴 사람같이 목쉰 소리였다.

"……이를 테다. 너무 엄마한테 떼를 쓰면."

어머니는 슬며시 손을 늦추어 주면서 말했다.

풀린 손을 얼굴로 가져가자, 히요시는 눈을 비비며 훌쩍거리기 시작했다. 어머니는 이 생떼에 기가 막힌 듯 바라보다가 자기도 같이 울어 버리고 말았다.

'이 애가 어쩌자구……'

"이봐! 어쩌자고 또 아이와 떠들어 대고 있는 거야? 남부끄럽지도 않나? 아이와 싸우는 병신이 이디 있어!"

지붕 밑이 그대로 드러나 보이는 컴컴한 창문 안에서 병자 특유의 신경질적인 야에몬의 목소리가 들려왔다.

"여보, 이 녀석을 좀 혼내줘요. 지금도……."

야에몬의 고함을 듣자, 어머니는 창 너머로 히요시의 생떼를 단숨에 일러 버렸다.
그러자 야에몬은 껄껄거리고 웃으며 말했다.
"난 또 뭐라구. 그래 헛간에 있는 내 칼을 히요시가 꺼내 가려고 했단 말이지?"
"그래요."
"전쟁놀이를 할 생각일 테지."
"그러니 탈이 아니에요."
"사내야…… 야에몬의 아들이야. 뭐가 잘못이란 말이야? 내 줘, 어서 내 줘!"
"……"
오나카는 어이없다는 듯 얼굴을 창쪽으로 돌린 채, 원망스럽다는 듯 입술을 깨물며 눈물을 머금고 있었다.
'어때!'
히요시는 이겼다는 듯 건방진 표정을 지었다.
그러나 그것은 잠깐이었다. 그 눈은 어머니의 파리한 두 볼에 흘러내리는 눈물을 보자, 이내 생기를 잃고 말았다.
"엄마, 울지 마. 나 칼 같은 건 안 가질 테야…… 누나에게 물이나 길어다 줘야지."
재빨리 히요시는 봉당으로 달려갔다.
봉당은 넓어서 한쪽은 이로리가 있는 방으로 이어진 마루 끝, 다른 한쪽은 부엌이었다.
10살쯤 된 계집애가 등을 구부린 채 아궁이의 불씨를 살리려고 대통을 입에 물고 불고 있었다.
"누나, 물 길어 줄까?"
히요시가 뛰어들어오자, 오쓰미는 흠칫 놀라며 돌아봤다. 그리고 무슨 장난을 또 하려는가 싶어 도리질을 하며 말했다.
"됐어. 그만 둬!"
히요시는 물독 항아리 뚜껑을 열어 보고 말했다.
"어라, 물은 가득히 있잖아? 된장을 퍼 줄까?"
"그런 건 안 해 줘도 좋아. 제발 방해만 하지 마."
"방해라고? 난 일을 하려는 거야. 일을 시켜 줘. 반찬을 내다 줄까?"

"지금 엄마가 가지러 갔어."

"그럼 뭘 하지?"

"넌 얌전히만 있어. 그러면 엄마가 좋아할 거야."

"이렇게 얌전한데? ……뭐야, 아직 아궁이에 불을 못 붙였잖아? 내가 붙여 주지. 비켜, 저리 비켜."

"됐다니까!"

"비키란 말야."

"어? 그러니까 꺼졌잖아."

"거짓말 말아. 제가 꺼 버리고선……."

"거짓말, 거짓말, 네가 껐어!"

"시끄러!"

히요시는 나무에 불이 지펴지지 않자, 약이 오른 김에 일어나서 오쓰미의 뺨을 찰싹 한 대 갈겨 주었다.

오쓰미는 큰 소리로 울면서 방에다 대고 일러 바쳤다. 야에몬이 있는 방과는 가까워 곧 아버지의 목소리가 히요시의 귀청을 때렸다.

"이놈, 누나를 때렸구나. 사내 녀석이 여자를 때리다니! 히요시, 이리 와, 어서 들어와!"

벽 그늘에서 히요시는 침을 삼켰다.

그리고 일러바친 오쓰미를 노려보았다. 밖에서 들어오던 어머니는 기막힌 얼굴로 봉당에서 걸음을 멈춘다.

아버지는 무서웠다. 세상에서 제일 무서운 것이 아버지였다.

히요시는 얌전하게 야에몬의 얼굴을 쳐다봤다.

"왜 그러세요?"

기노시타 야에몬은 이로리 앞에 앉아서 삼을 벗겨 넣어 두는 상자에 팔꿈치로 몸을 괴고 있었다. 뒤쪽 벽에는 일어날 때 의지하는 지팡이가 세워져 있다. 뒷간에 갈 때도 그 지팡이에 의지하지 않고는 걸을 수 없는 그였다.

항상 앉아 있는 그의 곁에 놓인 상자는, 이 같은 불구의 몸이지만 조금이라도 살림에 보태려고 짬짬이 삼을 벗겨 모아 두는 곳이었다.

"히요시."

"네?"

"너무 엄마 속을 태우는 게 아니냐?"

"네?"

"누나한테 대드는 것도 좋지 않아. 사내 녀석이 여자를 상대하다니 그게 무슨 꼴이냐."

"하지만 전……."

"그만 둬."

"……."

"내게도 귀가 있어. ……네가 어디서 무슨 짓을 하는지 앉아서도 다 알고 있단 말야."

히요시는 속으로 벌벌 떨었다. 아버지의 말은 언제나 그대로 믿었다.

그러나 야에몬은 이 아이가 말할 수 없이 사랑스럽기만 했다. 싸움터에서 불구가 된 이 다리, 이 팔은 두번 다시 회복시킬 수 없지만, 이 아이를 통해 자신의 피를 100년 후까지라도 이어갈 수 있다고 믿었기 때문이다.

'그런데……'

야에몬은 한편 히요시를 바라보면 한심한 생각도 들었다.

아이를 보는 눈은 어버이를 따르지 못한다는 말이 있지만, 아무리 두둔해 보았댔자, 이 이상하게 생긴 코흘리개 개구쟁이가 어버이보다 나은 인물이 되어 어버이가 못다 한 일을 해내리라곤, 아무래도 생각할 수 없었기 때문이다.

그래도, 히요시는 단 하나의 핏줄. 야에몬은 억지로라도 히요시에게 기대를 걸고 싶었다.

"헛간에 있는 칼이 갖고 싶단 말이지?"

"아뇨."

히요시는 고개를 가로저었다.

"갖고 싶지 않단 말이냐?"

"…… 갖고 싶기는 하지만……."

"왜 솔직히 말 못하지……."

"하지만 엄마가 안 된다고 하는 걸요."

"여자는 칼이라면 질색이니까…… 알았다, 잠깐 기다려 봐."

야에몬은 앉은 채 빙그르 돌았다.

그리고 벽에 기대 놓았던 지팡이에 의지하고 절름거리며 안으로 들어갔다.

이 집은 농가에 어울리지 않게 방이 많았다. 히요시의 어머니 친척이 살았던 집이기 때문이다. 야에몬에게는 거의 친척이 없었지만, 어머니 친척 중에는 그럭저럭 괜찮게 사는 집이 더러 있었다.

'아버지는 왜 들어갔을까?'

히요시는 야단을 맞지 않은 것이 오히려 불안스러웠다.

야에몬은 이윽고 소검 하나를 들고 되돌아왔다. 그것은 헛간 구석에 녹슨 채 걸려 있는 것과는 달리 주머니에 들어 있었다.

"히요시? 이건 네 것이다. 갖고 싶으면 언제든지 가져라."

"네? 제 거예요?"

"하지만, 아직 넌 이 칼을 찰 수 없을 게다. 차봐야 남들이 웃는다. 이 칼을 차고 다녀도 아무도 웃지 않게끔 어서 자라거라. 알았느냐? 어서 그렇게 되는 거다!"

"……."

"이 칼은 네 할아버지께서 맞춘 것이다."

야에몬은 눈을 감고 띄엄띄엄 말하기 시작했다.

"할아버진 농부였지. 농부의 몸으로 군사를 일으키려고 했을 때, 이 칼을 만드셨단다. 그 무렵까진 우리 기노시타가(家)의 족보도 있었던 모양이지만…… 하루아침에 불타 버리고 말았다. 할아버지는 일을 벌이기도 전에 영주의 습격을 받았다."

"……."

"그런 사람이 내가 어렸을 때는 얼마든지 있었다. 난세란 으레 그런 법이니까."

야에몬은 중얼거리듯이 말했다.

어느새 옆방에는 호롱불이 켜져 있었다.

히요시는 빨간 불꽃을 바라보며 아버지의 말을 유심히 듣고 있었다. 야에몬 역시 히요시가 알아듣건 못 알아듣건, 이런 사실을 발설할 수 있는 상대는 아내일 수도 없고 계집애인 오쓰미일 수도 없었다.

"……기노시타가의 족보만 있다면, 네게 알아들을 수 있도록 말해 줄 수 있을 텐데. 족보는 타버리고 지금은 없다. 하지만 살아 있는 족보는 너에게도 전해졌다…… 바로 이것이다."

야에몬은 손등에 불거져 있는 푸른 핏줄을 쓰다듬으며 말했다.

피, 바로 그것을 가르친 것이었다.

히요시는 고개를 끄덕였다. 그리고 자기 주먹을 쥐어 보았다. 자기 손등에도 푸른 핏줄이 있다. 분명히 알았다. 이보다 더 확실한, 뿐만 아니라 살아 있는 족보는 없다.

"할아버지보다 선대의 조상들 가운데는 틀림없이 훌륭한 인물이 있었을 게다. 무사와, 학자도 있었을 게다. 그분들의 피가 흘러 흘러, 나를 통해 너에게도 전해진 셈이다."

"네……."

히요시는 또 고개를 끄덕였다.

"하지만, 난 훌륭한 위인이 못 된다. 게다가 몸까지 이렇게 불구가 되었으니 말이다……. 그러니 히요시, 너는 꼭 훌륭한 사람이 되어야 한다."

"아버지……."

히요시는 동그란 눈으로 쳐다봤다.

"어떤 사람이 훌륭한 사람이죠?"

"그야 딱히 정해진 건 없지만…… 하다못해 한 사람의 당당한 무사라도 되어 줬으면…… 이 할아버지의 유품을 당당하게 차고 다닐 수만 있게 되어 준다면…… 나는 편안히 눈을 감을 수 있겠다."

히요시는 난처한 듯 입을 다물었다. 자신이 없는 얼굴이었다. 아버지의 시선을 피하려 불안스럽게 두리번거리고 있었다.

7살 난 아이였다. 무리가 아니라고 생각하면서도 야에몬은 그 자신없는 듯한 행동을 보자 아무래도 한심스럽게 느껴졌다.

'역시 핏줄보다는 환경일까?'

아까부터 히요시의 어머니는 저녁상을 차려 놓고, 구석 쪽에서 남편이 말을 마치기를 기다리고 있었다.

그녀의 생각은 야에몬의 생각과 정반대였다.

"무사가 되거라. 훌륭한 사람이 되거라."

이렇게 아들을 격려하는 남편이 그녀는 오히려 원망스러웠다.

'이런 어린 것에게 무리한 말만……. 히요시야. 네 아버지는 한스러워 저런 말을 하고 있지만 너까지 아버지 꼴이 되어서는 안 된다……. 모자라면 모자란 대로 좋으니, 열심히 일해서 논밭이라도 제대로 가진 농부가 되어 다오.'

그녀는 몰래 아들의 장래를 위해 진심으로 기도했다.

"자, 저녁이다. 히요시도 오쓰미도 모두 오너라……."

그녀는 남편을 중심으로 화로 둘레에 젓가락과 공기를 나누어 놓았다.

"밥인가?"

언제나 그랬지만, 야에몬은 보잘것없는 피죽 냄비를 볼 때마다 쓸쓸한 표정이었다. 가장으로서 아내도 자식도 건사하지 못한다는 자책을 남몰래 하는 듯했다.

그러나 히요시도 오쓰미도 피죽 한 공기를 받아들자, 뺨도 콧등도 빨개지며 맛있게 먹었다. 가난 같은 것은 생각지도 않는 듯했다. 더 이상의 부귀를 모르기 때문이다.

"니카와(新川)에 있는 아는 댁에서 된장도 얻어 왔고, 마른 채소와 밤도 헛간에 가면 얼마든지 있다. 오쓰미도 히요시도 마음껏 먹어라."

어머니는 그렇게 말하면서 불구의 남편이 살림살이 걱정을 하지 않도록 마음 쓰고 있었다.

그녀 자신은 두 아이가 배불리 먹고, 남편도 충분히 먹은 뒤가 아니면 젓가락을 들지 않았다.

저녁을 마치면 이내 잠자리에 든다. 어느 집에서도 그럴 것이다. 밤이 오면 나카무라 마을은 캄캄한 어둠 속에 잠겨 버린다.

그러나 그 어둠에 잠긴 들과 한길에는 사람의 발자국 소리가 끊이지 않았다. 가까이서 싸움이 있을 때면 더욱 그랬다.

토적이나 군마나 패잔병들, 또는 밀사의 왕래는 으레 밤을 택하기 때문이다.

"으 음……음……."

히요시는 곧잘 잠꼬대를 했다.

자면서도 어둠 속의 발소리가 들리는 꼬마, 천하의 동란이 그의 꿈을 괴롭히는 것일까. 어느 때는 곁에서 자는 오쓰미를 걷어차는 바람에, 오쓰미가 깜짝 놀라 울음을 터뜨린다.

"하치만, 하치만!"

히요시는 이렇게 외치며, 별안간 벌떡 일어나 앉기도 했다.

아무리 달래도 잠꼬대는 그치지 않아 계속 소리를 지르는 때도 흔히 있었다.

"감질(疳疾)이야. 뜸을 놓아 주도록 해."
야에몬이 그렇게 이르자, 어머니는 원망스러운 듯이 말했다.
"감질 뜸은 수없이 놓았어요. 당신이 아이에게 칼을 보여 주고 조상 얘기를 들려준 건 잘못이에요."

그러는 가운데, 이 집에는 큰 변화가 일어났다.
다음 해, 덴분(天文) 12년 1월 2일에 야에몬이 병사한 것이다.
인간의 죽음.
히요시는 아버지의 눈 감은 모습에서 그것을 처음 보았다. 눈물이 통 나오지 않았다. 장례식 도중에도 멋대로 뛰고 놀았다.
그 1주기도 지난 다음 해 9월경, 히요시가 9살이 된 가을이었다.
이 집에 많은 사람들이 모여들었다. 떡을 찧고 술을 마시고 모두 잘 됐다, 잘 됐다 하며, 노래로 밤을 새웠다. 친척 중 한 사람이 그에게 들려주었다.
"히요시, 저분이 네 새아버지이다. 돌아가신 아버지와는 친한 사이고, 오다 가문에서 잡일을 맡아 보는, 지쿠아미(筑阿彌)라는 분이다. 알았니? 새아버지한테도 효도를 하지 않으면 안 되는 거야."
히요시는 떡을 먹으며 안을 들여다봤다. 여느 때와는 달리 어머니는 예쁘게 단장하고 처음 보는 아저씨와 나란히, 고개를 숙이고 앉아 있었다. 그것을 보자 히요시는 기뻐서, 그날 밤은 누구보다도 신바람이 나 떠들어 댔다.
"하치만, 하치만, 꽃을 던져라!"

향로 사건
또다시 여름——
옥수수의 키가 훤칠해졌다. 히요시와 마을 개구쟁이들은 매일 쇼나이 강에서 헤엄도 치고, 논에서 개구리도 잡아먹으며 벌거숭이로 지냈다. 개구리는 맛있는 고기였다. 벌 따위와는 비교도 되지 않았다. 감질에 약이 된다는 어머니의 말에 먹기 시작한 것이 아예 맛을 들인 것이다. 그러나 그렇게 히요시가 놀이에 열중하고 있다 보면, 으레 찾으러 다니는 사람이 있다.
"원숭이야, 원숭이 놈아!"
새아버지 지쿠아미였다.
야에몬이 죽은 뒤 이 집에 들어앉은 그는 그저 일밖에 모르는 사람이다. 1

년이 채 못 되어 살림도 많이 펴졌다. 굶주리는 일은 없어졌다. 그 대신 히요시는 집에 있으면 아침부터 밤까지 일손을 도와야만 했다.

조금이라도 게으름을 피우거나 장난을 치고 있으면, 지쿠아미의 넓죽한 손이 이내 히요시의 뺨을 갈겼다. 히요시는 그저 끔찍하기만 했다. 일보다는 계부의 눈에서 잠시라도 벗어나고만 싶었다.

지쿠아미는 반드시 낮잠을 자는 버릇이 있다. 히요시는 그 틈에, 얼씨구나 하고 뛰쳐나오는 것이다. 이윽고 지쿠아미가 밭으로 둑으로 찾아다니며 부른다.

"원숭이야, 원숭이 어디 있느냐?"

그러면 히요시는 모두 내동댕이치고, 옥수수 밭으로 미끄러져 들어갔다.

찾다못해 지쿠아미가 어슬렁거리고 되돌아가면, 히요시는 뛰쳐나와 환성을 지른다.

"와아!"

저녁에 돌아가면 밥도 못 먹고 꾸지람을 듣게 될 일은 생각지도 않으며, 다시 장난질을 시작했다. 그러나 오늘은 좀 달랐다.

"이 녀석!"

지쿠아미는 옥수수 밭을 이리저리 무서운 기세로 헤치고 들어갔다.

'안 되겠는걸……'

생각하자, 히요시는 둑을 넘어 강변 쪽으로 내달았다.

둑 위에 오후쿠가 혼자 멀거니 서 있었다. 여름에도 오후쿠만은 단정히 옷을 입고, 헤엄도 치지 않았다. 개구리고기도 먹지 않았다.

지쿠아미는 그를 보자, 물었다.

"아, 오후쿠 도련님이군요. 우리 원숭이란 놈 어디 숨었는지 모르나요?"

"몰라요."

오후쿠는 몇 번이고 고개를 가로저었다.

"거짓말 하면 댁으로 찾아가서 나리에게 일러바칠 테요."

지쿠아미가 위협을 하는 바람에 겁쟁이 오후쿠는 금방 낯빛이 달라지며, 손가락질했다.

"저기 배 안에 숨어서 뜸을 뒤집어쓰고 있어요."

조그만 배가 강변에 떠 있었다. 지쿠아미가 그곳으로 달려가자, 히요시가 깡충 뛰어나오지 않는가.

"이 녀석!"

지쿠아미는 달려들어 히요시를 힘껏 밀쳐 버렸다. 쓰러진 히요시는, 돌에 입술이 부딪혀 잇몸에서 피가 흘렀다.

"아이고!"

"아픈 건 아는구나!"

"잘못했어요, 잘못했어요."

"원숭이 놈. 오늘은 가만 안 둔다!"

두세 번 머리를 후려갈긴 다음에, 지쿠아미는 있는 힘을 다하여 히요시를 떠메고 집을 향해 달리기 시작했다.

원숭이, 원숭이 하고 미워하는 것처럼 들렸을지 모르지만, 지쿠아미는 별로 히요시를 미워하고 있지는 않았다.

가난에서 벗어나려는 초조감 때문에 누구에게나 시끄럽게 굴게 되고, 히요시의 성질도 굳이 고쳐 보려는 것이었다.

"벌써 10살이나 된 녀석이…… 이 녀석……이 녀석아!"

히요시를 떠메고 집으로 돌아오자, 또 두세 번 후려갈겼다.

어머니가 말리자 지쿠아미는 소리를 질렀다.

"당신이 너무 역성을 드니까 이 꼴이야!"

그러자 누나 오쓰미가 덩달아 울었다.

"왜, 우니? 나는 다만 이 못된 원숭이를 사람 만들려고 때리는 거야…… 이 빌어먹을 녀석아!"

지쿠아미는 히요시를 또 때렸다.

히요시도 처음에는 주먹이 떨어질 때마다 머리를 감싸쥐고 빌었으나, 어느 때부터는 헛소리처럼 울며불며 욕설을 늘어놓기 시작했다

"뭐야, 뭐야. 남의 집에서 온 주제에 아버지인 척 뽐내기야? …… 우리 아버지는……우리 진짜 아버지는……."

어머니는 창백한 얼굴로 아이의 입을 틀어막았다.

"애야. 무, 무슨 소리를?"

"이 못돼먹은 녀석이!"

지쿠아미는 크게 화를 내며 이번에는 용서하지 않았다. 뒤꼍 헛간에 쳐 밀어 넣고, 저녁밥도 주어서는 안 된다고 단단히 일렀다.

헛간 속에서는 히요시가 고래고래 지르는 고함 소리가 어두워질 때까지

들렸다.

"나갈 테야. 나가겠단 말이야…… 정말 내보내지 않을 거야? …… 바보 자식, 병신 자식, 모두 귀머거린 척하는구나, 내보내지 않으면 불을 지를 테다!"

그리고 왕왕거리며 짐승처럼 울부짖었지만 밤중이 되자 제풀에 지쳐 잠이 들어 버렸다.

그러자 귓전에서 부르는 소리가 들렸다.

"히요시, 히요시야."

"아버지!"

그는 죽은 아버지의 꿈을 꾸고 얼결에 소리쳤지만 눈앞에 서 있는 것은 어머니인 오나카였다.

어머니는 지쿠아미의 눈을 피해 가지고 온 음식을 주며 말했다.

"자, 이것을 먹고 아침까지 얌전히 있거라. 아침이 되면 내가 아버지에게 잘 말씀드려 줄 테니."

히요시는 고개를 가로저으며 어머니 품에 매달렸다.

"거짓말이야. 거짓말이야. 내게는 아버지가 없단 말야. 우리 아버지는 죽었잖아."

"얘, 또 그런 소리를 하는구나. 어째서 넌 그렇게도 못 알아듣니?"

어머니는 살이 떨어져 나가듯이 괴로워했다. 그러나 어머니가 어째서 슬피우는지 히요시는 아직 알 까닭이 없었다.

날이 새자 히요시 때문에, 지쿠아미는 이른 아침부터 어머니를 야단치고 있었다.

"내 눈을 피해 밤중에 먹을 것을 갖다 줬지? 그렇게 바보 같은 짓만 하니까 그 녀석 심보가 영 고쳐지지 않는 게야. 오쓰미도 오늘은 헛간 근처에도 가선 안 된다."

부부는 한나절이나 티격태격하는 눈치였으나 이윽고 어머니는 울면서 어디론가 나갔다.

해가 저물 무렵에야 오나카는 돌아왔다. 고묘사의 한 스님이 따라왔다.

지쿠아미는 어딜 갔었냐고 묻지도 않고, 찌푸린 얼굴로 오쓰미를 데리고 일하던 깔개 위에 그냥 앉아 있었다.

스님이 말했다.

"지쿠아미 님? 오늘 부인께서 찾아오셔서 아드님을 우리 절로 보냈으면 하고 말씀하셨는데, 어떻게 생각하시오?"

지쿠아미는 잠자코 오나카를 바라보았다. 그녀는 뒷문 밖에서 두 손으로 얼굴을 감싸고 울고 있었다.

"글쎄…… 그것도 좋겠지만, 절에 보내려면 보증인이 있어야 하지 않소?"

"다행히 대숲 언덕 기슭에 살고 있는 가토 씨의 부인이 이 댁 부인과는 자매지간이라니."

"가토에게 갔었나?"

지쿠아미는 더욱 씁쓰레한 표정을 지었으나, 히요시를 절로 보내는 데는 반대하지 않았다.

"좋도록 하시오."

그는 남의 일처럼 말하고는 오쓰미에게 일거리를 주기도 하고 농기구를 치우기도 하면서 분주히 움직였다.

그 사이에 히요시는 헛간에서 끌려 나와, 어머니가 간절하게 타이르는 말을 듣고 있었다.

밤새도록 헛간에서 모기에게 물린 탓인지 그의 얼굴은 퉁퉁 부어 있었다. 절로 들어간다는 말을 듣자, 히요시의 눈에는 잠시 눈물이 맺혔지만, 이내 천연덕스런 얼굴로 말했다.

"난 절이 더 좋아."

어둡기 전에 서둘러야 한다고 고묘사의 스님은 바로 히요시를 데리고 가 버렸다.

지쿠아미도 역시 조금 쓸쓸한 표정으로 말했다.

"원숭이야…… 절에 가면 마음을 고쳐먹고 열심히 수행하지 않으면 안 된다. 어서 글도 배우고 훌륭한 스님이 되거라."

히요시는 '응' 하고 한번 고개를 끄덕였을 뿐이다. 그러나 울타리 밖까지 따라 나와 언제까지나 배웅하고 서 있는 어머니의 모습을 몇 번이고 몇 번이고 돌아다봤다.

절은 마을을 벗어나 조금 더 가서, '대숲 언덕'이라는 언덕 위에 있었다. 일련종의 조그만 절이며, 주지는 연로하여 자리에 누워 있고 젊은 스님 둘이서 꾸려가고 있었다. 그러나 계속되는 전란에 마을은 황폐하여 시주들도 뿔뿔이 흩어져, 형태는 달랐지만 이곳 역시 가난하기는 매일반이었다.

그러나 소년 히요시는 환경이 바뀐 것만으로도 자극이 되었는지, 딴 아이가 된 것처럼 열심히 일했다. 눈치 빠르고 잽쌌다. 스님들도 그를 귀여워하며 매일 밤 공부를 시켰다.

"이 녀석을 제대로 한번 키워 보자."

소학이나 효경을 가르치기도 했다. 기억력도 아주 좋았다.

"히요시, 어제 마을에서 어머니를 만났는데, 히요시가 아주 열심히 공부하고 있다고 말해 줬다."

한 스님이 그렇게 말하자, 히요시도 기쁜 듯이 빙그레 웃었다. ──어머니의 슬픔은 잘 모르지만, 어머니의 기쁨은 그대로 그에게도 기쁨이었다.

하지만 그런 얌전한 생활은 1년도 채 못갔다. 11살 되는 가을, 히요시에게는 이 절도 이미 좁아지기 시작했다.

두 스님이 가까운 마을에 탁발을 나가면, 히요시는 숨겨 두었던 목검이나, 직접 만든 채배(采配 : 대장이 군대를 지휘할 때 사용한 부채 모양의 도구) 같은 것을 허리에 차고, 기슭에서 기다리고 있던 전쟁놀이 친구들을 불러들였다.

"이놈들, 어디 마음대로 공격해 봐라."

때도 아닌데 갑자기 종루의 종이 울린다. 언덕 위에서 돌이 날아오고, 기왓장이 굴러 떨어지곤 한다.

기슭에 사는 사람들은 깜짝 놀라, 절이 있는 언덕을 올려다봤다.

"무슨 일이지? 무슨 일이냐!"

날아온 기와 조각이 밭에서 일하던 소녀의 머리에 맞아 크게 다친 일도 있었다.

"……고묘사 꼬마 중놈이 또 우리 애들을 끌어다 놓고 장난을 치고 있구나!"

기슭에 사는 사람들 서너 명이 절로 올라가 본당 앞에 이르자, 그들은 벌어진 입을 다물 수 없었다.

본당은 재투성이이고 안팎이 엉망진창이었다.

향로는 깨어져서 굴러다니고, 깃발로 썼던 금수를 놓은 비단 휘장은 찢어져 있고, 북도 가죽이 찢어져 있었다.

"쇼스케(庄助)야!"

"요사쿠(與作)야!"

어른들은 각기 자기 아이를 찾았지만 꼬마 중 히요시도 안 보이고, 다른 개구쟁이들도 홀연히 자취를 감추어 찾아낼 수 없었다.
"이 절간의 원숭이하고 놀면 다시는 집에 못 들어오게 할 테다."
어른들이 내려가자 곧 다시 '와앗' 하는 함성과 함께 본당이 진동하고, 숲이 떠나가는 듯하며 돌이 날아오고 종소리가 울려 퍼졌다.
해질 무렵이 되면, 팔이 부러지거나 혹이 나거나 피투성이가 되어 엉엉 울며 내려가는 아이들이 반드시 두세 명은 나왔다.
종일토록 탁발을 다니는 두 스님은 번번이 항의를 받는 통에 어지간히 이력이 났지만 이 날은 본당 앞에 서자마자, 얼굴을 마주보며 소스라치게 놀랐다.
"앗……."
본존 앞에 놓였던 대향로가 보기 좋게 두 조각이 나 있었다.
이 대향로는 고묘사로서는 현재 유일한 시주이며, 도기 제작을 생업으로 하는 같은 마을 스테지로가 불과 3, 4년 전에 특별히 기증한 것이었다.
"이것은 이세 마쓰사카(伊勢松坂)에 사시는 어떤 분이 특별히 구워 주신 물건이오. 나와는 깊은 인연이 있는 분이어서, 나에 대한 기념으로 잊혀지지 않는 고장의 산수화를 그려 넣고 정성껏 만들어 주신 향로요. 절에 봉납해 두면 오랜 후세까지 보물로서 전해지겠기에……."
그런 말과 함께 보내 온 것이었다.
평소에는 상자 안에 넣어 소중히 다루고 있었던 것이, 이레쯤 전에 그 기증한 장본인이 불공을 드리러 온다기에 꺼내 놓았다가 그대로 둔 것이었다.
그것이 깨져 버린 것이다.
"……?"
스님들은 사색이 되고 말았다. 노주지의 귀에 들어가면 병이 더해지리라는 데까지 생각이 미쳤다.
"원숭이일 테지?"
"그렇지. 이런 장난을 할 녀석이 또 있을까!"
"이 녀석을 어떡한담?"
두 스님은 당장에 히요시를 끌어다 놓고 향로를 들이댔다. 히요시로서는 본당에서 소동을 피운 것이 자기뿐이 아닌 데다, 자기가 깨뜨린 기억은 없지만, 미안하다고 사과했다.
그러나 오히려 두 스님은 노발대발 화를 냈다. 그렇게 말하는 히요시의 천성적인 얼굴이 태연하게 말하고 있는 것처럼 보였기 때문이다.
"이 못된 놈아!"
두 사람은 히요시의 손을 뒤로 묶어 본당 기둥에 매어 놓았다.
"며칠이건 이렇게 내버려 둘 테다. 쥐새끼들 밥이나 되거라!"
스님들은 욕설을 퍼부었다.
그러나 히요시에게는 새삼스러운 일이 아니었다. 정작 괴로운 것은 다음날이 되어 친구들이 왔을 때 놀 수 없는 것이었다.
"이봐, 이 오라를 끌러라. 끄르지 않으면 혼내 줄 테다!"
히요시는 엄포를 놓았으나, 그가 벌을 받고 있는 것을 보자 모두 겁을 집어먹고 내빼 버리고 말았다.
마침 참배하러 올라왔던 노인이나 마을 아낙네들도 손가락질하며 서로 웃고 놀리다가 내려가 버렸다.
"저런! 원숭이가……."
"꼴좋군."
차차 그의 조그만 영혼은 두고 보자 두고 보자, 하고 혼자 중얼거리는 것으로 위로를 삼고 있었다.
또 그 조그만 육체는, 가람 기둥을 등에 지고, 오히려 온몸에 끓어오르는 뜨거운 피를 느끼고 있었다. 그 두 가지를 꼭 다문 입술에 물고 자신의 고통에 대하여 두둑한 배짱을 보였다.
"이까짓 것쯤!"
그리고 기둥에 몸을 기댄 채 잠이 들고 말았다. 그리고 자신이 흘린 땀으로 목이 축축해지자 눈을 떴다.
무척이나 긴 날이었다.
히요시는 지루해서 견딜 수가 없었다. 문득 그는 아직 눈앞에 들이대진 채 놓여 있는, 두 조각 난 도기의 향로를 바라보았다. 향로의 밑바닥에는, '고로다유 상서(祥瑞) 이것을 만들다' 하고 조그맣게 만든 사람의 이름이 새겨져 있었다.
오와리 부근은 도자기의 산지였다. 따라서 그런 것은 전혀 그의 흥미를 끌지 못했으나, 그 향로의 허리에 그려져 있는 산수화에 눈이 가자 지루했던 그는 상상의 날개를 멋대로 펴기 시작했다.
'어딜까?'

백자에 자줏빛으로 그려져 있는 산과 돌다리와 누각과 인물, 그리고 아직까지 본 일도 없는 배와 사람들의 옷이 그의 머리를 혼란스럽게 했다.

'어느 나라일까?'

히요시는 알 수 없었다. 알 수 없는 것이었지만 소년의 왕성한 지식욕은 끝까지 그것을 알려고 노력했고 동시에 멋대로 상상의 날개를 펼쳤다.

'이런 나라도 있었던가?'

생각하고 생각한 끝에 그의 머리에 번뜩인 것이 있었다. 그것은 언제, 누구에게 들었는지, 그 자신도 잊어버리고 있었던 것이었지만, 어쩌다가 그 기억이 튀어 나온 것이었다.

'그렇다. 당나라다. 당나라의 그림……'

히요시는 혼자 유쾌해졌다. 자주빛 산수화를 바라보고 있노라니, 그의 영혼은 먼 당나라로 날아가고 있었다.

해가 저물었다.

탁발에서 돌아온 두 스님은 히요시가 울상이 되어 있으려니 생각했는데, 그의 앞으로 가자 빙그레 웃는 바람에 탄식하고 말았다.

"안되겠어. 벌을 줘도 소용이 없다. 이 녀석은 무서운 놈이다. 집으로 돌려보내는 게 좋겠어."

보증인인 가토가 마침 이 언덕 밑에 있었기 때문에, 밤이 되자 한 스님이 히요시에게 밥을 먹인 다음 절에서 데리고 내려갔다.

대붕(大鵬)

가토 단조는 등잔불을 등지고 방 안에 비스듬히 앉아 있었다.

자나깨나 싸움터에서 뒹구는 무사는 어쩌다가 집에 돌아와 편히 쉬는 때라도 몸을 감싸는 집안의 모든 것이 너무나도 평화스러우면 오히려 그 평화에 안주하고 싶어지지 않을까 두려워해야만 했다.

"여보?"

"네."

대답은 부엌 쪽에서 들렸다. 불과 1년 전에 결혼한 새색시였다.

"누가…… 사립문을 두드리는 것 같은데!"

"또 다람쥐가 장난치는 게 아닐까요?"

"아냐, 누가 온 모양이야."

"정말……."

오에쓰는 손을 닦으며 나갔으나, 곧 되돌아와서는, 작고 아름다운 미간에 수심을 가득 채우고 말했다.

"고묘사 스님이 히요시를 데리고 오셨어요."

단조는 그 말을 듣자, 짐작했다는 듯이 웃었다.

"흠. 그렇다면 원숭이란 놈, 쫓겨 나온 모양이구나."

이 가토가(家)와 나카무라 마을의 기노시타가(家)는 친척 간이었다. 처형의 아들이라 절로 들어갈 때 보증인 역을 맡았던 관계로, 사정을 듣자 단조 부부는 같이 사과를 한 다음, 히요시를 그날 밤으로 넘겨 맡았다.

"절이 적합하지 않다면 어쩔 수 없죠. 제가 본집으로 돌려보내겠습니다. 애쓰신 보람 없이 괴롬만 끼친 결과가 되어서……."

"그럼 본집에는 댁에서 잘 말씀 드려 주십시오."

고묘사의 스님은 무거운 짐이나 벗어 놓은 듯이 돌아갔다.

히요시는 멀거니 앉아 있다가, 신기한 물건이나 보듯 방 안을 둘러보고 나서 생각했다.

'누구네 집일까?'

절로 들어갈 때는 곧장 갔으므로, 이 집에는 들를 겨를이 없었다. 또한 가까이에 친척이 있다면 인내심이 그만큼 적어지리라고, 오에쓰가 이곳에 시집왔다는 것을 히요시에게는 알려 주지 않았었다.

"애야, 저녁은 먹었니?"

이윽고 단조가 앞에 와 앉으며, 히죽이 웃었다.

"먹었어요."

히요시는 끄덕였다.

"과자라도 먹어라."

단조는 말하면서 듬뿍 내놓는다.

히요시는 과자를 먹으며, 중방에 걸려 있는 창을 바라보기도 하고, 갑옷 궤의 무늬를 바라보기도 하다가, 눈앞에 마주앉은 가토 단조의 얼굴을 뚫어지게 쳐다보기 시작했다.

'이 녀석, 조금 모자라는 게 아닌가?'

단조는 그렇게 생각했다. 왜냐하면 하도 자기를 쳐다보기에 어쩌나 볼 셈으로 그 역시 눈을 똑바로 뜨고 노려봤으나, 히요시의 눈은 옆으로도 밑으로도 전혀 피하지 않는 것이다. 그렇다고 백치처럼 반응이 없는 것도 아니고, 다만 히쭉히쭉 웃고 있었기 때문이다.

"하하하……."

그가 먼저 눈길을 피하면서 말했다.

"그 동안에 아주 컸구나. 히요시, 내 얼굴을 잊었나?"

그 말을 듣고, 히요시는 어렴풋이 생각나는 얼굴이 있었다. 7살 때 강변 모래톱에서 머리를 쓰다듬어 준 아저씨가 아닌가.

무사라면 으레 그렇다고는 해도, 새신랑인 단조는 거의 매일 기요스의 성 안이나 싸움터에서 낮과 밤을 보낸다.

단조는 결혼한 지 아직 얼마 되지 않았지만, 아내와 단둘이 시간을 보낼 수 있는 날은 거의 하루도 없었다.

그 남편이 마침 어제부터 집에 돌아와 쉬고 있었다. 내일이면 다시 기요스 성으로 돌아가, 앞으로 몇 달 동안 이 집에서 같이 지낼 날이 없으리라고 생각하고 있던 참이었다.

'……어쩌면 아이가 딱하기도 하지.'

오에쓰는 눈살을 찌푸리지 않을 수 없었다.

딴 방이기는 했지만, 이 조그만 집에는 늙은 시어머니도 있었다.

'친정 집에 이런 개구쟁이가 있었던가?'

그런 말을 들을 생각을 하면, 출가해 온 몸이라 자연히 어깨가 움츠러들지 않을 수 없었다.

그러나 히요시는 남편 방에서 아까부터 괴상한 소리를 연방 지르고 있었다.

"아, 아저씨는 언젠가 강변에서 많은 무사들과 함께 말을 타고 있었죠? 그렇죠?"

"음, 기억하고 있었구나."

"그럼요."

히요시는 갑자기 응석을 부리듯 스스럼없이 말했다.

"그렇다면, 우리 집과는 친척 아냐? 우리 엄마 동생과 아저씨는 약혼자였지?"

하녀와 같이 밥상을 차리고 있던 오에쓰는 히요시의 말투나 떠들어 대는 소리에 가슴이 섬뜩했으나, 미닫이를 열고 남편을 불렀다.

"여보? 저녁 준비가 다 됐는데요."

보니까, 남편 단조는 히요시를 상대로 팔씨름을 하고 있었다. 히요시는 얼굴이 새빨개져서 벌처럼 꽁무니를 잔뜩 치켜들고 있었고, 단조도 어린아이처럼 그에 응하고 있었다.

"……여보……."

"밥인가?"

"국이 다 식는데요?"

"잠깐만, ……아니 당신 혼자 먼저 먹지. 이 꼬마 녀석, 금방 덤벼오는 게 재미있군. 하하하…… 정말 우습단 말이야."

그는 정신이 없었다.

단조는 히요시의 천진난만한 성격에 끌려 들어가고 있는 판국이었다. 스스럼없는 히요시는, 이미 이 이모부를 장난 상대로 삼고 있었다. 손가락에 조그만 인형을 끼고 놀리기도 하고, 성대 묘사도 하고, 개구쟁이끼리 하던 장난을 여러 가지로 해 보여, 단조를 배꼽 쥐게 했다.

다음 날, 단조가 기요스 성으로 떠날 때, 우울해하는 아내에게 말했다.

"부모님이 승낙만 한다면, 우리 집에서 키우면 어떨까? 별로 쓸모는 없겠지만, 진짜 원숭이를 키우는 것보다는 나을 테니까."

그러나 오에쓰는 달가워하지 않았다. 사립문까지 남편을 배웅하면서 말했다.

"……아녜요. 역시 제 집에 돌려보내는 게 좋겠어요. 어머님에게 또 무슨 실수를 저지를지 모르잖아요?"

"그야 뭐, 어떡하든, 당신 좋을 대로 해."

집을 나서면 살아서 돌아올 수 있을는지, 마음 속에는 주군과 싸움뿐이어서, 아내로서는 너무나도 매정하게 생각되는 남편이었다.

'남자란, 저렇게도 공명만이 중한 것일까?'

오에쓰는 남편의 뒷모습을 바라보며, 다시 몇 달 동안 맛보아야 할 외로움을 생각했다.

집안일을 마치자, 그녀는 곧 히요시를 데리고 나카무라 마을에 있는 언니 집을 향해 떠났다.

도중에서 마주 오다가 오에쓰를 보자 공손히 인사를 하는 사람이 있었다.

"아니, 이게……?"

상인이리라. 그러나 상인치고도 대상의 주인임에 틀림없었다. 화려한 하오리에 소검을 하나 허리에 차고 가죽 버선을 신고 있었다. 40살쯤 되어 보이는 온화한 사람이었다.

"가토 님 댁 아씨가 아니십니까? 어디를 이렇게 가시는지?"

잘 아는 사이인 듯 오에쓰는 히요시를 끌어당겼다.

"나카무라에 있는 언니 집에 가는 길입니다. 이 아이를 데려다 주려고요."
"허어, 그 도련님인가요, 고묘사에서 쫓겨났다는 아이가?"
"벌써 들으셨습니까?"
"실은 그 때문에 잠깐 절에 들렀던 길입니다."
히요시는 어쩐지 멋쩍어져서 공연히 두리번거렸다. 도련님이라고 불린 것은 난생 처음이었던 것이다. 얼굴이 화끈거리도록 부끄러웠다.
"그럼, 이 아이 때문에 절에 가셨나요?"
"그렇습니다. 고묘사에서 사과하러 왔더군요. 까닭을 들은 즉 제가 기증한 향로를 깨뜨려 버렸다는 것이 아닙니까?"
"정말 이 장난꾸러기가 그런 큰일을 저질렀어요?"
"뭘요. 아씨까지 그런 말씀을 하실 것은 없습니다. 오지그릇이 깨어지는 것은 당연한 일인걸요."
"하지만, 희귀한 명기라는 말을 들었는데요."
"다만 아쉽게 된 건, 그게 오랫동안 명나라까지 따라가 제가 모셨던 마쓰사카의 이토 고로다유 님의 작품이라는 점이랄까요?"
"상서라고도 부르는 분이시죠?"
"한데, 이미 그분은 병으로 돌아가셨습니다. 근래 흔히 쪽무늬를 넣은 도자기에 '상서 고로다유' 라는 이름이 들어간 것을 볼 수 있습니다만, 그것은 후세 사람들 것이고, 진짜 명나라에 건너가 도자기 만드는 법을 익혀 오신 분은 이미 이 세상에 안 계십니다."
"뜬소문이라 사실인지는 모릅니다만, 댁에서 보살피고 계시는 오후쿠란 도련님은 그 상서 님이 명나라에서 데리고 온 아드님이시라면서요?"
"네. 어떻게 알려졌는지는 모르지만 아이들과 같이 놀 때도 되놈이라고 놀린다고 요즘은 통 밖에 나가려고도 하지 않는군요."
도자기상 스테지로는 그렇게 말하고는 빙글거리며 히요시의 얼굴을 바라보았다. 친구인 오후쿠의 이름이 나오자, 히요시는 더욱 이 사람은 누구일까 하고 생각했다.
"한데, 이 히요시 도련님만은 언제나 오후쿠를 감싸 준다더군요. 그 히요시 도련님이 절에서 쫓겨났다는 말을 듣자 오후쿠마저 같이 빌기에, 실은 지금 고묘사에 가서 용서해 주도록 부탁을 했더니, 그쪽 말로는 향로뿐이 아니라, 이런 저런 일도 있었다면서 좀처럼 받아들일 기색이 없습니다.

그래서 어쩔 수 없이 돌아오는 길입니다만……하하하."
스테지로는 가슴을 젖히며 웃었다. 그리고 이렇게 덧붙여 말했다.
"부모님 생각도 물론 계실 테지만, 혹시 또 어디든지 보내시려거든, 저희 집 같은 데라도 좋으시다면 언제든 데리고 있겠습니다. 뭐니 뭐니 해도 이 도련님은 쓸모가 있다고 저는 생각하니까요."
다시 처음과 같은 공손한 인사를 나누고 나서 그 사람이 가 버리자, 히요시는 오에쓰의 옷소매에 매달리며 몇 번이고 돌아다봤다.
"이모, 지금 그 사람 누구지?"
"도자기상을 하고 있는 스테지로란 분이야, 여러 나라 도기를 도매로 팔고 있는 가게지."
"그래서 옹깃집이라고 하는구나."
한동안 잠자코 오에쓰를 따라 타박타박 걸었으나, 곧 다시 금방 들은 말이 생각난 듯, 느닷없이 물었다.
"명나라는 어디 있지? 명나라 말야."
"중국일 테지."
오에쓰는 간단히 대답했으나, 히요시는 계속해서 물었다.
"어느 쪽에 있지?"
"얼마나 크지?"
"명나라에도 성이 있고 무사가 있나? 서로 싸우기도 하나?"
이렇게 귀찮게 물으므로, 오에쓰는 소맷자락을 뿌리치며 말했다.
"시끄럽구나. 좀 잠자코 걷지 못하겠니?"
그러나 오에쓰의 이런 꾸지람쯤 그에게는 마이동풍이었다. 히요시는 고개를 잔뜩 치켜들고 열심히 푸른 하늘을 우러러보고 있었다.
그는 이상해서 견딜 수가 없었다. 어째서 하늘은 저토록 깊고 푸른가? 어째서 사람은 땅 위에만 걸어다니는가? 만약 사람이 새처럼 날 수 있다면, 향로의 그림에서 본 명나라에도 단숨에 날아갈 수 있을 텐데——.
그런데 향로의 그림에도 새 모양은 이 오와리의 새 모양과 조금도 다른 데가 없었다. 사람의 옷과 배 모양은 달라도 새는 똑같았다. 새들에게는 나라가 없다. 아니, 천하가 모두 한 나라다.
'보고 싶구나. 여러 나라가……'
그에게는 이제부터 돌아가야 할 자기 집이 좁다는 것도, 가난하다는 생각도 머리 한구석에조차 남아 있지 않았다.

이윽고 토굴처럼 한낮에도 어두운 자기 집을 그는 오에쓰와 함께 들여다 봤다.

일이라도 보러 나갔는지 지쿠아미는 집에 없었다. 오에쓰의 말을 듣자 어머니는 새삼스럽게 한숨을 쉬며 말했다.

"딱한 아이구나."

그리고 천연덕스런 히요시의 얼굴을 물끄러미 바라보았다. 그 눈은 그를 책하고 있다기보다는 2년 가까이나 보지 못한 사이에 몰라보게 자란 아들의 모습에 정신이 팔려 있는 눈이었다.

히요시는 어머니 젖꼭지에 매달려 있는 아기를 이상하다는 듯이 지켜보고 있었다. 어느 틈에 자기 집에, 또 한 아이가 생긴 것이다. 그는 별안간 애기의 얼굴을 젖혀 젖꼭지에서 떼어 내고, 찬찬히 들여다봤다.

"엄마, 이 애기 언제 낳았지?"

"넌 이젠 형이 된 게야. 정신 차리지 않으면 안 돼."

"이름이 뭐지?"

"고치쿠(小竹)."

"괴상한 이름인걸."

그는 뚱딴지같이 소리를 질렀으나, 무언가 절실하게 느낀 것만은 틀림없는 듯했다. 동생에게 밀려 난 형이라는 의식이었다.

"내일부터 내가 업어 줄게, 알았니. 고치쿠야."

그러나 너무 들까부는 바람에 고치쿠는 울음을 터뜨렸다.

오에쓰가 돌아가자, 계부인 지쿠아미가 돌아왔다. 어머니가 아까 이모를 붙들고 한 넋두리에 의하면, 지쿠아미는 요즘 가난을 극복하는 것에 지쳤는지 술만 마시고 있다는 것이다. 지금도 그는 얼굴이 벌개서 돌아왔다.

그리고 히요시를 보자마자 소리 질렀다.

"이놈 또 쫓겨 왔구나!"

집에 돌아온지도 어느덧 1년이나 지났다. 히요시는 12살이 되었다.

"원숭이 놈! 장작은 다 팼니? 이 녀석! 어쩌자구 물통은 밭에다 내버려 두는 거냐!"

지쿠아미는 히요시의 모습이 잠시만 보이지 않아도 찾아다니며 소리질렀다.
"지금 하려는 참이에요."
히요시가 이렇게 말대답이라도 하면 그는 흙일에 거칠어진 손으로, 당장 히요시의 뺨을 후려갈기며 말했다.
"어디서 또 주둥아리를······."
아이를 업은 채 목화도 따고 보리도 밟고 밥도 짓고 하는 어머니는, 그런 때에는 일부러 등을 돌리고 잠자코 있었다. 그러나 자신이 얻어맞는 것보다도 슬프고 괴로운 얼굴이었다.
"12살 정도 되면 어느 집 애건 모두 집안일을 돕는 법이다. 어른 눈을 피해서 놀기만 하면 아주 허리를 분질러 버리고 말 테다."
그런 식으로 지쿠아미는 쉴 새 없이 히요시를 부렸다. 어머니가 두둔하는 눈으로 봐서만이 아니라, 절에서 돌아온 후, 히요시는 딴 애가 된 것처럼 열심히 일했다.
'남의 밥을 먹으면 이렇게도 갑자기 달라지는 걸까?'
어머니는 측은하게 바라보았으나, 섣불리 감싸고 돌았다가는 오히려 지쿠아미가 거친 손찌검이나 욕설을 한층 가혹하게 히요시에게 퍼부어 대곤 하므로 보고도 못 본 척하고 있었다.
한편, 전과 달리 지쿠아미는 좀처럼 밭에는 나가지 않았다. 집에도 없는 날이 많았다. 거리에 나가는 모양이었다. 그리고 곤드레가 되어 돌아와서는 아이들을 야단치기도 하고, 아내에게도 입에서 나오는 대로 늘어놓고는 밤중이라도 없는 돈을 털어내어 오쓰미나 히요시를 시켜 술을 받아 오게 했다.
"아무리 일해 봤자 이 집은 가난에서 헤어나기는 틀렸어. 일은 많고 소작료는 늘어가고, 아이새끼만 없으면 나도 토적 패에나 끼어 좋아하는 술이나 진탕 마실 수 있을 텐데. 이렇게 거추장스러운 게 많아서야······."
"엄마, 어디 딴 집으로, 또 일하러 갔으면 좋겠어."
계부가 없을 때, 히요시가 이렇게 어머니에게 말했다. 오나카는 그런 히요시를 꼭 껴안았다.
"······있어다오. 지금 너마저 집에 없으면······."
그 다음 말은 입 밖에 낼 수 없는 듯 눈물이 되어 떨어지는 것을 고개를 돌리며 닦는 것이었다.
어머니의 눈물.

그것을 보면, 히요시는 아무 말도 할 수 없었다. 집을 뛰쳐 나가려던 생각도, 불평도 괴로움도 모두 내던지고 말았다.

그러나 그런 갸륵한 마음이 우러나는 반면에, 소년의 천성은 역시 놀고 싶고, 먹고 싶고, 알고 싶고, 어디든지 멀리 가보고 싶은, 여러 가지 욕망의 싹이 잡초가 자라듯이 무럭무럭 자라 오르는 것이었다. 게다가 계부인 지쿠아미가 어머니에게 쓰는 억지와 자기에게 가하는 주먹의 충격에 그의 조그만 몸에 배짱이 도사리게 되었다.

'빌어먹을……'

같은 일이 되풀이되자, 그는 무서운 지쿠아미에게 직접 대들 만큼 감정을 터뜨리는 일도 있었다.

"아버지, 절 어디든 보내 주세요. 전 집에 있는 것보다 딴 데 가서 일하고 싶어요."

"뭣이? 딴 데로 가고 싶다구? 좋아, 어디든 기어나가서 딴 집 밥을 또 먹어라. 대신 이번에는 쫓겨나면 두번 다시 집에는 안 들인다."

지쿠아미도 버럭 화를 냈다.

아이라고 생각하면서도 워낙 성미가 맞지 않은 탓인지, 그는 12살 난 히요시와 맞상대가 되어 화를 터뜨리곤 했다.

그는 한마을의 염색 가게에 고용되었다. 그러나 일꾼들로부터 배척당했다.

"입만 까지고 건방지고, 요리조리 피해 다니고 배꼽에서 때나 파내고 있다."

얼마 안 가서 소개했던 사람은 그를 다시 집으로 데리고 와서 말했다.

"도무지 쓸모가 없다고 해서……."

지쿠아미는 잔뜩 노려보며 말했다.

"어떠냐, 원숭이 놈 같은 밥벌레는 아무도 달가워하지 않는단 말야. 부모의 은공을 알만하냐?"

"내가 잘못한 게 아냐."

히요시는 볼이 부어 가지고 이런 말이라도 할 듯이, 노려보는 계부의 눈을 똑바로 쳐다보았다. 그리고는 오히려 이렇게 말했다.

"아버지야말로 농사는 안 짓고 노름이나 하고 술이나 마시는 일을 그만 뒀으면 좋겠어요. 딴 사람들은 모두 어머니가 가엾다고들 말하고 있잖아요."

"뭣이! 이 녀석이 애비더러!"

지쿠아미는 한마디로 히요시의 입을 막아 버렸지만, 속으로는 히요시를 다시 보았다.

'점점 되바라지기 시작하는 걸……'

딴 집에 갔다 올 때마다 히요시는 눈에 띄게 자라곤 했다. 그리고 전과는 달리, 부모를 보는 눈도 가정을 보는 눈도 갑자기 성장한 것처럼 생각되었다. 지쿠아미는 그렇게 어른스런 눈으로 자기를 관찰하는 것이 귀찮고 두렵고 밉기도 했다.

"어서 일자리를 구해 나가라!"

그 이튿날 히요시는 다른 일자리를 구했다. 역시 한마을의 통집이었다.

"이런 되바라진 앤 우리 집에 둘 수 없어요."

통집 마나님은, 한 달 만에 히요시를 다시 돌려보내고 말았다.

히요시의 어머니는 무엇이 그렇게 되바라졌다는 것인지 통 이해할 수 없었다.

미장이에게 일을 배우기도 하고 말 시장에서 도시락도 팔아 보았다. 대장간에도 갔다. 어디에 가든, 고작 3달에서 반 년이었다.

몸집은 점점 커져 갔다. 나카무라 마을에서는 이미 딱지가 붙어서 아무도 일자리를 알선해 주려고 하지 않았다.

"아, 그 지쿠아미네 아이 말인가? 그 원숭이 새끼는 주둥이만 까져서, 아무 데도 쓸모가 없는 녀석이야."

히요시의 어머니는 난처하고 면목도 없고 해서, 남들이 히요시의 말을 하면 자기가 먼저 히요시가 마치 불량배라도 되는 듯이, 스스로 수그러들고 앞질러서 사과만 하고 있었다.

"그 애는 정말 무엇을 시켜야 할지, 농사도 싫다, 집에 있기도 싫다, 늘 그 모양이니."

15살이 되는 봄.

초췌한 어머니는 히요시를 불러 앉히고 찬찬히 타일러 다음 날, 대숲 언덕에 사는 이모와 함께 큼직한 상가를 찾아가게 했다.

"이번에야말로 잘 참아야 한다. 다시 쫓겨 오게 된다면, 수고해 준 이모부에게도 이모에게도 얼굴을 들 수가 없게 되고, 동네에서도 아주 웃음거리가 되고 말 거야…… 아니, 이번에 또 실수를 해서 쫓겨나는 일이 있다면, 누구보다도 이 어미가 그냥 두지 않을 테다."

도기상 스테지로의 집이었다.

그곳에는 어렸을 때의 친구 오후쿠가 있었다.

오후쿠는 이미 17,8살이 된 의젓한 청년이었다. 양아버지인 스테지로를 도와 옹기집 젊은 주인으로서 한 몫을 하고 있었다.

상가라고는 해도 주종의 구별은 엄격했다.

오후쿠 앞에 그가 처음 선을 보일 때 히요시는 마루방에 꿇어 엎드리고, 오후쿠는 그 건너 거실에서 양부인 스테지로와 그의 아름다운 부인과 함께 다과를 들며, 무언가 한창 얘기를 하고 있는 중이었다.

"응? 넌 야에몬의 아들, 원숭이가 아니냐. 참 아버진 죽고 지쿠아미가 계부가 됐다지…… 우리 집에 일을 하러 왔다구? 열심히 일하지 않으면 안 돼."

오후쿠의 말투와 거동은 몰라볼 만큼 어른스러웠다.

"예……."

히요시는 곧 하인들이 거처하는 방으로 물러나왔다. 거실에서는 주인 가족들이 한바탕 웃고 있는 소리만이 들려오지 않는가.

친구인 오후쿠가 조금도 친구다운 얼굴을 보여 주지 않은 것이 히요시는 씁쓸했다.

날이 갈수록 오후쿠는 입에 익은 듯, 더욱 말투가 거침없었다.

"이봐, 원숭이! 내일은 일찍 일어나 기요스까지 갔다 오는 거다. 관가에 주문품을 가지고 가는 거니, 여느 때처럼 손수레에 실어야 해. 그리고 돌아올 땐 우리 집이 히젠(肥前)에 도착했는지 알아보고 오너라…… 또 언젠가처럼 딴 짓을 하고 늦게 돌아오면 쫓아 낼 테니까."

히요시는 그저 대답밖에 할 수 없었다.

"예……."

오래 전부터 와 있는 고용인들은 머리를 조아리고 말하곤 하는 것이다.

"알아 모시겠습니다."

나고야나 기요스 쪽으로는 곧잘 심부름을 가곤 했다. 그때마다 그는 높은 성벽을 우러러보면서 막연한 생각을 했다.

'저 안에는 어떤 사람이 살고 있을까? ──어떡하면 저런 곳에 살 수 있게 되는 걸까?'

거기에 비해 벌레만도 못한 조그마한 자기가 어린 소년의 마음에도 무척 초라하게 생각되는 것이었다. 그가 옹기를 잔뜩 실은 무거운 수레를 끌고 길을 가면, 장옷을 걸친 여인네나 말끔히 때가 벗은 아가씨들, 또는 젊고 아름다운 새색시들이 손가락질도 하고 수군거리기도 하면서, 힐끔힐끔 바라 보며 지나가곤 했다.

"어머, 원숭이가 가네."

"원숭이가 수레를 밀고 가네."

벌써부터 히요시도 아름다운 여자와 추한 여자를 가려볼 수 있었다. 소년의 마음을 가장 아프게 한 것은, 그런 아름다운 여인들이 이상한 눈으로 바라보는 점이었다.

그 무렵, 기요스 성에는 아직 무로마치(室町) 영주인 시바 요시노리(斯疲義統)가 성주로 있었고, 오다 히코고로 노부토모(織田彦五郎信友)는 중신으로 있었다.

성 둘레의 외호(外濠)와 고조 강(五條江)을 중심으로 한 이곳은 예전 아시카가(足利) 문화의 여진과 전란 속에서도 잃지 않은 화려함으로 나라에서 으뜸가는 도부(都府)라는 이름을 부끄럽지 않게 하고 있었다.

술은 술집에서
좋은 차는 찻집에서
계집은
기요스의 스가로(須賀路)에서

그 스가 길목에는 기생집이나 찻집이 처마를 맞대고 늘어서 있었고, 낮에는 기녀가 부리는 계집아이들이 공놀이를 하며 한길에서 노래하고 있었다.

소년 히요시는 짐을 실은 손수레를 끌고, 그런 노래 소리를 들으며 정신없이 지나갔다.

'어떡해야 훌륭해질 수 있을까?'

그러나 막연한 그 물음에 대답도 얻지 못한 채였다.

'두고 봐라, 두고 봐라!'

히요시는 희망에 갖가지 환상을 그려 보기도 했다.

먹음직한 음식, 부유해 보이는 집, 현란한 무구(武具)와 마구와 의상, 그리고 보석 가게. 그와는 아무 인연도 없는 물건들이 거리에는 집집마다 쌓여 있었다.

만두집 찜통에서 솟아오르는 김만 봐도 나카무라 마을에 있는 누나 오쓰미의 파리하고 여윈 얼굴이 떠올랐다.

'누나에게 하나쯤 사다 줬으면……'

약국 앞을 지나갈 때는 늘어놓은 약초 봉지를 멀거니 바라보기도 했다.

'어머니에게도 저런 약을 댈 수 있다면 좀더 건강해지실 텐데……'

다만 지쿠아미에 대한 생각만은 전혀 떠오르지 않았다.

'내가 훌륭해지면……'

이 생각을 하는 이면에는, 다른 누구와 비교해 봐도 너무나 초라한 어머니와 오쓰미를 행복하게 해 주고 싶다는 마음도 다분히 있었다.

때문에 그는 기요스 거리로 오면, 여느 때의 희망과 공상이 한층 커질 뿐이었다.

'두고 보자. 두고 보자!'

그는 속으로 외쳤다.

'어떡하면…… 어떡하면 훌륭해지는가?'

그러고는 그 생각만 하며 걸어가는 것이었다.

"이 멍청아!"

히요시는 갑자기 터지는 욕설을 들었다. 번화한 네거리를 돌아가려던 때였다. 갈아 탈 말과 창을 든 부하들을 10여 명이나 대동한 무사에게 수레를 부딪치고 만 것이었다.

지푸라기에 싼 사발과 접시들이 떨어져 산산조각이 나고, 히요시의 몸도 수레와 함께 비틀거렸다.

"장님이냐!"

"병신 같은 놈!"

말도 종자도 부서진 그릇 위를 그렇게 욕을 하며 짓이기고 지나갔다. 행인들도 누구하나 달려와서 도와 주는 사람이 없었다.

그는 깨진 조각을 주워 모아 다시 수레에 싣고 걸으며 멋쩍음과 노여움에 뜨거운 피가 끓어올랐다.

'어떡해야 저놈들을 내 앞에 엎드리게 할 수 있을까?'

그는 유치한 공상 속에서나마, 그러나 진지하게 생각했다.

하지만, 잠시 뒤에 그는 주인집에 돌아가서 들어야 할 꾸지람과 오후쿠의 싸늘한 얼굴이 눈앞에 떠오르자, 대붕(大鵬 : 하루에 9만 리를 날아간다는 상상의 큰 새)이 날개 치듯 하던 끝없는 공상도 자취를 감추고, 깨알 같은 조그만 걱정에 마음이 쏠리지 않을 수 없었다.

도둑의 무리

해는 아주 저물어 버리고 말았다. 그는 수레를 곳간에 넣고, 우물에서 발을 씻고 있었다.

근처에 이름난 도자기상이라 집도 어느 권세 있는 집 못지않게 넓고 컸다. 널찍한 안채를 비롯해서 여러 채의 집과 곳간이 늘어서 있었다.

"원숭이야 원숭이야!"

오후쿠가 부르며 다가왔다. 히요시는 우물가에서 몸을 일으키며 무심코 대답했다.

"여기야."

오후쿠는 무엇이 못마땅했는지, 들고 있던 댓가지로 히요시의 어깨를 후려갈겼다. 히요시는 비틀거리는 바람에 씻은 발을 다시 더럽히고 말았다.

"주인에게 '여기야'라니……. 아무리 말해도 말버릇을 못 고치는구나. 우리 집은 농사꾼의 집과는 다르단 말이야."

고용인이 사는 딴 채나 곳간에서 일하는 자들을 보러 올 때는, 이 젊은 주인은 언제나 댓가지를 들고 다녔다. 히요시가 댓가지로 얻어맞은 것은 오늘만이 아니었다.

"왜 잠자코 있지?"

"……."

"다시 대답해! '예' 하고 대답하는 거야."

"……."

"안 할 작정이냐? 이놈!"

히요시는 또 얻어맞는 것보다는 나을 거라 생각하고 대답했다.

"예."

"기요스에서는 언제 돌아왔나?"

"지금 돌아왔습니다."

"거짓말 말아. 부엌에서 들으니, 벌써 밥을 먹었다고 하던데?"

"눈이 핑핑 돌아서 쓰러질 것 같기에……."
"왜?"
"배가 고파서 겨우 걸어 왔습니다."
"뭐 배고픈 것쯤 가지고…… 돌아왔으면 왜 돌아왔는지 주인에게 보고부터 해야 하지 않느냐 말이다."
"발을 씻고 나서……."
"핑계는 그만 둬. 그뿐만 아니라, 지금 부엌에서 들으니 기요스 관가에 보낼 그릇을 도중에 적잖이 깨뜨려 버렸다면서?"
"예."
"정직하게 사과할 생각은 않고, 어떻게 둘러대야 할 텐데 하며 낄낄거리고 웃었다면서? 오늘 밤엔 용서하지 않을 테다."
오후쿠는 그의 귀를 잡아 끌며 앞장섰다.
"자, 이리 와."
"미안해요."
"버릇 되겠다. 톡톡히 혼내 줄 테니 따라와. 아버님 앞에 가자."
"미안해요. 잘못했어요."
오후쿠는 손을 놓지 않았다. 우물가에 있던 두서너 명의 다른 고용인들도, 히요시의 사과하는 목소리가 원숭이 웃음소리를 닮았다는 말만하며 멀거니 바라보고 있었다. 오후쿠는 아버지인 스테지로에게 고해 바칠 작정으로 넓은 집을 옆으로 돌아갔다. 곳간 앞을 지나 뜰로 가는 길은 대나무가 우거져 있어서 뒤꼍에서도 안채에서도 보이지 않았다.
여기까지 오자, 히요시는 우뚝 걸음을 멈추고 오후쿠의 손을 뿌리쳤다.
"이봐!"
히요시는 호통을 치면서 오후쿠의 놀란 얼굴을 눈을 부릅뜨고 보았다.
"내 할 말이 있으니 들어라!"
"이게 무슨 짓이냐?"
"뭐가 무슨 짓이야!"
"주인 보고 넌……."
오후쿠는 파리해진 얼굴로 몸을 떨며 말했다.
"나, 난, 이 집 주인이란 말이다."
"그러니까 여태까지는 고분고분했다. 그러나 오늘은 할 말은 해야겠다."

"……."

"이봐, 오후쿠…… 넌 예전 일을 잊었나. 너와 난 서로 친구였어."

"그건 지나간 일이야."

"지나간 일은 잊어도 좋다는 거냐? '되놈, 되놈' 하고 네가 아이들에게 놀림받을 때, 언제나 누가 감싸 줬는지 기억하고 있을 테지?"

"그래."

"그럼 조금쯤은 그때 은혜를 생각해 볼만도 하잖아?"

키가 작은 히요시는 자기보다 훨씬 큰 오후쿠더러 이렇게 말하며 노려보았다. 어느 쪽이 손위인지 알 수 없게, 그는 어깨를 으쓱거렸다.

"다른 고용인들도 모두 말하고 있어. 주인나리는 사람이 좋지만 작은 주인인 넌 건방지고 인정머리 없다고."

"……."

"너같이 고생을 모르고 자란 녀석이야 말로, 가난에 쪼들리며 사는 사람들의 밥을 좀 먹어 봐야 해."

"……."

"앞으로도 고용인들을 괴롭히거나, 나한테 너무 심하게 굴면 그냥 두지 않겠다. 내가 아는 아저씨 중에 토적이 있는데 부하도 천 명이나 거느리고 있어. 그 아저씨에게 부탁해서 이런 집쯤 하룻밤에 짓이겨 버릴 테니 그리 알아라!"

히요시는 입에서 나오는 대로 엄포를 놓은 것에 불과했지만, 원래 담이 작은 오후쿠는 히요시의 눈빛과 말투에 압도되어 그만 겁을 먹고 말았다.

안채 쪽에서 아까부터 하인들이 찾고 있었다.

"오후쿠 도련님……."

"도련님. 도련니임……."

그러나 오후쿠는 대답할 용기마저 잃은 듯 히요시의 눈초리에 묶여 있었다.

"널 찾고 있잖아. 그만 가도 좋다. 하지만 지금 말한 건 잊지 말아라."

히요시는 가르쳐 주듯 중얼거리고 돌아서서 다시 뒤꼍으로 돌아왔다.

그러나 히요시는 가슴이 두근거렸다.

이제 곧 안에서 들어오라는 호령이 내리지 않을까 하는 염려에서였다.

그러나 아무 일도 없었다.

어느덧 그런 일도 잊어버린 채 한 해가 또 저물어갔다. 그는 16살의 새해를 맞이했다.

농사꾼은 농사꾼 나름으로 상인은 상인 나름대로 16살이 되면 관례의 흉내를 내고 어른 행세를 했지만, 그에게는 그런 축복은 고사하고 부채 하나 주는 사람도 없었다.

다만 설이라고 해서, 넓은 부엌 한구석에 앉아 다른 고용인들과 함께, 코를 훌쩍이며 좁쌀로 만든 떡을 진기한 음식이나 대하듯이 먹었을 뿐이었다. 그래도 그는 마음 속으로 문득 생각했다.

'어머니와 누나도 떡을 먹고 있을까?'

조밥을 부치는 농부이면서도 떡도 없이 보낸 설을, 그는 여러 번 기억하고 있었다.

히요시가 그런 생각을 하고 있는 동안, 다른 고용인들은 수군대며 불평들을 하고 있었다.

"오늘 밤은 주인마님이 손님을 청하는 날이야. 우리까지 한구석에 앉아 지루한 설법을 듣지 않으면 안 되는 날이지."

"딱 질색이거든. 설날인데 말야."

"설사라도 해서 누워 버릴까?"

한 해에 두세 차례씩 설이든가, 10월의 제삿날이든가 하는 날이면 도자기상 스테지로는 흔히 손님들을 청했다.

나고야와 기요스의 단골 손님, 무사, 옹기상, 친척과 친지 등 무척 많은 손님들이 저녁 무렵부터 줄레줄레 모여들었다.

"어서 오십시오. 자, 이리로……."

스테지로는 이날 유난히 안색이 밝았다. 그리고 공손히 손님들을 접대하며 한동안 무심히 지낸 것을 사과하기도 했다.

그의 아름다운 부인은 차를 끓여 내고 진기한 그릇이나 정성어린 꽃꽂이 같은 것을 보이며, 원하는 사람에게는 차를 따르는 등 우아한 대접을 한다.

"사양 마시고 많이 드십시오."

다도의 풍류를 제창한 히가시야마(東山) 이래, 그 여풍은 민간에도 스며들고 있었다. 그 영향은 또한 민가의 다다미나 미닫이, 도코노마(방바닥을 한층 높이고 족자나 꽃꽂이 등으로 장식을 할 수 있게 한 곳), 젓가락, 찻잔에까지 변화를 가져오게 하여, 부지불식간에 다도는 생활 속에 깊숙이 스며들고 있었다.

특히 세토(瀨戶) 마을 일대에서 구워지는 특색 있는 도자기는 그 담아한 취향이 많은 수요를 불러, 옹기장이들도 차를 즐기는 사람이 많았다. 또한 좁은 방 안에 앉아, 한 송이의 꽃과 한 모금의 차만으로 그동안 전란에 시달린 세상과 괴로운 인생을 잠시 잊고, 혼탁한 세상 속에서 기를 돋우는 방법을 그들은 직접 터득하고 있었다.

"아, 부인이시군요."

40살 가량의 건장한 무사였다. 꼬리를 물고 모여드는 손님들 사이에 끼어 들어온 사람이었다. 다석에 앉자 부인에게 공손히 인사를 하고 말했다.

"나는 친척 되시는 요네노(米野)의 시치로베(七郎兵衛)와 잘 아는 사이요. 시치로베의 안내로 같이 올 예정이었지만 마침 감기로 누워 있다기에, 실례인 줄 알면서도 이렇게 혼자 왔소."

그런 다음 더욱 공손히 이름을 밝혔다.

"와타나베 덴조(渡邊天藏)라는 사람이오."

예의바른 태도였다. 향사다운 무뚝뚝한 면도 없지는 않았지만, 차를 한 잔 청하자 부인은 대접했다.

"다도라곤 통 모릅니다만……"

격식에 어울리는 말을 하고 덴조는 편한 자세로 차를 마시며 방 안을 둘러본다.

"과연 소문대로 훌륭한 물건을 갖고 계시오. 실례지만, 그 물주전자로 쓰고 있는 것이 바로 붉은 무늬를 넣었다는 도자기군요."

"눈에 띄셨습니까? 그렇다는 것은 저도 알고 있습니다."

"흠……"

그는 감탄한 듯 물끄러미 바라보며 말했다.

"붉은 무늬라면 사카이(堺)의 상인에게라도 넘기면, 천금도 받을 수 있을 텐데…… 아니, 값은 고사하고, 오래간만에 훌륭한 눈요기를 했소."

그러면서 그는 좀처럼 일어날 기색을 보이지 않고 있었지만, 이윽고 안에 자리가 마련되었다는 하녀의 말에, 부인은 그를 안내하여 안쪽 넓은 방으로 건너갔다.

"그럼 저쪽으로……"

10여 명 분의 주안상이, 벽을 따라 쭉 놓여 있었다. 주인인 스테지로가 그 한가운데 앉아 인사한 뒤, 부인과 어린 하녀가 따라 주는 술이 한 순배 돌고 나자 여느 때처럼 자기 자리에 앉으며 말했다.
"그럼 저도 한구석을 차지해 볼까요."
그로부터 그가 장년 시절에 견문한 명나라 이야기가 시작되는 것이었다.
그 무렵 일본에서는 명나라에 관한 지식은 거의 열손가락에 꼽을 정도로 아는 사람이 별로 없었다. 그 명나라 얘기가 하고 싶어서 그는 일부러 손님을 부르고 대접을 하곤 하는 것이었다.
온 집안이 법석을 떨며 접대하고 음식을 대접하면서, 바쁜 가운데도 1년에 몇 차례씩 손님을 모시는 까닭은 자기가 가지고 있는 명나라 지식이라든가, 바다를 건너던 체험을 딴 사람에게 자랑하려는 것도 있지만, 실은 더욱 절실한 또 하나의 뜻이 있었다.
그것은 자기 친자식으로, 아니 친자식 이상으로 소중히 키워 온 오후쿠에 대한 사랑 때문이었다.
왜냐하면 오후쿠가 그의 친자식이 아니라는 것은 모두가 다 아는 사실이었지만, 동시에 순수한 일본인도 아니라는 것에, 세상에서는 신기하다는 듯 관심을 가지고 있는 것 같았다.
그 때문에 어렸을 때부터 놀러 나가도 동무들에게 놀림을 받고 울면서 돌아오기가 일쑤였다.
"되놈, 되놈!"
가뜩이나 내성적인 오후쿠는 더욱 그렇게 되는 경향을 보였다.
스테지로는 그때마다 가슴이 아팠다. 죽은 고로다유에게 미안한 생각도 들었다.
오후쿠의 생모는 명나라 출신으로 이금이라는 이름의 신분이 매우 낮은 중국인 여자였다. 이세 마쓰사카에서 중국의 경덕진(景德鎭)으로 오랫동안 도자기를 배우러 유학을 가 있었던 상서 고로다유와의 사이에서 태어난 아들이 오후쿠이다.
양경복(楊景福)이 오후쿠의 아명이었다.
고로다유가 마침내 일본으로 돌아오게 되었을 때, 하인 스테지로가 그 양경복을 업고 장강과 현해탄 백리의 뱃길을 건너 일본으로 데리고 온 것이었다.
그런데 상서 고로다유는 일본으로 돌아온 지 얼마 안 되어 병으로 죽고 만다. 오랫동안 명나라에서 연구한 것을 토대로 조국의 도자기 공예에 새 경지를 개척하고자 했던 이상을 끝까지 펼쳐보지도 못하고, 이금과의 사이에 태어난 아들이 자라는 것도 보지 못한 채 세상을 떠난 것이다.

'오후쿠를 자네에게 부탁하네.'

스테지로는 주인의 임종 무렵에 그 아들의 후사를 부탁받았다.

물론 일본으로 돌아온 뒤로는 '양경복'이라고 부르는 것이 이상하여 후쿠타로라고 이름을 고쳤지만, 마쓰사카 사람들 사이에서는 '저 아인 되놈'이라는 것이 공공연한 비밀이었다.

상서가 죽은 뒤, 스테지로는 마쓰사카를 떠나 고향인 오와리로 돌아왔다. 그리고 이 지방에서 산출되는 도자기를 비롯하여 각국 도자기를 나고야, 기요스는 물론, 교토 및 오사카 일대까지 손을 뻗쳐 판매하고 있었다. 그런데 오후쿠의 내력과 그의 생모가 일본 여자가 아니라는 것은, 워낙 각국과 왕래가 잦은 지방이었던 탓인지 어느 틈에 소문이 나고 말았다.

'세상 사람들이 명나라 사정을 잘 모르기 때문이다. 또한 공연히 숨기려고 하니까 더욱 이상한 눈으로 보는 거다.'

스테지로는 이렇게 생각하였다.

'세상 사람들에게 명나라가 어떤 나라라는 것을 가르쳐 주자. 그러면 오후쿠도 오히려 자기가 이어받은 피에 부끄러움을 느끼지 않고, 내성적인 성격도 고쳐질지도 모를 일이다.'

그가 손님을 청하는 것과, 자랑스럽게 명나라 얘기를 늘어놓는 데는 그런 까닭도 있었던 것이다.

어쨌든 그날 밤도 손님들은 술이 어지간히 돌아가자 눈치 빠르게 먼저 재촉했다.

"주인장! 그럼 오래간만에 명나라 얘기라도 해 주구려."

요즘에는 천축이니 중국이니 하면 꿈나라처럼만 생각하고 있던 백성들도 총포에다 자명종에다, 남방의 옷감이나 견사 같은 직물을 보기에 이르렀다. 또 세상에는 일본 말고도 다른 큰 나라가 정말 있다는 것이 막연하기는 했지만 차차 알려지기 시작한 시대였다.

스테지로는 손님들을 향하여 말하기 시작했다.

"포르투갈이라든가, 에스파냐라든가, 네덜란드라든가, 그런 홍모인들의 나라와 명나라를 똑같이 생각하면 안 됩니다. 명나라와 일본은 동양이라고 해서, 비록 나라는 다르지만, 살색도 머리털도 문자·종교·도덕…… 심지어는 피까지 똑같은 나랍니다."

이어서 진나라 때와 한·당나라 시대에 그곳에서 많은 사람이 일본으로 이주해 와 일본에 아주 귀화해 버렸다는 것. 그 귀화인들은 일본 여자와 결혼하여 아이를 낳았고 일본 문화에도 여러 가지로 공적을 남기고 있다는 것. 또한 일본에서도 예전에는 견당사(遣唐使)를 태운 배가 끊임없이 바다를 내왕하며 지식과 산물을 교역했으며, 두 나라는 마치 이빨과 입술과 같은 관계에 있었다는 것.

이를테면 일본에서 흔히 먹는 두부 같은 것만 해도 실은 그 나라 토산물이었고, 음식뿐만 아니라 산천 풍물도, 인정과 도덕도, 미술과 문학도 모두가 이상하리만큼 닮은 나라라는 것.

다만 완전히 다른 점이라고 하면, 일본은 위로 일계(一系)의 황실을 받들고 있어 바뀌는 일 없이 연면히 이어진 데 비해, 그 나라는 너무나 큰 대국이어서 수천 년 동안 패권 다툼이 끊이지 않았고, 흥하는 자가 스스로 제왕이라 칭하는 등, 민심이 한 곳에 모이는 일이 없었기 때문에, 그 역사가 매우 혼란스럽고 복잡하며, 따라서 일본과는 국정이 크게 다르다.

한마디로 말하면 패도(霸道)의 나라이다.

나라가 어지럽고 서로 아무리 싸워도 일본에서는 조정이라는 중심이 확고하여 수천 년대에 이르도록 흔들리지 않고 있으며, 백성의 마음속에서도 항상 중심을 이루고 있다. 그러한 평화가 명나라에는 없다.

"생각하면 고마운 나라에 우리가 살고 있는 것이오."

스테지로는 그런 식으로 일본과 명나라를 비교하여 얘기해 주었다.

그러면서 은근히 오후쿠에게는 비굴한 생각을 버리도록 가르치고, 세상 사람들에게는 명나라와 일본과의 밀접한 관계를 깨우쳐 주었다.

덕분에 오후쿠도 요즘 내성적인 경향이 없어졌다. 고용인도 세상 사람들도 결코 그를 놀리거나 하지 않았다.

"잘 먹었습니다. 게다가 오늘 밤도 여러 가지로 유익한 이야기를 들려 주셔서……."

"정말 잘 먹었습니다. 어지간히 밤도 깊었으니, 이제 그만……."

"그럼 물러갈까 합니다."

"그럼 슬슬 가 볼까?"

그날 밤도 모임은 무사히 끝나고 손님들은 줄지어 가 버렸다.

고용인들은 그 다음이 또한 분주하기 마련이다.
"휴우……겨우 끝났나?"
"손님들에게는 신기한 얘긴지 모르지만, 우리야 뭐 1년 내내 듣는 얘기고 보니……."
그들은 하품을 하며 여럿이서 뒷설거지를 하는 것이었다. 물론 히요시도 그들 틈에 끼어 바쁘게 돌아다녔다.
이윽고 넓은 부엌의 불도, 주인들의 거실의 등불도 모두 꺼지자, 이 집을 둘러싼 흙담 대문에도 단단히 빗장이 질러졌다.
무사의 저택은 말할 것도 없었지만, 상인의 집이라도 조그만 재산이 있다고 소문이 난 집은 반드시 흙담을 둘러치든가, 해자를 만들고, 안으로도 이중 삼중으로 도적에 대비하는 요해처를 마련해 놓고 있었다.
그러한 밤의 불안은 오닌전란(應仁戰亂)이 일어난 무렵부터 도시에서도 시골에서도 이미 당연한 일로 되어 있었다.
아무도 이상하게 여기는 사람이 없었다.
해가 지면 잔다. 그것이 습관이 되어 있었다.
자는 것이 유일한 낙인 고용인들은 각각 방으로 돌아가자, 소처럼 정신없이 쓰러졌다. 하인방 한구석에서 목침을 베고 얄팍한 이불을 뒤집어쓰고 있는 히요시를 제외하고는.
"어라……."
히요시는 잠을 이루지 못하고 있다가 문득 고개를 들었다.
그도 오늘 밤 손님들 한쪽 끝에서 주인 스테지로의 명나라 애기를 열심히 들었는데, 가뜩이나 공상이 많은 그로서는 크게 감명을 받은 뒤에는 언제나 가벼운 열병에 걸린 듯이 좀처럼 잠을 이루지 못했다.
'무슨 소릴까?'
몸을 일으키자 히요시는 자리 위에 일어나 앉았다.
분명 지금 뒤꼍에서 나무가 부러지는 것 같은 소리가 난 것이다.
그보다 앞서 저벅 저벅, 발자국 소리 같은 것이 들리는 듯해서 귀를 기울이던 참이었다.
히요시는 부엌으로 나가 가만히 밖을 내다봤다. 큼직한 물독은 얼어붙었고, 처마에는 칼날 같은 고드름이 늘어져 있는 밝고 추운 한밤중이었다.
문득 뒤꼍 노목 가지를 바라보니 누군가 올라가 있는 사람이 있었다. 방금 들린 소리는 그가 잡은 가지 하나가 부러지면서 난 소리인 것 같았다.
 히요시는 나무에 올라가 있는 사람의 기괴한 행동을 지켜보았다.
 사내는 반딧불만한 조그만 불을 빙글빙글 허공에서 휘돌리고 있었다. 분명 그것은 불 붙인 화승(화약 심지)이었다. 빨간 소용돌이에서 반짝이는 불티가 바람에 흩어지고 있었다. 누군가에게 무슨 신호를 보내는 모양이었다.
 '앗, 내려온다!'
 히요시는 뛰쳐나가 족제비마냥 그늘에 몸을 숨겼다. 나무에서 미끄러져 내려온 사내는 성큼성큼 앞쪽으로 돌아갔다. 히요시는 사내의 뒤를 밟았다.
 '엇, 아까 왔던 손님 중 한 사람이구나!'
 믿을 수 없다는 듯이 그는 중얼거렸으나 역시 기억에 남는 사람이었다.
 그것은 틀림없이 와타나베 아무개라고 하며 부인이 베푼 좌석에도 참석했고, 주인 스테지로의 말도 끝까지 열심히 듣고 나서 돌아간 향사였다.
 손님은 모두 돌아갔을 텐데, 여태까지 어디에 무엇 때문에 남아 있었을까? 뿐더러 지금 보니 몸차림도 아까와는 달랐다. 짚신을 신고 하카마(가랑이가 넓어 치마같이 보이는 일본 옷의 하의) 자락을 걷어붙인 데다 장검을 비스듬히 차고 있었다. 독수리 같은 험악한 눈으로 사방을 두리번거리고 있다. 얼핏 봐도 살벌한 피비린내를 풍기는 듯한 매무새였다.
 "기다려. 곧 빗장을 벗길 테니, 조용히 해!"
 그 기괴한 인물은 문으로 다가가 빗장을 벗기기 시작했다.
 그 사이에도 밖을 에워싸고 있는 여러 사람의 속삭임이 들리고, 한편으로는 문을 흔들어 대고 있었다.
 토적의 내습――?
 그렇다. 토적의 두목이 메뚜기 떼 같은 수많은 수하들을 거느리고 노략질을 할 작정인 것이다.
 히요시는 그늘에 숨은 채 생각했다.
 '도둑놈!'
 그렇게 느끼자, 순간 온몸의 피가 끓어올라 그는 스스로를 잊고 말았다.
 그러나 자신을 잊은 것도, 두려움도, 그것은 자신이 섬기고 있는 주인집이 큰일을 당했다는 관념과는 별개의 것이었다. 아니, 도둑이라는 엄연한 사실만이 머리에 온통 꽉 차 있어서 다른 생각이나 위험을 전혀 느낄 여유조차 없어졌다고 하는 것이 옳을 것이다.

그만큼 그때 히요시가 취한 행동은 너무나도 대담하여, 백치의 소행이라고밖에 할 수 없는 일이었다.

"아저씨?"

어슬렁거리고 그늘에서 빠져 나가자 어쩔 셈이었는지 그는 이렇게 부른 것이다.

지금 문을 마악 열어젖히고 수하들을 맞아들이려는 토적 와타나베 덴조의 등을 향하여.

"...... ?"

흠칫 하는 듯한 전율이 덴조의 발뒤꿈치에서 등줄기까지 흘러 퍼졌다. 설마 16살 난 이 집 하인이라고는 생각하지도 않았을 것이다.

"......"

그가 보니까 원숭이 같은 얼굴을 한 기묘한 소년이 유난히 붙임성 있는 눈으로 다가오고 있다. 토적 덴조는 잠시 동안 뚫어지게 바라보더니, 아무리 생각해도 모르겠다는 얼굴로 물어보았다.

"누구냐, 넌?"

히요시는 태연하게, 아니 태연스럽게 보일 정도로 위험을 잊고 있는 것이리라. 웃지도 않았지만 그렇다고 별다른 표정도 보이는 일 없이 반문했다.

"아저씨는 누구예요?"

"뭣이?"

덴조는 자신의 지혜로는 더욱 이해할 수 없는 노릇이었다.

'백치인가?'

이렇게도 생각했으나, 그 시선에 빈틈이 없는 데다, 소년이면서도 이상하게 이쪽을 압도해 오는 것만 같았다. 덴조는 히요시의 시선을 떨쳐 버리듯 무섭게 노려보았다.

"뻔한 일. 우리는 토적들이다. 소리를 지르면 베어 버린다. 아이들을 죽이러 온 것은 아니니, 나무 광에라도 틀어박혀 있어라."

칼을 빼는 시늉을 하면 질겁해서 도망가리라 생각하고 덴조가 칼자루를 한 번 두드려 보이자, 히요시는 빙그레 하얀 이를 드러내 보이면서 말하였다.

"그럼 아저씨는 도둑이군요? ...... 도둑이라면 원하는 물건만 가지고 가면 되는 게 아녜요?"

"시끄럽다. 저리 가!"
"가라면 가겠지만, 그 문을 열면 아저씨들은 한 사람도 살아서 돌아가지 못하게 돼요."
"뭐라고?"
"모르시죠? 아무도 모르지만 나는 알고 있어요."
"꼬마야! 너 좀 돈 게 아니냐?"
"자기 말을 하고 있네. 아저씨야말로 머리가 나빠요. 이런 집에 도둑으로 들어오다니."

문 밖에서는 이런 일이 벌어진 줄은 모르고 기다리다 못해 덴조의 한패들이 물었다.
"아직 멀었나?"
"잠깐, 잠깐만 기다리고 있어."

덴조는 그들을 제지한 다음, 다시 히요시를 향하여 말했다.
"이 집에 들어가면 살아서 돌아가지 못한다고 했는데, 정말이냐?"
"정말이지."
"어째서? 허튼 소리 하면 모가지를 비틀어 버릴 테다!"
"그냥은 가르쳐 줄 수 없어. 나한테 뭔가 주기 전에는 싫단 말이야."
"흠……."

덴조는 신음하며, 히요시에게 향하고 있던 의심을 옹깃집 전체로 돌렸다.
하늘의 별빛은 바람에 닦이고 닦이어 환했지만, 토담에 둘러싸인 이 집 주위는 한밤의 어둠 속에 잠겨 있었다.
"무엇을 원하느냐?"

시험삼아 그가 묻자, 히요시는 말했다.
"물건 같은 건 바라지 않아요. 나를 부하로 만들어 줘요."
"그럼 너는 우리와 한패가 되고 싶단 말이냐?"
"그래요."
"도적이 되고 싶단 말이지?"
"예."
"몇 살이냐?"
"16살."
"왜 도적이 되고 싶지?"

"이 집 주인은 나를 너무 부려먹고, 같은 고용인들은 원숭이라고 놀려대기만 하기 때문에 아저씨처럼 토적이 돼서 앙갚음을 하고 싶어요."

"좋아. 수하에 넣어 줘도 좋다. 하지만 그것은 네가 증명을 한 다음이다. 자, 지금 말한 그 까닭을 대라!"

"이 집에 들어가면 모두 죽게 된다는 것 말인가요?"

"그래!"

"아저씨의 계획이 어설퍼서 그런 거예요. 아저씬 아까 손님으로 가장하고 여러 사람 틈에 끼어 있었죠?"

"음……."

"누군가 아저씨 얼굴을 아는 사람이 있었어요."

"그럴 리가 있나?"

"있고 없고 간에 주인마님이 훤히 알고 있던 걸요. 그래서 난 진작 손님들이 아직 있을 때 주인마님 분부로 대숲 언덕에 사는 가토 단조 나리 댁에 가서 부탁하고 왔어요. 오늘 밤에 도적 떼가 들이닥칠 테니, 지켜 달라고 말예요."

"대숲 언덕의 가토? 음. 오다의 부하 가토 단조 말이냐?"

"단조 나리와 우리 주인마님은 친척 같은 사이예요. 곧 이웃에 있는 무사들을 10여 명 모아 가지고 손님을 가장해서 여길 왔어요. 지금도 안에 있어요. 거짓말 아녜요."

정말인 듯했다. 그 말을 믿었다는 것은 와타나베 덴조의 당황하는 얼굴에서 엿볼 수 있었다.

"음, 그래? 그럼 지금 그놈들은 무엇을 하고 있지?"

"둘러 앉아 조금 전까지 술을 마시며 기다리고 있었어요. 하지만 오늘 밤은 쳐들어오지 않을 모양이라고 지금은 자고들 있어요. 나만 추운 밤에 혼자 지키게 하고 말입니다."

"그럼 너는 망을 보라는 영을 받고 서 있었던 거냐?"

히요시가 끄덕이자, 덴조는 덤벼들더니 큼직한 손바닥으로 그의 입을 짓눌러 버렸다.

"떠들면 목숨이 없을 줄 알아라!"

히요시는 발버둥을 치고 덴조의 손등에 손톱을 박으며, 막힌 입으로 소리 질렀다.

"아저씨, 아저씨. 약속이 틀리잖아요. 떠들지 않을 테니, 이 손 놔 줘요."

덴조는 고개를 흔들었다.

"아니다. 내가 이래 봬도 와타나베 덴조님이시다. 네 말을 들으니 이 집에서도 대비가 있는 모양이지만, 그렇다고 빈손으로 돌아가면 무슨 낯으로 부하들을 대한단 말이냐!"

"그러니까, 그러니까."

"어떡하겠다는 말이냐?"

"내가 아저씨들이 훔치고 싶은 물건을 대신 내다 줄게요."

"네가 훔쳐 내 온다고?"

"네. 그럼 되잖아요? 베고 베이고 하는 위험한 짓을 하지 않아도 되고요."

"틀림없지?"

덴조는 히요시의 목을 꽉 조르며 다짐을 받았다.

문이 열리는 것이 늦어지자 문 밖에서는 덴조의 수하들이 이상하기도 하고 두렵기도 한 모양인지, 연방 문을 흔들어 대기 시작했다.

"두목. 두목님?"

"어떻게 된 거요?"

"무슨 일이 있습니까?"

덴조는 빗장을 반쯤 벗기고 그 틈새로 밖에 대고 말했다.

"약간 상황이 좋지 않으니, 조용히 기다려. 그렇게 한 군데에 모여 있지 말고, 적당히 그늘에 숨어 있도록 해라."

그럼 그렇지, 하고 심상치 않게 여기던 참이라 수하들은 일제히 흩어져 덤불이나 나무 그늘 등, 어둠을 찾아 몸을 숨기고 말았다.

히요시는 와타나베 덴조가 말한 물건을 가지고 나오기 위해 하인방을 거쳐 슬며시 안채로 들어갔다.

그러나 주인 부부 거실에서 여느 때 같으면 켜져 있지 않을 불빛이 흘러나오고 있었다.

"주인마님!"

히요시는 툇마루에 무릎을 꿇으며 불렀다.

대답은 없었으나, 주인 스테지로도 부인도 분명 일어나 앉아 있는 기척이었다.

"마님?"

또 한 번 불렀다.

"누구냐?"

부인이 대답했다. 분명 떨리는 목소리.

아까부터 들려오는 심상치 않은 소리와 두런거리는 말소리에 주인과 부인 중 어느 쪽이 먼저 잠에서 깨어났는지는 몰라도 토적들의 내습임을 짐작하고 모든 것을 체념하고 있는 듯했다.

그런 판에 히요시가 미닫이를 열고 들어왔으므로, 주인 스테지로도 부인도 눈이 휘둥그레지고 말았다. 공포가 가시지 않은 불안한 얼굴로 어리둥절한 듯 그를 빤히 바라보고 있었던 것이다.

"토적들이 내습했습니다. 여럿입니다."

히요시가 말했다.

주인 부부는 꿀꺽 침을 삼킬 뿐, 아무 대답도 하지 않았다. 아니, 말을 할 수 없을 만큼 이빨을 꽉 깨물고 있는 모양이었다.

"……들이닥치면 그야말로 큰일입니다. 주인님도 마님도 묶여 버리고 말 겁니다. 죽는 사람, 다치는 사람도 대여섯 명은 틀림없이 생길 겁니다……그래서 제가 꾀를 써서 토적 두목을 밖에서 기다리게 해 놓았습니다."

도적 와타나베 덴조에게 한 말을 히요시는 그대로 주인 부부에게 옮기고 말을 이었다.

"……그러니 주인님, 토적 두목이 바라는 물건을 내주기만 하면 됩니다. 제가 들고 나가서 건네주기만 하면 잠자코 돌아가 버릴 겁니다."

잠시 후.

"히요시? 대체 토적 두목이 무얼 달라고 하더냐?"

"놈들이 눈독을 들이고 온 것은, 주인마님이 소중히 간직하고 계시는 붉은 무늬가 든 도자기…… 물주전자라고 했습니다."

"뭣이? 그 물주전자를?"

"그것만 넘겨주면 돌아간다고 했습니다. 이런 값싼 흥정은 없으니 넘겨주시는 것이 어떻겠습니까? …… 하지만, 그것은 이쪽 계략이니까 제가 몰래 훔쳐다 주는 척하고 말입니다."

히요시는 우쭐해서 주인 부부에게 권했지만, 스테지로는 말할 것도 없고 부인마저 미간이 수심과 공포로 검게 물들어 있었다.

"붉은 무늬가 든 오지 주전자라면 오늘 손님들을 접대하려고 광 속에서 꺼내 온 그 도자기 아닙니까? 두목 놈도 바보 같은 놈이죠. 하필이면 그 따위 물건을 집어 내오라고 하니 말입니다."

히요시는 킬킬거리며 웃음이라도 터뜨릴 얼굴로 그렇게 말했으나, 부인은 화석이 돼 버린 듯 말이 없었고 스테지로는 크게 한숨을 내쉬며 말했다.

"큰일 났구나."

그러더니 생각에 잠긴다.

"주인마님, 무엇을 그리 생각하십니까? 오지그릇 하나면 피를 보지 않아도 되지 않습니까?"

"그것은 내가 장사를 위해 다루는 물건 같은 흔해 빠진 도자기와는 다르다. 명나라에 가도 좀처럼 없는 물건이야. 그 명나라에서 고심 끝에 일본까지 가지고 온 거다. 또한 돌아가신 상서 님의 유품이기도 하고……."

스테지로가 중얼거리자, 부인도 같이 입을 열었다.

"사카이 차 도구상에 가져가면 천 냥은 받을 수 있는 물건이란 말이야."

부인은 원망스럽게 말하기는 했으나, 살벌한 토적들이 더욱 무서웠다. 맞서다가 몰살을 당하고 집마저 불에 타 버린 실례쯤은 어디에 가나 새삼스러울 것 없는 지금의 세상이었다.

역시 남자는 이런 경우 체념이 빨랐다. 스테지로도 한동안은 차마 애착을 끊지 못하고 있는 듯했으나 이윽고 결단을 내렸다.

"하는 수 없다!"

그는 다소 생기를 되찾아 장롱 서랍에서 열쇠를 꺼냈다.

"내다 주어라."

그 말과 함께 그는 열쇠를 히요시 앞에 던졌다.

나이에 어울리지 않는 재치와 계략. 그는 히요시의 솜씨를 속으로 탄복하면서도 억울하게 빼앗기는 명기를 생각하면 화가 치밀어 칭찬도 할 수 없었다.

히요시는 혼자서 광을 열었다. 그리고 상자 하나를 들어내자, 열쇠를 주인에게 돌려 주었다.

"그만 불을 끄고 주무십시오. 이젠 걱정하지 않으셔도 됩니다."

이런 주의까지 남기고 히요시는 다시 밖으로 나왔다.

어떻게 될까, 반신반의하며 기다리고 있던 와타나베 덴조는 히요시의 손에서 명기가 든 상자를 넘겨받자 뚜껑을 열고 확인한 다음, 굳었던 얼굴을 풀었다.
"음, 이거다!"
"그럼 아저씨들은 어서 돌아가는 게 좋을 거요. 지금 광 속을 뒤질 때 촛불을 켰기 때문에 가토 나리와 다른 무사들이 눈을 뜨고, 집 둘레를 한 바퀴 돌아보자는 말을 하고 있었으니까요."
내몰 듯이 말하자, 덴조는 허둥지둥 문 밖으로 뛰쳐 나갔다.
"꼬마, 언제든지 나를 찾아오너라. 수하로 써 줄 테니……."
덴조는 이런 말을 남긴 채 쏜살같이 어둠 속으로 사라졌다.

고양이 먹이

공포에 휩싸인 하룻밤은 지났다.

이튿날 한낮.

아직 초이레가 지나지 않아, 하객이 가끔씩 나타나곤 했지만, 옹깃집 안방에는 이상하게 가라앉은 듯한 분위기가 감돌고 있었다. 주인 스테지로도 뚱하니 말이 없었고, 항상 명랑한 부인의 모습도 보이지 않았다.

그 어머니 방에, 오후쿠가 슬며시 와서 앉아 있었다. 부인은 어젯밤의 악몽의 두려움에서 아직 덜 깬 듯, 파리한 얼굴로 병자마냥 누워 있었다.

"어머니, 지금 아버지에게도 말씀드리고 왔으니까 안심하십시오."

"그래, 아버지는 뭐라시든?"

"처음에는 제 말을 반신반의하셨습니다만, 제가 히요시의 평상시 행동과, 언젠가 저를 붙들어 놓고 뒤꼍에서, 못되게 굴던 토적들을 불러들일 테다…… 하고 엄포를 놓더라는 말을 하자 비로소 깜짝 놀라시는 눈치였습니다."

"곧 내보내겠다고 하시더냐?"

"그것이 좀처럼 결단을 못 내리시고, 쓸모가 있는 원숭이인데……하며 생각하고 계시기에 도적의 끄나풀을 집에 놓아 둘 작정입니까? ……하고 제가 말씀 드렸습니다."

"나는 처음부터 히요시의 눈매가 꺼림칙했어."

"그 말도 했습니다. 그러니까 아버지는 모두가 싫어한다면 내보낼 수밖에 없겠지. 하지만 대숲 언덕의 가토님의 청을 받은 체면도 있고 해서 나는 말을 꺼내기가 어려우니, 너희들이 적당히 의논해서 좋은 말로 내보내도록 하라는 말을 남기고 아버지는 출타하셨습니다."

"그래? 잘 됐구나. 난 이젠 한시라도 그런 원숭이가 둔갑한 것 같은 녀석은 두고 볼 수가 없어졌어. 히요시는 지금 뭘 하고 있지?"

"곳간에서 짐 꾸리는 것을 돕고 있어요…… 당장 여기 불러다 놓고 영을 내릴까요?"

"그만둬. 얼굴 보는 것도 끔찍하니까. 아버지가 그렇게 말씀하셨다면, 네가 직접 쫓아내면 되지 않니?"

"네……."

오후쿠는 내심으로 다소 켕기는 눈치였다.

"알겠습니다. ……그 동안의 보수는 어떡할까요?"

"처음부터 임금을 준다는 약속을 하고 받아들인 것도 아니고, 제대로 일도 못하는데 먹여 주고 입혀 주고 했으니, 그것만으로도 과분한 보수였어. 하지만……글쎄다……지금 입고 있는 옷이나 주고 소금이나 두어 되쯤 들려 보내기로 하지."

오후쿠는 혼자 말하기에는 아무래도 좀 켕겨서 다른 고용인을 데리고 같이 그릇광으로 나갔다.

그는 곳간 속을 들여다보며 물었다.

"원숭이 있느냐?"

그렇게 부르자, 온통 지푸라기를 뒤집어쓰고 일을 하고 있던 히요시가 여느 때보다 신나게 대답하며 뛰어 나왔다.

"네. 무슨 일입니까?"

딴 사람에게 말해서는 좋지 않을 것 같아 아직 아무에게도 말하지 않고 있었지만, 그는 은근히 어젯밤 일을 자랑스럽게 생각하고 있었다. 반드시 주인으로부터 정식으로 칭찬이 내릴 것이라고 기다리고 있던 참이었다.

오후쿠의 곁에는 고용인 중에서도 힘이 센, 히요시가 평상시 가장 두려워하고 있던 점원 하나가 버티고 서 있었다.
"원숭이 놈아."
"예……."
"너 말이다. 오늘부터 그만 두고 나가야겠다."
오후쿠의 말. 히요시는 영문을 모르겠다는 얼굴로 물었다.
"어디로요?"
"어디라니, 너희 집이지. 집은 있겠지. 당장 나가."
"집은 있긴 하지만……."
어째서, 하고 히요시가 묻기도 전에, 오후쿠는 덮어씌우듯이 말했다.
"오늘로 너를 내보내기로 했어. 지금 입고 있는 옷은 그냥 줄 테니, 곧 나가도록 해라."
그러자 곁에 있던 점원이 히요시의 잠옷 꾸러미와 소금 두 되를 내놓으며 말했다.
"이것은 마님의 온정으로 너한테 주시는 물건이다. 인사는 따로 필요 없으니 여기서 곧장 나가도록 해라."
히요시는 어리둥절했다.
얼굴이 화끈 달아오르며 온몸의 피가 거꾸로 흐르는 것 같았다. 그 눈은 금방 오후쿠에게 덤벼들 듯한 분노로 가득 찼다.
"……알았어?"
오후쿠는 뒷걸음질치며 점원 손에서 잠옷 꾸러미와 소금을 받아 땅바닥에 놓자, 허둥지둥 사라져 버렸다.
히요시는 계속 그 뒷모습을 덤벼들 듯한 눈으로 바라보고 있었으나 그 눈에 눈물이 가득히 괴어 올라 아무것도 보이지 않았다.
들불처럼 닥치는 대로 부수고 싶은 분노와 동시에 그의 머리에는 어머니의 슬픈 얼굴이 떠오르고 있었다.
"이번에도 또 쫓겨 온다면 대숲 언덕 이모부도 볼 면목이 없고, 이 어미는 부끄러워서 마을 사람들을 대할 수 없게 된단다."
옹깃집으로 오기 전에 그렇게 말하며 눈물을 글썽거리던 어머니의 얼굴이, 가난에 시달리며 아이를 낳을 때마다 눈에 띄게 여위어 가는 어머니의 모습이 노여움에 뒤끓는 그의 핏속에 눈물을 자아내게 하여, 그는 잠시 어떻게 해야 할지 갈피를 잡지 못한 채 우두커니 그 자리에 서 있었다.

"원숭이야."
"무슨 일이야?"
"또 무슨 실수를 저지른 게지. 내쫓는다고 하던데?"
"너도 16살이다. 어디에 가든 밥은 먹을 수 있을거야. 사내가 울상은 왜 하고 있니?"
 다른 고용인들은 웃으면서 그를 사이에 두고 분주히 일손을 놀리며 말했다.
 히요시에게는 다만 웃음거리가 됐다는 느낌밖에 없었다. 그는 아무에게도 울상을 보이지 않았다. 오히려 흰 이빨을 드러내고 둘러보며 말했다.
"누가 울상을 했다고 그래? 이런 집은 나도 이젠 넌더리가 나던 참이야. 이번엔 무사 댁으로 가서 무사를 섬겨 볼 작정이다."
 잠옷 꾸러미를 등에 지고, 발밑에 뒹굴고 있던 댓가지에 소금 부대를 찔러 훌쩍 어깨에 둘러메었다.
"무사를 섬기러 간다고?"
"하하하. 그럴 듯한 말을 하는군."
 미워하지는 않았지만, 쫓겨나는 그의 뒷모습을 동정의 눈으로 바라보는 사람은 아무도 없었다. 히요시도 담 밖으로 한 걸음 나서자, 푸른 하늘이 가슴에 번져오면서 해방됐다는 기분 외에는 아무것도 없었다.

 작년 8월, 아즈키(小豆) 고개 싸움에서, 단조는 공을 세우려고 적 이마가와(수川) 군 한복판에 뛰어들었다가 중상을 입고 가까스로 돌아왔다.
 그 뒤 그는 꼼짝 못하고 집에 누워 있었다. 아내 오에쓰의 정성어린 간호가 있었지만, 동짓달의 추위를 넘기고 정월에 접어들면서부터는 창에 찔린 배의 상처가 몹시 아픈 듯, 매일 괴로운 신음 소리가 끊임없이 새어 나오고 있었다. 그 피고름에 더럽혀진 남편의 속옷을 오에쓰는 뜰 안으로 굽이쳐 흐르고 있는 냇물에 빨고 있었다.
'누굴까? ……한가하게……'
 문득 그녀는 비위에 거슬리는 듯, 소리가 나는 쪽을 둘러보았다.
 고묘사가 있는 언덕 중턱에 있는 집이어서, 토담 위로 얼굴을 내밀면 기슭쪽 한길까지 내려다보인다. 나카무라 마을의 논밭도 바라다보이고 쇼나이 강과 오와리 평야도 멀리까지 바라다보인다.

차디찬 겨울 해는 들판 저편으로 기울어, 오늘도 저물기 시작했다.

실을 감으며
기다려 보고
해가 저물도록
기다려 보네.
괴로워서 와 봐도
헛된 일임을.
안타까이 오늘도
기다려 보네.
에헤야
기다려 보네.

거침없는 큰 소리였다.

험한 현실의 혹독함과 인간의 고통을 전혀 모르는 것 같은 소리였다. 무로마치(室町) 말엽에 널리 불려졌던 노래가 이 오와리 근방에도 전해진 것으로, 농가의 처녀들이 실을 짜면서 흔히 부르는 노래였다.

"……아니? 히요시 아냐?"

오에쓰는 노래를 부르며 막 기슭에서 올라오고 있는 소년을 멀리 내려다보자 깜짝 놀랐다.

틀림없이 단조의 소개로 재작년에 옹깃집으로 들어간 조카 히요시이다. 지저분한 꾸러미를 등에 지고, 댓가지에도 뭔가 찔러 가지고 어깨에 멘 채, 한가롭게 걸어오고 있었다.

'어쩌면, 한동안 못 본 사이에 꽤 컸구나.'

그것도 놀랄 일이었지만, 키만 컸지 여전히 철은 든 것 같지 않아, 그것이 더 기가 막혔다.

못 견디게 괴로워도
견디고 참자.
남의 정은 덧없고
헛된 일임을.

에헤야
헛된 일임을.

"아, 이모, 여기 계셨군요? …… 안녕하셨어요?"
히요시는 다가오자, 꾸벅 인사를 했다. 노래를 부르며 걸어온 여세가 그런 기묘한 인사를 하게 한 것이었다.
그러나 젊은 이모는 웃음을 잊은 사람처럼 얼굴이 흐려 있었다.
"오래간만이구나…… 고묘사에 심부름이라도 오는 거냐?"
"아뇨."
히요시는 그 말을 듣자마자 머리를 긁적거리며 난처한 듯이 말했다.
"옹깃집에서 쫓겨났어요. 이모부한테 알리는 것이 옳을 것 같아서……."
"뭐라고? 또?"
오에쓰는 눈살을 찌푸렸다.
"그래, 또 쫓겨났단 말이냐?"
"그게 글쎄……."
히요시는 까닭을 말하려고 했으나, 어쩐지 귀찮은 생각이 들어 응석을 부리듯이 말했다.
"이모? 이모부 계시나요? 계시면 만나게 해 주세요. 부탁할 일이 있으니까요."
무슨 소리. 남편은 그런 한가한 때가 아니다. 아즈키 고개 싸움에서 중상을 입어, 오늘 내일을 감당하기 어려운 중태에 빠져 있다. 히요시 따위의 부탁을 들을 겨를이 있는 때가 아니다.
젊은 이모는 밉살스럽다는 듯 말했다.
"정말 너같이 참을성 없는 아들을 둔 네 어머니도 어지간히 가엾구나."
이 말을 듣자 히요시는 풀이 죽어 중얼거렸다.
"그럼 이모부에게 부탁하려고 했더니 틀렸나?"
"무얼 말이냐?"
"이모부는 무사니까, 이번에는 어디든 무사 집에 일자리를 얻어 줬으면 했는데."
"대체 너 올해 몇 살이지?"
"16살이에요."

"16살이나 됐으면, 조금은 세상을 알 만도 하지 않니?"

"그러니까 시시한 집에서는 일하고 싶지 않단 말예요. 이모, 어디 마땅한 데가 없을까?"

"그만 둬라!"

터무니없는 소리 말라는 듯이, 오에쓰는 나무라듯 빤히 쳐다보며 말했다.

"무사 댁에서는 무사의 가풍에 맞는 사람이 아니면 쓰지 않는 거야. 너같이 멋대로 자라고 태평스런 아이를 누가······."

그때 하녀가 나와 오에쓰에게 말했다.

"아씨? 어서 와 보셔요. 나리께서 또 괴로우신 모양이에요."

오에쓰는 그 말을 듣자, 히요시 같은 것은 안중에도 없는 듯, 아무 말도 하지 않고 집 안으로 달려들어갔다.

뒤에 남은 히요시는 잠시 우두커니 오와리 평야 위에 저물어 가는 구름을 바라보고 있다가, 이윽고 뜰 안으로 들어가 부엌 밖에 서 있었다.

곧장 나카무라에 있는 집으로 돌아가 어머니의 얼굴을 보고 싶었지만, 계부 지쿠아미를 생각하면, 집은커녕 근처에도 가고 싶은 생각이 없었다.

'새 일자리를 먼저 구해 놓고······'

이런 마음가짐과 이모부에게 전말을 얘기해 두는 편이 순서일 것이라는 생각에 여기 온 것이었는데, 그 이모부는 병이 중하다고 하니.

'어떡한담?'

히요시는 허기진 배를 어루만지며, 막연히 잠자리부터 걱정했다.

그러자 그의 차디찬 발에 무언가 부드러운 것이 달라붙었다. 내려다보니, 귀여운 고양이였다.

히요시는 고양이를 안아들고, 부엌 한구석에 걸터앉았다.

"너도 배가 고프냐?"

희미한 저녁 햇빛이 그와 고양이의 주위를 을씨년스레 비치고 있었다. 고양이는 그의 품 속에서 오들오들 떨고 있었으나, 차차 몸이 녹자 그의 얼굴을 할짝할짝 핥기 시작했다.

"이러지 마, 이러지 마."

히요시는 얼굴을 도리질하면서 고양이에게 속삭였다. 그는 고양이를 그리 좋아하진 않았다. 그러나 지금 그에게 친밀감을 보여 주고 있는 것은 고양이뿐이었다.

"⋯⋯어라?"

문득 히요시는 귀를 기울였다.

고양이도 눈이 동그래지는 듯했다. 부엌 저쪽으로 통한 방에서 병자의 신경질적인 고함소리가 갑자기 들려 왔기 때문이다.

그러자 이윽고 통통 부은 눈으로 오에쓰가 부엌으로 물러나왔다. 무언가 남편의 기분을 거스른 것이리라. 약 탕관을 불에 올려놓으며 또 한 번 소맷자락으로 눈물을 훔치고 있었다.

"이모?"

히요시는 고양이 등을 쓰다듬으며 조심스럽게 말했다.

"이 고양이 배가 고파 떨고 있어요. 먹을 걸 주지 않으면 죽겠어요."

실은 자신의 허기도 호소하고 있는 것이었다. 그러나 그녀는 고양이 따위가 무슨 상관이냐는 듯이 말하면서 또 소맷자락으로 눈물을 훔쳤다.

"너 아직 여기에 있었니? 해가 저물어도 우리 집에서는 재워 주지 못한다."

약을 달이며 답답한 가슴을 혼자 부둥켜안고 울고 있는 젊은 이모의 모습에는 2, 3년 전의 행복했던 새색시의 아름다움은, 비바람을 맞은 꽃처럼 찾을 길이 없었다.

'우는 걸 보니 이모부가 몹시 아픈 모양이구나.'

고양이를 안고, 고양이와 함께 허기와 잠자리를 걱정해야 하는 히요시는, 이모의 심정을 헤아리려는 듯 물끄러미 그녀를 바라보았다. 문득 그 젊은 이모의 몸매에서 여느 때와 다른 점을 발견했다.

"이모, 이모 배가 무척 부르군요? 아기를 가졌나요?"

울고 있던 오에쓰는, 자기가 가장 슬프게 생각하고 있는 것을, 너무도 당돌한 말로 별안간 묻는 바람에, 뺨이라도 호되게 언어맞은 것처럼 흠칫 고개를 들며 말했다.

"사내 녀석이 그따위 되바라진 말을 하는 게 아냐. 별 애를 다 보겠구나."

그러더니 한층 슬픔에 쌓인 어조로 다시 말했다.

"어서 해가 있을 때 나카무라든, 어디로든 가기나 해. ⋯⋯나는 지금 너를 돌보고 있을 겨를이 없어."

이모는 흐느낌을 삼키며, 방 안으로 들어가 버렸다.

"⋯⋯가야지."

히요시는 스스로에게 들려주듯 중얼거리고 일어났으나, 고양이는 그의 따뜻한 품 속을 떠나려하지 않았다. 그러자 아까 히요시가 한 말을 듣고 하녀가 비로소 생각이 미친 듯, 조그마한 접시에 찬밥을 담고 국물을 끼얹으며 밖에서 고양이를 불렀다.

밥을 보자, 고양이는 그의 품 속에서 뛰쳐나와 그쪽으로 달려갔다. 히요시는 입 안에 가득히 침이 괴는 것을 느끼며, 고양이와 고양이 밥을 넋을 잃고 바라보았다.

"……"

그에게는 밥을 줄 것 같지도 않았다. 히요시는 나카무라 마을로 갈 것을 결심했다. 허기진 몸을 일으켜 뜰로 다시 나오자, 꼭 닫힌 병자의 방에서 발소리를 들은 듯 고함치는 소리가 들렸다.

"누구냐!"

흠칫――걸음을 멈추고, 히요시는 이내 그것이 단조라는 것을 알았다.

"저 히요시에요……"

그리고 마침 잘됐다 생각하자 옹깃집에서 쫓겨났다는 말도 아울러 덧붙였다.

"여보, 그 문 좀 열어 줘."

단조의 말이 안에서 들린다.

그러나 그의 아내는 저녁 바람을 쐬어 몸이 차지면 또 상처가 아플 거라고 열심히 달래며 미닫이를 열려고 하지 않았다.

그러자 단조가 다시 부아통을 터뜨렸다.

"바보 같은 소리. 열흘이나 스무날쯤 더 살아봤자 무엇이 나을 게 있단 말인가? 어서 열라면 열어!"

오에쓰는 울먹이며 미닫이를 열고 말했다.

"히요시야, 병에 해로우면 안 되니까 인사만 드리고 나서 곧 돌아가는 거야."

"네."

히요시는 그 자리에 선 채, 방 안에 대고 인사를 했다. 단조는 이불을 겹쳐 놓고, 몸을 기대고 있었다.

"옹깃집에서 쫓겨났단 말이냐, 히요시?"

"네."

"음, 하는 수 없지."
"……."
"쫓겨났다고 조금도 부끄러울 것은 없어. 불충, 불의한 짓만 하지 않았다면……."
"네."
"너희 집도 원래는 무사였다. 무사는 말이다, 히요시……."
"네……."
"먹을 것을 위해, 먹을 것 때문에 허덕이지 않는 것이 무사다. 천직을 위해, 주군을 위해, 받드는 본분을 위해 일생을 보내는 거다. 밥은 항상 따르게 돼 있는 것, 사람이 천록(天祿)이야…… 부탁한다. 넌 밥을 쫓아다니며 일생을 헛되이 보내는 사람이 되지 말아라."

소금

이미 한밤중에 가까웠다.
감질(疳疾)기가 있는 데다 쇠약해질 대로 쇠약해진 고치쿠(小竹)는 줄곧 울기만 하다가, 가까스로 젖에서 떨어졌다.
"어머니, 일어나시면 감기 걸려요. 그대로 주무셔요."
히요시의 누나 오쓰미는 그렇게 어머니를 위로했으나, 오나카는 일어나 앉았다.
"아니다. 아직 아버지도 돌아오지 않았는데…… 참……."
그녀는 오쓰미와 같이 초저녁부터 해온 밤일을 이로리 곁에서 다시 시작하였다.
"아버지는……어떻게 된 거죠? 오늘 밤도 돌아오지 않을 모양이네요."
"정월이라 그럴 테지."
"하지만, 식구들은 어머니를 비롯해서……떡 한 조각 먹지 못하고, 이렇게 추위에 떨면서 밤일을 하고 있는데……."
"남자란 본시 바깥일이 바쁜 거야."
"아무리 가장이라고 해도, 일은 도통 하지 않고 술만 마시니…… 돌아오면 어머니나 못살게 굴고, 난 정말 화가 나서 못 견디겠어요."
오쓰미도 이제는 나이 찬 처녀였다. 으레 출가했을 나이였지만, 어머니를 혼자 남겨 두고 출가 할 수도 없었고, 집안 형편을 빤히 알고 있는 이상, 새

옷은 고사하고 분 한 갑조차 생각할 수 없었다.

"너무 그러지 말아라."

어머니는 눈물을 지었다.

"아버지는 그런 양반이라 믿을 수 없지만, 히요시가 이제 머지않아 어엿한 젊은이가 될 테니, 그때는 너도 시집을 보내게 될 거다…… 그러나 이 어미를 봐서도, 남편을 잘 고르지 않으면……."

"어머니, 저 시집 같은 건 아직 생각하고 있지 않아요. 언제까지나 어머니 곁에서……."

"여자란…… 그럴 수도 없는 거야. 지금의 네 아버지에겐 비밀로 하고 있지만, 돌아가신 네 아버지가 싸움터에서 부상당했을 때, 주군께서 내리신 위로금 중에서 얼마쯤 떼어 놓은 것이 있다. 네가 시집갈 때 쓰려고 말이야. 헌 실로 공처럼 감아 일곱 개나 마련해 두었어. 그것으로 옷이라도 한 벌 짜서……."

"어머니……누군가 봉당에 들어온 것 같아요."

"아버지냐?"

오쓰미는 목을 늘여 봉당 쪽을 내다보면서 말했다.

"……아녜요."

"그럼 누구냐?"

"누굴까? …… 잠자코 계셔요."

불안한 듯 오쓰미가 숨을 죽이고 있었다.

"어머니!"

히요시의 목소리.

그는 어두운 봉당에 우두커니 선 채, 올라오려고 하지 않았다.

"아니, 너, 히요시가 아니냐?"

"……네, 저예요."

"어, 어떻게 돌아왔니?"

"옹깃집에서 쫓겨났어요."

"뭐? 쫓겨나?"

"미안해요, 어머니. 용서해 주세요."

어두운 봉당에서 흐느껴 우는 소리가 들렸다.——오나카와 오쓰미는 구르듯이 봉당으로 달려나갔다.

"쫓겨난 걸 이제 와서 어떡하겠니? 자, 올라오너라…… 왜, 그렇게 서 있기만 하니?"

두 사람이 손을 붙들자, 히요시는 고개를 흔들었다.

"아니에요. 난 곧 돌아가겠어요. 하룻밤 자고 나면 또 어머니 곁을 떠나는 것이 싫어질 테니까요."

가난과 복잡한 사정이 얽힌 집안에 히요시가 별안간 쫓겨나 돌아왔다는 것은, 어머니로서는 가슴이 미어질 듯한 일이었지만, 올라오지도 않고 이 밤중에 가겠다는 그의 말은 더욱 가슴 아픈 일이었다. 그녀는 눈이 휘둥그레지며 말했다.

"어디를 간단 말이냐, 지금 시간에?"

"그건 모르지만, 이번에는 무사 댁에 들어가겠어요. 꼭 어머니나 누나를 안심시켜 드리겠어요."

"무사 댁에?"

"어머니는 무사가 되어서는 안 된다고 했지만, 난 역시 무사가 되고 싶어요. 대숲 언덕 이모부도 말했어요. 되려면 지금부터라고 했어요. ……난 무사가 될 거예요."

"그렇다손 치더라도 올라와서, 내일 아침 아버지하고 의논도 해 봐야 할 게 아니냐?"

"만나고 싶지 않아요."

히요시는 고개를 흔들었다.

"……어머니, 저를 10년쯤, 없는 것으로 생각해 주세요. 몸 건강히……아셨죠, 어머니? ……누나! 누나도 시집도 못 가고…… 미안하지만 좀 참아 줘. 그 대신 내가 훌륭해지면 어머니에겐 비싼 옷을 해 드리고, 누나도 시집 갈 때 혼수감을 듬뿍 해 줄게."

"……."

"……."

어머니도 오쓰미도 흐느낄 뿐이었다. ──히요시도 이런 기특한 말을 하게 됐구나. ──그런 생각을 하는 것만으로도 가슴이 눈물바다가 되어 헤아릴 수 없는 심정이었다.

"여기에, 어머니. 내가 옹깃집에서 받아 온 소금이 두 되 있어요. 놓고 갈게요. 내가 2년 동안 번 소금이에요. 누나. 나중에 부엌에 치워 둬."

고양이 먹이 91

"······고, 고맙다."
 어머니는 히요시가 내려놓은 소금에 합장하고 빌었다.
"네가 세상에 나와 처음으로 번 소금이로구나."
 물끄러미 바라보며 말했다.
 히요시는 만족했다. 어머니가 기뻐하는 모습을 보자, 그는 하늘에라도 오른 것처럼 기뻤다. 그리고 이 어머니를 또 다른 일로 더욱 기쁘게 해주리라 속으로 다짐했다.
 그렇다. 소금이 되자.
 우리 집의 소금이 되는 것이다. 아니 우리 집뿐이 아니고 마을의 소금이 되자. 아니, 아주 천하의 소금이 되자.
 히요시는 속으로 그렇게 중얼거렸다.
 그러나 생각한 것을 생각한 대로 무심히 입 밖에 내면, 남들은 곧 허풍을 떤다고 했다. 그 때문에 그는 요즘 좀처럼 말을 하지 않는 버릇이 생겼다.
"그럼, 어머니······ 누나, 당분간 돌아오지 않겠어요."
 히요시는 봉당 입구까지 뒷걸음질치며 말했다. 그 사이에도 눈은 어머니와 오쓰미의 모습에서 떨어지지 않았다.
 오쓰미는 별안간 벌떡 일어나면서 울부짖었다. 히요시는 벌써 봉당 밖에 나가 있었다.
"히요시야, 잠깐만!"
 오쓰미는 어머니에게 매달리며 말했다.
"어머니, 아까 말한 그 돈, 전 시집 가더라도 필요 없어요. 아녜요. 시집 같은 건 안 가도 좋으니······ 그 돈을 히요시에게 주세요."
 이 말을 들은 어머니는 흐느끼는 입술을 깨물며 안으로 들어갔다. 그리곤 돈을 들고 나와 히요시에게 주었다.
"필요 없어요. 난 필요 없어요."
 히요시는 고개를 흔들었으나, 오쓰미는 누나다운 배려를 목소리에 담아, 어디에서 무슨 일을 겪을지 모르는데, 돈 없이 어떡할 작정이냐고 꾸짖었다.
 히요시는 돈보다도 정작 가지고 싶은 것이 있었다.
"어머니. 이런 것보다 아버지가 갖고 계시던 칼을 저에게 주지 않겠어요? 할아버지 때부터 내려왔다는 그 칼 말이에요."
 일곱 살 때 친아버지 야에몬이 보여 준 그 전래의 소검을 히요시는 잊지 않고 있었던 것이다.
그러자 어머니는 가슴이 뜨끔한 듯 말했다.
"칼보다는 돈이 더 소용될 거다. 칼은 생각하지 말아라."
히요시는 이내 알아차리고 물었다.
"없군요?"
"⋯⋯응, 없어."
어머니는 거북한 듯 말했다. 그것은 이미 오래 전에 지쿠아미가 팔아 술값으로 써 버린 것이다.
"그럼, 어머니. 헛간에 있던 녹슨 칼이 있잖아요?"
"응, 그거라면⋯⋯."
"내가 가져도 좋죠?"
히요시는 어머니의 눈치를 살피며 조심스럽게 물었다.
역시 일곱 살 때였다. 그 녹슨 칼을 발견하고 굳이 가지고 싶다고 떼를 써서, 어머니를 울렸던 일을 그는 지금도 기억하고 있었다.
"⋯⋯."
어머니도 그때 일을 문득 생각했다. 무사는 되지 마라. 싸움터에 나가는 몸은 되지 마라. 당시에는 히요시의 장래를 위해 간절하게 기원했었지만, 자신이 낳은 아이라도 성장함에 따라 마음대로 되지 않는다는 것을 아는 그녀는 이미 체념하고 있었다.
"기다려라. ⋯⋯하지만 히요시, 너는 절대로 그 칼로 남을 베려고 해서는 안 된다."
"네. 주시겠어요, 어머니?"
"오쓰미, 내다 줘라."
"아네요, 제가 꺼내겠어요."
히요시는 뒤꼍에 있는 헛간으로 달려갔다. 그리고 가까이 있는 물건을 발판으로 딛고 대들보에 매달린 낡은 칼을 내렸다.
그리고 그 칼을 허리에 찼다.
일곱 살 때 울부짖던 자신의 모습이 아득한 옛일로 회상되었다. 갑자기 훤칠하게 자란 듯한 느낌이 그의 가슴을 뭉클하게 했다.
"히요시야, 어머니가 잠깐 오라신다."
오쓰미가 신발을 걸치고 헛간 쪽으로 걸어오며 말했다. 돌아가 보니, 어머니는 벽에 모셔둔 작은 감실에 등불을 켜고 나무 접시에 좁쌀 한 움큼과 히요시가 가져온 소금을 담아 올려놓고, 손을 모아 합장하고 있었다.

"거기 좀 앉거라."

어머니는 마루 끝에 히요시를 앉히고 감실에서 면도칼을 꺼냈다.

히요시는 눈이 휘둥그레지며 물었다.

"어머니, 무엇을 하시려는 거죠?"

"관례를 하는 거야. 형식뿐이기는 하지만, 네 출발을 축복하는 거다."

그러더니 히요시의 머리에 면도칼을 댔다. 그리고 지푸라기를 물에 축여, 베어 낼 머리끝을 붙들어 맺다.

평생 잊을 수 없는 감명이 그 순간 히요시의 온몸의 핏속에 스며들고 있었다. 뺨에, 귀뿌리에 이따금씩, 느껴지는 거칠어진 어머니의 손을 측은하게 생각하면서 나도 이젠 어른이다, 하는 생각을 하였다.

들개가 어디선가 요란하게 짖어 대고 있었다. 전국(戰國)의 암흑 속에 늘어가는 것은 개 짖는 소리뿐이었다.

히요시는 밖으로 나왔다.

"어머니······그럼······."

몸성히, 하려던 말이 목이 멘 채 말꼬리를 맺지 못했다. 어머니는 감실 앞에 다시 등을 구부리고 있었다. 울어 대는 고치쿠를 안고, 오쓰미는 밖으로 쫓아 나왔다.

"······안녕, 안녕!"

히요시의 그림자는 점점 검게 작아지며, 그는 뒤돌아보지도 않고 달려갔다.

서리가 내린 탓인지 어둡지 않은 밤이었다.

토호

 가요스에서 몇십 리, 나고야에서도 서쪽으로 백 리밖에 되지 않는 하치스카(蜂須賀) 마을에 들어서면 어디서든 곧장 눈에 띄는 삿갓 모양의 언덕이 즐비하다. 수목이 울창한 요즘에는 낮에는 그저 매미 소리뿐이다. 밤이 되면 큼직한 박쥐의 그림자가 달빛 속을 어울려 날아다니기도 한다.
 "어어이!"
 누군가 어둠 속에서 부르는 소리가 메아리치곤 한다.
 "어어이!"
 아주 가까이 가지 않으면 잘 모르지만, 언덕에는 낭떠러지나 수목 사이로 강물을 끌어들인 해자가 있고, 그곳에는 오랜 연못에서처럼 자연스럽게 자란 수초들이 우거져 있었다.
 그 수초들은 또한 오래 묵은 축대와 토담을 둘러싸고 이곳 임자의 지위와 세력과 자손을 지켜 온 것이기도 했다.
 언덕 일대의 택지는 몇천 평, 몇만 평이 되는지, 외부에서 얼핏 보아서는 상상조차 할 수 없다. 물론 저택 주인은 이 하치스카 마을의 토호로서, 성명은 대대로 하치스카나 고로쿠(小六)라고 했다.

이곳에 토착한 중흥의 조상은 고로쿠 마사아키(小六正昭).

지금의 당주는 고로쿠 마사카쓰(小六正勝), 또는 히코에몬(彦右衞門)이라고도 한다.

오에이(應永) 연간에 아시카가(足利)라는 성을 고친 가계라고도 하고, 오닌 대란 때 이 지방에 토착한 집안이라고도 하는데, 그 진위 여부야 어찌되었든 무척 오래된 가계인 것만은 틀림없었다.

"어어이, 문을 열어라!"

해자 밖에서 다시 4, 5명의 그림자가 소리쳤다.

어디선가 지금 돌아온 당주 고로쿠 마사카쓰와 그 부하들이다.

그러나 고로쿠는 지금도 선대에도 올바른 주계를 가지고 있지 않았고, 영토권도 영정(領政)도 펼치고 있지 않았다. 말하자면, 일개 토호에 불과했으므로 부하니, 주인이니 하기는 해도 어딘가 거친 데가 있었다.

주군과 가신처럼 친밀감이 깊은 면도 있는 대신, 두목과 부하라고 해도 어색할 것 없는 야인다운 데도 있었다.

"무엇을 하고 있는 걸까?"

고로쿠가 중얼거렸다.

"뭘 하고 있나, 문지기!"

부하가 또 소리쳤다. 그러자,

"어어이!"

세 번이나 같은 대답이 들리고 나서, 비로소 육중한 문이 열렸다.

동시에 좌우에서 등불을 들이대며 묻는다.

"뉘시우?"

엷은 금속으로 큰 종처럼 만들어 손잡이를 단 등이었다. 빛이 한 줄기로 뻗어 나가기 때문에 싸움터에서 비 오는 날 밤 같은 때도 쓸 수 있는 것이다.

"고로쿠다."

고로쿠는 불빛을 받으며 문지기에게 순순히 대답했다.

알고는 있었지만, 비록 주인일지라도 이 정도로 엄격히 하지 않으면 안 될 정도로 마음을 놓을 수 없는 시대였다.

"지금 돌아오십니까?"

비로소 일제히 인사한다. 고로쿠에 이어 다른 사람들도 일일이 이름을 밝히고, 불빛 아래 확인을 받으면서 안으로 들어갔다.

"이나다 오이노스케(稻田大炊助)."

"아오야마 신시치(靑山新七)."

"나가이 한노조(長井半之丞)."

"마쓰바라 다쿠미(松原內匠)."

고로쿠와 그 일족 네 사람은 뚜벅뚜벅 무게 있는 걸음으로 어둡고 넓은 복도를 통해 안으로 들어갔다.

"돌아오셨습니까?"

"지금들 돌아오세요?"

복도 모퉁이마다 하인의 얼굴, 여자의 얼굴, 처자들의 얼굴, 얼마나 있는지도 모르는 대가족 중 일부의 얼굴들이 밖에서 돌아온 가장을 맞이했다.

"음……음."

고로쿠는 누구에게나 한결같이 한 번씩 눈길을 주면서 집회실인 듯싶은 넓은 방으로 들어오자, 털썩 자리 위에 앉았다.

무엇인가 불쾌한 모양이었다.

등잔 불빛이 뚜렷하게 고로쿠 얼굴의 핏대를 옆에서 비치고 있었다.

맹물탕, 차, 이어서 검정콩으로 만든 과자 등을 연이어 날라오는 여자들도 겁에 질린 모습으로 모두 조심하고 있었다.

"오이노스케……."

이윽고 입을 열었다.

네 명 중 맨 끝에 앉은 이나다 오이노스케를 돌아다보며 한 말이었다.

"예."

"보기 좋게 망신을 당하지 않았나, 오늘 밤 모임에서……."

"그러게 말입니다."

네 명 모두 쓰디쓴 얼굴이었다.

고로쿠는 불쾌감을 떨쳐내지 못하고 있었다.

"다쿠미, 한노조, ……너희들 생각은 어떠하냐?"

"무슨 말씀이신지?"

"오늘 밤의 망신 말이다. ……하치스카 일족으로선 씻을 수 없는 일이 아닌가?"

네 사람은 다시 침묵 속에 잠긴다.

무더운 밤이었다. 실바람도 없었다. 모깃불 연기만이 눈에 스며들며 떠돌고 있다.

사정인즉 이러했다.

오늘.

오다 일가의 어떤 지체 높은 분으로부터 차라도 마시자는 초청을 받았다. 고로쿠는 본디 그런 데는 아무 흥미도 없었다. 그러나 동석하는 손님들이 이 오와리에서 모두 쟁쟁한 인물들이라, 사귀어 두어 해로울 것은 없을 것 같았다.

'토호라고 하면 듣기는 좋지만, 따지고 보면 토적들의 두목. 차를 마시자니까 겁이 난 모양이군.'

참석하지 않으면 이런 비웃음을 살까 두려웠기 때문에 그는 일족 네 사람과 같이 위용을 갖추고 참석하였다.

그런데, 그 석상에서.

우연히 주인이 자랑하는 붉은 무늬를 넣은 오지 물주전자가 손님들의 눈길을 끌었다.

"그것 참 모를 일이군. 이 물건은 도자기상 스테지로의 집에서도 본 일이 있는데, 그 집에서는 토적에게 강탈당했다고 하더군요."

한 손님이 입빠른 소리를 하였다.

"천만에, 이건 근자에 사카이의 차 도구상을 통해 천 냥 가까운 돈을 주고 산 물건이오."

주인은 깜짝 놀라며 영수증까지 내보였다. 손님도 꺼낸 말에 대한 체면이 있었다.

"그럼, 훔쳐간 토적이 사카이의 상인에 판 것이 전전하여 이 댁까지 흘러온 모양이군요. 도자기상 스테지로의 집을 턴 토적은 와타나베 덴조라고 이름까지 밝혀져 있으니 틀림없는 사실이오."

이렇게 잘라 말하는 바람에 좌석은 점점 어색해지고 말았다.

까닭인즉, 그렇게 말한 손님은 물론 동석한 하치스카 고로쿠가 어떤 존재인지, 또한 어떤 계루를 가지고 있는 사람인지 그런 것은 전혀 몰랐겠지만, 와타나베 덴조라면 고로쿠의 조카에 해당하며 동시에 그의 토호 세력을 구성하고 있는 일족 중 한 사람이라는 것을, 주인도 손님들도 대부분이 잘 알고 있는 일이었다.

"후일 이 고로쿠가 정식으로 인사할 때가 있을 거요."

그는 자신이 욕을 본 것처럼 주인 앞에 맹세하고, 그 수치와 분노를 미간에 아로새기고 돌아 온 것이다.

"어떤가, 자네들 생각은?"

고로쿠가 침통하게 물었지만, 막상 이나다 오이노스케도, 신시치, 한노조, 다쿠미도, '이러이러한 손을 쓰시면' 하고 당장 대답할 수 있는 명안도 없었다.

와타나베 덴조가 자기들과 같은 부하의 위치에 있는 사람이라면 무슨 말이든 할 수 있었고, 또 어떻게든 처분할 수도 있었다.

그러나 처분해야 할 그 인물은 주인 고로쿠와 혈연 관계가 있는 조카였다. 미쿠리야(御) 마을에 살면서 같은 하치스카의 일족으로서, 항상 2, 30명의 낭인들을 먹여 살리고 있는 와타나베 덴조였다.

그러나 고로쿠는 오히려 혈연 관계가 있는 자이니만큼 덴조의 소행을 진심으로 미워하지 않을 수 없었다.

"괘씸한…… 미처 몰랐지만 생각해 보니, 덴조란 녀석 요즘 몸차림도 사치해지고, 계집도 여럿씩 거느리고 있다는 소문이 있었다. 수상한 점이 한두 가지가 아니었어. 집안 명예를 위해서도 놈을 내버려 둘 수는 없다."

잠시 뒤, 분노를 신음으로 토하며 고로쿠는 혼자 중얼거렸다.

"……그렇지 않아도 '토호'란 가문은 서글퍼서 하치스카 일족 역시 도둑떼나 파렴치한 부랑배들과 동일시되는 경향이 있었다. 이 고로쿠 마사카쓰의 귀에조차…… 토적의 두목이라고 하는 항간의 뒷공론이 가끔 들려오는 이 때에……."

"심중은 짐작하고도 남음이 있습니다만."

마쓰바라 다쿠미가 말했다.

한노조도 오이노스케도 고개를 숙였다. 문득 고로쿠의 두 눈에 반짝이는 비통한 눈물을 보자 가슴이 미어졌던 것이다.

"들어 봐라, 너희들도."

고로쿠는 얼굴을 돌리며 말했다.

"……이 집 지붕 기왓장에 ……만(卍)자 무늬가 이끼 속에 뚜렷이 새겨져 있으리라. 미나모토 요리마사(源賴政)공이 의병을 일으켰을 때, 다카쿠라 궁(高倉宮)으로부터 하사받은 가문(家紋)이라고 듣고 있다. 그 후예는 아시카가 장군을 모셔 왔으나, 하치스카 다로 이래 권력을 잃고 재야에 묻힘으로써 그 후로는 지금 내 대에 이르기까지…… 토호라고 불리고 있다. 그러나 이것은 시류이다."

"……예."

"피까지 재야에서 썩지는 않았다."

"…….'

"토호니, 토적의 두목이니 하는 말을 들으면 들을수록 이 고로쿠 마사카쓰는 남몰래 맹세했다. 두고 봐라……하고, 이 피, 이 집안의 명예를 세상에 다시 보여 줄 날을 기다리고 있었던 거다."

"항상 들어 온 말씀입니다."

"……그렇기 때문에 너희들도 비록 재야에 묻혀 있으나, 무(武)를 게을리 하지 말고 수신을 해야 하며, 약한 자를 도우라는 말을 누누이 해 왔다…… 그런데 누가 알았으랴. 한 핏줄로 이어진 조카 놈이, 아직도 정신을 못 차리고 상가를 습격하여 노략질을 했으니 말이다."

입술을 꽉 다물었을 때는, 이미 고로쿠의 결심은 굳어지고 있었다.

"오이노스케, 신시치!"

"예?"

"둘이서 곧 갔다 오너라. 미쿠리야까지 말이다."

"예."

"내 명령이라 하고, 덴조 놈을 끌고 오너라. 하지만 속여서 데려와야만 한다. 수하에는 낭인들도 있을 게고, 무예라면 만만치 않은 녀석이니까."

"알겠습니다."

주인이 결단을 내린 이상 아무 꺼릴 것도 없다는 생각으로, 이나다 오이노스케와 아오야마 신시치, 두 사람은 곧 미쿠리야 마을을 향해 떠났다.

숲이 우거진 언덕은 새소리로부터 날이 샌다. 토호 하치스카의 성채를 본뜬 저택 한쪽에는 일찍부터 아침 햇살이 비치고 있었다.

"여보, 여보!"

고로쿠가 잠에서 깬 모양이었다. 부인 마쓰나미(松波)가 말했다.

"일어나셨습니까?"

부인이 침소를 들여다보자, 고로쿠는 종이 모기장 안에 누운 채 물었다.

"어젯밤 미쿠리야로 간 두 사람은 아직 돌아오지 않았나?"

"아직 돌아오지 않았습니다."

"······그래?"

염려되는 듯한 표정이었다.

나쁜 짓을 하고 다니긴 해도 머리가 비상한 조카 덴조이다. '섣부른 짓을 하여 눈치 채지는 않았을까? 그렇지 않고서야 너무 늦지 않은가?' 하고 혼자 생각하였다.

아내는 그 사이에 모기장을 벗기고 있었다. 그 모기장 한 구석에서 놀고 있는 가메이치(龜一)는 아직 만 두 살도 안 된 어린애였다.

"가메야! 이리 온······."

고로쿠는 어린애를 끌어안고 높이 치켜들었다. 그림에 나오는 중국 인형처럼 통통한 가메이치는 젊은 아버지의 팔에도 묵직했다.

"웬일이냐. 눈두덩이가 벌겋게 부어 있지 않나?"

고로쿠가 가메이치의 눈을 핥아 주자 가메이치는 아버지의 얼굴을 할퀴며 무릎 위에서 날뛰었다.

"모기에 물린 게죠."

"모기라면 괜찮지만······."

"잘 때도 얌전히 자야 말이지요. 모기장 밖으로 굴러 나가곤 해서······."

"차게 재우지 말아야지."

"네······."

"마마(天然痘)에 조심하구."

"말씀하실 것도 없어요."

"우리 사이의 첫 애기야. 말하자면, 이 애는 임자와 내가 첫 출전에서 이룬 공이란 말이야."

"호호호······."

열어젖힌 침소에 여름의 아침 바람이 흘러들어온다. 어디선지 대장간의 망치소리가 드높이 들려오는 것도, 막 잠에서 깬 귀에는 오히려 상쾌하게 들렸다.

그 망치 소리를 듣자, 고로쿠는 벌써 아기를 무릎에서 내려놓은 채 돌아보지도 않았다.

"자, 그럼······."

아내의 웃는 얼굴도 안중에 없었다.

풍운을 헤치고.

동요(動搖)를 뚫고.

바야흐로 난마와 같이 어지러운 천하의 일각을 향하여.

고로쿠의 젊은 피, 건장한 몸은 커다란 야망을 지니고 있는 듯, 평화로운 한 때를 뿌리치듯 뒤에 두고 방에서 나가 버렸다.

서원에 앉아 아침 차를 조용히 맛보는 그도 아니었다. 의복을 갈아입고 세수를 하자 곧 뜰로 내려서서 성큼성큼 걸어간다.

망치 소리가 가까워지기 시작했다.

오솔길로 접어들자, 숲 한가운데 선조 이래 도끼로 찍어 본 일이 없는 아름드리 나무가 벌채되고 새로이 만들어진 평지에는 두 채의 대장간이 나란히 세워져 있었다.

고로쿠가 남몰래 사카이에서 불러 온 총포 대장장이 구니요시(國吉)가 제자와 함께 일을 하고 있었다.

"어떤가, 일은?"

그가 나타나자, 구니요시와 제자는 그 자리에서 공손히 고개를 숙이며 엎드렸다.

"아직 제대로 안 되는 것 같군. 견본과 똑같은 총을 만들 수는 없을까?"

"이렇게도 해 보고, 저렇게도 해 보면서……침식을 잊고 애는 쓰고 있습니다만."

무리도 아니다.

그렇게 말하듯이 고로쿠가 끄덕였을 때, 안채에 딸려 있는 부하 하나가 쫓아 와서 전한다.

"수령님, 방금 미쿠리야에 갔던 두 사자가 돌아왔습니다."

"응, 돌아왔다구?"

"예……."

"그래, 오이노스케와 신시치가 덴조란 놈을 데리고 왔던가?"

"네, 같이 오셨습니다."

"알았다."

'제대로 유인했구나.'

고로쿠는 속으로 고개를 끄덕이며 말했다.

"기다리라고 해라."

"여느 때처럼 서원에…… ?"
"그렇지. 내 곧 갈 테니까."
"예……."
부하는 돌아갔다.
기략이 종횡 무진한 인물이라고 일족은 그를 신뢰하고 있었지만, 한편 무척 마음이 약한 데도 있었다.
의리에는 강하지만, 눈물에는 약하다는 약점이 있다. 특히 골육지정에는 약한 고로쿠였다. 거칠고 난폭하고 야성적인, 토호의 가장으로서 위엄과 힘을 지닌 굵직한 성격 가운데, 본능적인 눈물과 일단 노하면 산불처럼 식을 줄 모르는 피를 가지고 있었다.
그러한 고로쿠가 지금 마음을 다져먹고 있는 것이다.
'……오늘은 조카 녀석을 베지 않으면 안 된다!'
그러나 결코 내키는 기색은 아니었다. 전갈을 가져온 부하가 가 버린 뒤에도, 그는 대장간 안에 버티고 선 채 언제까지나 구니요시와 그 제자의 일손만 바라보고 있었다.
"……무리도 아니야. 워낙 총이 들어온 것이 덴분 12년, 그러니까 불과 7, 8년 전이 아니냐 말이다. 그 뒤 각국 무인 호족들이 다투어 이 신무기를 제작하려고 애쓰기도 하고, 외국 상선을 통해 사들이려고 기를 쓰고도 있으나…… 이 비슈(尾州) 일대는 아직 지리적으로 유리한 곳이기는 하지만, 고슈(甲州), 에치고(越後), 오슈(奧州)의 산골 무사들은 아직 총이 어떤 것인지 보지도 못한 자들이 많을 게다. ……임자들이 익숙지 못한 것도 당연한 일. 서두르지 않아도 좋으니, 차근차근 연구하도록 해라. 완성되는 대로 다량 제작해서 후일에 대비할 수 있으면 되는 거니까."
그때 다시 부하가 나타나서는 이슬 내린 오솔길에서 허리를 굽히며 그의 걸음을 재촉했다.
"수령님, 모두 서원에서 기다리고 계십니다."
고로쿠가 돌아다보면서 말했다.
"곧 갈 테니 기다리라고 하여라."
"예."
부하는 여러 말을 할 수도 없어 그냥 돌아가 버렸다.
고로쿠의 가슴에는 울면서 마속을 베는 심정으로 조카를 처단하려고 결심하고 있으면서도 아직 인정과 정의가 떨어지지 않고 한데 얽혀 있었다.
그는 걸음을 돌리려다가 대장간에 대고 다시 말을 걸었다.
"구니요시?"
"……올해 안으로 사용 가능한 총이 10자루, 20자루쯤은 만들어질 수 있을 테지?"
"글쎄올시다……."
구니요시는 고문이나 받는 듯한 괴로움을 그을음에 얼룩진 얼굴에 나타내 보이며 대답했다.
"단 한 자루라도 제대로 만들어진다면, 다음부터는 몇십 정이고 몇백 정이고 손쉽게 만들어 낼 수 있습니다만……."
"처음 한 자루가 문제로군?"
"여러 가지로 염려해 주시는데, 죄송합니다만……."
"쓸데없는 걱정은 말구."
"감사합니다."
"내년, 내후년, 아니 그다음 해에도 싸움은 그치지 않을 것이다. 그래서 총도 급하게 된 거야."
"더욱 열심히 해 보겠습니다."
"그러나 비밀은 지켜야 한다."
"알고 있습니다."
"망치 소리가 너무 큰 것 같아. 해자 바깥까지 들리지 않을까?"
"그 점도 유의하겠습니다."
"음……."
고로쿠는 걸음을 돌리려다가, 다시 풀무 옆에 빗겨 놓은 한 자루의 총을 보고 나서 말했다.
"저건 견본인가, 완성된 물건인가?"
"막 우리가 만들어 본 것입니다만……."
"이리 좀 주게."
"아직 보여 드릴 만한 물건이 못 됩니다."
"아니야, 마침 시험해 볼 데가 있다. 쏘아지기는 할 게 아닌가?"
"총알은 나갑니다만, 암만 해도 방아쇠 부분이 견본처럼 만들어지지가 않습니다. 조금만 더 연구하면 될 것도 같습니다만."

"시사(試射)도 연구의 하나야. 줘 보게, 그 총을……."

고로쿠가 구니요시에게서 총을 받아들고 겨냥이나 하듯 총신을 팔 위에 얹어 놓았을 때다.

세 번째 독촉이 또 왔다.

이번에는 어젯밤 미쿠리야로 심부름을 갔던 이나다 오이노스케가 직접 왔다.

"아직 용무가 끝나지 않았습니까?"

오이노스케의 말에 고로쿠는 개머리판을 가슴에 댄 채 돌아다보며 말했다.

"음, 이나다인가?"

"적당히 꾸며 대고 덴조 님을 데려오기는 했습니다만, 이상하다……는 생각이 들었는지 거동이 심상치 않습니다. 자칫하면 우리를 뛰쳐나가는 호랑이가 될지도 모릅니다."

"알았다. 가 보자."

고로쿠는 오이노스케에게 총을 들리고, 서원을 향해 숲 속 오솔길을 성큼성큼 걸어갔다.

처단

무슨 일일까?

의아하게 생각하던 와타나베 덴조는 서원 한구석에 앉은 채 안절부절못하는 기색이었다.

아오야마 신시치.

나가이 한노조.

마쓰바라 다쿠미.

그리고 지금 숙부를 모시러 간 이나다 오이노스케.

모두 하치스카 일당의 심복들이었다.

그들이 곁에 앉아서 자신의 시선과 사소한 거동까지 감시하듯 유심히 지켜보고 있는 것이다.

'이상하군.'

덴조는 이리로 안내되자마자 곧 그렇게 느꼈다. 구실을 만들어 돌아갈까도 생각하고 있는데, 마침 고로쿠의 모습이 뜰에 나타난지라 그는 억지로 웃음을 보이며 맞았다.

"아, 숙부님."

고로쿠는 대장간에서 들고 온 총을 땅에 세워 잡은 채, 밖에서 불렀다.

"덴조, 이리 나오너라."

그 태도에는 여느 때의 고로쿠와 다른 점이 없어, 덴조는 그의 버릇대로 스스럼없이 말했다.

"급한 용무가 있으시다기에 왔습니다만."

"음."

"무슨 일입니까?"

"아무튼 이리 오너라."

"네."

댓돌 위의 신발을 신고 덴조는 뜰로 나갔다. 한노조와 다쿠미도 그 뒤를 따라 나온다.

"거기 섰거라."

고로쿠는 조카 덴조에게 그렇게 명하고 나서, 자신은 정원석 위에 걸터앉았다. 총은 여전히 세워 든 채였다.

덴조는 그 순간 자기를 쏘아 보는 숙부의 눈에서 심상치 않은 무엇을 직감했으나, 이미 때는 늦었다.

숙부의 심복들이 바둑돌처럼 사면에서 에워싸고 있었다. 덴조의 얼굴이 금방 창백해지고 말았다.

"……."

"……."

고로쿠의 온몸에서 눈에 보이지 않는 분노의 불꽃이 튀고 있었다. 스스럼없는 덴조지만 그 얼굴은 단 한 마디의 객담도 용납하지 않을 것 같은 긴장된 얼굴이었다.

"덴조!"

"예."

"너는 이 고로쿠가 항상 하고 있는 말을 설마 잊지 않았을 테지?"

"잘 알고 있습니다."

"사람으로서, 더욱이 지금과 같은 난세에 태어난 사람으로서, 가장 부끄럽게 여겨야 할 것은 무위도식과 양민을 괴롭히는 일이다."

"……."
"토호라는 자들이 모두 그 따위다. 그러나 고로쿠 마사카쓰 일가는 결코 그래서는 안 된다…… 그렇게 항상 타일러 온 터이다."
"예."
"우리 일가만은 뜻을 크게 가지자, 농민을 괴롭히고 노략질을 하고……그런 짓은 하지 말자. 나중에 한 나라 한 성을 차지하게 되면 다 같이 번영을 누리자, 그렇게 서로 맹세했을 테지?"
"예. 했습니다."
"그걸 깨뜨린 것은 누구냐?"
"……."
"덴조! 너는 그 큰일을 위해 수련하고 있는 무력을 악용해서 도둑질을 했다. 옹깃집에 침입해서 붉은 무늬가 든 명기(名器)를 탈취했다!"
"……헉!"
도망치려는 덴조 앞에, 고로쿠는 한마디 던지면서 버티고 섰다.
"보기 싫다. 꿇어 앉아라!"
고로쿠는 다시 한 번 크게 소리 질러 덴조를 완전히 위압한 다음 꾸짖었다.
"도망칠 작정이냐?"
"도, 도망치지는 않습니다."
잔디 위에 털썩 무릎 꿇고 앉으며 덴조는 떨리는 목소리로 대답했다.
"묶어라!"
고로쿠는 사면에 서 있는 네 사람에게 명령을 내렸다.
다쿠미와 신시치가 곧 좌우에서 덤벼들었다.
"명령이십니다."
그들은 덴조의 손을 등 뒤로 비틀어 올리고 칼에 달린 끈으로 손목을 묶었다.
확실한 신변의 위험과 사실의 탄로를 깨닫자, 덴조는 창백한 얼굴에 꿋꿋이, 그리고 뻔뻔스러운 반항의 빛을 보였다.
"아, 숙부님! 어떻게 이 덴조를……아무리 숙부님이라 해도 너무 하지 않소. 너무 하지 않소!"
"시끄럽다!"

"기억에 없소. 이 덴조에게는 숙부님이 말하는, 그런 도둑질을 한 기억이 없소."

"시끄럽다니까!"

"누가, 누가 그런 허튼 소리를 일러바쳤소."

"닥치지 못하느냐!"

"숙부님도 마찬가집니다. 그런 소문을 들었으면 들었다고, 어째서 이 덴조에게 한마디 말씀하시지도 않고……."

"비겁하게 변명을!"

"아닙니다. 많은 아랫사람을 거느리고 있는 일족의 두령이, 한낱 참소에 현혹되어 잘 알아보지도 않고……."

고로쿠는 덴조가 지껄이는 것을 들은 척도 하지 않고 총을 들어 올리며 말했다.

"이놈! 구니요시가 만든 이 총의 시사에 마침 알맞은 표적이다. 저쪽 울타리 밑으로 끌고 가서 나무에 묶어라!"

신시치와 다쿠미는 덴조의 등을 떼밀기도 하고 덜미를 움켜쥐기도 하며 뜰 한쪽 구석으로 끌고 갔다. 활을 쏘아서는 도저히 미치지 못할 거리였다.

"숙부님, 할 말이 있습니다. 한 마디만 말하게 해 주시오!"

미친 듯이 소리치는 덴조의 목소리는 잘 들렸다.

"……."

고로쿠는 귀도 기울이지 않았다.

오이노스케가 가져 온 화승총을 받자, 총알을 재고 그렇게 소리치고 있는 조카를 향해 똑바로 총을 겨냥했다.

"잘, 잘못했습니다, 숙부님. 실토하겠소, 한 마디만 내 말을 들어 주시오. 한 마디만!"

표적이 되어 필사적으로 소리치고 있는 덴조를 거들떠보지도 않은 채 네 사람은 고로쿠의 총 든 손을 숨죽여 지켜보고 있었다.

그 순간.

울부짖던 덴조의 목소리는 잠겨 버렸다.

'틀렸구나!'

죽음을 각오했는지, 힘없이 머리가 수그러졌다.

"오이노스케!"

고로쿠는 총에서 눈을 떼며 등 뒤에 서 있는 그를 불렀다.
"……방아쇠를 당겨도 총알이 나가지 않는다. 총이 잘못된 모양이야. 대장간에 가서 어서 구니요시를 불러 오너라!"
대장장이 구니요시가 곧 달려 왔다.
고로쿠는 총을 내보이면서 일렀다.
"지금 시사를 해 보려고 했는데, 어디가 잘못 되었는지 총알이 안 나가는군. 곧 고치도록 해라."
구니요시는 점검해 보고 나서 말했다.
"당장은 안 될 것 같습니다."
"언제까지면 되나?"
"저녁 무렵까지는."
"좀더 속히 고쳐라. 시사의 표적이 기다리고 있다."
"네?"
구니요시는 그 말에, 비로소 나무에 묶여 있는 와타나베 덴조가 그 표적임을 알아챘다.
"……아니, 조카님을!"
"여러 말 마라!"
고로쿠는 말을 가로막았다.
"그대는 총을 만드는 사람. 하루라도 빨리 성공하도록 힘을 쓰면 되는 거다. ……이 한 자루는 그대에게도 성공이냐 실패냐를 가름질하는 중요한 시작품이 아닌가?"
"예……."
"악인이라고는 하지만, 덴조는 내 살붙이인데 개죽음을 시키기보다 하다못해 시사의 표적이라도 되게 해 주면 조금은 세상을 돕는 셈이 되겠지. 자, 속히 고쳐 오너라."
"예……."
"무엇을 꾸물거리고 있는가?"
횃불 같은 눈이 노려보는 것을 느꼈다. 구니요시는 마주 쳐다볼 수가 없었다.
"예, 급히 고치겠습니다."
구니요시는 총을 받아 안자 대장간으로 허둥지둥 되돌아갔다.

토호 109

"다쿠미! ……표적에게는 물이나 좀 먹여라. 총이 수리될 때까지 세 명쯤 감시를 달아 놓는 것도 잊지 않도록."

그 말을 남기고 고로쿠는 아침 식사가 준비된 안채로 들어갔다.

다쿠미, 오이노스케, 신시치 등 심복들도 각각 어디론가 사라졌다.

나가이 한조는 그날 고향으로 돌아갈 예정이어서, 잠시 후 작별 인사를 마치고 나갔고, 마쓰바라 다쿠미도 볼 일이 있어 산을 내려가, 이나다 오이노스케와 아오야마 신시치만이 집에 남아 있었다.

해가 높아졌다.

오늘도 더웠다.

언덕은 매미 소리로 뒤덮이고, 정원의 디딤돌은 달아올라 움직이는 것은 개미뿐인 아주 더운 날씨였다.

대장간에서는 이따금 요란한 망치 소리가 울려오곤 했다. 필사적으로 총을 고치고 있는 것이리라. 덴조의 귀에는 그것이 어떻게 들릴 것인가.

두세 번──.

"아직 총은 멀었나?"

고로쿠의 목소리가 방 안에서 재촉했다. 그때마다 옆방에서 대령하고 있던 아오야마 신시치가 대장간의 상황을 보고한다.

그러는 사이 고로쿠는 자기 방에서 큰 대자로 누워 낮잠을 자고 있었다. 신시치도 간밤의 피로가 몰려와 저도 모르게 졸고 있었다.

그런데 갑자기 뜰 안에서 누군가 고함을 쳤다.

"도, 도망쳤다. 신시치 님, 도망쳤습니다. 어서 와 주십시오."

깜짝 놀란 신시치가 맨발로 뛰쳐나가니 감시를 맡았던 부하 하나가 사색이 되어 헛소리처럼 지껄이는 것이었다.

"데, 덴조 님이 두 사람을 베어 버리고 도, 도망쳤습니다!"

"뭣이, 도망쳤다고?"

신시치는 구르듯이 그와 함께 달려가려다가 돌아다보고는 두어 마디 소리 질렀다.

"수령님, 수령님……조카님 덴조가 감시인을 베고 도망쳤다 합니다. 덴조 님이 도망쳤다 합니다!"

매미 소리에 뒤덮인 안채에서 기분 좋게 낮잠을 자던 고로쿠는, 벌떡 일어나자마자 잘 때도 안고 있던 칼을 그대로 옆에 끼고, 툇마루를 뛰어 내려 곧장 신시치를 뒤따랐다.
 가 보니 아까 덴조를 결박했던 곳에 덴조의 모습은 없고, 한 가닥 오랏줄만 버려져 있을 뿐.
 열 걸음 가량 떨어진 곳에 시체 하나가 피투성이가 되어 쓰러져 있고, 좀 더 떨어진 담 밑에도 머리가 석류처럼 갈라진 부하 하나가 쓰러져 있었다.
 주위엔 끼얹은 것처럼 피가 흩어져 있었다. 더운 날씨라 흙과 풀에 말라붙은 피는 이내 변색하여 옻처럼 거무스레했지만, 피비린내를 따라온 날벌레들이 뒤덮고 있어 차마 눈뜨고 볼 수 없는 광경이었다.
 "여봐라!"
 "예."
 목숨을 부지하고 변을 알리려 왔던 사나이는 고로쿠의 호령을 듣자마자 그 자리에 꿇어 엎드렸다.
 "양쪽 손목을 칼 끈으로 묶인 데다 다시 오랏줄로 나무에 묶인 덴조가 어떻게 빠져 나갔느냐? 이 오랏줄을 보면 끊은 것 같지도 않은데?"
 "예. ㄲ, 끌러 드린 것입니다."
 "누가!"
 "저쪽에 쓰러져 있는 자입니다."
 "왜 풀었나? 누구 명령으로 풀었느냐!"
 "처음에는 못 들은 척했습니다만, 조카님께서 소변이 보고 싶으니 잠깐만 끌러달라고 괴로운 듯 말씀하시기에……."
 "이 멍청이들아!"
 고로쿠는 발을 동동 구르며 꾸짖었다.
 "어쩌자고 그 따위 잔꾀에 넘어가……에이, 천치 같은 녀석들……."
 "수령님, 용서해 주십시오……하오나, 조카님은 저희들에게 말하기를……저 인정 많은 숙부가 어찌 조카인 나를 정말 죽이겠느냐. 이것은 나를 꾸짖기 위한 것이다. 밤이 되면 용서하실 게다. ……그런데도 너희들이 나를 끝내 괴롭힐 테면 괴롭혀 봐라……하고 위협하는 바람에, 한 사람이 결박을 끌러 주고 저쪽 나무 그늘에서 소변을 보도록 데리고 갔습니다."
 "그랬더니?"
 "비명 소리가 들렸을 때는 이미 두 사람 다 쓰러져 있었습니다. 저는 질겁을 해서 이 일을 알려 드리려고."

"집어치워! 덴조가 어디로 도망쳤는지 그것부터 먼저 말해 봐!"

"토담에 손을 얹고 있었으니까, 틀림없이 담을 넘어 뛰어내렸을 것입니다. '풍덩' 하는 물소리가 들린 듯도 했습니다."

고로쿠는 듣자마자 돌아보고 명령을 내렸다.

"신시치, 추적하라. 마을로 가는 길을 수배해라!"

고로쿠는 자신도 곧 추적을 돕기 위해 무서운 기세로 앞문을 향해 달려갔다.

이제나 저제나 하고 고로쿠가 서둘러 대는 바람에 급히 대장간으로 돌아온 구니요시는 방아쇠를 고치는 데만 전념하고 있어서 저택 안에서 무슨 일이 일어났는지, 시간이 얼마나 흘렀는지 아무 것도 모르고 있었다.

오로지 총.

그것밖에 없었다.

땀에 범벅이 되어 풀무에서 튀어 나오는 불티를 뒤집어 써가며, 겨우 줄질까지 마쳤다.

'자, 고치기는 했는데…….'

겨우 이마의 땀을 손으로 씻었으나, 과연 총알이 제대로 나가 줄지는 자신이 없었다.

빈 총을 벽에 대고——

찰칵——방아쇠를 당겨보았다.

"음, 된 것 같기도 한데……."

비로소 중얼거렸다.

그러나 고로쿠 앞에 가져갔을 때 또 불발된다면 체면이 말이 아니다.

구니요시는 만약을 위해, 총알을 재고 땅바닥에 대고 한 방 쏘아 봤다. 펑! 하고 힘차게 튀어 나간 총알이 땅바닥에 조그만 구멍을 뚫는다.

"됐다!"

고대하고 있을 고로쿠의 얼굴을 생각하며, 구니요시는 곧장 대장간에서 뛰쳐나왔다.

그는 우거진 나무들 사이로 급히 걸어갔다.

"이봐, 이봐!"

누군가 그를 불렀다. 나무 그늘 사이로 얼핏 사람 그림자가 보였다.

구니요시는 멈춰 서며 물었다.

"······누구요?"
"나야."
"나라니?"
"와타나베 덴조야."
"네? ······아니 조카님께서?"
"무엇을 그리 놀라는 거냐? ······ 옳지. 아침에 내가 나무에 묶여서 시사의 표적이 됐는데, 이렇게 별안간 나타나서 그러는 건가?"
"어찌 된 일이십니까?"
"어찌 되긴 뭐가 어찌 돼. 숙부와 조카 사이가 아닌가? 톡톡히 야단을 맞은 셈이지."
"······그래요?"
"그건 어쨌든, 방금 마을 연못가에서 농부들과 이웃마을 무사들 사이에 싸움이 벌어졌어. 숙부도 오이노스케도, 신시치도 모두 그리로 달려갔네. 나보고도 곧 뒤따라오라는 분부야. 총은 다 됐나?"
"됐습니다."
"이리 주게."
"분부가 계셨겠죠?"
"물론이지, 어서 내놓아라. 상대방이 도망쳐 버리면 시사할 데가 없지 않나?"

덴조는 잡아채듯이 구니요시의 손에서 화승총을 받아들자, 숲 속으로 달려갔다.

"······가만 있자?"

총을 내주고도 무언가 이상함을 느낀 구니요시가 그 뒤를 밟아 가자, 덴조는 앞문 쪽으로는 가지 않고 나뭇가지가 우거진 어두컴컴한 뒷담을 넘어서, 바깥 해잣가로 뛰어내렸다.

그리고 썩은 해잣물이 가슴께까지 잠기는 데도 짐승처럼 점벙점벙 건너가지 않는가.

"아, 도망이다. 나오시오, 모두 나오시오!"

구니요시는 토담 위에 올라서서 크게 소리쳤다. 그때 이미 시궁창에 빠진 생쥐 같은 모습으로 건너편 기슭까지 기어 올라가 있었던 덴조는 그의 얼굴을 겨냥하고 총을 쏘았다.

탕——.

 물가였던 탓인지, 총소리는 유난히 컸다. 구니요시는 담 위에서 굴러 떨어졌다. 곧 우르르 몰려오는 발소리가 그를 쫓아갔다. 그러나 덴조의 그림자는 마치 표범이 몸을 날리듯이 밭과 들을 가로질러 이윽고 어디론가 사라지고 말았다.

벌(罰)을 내리다

하치스카 고로쿠는 가장의 이름으로 포고(布告)를 내렸다.
모여라!
저녁 무렵에는 토호 하치스카의 저택 문 안팎이 병졸들로 메워졌다.
"싸움인가?"
"무슨 일이야?"
"무슨 일이 일어났지?"
모여든 사람들은 모두가 무기를 들면 만만치 않은 군사였지만, 보통 때는 들판에 살면서 밭도 부치고 누에고치 장사도 하고 말을 먹여 말 시장에 내다 팔기도 하는, 여느 농부나 상인들과 다름없었다.
다만, 그들은 근본부터 농부나 상인이 아니었다. 핏속에는 아직도 다분히 조상의 무예와 용맹이 흐르고 있고, 현 시대에 대한 불만을 품고 있으므로, 여차하면 다시 전쟁 속에 운명의 풍운을 불러일으키려고, 진작부터 서로 맺어져 있는 한집안 패들이었다.
그때.
"돌아서 뜰로 오너라."

벌을 내리다 115

"조용히."

"중문을 지나서."

고로쿠의 심복인 이나다 오이노스케, 아오야마 신시치 등이 나타나 지휘하기 시작했다.

그들 심복들은 이미 무장하고 있었다. 물론 토호의 일족이라, 모두 갖추어진 갑옷은 아니었지만, 팔과 다리에 덮개를 대고 칼도 큼직한 진도로 바꾸어 차고 있었다.

'역시 싸움이구나!'

모두들 곧 느낄 수 있었다.

어디서부터 어디까지라는 명확한 영토도 없는 대신 어느 성에 속해 있고 누구에게 추종하고 있다는, 뚜렷한 적과 아군의 구별이 없는 것이 토호였다.

그러나, 그래도 그들은 가끔 싸움터에 나가곤 했다.

같은 토호가 자기 일족의 세력권을 침범하거나, 영주의 특별한 요청이 있는 경우, 또는 다른 나라의 영주와 공모를 하는 경우다.

그것은 대부분 돈이나 다른 어떤 보수를 바라고 움직이는 것이었다. 그러나 고로쿠는 지금까지 그런 것 때문에 움직인 일이 없었다. 그것은 가까운 영역에 속한 오다가에서도 인정하고 있었다. 미카와(三河)의 마쓰다이라가(松平家)와 이마가와도 그 점은 잘 알고 있었다. 따라서 토호라고는 해도 자연히 무게를 가지게 되어, 하치스카 일당을 이 지방에서 내쫓으려고 하는 자는 아무도 없었다.

그런 가장의 명령이라, 일족은 즉각 달려온 것이었다. 넓은 뜰로 들어가 뜰 안에 만들어진 조그만 동산을 바라보니, 고로쿠 마사카쓰는 때마침 저물어가는 하늘에 나타난 초승달 밑에서 검은 가죽으로 몸을 감싸고 장검을 곁에 놓고 있었다. 경장(輕裝)이기는 했지만, 일족의 수령다운 위엄을 보이며 석상같이 묵묵히 서 있었다.

이윽고 수백 명의 일족이 물을 뿌린 듯 조용해지자, 조카 와타나베 덴조를 오늘을 기해 의절한다는 선언을 하고, 그 전말을 분명히 밝혔다.

"그러나 이것은 가장인 나의 불찰이기도 하다."

고로쿠는 자신의 부덕을 사과하고 나서 말했다.

"덴조는 도주했지만, 무슨 일이 있든지 꼭 찾아내서 처단하지 않으면 안 된다. 만약 그를 살려 둔다면 토호 하치스카는 백년 뒤에도 도둑의 무리로 오해 받을 것이다. 너희들은 너희들의 얼굴을 위해, 조상을 위해, 자손을 위해, 덴조란 놈을 없애 버려라. ……내 조카란 생각은 할 필요가 없다. 놈은 하치스카 일당을 배반한 자다!"

이렇게 말하고 있을 때, 염탐을 보냈던 자가 급히 돌아와 고했다.

"……미쿠리야에서도 와타나베 덴조와 그 일당이 모여 일전을 불사할 각오로 엄중히 지키고 있답니다."

적이 와타나베 덴조라는 말을 듣자 그들은 다소 맥이 빠지는 모양이었으나, 사건의 전말과 일족의 명예를 위해서라는 고로쿠의 말을 듣자 모두 앞다투어 무기창으로 몰려갔다.

무기창에는 놀랄 만큼 많은 무기가 비축되어 있었다.

겐페이(源平)·겐무(建武)·오닌(應仁)의 난(亂)이 계속되어, 수백 년에 걸쳐 만들어진 무기는 싸움이 벌어질 때마다 산과 들에 버려졌다. 그 수가 놀라운 숫자에 이를 것은 말할 것도 없었다.

특히 요즘 들어서는 싸움이 그칠 날이 없어, 사람 사는 곳에는 어디든 불안과 먹구름이 드리워져 있었다. 아무리 하찮은 농가에도 무기는 있었다. 또한 창이나 칼은 양식 다음으로 돈으로 바꾸기가 수월했다.

하치스카당의 무기창에는 선조 때부터 내려오는 무기도 많았지만, 급격히 증가한 것은 고로쿠 대에 와서였다. 그러나 그 안에 총은 한 자루도 없었다.

모처럼 성공 단계에 이른 그 총은 덴조가 훔쳐 가지고 도주했다. 고로쿠의 분노는 극에 달했다고 해도 좋았다.

"아직도 뉘우침이 없이 일전을 불사한다니, 능지처참을 해도 모자랄 짐승 같은 놈. 놈의 목을 벨 때까지 이 무장을 끄르고 자는 일은 결코 없을 것이다!"

고로쿠는 출발에 앞서 이렇게 말했다.

그리고 곧 부하들을 몰아 미쿠리야 마을로 쇄도해 갔다. 마을 어귀까지 이르자, 일동은 걸음을 멈추고 밤하늘을 바라보았다.

"아, 불이다!"

논밭 저편에 흙다리가 있었다. 붉은 하늘에 점점이 사람의 그림자가 비치고 있다. 적인가 하고 선봉에서 보낸 사람이 돌아와 보고했다.

"덴조 일당이 불을 지르고 약탈을 하는 바람에 쫓겨 다니는 마을 사람들이랍니다."

전진하면서 보니, 과연 어린애들의 울음소리가 들리곤 하였다. 마을 사람들은 가재나 가축, 병자들을 이끌고 겨우 도망쳐 나온 판에, 다시 하치스카 마을의 군졸들이 온다는 말을 듣고 어쩔 줄 모르고 있었으나 고로쿠의 심복 아오야마 신시치가 가서 말했다.

"우리는 약탈하러 온 것이 아니다. 일족인 와타나베 덴조와 그 부하들을 처단하려고 온 것이다."

이 말을 듣고 마을 사람들은 비로소 안심하며 제각기 덴조의 악행을 원망하며 호소했다.

그들이 호소하는 바에 의하면, 덴조의 악행은 옹깃집에 침입한 것으로 그치지 않았다. 영주에게 해마다 공물을 바치고 있었는데도 사법을 만들어, 촌민에게서 논밭에 대한 수호전이라는 명목으로 이중세를 강제로 징수하기도 하고, 못이나 강물의 둑을 멋대로 차지하고는 물값을 받기도 했다. 만약 불평하는 자가 있으면 수하들을 보내 논이고 밭이고 황폐하게 만들어 버리곤 했다.

영주에게 밀고하면 그 일가를 몰살시킨다고 위협도 했다. 영주는 전쟁 준비와 전쟁에 쫓기고 있어서 공물은 거두어 가도, 평상시의 치안에까지는 손이 미치지 못했다.

덴조 일당은 그것을 기화로 하여 도박장을 열기도 하고, 신사 경내에서 소나 닭을 마구 도살해 버리기도 했다. 또한 저녁에는 여자들을 불러 모으고, 신사의 배전(拜殿)은 무기 은신처로 사용했다고 한다.

"그래, 그 덴조는 얼마나 되는 부하로 어떤 대비를 하고 있느냐?"

신시치가 묻자, 촌민들은 입 모아 대답했다.

"신사에서 창과 칼을 꺼내 가지고, 술을 마시고는 끝까지 싸운다고 대단한 기세들이었습니다만, 갑자기 마을에 불을 지르고 돈이 될 만한 물건과 무기와 식량을 잔뜩 말에 실고 떼지어 어디론가 달아나고 말았습니다."

끝까지 싸운다고 퍼뜨린 것은 도주하기 위한 덴조의 술책이었다.

"이번에도 한 발 늦었단 말인가?"

고로쿠는 발을 굴렀다.

"마을 사람들을 집으로 돌려보내라."

그들은 같이 도우면서 불을 끄기 시작했다. 그리고 덴조가 도박장으로 사용하고 사람이나 가축의 피로 더럽힌 신사 배전을 새벽녘까지 말끔히 청소시키고, 고로쿠는 그 자리에 엎드린 채 기원했다.
"하찮은 일족의 말단이었다 해도 덴조의 악행은 결국 하치스카 일족의 죄. 후일 반드시 처단하여, 촌민을 위로하고 신백(神帛 : 빈전에 모시는 베로 만든 신주)을 올려 사과하겠나이다."
그러는 동안, 그의 일족과 병졸들은 조용히 양쪽에 정렬해 있었고, 이 질서와 그의 경건한 거동을 촌민들은 의아하다는 얼굴로 바라보고 있었다.
"토적의 두목이?"
와타나베 덴조는 하치스카의 이름으로 갖은 악행을 다했으며, 고로쿠의 조카라는 것도 잘 알려진 사실이어서, 그 두목이라는 말만 듣고도 그들은 부들부들 떨었으리라.
그러나 고로쿠는, 신(神)과 백성을 자기편에 두지 않고는 거사를 할 수 없음을 잘 알고 있었다.
이윽고 염탐꾼이 돌아왔다.
"덴조 일당은 수하를 합쳐 약 70명쯤이며, 동부 가스가이(靑日井)의 산길을 넘어, 미노(美濃) 길로 도주할 모양입니다."
이러한 염탄꾼의 보고를 들은 고로쿠는 명령을 내렸다.
"반은 하치스카 마을로 돌아 마을을 지켜라. 나머지 반의 반수는 이 마을에 머물며 난민들을 보호하고, 치안도 확보하라. ……그 나머지는 나를 따르라."
결국 그가 거느리는 부하는 불과 4, 50명 밖에 되지 않았다.
그 적은 인원으로 고로쿠는 덴조를 추격하였다.
고마키(小牧), 구보시키(久保色)를 지나, 겨우 적을 따라 잡게 되자, 도중에 염탄꾼을 남겨 놓고 피해 가던 덴조 측에서도 낌새를 챈 모양이었다.
'놈들이 왔구나!'
갑자기 산길을 우회하여 세도(瀨戶) 고개에서 아스케(足助) 쪽으로 내려간다는 보고가 들어왔다.
산중의 추격이 나흘째나 계속된 한낮이었다.
여름인 데다 길은 험하고 갑옷까지 입고 있어서 쫓는 쪽도 쫓는 쪽이었지만, 도주하는 덴조 일당도 어지간히 지친 모양으로, 도중에 짐과 말을 버리고 점점 몸을 가볍게 하여, 도즈키 강(百月江) 계곡에서 허기진 뱃속을 물로 채우며 땀을 훔치고 있었다.

그때, 와아 하는 함성과 함께 고로쿠의 병사들이 양쪽에서 밀어닥치며 협공해 왔다.
 사람이 맞부딪기도 전에 먼저 바위가 수없이 굴러 떨어졌다. 계곡은 이미 피바다가 되어 있었다.
 "이놈!"
 "오너라!"
 "물러나면 안 된다!"
 찌르고, 베고, 맞붙어 물 속에 굴러 떨어진다.
 같은 일족끼리의 격돌이었다. 적의 수하와 고로쿠의 부하 중에는, 같은 핏줄인 삼촌과 조카, 사촌과 사촌, 그리고 평소에는 사이 좋았던 친구들의 모습도 있었다.
 그러나 어쩔 수 없는 일.
 한 몸 같은 사람이니만큼 더욱 그 병의 근원을 잘라 내지 않으면 안 되는 것이다.
 고로쿠는 자신의 피와 다름없는 적의 피를 뒤집어쓰며, 소리치면서 누구보다 용맹스럽게 뛰어다녔다.
 "덴조, 덴조, 나오너라!"
 도즈키 강 계곡은 삽시간에 피바다로 변했다.
 고로쿠의 부하도 10명쯤 죽었지만, 적은 거의 전멸에 가까웠다.
 고로쿠는 혈안이 되어 잇달아 호령했다.
 "저 봉우리로, 저 길 쪽도!"
 장본인인 덴조의 모습은 시체 사이에 섞여 있지 않았다. 그는 부하들을 버리고 재빨리 능선을 따라 에나(惠那) 산맥 깊숙이 도망쳐 버린 모양이었다.
 "이놈이 고슈령(甲州領) 쪽으로 도망쳤구나."
 고로쿠가 이를 갈며 봉우리에 서 있자, 갑자기 '탕' 하는 한 방의 총소리가 메아리쳐 울려 퍼졌다. 그를 비웃는 듯한 총소리.
 "……"
 고로쿠의 뺨에서 눈물이 흘렀다. 분한 것은 말할 것도 없었다. 그러나 그는 악귀와 같은 조카를 그때도 아직 자신의 몸과 다를 바 없이 생각하고 있었다. 자신의 부덕이 뉘우쳐져 눈물이 흐른 것이었다.
 망연히, 그 봉우리에 서서 생각해 볼 때, 고로쿠는 자기가 아무리 야망을 품고 있어도, 토호의 위치에서 벗어나 일국 일성(一國一城)의 주인이 되기에는 아직 멀었다는 것을 느꼈다. 그럴 자격이 없음을 깨달았다.

'같은 살붙이 하나 제대로 다스리지 못하고서야…… 무력만 가지고는 안 된다. 아랫사람을 다스릴 줄 알아야 한다. ……평상시의 좌우명도 있어야겠다.'

갑자기 깨닫고, 그는 눈물어린 눈으로 쓴웃음을 지었다.

'못된 녀석, 나를 가르치고 사라졌구나.'

고로쿠는 봉우리에서 부르짖었다.

"여봐라, 돌아가도록 하라!"

그날.

30여 명으로 줄어든 부하를 이끌고 도즈키 강 계곡에서 고로모(擧母) 주막 촌으로 빠졌다. 마을 한쪽에서 야영을 하고, 다음 날 오카자키성(岡崎城)에 사람을 보내 통행 허가를 얻어 그 곳을 떠나니, 이래저래 늦어진 탓으로 오카자키를 통과한 것은 한밤중에 가까워서였다.

큰길로 나가면, 도중에 각국 본성이나 전초 기지는 물론, 목책과 요새도 수없이 지나야 할 것이었다. 군졸들을 거느리고는 통행할 수 없는 곳도 있을 것이고, 시일도 오래 걸릴 것이다.

그래서 야하기 강(矢矧江)을 배로 내려가 오하마(大濱)에서 반도인 한다(半田)로 올라간다. 그리고 도코나메(常滑)에서 다시 배편으로 바다를 지나고 강을 거슬러 올라가, 하치스카로 돌아가는 노정을 취하기로 했다.

그런데 야하기 강까지 와 보니, 한밤중이긴 했지만 배가 한 척도 없었다.

다리도 없었다.

물살은 빠르고 강 너비는 208간(間 : 1간은 6척, 약 1.8미터)이라고 했다. 겐무(建武) 연간의 닛타(新田)·아시카가(足利)의 싸움을 비롯해서, 이 곳은 오카자키의 요해처로 여러 차례 교전장이 되어 왔던 곳이었고, 바로 몇 년 전에는 오다 노부히데와 마쓰다이라의 군사들이 크게 싸운 일이 있었으며, 덴분 14년에서 16년에 걸친 싸움의 결과, 오다측이 대패하여 후퇴한 곳이기도 했다.

《태평기》 인본에 '야하기 강의 다리로 물러나 방패로 막고 싸웠다'는 대목이 있는 것을 보면, 먼 옛날이나 에도 시대에는 사람의 왕래를 위하여 2백 간의 큰 다리가 놓여 있었던 모양이고, 그 무렵 덴분 20년 여름에는, 아직 이 지방은 어지러운 싸움에 휘말려 들어가고 있는 중이었다. 야하기 강은 도

도히 흐를 뿐, 다리 같은 건 전혀 볼 수 없었다.
 고로쿠와 부하들은 난처한 듯이 부근 나무 그늘에서 쉬면서 방법을 의논했다.
 "내려가는 배가 없다면 맞은편으로 건너가기 위한 거룻배라도 있을 게다."
 "아니야. 어지간히 밤도 깊었으니, 날이 새야 배가 있을 거야."
 그러나 여기서 야영을 하려면 또 한 번 오카자키 성에 알리지 않으면 안 되었기에, 고로쿠는 지시했다.
 "거룻배라도 찾아보아라. 한 척만 있어도 번갈아 건너가면, 날이 샐 때까지는 배로 내려가는 거리만큼은 전진할 수 있을 게다."
 "그런데 두령님, 거룻배 같은 것도 전혀 눈에 띄지 않습니다."
 누군가가 말한다.
 "무슨 소릴!"
 고로쿠는 꾸짖고 다시 일렀다.
 "거룻배 한 척도 안 보인다고? 그럴 리가 없다. ……이렇게 넓은 강을 무엇으로 건너다니겠느냐? 싸움 때문에 통행이 일체 금지되는 비상시에도 우거진 갈대나 수초들 사이에 탐색꾼들이 쓸 배는 숨겨져 있는 법이다. 다시 찬찬히 찾아보아라!"
 그 호령에 부하들은 강의 위아래로 나뉘어, 대여섯 명이 우르르 달려갔다.
 그 중 하나가 외치며 걸음을 멈춘다.
 "아, 있다!"
 홍수 때 깎인 듯 깊숙이 패인 기슭에 큼직한 갯버들이 뿌리를 드러낸 채, 물 위에 가지를 드리우고 있었다. 그 밑에 배 한 척이 묶여 있었던 것이다. 우거진 갯버들 아래는 강물도 고요하고 어두웠다.
 "……쓸 만하군."
 고로쿠의 부하는 곧 그 배에 뛰어올라 일동이 있는 아래쪽 기슭까지 몰고 내려갈 속셈으로 그렇게 중얼거리며 밧줄을 풀기 시작했다.
 순간 그 병졸은 흠칫 놀란 듯 배 안을 들여다보았다.
 "…… ?"
 배는 강에서 짐을 실어 나르는 것이었는지 나지막했으나, 이미 썩기 시작한 데다 물때도 잔뜩 낀 것이 위태로울 만큼 기울어져 있었다. 그래도 급한 대로 나룻배 구실은 할 수 있을 듯했다. 그런데 썩은 거적을 깔고, 한쪽 구석에서 코를 골며 자고 있는 한 사람이 있었다.
'누군가?'
병졸은 눈이 휘둥그레졌다.
왜냐하면, 이상한 복장과 이상한 용모, 게다가 너무나 대담하게 사내는 자고 있는 것이다.
소매도 짧고 자락도 짧은 지저분한 홑옷에 각반을 차고, 맨발에 짚신을 신고 있었다. 어른인가 하면 어른 같지도 않고, 아이인가 하면 아이 같지도 않았다. 밤하늘을 향해 반듯이 누운 채 이마와 눈썹에 밤이슬을 맞으며, 완전 무방비 상태로 자고 있으니 말이다.
"……이봐!"
병사는 불러 봤으나, 도무지 깰 것 같지 않자, 창 자루를 거꾸로 쥐고 사내의 가슴팍을 가볍게 찌르며 다시 한 번 불렀다.
"이봐!"
눈을 뜬 사내는 창자루를 움켜쥐며 부릅뜬 눈으로 병사를 노려보며 누운 채 말하지 않는가.
"뭐냐!"

개똥벌레

흐르는 강물과도 같은 지금의 신세, 야하기 강 갯버들 그늘에 의지한 채 썩은 거적을 뒤집어쓰고 하룻밤을 보내려던 그 사내는, 나카무라의 집을 떠난 뒤 소식을 알 수 없던 히요시였다.
작년 정월, 서리 내리던 날 밤.
어머니에게 소금 두 되를 남겨 주고, 아버지의 유산인 칼 한 자루를 받아 들고 '출세하면 돌아온다!'는 맹세를 어머니와 누님에게 남기고 떠난 히요시였다.
그는 이미 상가나 공장의 심부름꾼이 되어 전전할 의사는 없었다.
'무사다!'
오로지 그것만 생각하고 있었다.
그러나 어느 무사 댁에서도 내력도 확실치 않고 풍채도 보잘것없는 그를 써 주려고 하지 않았다.
"염색집 심부름꾼이라도 좋다면……."

"마구간 청소부라면 알선해 주지."

기요스, 나고야, 슨푸, 오다와라(小田原)——가는 곳마다 이런 말을 들었을 뿐이었다.

"저를 써 주십시오."

간혹 용기를 내서 무사 댁을 찾아가 간청해 봐도, 웃음거리가 되거나, 욕을 먹거나, 거지 취급을 당하는 데다 대나무 비로 얻어맞고 쫓겨나기가 일쑤였다.

얼마 안 되는 돈은 곧 바닥나기 시작했다. 세상이란 대숲 언덕의 이모가 말한 대로여서, 히요시의 생각은 한낱 꿈에 불과했다.

그러나 히요시는 그 꿈을 버리지 않았다. 그는 자신의 꿈은 누구 앞에서 말해도 부끄럽지 않은 훌륭한 것이라고 굳게 믿었기 때문이다.

풀 베개를 베고 물 위에서 자도 그 희망은 버리지 않았다. 세상에서 가장 불행하다고 생각하는 어머니를, 어떻게 해야 가장 행복한 어머니로 만들어 줄 수 있을까. 아직 시집도 못 간 가여운 누나를 어떻게 해야 기쁘게 해 줄 수 있을까.

물론 히요시에게도 수많은 욕망이 있다. 그도 이제는 열일곱의 젊은이였다. 뱃속은 아무리 먹어도 차지 않았고, 훌륭한 저택을 보면 저런 집에서 살아 봤으면 하는 생각도 있다. 호화로운 무사의 차림새를 보면 자신을 돌아보고, 아름다운 여자를 보면 바람에 풍겨 오는 향기를 느꼈다.

그러나 어떤 욕망보다도 먼저 어머니를 행복하게 해 주는, 그런 염원이 항상 모든 것에 앞서 있었다. 따라서 그는 그 첫째 희망이 달성되기 전에는, 자신의 욕망을 채울 생각이 없었다.

그것은 또한 그 나름으로 다른 즐거움이 있었기 때문에, 여러 가지 물욕을 참을 수 있었다고 할 수 있었으리라. 그 즐거움이란, 흘러가는 곳곳마다 굶주림을 느낄 겨를도 없는 즐거움이었다.

'새로운 사실을 안다!'

세상의 흐름, 인정, 풍속 그리고 시세와 각 나라의 군비, 농민과 상인들의 생활상——.

오닌 시대부터 무로마치 말엽에 이르러 무사 수업을 다니는 자들이 무슨 유행처럼 많아졌는데, 히요시도 지난 1년 반을 그와 같은 생활을 해 온 것이다.

그러나 그는 무술을 목표로 하여 장검을 차고 다닌 것은 아니었다. 얼마 안 되는 돈으로 도매상에서 바늘을 사 가지고, 그것을 행상하면서 고슈를 거쳐 북부 에치고(北越)까지 온 것이었다.

"바늘 사시오, 교토 바늘이오. 무명 바늘, 명주 바늘, 교토의 바늘……."

히요시는 거리거리를 헤매고 다니면서 얼마 안 되는 이문으로 굶주림을 면해 왔다.

그러나 하찮은 바늘 장사로 밥은 먹어도, 바늘구멍으로 세상을 내다보는 것 같은 작은 인간은 될 수 없었다.

오다와라의 호조(北條).

고슈의 다케다(武田).

슨푸의 이마가와와 북부 에치고의 여러 성을 죽 보아 오면서 느낀 것이 있었다.

'머지않아 세상은 크게 흔들린다. 큰 변동이 오게 된다.'

바로 이런 것이었다.

지금까지의 소규모의 전란과는 달리, 일본 전체의 형세를 뒤바꾸는 정당하고 본격적인 큰 전쟁이 앞으로 일어나리라는 예감이었다.

'그렇다면 나도……'

그는 은근히 생각하는 것이었다.

'나는 젊다. 이제부터다. 세상은 아시카가 막부의 늙은이들의 치정에 염증을 내고 혼란을 일으키고 노쇠해 버리고 말았다. 우리들 젊은이들 세상이 기다리고 있다!'

막연히 그런 생각을 하며 '바늘이오, 바늘' 하고 외치며 다니지 않았던가.

호쿠리쿠(北陸)에서 교토, 오미(近江)를 돌며 세상 바람을 쐬고 나서, 다시 이 오와리의 오카자키로 온 것은 이곳에 아버지 야에몬의 친지가 살고 있다는 말을 들은 적이 있어, 그를 찾아보려는 속셈이었다.

그러나 결코 친척이나 아는 사람을 찾아 얻어 먹으려는 치사한 생각을 가질 그는 아니었다. 다만 초여름부터 식중독에 걸려 심한 설사를 거듭하면서 걸어 온 피로와, 한편으로 나카무라의 집안 형편을 물어 보기 위한 것뿐이었다.

그러나 찾는 사람은 찾을 수 없는 데다, 어제도 오늘도 불볕더위 속을 헤매면서 오이도 먹고 우물물도 마시고 했더니 다시 배탈이 나기 시작하여, 저녁 무렵 야하기 강변에 이르렀을 때는 견딜 수 없이 배가 아팠다. 어쩔 수 없이 그는 거룻배 안에 그냥 누워 버리고 만 것이다.
뱃속은 요란스럽게 '꾸르륵' 소리를 내고 있었다.
미열이 있는 탓인지 입 안이 텁텁했다. 가시를 씹는 듯 입 안이 깔깔하고 침이 말라 든다.
그런 중에도 그의 눈앞에는 어머니의 모습이 그려지고, 꿈 속에서도 어머니의 모습이 나타나고 있었다. 어느새 그는 깊은 잠에 빠지고 말았다. 어머니도 없고, 복통도 없고, 친지도 없는——
그때 별안간, '이봐!' 하며 누가 부르면서 가슴팍을 창자루로 찌른 것이다.
"누구냐!"
히요시는 반사적으로 창자루를 붙들며 몸집과 어울리지 않게 큰 소리를 질렀다.
가슴은 사나이의 넋이 있는 곳이다. 오체 중에서도 감실과 같은 곳이다. 창자루로 가슴을 찔렸다는 것은, 상대가 누구건 히요시를 불끈하게 한 것은 당연하다.
"꼬마, 일어나!"
고로쿠의 부하는 붙잡힌 창자루를 잡아당기며 말했다.
히요시는 창을 붙든 채 몸을 일으키며 쏘아 붙였다.
"일어나라구? 보다시피 일어나고 있지 않느냐. 어쩌란 말이냐!"
"어럽쇼. 이 거지 녀석이!"
창자루를 통해 히요시의 힘과 반항을 느끼자, 고로쿠의 부하는 무서운 표정으로 엄포를 놓았다.
"나오너라! 배에서 나오란 말이다."
"배에서 나오라구?"
"그래! 그 배는 우리가 써야겠다. 썩 꺼져 버리지 못해!"
그러니 히요시는 비위가 틀렸든지 배 안에 더욱 도사리고 앉으며 말했다.
"싫다!"
"뭣이?"
"싫단 말이다!"
"싫다고?"

"그래 싫다!"
"이놈 봐라!"
"이놈이라니! 남이 곤히 자고 있는 걸 함부로 창대로 찌르고는, 배를 써야할 테니 나오라고? 어디로든 꺼져 버리라고?"
"쳇! 주둥아리만 까진 녀석이군. 이봐, 뜨내기!"
"뭐냐?"
"우리를 누구로 아느냐?"
"사람일 테지!"
"그 놈 참……."
"그런 걸 묻는 놈이 바보지!"
"정말 대단한 주둥아리구나. 그 주둥이가 비틀어지지나 말아라. 우리는 하치스카 마을의 토호, 두령 고로쿠 마사카쓰 님을 따라 수십 명이 지금 이 강에 이르렀는데, 마침 배가 없기에 사방으로 찾아다니던 중 다행히 이 배를 발견한 거다."
"배만 보고 사람은 못 봤나? 이 배는 내 집이란 말이다!"
"보이니까 깨우지 않았나, 잔소리 말고 썩 나오너라!"
"시끄러워!"
"무엇이? 또 한 번 말해 봐!"
"몇 번 말해도 마찬가지다. 싫다면 싫은 것. 이 배는 못 주겠다!"
"말 다했나?"

고로쿠의 부하는 획 창대를 끌어당기며 창대 채 히요시를 끌어 올리려고 안간힘을 썼다.

때를 보아 히요시가 손을 놓았다. 창대로 버들잎을 훑으며 고로쿠의 부하는 비틀거렸다.

그는 부아통이 터진 듯 창을 고쳐 쥐더니, 곧장 창날을 번쩍이며 히요시를 향해 찔렀다.

"네 이놈!"

썩은 판자와 물통, 거적 같은 것이 배 위에서 계속 날아 왔다.

"멍청아!"

두 번쯤 히요시의 욕설도 날아 왔다.

그때 동료들이 우르르 이쪽으로 달려 왔다.

"뭐냐!"

"왜 그러냐!"

"웬 놈이냐!"

제각기 떠들어 대며 둘러섰을 때, 뒤이어 고로쿠와 다른 부하들도 달려 왔다.

"배가 있었나?"

"있기는 있는데……."

"어쨌다는 거냐!"

떠들어 대는 부하들을 헤치고, 고로쿠 마사카쓰가 조용히 앞으로 나섰다. 갯버들 그늘에 있는 어두운 배 위로 눈길을 던졌다.

고로쿠의 그림자를 올려다보자, 히요시는 그가 바로 이들의 두령이구나 하고 생각한 듯 다소 앉음새를 고치며 빤히 쳐다봤다.

고로쿠의 눈은 언제까지나 그를 바라본 채 아무 말도 하지 않았다.

그는 히요시의 용모나 차림새를 이상히 여긴 것은 아니었다. 자기의 눈을 되쏘아 보는 히요시의 눈매에 놀란 것이다.

'이 녀석, 겉모습과는 달리 대단한 녀석인걸.'

이런 생각을 하며 더욱 뚫어지게 바라보았으나, 보면 볼수록 히요시의 눈도 어둠 속에서 반짝이는 날다람쥐의 눈처럼 시선을 비키지 않았다.

마침내 고로쿠가 시선을 돌렸다. 그리고는 점잖게 불렀다.

"애야."

"……."

히요시는 대답하지 않았다.

아직 입을 꼭 다물고 있었다.

동시에 그 쏘는 듯한 눈도, 고로쿠의 얼굴에서 돌리지 않고 있었다.

"……애야?"

그러자 히요시는 화가 난듯 말했다.

"나보고 하는 소린가?"

"그렇지. 너밖에는 배 안에 아무도 없지 않느냐."

고로쿠가 말했다.

그러자 히요시는 어깨를 으쓱거리며 말했다.

"나는 아이가 아니다. 관례를 했다."

갑자기 고로쿠는 어깨를 흔들며 웃었다.
"……그래? 어른이란 말이지? ……하지만 어른이면 어른 취급을 하게 되는데 그래도 좋은가?"
"여럿이서 둘러싸고 나 하나를 어떡할 작정이냐? 토적들이구나, 너희들은?"
"이 녀석, 제법 재미있는 말을 하는걸."
"조금도 재미있을 것 없다. 나는 달게 자고 있던 참이다. 게다가 배까지 아프다. 누가 뭐라건 여기서 움직일 수 없다."
"흠. 배가 아프다고?"
"그렇다."
"어찌 된 거냐?"
"물을 잘못 마셨거나 더위를 먹었을 테지."
"고향은 어디냐?"
"오와리의 나카무라다."
"나카무라라? ……나카무라의 뉘 집이냐?"
"아버지 이름은 말할 수 없다. 내 이름은 히요시라고 한다…… 한데, 이런 법이 어디 있느냐? 남의 단잠을 깨워 놓곤 함부로 내력이나 묻는 법이 있느냐 말이다. 그대는 어디서 사는 뭐라는 사람이냐?"
"너와 같은 오와리의 하치스카 마을이다. 하치스카의 고로쿠 마사카쓰라고 하는데, 너 같은 어른이 이웃 마을에 살고 있는 줄은 미처 몰랐다. 무슨 장사라도 하고 있나?"
히요시는 그 말에는 대답하지 않고 말했다.
"아, 아저씨들은 이웃 마을 사람들인가요? 하치스카 마을이라면 우리 마을에서도 멀지 않은데? 그럼 동향 분들이군요. 아까는 싫다고 했지만, 배를 내 주죠."
히요시는 갑자기 상냥한 얼굴로 당장 나카무라 마을의 소식을 물어 보고 싶었지만, 베개로 쓰고 있던 장사 꾸러미를 비스듬히 등에 지면서 기슭으로 올라왔다.
고로쿠는 그 모양, 일거일동을 잠자코 바라보고 있었다.
닳고 닳은 장사치, 주둥이밖에는 가진 것이 없는 건방진 꼬마, 고로쿠는 처음에 그렇게 봤지만, 일단 마음이 풀려 승낙하자 꼬마는 일체 군말 없이 배에서 나오더니 터벅터벅 어디론가 가 버리려고 했다.
"잠깐, 히요시라고 했지? 이제 어디로 갈 거냐?"
"배를 빼앗겼으니 잘 곳이 없어요. 풀밭에서 자면, 이슬에 젖어 뱃속이 더욱 탈이 날 게고, 하는 수 없이 날이 샐 때까지 걸어야죠."
"그렇다면 나를 따라오너라."
"어디로?"
"하치스카 마을로. 집에 가서 밥도 먹여 주고 병도 치료해 주지."
"고맙습니다."
히요시는 얌전히 인사를 했으나, 발밑을 내려다보며 무언가 생각하는 눈치였다.
"그럼……저를 댁에서 써 주신단 말인가요?"
"너는 쓸모가 있을 것 같다. 이 고로쿠를 섬길 생각이 있다면 따라와도 좋다."
"그럴 마음은 없어요."
그는 얼굴을 들고 분명히 말했다.
"나는 무사 댁에 들어가는 것이 소원이기 때문에 여러 나라를 돌아다니며 각국 무사의 풍조와 영주들의 위세를 보아 왔어요. 그리고 무사를 섬기려면 주인을 잘 선택해야 한다는 것을 알았어요. 함부로 주인을 섬길 수는 없죠."
"하하하. 더욱 재미있군. 이 고로쿠 마사카쓰로서는 네 주인으로서 합당하지 않단 말이냐?"
"섬겨 보지 않아 모르지만, 하치스카 마을의 고로쿠라면, 우리 마을에서는 좋게 보지 않아요. 그리고 내가 일했던 전 주인 집에 도둑질을 하러 왔던 사내도 하치스카 일족이라고 했어요. 내가 도적들의 수하가 되면 어머니가 슬퍼할 테니, 그런 사람을 섬길 수는 없어요."
"그럼 너는 도자기상 스테지로의 집에서 일한 적이 있느냐?"
"어떻게 알죠?"
"옹깃집에 침입해서 악행을 한 와타나베 덴조는 우리 일족이 분명하지만, 나는 그런 고약한 놈을 그냥 두지 않는다. 덴조는 놓쳤지만, 그 일당은 모조리 처단하고 마을로 돌아가는 길이야. 네 귀에까지 고로쿠 일족의 이름이 그렇게 나쁘게 들렸느냐?"

"……음. 아저씨는 그렇게 나쁜 사람 같지는 않군요."

히요시는 열일곱이라고는 해도 조숙한 말투로 이야기하며 그의 얼굴을 바라보았다. 그리고 문득 생각난 듯이 말했다.

"그럼 아저씨. 아무 조건 없이 저를 하치스카 마을까지 데려 가겠어요?…… 그럼 후타쓰데라(二寺)에 있는 친척 집에 갈 수 있겠는데요."

"후타쓰데라라면 하치스카 마을 이웃인데, 거기 친척이 있단 말이냐?"

"네. 통을 만드는 신자에몬(新左衛門)이라는 사람이 어머니 쪽으로 친척이에요."

"신자에몬이라면 무사였다. 그럼 너희 모친은 무가 출신이냐?"

"아버지도 무사였어요. 나는 이런 일을 하고 있지만요."

어느새 배에는 탈 만큼 사람들이 올라 있었다. 삿대를 꽂고, 두령인 고로쿠가 오기만을 기다리고 있었다.

"히요시, 아무튼 타라. 후타쓰데라로 가고 싶다면 후타쓰데라로 가는 거다. 하치스카 마을에 있고 싶다면 있어도 좋고."

고로쿠는 히요시의 어깨를 끌어안고 배까지 데리고 갔.

히요시의 조그만 몸집은, 수풀처럼 늘어선 창대와 건장한 사나이들 사이에 가려져 버렸다. 배는 강을 가로지르기 시작했으나, 물살이 빨라 꽤 긴 시간이 걸렸다.

히요시는 지루한 듯 우두커니 서 있다가 문득 고로쿠의 부하 한 사람 등에 개똥벌레가 앉아 있는 것을 보자, 슬며시 손을 뻗어 잡아 가지고 그 깜박이는 빛을 무심히 바라보았다.

하늘은 드높고

하치스카 마을로 돌아와서도 고로쿠 마사카쓰는 놓쳐 버린 조카 덴조를 그냥 내버려 두지 않았다.

부하를 변장시켜 자객으로 보내기도 하고 먼 나라 토호들과 연락을 취하여 행방을 더듬는 등, 그 해 가을까지도 백방으로 손을 쓰고 있었다.

그러나 소용이 없었다.

풍문에 의하면 와타나베 덴조는 산줄기를 타고 고슈로 가, 고로쿠가 애써 만들게 한 그 총을 헌납함으로써 다케다가(武田家)에 들어갔다는 것이다.

"고슈로 잠입했다면……."

고로쿠도 어쩔 수 없다는 듯 체념한 얼굴이었으나, 그래도 분은 가시지 않은 모양이었다.

그러자 그런 소문을 들었을 무렵, 공손히 문을 두드린 심부름꾼이 있었다.

"주인께서 직접 오셔야 할 일이오만."

이 사건이 일어나기 전, 고로쿠를 다회에 초청했던 오다 일족의 부하였다.

그때 말썽이 됐던 붉은 무늬의 도자기를 들고 와서, 주인의 명이라며 심부름꾼이 말했다.

"이것 때문에 동족 간에 소동이 있었다고 들었소. 비록 딴 사람을 통해 산 물건이라고는 하지만 그냥 놓아 두기도 거북한 일이니, 이쪽에서 도자기상 스테지로에게 돌려주는 것이 어떻겠소? 그러면 고로쿠공의 체면도 설 수 있으리라 생각하는데요?"

고로쿠는 호의에 감사하고 그 도자기를 받았다.

"후일 인사를 올리리다."

그리고 답례를 보낼 때, 물건값의 배나 되는 황금과 훌륭한 안장 등을 선사했다.

그날——.

고로쿠는 심부름꾼을 보낸 다음 마쓰바라 다쿠미를 불러 무엇인가 속삭인 다음, 손수 툇마루에 나서며 뜰을 향해 불렀다.

"원숭이, 원숭이!"

"예!"

히요시는 대답하면서 나무 그늘에서 재빨리 달려 나왔다.

"부르셨습니까?"

그는 무릎을 꿇었다.

이곳에 온 후, 후타쓰데라에도 갔던 모양이나 곧 되돌아와 차일피일 그냥 머무르고 있었다.

눈치 빠르고 시키는 일이면 무엇이든 했다. 남들은 그를 업신여겼으나 그는 남을 멸시하진 않았다. 입은 까졌지만 속은 결코 경박하지 않았다. 그 때문에 고로쿠는 뜰지기를 맡길 만큼 그를 아꼈다.

뜰지기라면 비나 들고 다니는 하찮은 하인 같지만, 사실은 그렇지 않았다. 항상 주인 가까이 있기 때문에 아침저녁 눈에 띄게 마련이고, 밤에는 밤대로 경호역을 겸하게 되므로, 결코 아무나 쓰지 않는 법이다.

그런데도 고로쿠는 히요시를 뜰지기로 삼은 것이다. '원숭이, 원숭이' 하고 부르기는 하지만, 그것은 귀여워하고 있다는 증거였다.

"도자기상 스테지로의 집에 갔다 오너라. 다쿠미를 따라 안내역을 겸해서."

"옹깃집에 말씀입니까?"

"왜 난처한 얼굴을 하느냐?"

"하지만……."

"네가 꺼리는 까닭은 알고 있지만, 오늘은 문제의 명기를 돌려주러 가는 거다. 너를 딸려 보내면 네 체면이 서지 않을까 해서 분부하는 게야. 어서 다녀오너라."

히요시는 그 말을 듣자, 땅바닥 위에 앉음새를 고치며 두 손을 짚었다.

"고맙습니다. 은혜는 결코 잊지 않겠습니다. 기꺼이 다녀오겠습니다."

히요시는 스테지로의 집에 도착했다.

그는 종자로 따라 왔으므로, 안채 바깥에서 기다리고 있었다. 예전 친구들이 이상하다는 듯 번갈아 쳐다봤다.

"원숭이가 왔다!"

히요시가 이 집을 쫓겨날 때 웃고 손찌검을 했던 고용인들도 보였지만, 히요시는 아주 잊어버린 듯, 누구에게나 웃는 얼굴을 보이며 양지 쪽에 웅크리고 앉아 마쓰바라 다쿠미가 나오기를 기다리고 있었다.

이윽고 다쿠미는 일을 마치고 안에서 나왔다. 뜻하지 않게 잃어버린 명기가 돌아왔으므로, 스테지로 부부는 꿈이 아닌가 기뻐하면서, 다쿠미의 신발을 바로 놓아 주기도 하고, 문까지 부부가 따라 나와 몇 번이고 인사를 하였다.

"감사합니다. 감사합니다."

오후쿠도 있었다.

힐끗 히요시의 얼굴을 보자 가슴이 철렁하는 모양이었으나, 그 오후쿠에게도 히요시는 히죽이 하얀 이를 보여 주었을 뿐이다.

"마사카쓰 님에게는 후일 정식으로 사례를 올리러 가겠습니다. 부디 감사하다는 말씀 전해 주시기 바랍니다. ……일부러 이렇게 오시느라 수고가 많으셨습니다."

옹깃집 부부, 그 아들, 그리고 고용인들이 한 줄로 늘어서서 머리를 숙이고 있는 사이를 히요시는 마쓰바라 다쿠미를 따라 활개치며 걸어 나왔다.

'……대숲 언덕에 사는 이모는 어떻게 됐을까. 이모부가 중태였는데 혹시 죽지는 않았을까?'

고묘사 언덕을 바라보며, 히요시는 그런 생각을 했다.

나카무라는 근방이다.

당연히 그는 어머니와 오쓰미의 얼굴을 그리며, 잠깐 들러 볼까 하는 생각이 솟구치곤 하였다.
 그러나 저 서리 내리는 밤에 맹세한 말이 있었다. 지금 들러 봤자 그에게는 어머니를 기쁘게 할 아무 것도 없다.
 그 나카무라 마을을 등지고, 그는 차마 떨어지지 않는 걸음을 다쿠미를 따라 옮기고 있었다. 그런데 도중에 보군 차림을 한 사나이가 말을 건넸다.
 "아니, 너는 야에몬의 아들이 아니냐?"
 "누구신데요?"
 "히요시지, 너?"
 "네."
 "많이 컸구나. 난 네 아버지 친구였던 이치와카(一若)야. 오다 나리를 모시고 있을 때, 같은 보군이었지."
 "생각납니다. 그렇게 제가 컸습니까?"
 "보여 주고 싶군. 돌아가신 아버님한테 말이야……."
 그 말을 듣고 히요시는 하마터면 눈물을 흘릴 뻔했다.
 "제 어머니, 요즘 만나신 일이 있으십니까?"
 "한동안 만나지 못했지만, 이따금 나카무라에 가면 소문은 듣고 있어. 여전히 부지런하시다는 소문이더군."
 "그럼 몸 성히 계시는군요."
 "어째서 너는 집에 들르지 않는거냐?"
 "훌륭하게 되면 가겠습니다."
 "얼굴이라도 보여 주어야지. 어머니에게는 말이야."
 "네."
 뜨거워지는 눈시울을 참을 수 없어, 히요시는 고개를 돌리고 있었다. 정신이 드니, 이치와카도 저만치 가 버린 뒤였고, 마쓰바라 다쿠미도 훨씬 앞쪽을 걷고 있었다.
 늦더위도 기세를 잃기 시작했다. 아침저녁으로는 제법 가을을 느끼게 했다. 고구마 잎이 눈에 띄게 자랐다.
 "이 해자는 5년간이나 쳐내지 않았군. 창술과 마술 훈련만 하고 해자가 메워지는 걸 모른대서야……."
 지금 한 마을에 심부름을 갔다가 돌아온 히요시는 하치스카가의 오랜 해자를 들여다보며 혼자 중얼거렸다.

"무엇 때문에 해자가 있는 거냐 말이다. 고로쿠 님에게 귀띔해 줘야겠는걸."

대나무로 찔러 물 깊이를 조사해 봤다. 물풀이 무성해서 아무도 알아채지 못한 모양이지만, 히요시의 짐작대로 오랫동안 낙엽과 진흙이 쌓인 해자는 불과 몇 척밖에 되지 않았다.

두세 군데 찔러 본 다음 댓가지를 버리고 옆문으로 난 다리로 들어서려는데 부르는 사람이 있었다.

"여보게."

"누구요?"

다리 위에서 히요시는 돌아다봤다.

보니까 해자 곁 참나무 밑에 거적을 깔고, 잿빛 옷에 긴 피리를 허리에 찬 사내가 초라한 얼굴로 무릎을 세우고 앉아 있었다.

"잠깐……."

사나이는 손짓을 한다.

이 마을에도 이따금 나타나는 허무승(虛無僧)이었다. 선종의 일파로서, 깊숙한 삿갓으로 얼굴을 가리고 피리를 불며 탁발 수행하는 것이 허무승이다.

그러나 훨씬 뒤 에도(江戶) 시대에 비하면, 그 무렵의 허무승은 일정한 승복도 없었고 가사 같은 것도 화려하지 않았다. 모두 지저분한 꼬락서니에 덥수룩한 수염을 기르고, 등에는 거적, 손에는 긴 피리를 들고 다녔다. 개중에는 본격적으로 방울종을 흔들며 후케(普化) 선사를 본받아 씩씩하게 돌아다니며 수행하는 자도 없지 않았지만, 지금 히요시에게 손짓을 한 허무승도 역시 땟국이 흐르는 옷에 수염이 덥수룩한 축이었다.

"시주 말이오? …… 아니면 배가 고파 움직일 수가 없는 거요?"

히요시는 업신여기듯 말하며 다가갔으나, 나그네의 고통은 잘 아는 그라서 배가 고프다면 밥을, 병중이라면 약을 얻어다 줄 생각을 이미 하고 있었다.

"……아니야."

허무승은 고개를 흔들었다. 그리고 물끄러미 히요시를 올려다보며 웃었다.

깔고 있던 거적을 반쯤 비우며 말했다.

"자, 앉아라."
"괜찮아요, 서 있어도. 무슨 용건이죠?"
"자네는 이 댁 하인인가?"
"아니에요."
이번에는 히요시가 흉내 내듯 고개를 설레설레 흔들었다.
"난 그저 이 댁 식객이에요. 고로쿠님에게 밥은 얻어먹고 있지만, 정식으로 하인이 된 건 아니에요."
"그래? ……그래도 무슨 일이든 하고 있을 테지. 부엌인가 문지긴가?"
"뜰지기예요."
"뜰지기라. 그렇다면 고로쿠님의 신임을 받고 있는 축이겠군."
"글쎄요."
"지금 계시냐?"
"안 계십니다."
"안 계신다? 운이 나빴군."
허무승은 낙심한 듯 중얼거리고 묻는다.
"오늘 중으로 돌아오실까?"
히요시는 그런 대화를 나누는 동안, 이 허무승에게서 수상한 점을 발견하고 갑자기 말을 조심하기 시작했다.
"언제쯤 돌아오시지?"
거듭 묻는 것을 히요시는 대답하지 않고 되물었다.
"스님, 스님은 무사죠. 진짜 스님이라면 스님이 된 지 얼마 안 되고."
허무승은 놀란 듯 히요시의 얼굴을 빤히 바라보더니 말했다.
"어떻게 내가 무사인지, 또는 풋내기 중인지 알았지?"
히요시는 당연한 일이라는 듯이,
"그쯤도 모르면 어떻게 해요. 볕에 몹시 그을리기는 했지만, 손가락 사이는 아직 하얗잖아요. 귓속도 깨끗한 편이구요. 무사라는 증거로는, 그렇게 거적 위에 앉은 모습이 영낙없이 갑옷을 입고 앉은 형상이에요. 버릇이 돼서 저도 모르게 무릎이 올라가는 거죠…… 거지나 진짜 허무승이라면 등을 구부리고 풀썩 주저앉는 법이라, 대번에 알 수 있어요."
"음, 맞았어."
허무승은 거적 위에서 일어났다. 일어나면서도 그는 히요시의 얼굴에서 눈을 돌리지 않았다.
 "놀라운 혜안이군. 지금까지 적지를 뚫고 왔지만 내 정체를 꿰뚫어 본 자는 없었다."
 "장님들이니까 그렇지…… 그건 그렇고, 스님 무슨 용건이죠?"
 "실은 말이다."
 그는 목소리를 낮추어 말했다.
 "난 미노(美濃)에서 온 사람이야."
 "미노?"
 "사이토 히데타쓰(齋藤秀龍)의 가신 난파 나이키(難派內記)라고 하면 고로쿠 공은 알고 있을 게다. 아무도 모르게 만나보고 곧 돌아갈 예정이었지만 안 계신다면 어쩔 수 없는 일, 마을이라도 돌아다니다 해가 저물면 다시 와 보지…… 만약 돌아오시면 자네가 슬며시 귀띔해 주게나."
 그렇게 말하고 허무승이 돌아서려고 하자, 히요시는 그를 불러 세우고 말했다.
 "거짓말이었어요, 스님……."
 "응?"
 "안 계시다고 한 건 스님 정체를 알 수 없었기 때문이에요. 마장에 계십니다."
 "아, 계시나?"
 "네, 이젠 안심할 수 있으니 안내해 드리죠. 이리 따라오십시오."
 "도무지 자네는 빈틈이 없군."
 "창칼을 다루는 집에 있으면 그 정도의 신경은 써야죠. 미노에는 이만한 일에 탄복할 만큼 모두 멍청이들만 있나요?"
 "천만에……."
 허무승은 혀를 찼다.
 해자를 따라 밭을 지나 수풀 뒤쪽으로 돌아가자 넓은 마장이 나왔다.
 흙먼지가 하늘로 치솟고 있었다.
 고로쿠는 물론 하치스카 사람들이 맹렬한 기마 연습을 하고 있었다. 마술뿐 아니라 안장과 안장을 맞부딪치며 막대로 공방전을 하고 있었다. 격전장에서의 돌격을 예상하고 연습하는 것이리라.
 "여기서 기다리십시오."

히요시는 허무승을 남겨 놓고 혼자 달려갔다.

한동안 바라보고 있으니, 이윽고 고로쿠가 얼굴의 땀을 씻으며 휴식처에 물을 마시러 왔다.

"물을 드릴까요, 두령님?"

히요시는 곧장 뜨거운 물을 떠서 알맞게 찬물을 탄 다음, 쟁반에 받쳐 들고 고로쿠의 걸상 앞에 꿇어앉았다.

"미노에서 온 밀사를 안내해 왔습니다. 이리 데려 올까요, 아니면 두령님께서 가시렵니까. 밀사는 숲 그늘에서 기다리고 있습니다."

하고 단숨에 전했다.

"뭐? 미노에서?"

사이토가의 밀사라는 말을 듣자, 고로쿠는 여러 말 하지 않고 곧 걸상에서 몸을 일으켰다.

"원숭이……."

"네……."

"안내하여라."

"여기에 말입니까?"

"아니, 내가 가겠다. 어디 있지?"

"숲 저쪽입니다."

손가락으로 가리키며, 히요시는 앞장섰다.

미노의 사이토가와 하치스카가는 공공연한 관계는 아니었지만, 꽤 오래 전부터 서로 밀맹을 맺고 있었다.

또한 경제적으로도 매년 2백 관(貫 : 1관은 천푼)의 돈을 미노에서 원조 받기로 되어 있다.

오다 노부히데나 미카와의 마쓰다이라, 또는 슨푸의 이마가와 등, 융성하는 세력의 틈바구니에서 하나의 섬과도 같은 존재인 하치스카당이 그 어느 세력에도 굴하지 않고 토호이면서도 사방에 이웃한 나라들 사이에서 떳떳이 버티고 있는 것은, 멀리 이나바(稻葉) 산성에 사이토 히데타쓰라는 배경이 있는 탓이기도 했다.

상당한 거리에 있으면서, 어떻게 하치스카당과 히데타쓰가 그런 조약 아래 제휴하고 있을까. 그에 관해서는 다음과 같은 일화가 전해지고 있었다.

그것은 고로쿠의 선대 구란도 마사토시(藏人正利)가 두령으로 있을 때였다.

어느 날 밤.

하치스카가의 문앞에 행려병자가 쓰러져 있었다. 수행 중인 차림을 한 무사였다. 마사토시는 딱하게 생각하여 집 안에 들여다가 극진한 치료로 병을 고쳐 주고 노자까지 주어 보냈다.

"......은혜는 잊지 않겠습니다."

무사는 수척한 얼굴로 말했다.

떠나는 날도 그는 언제든 자기가 뜻을 이루면 반드시 소식을 전할 것이며, 은혜에 보답하겠노라고 맹세했다.

그때 그가 남긴 이름은 마쓰나미 소쿠로(松波莊九郎)였으나, 몇 년 뒤, 그 소쿠로가 보낸 서신에는 사이토 야마시로노카미 히데타쓰라고 적혀 있었다.

'그가 바로......'

마사토시는 그제서야 알고 놀랐다.

그런 인연 때문에, 고로쿠 대에 이르러서도 히데타쓰와의 동맹은 여전히 지속되고 있었다.

그 히데타쓰가 보낸 밀사.

무슨 일일까, 하고 고로쿠가 바로 일어난 것은 당연한 일이었다.

허무승 차림의 밀사 난파 나이키는 숲 속에서 기다리고 있다가 고로쿠를 보자 인사를 했다.

"오오!"

고로쿠도 답례하고 서로 눈과 눈을 정면으로 바라보더니, 각각 한 손을 빌듯이 가슴에 대고 말했다.

"본인이 고로쿠 마사카쓰요."

"저는 이나바 산성의 가신 난파 나이키입니다."

이름을 밝히면서 피차가 또 한 번 깊숙이 머리를 숙이는 것이었다.

히데타쓰는 어렸을 때 묘카쿠사(妙覺寺)에 들어가 현밀(顯密: 현교와 밀교)을 배웠고 전신이 승도였던 탓으로 미노가의 암호에는 현밀 용어가 흔히 사용되었는데, 암호를 대신하는 몸짓에도 어딘가 절간 냄새가 풍겼다.

인사를 나누고 서로가 틀림없다는 것을 확인한 다음에야 비로소 마음을 터놓고 말하는 것이었다.

"원숭이, 누가 와도 숲 속에 들여보내서는 안 된다. 내가 허락할 때까지……."

고로쿠는 그렇게 분부하고, 나이키와 함께 숲 속으로 들어갔다.

숲 속에서 두 사람이 어떤 밀담을 나누었는지 또는 어떤 밀서가 개봉됐는지 히요시는 알 길이 없었지만, 알고 싶은 생각도 없었다.

그는 다만 충실하게 숲 밖에서 지키고 서 있을 뿐이었다.

심부름을 가면 심부름에, 뜰지기를 분부 받으면 뜰지기에, 감시역을 맡으면 감시역에, 그는 오로지 명령에 충실할 뿐이었다.

그는 어떤 일이건 맡은 일에 충실했다.

그건 가난하게 자랐기 때문만은 아니었다.

현재의 일은 항상 다른 희망에 대한 발판이 되기 때문이다. 그것을 충실히 해 나가고 열의를 보일 때, 다음의 희망에 날개가 돋친다는 것을 그는 잘 알고 있었다.

'오늘날과 같은 세상에서 출세하려면 무엇이 가장 소중한가?'

히요시는 그것을 생각해 본 일이 있었다.

그것은 계보였다. 그리고 가문이었다.

그러나 그에게는 그것이 없었다.

가문 다음에는 말할 것도 없이 돈과 무력이 있어야 했지만, 그것 역시, 그는 가지고 있지 않았다.

'그렇다면 난 무엇을 가지고 출세할 건가?'

스스로 물어 봤으나, 슬프게도 몸집은 선천적으로 왜소했고, 건강도 남보다 나을 것 없는 데다, 배운 것도 없고 지혜 역시 특별한 것은 못 됐다. 대체 나에게는 무엇이 있단 말인가.

충실, 그것밖에 생각할 수 없었다. 그것도 어떤 일이든 가리지 않고, 무엇에든 충실하려고 결심했다. 충실이라면 발가벗은 몸에도 지닐 수 있는 것으로 생각했다.

그러면 그 충실을 어떻게 표현하는가? 하고 자문했을 때 그는 이렇게 자답했다.

'그 일에 합당한 사람이 되는 것이다.'

어떤 직업이든 주어지는 것을 천직으로 알고 그에 합당한 사람이 되는 것이다. 뜰지기이건, 신발을 들고 다니는 역할이건, 마구간 청소부이건, 뭐든지 그에 합당한 사람이 되는 것이다.

 장래에 대한 포부를 지녔다 해도, 그 포부 때문에 현재를 우물쭈물 보내지는 않으리라.

 현재가 없는 장래라는 것이 있을 리 없다. 포부는 아랫배에 숨겨 두어야 한다. 겉으로 나타낼 필요가 없는 것이다.

 지지배배, 지지배배……

 숲 속의 새들이 히요시의 머리 위에서 지저귀었다. 그러나 히요시의 눈은 새들이 쪼고 있는 나무 열매도 보지 않았다.

 "……오, 수고했다."

 이윽고 고로쿠가 숲 속에서 나오며 말했다.

 기분이 좋은 모양이었다. 두 눈이 새삼 야망에 타오르고 있었다. 어떤 중대사를 들고 왔는지는 모르지만, 아직 덜 가신 긴장이 상기한 그의 얼굴에 남아 있었다.

 "끝났습니까?"

 "끝났어."

 "스님은……."

 "돌아갔다. 다른 길로……."

 고로쿠는 그렇게 말하고, 문득 히요시를 돌아다보며 일렀다.

 "입 밖에 내지 말아라."

 "예."

 "난파 나이키…… 그 허무승이 너를 몹시 칭찬하더구나."

 "그랬습니까?"

 "머지않아 쓸 만한 일을 맡겨 줄 테니 영원히 여기 하치스카에 있도록 해라."

 그날 밤도 히요시는 별이 빛나는 하늘 밑에서 충실히 뜰지기역을 다하고 있었다.

이나바 산성

이나바 산성의 사이토 도산(道三) 히데타쓰의 밀사는 대체 어떤 소식을 전해 온 것일까.

물론 그것은 극비였다.

일족 중에서도 중진이 아니고는 그 내용을 알지 못했다.

그러나 비밀회의가 있었던 다음 날부터 하치스카 일당 중에서도 무예 솜씨가 뛰어나거나, 두뇌가 명석하고 민첩한 자들이 연이어 변장을 하고 하치스카 마을을 떠났다.

기후(岐阜)로, 기후로.

누구 입에서 새어나왔는지 그런 소문이 퍼져 갔다.

고로쿠의 아우 중에 하치스카 시치나이(七內)라는 자가 있었다. 그 시치나이도 무언가 한 가지 임무를 띠고 기후에 잠입하게 되자, 히요시는 그의 종자로 따라가라는 분부를 받았다.

"싸움이라도 시작되기 때문에 탐색차 떠나는 겁니까?"

히요시가 물었다.

"쓸데없는 소린 하지 마라. 잠자코 나를 따라오기만 하면 되는 거야."

시치나이는 아무 말도 들려주지 않았다.

이 시치나이를 저택 하인이나 부하들은 '곰보 시치나이'라고 불렀고, 누구나 꺼려했다기보다 증오하고 있었다. 이 곰보 시치나이에게는 형 고로쿠와 같은 인정미가 전혀 없었기 때문이다. 고주망태인 데다 거만하고 언제나 칼솜씨를 자랑하는 그런 인물이었다.

'……싫은 사람이군.'

솔직히 말해서 히요시도 그렇게 생각했다.

하지만 고로쿠가 한 말 때문에 울며 겨자먹기로 따라나선 것이었다.

"다른 종자로는 마음이 놓이지 않는다. 지난번 난파 나이키도 칭찬하고 있었으니, 너라면 적임자로 생각되어서……."

먹여 주고 재워 준 것에 대한 은혜이고 의리였다. 하치스카당에 가담하여 일할 결심은 아직 서지 않았지만, 한 번 알았다고 대답한 이상, 히요시는 시치나이건 곰보건 끝까지 성의를 다해서 모시기로 결심을 했다.

어쨌든 출발할 날이 되자, 하치스카 시치나이는 아주 머리 모양까지 바꿔가지고 기요스의 기름 도매상 밑에 있는 상인 같은 차림을 하고 나섰.

히요시는 여름 동안 입고 다니던 바늘 행상 차림을 다시 하고, 짐도 조금쯤 짊어진 다음, 기름 장수인 시치나이와는 길에서 우연히 만난 것처럼 하고 미노를 향해 떠났다.

"원숭이, 도중에 행인을 조사하는 검문소에 이르면 나와 떨어져야 한다."

"네."

"넌 원래 주둥이만 까져서 말이 많은 편이니, 무슨 질문을 받든 되도록 잠자코 있는 거야."

"네."

"탄로나면 난 모른 척 그냥 내버리고 갈 테다."

도로에는 요소마다 검문소가 있었다. 오와리의 오다가와 미노의 사이토가는 장인과 사위 간이라 친밀한 사이여서 같은 편이어야 했지만, 실제로는 좀처럼 그렇게 되지 못했다.

따지고 보면 오와리와 미노 사이에는 국경이 있으므로 피차 그런 경계를 한다 해서 부자연스러울 것은 없었지만, 미노에 들어가 보니 같은 미노에서도 서로 상대방을 의심하는 눈이 곳곳에서 번뜩이고 있었다.

"왜 그럴까요?"

히요시가 시치나이에게 물었다.

"뻔하지 않나? 사이토 도산 공과 그 아들 요시타쓰는 벌써 몇 년 전부터 서로 으르렁거리는 사이니까 말이다."

같은 나라 안에서 두 세력이 반목하면서 같은 혈족인 아버지와 아들이 대치하고 있는 것을 시치나이는 조금도 이상할 것 없다는 듯이 말하는 것이었다.

히요시는 시치나이의 머리를 의심했다.

무가에서는 겐페이(源平) 당시에도 부자가 서로 활을 들고 적대 행위를 한 예가 없지 않지만, 거기에는 그 이상의 고민과 이유가 있기도 했다.

"어째서 사이토 도산 공과 아들 요시쓰님은 사이가 나쁘죠?"

영문을 모르겠다는 얼굴로 그가 또 물었다.

"귀찮군."

시치나이는 혀를 차고 상대조차 하지 않았다.

"그런 건 딴 사람에게나 물어 봐."

히요시가 미노의 국토를 밟기 전에 맨 먼저 품은 것은, 자신의 기분과는 너무도 동떨어진 그 의문이었다.

그러나 기후는 산수가 맑고 아름다운 산성 아래 마을이었다. 길거리도 깨끗했다.

때마침 늦가을이라 단풍진 이나바 산은 이슬비에 젖고 석양에 노을도 지고 하여, 아침저녁으로 봐도 싫증이 나지 않았다.

이나바 산을 긴카 산(金華山)이라고 부르듯이 마치 비단을 두른 것 같았다. 거리와 전답과 나가라 강(長良江) 가에서 우뚝 솟아오른 꼭대기에 한 마리의 백조가 웅크린 것 같은 하얀 성벽이 조그맣게 올려다보인다.

'아주 높은 산성이구나.'

히요시는 눈이 휘둥그레졌다.

성 밑에서 거기까지 올라가려면, 많은 견고한 요해를 거쳐야 한다고 했다. 난공불락이란 이런 성지를 두고 하는 말이리라고 탄복했으나, 히요시는 금방 속으로 중얼거렸다.

'성뿐이고 나라는 없다!'

"너는 이 뒤쪽 합숙소에 가서 묵어라. 일이 있으면 내가 알아서 알리겠다. 놀고만 있으면 남이 의심할 테니, 일이 생길 때까지 매일 바늘 장사나 하거라."

시치나이는 번화한 네거리 상인 숙소에 투숙했으나, 히요시에게는 이렇게 말하며 몇 푼 안 되는 돈을 넘겨 주었다.

"예."

히요시는 순순히 인사를 하고 곧 뒷골목 지저분한 여인숙으로 갔다. 결국 그런 데나마 혼자 있는 편이 훨씬 마음 편했지만, 아직도 히요시는 영문을 알 수 없었다.

'일이 생기다니, 무슨 일이 생긴다는 걸까?'

합숙소에는 광대, 거울 닦는 사람, 나무 켜는 사람 등, 잡다한 직업인들이 서로 어울려 투숙하고 있었다. 히요시의 피부는 이와 벼룩에도 익숙했고, 그런 사람들이 풍기는 특유한 냄새에도 면역이 되어 있었다.

히요시는 매일 바늘 장사를 하고, 돌아올 때는 쌀이나 자반을 사 가지고 왔다. 합숙소 살림은 모두 자취였다. 아궁이는 빌리고 나무값과 방값만 내면 된다.

7일쯤 지났다.

그러나 시치나이는 아무 말도 없었다. 시치나이도 매일 빈둥거리고만 있는 걸까? 그는 자기만 버림 받은 것 같은 생각이 들었다.

그러던 어느 날.

그가 주택가 골목을 '바늘이오 교(京:교토)의 바늘이오' 하고 소리치며 걸어가는데, 저쪽에서 가죽 화살통을 겨드랑이에 차고 헌 활을 두세 개 어깨에 멘 사내가 히요시보다 큰 소리로 외치며 이쪽으로 걸어 왔다.

"활 고치시오. 활이오."

그 사내는 히요시에게 다가오자 눈이 둥그레지며 멈춰 서더니 묻는다.

"아, 원숭이 아니냐? 언제 누구하고 이리로 왔지?"

히요시도 놀랐다.

'활 고치시오' 하고 외쳐 대던 사나이는 고로쿠 마사카쓰의 부하로 닛타 히코주(仁田彦十)라는 사람으로, 바로 얼마 전까지도 하치스카 마을의 같은 집에 있었던 사나이었다.

"히코주 님. 히코주 님이야말로 웬일이십니까? 이 기후에까지……."

"나뿐이 아니야. 하치스카당 사람들이 적어도 3, 40명은 이곳에 와 있다. ……하지만 원숭이까지 왔을 줄은 몰랐다."

"저는 시치나이 님을 따라 7일쯤 전에 왔습니다. 일이 생길 때까지는 바늘 장사를 하라는 명령이어서 이렇게 떠돌아다니고 있습니다만, 대체 무엇 때문에 이러고들 있는 건가요?"
"아직 못 들었나?"
"시치나이 님은 아무 말도 들려주지 않는군요. ……사람이란 까닭 모를 일을 하고 있는 것처럼 괴로운 일은 없는 법인데요."
"그럴 테지."
"히코주 님은 목적을 알고 계실 테죠?"
"모르고 이런 짓을 할 리가 있겠나?"
"제발 저한테도 좀 가르쳐 주십시오."
"이런 곳에 선 채로는 말하기 어려워…… 하지만 시치나이 님도 고약하군. 목적도 모르고 헤매고 있다간 까딱하면 목숨이 위험할지도 모르는 일이야."
"그래요? 목숨에 관계 되는 일입니까?"
"네가 붙잡히면 이곳에 잠입해 있는 일당의 밀계(密計)가 송두리째 드러난다…… 그렇지, 동지들을 위해서라도 네가 내용을 알아야 해."
"고맙습니다."
"하지만, 여기서는 남의 눈에 띄기 쉽다."
"저쪽 사당 뒤는 어떨까요?"
"음. ……마침 배도 고프니, 점심이나 먹으면서 얘기할까?"
히코주가 앞장서서 걷기 시작했다. 히요시는 그 뒤를 따라 갔다. 무슨 사당인지 나무숲에 둘러싸여 호젓했다.
두 사람은 가지고 있던 점심을 먹었다. 은행나무 잎이 흩어진다. 황금빛 가지를 우러러보니 가지 저쪽에 얼마 남지 않은 가을을 장식하듯, 단풍이 불타는 이나바 산과 그 꼭대기의 성곽이 푸른 하늘에 뚜렷이 솟아 있어 사이토 일가의 패권을 과시하는 듯했다.
"목적은 저기다!"
히코주는 밥알이 붙어 있는 젓가락 끝으로 이나바 산의 성곽을 가리켰다.
"예?"
히요시는 입을 벌리고, 일부러 멍청한 얼굴을 하며 젓가락 끝을 바라보았다.
히코주가 보는 이나바 산의 성곽과 히요시의 눈에 비친 성곽은 같은 대상인데도, 커다란 차이를 마음에 두고 두 사람은 한동안 바라보고 있었다.

"……그럼 저 산성을 하치스카당이 빼앗아 버리려는 속셈입니까?"

히요시가 말하자, 히코주는 그의 멍청이 같은 질문에 젓가락을 꺾어 대 껍질과 함께 땅에 내동댕이치며 혀를 찼다.

"무슨 소리! 저 성에는 사이토 도산 공의 서자, 신쿠로 요시타쓰가 있어서, 이 요해로 사면을 누르고 교토와 간토의 통로를 지배하고 있어 안으로 병력을 기르고 새로운 무기를 비축하고 있지. 오다나 이마가와, 호조 따위는 도저히 적수가 되지 않아. 하물며 하치스카 일당의 힘으로 어떻게 한다는 거냐? ……하도 멍청이 같은 소리를 하니, 기껏 얘기해 주려던 생각이 사라져 버리지 않나?"

꾸짖는 바람에 히요시는 순순히 입을 다물었다.

"미안합니다. 이젠 쓸데없는 말은 하지 않겠어요."

"……아무도 듣지 않았을 테지?"

주위를 한 번 죽 둘러보고, 닛타 히코주는 입술을 축였다.

"우리 하치스카 일당과 사이토 도산 히데타쓰 공과의 깊은 관계는 너도 언젠가 들어서 알고 있을 테지?"

"……."

히요시는 한 번 혼이 났으므로 대답 대신 그저 고개를 끄덕이는 정도로 해 두었다.

"한데, 그 도산 히데타쓰 공과 양자 신쿠로 요시타쓰는 지난 몇 년 간 서로 싸움을 거듭하고 있다. 그 까닭을 말하면……."

히코주는 히요시가 알아들을 수 있을 정도로 사이토 일가의 내분과 어지러운 미노의 실정을 대략 다음과 같이 간추려 얘기했다.

도산 히데타쓰는 자(字)를 나가이 도시마사(長井利政)라고 했고, 니시무라 간쿠로(西村勘九郎)라 부르기도 했으며, 마쓰나미 소쿠로(松波莊九郎)라고도 했다. 또한 이름도 없는 기름 장수이기도 했고, 무사 수업 행각을 하기도 했으며, 절에 들어가 있기도 했다. 도무지 경력이 잡다한 인물이어서 어느 정도로 능수능란한가 하는 것은 그가 미노에 한 나라를 차지한 뒤, 아직 한 치도 외적의 침입을 허용하지 않았다는 것을 봐도 알 수 있다.

그러나 속은 시커먼 사람이었다.

워낙 보잘것없는 기름 장수 신세로 시작하여 맨손으로 미노를 거머쥐었으니, 그는 처음 자신이 섬겼던 주인, 도키 마사요리(土岐政賴)를 살해했고,

다음 주인인 요리나리(賴藝)를 국외로 추방하고 그 애첩까지 빼앗아 버렸다. 그 외에도 잔인무도한 경력은 일일이 열거할 수 없을 정도였다.

그런데 그 응보라고나 할까, 무서운 것은 숙명이었다.

그가 빼앗아 자기 것으로 만든 주인 도키 공(公)의 첩이 낳은 자식이 바로 지금의 신쿠로 요시타쓰인데, 도산 히데타쓰는 오랫동안 그 애가 자기 자식인지 주인 도키의 자식인지를 몰라 고민했다. 아이는 커 가고 그는 늙어 갔다. 고민은 더욱 커질 뿐이었다.

이미 요시타쓰는 6척이 넘는 키에 무릎길이가 한 자 두 치나 되는 당당한 청년이 되어 이나바 산 산성의 주군으로 군림하고, 도산은 나가라 강 건너편 시라사기 산 성 안에서 숨어 사는 신세가 되었다.

시라사기 산과 이나바 산. 강을 사이에 두고 부자가 숙명적으로 대치하고 있었다. 세력을 확장한 요시타쓰는 차차 자신의 내력을 알게 됨에 따라, 도산을 원망하며 도산을 없애려고 했다. 늙어 가는 도산은 더욱 요시타쓰를 의심하고, 요시타쓰를 저주해 마침내 그를 가문에서 빼버리고 차남인 손시로로 하여금 대를 잇게 할 계획을 세웠다.

그러나 그 계획은 어이없이 요시타쓰 측으로 누설되었다.

요시타쓰는 나병 환자여서 '문둥님'이라는 뒷공론을 듣고는 있었지만, 출생이 그러니만큼 성격은 비뚤어졌어도, 지모와 용기를 아울러 가지고 있었다.

'그렇다면……'

요시타쓰는 성채를 굳건히 하고 시라사기 산과의 일전을 불사할 각오였다.

도산측에서도 물론 자신의 몸과 다름없는 요시타쓰를 상대로 언제든지 피를 흘릴 계획을 세우고 있었다.

'저 문둥이를 제거해야겠다.'

"이런 까닭으로……."

히코주는 잠깐 숨을 돌리고 말했다.

"일전에 우리 하치스카 마을로 밀사가 왔던 거다. 도산 공의 청은 사실은, 시라사기 산 부하들은 모두 얼굴이 알려져 있으니, 우리 하치스카당의 손으로 이 거리에 불을 질러 달라는 거야."

"네? …… 불을?"

"불이라고 해도, 아무렇게나 질러서는 소용이 없다. 그 전에 갖가지 소문을 퍼뜨려 이나바 산의 요시타쓰나 그 부하들이 잔뜩 불안해졌을 때, 강풍이 부는 날 밤을 택해 거리를 불바다로 만드는 거다…… 그때 도산 공의 군사가 일제히 나가라 강을 건너 습격한다는 계획이다."

"그래요?"

히요시는 어른스럽게 끄덕인 다음, 감탄한 것도 같고 그렇지 않은 것도 같은 표정으로 말했다.

"그럼 뭡니까? 결국 우리는 이 성 안에 유언비어를 퍼뜨리고 불을 지르기 위해 온 셈입니까?"

"그렇지."

"말하자면 교란군이군요. 인심을 뒤숭숭하게 해놓고 그 틈을 타서 일을 꾀하자는……?"

"음. 이를테면 그렇지."

"그런 짓은 미천한 자가 하는 일 아닙니까?"

"하는 수 없지 않나? 히데타쓰 공으로부터는 많은 신세를 지고 있는 하치스카 일당이니까."

히코주는 단순했다. 역시 토호는 토호, 별 수 없다고 히요시는 그 얼굴을 물끄러미 바라보았다.

그러나 그는 그처럼 단순할 수가 없었다. 그 토호의 신세를 지며 찬밥 덩이나 얻어먹고는 있지만, 스스로는 자기를 두목이라고 생각하는 그였다. 앞으로 크게 출세해야 할 몸을 그렇게 함부로 굴릴 수는 없을 것 같았다.

"……그럼 시치나이 님은 뭣 하러 와 계십니까?"

"지휘역이지. 3, 40명이나 되는 인원이 아무렇게나 흩어져 있으니 누구든 지휘할 사람이 있어야 할 게 아닌가?"

"딴은……."

"그만 하면 대충 알겠나?"

"알겠습니다…… 한데 아직 한 가지 모를 일은 제 자신의 역할입니다만."

"음, 너 말이냐?"

"저는 대체 무엇을 해야 하는 걸까요? 시치나이 님은 유언비어를 퍼뜨리라는 말도 무언가 알아내라는 말도, 아무 분부도 내리시지 않는데요?"

"짐작건대, 너는 몸집도 작고 민첩하니까 바람이 부는 날 불을 지르는 역할을 맡게 될 테지……."

"그래요? 방화역인가요?"

"아무튼 그런 밀명을 띠고 예까지 온 것이니 조금도 마음을 놓아서는 안 된다. 활을 고치고 다니건, 바늘 장사를 하건, 충분히 조심해서 꼬리를 잡히지 않도록 해야 한다."

"탄로 나면 바로 체포될까요?"

"물론이지. 도산 공 측에서는 알고 있는 일이지만, 만약 요시타쓰측에 이 사실이 알려지면 당장 목이 뎅겅 하는 거야. 아니, 붙들리면 너만으로 끝나는 일이 아니다. 우리까지 큰일 나는 거다."

아무것도 모르고 있는 것이 가여워서 가르쳐 주기는 했지만, 혹시 이놈의 원숭이 입에서 비밀이 누설되기라도 하면, 하고 히코주는 갑자기 불안을 느끼는 모양이었다.

히요시는 그의 표정으로 그것을 짐작하고 말했다.

"염려 마십시오. 익숙한 바늘 행상을 하고 다니니까요."

"실수 없어야 한다."

히코주는 그래도 다짐을 했다.

"잘 알겠습니다."

"자, 그럼⋯⋯이러다가 또 남의 눈에 이상하게 보이면 안 되니⋯⋯."

히코주는 몸을 일으키고, 허리가 시린지 두세 번 두드리고 나서 물었다.

"원숭이? 너는 어디에 묵고 있느냐?"

"시치나이 님이 계시는 숙소 뒤쪽이에요. 골목으로 들어가 있는 합숙소입니다."

"그래? 나도 언제 하룻밤 자러 갈지 모르지만, 동숙자들에게는 특히 말조심해야 해."

망가진 활을 어깨에 메며 넛다 히코주는 그 한 마디를 남기고는 한길 쪽으로 사라져 갔다.

히요시는 혼자 뒤에 남아 있었다.

"⋯⋯"

그리고 계속 그곳에 주저앉은 채, 멀거니 은행나무 가지너머로 성곽의 흰 벽을 멀리 우러러보고 있었다.

지금 히코주의 입을 통해서, 이 나라의 주인인 사이토가의 내분과 그 악행을 듣고 나니 다시 우러러보이는 그 철벽과 같은 험준한 요해인 성곽에서도 히요시는 아무 권위도 느낄 수 없었다.

오히려 그는 이런 것을 생각했다.
'......다음엔 누가 저 성을 차지하게 될까.'
한편으로 히요시는 혼자 다짐했다.
'시라사기 산의 도산도 마찬가지다. 올바른 최후는 못 마칠 게다.'
군신의 길이 없는 곳에 어찌 국토의 견고함이 있으랴. 부자가 서로 모함하고 시기하는데 어찌 백성의 신망이 있으랴.
문화적으로 보면, 이곳은 험산을 등에 지고, 교토 각 지방에 이르는 교통로를 제압하고 있으며, 천연 자원이 풍부하고 농공도 융성하며 물 맑고 여인도 아름답지만, 히요시는 마음 속으로 '썩었다'고 믿어 의심하지 않았다. 따라서 그는 그 썩은 문화 속에서 득실거리고 있는 구더기 같은 것을 생각할 겨를이 없었다. 한 걸음 뛰어 넘어,
'다음 성주는 누군가?'
그것을 생각하고 있는 것이다.
동시에, 그는 일종의 환멸을 느끼고 있었다. 그것은 지금 그가 얻어먹고 있는 하치스카 고로쿠에 대한 것이었다.
토호니 토적이니 하고 세상에서는 별로 좋게 말하고 있지 않지만, 고로쿠 장본인을 직접 알고 보니 그는 정의의 사나이였다. 더군다나 가계도 천하지 않은 데다 인물 역시 범상하지 않아, 히요시는 지금까지 그에게 머리를 숙여왔고 분부대로 거행하는 것을 조금도 부끄럽게 생각하지 않았다. 그러나 이쯤 되면 조금 생각해 봐야 할 것 같았다.
사이토 도산에게는 오랫동안 도움도 많이 받았고 틀림없이 교분도 깊었겠지만, 도산의 사람됨을 몰랐을 리는 없다. 극악무도한 행동도 못 보았을 리 없었다.
그런데도 그 도산과 결탁하여 부자의 내분에 교란군을 보내었으니, 아무리 생각해도 히요시는 납득이 가지 않았다.
'세상에는 장님뿐, 고로쿠 역시 장님의 한 사람이었던가?'
히요시는 엄증과 아울리 갑자기 그 고로쿠의 부하들과 이 거리를 내동댕이치고 도망치고 싶은 생각이 간절해지는 것이었다.

회장(回章)

10월도 다 갔을 무렵, 세찬 바람이 부는 날이었다.

히요시가 여느 때처럼 숙소를 나와 행상을 나서려고 하자, 뒷골목에서 코가 벌게져 서 있던 히코주가 다가오더니, 그의 손에 쪽지 하나를 쥐어주었다.
"원숭이, 이것을……. 읽거든 곧 씹어 버리든가, 개천에 던져 버려라!"
그런 주의를 남기고는 히코주는 그대로 슬며시 가 버렸다.
'뭘까?'
일당의 회람이라는 것은 물론 알고 있었지만 히요시는 공연히 마음에 걸리고 가슴이 언짢게 두근거렸다.
이들에게서 떠나자, 이곳에서 떠나자 하고 몇 번이고 생각했으나, 그냥 머물러 있는 것보다는 도망치는 편이 훨씬 더 위험했다.
까닭은, 자기는 자기 혼자만이 합숙소에 묵고 있는 줄 알았는데, 알고 보니 하치스카 일당의 눈이 어디선가 자기의 출입과 행동을 끊임없이 지켜보고 있었던 것이다.
그 감시자도 또한 감시당하고 있었다. 결국 쇠고리의 일환처럼 도중에 혼자 빠져 나갈 수 없도록 조직되어 있다는 것을 근래에 이르러서야 그는 안 것이다.
'드디어 해치우는 건가?'
진작부터 히코주를 통해 듣고는 있었지만, 막상 착수할 모양인 것을 알자 히요시는 마음이 어두웠다.
소심한 탓인지는 모르지만, 흉악한 교란군이 되어 민중을 괴롭히고 시내를 뒤집어 놓고, 불바다 속에서 악귀가 되어 활약하는 일을 그는 아무래도 할 수 없을 것 같았다.
우선 그 얘기를 들은 뒤부터 고로쿠에 대한 존경심이 사라졌고, 그렇다고 해서 사이토 도산에게 편들 생각도 없는 데다, 이나바 산의 성주 요시타쓰를 도울 정열은 더구나 없었다.
만일 편든다면 민중의 편을 들고 싶었다. 동정이 향하는 방향은 역시 전쟁으로 몸부림치게 될 민중, 특히 자식을 둔 어버이에게 절실히 동정이 가는 것이었다.
'읽어 보지도 않고 내가 왜 지레 걱정을 하는 걸까? ……아무튼 읽어보기나 하자.'
바늘 사시오, 바늘이오, 하고 여느 때처럼 외치며 히요시는 일부러 행인이 없는 주택가 골목으로 들어갔다.

개천이 나타났다.
골목이 막혀 있었던 것이다.
"어라? 이거 안 되겠는걸."
일부러 들으라는 듯이 중얼거리며 사방을 둘러보니, 마침 아무도 보는 사람이 없었다.
그래도 만약을 위해서 그는 개천에 대고 소변을 보며 한동안 유유히 주위를 살핀 다음, 천천히 품속에서 편지를 꺼내 읽어 보았다.

〈오늘 밤 술시(戌時)
서풍이나 남풍이 불면
조자이사(常在寺) 뒷 숲에 모일 것
북풍으로 바뀌거나
바람이 그치면
모임도 중지할 것〉

"……"
역시 예상대로였다. 히요시는 읽어 버리자 여러 조각으로 찢어 입 안에 넣고 경단 모양이 되도록 씹고 있었다.
"……바늘 장수!"
별안간 부르는 소리에 히요시는 당황하여 입 안의 것을 개천에 토해 버릴 겨를도 없이 손에 그대로 옮겨 쥐었다.
"예, 어느 댁입니까?"
"여기다, 바늘을 살 테니 이리 오너라."
목소리는 들렸지만, 어디서 누가 부르는지 전혀 모습이 보이지 않았다.
——아무리 둘러봐도 보일 리가 없었다.
목소리의 임자는 저쪽 무사 댁 안에 있었던 것이다. 두 층으로 두른 기와를 이은 담 안에서 부르고 있지 않은가.
"바늘 장수, 바늘 장수. 이리 오라니까."
담 옆으로 조그만 쪽문이 열리더니 젊은 무사가 얼굴을 내밀었다.
"……예."
히요시는 대답했으나, 잠시 상황을 살피고 있었다.

이 근처 무사 댁이라면 말할 것도 없이 사이토가의 가신들이다. 그러나 그것이 도산측 가신이라면 좋지만, 히데타쓰의 심복이라면 다소 켕기지 않을 수 없는 것이다.

"바늘 장수, 바늘을 팔아 준다고 하신다. 어서 이리 들어오너라."

살 사람이 그 젊은 무사는 아닌 듯했다. 히요시는 더욱 마음이 내키지 않았으나 어쩔 수 없이 다가가서 쪽문으로 뒤따라 들어갔다.

"고맙습니다."

그 곳은 뒤뜰인 모양이었다. 히요시는 뜰 안에 만들어 놓은 동산 뒤를 돌아 따라갔다. 꽤 지체 높은 사람의 저택인 듯, 집이 여러 채로 나뉘어져 있었다. 그 규모와 아담한 연못에 히요시는 절로 걸음이 움츠러들었다.

누굴까? 바늘 사 준다는 장본인은?

젊은 무사 말로는 주인쯤 되는 눈치였지만 이만한 저택에 사는 사람이면 부인이건 그 따님이건 손수 바늘 같은 것을 살 리 없었다. 또한 장사치를 뜰 안으로 불러들일 이치도 없었다.

"바늘 장수."

"예."

"잠시 여기서 기다려라."

젊은 무사는 그를 뜰 한구석에 내버려 두고 가 버렸다. 살펴보니까 안채에서 뚝 떨어진 곳에 또 한 채의 집이 있었다.

그것은 아래층이 서재이고, 위층은 서고로 되어 있는 듯한 이층 건물이었다. 젊은 무사는 그 이층을 올려다보며 말했다.

"주베 님, 불러 왔습니다만."

활 구멍처럼 네모지게 벽을 도려낸 창문이 있었다. 주베(十兵衛)라고 불린 것은 스물네댓쯤 됐을 희고 단정한 청년으로, 이층 서가에서 책을 찾고 있었던 듯 몇 권의 책을 팔에 안은 채 창문으로 상반신을 내밀고 있었다.

"곧 내려갈 테니, 마루 밑에서 기다리게 해라."

주베는 밑에 있는 무사에게 그렇게 대답하고 창가를 떠났다.

히요시는 멀리서 바라보고 있었다. 저런 데 사람이 있었구나 하고 비로소 생각이 미쳤다. 과연 그 이층이라면 담 밖이 훤히 내다보였을 것이었다. 틀림없이 자기의 거동도 샅샅이 봤을 것이다. 무언가 석연치 않아 자기를 조사할 작정이리라. 그렇다면 이쪽에서도 그만한 각오를 하지 않으면 호되게 경을 칠지도 모른다.

히요시가 그렇게 마음을 다지고 있자, 젊은 무사가 저만치서 손짓을 했다. 그리고는 말했다.

"이제 곧 이 댁 조카님께서 나오실 테니 이쪽 마루 밑에 와서 공손히 기다리고 있어라."

시키는 대로 히요시는 툇마루에서 조금 떨어진 곳에 꿇어앉았다. 물론 땅바닥에 그냥 앉은 것이다.

한동안 고개를 숙이고 있었으나 좀처럼 나오는 기색이 없어 슬며시 다시 고개를 들어 봤다.

히요시는 눈이 휘둥그레졌다.

실내가 온통 책으로 꽉 차 있었다. 책상 주위, 벽의 서가는 말할 것도 없고, 옆방도 이층도 모두 서고로 되어 있는 모양이었다.

'이 집 주인인지 그 조카인지 아무튼 굉장한 학자인 모양이구나.'

히요시에게는 도대체 책이라는 것은 보기만 해도 신기한 것이었다. 다시 중방을 바라보니 그곳에 훌륭한 창(槍)이 있고 마루방에는 총이 세워져 있었다.

이윽고 장본인이 나타났다.

조용히 책상 앞에 앉으며 두 손으로 턱을 괸다. 그리고 마루 밑에 부복하고 있는 히요시를 마치 책이라도 보는 것 같은 슬기로운 눈으로 물끄러미 바라보았다.

"에에, 오늘은……."

그와 정반대로, 제멋대로 생긴 얼굴을 들고 히요시는 말했다.

"감사합니다. 제가 바늘 장수입니다. 바늘을 팔아 주시려는 겁니까?"

주베는 턱을 괸 채 고개를 끄덕이고 물었다.

"음, 사 주지. 한데 그 전에 잠깐 물어 볼 말이 있다. 너는 바늘을 파는 것이 목적이냐, 아니면 이 성을 염탐하는 것이 목적이냐?"

"그야 물론 저는 바늘만 팔면……."

"그렇다면 무엇 때문에 이런 주택가 골목으로 들어 왔지?"

"길이 어디로든 빠지겠지 해서였습니다."

"거짓말 마라!"

주베는 조금 몸을 비틀며 말했다.

"보아 하니, 장사에는 닳고 닳은 얼굴. 어제 오늘 시작한 장사가 아닌 이상, 이런 무사들 동네에서 바늘을 팔 수 있는지 없는지는 잘 알고 있을 것이 아닌가?"
"반드시 그렇지도 않습니다. 때로는……."
"그래, 때로는?"
"꼭 안 팔리는 것은 아니기에……."
"그렇다면 그것은 덮어 두기로 하자. ……이런 호젓한 곳에 와서 무얼 읽고 있었는가?"
"예?"
"주위에 아무도 없으니까 넌 몰래 무엇인가 종이 쪽지를 들여다보고 있었는데, 대저 천지 초목이 숨쉬고 있는 곳에 신의 눈이 미치지 않는 곳은 없다. 소리 없는 물상은 없는 법이다. ……무엇을 보고 있었느냐?"
"편지를 보고 있었습니다."
"무슨 밀서를?"
"제 어머니한테서 온 편집니다."
뜻밖의 대답이었다.
천연스런 얼굴이었다.
물론 주베는 그 슬기로운 눈초리에 더욱 짙은 의심을 품었다.
'이 녀석이 감쪽같이 넘기려는구나……'
그러나 겉으로는 일부러 부드럽게 말했다.
"음, 어머니의 편지라?"
"예."
"그렇다면 그 편지를 보여 다오. 이 성지의 규칙으로서, 수상한 자는 발견하는 대로 관가에 묶어 넘기도록 되어 있다. 사실이 밝혀지지 않으면 가엾지만 너도 그렇게 되는 거다. 증거를 보이기 위해 그 어머니의 편지라는 것을 이리 내놓아라."
"먹어 버렸습니다."
"뭣이라구?"
"마침 읽고는 먹어 버린 뒤라……."
"먹어?"
이치를 따져 점잖게, 그러나 날카롭게 천천히 파고 들던 주베는 이 상식에 어긋나는 말에 잠시 기가 막힌 표정이었다.
 "예."
 히요시는 진지하게 다시 이어서 말했다.
 "제겐 제 어머니는 신불보다도 더 소중합니다. 살아 계시니 그만큼 더 소중한 분이십니다. 그 때문에……."
 "닥쳐라!"
 주베는 큰소리로 한마디 하고는 다음 말은 듣기도 싫다는 얼굴을 했다.
 "비밀스런 편지이기에 씹어 버린 것이 아니냐. 그것만도 수상한 놈, 틀림없이 넌……."
 "아닙니다. 아닙니다. 오해하시면 안 됩니다."
 히요시는 허둥지둥 손을 내저으며 덧붙였다.
 "신불보다도 더 소중한 어머니의 편지를 그냥 가지고 있다가 얼결에 코라도 푼다든가, 길거리에 버려서 뭇사람에게 밟히게 된다면 그야 말로 죄스런 일입니다. 그 때문에 저는 언제나 먹어 버리고 있습니다. 거짓이 아닙니다. 멀리 떨어져 있는 어머니의 글씨, 먹고 싶을 만큼 그리운 것은 당연합니다."
 "속일 생각 하지 마라!"
 주베는 히요시를 꿰뚫어 보고 있었다.
 그러나 거짓말 치고는 보통 사람은 미처 생각 못할 멋진 거짓말을 한다고 생각했다.
 그리고, 주베에게도 고향에 두고 온 어머니가 있었다. 향리인 미노의 에나 마을에 있는 아케치 성(明智城)에는 노모가 그를 기다리고 있는 것이다.
 '거짓말도 아주 터무니없이는 못하는 법. 어머니의 편지를 먹어 버렸다는 말은 거짓일지라도, 이 원숭이를 닮은 젊은이에게도 어머니가 있는 것은 틀림없으리라.'
 주베는 그렇게 생각하며, 상대방의 무식한 야성을 오히려 가엾게 여겼다.
 그러나 한편으로는, 흔히 이런 무지한 족속들이 일단 책사의 손에 이용되어 소요의 불길을 일으키기 시작하면, 들에 풀어 놓은 야수처럼 흉포해지는 법이다.
 일부러 관가에 넘길 만한 위인은 못 되고 베어 버리기에는 너무나 가엾다. 그렇다고 이대로 내버려 두는 것도 꺼림칙한 일이었다.

"……."
잠자코 히요시의 거동을 눈을 가늘게 뜨고 바라보고 있는 동안, 주베는 그런 관찰을 하며 처리가 난처해진 모양이었다.
"마타이치(又市), 마타이치!"
그는 아까 그 젊은 무사를 부르더니 물었다.
"야헤이지(彌兵治)님은 안에 계시나?"
"계시리라 생각합니다만."
"죄송하지만 잠깐 나와 주셨으면 하더라고 여쭈어라."
"알겠습니다."
마타이치는 곧 달려갔다.
잠시 뒤, 그 야헤이지가 마타이치와 함께 성큼성큼 안에서 걸어 나왔다.
주베보다 더 젊은 청년이었다. 열아홉이나, 고작해야 스물이리라. 이 거창한 저택의 주인, 아케치 미쓰야스(明智光安)의 적자로, 야헤이지 미쓰하루(光春)라고 했다.
주베와는 사촌간이다.
주베도 성은 같은 아케치에다 이름은 미쓰히데라고 했다. 숙부 미쓰야스의 저택에 기식하면서 오로지 학문에만 몰두하고 있었다.
고향에는 어머니도 있고 아케치 성도 있어서 식객이 되지 않으면 안 될 처지는 결코 아니었으나, 에나 마을 산지에서는 읽고 싶은 책을 마음대로 손에 넣을 수도 없었고, 뿐더러 시시각각 발전해 가는 문화와도 거리가 멀었다.
아니, 그보다도 주베 미쓰히데의 가슴 속에 타오르고 있는 젊은 욕망에 비춰 보면 에나의 아케치 성은 너무나 작아, 문화의 등불이나 시세의 움직임과 너무나 동떨어져 있었던 것이다.
숙부 미쓰야스도 늘 친자식인 미쓰하루를 불러 놓고 타일렀다.
"조금은 주베를 본받아라."
그런 말을 들을 만큼, 그는 근엄하고 공부에 열심이었다.
이 집에 몸을 의탁하기 전에도 이 주베 미쓰히데는 경향은 물론, 산인(山陰 :교토와 주고쿠 지방 북쪽 부현), 산요(山陽 :세토내해에 면해 있는 여러 부현) 지방 등, 빠짐없이 돌아보고 있었다. 요즘 부쩍 늘어나는 무사 수업자들 틈에 끼어 지식을 얻고 시대의 흐름을 보며, 생활 속에 고난을 자진해서 맞아들이고 있었던 것이다.
특히 센슈(泉州) 사카이에 머무르면서 총을 연구했던 것은, 이 미노의 국

방과 병제에 크나큰 공헌을 하고 있었다. 따라서 숙부 미쓰야스를 비롯하여, 누구나 아직 어린 나이지만 노대가의 면목을 갖춘 수재로서 존경을 아끼지 않고 있었다.

"주베 님, 저를 불렀다면서요?"

"오, 야헤이지인가? ……대단한 일은 아니지만……."

"무슨 일인가요?"

"그대에게 처리를 맡기는 것이 좋을 것 같아서……."

미쓰히데도 밖으로 나왔다. 그리고 멍청히 있는 히요시 곁에서 그의 처분을 의논하는 것이었다.

야헤이지 미쓰하루는 주베로부터 자세한 얘기를 듣자 물었다.

"이 잡니까?"

히요시를 힐끗 보더니 말했다.

"수상하다고 생각된다면 마타이치에게 일러서 잠깐만 닥달을 하면 곧 실토할 텐데요? 간단한 일이 아닙니까?"

"아니야."

주베는 야헤이지의 눈길을 따라 또 한번 히요시의 모습을 보고 나서 말했다.

"그리 손쉽게 입을 열 자로는 보이지 않소. 그리고 좀 가엾기도 하니……."

"가엾게만 여기고 있으면 입을 열게 할 수 없습니다. 그럼 제가 며칠 동안 맡아서 헛간에라도 집어넣어 두죠. 배가 고프면 실토할지도 모르니까요."

"수고스럽지만……."

주베가 동의했다.

"묶어 버릴까요?"

마타이치가 곧 히요시 곁으로 다가와 팔을 비틀어 올리려고 했다.

그러자 히요시는 황급히 몸을 피하며 주베와 야헤이지의 얼굴을 우러러 봤다.

"아, 잠산! 잠깐 기다려 주십시오. 말씀하시는 것을 들으니 때려도 실토는 하지 않으리라고 하셨는데…… 물어 보십시오. 뭐든지 말씀드리겠습니다. 묻지도 않고 며칠씩이나 헛간 속에 처넣어 두시다니, 너무 하십니다."

"말할 테냐?"

"말씀드리죠."

"그렇다면 묻겠다."

"물어 보십시오."

"……안 되겠는걸."

야헤이지는 히요시의 천연스런 얼굴에 기가 질린 듯했다.

"이 녀석 암만 해도 이상하군요. 약간 머리가 이상한 게 아닐까요? 사람을 놀리는 것 같지 않습니까?"

그는 중얼거리며 주베의 얼굴은 바라보고 씁쓰레하게 웃었다.

주베는 웃지 않았다. 오히려 어떤 두려움을 히요시에게서 느꼈다.

아무튼 주베와 야헤이지가 어린애를 달래듯 해가며 번갈아 질문을 하자, 히요시는 말했다.

"그럼 오늘 밤 큰일이 벌어진다는 것을 가르쳐 드리겠습니다만, 저는 그들과는 한 패거리도 아무 것도 아니니 제 목숨을 보장해 주셔야 합니다."

"좋다. 너 같은 걸 죽여 봤자 무슨 소용이냐? 그래 큰일이란 뭐지?"

"불이 납니다. 오늘 밤 풍향에 따라서 말입니다."

"불? ……어디서?"

"그건 모릅니다만, 저와 같은 숙소에 묵고 있는 토호의 부하들이 그런 밀담을 하고 있었습니다……오늘 밤 서풍이나 남풍이 불면 조자이사 뒷 숲에 모여 온통 거리에 불을 지르자고."

"뭣?"

야헤이지도 놀라고 주베도 숨을 삼키며 히요시의 얼굴을 들여다봤다. 반신반의 하는 표정으로.

그러나 히요시는 두 사람의 표정 같은 것은 아랑곳하지 않는 듯했다. 그는, 자기는 다만 동숙하고 있는 토호들의 밀담을 얼핏 들었을 뿐 더 이상은 모른다, 자기 소원은 그저 어서 바늘을 다 팔아 가지고 고향인 나카무라로 돌아가서 한시라도 빨리 어머니의 얼굴을 보고 싶은 것뿐이다, 그런 뜻의 말을 정색을 하고 들려주었다.

놀라움에서 깨자, 주베와 야헤이지는 한동안 잠자코 있었으나, 이윽고 주베가 명령했다.

"좋아. 넌 틀림없이 놓아 줄 것이지만, 그러나 밤까지는 내보낼 수 없다…… 마타이치, 이 녀석을 어디에든 가두어 놓고 밥이나 먹여 주어라."

바람은 여전히 불고 있었다. 더욱이 풍향은 남서향이다.

이나바 산성 161

갑자기 그 바람 소리가 귀에 크게 울려오며 두 사람은 어수선해졌다.

히요시를 젊은 무사인 마타이치에게 맡기고 곧 물러나게 하자, 야헤이지는 다가앉으며 불안스런 얼굴로 분주히 구름이 흘러가는 하늘을 우러러보며 말했다.

"주베 님, 이 바람을 이용해 토적들이 무슨 음모를 꾸미는 걸까요?"

주베는 잠자코 서재 툇마루에 걸터앉으며 무언가 생각하듯 물끄러미 한군데만 바라보고 있었다.

"미쓰하루."

"네?"

"숙부님한테서 지난 며칠 동안 무슨 심상치 않은 말을 듣지는 못했나?"

"글쎄…… 별로 아버님한테서 들은 말이라고는 없는데요?"

"이상하군."

"다만……그 말을 듣고 보니, 오늘 아침 아버님이 시라사기 산에 가시기 전 이런 말씀을 하시더군요…… 주군 도산 공과 요시타쓰 공의 불화가 요즘 극에 달한 감이 있어서, 언제 무슨 일이 일어날지 모르는 형편이다. 항상 대비는 하고 있을 테지만 모두 불의의 변을 당해도 당황하지 않게 무구(武具)나 마구(馬具) 등 만반의 준비를 갖추어 놓고 있어야 한다…… 이렇게 말씀하시던데요."

"숙부님께서 말이지?"

"예."

"오늘 아침이었지?"

"그렇소."

"바로 그거다!"

주베는 무릎을 치며 말했다.

"숙부께서는 은근히 오늘 밤에라도 싸움이 벌어질지 모른다는 말을 그대에게 남기고 가신 거야. 기밀은 육친에게도 누설하지 않는 것이 상사지. ……그러나 숙부께서만은 모든 것을 알고 계셨을 거야."

"오늘 밤에라도……싸움이?"

"오늘 저녁 조자이사 뒷숲에 모인다는 토호의 일당이란, 도산 공께서 외부에서 끌어들인 교란군임에 틀림없으리라고 생각한다…… 보나마나 하치스카 마을의 도당일 테지."

"그럼 마침내 요시타쓰 공을 이나바 산에서 축출할 결심을 하신 모양인가요?"

"그렇지."

주베는 자신의 판단에 자신을 가지고 크게 고개를 끄덕여 보였으나, 곧 암담한 얼굴로 입술을 깨물며 말했다.

"……그러나 도산 공께서 생각하시는 대로 일이 잘 되지는 않을 거야. 요시타쓰도 대비하고 있는 일이니까…… 더구나 부자지간에 창칼을 들고 피투성이가 되어 싸운다는 것은 인륜이 용서치 않는 일이다. 반드시 처벌이 내릴 것이다. 어느 편이 이기고 지건, 흐르는 것은 골육이요 동족의 피. ……게다가 사이토가의 영지는 단 한 치도 늘지 않고 오히려 이웃 나라가 넘볼 틈을 주어, 그것 때문에 결과적으로는 이 견고한 나라의 기틀이 무너질 염려가 있을지도 모른다."

그렇게 말하며 그는 장탄식을 거듭했다.

"……."

야헤이지 미쓰하루도 묵묵히, 다만 검은 구름과 바람만이 휘몰아치고 있는 하늘을 우러러보고 있었다.

주군과 주군의 싸움이었다. 신하로서는 어찌할 바를 모를 일이었다. 게다가 야헤이지에게는 아버지이고 주베에게는 숙부가 되는 아케치 미쓰야스는, 시라사기 산의 야마시로노카미 도산의 심복으로서, 요시타쓰 폐적 운동의 선봉인 것이다.

"……그렇다. 무슨 일이 있어도 그런 인륜을 벗어난 싸움은 중지시키지 않으면 안 된다. 신하로서의 길은 그것밖에 없다…… 미쓰하루! 그대는 시라사기 산으로 달려가, 죽음으로 미쓰야스 님께 매달려라. 아버님과 같이 주군 도산 공의 그릇된 계획을 간하는 거다."

"알겠습니다."

"나는 해가 지기를 기다려, 조자이사 뒷숲으로 가겠다. 토호 일당의 계책을 저지시킬 테다. ……목숨을 걸고 반드시 저지시킬 것이다. 알았나?"

바람과 불길

큼직한 솥이 세 개나 걸려 있었다.
취사장이었다.
몇 섬이나 되는 쌀을 한꺼번에 넣을 수 있을 만한 큰 솥이 세 개나 걸려 있었다.
그 솥뚜껑이 금방이라도 들먹일 듯이 밥물과 김이 넘치고 있다.
이 많은 밥을 한 끼에 먹어 치우는 것을 생각하면, 조용한 것 같아도 이 아케치 댁 울타리 안에는 부하니, 하인이니, 가족들이니 해서 백여 명이 넘는 사람들이 살고 있는 게 아닐까 하고, 히요시는 아까부터 눈이 휘둥그레져 있었다.
그리고는 혼자 이상한 생각이 들곤 하였다.
'이렇듯 얼마든지 있는 쌀이 나가무라에 있는 이미니나 누님에게는 어째서 배불리 먹을 만큼도 없는 것일까?'
어머니를 생각하면 밥을 생각하고, 밥을 보면 굶주린 어머니를 생각하는 것이, 요즘 그의 습관처럼 되어 있었다.
"대단한 바람이군."

취사장 책임자인 노인이 바로 맞은편 주방에서 나와, 아궁이의 불을 들여다보며 취사 담당 하인들에게 주의시킨다.

"해가 져도 바람이 그칠 것 같지 않으니, 불티에 조심해야 한다. ……그리고 밥이 되면 곧 다음 솥을 걸어야 하니, 손이 빈 자들은 곁에서 주먹밥을 만들어야 한다."

"알겠습니다."

"다시 말할 것도 없는 일이지만, 새벽까지는 모두들 마음을 늦추어서는 안 된다."

"알고 있습니다."

"틀림없어야 해."

노인은 말을 남기고, 취사장에서 나가려다 문득 걸음을 돌리며 아궁이 앞에 쭈그리고 앉아 불을 쬐고 있는 조그만 사내를 수상쩍은 듯이 바라보았다.

"여봐라……."

하인 하나를 보고 물었다.

"저기 있는 저 원숭이 같은 상인은 대체 누구냐? 처음 보는 잔데……."

"주베 님이 맡기신 사람이랍니다. ……보시다시피 마타이치 님께서 지키고 있지 않습니까?"

"그래? 주베 님께서?"

노인은 되돌아갔다. 그리고 한쪽 구석에 쌓여 있는 장작 위에 걸터앉은 마타이치의 모습을 보자 아는 척을 했다.

"수고하시오."

그는 상냥하게 인사부터 하고는 묻기 시작했다.

"저 사내는 수상한 자라서 잡아들인 것인가요? 아니면……?"

마타이치는 여러 말을 하지 않았다.

"자세한 것은 모르오만, 다만 주베 님의 분부가 계셔서."

그러나 노인은 그것만으로 히요시의 존재는 잊어버린 모양이었다. 엉뚱하게 주인의 조카인 미쓰히데를 칭찬하기 시작하였다.

"……정말 연세와는 달리, 생각과 분별이 뚜렷한 분이야. 그런 분을 두고 흔히 '된 사람'이라고 하는 걸 테지. 모두들 학문은 내동댕이치고, 그저 아무개는 몇 관 되는 막대를 자유로이 쓸 수 있다든가, 아무개는 마술과 창술이 능하다든가, 어느 싸움터에서 몇을 베었다든가……그런 것만이 자랑이 되는 세상인데, 주베 님은 그렇지 않으시거든. 언제 서재를 들여다봐도 호수처럼 조용히 학문에만 열중하고 계신단 말이야. 그러면서도 화술(火術)이나 병법에는 남달리 깊은 조예를 지니고 계시니…… 정말 믿음직한 분이셔…….”

마타이치는 주베를 모시고 있는 몸이었다. 직접적인 주인인 주베를 그토록 칭찬해주니, 기분이 나쁠 리 없었다.

그는 노인의 말에 맞장구치며 말했다.

“과연 말씀대로지요. 저는 어렸을 때부터 주베 님을 모셔 왔는데, 그렇게 인정 많은 분은 또 없을 거요. 뿐더러, 대부인께 효성도 지극하셔서 제국을 편력하시는 동안에도 소식을 끊은 일이 없을 정도요.”

“모두들 스물네댓만 되면 강직하다고 해야 호언장담이나 하고, 나약하면 게으름뱅이가 되기 일쑤인 데다, 부모의 은혜 같은 건 까마득히 잊고 건방지게 구는 것이 보통인데…….”

“……인정이 많으신가 하면 한편으로는 강한 면도 없지 않아서, 좀처럼 드러내시지는 않지만 일단 노여워하시면 좀처럼 수그러지지 않으십니다.”

“그러실 테지. 얌전한 분일수록 참을 수 없다고 생각했을 때는…….”

“오늘도 역시 그랬습니다.”

“음, 오늘도……?”

“일을 당하면, 곰곰이 생각하실 때는 생각하시지만, 일단 결단을 내리시니까 마치 둑이 끊긴 것처럼 미쓰하루 님에게도 이건 이렇게 저건 저렇게 하고, 분명한 지시를 내리시더군요.”

“대장감이셔. 그릇이 다른 거지.”

“미쓰하루 님도 주베 님이라면 잘 따르셔서, 지시대로 곧 말을 몰고 시라사기 산성으로 달려가셨습니다.”

“대체 그 일은 어떻게 되는 걸까?”

“글쎄요. 어니 우리로서야…….”

“밥을 잔뜩 지어 군량으로 주먹밥을 잔뜩 만들어 놓아라. 어쩌면 밤중에라도 싸움이 벌어질지 모르니까. ……하는 말씀을 남기고 급히 말을 몰고 나가셨는데…….”

“만약의 경우에 대비하시는 것이겠죠.”

"만약이라면 좋지만, 시라사기와 이나바 사이에 싸움이 벌어지면, 우리들 이야말로 난처하게 되지 않나? 어느 편에 대고 활을 쏘아야 할지…… 어느 편에도 친지와 친구가 있으니 말일세."

"설마 그런 일은 만에 하나라도 일어날 리가 없겠죠. 주베 님도 무슨 결심이 계신 모양으로, 저지책을 강구하고 계셨으니까요."

"우리도 신불에 대고 빌겠지만…… 이게 만일 이웃 나라와의 싸움이라면 맨 먼저 이 흰머리를 내던져도 좋은데 말일세."

밖은 이미 어두웠다.

하늘도 캄캄했다.

마침 들이치는 바람으로 인해 큼직한 아궁이에서 불은 기세 좋게 타오르고 있었다.

그 앞에 쭈그리고 있던 히요시는 문득 밥 타는 냄새를 맡고 취사 담당들에게 일러줬다.

"아, 밥이 탄다. 여러분, 밥이 다 타고 있습니다."

"비켜, 비켜!"

하인들은 아궁이의 불을 꺼내더니 사다리를 놓고 밥을 밥통에 옮기자, 손이 빈 자들이 일제히 덤벼들어 주먹밥을 빚기 시작했다.

히요시도 그 틈에 끼어 주먹밥을 빚고 있었다. 물론 자기 입에도 두세 덩어리 집어넣었으나, 아무도 탓하는 사람은 없었다.

그저 정신없이 주먹밥을 빚으며 그들은 말했다.

"싸움인가?"

"어떻게 될까?"

동시에 자기들이 빚고 있는 군량이 헛수고가 되기를 바라는 사람이 대부분이었다.

머지않아 술시(戌時 : 오후 7~9시)가 될 무렵이었다.

주베 미쓰히데가 마타이치를 불렀다. 마타이치는 곧 달려 나갔으나 이내 되돌아와서는, 여러 사람 틈에서 주먹밥을 빚고 있는 히요시를 불렀다.

"바늘 장수, 바늘 장수!"

히요시는 손가락에 붙은 밥알을 핥으며 달려나갔다.

취사장 밖으로 한 걸음 나가자, 바람은 여전히 세차게 어두운 하늘에 휘몰아치고 있었다.

"부르셨습니까?"

"저쪽이야."

"네?"

"주베 님께서 기다리고 계신다. 따라 오너라!"

마타이치가 앞장서서 걸어간다. 보니까 그 마타이치는 어느 틈에 가벼운 무장을 하고 있었다. 그대로 곧장 싸움터에라도 나갈 수 있는 준비를 갖추고 있었다.

어디로 가는 것일까?

히요시는 그것조차 알 수 없었다.

도무지 사방은 캄캄하기만 했다.

중문을 빠져 나왔을 때야 겨우 짐작이 갔다. 넓은 뒤뜰을 한 바퀴 돌아, 앞문으로 나온 것이다. 문 밖에는 누군지 기마의 그림자가 강풍 속에 기다리고 서 있었다.

"마타이치냐?"

주베의 목소리.

낮에 본 그대로의 복장으로, 말 위에 올라앉아 있었다. 고삐를 한 손으로 붙잡고, 긴 창을 겨드랑이에 끼고 있었다.

"네. 마타이치입니다."

"바늘 장수는?"

"데려왔습니다."

"같이 앞서서 달리도록 해라."

"네. 자, 바늘 장수!"

돌아다보고는 그대로 어둠 속을 내닫기 시작한다.

그 속도에 맞추어 등 뒤에서 주베의 말과 창끝이 따라오고 있었다.

네거리에 이르자, 주베가 말 위에서 지시했다.

──오른쪽으로.

──왼쪽으로.

조자이사 문앞까지 왔을 때, 히요시는 겨우 짐작했다. 하치스카 시치나이를 비롯해서 기후에 잠입해 있는 교란군이 모이게 되어 있는 곳이었다.

주베는 훌쩍 말에서 내리자, 마타이치에게 고삐를 넘겨주며 말했다.

"마타이치, 너 여기서 기다리고 있어라. 뭐, 대단한 일은 없을 테니까!

술시가 지나기 전까진 야헤이지님이 시라사기 산에서 예까지 오실 게다. 약속 시각까지 오시지 않는다면, 모든 것은 끝이다. 이 성시는 수라장이 되고 만다. ……어떻게 될지는 인간의 지혜로선 짐작할 수 없는 일이지만."

말끝이 수심에 잠기며, 주베의 미간에 비장한 결의가 넘치고 있었다.

"바늘 장수."

"네."

"앞장서서 안내하여라."

"네, 제가 어디를?"

히요시는 휘몰아치는 바람을 견디면서 주베의 그 비장한 얼굴을 바라보았다.

"숲 속이지. 하치스카 마을의 교란군들이 오늘밤 모이는 장소 말이다!"

"네? ……저도 장소는 모르는데요?"

"몰라도 네 얼굴을 저쪽에서는 잘 알고 있을 게 아니냐?"

"예?"

"숨겨야 소용없다!"

"……."

히요시는 감쪽같이 그를 속여 넘길 셈으로 있었으나, 주베의 슬기로운 눈은 모든 것을 꿰뚫어 보고 있음을 분명히 나타내고 있었다.

'안 되겠는걸. 속은 척하고 있어도 결코 속지 않는 사람이구나.'

히요시는 곧 깨닫고 더 이상 변명이나 말대답을 하는 일 없이, 순순히 앞서서 걷기 시작하였다.

불빛 하나 없는 어둠 속이었다. 다만 큼직한 절간 지붕을, 뱃전에 부서지는 물보라처럼 나뭇잎이 때리고 있을 뿐이었다.

그 조자이사 뒷숲은 마치 노도가 출렁이는 바다와도 같았다. 나무와 풀이 울부짖고, 귀도 눈도 제대로 뜰 수 없었다.

"바늘 장수!"

"네."

"숲 속엔 도당들이 모여 있느냐?"

"글쎄요, 이처럼 바람이 심해서야 어디……."

"꼭 와 있을 게다."

절간 뒤 오륜탑(五輪塔) 밑에 걸터앉으며 주베가 말했다.

겨드랑이에 끼고 있는 창날이, 히요시의 바로 발끝에서 바람에 다듬어지고 있었다.

주베는 항상 선수를 치듯 히요시의 생각을 앞질러 말하곤 했다.

"……아케치 미쓰야스의 조카 주베 미쓰히데가 여기서 기다리고 있다고 해라. 그리고 하치스카 일당 중에서 누구든 대표가 될 만한 자와 긴히 할 말이 있으니, 예까지 와 달란다고 일러라."

"알겠습니다."

히요시는 머리를 숙였다. 그러나 곧 돌아서려고는 하지 않고 말했다.

"모인 사람들에게 그 말만 전하면 됩니까?"

"그래."

"그 때문에 저를 앞세우고 오신 겁니까?"

"어서 가 봐라."

"가겠습니다…… 하지만, 앞으로 다시는 못 만날지도 모르니, 저도 여기서 하고 싶은 말을 해 둬야겠습니다."

"하고 싶은 말?"

"아무 말도 않고 헤어지는 건 너무 억울한 것 같아서요. 까닭은 나리께선 어디까지나 저를 하치스카 일당의 끄나풀로 보시는 것 같기 때문입니다."

"그렇지 않다면 뭐냐?"

"나리는 현명하시지만, 나리의 눈은 너무 날카로워서 사실을 뚫고 지나갑니다. 못을 박더라도 멈춰야 할 곳에서는 멈춰야 하는 법. 넘침은 모자람만 못하다는 말은, 나리의 슬기를 두고 하는 말입니다."

"……."

"과연 나리가 간파한 대로, 저는 틀림없이 하치스카 마을의 일당과 함께 이 기후에 잠입한 사람의 하나입니다만, 그러나 마음은 그들과 같지 않습니다. 나카무라의 농가에 태어나 바늘 장사나 하면서 아직 뜻을 이루지 못하고는 있지만, 토호 밑에서 찬밥을 얻어먹으며 일생을 보낼 생각은 없으며, 교란군에 끼어 공을 이뤄서 치사한 상이나 받을 생각도 없는 사람입니다."

"……."

"만약 인연이 있어서 후일 어디서든 다시 뵙게 되면, 나리의 눈이 지나친 것이었고, 제 말이 거짓이 아니었다는 것을 입증할 수 있을 겝니다……
그럼 저는 약속대로 이제부터 하치스카 시치나이 님을 만나, 말씀하신 대로 전해 드리고 이곳을 떠나겠습니다. 나리께서도 존체 대안하시어 많은 공부를 하시기 바랍니다."

원래 입담이 좋은 히요시가 단숨에 지껄이고 있는 동안, 주베는 한 마디도 하지 않고 듣고만 있었다.

문득 정신이든 주베가 말했다.

"바늘 장수, 기다려라!"

하지만 이미 히요시의 모습은 나뭇잎이 흩날리는 폭풍을 뚫고, 캄캄한 숲속으로 달려가고 있었다. 주베의 목소리는 미치지도 못했을 것이다.

잠시 달려가자 수목에 둘러싸인 자그마한 평지가 있었다. 바람도 그곳에서는 연못처럼 그리 세지 않았다.

보니까 목장에서 뒹구는 마소처럼 눕기도 하고, 앉기도 하고, 무료하게 거닐기도 하고 있는 한 무리의 검은 그림자들이 있었다.

"누구냐?"

일어나서 사방을 둘러보고 있던 한 사람이 소리쳤다. 히요시의 발소리를 향해 지른 소리였다.

"나예요."

"히요시냐?"

"네."

"병신아. 잠꼬대 같은 대답이나 하면서 어디를 여태까지 싸돌아 다녔느냐? 너 하나 때문에 우리 모두가 걱정하고 있는 중이 아니냐!"

우선 책망부터 들었다.

"미안합니다. 너무 늦어서……."

히요시는 무리 곁으로 겁에 질린 양 다가갔다.

"시치나이 님은?"

"저쪽에 계시다. 사죄드리고 오너라. 몹시 화가 나셨으니까."

"예."

그 히요시의 목소리에, 네댓 명을 주위에 모아 놓고 무슨 의논을 하고 있던 하치스카 시치나이가 얼굴을 돌렸다.

"원숭이냐?"

히요시가 그 곁으로 가서 늦어진 것을 사죄했다.

"무얼 하고 있었느냐?"

"아까 낮부터 사이토가의 가신 댁에 붙들려 있었어요."

"뭣이? 붙들려 있었다구?"

시치나이의 눈뿐만이 아니었다. 주위의 눈이 모두 소스라치게 놀라, 히요시의 얼굴에 집중됐다.

'그렇다면 비밀이 탄로난 건가?'

소리 없는 웅성거림이었다.

"이 병신아!"

시치나이는 다짜고짜 히요시의 목덜미를 움켜쥐더니, 자기 앞으로 끌어당기며 거친 목소리로 물었다.

"어디서 누구한테 붙잡혔느냐? ……붙들렸으니 우리 계책도 털어 놓았겠구나!"

"말했습니다."

"뭣이!"

"말하지 않으면 목이 달아납니다. 여기에 찾아 올 수도 없게 됩니다."

"이 녀석이!"

시치나이는 히요시를 쥐어박으며 큰소리로 말했다.

"빌어먹을 자식이군, 목숨이 아까워서 모두 실토한 모양이구나…… 녀석, 우리 거사에 앞서 네놈부터 처치하고 말 테다."

시치나이는 밀어붙이며 발길로 걸어차려고 했으나, 히요시는 냉큼 물러나 그의 발길을 피하였다.

그러나 다른 일당들이 그의 두 손을 꺾어 비틀었다. 히요시는 그것을 뿌리치며 단숨에 말했다.

"서두르지 마십시오. 말을 끝까지 들어야 할 게 아닙니까? 붙들렸어도, 그리고 실토를 했어도, 아무 염려 없는 댁이었어요. 이나바 산 사이토 요시타쓰의 가신이 아니고 하치스카당과 같은 패인 도산 히데타쓰의 가신이었으니까요."

일동은 다소 숨을 돌리는 눈치였으나, 그래도 의심이 가시지 않는 듯 물었다.

"대체 그 댁은 어디에 있는 뉘 댁이냐?"

"아케치 미쓰야스 나리라고 들었습니다. 하지만, 저를 붙든 것은 그 댁 주인이 아니라 조카인 주베 미쓰히데란 사람이었습니다."
그러자 중얼거리는 자가 있었다.
"아, 아케치 댁 식객 말이구나."
"그렇습니다."
히요시는 그쪽으로 얼굴을 돌렸다가, 다시 일동에게 옮기며 천연스럽게 말했다.
"그 주베 님이 누구든 이 중 대표자와 만나고 싶다기에, 내가 저기까지 모시고 왔습니다…… 시치나이 님, 가서 만나 보시지 않겠습니까?"
"아케치 미쓰야스의 조카 주베 미쓰히데가 같이 왔단 말이지?"
"네."
"정말이냐?"
"정말입니다."
"주베에게는 오늘 밤의 계책을 모두 말했느냐?"
"말하지 않아도 꿰뚫어 보고 있었습니다. 무척 머리가 좋은 사람입니다."
"무엇하러 왔다더냐?"
"그것은 모르겠습니다. 저는 다만 예까지 안내하라기에……."
"안내해 왔다, 이 말인가?"
"별 수 없었습니다."
"쳇!"
"아, 바람도 억세게 부는구나."
히요시와 시치나이가 얘기하고 있는 동안, 둘러앉은 일당은 침을 삼키며 듣고만 있었으나, 시치나이가 마지막에 쳇 하고 혀를 차며 입을 다물었다.
"어디 있느냐, 그 주베는?"
일당들은 갑자기 몸을 일으키며, 시치나이 님 혼자서 만나는 것은 위험하니 여럿이 같이 가야한다, 아니, 시치나이 님이 주베와 만나고 있는 동안 우리는 근처에 숨어서 경계하는 것이 좋겠다, 하고 제각기 한 마디씩 떠들어 대기 시작했다.
그러자 뒤쪽에서 말하는 사람이 있었다.
"그럴 것 없소. 남의 눈에 띄어서는 곤란한 일. 주베가 직접 예까지 왔으니, 여기서 시치나이 님과 만나기로 합시다."

바람과 불길 173

깜짝 놀라 돌아다보니, 그것은 말할 것도 없이 바로 그 인물이었다. 어느 틈에 따라왔는지 주베는 가까이서 그 조용한 눈매로 이 어마어마한 일당을 지켜보고 있었다.

"아, 그대가?"

시치나이는 다소 당황하는 기색이었으나, 일동을 대표하여 뚱뚱한 몸에 가랑이를 무릎에서 묶은 바지와 짚신을 신은 차림으로 어슬렁거리고 나섰다.

"하치스카 시치나이 님입니까?"

"그렇소."

시치나이는 갑자기 턱을 치켜들었다. 일당이 주시하고 있는 면전이기도 했지만, 원래가 제대로 주군을 가지고 있는 무사나 지체 높은 사람을 대할 때는 얕보이지 않는다, 아부하지 않는다, 그런 태도를 의식적으로 가지는 것이 토호의 공통된 습성이기도 했다.

그에 반해, 비록 창을 옆에 끼고는 있었지만 주베는 태도도 말투도 모두 공손하였다.

"처음 뵙습니다만, 일찍부터 고로쿠 공과 더불어 존명은 듣고 있었습니다. 전 도산 히데타쓰 막하 아케치 미쓰야스 님 댁에서 신세를 지고 있는…… 조카 주베란 사람입니다."

상대방의 정중한 인사가 시치나이는 다소 답답한 모양이었다.

"그래……용건은?"

"오늘 밤 일에 관해서입니다."

"오늘 밤 일? 무슨 일 말이오?"

시치나이는 뱃심 좋게 시치미를 떼었다.

"저기 있는 바늘 장수로부터 자세한 얘기를 듣고 놀라서 달려온 것입니다. 오늘 밤의 폭거는, 폭거라고 하면 실례가 될지 모르지만, 병법에 비추어 봐도 도산 공의 계책답지 않은 술책, 중지해 줬으면 합니다만."

"안 되오!"

시치나이는 오만하게 대답했다.

"내 명령으로 움직이는 것이 아니오. 도산 공의 청을 받은 고로쿠 님의 명령으로 움직이는 거요."

"딴은……."

거역하지 않고 주베는 변함없는 말투로 대답했다.
"당연히 혼자 생각만으로는 중지할 수도 없을 것입니다. ……그 때문에 사촌인 야헤이지 미쓰하루가 시라사기 산성에 가서 도산 공에게 중지할 것을 요청하고 있는 중입니다. 곧 이리로 올 예정이니 그때까지 여기를 떠나지 말고 기다려 주셨으면 하는데……."
정중하고 공손한 것도 상대에 따라 결과는 달라진다. 오히려 상대방을 오만 불손하게 만드는 수도 흔히 있는 것이다.
그러나 그런 태도는 어디까지나 개성에 가까운 것이어서, 임기응변으로 대할 수 있는 사람은 오히려 드문 법이었다.
주베 미쓰히데는 성격상 누구를 대할 때나 정중했다. 검도에서 말하는, 언제나 하단의 자세로 대하는 것과 같은 것이었다.
그러나 배짱은 전혀 별문제다.
'흠, 고작해야 풋내기가. 학문을 조금 했다고 주둥아리만 까진 녀석일 테지.'
시치나이는 그렇게 생각하고 소리를 질렀다.
"기다릴 수 없다. 쓸데없는 참견이요!"
그리고 냉담하게 말했다.
"주베라고 하셨소? 공연히 참견하는 게 아니오. 그대는 아직 일가도 이루지 못하고 있는 몸이 아닌가? 뿐더러 아케치 댁에 식객으로 있는 몸이 아닌가?"
"분수를 생각할 여가가 없습니다. 주군을 위한 일이니까요."
"그렇다면 곧 갑옷이라도 차려 입고 우리가 불을 지르거든 도산 공의 적인 요시타쓰의 이나바 산으로 선봉이 되어 쳐들어가기나 하시오."
"그런 짓을 할 수 없으니, 신하로서 고민하는 게 아니오?"
"어째서?"
"요시타쓰 공은 도산 공이 세운 적자가 아니오? 도산 공이 주군이라면 요시타쓰 공 역시 주군이오."
"그러나 지금은 적이라면?"
"한심한 일이외다. 부자 사이에 어떻게 창칼을 맞댄단 말이요? 비록 금수라 할지라도……."
"귀찮다. 돌아가라. 돌아가시오!"

"못 돌아가오."

"뭣이?"

"야헤이지가 올 때까지는 못 돌아가오."

그때 정중하다고만 생각했던 청년의 목소리에서 시치나이는 단호한 결의를 보았다. 또한 옆에 끼고 있는 창이 새삼스럽게 번뜩이는 것을 그는 보았다.

바로 그때였다. 헐떡이며 달려 온 젊은 무사가 있었다. 고대하던 야헤이지 미쓰하루였다.

"주베 님 거기 있소?"

"오오, 여기 있다. 야헤이지인가? 성내의 결정은 어떻게 됐나?"

"유감스럽게도……."

야헤이지는 어깨로 숨을 몰아쉬며, 사촌의 손을 붙들고 입술을 깨물었다.

"주군께서 도무지 들어 주시지 않소. 주군뿐만이 아니라, 아버님 역시 아직 가정도 이루지도 못한 주제에 너희들이 참견할 일이 아니라고요."

"숙부님마저?"

"오히려 대단한 꾸중이었소. ……그래도 죽음을 각오하고 지금까지 버티고 있었지만 마침내 시라사기 산에서는 비밀히 출병을 준비하는 듯 심상치 않은 기색이 보여, 시가지에 불이 난다면 큰일이라고 생각되어서 급히 말을 몰아 되돌아온 거요. 주베 님, 어떡하면 좋겠소?"

"음, 그럼 도산 공께서는 끝까지 이나바 산성을 불살라 버려야겠다는 건가?"

"어쩔 수 없습니다. ……이렇게 된 이상 우리도 죽음으로 신하의 도리를 다할 수밖에 없습니다."

"안 된다. ……아무리 주군이라 해도 그런 천리에 어긋나는 싸움에 휘말려 죽는다는 건 너무나 억울한 일이다. 개죽음이나 다름없다."

"그럼, 이제 무슨 방법이?"

"불길만 오르지 않으면 시라사기 산의 군사는 움직이지 않을 게다. 불이 번지기 전에 꺼 버리는 거다."

맹렬한 주베의 기세였다. 말과 함께, 그는 별안간 하치스카 시치나이와 그 밖의 일당들을 향하여 옆에 끼고 있던 창을 들이댔다. 하찮은 풋내기로만 생각했던 주베가 갑자기 자기들을 향해 창을 들이대는 바람에 시치나이도 다른 일당들도 소스라치게 놀라며 일제히 물러났다.
"무슨 짓이냐!"
시치나이만은 창날 정면에 마주서며 휘몰아치는 바람 소리에도 지지 않는 큰 소리로 외치고 있었다.
"우리에게 창을 들이댄단 말이냐. 그 장난감 같은 창을 말이다."
"그렇다!"
주베의 늠름한 태도.
"아무도 여기서 빠져 나가지 못한다. 다만 그대들이 도리를 깨달아 내 말을 기꺼이 받아들임으로써, 오늘 밤의 폭거를 중지하고 하치스카 마을로 돌아간다면 목숨만은 살려 주마. 또한 내가 가능한 한 섭섭지 않게도 해주마. 자, 어느 편을 택할 것이냐!"
"뭣이? 그럼 우리더러 여기서 물러가란 말이냐?"
"사이토가가 붕괴에 직면한 위기다. 이나바 산과 시라사기 산이 다 멸망하게 되는 오늘 밤의 싸움을 막기 위해서는……."
"닥쳐라……."
시치나이가 아니었다. 주위에서 누군가 소리쳤다.
"그런 짓을 우리가 할 수 있을 것 같으냐. 풋내기 주제에 건방지게 거사를 끝내 방해한다면 네놈들부터 처치할 테다!"
"물론 죽음을 각오하고 있다!"
주베는 싸우기도 전에 이미 백면의 야차 같은 얼굴을 들고 창을 들이댄 채, 등 뒤의 사촌동생을 불렀다.
"야헤이지, 야헤이지! 죽는 거다. 알겠지?"
"염려 마시오!"
야헤이지 미쓰하루도, 이미 칼을 뽑아 들고 있었다. 주베와 등을 맞대고, 다수의 적에 대비한다.
그러나 주베는 아직도 시치나이 일행의 이성에 한가닥 희망을 걸고 있었다.
"그대들이 헛되이 하치스카로 돌아가는 것이 면목 없다면, 불초 이 주베를 포로로 데려가도 좋다. 내가 직접 하치스카 마을의 고로쿠 공과 만나, 시비곡절을 얘기해보겠다…… 어떠냐. 그렇게만 하면 오늘 밤의 생지옥은 보지 않아도 좋고, 여기서도 피를 흘릴 필요가 없어지는 거다."

그가 차근차근 타이르는 말은 하치스카 일당에게는 오히려 약자의 나약한 소리로 들렸다.

더구나 이 편은 20여 명. 상대방은 불과 2명이 아닌가.

"시끄럽다!"

"더 이상 꾸물거릴 것 없다. 벌써 술시가 지났단 말이다."

두세 명이 둘러선 가운데서 부르짖자, 와아하고 일제히 함성이 터졌다. 동시에 주베와 야헤이지의 모습이 이리 떼의 이빨 속에 묻히고 말았다.

그야말로 이빨과 흡사한 장도와 창과 칼날들로 날카로운 금속음과 고함소리가 요란한 바람소리와 한데 어울리며 처참한 수라장이 되고 말았다.

"아, 싸움이다!"

히요시는 구경하고 있었다.

칼이 부러져 날아오는 것이 보였다. 피투성이가 되어 도망치는 자를 창이 쫓는다. 가까이에 있다가는 위험할 것 같다. 그는 허둥지둥 나무 위로 올라가 나무 위에서 내려다봤다.

지금까지 한두 사람의 싸움은 본 일이 있었으나, 이런 소규모의 전쟁은 처음 보는 것이었다. 더구나, 이 결과에 따라 오늘 밤 기후 일대가 불바다가 되느냐 마느냐, 시라사기 산성과 이나바 산성 사이에 대란이 벌어지느냐 마느냐가 판가름난다고 생각하니, 히요시도 난생 처음 솟구치는 흥분을 금할 길이 없었다.

"야헤이지."

"주베 님······."

서로 부르는 소리가 두 번 정도, 함성 속에서 뚜렷이 들렸다.

그러나 그 소규모 전쟁은 두세 명의 전사자가 나자, 곧 그 시체를 버려 둔 채 숲 속 깊숙이 옮겨가고 말았다.

'뭐야, 도망쳐 버린 건가?'

다시 되돌아오면 위험한 일이어서, 히요시는 나무에서 내려오지 않은 채 조심스럽게 상황을 살폈다.

주베와 야헤이지, 불과 두 사람에게 몰려서 내빼고 말았으면 하치스카 일당도 듣기와는 달리 오합지졸이구나 하고 은근히 멸시하며 계속 귀를 기울였다.

그가 기어 올라간 나무는 밤나무였던지 손과 목덜미에 무언가 바늘 같은 것이 찔리곤 했다. 열매와 잔가지가 우수수 떨어지기도 한다. 동시에 그의 몸과 나무 전체가 거센 바람에 크게 흔들리고 있었다.

잠시 뒤.

"아, 저게 뭐냐!"

화산이라도 터진 것처럼 하늘에서 불티가 내리는 것이었다. 물론 히요시의 주위에도.

깜짝 놀라 가지 위에서 발돋움을 해 봤다. 하치스카 일당들이 불을 지른 것이 틀림없었다. 두세 군데 숲 속에서 맹렬한 불길이 치솟고 있다.

조자이사 뒤채에도 불을 지른 듯했다. 도망친 하치스카 일당들이 제각기 닥치는 대로 불을 지르는 모양이었다.

'큰일 났구나!'

히요시는 알밤처럼 가지에서 뛰어 내려 곧장 달리기 시작했다. 이 거센 바람에 이 불길, 서두르지 않으면 숲 속에 갇힌 채 한 줌의 재가 될 것이 뻔했다.

정신없이 거리까지 달렸다.

거리도 불바다였다.

하늘도 타고 있었다.

새처럼 나비처럼 불티가 거센 바람에 실려 허공에서 소용돌이 치고 있었다.

이나바 산성의 하얀 성벽이, 붉게 물들어 한낮보다 가깝게 떠올라 보였다. 붉은 전운이 뚜렷이 감돌고 있었다.

"전쟁이다!"

히요시는 고함치며 무턱대고 거리를 달렸다.

"전쟁이다. 끝장이다. 시라사기 산도 이나바 산도 멸망하고 말 거다. 불탄 자리에는 다시 풀이 돋는다. 이번에는 곧고 힘차게 자라는 풀이……."

사람과 부딪쳤다. 누군가 쓰러졌다.

빈 말이 껑충거리며 달려가고, 골목마다 피난민들이 옹기종기 모여 떨고 있었다.

그런 가운데를 히요시는――자신도 미처 몰랐으리라――솟구치는 흥분을 억누르지 못한 채 예언자처럼, 또는 노래라도 부르는 것처럼 계속 소리 지르며 달려갔다.

어디로?

목적은 없었다.

다만 두 번 다시 하치스카 마을로 되돌아 갈 생각이 없는 것만은 분명했다.

또한 그가 성격적으로 가장 싫어하는, 음울한 백성, 암흑의 영주, 그리고 골육상잔과 밝고 산뜻함을 잃은 문화 등, 썩어빠진 나라는 아무 미련 없이 내동댕이치고, 서둘러 이 나라 밖으로 사라진 것도 사실이었다.

그리고 그 해 겨울. 무명 솜옷 한 벌뿐인 그가 추위 속에 바늘이나 팔아가면서 어디를 어떻게 헤맸는지는 모르나, 해가 바뀐 덴분 25년, 복사꽃이 한창 피기 시작할 무렵——.

"바늘 사시오, 바늘. 교토의 바늘 사려!"

하마쓰(濱松) 거리 한 모퉁이를 한가하게 외치며 걸어가는 변함없는 그의 모습을 볼 수 있었다.

우연

마쓰시타 가헤(松下嘉兵衛)는 엔슈(遠州) 출생으로 그곳 토박이 무사였지만, 이마가와가로부터 녹을 받고 있었으므로 스루가(駿河) 하타모토(旗本)의 한 사람이었다. 영주에 직속된 무사가 하타모토다. 녹 3천관을 받으며 즈다 산(頭陀山) 성채를 맡고 있었다.

덴류 강(天龍江)의 흐름은 그 무렵 대덴류, 소덴류, 두 갈래로 갈라져 있었고, 그의 저택은 즈다 산에서 동쪽에 있는 마고메 강(馬込江)——대덴류 기슭에 있어서, 마고메(馬込) 다리를 중심으로 하는 그곳 역참의 대관(代官)도 겸하고 있었다.

그날.

가헤 유키쓰나(之綱)는 마고메 강에서 그리 멀지 않은 하마쓰의 히쿠마 성(曳馬城)에서, 이오 부젠노카미(飯尾豊前守)를 방문하고 돌아오는 길이었다.

이오 부젠노카미도 그와 같은 이마가와가의 하타모토여서, 이 지방 치안 경비문제로 늘 연락을 취하고 있었고, 또 주위의 여러 나라——도쿠가와(德川), 오다, 다케다 등의 침략에도 항상 대비하지 않으면 안 되었다.

"……노하치로(能八郎)?"

가헤는 가신을 돌아다 봤다.

말 위에서다. 수행하는 가신은 셋이 있었다. 장도를 든 털북숭이가 달려와서 주인의 얼굴을 쳐다본다.

"예!"

마침 마고메 강 나루터에 접어들고 있었다. 길가에 늘어 서 있는 소나무나 잡목 등 가로수를 제외하면, 눈에 띄는 것은 모두 논밭뿐이었다.

"……이상하군. 농부도 아니고, 수행자도 아닌 것 같은데!"

가헤는 중얼거리며, 말 위에서 열심히 어느 한쪽을 바라보고 있었다.

주인이 눈길을 주고 있는 방향으로 가신인 다가 노하치로(多賀能八郎)도 눈길을 주었다. 그러나 만발한 배추꽃과 푸른 보리밭, 그리고 못자리에서 찰랑거리는 물밖에는 아무 것도 눈에 띄는 것이 없었다.

"……무슨 일이시죠? 뭐가 이상한 사람이라도?"

"음, 저기……저 논두렁에 쭈그리고 앉아 있는, 백로처럼도 보이는 흰 옷을 입은 사람 말이다. 대체 무엇을 하고 있는 걸까?"

"네? 백로요……."

노하치로는 주인의 말을 얼결에 되씹으며 손가락이 가리키는 방향을 보았다. 과연 논두렁에 쭈그리고 있는 사람이 있었다.

"물어 보고 오너라."

가헤가 말했다.

노하치로는 곧 달려갔다.

도대체 요즘은 어디에 가든, 조금만 거동이 수상쩍다고 생각될 때는 가차없이 조사를 받곤 했다. 그만큼 나라마다 국경에 대해, 또는 낯선 사람에 대해 신경을 곤두세우고 있었다.

"알아봤습니다."

노하치로는 곧 되돌아와 가헤의 말 앞에서 보고했다.

"저 자는 바늘 장수인데, 오와리 사람이라고 합니다."

"바늘 장수라?"

"때는 묻었지만 흰 무명옷을 입고 있어서 여기서 보면 백로처럼 보이나, 막상 곁에 가 보니 원숭이 같은 자그마한 사내였습니다."

"하하하, 백로도 까마귀도 아니고 원숭이였단 말인가?"

"주둥이만 깐 원숭이여서 제가 웬 사람이냐고 묻자, 오히려 댁은 뉘시길래 하고 큰소리를 치기에, 이곳을 다스리고 계시는 마쓰시타 가헤 님이라고 했더니, 흠……하고 겁도 없이 허리를 펴며 물끄러미 바라보고 있었습니다."

"논두렁에서 대체 무엇을 하고 있던가?"

"그것도 물어봤습니다만, 마고메(馬込)의 여인숙에 묵을 작정이어서 저녁 반찬으로 우렁이를 잡고 있는 중이라는 대답이었습니다."

말 위에서 노하치로의 보고를 듣다가 마쓰시타 가헤가 문득 눈길을 옮겨 다시 보니, 그 바늘 장수의 뒷모습은 논두렁에서 올라와 벌써 저만치 한길을 걸어가고 있었다.

가헤는 계속 노하치로에게 물었다.

"별로 수상한 점은 없더란 말인가?"

"네. 그런 점이 있어 보이지는 않았습니다."

"그래?"

그는 고삐를 바꿔 쥐며 말했다.

"미천한 자들에게 사소한 일을 가지고 무례하다는 힐책은 하지 말아라."

다른 가신들에게도 턱짓으로 일렀다. 말 걸음은 사람보다 빨랐다.

금방 앞서 가던 히요시를 뒤쫓아 그의 곁을 먼지를 일으키며 지나쳤다.

'원숭이를 닮은 사내'라고 방금 노하치로가 말했기에, 마쓰시타 가헤는 무심코 돌아다 봤다.

히요시는 물론 길을 피해서 가로수 옆에 멀거니 무릎을 꿇고 있었다. 그러자 가헤가 말 위에서 돌아다보는 바람에 히요시도 얼굴을 들고 물끄러미 바라보았다.

"아, 잠깐!"

가헤는 갑자기 말을 멈추고 가신을 돌아보며 반쯤 혼잣말 같은 탄성을 지르는 것이었다.

"저 바늘 장수를 데려오너라. ……특이한 상이군, 특이한 상을 가진 사내야!"

가신 노하치로는 모를 일이군 하고 생각했으나, 곧 되돌아가 히요시를 불렀다.

"여봐라, 바늘 장수."

"예."

"주인께서 오라신다. 잠깐 이리 오너라."

노하치로는 히요시를 끌어다가 가헤 앞에 꿇어앉혔다.

가헤는 물끄러미 말 위에서 히요시를 내려다보고 있었으나, 그것은 얼굴이 원숭이를 닮았다는 점에서 느끼는 흥미가 아니었다. 그런 생각은 하지도 않았다.

'⋯⋯특이한 상이야!'

그는 다시금 물끄러미 바라보는 것이었다.

그러나 가헤가 히요시를 한 번 흘낏 보고 직감한 것은 그 정도의 감탄으로 표현될 수 없는 것이었다. 좀더 복잡하고 야릇한 영감이 그의 걸음을 멈추게 했던 것이다.

때 묻은 무명옷을 걸치고 있는 볼품없는 사내. 대체 그의 어디에 그토록 매력을 느꼈는가 하면, 잠자코 땅위에서 가헤를 올려다보고 있는 히요시의 눈이었다.

눈은 마음의 창이라고 한다.

볼품없고 초라한 모습이기는 하지만 이 얼마나 시원하며 강한 의지와 무한한 넓이를 지닌 눈인가?

더구나, 그 눈은 잔주름이 지며 빙그레 웃는 것같이도 보이는 것이다.

'붙임성도 있군!'

가헤는 단번에 마음에 들었다.

그가 좀더 관상에 밝았더라면, 시커먼 먼지 때 밑에 숨어 있는 계혈석(鷄血石)같이 붉은 귀와, 젊으면서도 얼핏 보면 노인 같은 이마의 주름살에 뒷날의 대기(大器)가 이미 나타나 있었음을 발견하고 크게 놀랐을 것이다. 그러나 가헤의 안목은 거기까지는 미치지 못했다.

그래도 그는 첫눈에 히요시에게 이상한 애착과 기대를 가졌다. 이대로 놓쳐 버리고 싶지 않았던 것이리라. 그 자리에서는 아무 것도 묻지 않고, 노하치로를 돌아다보며 말했다.

"아예 집으로 데려오너라, 집으로."

그렇게 말하고는 말머리를 돌려 곧장 먼저 달려갔다.

큰 강을 앞에 둔 문 앞에는 네댓 명의 가신과 하인들이 문을 열어젖히고 기다리고 있었다.

"아, 돌아오신다."

말 매는 곳에서 빈 말이 껑충거리고 있었다.
 집을 비운 사이에 손님이 온 모양이었다.
 "뉘시냐!"
 가헤는 말에서 내리며 물었다.
 "슨푸 저택에서 사자가 오셨습니다."
 "그래!"
 가헤는 성큼성큼 문 안으로 들어 가버렸다.
 슨푸라면 주군인 이마가와가(家). 사객(使客)이 오는 것은 드문 일이 아니었지만, 그날은 히쿠마 성의 이오 부젠노카미와 논의한 일도 있고 해서 가헤의 머리는 순간 바빠졌던 모양이었다. 히요시 같은 것은 잊어 버렸는지, 아니면 나중에 분부를 내릴 작정이었는지 아무튼 잠자코 안으로 들어가 버린 것이다.
 "이놈, 어딜 들어가느냐!"
 가신들을 따라 같이 안으로 들어가려다가, 히요시는 곧 문지기에게 붙들리고 말았다.
 "넌 누구냐?"
문지기가 그를 막아섰다.
 히요시는 흙투성이가 된 손에 역시 흙투성이가 된 짐꾸러미를 들고 있었다. 얼굴에 묻은 진창이 마르기 시작하는지 자꾸만 근질거린다. 문지기들은 벌름거리는 코 때문에 조롱당하고 있다고 생각했는지, 다짜고짜 뒷덜미를 거머쥐었다.
 "이놈, 누구냔 말이다!"
 히요시는 한 걸음 물러서며 말했다.
 "바늘 장수요, 난!"
 "바늘 장수 따위가 어딜 함부로 들어가는 거냐, 집어 던질 테다!"
 "주인에게 물어 보고 집어 던지시오."
 "뭣이?"
 "오라기에 따라 왔을 뿐이오. 방금 안으로 들어간 기마 무사께서."
 "주인께서 그런 말씀을 하셨을 리가 있나? 거 참 수상한 녀석이군!"
 그러자 가신 노하치로가 비로소 생각난 듯 히요시를 데리러 도로 나왔다.
 "여봐라, 그 녀석은 내버려 둬. 주인께서 아시는 일이니까."

"그렇습니까?"

"원숭이, 이리 오너라."

노하치로가 원숭이라고 부르자, 문지기들은 그 말에 웃음을 터뜨리며 말했다.

"저건 대체 뭐지? 깡똥한 흰 옷에 흙투성이 꾸러미를 들고 마치 묘견보살님이 보낸 심부름꾼 같지 않나?"

노하치로를 뒤따라가며, 히요시는 등 뒤에서 터지는 문지기들의 웃음소리를 들었다. 그러나 이미 18년 동안 들어와 익숙해져 버린 조소였다.

못 느끼는 건가. 마비된 건가. 그렇지도 않은 모양이었다.

왜냐하면 그런 조소를 들을 때, 역시 다른 사람과 마찬가지로 가뜩이나 붉은 얼굴이 좀더 붉어지곤 했다. 특히 귀는 더 붉어졌다. 속으로 감정이 움직이고 있다는 증거였다.

그러나 이 감정의 움직임이 그의 동작에까지 영향을 미치는 일은 없었다. 마이동풍 격으로 천연덕스런 데가 있었다. 오히려 얼마간의 애교도 엿보였다. 스스로 이런 역경에 짓눌리지 않으리라, 비굴해지지 않으리라 하고 마음의 심지로 꿋꿋이 버티며, 조용히 폭풍이 지나가기를 기다리는 화초 같기도 했다.

"원숭이!"

"예."

"저쪽에 빈 마구간이 있다. 거치적거리지 않게 저 근처에 가서 기다리고 있거라."

노하치로는 볼 일이 있는 듯 그 말을 남기고는 어디론가 가 버렸다.

황혼이 깃들기 시작하자, 주방 담당들이 일하고 있는 부엌 창문으로 음식을 만드는 냄새가, 복사꽃이 만발하고 저녁달이 비치는 바깥에까지 흘러나오기 시작했다.

사자와의 공식 대담도 끝나, 먼길의 여독을 풀어 주려는 향응이 시작되는 것이리라. 안에는 등불이 더욱 휘황해지고, 북 소리와 피리 소리도 들리기 시작했다. 춤이라도 추기 시작한 모양이었다.

원래부터 스루가의 이마가와는 명문임을 내세우고 있는 곳이어서, 집안의 가풍이건 춤과 노래이건, 모두 교토식을 본떠 사치스러웠다. 이를테면, 무사들의 칼장식에서도 여인네들의 옷깃에서도 그런 기풍이 엿보였다.

이곳 마쓰시타 가헤만 해도 워낙 토박이인 데다 가헤 자신이 소박한 사람이었지만, 그래도 기요스 근방의 오와리 무사 댁과 비교하면 그 꾸밈새부터가 달랐다. 어딘가 넉넉해 보이는 것이다.

"신통치도 않은 솜씨군."

히요시는 빈 마구간에 짚을 깔고 말 대신 호젓이 누워 멀리서 들려오는 장단을 듣고 있었다.

춤곡은 좋아했다. 음악을 이해한다는 뜻이 아니라, 그는 춤곡이 자아내는 명랑한 분위기가 좋은 것이었다.

모든 것을 잊어버릴 수 있었다.

그러나 그는 지금 잊을 수 없는 것을 생각해 냈다. 빈속을 채우는 일이었다.

"그렇지, 냄비와 불만 빌리면……."

흙투성이 볏짚꾸러미를 들고 그는 부엌을 기웃거렸다.

"미안하지만, 냄비와 풍로를 빌려 주실 수 없을까요? 밥을 지으려고 하는데요."

부엌에서 일하던 사람들은, 이상하게 생긴 사내가 불쑥 들여다보는 바람에 모두 놀란 듯 히요시에게 눈길을 돌렸다.

"뭐냐? 넌 어디서 나타났느냐?"

"이 댁 주인마님께서 따라오라 하시기에 같이 온 사람입니다. 논에서 잡은 우렁이를 끓여 그것을 반찬으로 저녁을 먹으려는데요."

"그 꾸러미는 우렁인가?"

"배탈에 좋다기에 우렁이를 매일 먹고 있습니다. 타고 난 배탈인지 자칫하면 설사를 일으키기 일쑤여서요."

"된장에 끓여야지. 된장은 있나?"

"있습니다."

"쌀은?"

"쌀도 있습니다."

"그럼 하인방 이로리(爐)에 냄비와 불이 있으니, 거기서 지어 먹어라."

"고맙습니다."

매일 밤 여인숙에서 하듯이, 그는 한 움큼의 쌀과 우렁이를 끓여서 저녁식사를 마쳤다.

배가 부르자 졸음이 왔다. 마구간보다 편하기에 그 자리에서 그냥 잤다.
 이윽고 한밤중에 일을 끝내고 들어온 하인들이 그를 걷어차더니 밖으로 집어던졌다.
 "이 자식, 누구 허락을 받고 이런 데서 멋대로 자는 거냐?"
 어쩔 수 없이 마구간으로 갔더니, 그 곳 역시 사자가 타고 온 말이, '여긴 너희 집이 아니다' 하는 듯이 먼저 차지하고 자고 있었다.
 이미 북 소리는 들리지 않았다. 흰 복사꽃에 엷은 달빛이 어리고 있었다.
 초저녁에 실컷 잔 탓인지 별로 졸리지도 않았다. 히요시는 그저 우두커니 시간을 허비하고 있을 수는 없었다. 그는 일을 하든가 아니면 즐기든가 그 어느 쪽이든 하고 있지 않으면 곧 하품이 난다.
 "여기를 쓸고 있노라면 날이 샐 테지."
 그는 대나무 비를 찾아내 마구간 주위를 쓸기 시작했다. 주인의 눈이 미치지 못하는 곳일수록 말똥이나 낙엽, 지푸라기들이 쌓여 있었다.
 "누구냐? 밤중에 비질을 하고 있는 게?"
 누군가 어디서 그렇게 말하는 소리가 들렸다.
 비질을 멈추며 히요시는 두리번거렸다.
 그러자 다시 말하는 소리가 들렸다.
 "여기다. 넌 낮에 데려 온 바늘 장수로구나."
 히요시는 겨우 알아보고 말했다.
 "아, 주인께서……."
 히요시는 입속으로 대답했다.
 복도 끝에 있는 변소 창문이었다. 가헤의 얼굴이 거기서 내다보고 있는 것이었다.
 술이 센 사자를 대접하느라고 과음한 듯, 가헤는 피곤한 기색을 보였다.
 "벌써 새벽이 가까운가?"
 가헤의 얼굴이 창문을 떠나더니 이번에는 덧문을 열고 새벽달을 바라보고 있었다.
 "아직 닭이 울지 않았습니다. 얼마쯤 더 있어야 날이 샐 것 같습니다."
 "바늘 장수……아니, 원숭이라고 부르기로 하지. 너는 대체 날도 새기 전에 무엇 때문에 뜰을 쓸고 있는 거냐?"
 "할 일이 없어서요."

"자면 되지 않나?"

"벌써 잘 만큼 잤습니다. 저는 정해진 시간만 자면 도저히 그냥 누워 있지 못하는 성밉니다."

"어디 신발이 없나?"

"있습니다."

히요시는 곧 어디론가 달려가더니, 흙도 묻지 않은 짚신을 공손히 갔다놓았다.

"여봐라!"

"예."

"넌 저녁 때 이 집에 왔고 벌써 잘 만큼 잤다고 하면서 어떻게 이 집 내용을 그리 잘 아느냐?"

"황공합니다."

"뭐가 황공하단 말이냐?"

"절대 수상한 짓을 한 것은 아닙니다. 그러나 이 정도의 저택이라면, 그 넓이, 하수구, 취사장, 어디에 어떤 물건이 있는지는 누워서 소리만 들어도 짐작할 수 있습니다."

"흠……그래?"

"신발도 어디 있는지 아까 보아 두었습니다. 왜냐하면 마루보다 낮은 곳에서……땅바닥에서 잔 것은 저와 말밖에 없으니까요. 문이 열리면 누구든 신을 찾으리라 생각하고 있었습니다."

"그랬나, 안됐군. 내가 미리 일러두지 않아 마구간에서 잔 모양이군."

"……."

히요시는 웃기만 하고 대답하지 않았다. 천진스런 눈동자였지만, 가혜를 가볍게 보는 듯했다.

그러나 가혜는 곧 이어 히요시의 신상이나 출생지 같은 것을 비롯해서 이 집에서 일할 생각이 있느냐고 정식으로 묻기 시작했다. 히요시는 대답했다.

"있습니다."

그 희망을 가지고, 16살이 되던 해부터 여러 나라를 헤매어 다녔노라고 했다.

"무사 댁에 일자리를 얻기 위해 3년간이나 헤맸단 말이냐?"

"네."

"아직도 바늘 장수를 면치 못한 것은 무슨 까닭이냐? 3년이나 찾아다녀도 일자리를 구하지 못했다면, 무언가 너에게 결점이 있는 게 아니냐?"
가헤가 짐짓 그렇게 물었다.
"사람이니까 제게도 물론 좋지 않은 점이 있을지 모릅니다. 그러나 처음 한동안은 어디든 무사 댁이면 좋다고 생각했습니다만, 세상을 두루 다니면서 보니 그렇지 않다는 것을 알았습니다."
"그렇지 않다니?"
"선인도 있고 악인도 있고, 여러 나라의 무장과 무가들을 보고 다니다 보니, 주인을 올바르게 선택하는 것만큼 중요한 일은 없다고 생각하게 됐습니다. 섣불리 바늘 장수를 집어치울 일이 아니라고 생각하는 동안 3년이나 지나고 말았습니다."
말투에 진실성이 있는가 하면, 곧잘 풍도 치는 것 같았다. 그대로 받아들일 수 없는 말이 가끔 튀어 나오는 것이다.
그러나 아무튼 어딘가 다른 점이 있다. 범상한 녀석은 아닌 것 같다. 가헤는 그렇게 생각했다.
그날 아침부터 당장 히요시를 쓰기로 했다.
"있어 볼 테냐?"
"일해 보겠습니다."
평범한 대답.
의외로 기쁜 얼굴이 아닌 것이 가헤는 다소 불만스러웠다.
그러나 이 허술한 무명 홑옷을 걸친 떠돌이 장사꾼의 주인으로 자기가 부족하리라고는 생각도 못하는 가헤였다.
당시 어느 무가에서나 그렇듯이 마쓰시타가에서도 엄하게 군마를 훈련시켰다.
날이 새면 창과 죽도를 든 저택 내 무사들이 줄줄이 창고 앞에 있는 공터로 모여 들었다.
——얏,
——엽.
——에잇!
창은 창끼리, 칼은 칼끼리 맞부딪친다.
주방을 담당하고 있는 자도 문지기도, 아침에는 꼭 한 차례씩 번갈아 가며 이 훈련을 거치지 않으면 안 되었다.

가헤가 얘기한 것인지 히요시가 이 집에 새로 들어 왔다는 것은 모두 알고 있었다.

마구간 담당은 풋내기 취급을 하며 명령을 내렸다.

"이 원숭이야, 이제부터 우리가 매일 아침 풀을 먹이러 말을 끌고 나가거든, 곧 마구간을 청소하고 말똥은 저쪽 대숲에 갖다 묻어야 한다."

"네."

말똥 청소를 맡자마자 늙은 무사가 이런 명령을 내렸다.

"원숭이, 잠깐만. 저 물지게로 물을 길어다가 물독마다 가득 채워 놓아라."

또 장작을 패라고 해서 장작을 패고 있으면, 다음에는 이것을, 그 다음에는 저것을 해라 하는 식으로, 하인들이 그를 밑바닥 하인으로 부렸다.

"저 녀석 통 화를 내는 일이 없잖아? 그게 바로 장점인 모양이야."

젊은 무사들은 한편 그를 놀림감으로 삼아 이따금 먹을 것을 던져 주기도 했다.

그러나 차차 저택 안에서는 젊은이를 필두로 해서 히요시에 대한 반감이 점점 높아지기 시작했다.

"녀석이 건방지다."

"주둥아리만 까졌어."

"주인에겐 아첨만 하구."

"남을 아주 우습게 본단 말야."

젊은 축들이 사소한 실수를 가지고 크게 떠들곤 하는 바람에, 마쓰시타 가헤의 귀에도 가끔씩 원숭이에 대한 비방이 들어가곤 했다.

그러나 가헤는 군신들에게 이렇게 말하며 문제삼으려 하지 않았다.

"녀석은 쓸모가 있어, 두고 보아라."

가헤의 아내와 아이들은 원숭이, 원숭이, 하며 그를 좋아했다. 그것이 또한 저택의 딴 사람들에게는 못마땅했다.

'어째서일까?'

히요시는 손톱을 깨물며 생각했다.

충실히 일하려고 하지 않는 사람들 속에서 혼자 충실하려고 하는 것은 무척 어려운 일이라고 그는 생각했다.

무명(無明)

　고용인들 틈새에서 사소한 감정에 둘러싸여 거기서 인간을 배우는 동시에, 히요시는 이 마쓰시타 저택을 중심으로 도카이 가도(東海街道)의 무사 가문과 이마가와, 호조, 다케다, 마쓰다이라, 오다 등의 실력과 추세에 대해서도 상당히 눈을 뜰 수가 있었다.
　'역시 잘 들어 왔군.'
　그는 생각했다.
　바늘 장사로 떠돌아 다녀선 쉽사리 알 수 없는 내부 사정도 여기서는 가끔 짐작할 수가 있었다.
　물론 그가 다만 밥을 먹기 위해 살아가기 위해서만 일을 한다면, 그런 사실에 부딪혀도 미천한 그의 위치에서는 깊은 실태를 알 수 있을 리가 없지만, 그의 눈, 그의 귀, 그의 두뇌는, 항상 무엇인가를 갈구하며 민감하게 움직이고 있었던 것이다.
　'흠, 그렇구나……딴은 그렇겠는걸.'
　바둑 두는 사람들의 대국을 곁에서 관전하듯이, 한 수, 한 수를 히요시는 잘 익힐 수 있는 것이었다.

스루가 이마가와가의 사자가 이곳은 물론 오카자키, 오다와라, 고후 등에 빈번히 왕래하는 것에서도 역시 어떤 짐작을 할 수 있었다.

스루가의 이마가와 요시모토(今川義元)가 천하의 패권을 잡으려는 대망을 품고 있음을 나타내는 것이라고 그는 본 것이다.

그 실현은 먼 장래일 테지만, 어쨌든 이상을 거기 두고, 후일 교토로 올라가 아시카가 장군가를 옹립함으로써 자신이 천하를 굽어 보려는, 그 기초 공작이 서서히 시작되고 있는 것에 틀림없었다.

그러나 지형으로 판단하건대, 스루가 이마가와의 배후에는 강국 호조가 오다와라에 있었다.

또한 측면에는 가이(甲斐)의 다케다, 교토로 뻗어 가는 길목에는 미카와의 마쓰다이라가 있었다.

그런 여러 나라 사이에 끼어 이마가와 요시모토의 공작은, 우선 전면에 있는 마쓰다이라가를 속국화하는 데 성공하고 있었다.

미카와에서는 마쓰다이라 기요야스(松平淸康)가 이마가와가에 항복한 이래, 계속 불행이 잇따르고 있었다. 기요야스가 죽은 뒤, 아들 히로타다(廣忠)도 일찍이 죽고, 서자인 다케치요(竹千代)는 지금 슨푸에 인질로 와 있는 형편인 것이다.

더구나, 그 성지인 오카자키에는 요시모토의 심복이 파견되어 영정, 세무 등 모든 것을 관리하고 있었고, 마쓰다이라가의 가신들은 이마가와가의 군역에 충당되고 있는 형편이었다.

미카와의 수입과 군량도 경비만 남겨 두고 모두 스루가에 있는 요시모토의 성으로 실려 갔다.

'과연 어떻게 될까?'

히요시는 미카와의 장래를 암담한 마음으로 생각해보기도 했다.

그러나 미카와에는 미카와인의 강인한 의지가 있다. 히요시는 바늘 장수로 돌아다닌 덕분에 그것을 알고 있었다. 이대로 굴복하고 말 미카와 무사는 아니라고 생각했다.

그보다 더, 그가 늘 관심을 가진 것은 오와리의 오다였다. 어머니가 있는 곳, 자신이 태어난 곳, 당연히 다른 나라보다 오와리의 성쇠에 관심이 가기 마련이었다.

지금 그곳을 떠나, 이 스루가의 직속 무사인 마쓰시타의 저택에서 바라보면, 미카와의 마쓰다이라를 제외하고는 가난한 점으로 보나 좁은 영토로 보나, 어느 나라보다도 초라했다. 특히 이마가와 영내의 화려한 문화와 풍성한 경제에 비춰 보면 그것이 한층 더 뚜렷해졌다.

"나카무라 마을도 가난하다. 우리 집도 가난하다. 그러나?"

히요시는 그것이 절대적인 국운으로는 생각되지 않았다. 가난한 오와리의 땅에서는 무엇인가 미래를 향하는 싹 같은 것을 느끼고, 귀인의 예풍을 흉내 내며 상하 모두가 사치에 젖어 있는 이마가와령의 풍속에서는 오히려 가벼운 반감과 위태로움을 항상 느끼고 있었다.

근래에 와서 특히 사자의 왕래가 빈번해진 것은, 이마가와가를 중심으로 하여 슨(駿)·고(甲)·소(相), 3개국 사이에 불가침 협정이 논의되기 시작한 때문인 듯했다.

주창자는 물론 이마가와 요시모토로, 장차 패권을 장악하기 위해 대군을 이끌고 상경하기 위해서는 스루가의 배후에 있는 호조와 측면의 강국인 다케다 두 나라와 우의를 두텁게 해 둘 필요가 있었던 것이다.

그 때문에 요시모토는 가이의 신겐(信玄)의 적자 다로 요시노부(太郞義信)에게는 자기 딸을 출가시키고, 신겐의 딸은 호조가에 출가시키도록 일찌감치 계책을 세우고 있었다.

그 혼인이 마침내 성공하기에 이르고 또 군사적 경제적인 협정도 이루어지게 되어, 이마가와의 세력은 도카이 가도의 중진으로서 흔들림이 없는 것이 된 듯한 느낌이었다.

그것은 가신들의 외양에도 뚜렷이 나타나 있었다. 마쓰시타 가혜만 해도 요시모토 직계의 무사와 달리 이곳 토박이 출신이었지만, 그래도 히요시가 알고 있는 나고야나 오카자키 같은 곳의 저택과는 비교도 안 될 만큼 살림이 넉넉했고 손님도 들끓었다. 고용인들도 모두 봄날의 화창한 날씨 같은 얼굴이었다.

"원숭이!"

젊은 가신 노하치로가 히요시를 찾고 있었다.

"예."

"응?"

노하치로는 지붕을 올려다보며 말했다.

"그런 데서 무엇을 하고 있는 거냐?"

"지붕을 고치고 있습니다."

"지붕을?"

노하치로는 기가 막힌다는 듯이 말했다.

"이런 땡볕에서 할 일도 없는 녀석이군. 무엇 때문에 목수 흉내를 내고 있는 거냐?"

"한동안 날이 가물었습니다. 곧 큰 비가 올 겁니다. 비가 오기 시작한 다음에 사람을 불러봐야 소용없기에 널빤지가 뒤틀어진 곳을 손보고 있습니다."

"그러니까 네놈은 딴 사람에게 미움을 받는 거야. 한낮에는 모두 그늘에서 낮잠을 자고 있지 않나?"

"눈에 띄는 곳에서 일을 하면 다른 사람의 방해가 되지만 지붕이라면 괜찮으리라 생각해서."

"거짓말 마라. 사실은 그런 곳에서 이 저택의 지형을 살피고 있을 테지?"

"과연 노하치로님은 다르십니다. 그것을 모르면 여차할 때 당장 손을 쓸 수 없으니까요."

"불길한 소릴 잘도 떠들어대는군. 주인 어른 귀에라도 들어가면 어떤 불호령이 떨어질지 모른다……어서 내려오너라."

"예, 무슨 용무가 있습니까?"

"저녁 때 손님이 오신다."

"또 옵니까?"

"또라니?"

"이번에는 어떤 분이 오시죠?"

"오늘 저녁에 오는 사람은 사자가 아니다. 여러 나라를 편력하고 다니는 무예자들이야."

"그래요? 그럼 여럿이서……."

히요시는 지붕에서 내려왔다. 노하치로는 비망록을 품속에서 꺼내더니 명단을 읽어주었다.

"오늘 오는 무예자는 조슈(上州) 오고(大胡)의 성주로 있는 가미이즈미(上泉)의 조카쿠로서 힛타 쇼하쿠(疋田小伯)란 사람을 필두로 문하일동 12명, 기마 한 필, 짐 싣는 말 세 필에 창 7자루를 가진 손님들이야."

"굉장한 숫자군요."

"무예 수업중이라 힘깨나 있는 사람들인 데다 일행의 말과 짐도 많아서 곳간지기들이 거처하던 곳을 비우고 당분간 그곳에 머물도록 할 작정이다. 그러니 저녁까지는 깨끗이 치워 놓고 손님 맞을 준비를 해야 한다."
"그렇게 많은 사람들이 오랫동안 묵게 됩니까?"
"아마 반 년쯤은 머물 테지."
노하치로는 조금 나른한 듯, 땀을 훔치며 말했다.
이윽고 저녁이 되었다.
"힛타 쇼하쿠님 일행이 도착하셨습니다."
하인이 알려 왔다.
곧 이어 힛타 쇼하쿠 이하 일행 13명이 문 앞에서 말을 멈추고 먼지를 떨며 서 있었다.
마쓰시타가의 가신들은 그들을 정중히 맞이했다.
"이렇게 당가(當家)의 청을 받아 들여 무사 수행중인 바쁜 걸음에도 불구하고 일부러 들러 주셔서 감사합니다. 가헤님께서는 마침 공무중이시라, 나중에 정식으로 인사드릴 것입니다."
"과분한 말씀이오."
인사를 받은 것은 힛타 쇼하쿠였다. 아직 30세 전후의 인물이었다.
"……너무 염려하지 마시기 바랍니다. 이번에 백부이신 이세 태수의 권고로 미숙한 저희들이 세상 물정이나 알자고 편력의 길을 떠났습니다만, 지난번에는 이마가와 공의 호의를 입고, 이번에는 다시 귀가의 신세를 지려는 거요. 우리 무예 수업자가 머무는 동안 혹시 실례되는 일이 있어도 널리 양해해 주기 바라오."
그런 피차의 인사가 끝났다.
"그럼 들어오십시오."
맞이하는 쪽에서 길을 열었다.
"실례하오."
말과 짐들을 맡기고, 13명은 앞서거니 뒤서거니 저택 안으로 들어 왔다.
히요시는 멀거니 바라보고만 있었다. 그리고 지금 쌍방의 인사를 듣고 감탄했다.
'병법이 크게 유행하니까, 병학자도 아주 근엄해졌군.'
요즘 무사 수업이란 말을 흔히 듣는다. 그리고 지금까지는 별로 듣지 못했던 검술이니 창술이니 하는 말도 흔히 들을 수 있었다.

그중에서도 조슈 오고의 성주 가미이즈미 히데쓰의 이름은 특히 유명했다. 또한 히타치(常陸)의 쓰카하라 보쿠덴(塚原卜傳)이란 이름도 그에 못지않게 유명했다.

그러나 한 마디로 무사 수업이라고 해도 행각승만도 못한 자가 있는가 하면, 쓰카하라 보쿠덴 같은 사람은 항상 6, 70명의 종자를 데리고 있어, 부하의 팔뚝에는 매를 앉히고, 종자에게는 갈아탈 말까지 끌고 다니게 하여, 그야말로 위풍당당하게 여러 나라를 돌아다녔다.

따라서 히요시는 오늘 온 손님의 인원수에는 놀라지 않았으나, 앞으로 반년이나 묵게 된다면 원숭이, 원숭이, 하고 무척 부려먹으려 들 것이라고 생각했다.

아니나 다를까 4, 5일 지나자 당장 시작되었다.

"여어, 원숭이, 속옷이 땀에 절어 버렸어. 빨아 놓아라."

"마쓰시타 댁 원숭인가? 미안하지만 고약을 좀 사다 줘야겠어."

이런 식으로, 히요시를 자기들 하인처럼 부리기 시작했다.

덕분에 히요시는 가뜩이나 짧은 여름밤을 거의 자지 못하고 지냈다.

벽오동 밑에 기대어 히요시는 낮잠을 자고 있었다.

한여름 땡볕에도 그곳만은 그림자를 드리우고 있었다. 마른 땅 위에는 군데군데 채송화가 빨갛게 피어 있었고, 움직이는 것은 개미의 행렬뿐이었다.

"……."

목을 옆으로 축 늘어뜨리고 팔짱을 낀 채, 계속된 수면 부족으로 세상모르고 자고 있었다.

마침 그때 히요시를 눈엣가시처럼 생각하며 미워하고 있는 젊은 무사 몇명이, 연습용 창을 들고 그 앞을 지나갔다.

"원숭이 아니냐?"

그들은 걸음을 멈추고 중얼거렸다.

"세상모르고 자고 있군."

"보게, 이 건방진 쌍통을. 그런데도 주인 어른이나 마님께서는 원숭이, 원숭이, 하고 호의를 베푸신단 말이야, 이런 꼬락서니를 못 보시니까 그런 거지."

"깨워라. 좀 골려 주자!"

"어떻게?"
"원숭이만은 아직 한 번도 무예 단련에 나가본 일이 없지 않나?"
"늘 미움 받고 있다는 것을 자기도 알기 때문일 테지. 혼이 날까봐 겁이 나서 그런지, 무예 연습은 하지 않는다는 거야."
"그게 잘못 됐다는 거다. 도대체가 무가에 발을 들여 놓은 이상 문지기, 부엌지기에 이르기까지 필히 무예를 익혀야 하는 것이 이 댁 법도가 아니냐 말이다."
"내게 말해야 무슨 소용인가? 원숭이에게 직접 말해라. 원숭이에게."
"그러니 깨워서 연습장으로 끌고 가려는 게 아니냐."
"음. 그거 재미있군!"
"그러세."
한 사람이 연습용 창끝으로 히요시의 어깨를 쿡 찔렀다.
"이놈아!"
그래도 깨지 않자, 다른 한 사람이 두 다리를 걷어찼다.
"일어나!"
히요시는 벽오동 나무에서 등이 미끄러지자, 깜짝 놀라 눈을 떴다.
"아, 왜 그러십니까?"
"왜 그러는 게 다 뭐냐. 백주 대낮에 뜰 한복판에서 코를 골며 자는 놈이 어디 있어."
"제가 잤던가요?"
"네가 모르면 누가 아느냐!"
"저도 모르게 잠이 들었던 모양입니다. 이젠 깼습니다."
"당연하지 않은가?"
"예."
"도대체가 네놈은 너무 건방져. 듣자 하니, 아직 한 번도 일과인 무예 훈련에 나간 적이 없다면서?"
"전 무예는 통 서툴러서……."
"연습도 안한 주제에 서툴고 능하고가 어디 있어. 말단직에 있는 자까지 무예를 게을리 해선 안 된다는 것은 이 댁 법도다. ……자, 오너라. 오늘부터 우리가 가르쳐 주마."
"아닙니다. 저는 괜찮습니다."

무명 197

"안 된다."
"하지만."
"거역하는 건가? 이 댁 고용인이면서 법도를 지키지 않겠단 말이냐!"
"그런 건 아니지만."
"그렇다면 따라 와."

젊은 무사들은 히요시를 붙들고 곧장 곳간 앞 공지로 끌고 갔다.

공지에서는 오늘도 체류 중인 무예자들과 집안의 무사들이 뜨거운 여름 하늘 아래에서 창을 휘두르며 땀을 흘리고 있었다.

억지로 히요시를 끌고 온 무사들은 히요시의 등을 떠밀었다.

"자, 목검이든 창이든, 뭐든 들고 덤벼라!"

히요시는 앞으로 비틀거리다가 겨우 버티고 섰으나, 창과 목검이 손 가까이 있어도 잡을 생각조차 하지 않았다.

"왜 안 잡느냐!"

한 사람이 창끝으로 일부러 그의 가슴을 찔러 보았다.

"가르쳐 줄 테니, 네놈도 뭐든지 잡아라…… 자, 간다. 찌른다!"

히요시는 또 비틀거렸다.

그러나 완강히 버티고 선 채 입술을 깨물고 있었다.

마침 한편에서는 힛타 쇼하쿠의 문하인 진고 고로쿠로(神後五六郞)와 사카키 이치노조(榊市之丞) 등이, 마쓰시타가의 가신들을 위해 진짜 창으로 그 힘을 과시하고 있었다.

땀받이 머리띠를 두른 진고 고로쿠로가 쌓아 올린 다섯 말 들이 쌀가마니를 창으로 찔러서는 허공에 내던지며 놀라운 힘을 자랑하고 있었다.

"과연 그만한 솜씨라면, 싸움터에서 적병을 찔러 던지는 것쯤 아무 것도 아니겠소. 놀라운 힘이요."

감탄하는 사람들을 둘러보면서 진고 고로쿠로는 창을 든 손을 내리고, 검의 이치나 창의 이치나 마찬가지여서, 무릇 무예란 단전에 그 요체가 있으며, 힘이 아닌 힘, 힘을 초월한 심력으로 움직여야 한다고 일장 열변을 토하고 있었다.

"이걸 힘깨나 쓴다고 보셨다면 잘못입니다. 힘을 넣으면 창이 부러질 뿐, 또 금방 지쳐 버리지요. ……그래 가지고야 싸움터에서 종횡무진으로 뛰어 다니며 활약을 할 수 있겠소?"

"딴은……."

일동이 더욱 감탄하며 듣고 있는 그 바로 뒤쪽에서 소동이 일어난 것이다.

"이 고집쟁이 원숭이란 놈!"

젊은 무사가 창대를 휘둘러 히요시의 허리를 내려치고 있었다.

"아야야!"

히요시는 울음 섞인 비명을 지른다. 정말 몹시 아팠던 모양으로, 얼굴을 찌푸리며 허리를 꾸부리고 맞은 데를 마구 쓰다듬었다.

"무슨 일인가?"

모두들 히요시의 주위로 몰려갔다.

"이 녀석, 도대체 손도 못 댈 고약한 놈이란 말이야!"

히요시를 때린 젊은 무사는, 히요시가 끝내 연습을 거절했다는 것, 무가의 이단자라는 것을 극구 왜곡하여 둘러선 사람들에게 설명하였다.

그러자 마침,

"말 말게. 나도 언젠가 연습을 권한 적이 있지만, 서툴다느니 어쩌니 하며 원숭이란 놈, 연습장에 나올 생각도 하지 않았어."

그 말을 뒷받침하는 자가 있어서, 히요시는 무가에는 둘 수 없는 괘씸한 놈, 쓸모없는 건방진 놈이라는 판결을 뭇사람에게 받고 말았다.

그때 아까부터 진고 고로쿠로 뒤에서 바라보고 있던 힛타 쇼하쿠가 흥분한 무사들을 달래며 말했다.

"잠깐, 잠깐…… 보아 하니, 아직 젖비린내 나는 젊은이 아닌가. 한창 건방질 때야. 하지만 법도에 위배될 뿐 아니라, 무가에 있으면서 무도를 싫어한다면 본인을 위해서도 불행한 일이다. 내가 찬찬히 타일러 보지. 여러분은 잠시 나에게 맡겨 주시오."

그렇게 말한 쇼하쿠는 직접 히요시의 생각을 묻기 시작했다.

"젊은이."

히요시는 쇼하쿠의 얼굴을 바라보며 대답했다.

"예."

지금까지와는 대답하는 투가 달랐다.

이 사람이라면 뭐든지 터놓고 말해도 될 것 같다고 마음을 허락하는 눈빛이었다.

"너는 무가에 들어와 있으면서 무예를 싫어한다며? 정말 싫으냐?"

"아닙니다."

히요시는 고개를 흔들었다.

"……그럼 왜 무사 여러분이 친절하게 가르쳐 주신다는 것을 거절했느냐?"

"예, 그것은 이런 까닭입니다…… 창술을 배우나 검술을 배우나, 그 길에 통달하려면 평생이 걸려야 하는 일이 아닙니까?"

"음. 그런 각오로 임해야지."

"살아 봤자 남이 사는 것만큼 밖에는 못 살 바엔, 저는 무예의 정신만을 아는 것으로 족하다고 생각합니다. 왜냐하면, 그밖에 전 여러 가지 배우고 싶은 것, 하고 싶은 것, 알고 싶은 것, 정말……얼마든지 있기 때문입니다."

"배우고 싶은 일이란?"

"학문입니다."

"알고 싶은 건?"

"세상입니다."

"하고 싶은 건?"

일문 일답처럼 쇼하쿠가 따져 묻자 히요시는 비로소 빙그레 웃었다.

"그건 말할 수 없습니다."

"왜?"

"하고 싶었던 일을 못하고 만다면 헛소리가 됩니다. 또 말해 봤자 여러분이 크게 웃으시기만 할 겝니다."

"흠……."

어딘가 좀 다른 녀석인걸 하고 힛타 쇼하쿠는 히요시의 얼굴을 바라보았다.

"네가 하는 말도 알 만은 하다만, 넌 무도(武道)란 걸 조그만 기력의 수련쯤으로 오해하고 있는 것 같다. 무도란 그런 게 아니다."

"어떤 것입니까?"

"한 가지 재능에 이른 자는 만예(萬藝)에 통할 수 있다는 말도 있다. 무는 기(技)가 아니고 담이다. 심담을 크게 기르면 세상을 보는 눈, 사람을 아는 눈, 학문의 길, 경세의 길, 모든 것에 통할 수 있는 법이다."

"하지만, 여기 계시는 분들은 상대방을 찌르고 때리고 하는 것만을 유일한 목표로 하고 있습니다. 그런 것은 보군이나 잡병들에게는 필요할지 모르나 대장에게는 필요 없는…….”

말이 채 끝나기도 전에 가신 하나가 단단한 주먹으로 다짜고짜 히요시의 턱을 쥐어박았다.

"뭣이? 이놈아!”

"윽!”

턱이 빠져나간 듯, 히요시는 두 손으로 입을 감쌌다.

"듣자듣자 하니 못하는 소리가 없구나. 쇼하쿠 선생, 비켜 주십시오. 이대로 내버려 뒀다간 버릇이 됩니다.”

격분한 것은 지금 히요시를 때린 자뿐만이 아니었다. 히요시의 말을 들은 자는 모두가 소동을 일으켰다.

"우리를 모욕했다!”

"집안 법도에 대한 비방이다.”

"용서할 수 없는 놈!”

"베어 버려라. ……주인께서도 우리 처사를 잘못이라곤 하시지 않을 게다.”

정말 뒤쪽 대숲으로 끌고 들어가 목을 베어 버릴 기세였다.

쇼하쿠도 난처한 모양이었다. 그래도 애써 일동을 달래어 가까스로 그 자리에서만은 히요시의 위기를 모면하게 하였다.

그날 저녁 무렵.

노하치로가 넌지시 하인방을 들여다보며, 한쪽 구석에 멀거니 앉아 이라도 쑤시는 사람처럼 얼굴을 찌푸리고 있는 히요시를 보자, 나지막하게 부르며 손짓을 했다.

"이봐, 이봐.”

"예?”

히요시의 얼굴은 가엾으리만큼 통통 부어 있었다. 낮에 얻어맞은 곳이 묵은 생강처럼 부어오르기 시작한 것이다.

"많이 아프냐?”

"그렇지도 않습니다.”

젖은 수건을 얼굴에 대며 대답했다.

"주인께서 부르신다. 중문을 열고 남몰래 들어가거라.”

"네, 주인께서요? ……그럼 낮에 있었던 일을 누가 고해바친 겁니까?”

"그런 폭언을 했으니, 귀에 안 들어갔을 리가 있나? 힛타 선생께서 조금 전까지 얘기하고 계셨으니 아마 선생을 통해 들으셨겠지. 참수될지도 몰라."
"그렇습니까?"
"이 집 사람은 누구든 조석으로 무예를 게을리 해선 안 된다는 것은, 이 마쓰시타가의 철칙이야. 법도의 존엄성을 보여 줘야겠다는 말씀을 하시면, 이미 목은 없는 것으로 알아라."
"그렇다면 저는 도망치겠습니다. 이런 일로 죽기는 싫습니다."
"무슨 소리!"
노하치로는 히요시의 팔목을 움켜쥐며 말했다.
"네놈을 놓치면 내가 할복을 해야 돼. 데려오란 명령이 내렸으니 말이다."
"도망칠 수도 없습니까?"
"도대체 넌 입이 너무 가볍단 말야. 조금은 생각하면서 말을 해 봐라. 아까 그 폭언을 들으면, 이 노하치로조차 괘씸한 원숭이라고 생각하지 않을 수 없단 말이다. ……아무튼 어서 오너라."
히요시를 앞장세우고, 노하치로는 뒤에서 칼자루에 손을 대고 따라 갔다.
저물어 가는 뜰 안 수목 사이에 하얀 날벌레 떼가 날고 있었다. 물을 뿌린 서재 툇마루 밑에는 희미한 불빛이 방안에서 새어 나오고 있다.
"……원숭이를 데려 왔습니다."
노하치로가 무릎을 꿇고 말하자, 마쓰시타 가헤는 미닫이 가까이에 모습을 나타내면서 말했다.
"왔느냐?"
그 말을 들은 히요시는 이끼 낀 돌 위에 머리를 조아리며 몸을 움츠렸다.
"원숭이."
"예?"
"네 고향 오와리에선 도마루(胴丸)라는 새로 연구한 갑옷을 쓰고 있다면서? 통처럼 둥글게 돼 있는 갑옷 말이다. ……그걸 하나 사 오너라. 네가 태어난 곳이니 손쉽게 구할 수 있을 테지."
"예?"
"지금 떠나는 거다. 오늘 밤 당장 말이야."
"어디로 말입니까?"

"갑옷을 구하러 가라니까."

가혜는 문갑을 끌어당기더니 돈을 싸서 히요시 앞에 던졌다.

"……?"

히요시는, 그 돈과 가혜의 모습을 번갈아 보고 있었다.

그 눈에 눈물이 괴었다. 이윽고 눈물이 뺨을 흘러내려 손등 위에 뚝뚝 떨어졌다.

"출발은 서둘러야 하지만, 물건은 서둘러 가져 올 필요 없다. 몇 년이 걸려도 좋으니 좋은 것을 구해라."

"……예?"

"노하치로, 뒤꼍 쪽문으로 넌지시 내보내 줘라. ……넌지시 어둠을 타서 말이다."

오와리에 가서 갑옷을 한 벌 사오너라. 갑작스런 일이었다. 또한 너무나 뜻밖인 주인의 말이었다.

히요시는 등골이 오싹했다.

마쓰시타가의 법도를 문란케 한 자로서 참수를 당하는가 했더니 돈까지 히요시에게 준 것이다.

"오늘 밤 당장 떠나거라."

히요시가 등골이 오싹해진 것은, 가혜의 인정이, 사람의 은혜라는 것이, 뼛속까지 사무치도록 번져 왔기 때문이었다.

"감사합니다."

주인이 자세히 의중을 밝히기도 전에, 히요시는 주인의 분부를, 충분히 알아듣고 저도 모르게 그런 대답이 나온 것이었다.

이런 두뇌가 고용인들 사이에 끼어 있으니, 고용인들이 눈엣가시로 알고 시기하지 않을 수 없을 거라고 가혜는 생각하며 쓴웃음을 지었다.

"원숭이, 무엇이 고맙다는 거냐?"

"예. 저를 내보내시려는 뜻으로 짐작되어."

"맞았어. 하지만 원숭이."

"예."

"어디에 가든 그 슬기를 좀 더 감추고 다니지 않으면 넌 평생 출세하지 못하리라."

"저도 그렇게 느끼고 있습니다."

"알면서 왜 엉뚱한 폭언을 해서 가신들을 격분케 했느냐?"
"정말 모자라는 놈이라고 나중에 스스로 제 머리를 때렸습니다."
"알고 있다면 아무 말도 하지 않겠다. 아까운 슬기이기에 살려 준다…… 하지만 이렇게 됐으니 말인데, 평상시에도 널 시기하고 미워하는 자들이 비녀를 잃어버렸다면서 네가 훔쳤다고 했고, 도장을 넣은 궤가 없어졌으니 원숭이가 훔친 거라고 고자질이 들어오곤 했었다…… 너는 그토록 남의 시기를 받는 성격이니 그리 알고 일을 잘 하도록 해라."
"……예."
"오늘 일만 해도 법도를 내세우고 부하들이 대드는 이상 너를 감싸 줄 방법이 없다. 그렇다고 내놓고 너를 쫓아 버리면 이 집 문앞에서 10정(町 : 약 109 미터)도 가기 전에 목이 날아날 게다. ……그래서, 아까 힛타 쇼하쿠님께서 넌지시 말을 하기에, 나는 아직 아무것도 모르는 척하고 널 심부름 보내는 거다. ……알겠느냐?"
"잘 알겠습니다. 결코 잊지 않겠습니다."
히요시는 코멘 소리로, 몇 번이고 몇 번이고 가헤를 향해 머리를 조아렸다.
그날 밤, 히요시는 마쓰시타가 뒷문으로 빠져 나갔다.
히요시는 뒤를 돌아보며 두 번이나 중얼거렸다.
"잊지 않겠습니다. 잊지 않겠습니다."
가헤가 베푼 커다란 사랑과 감격에 싸여, 히요시는 어떻게 은혜에 보답할 수 있을까 하는 생각을 막연히 가슴에 품고 걸어갔다.
항상 냉대와 모멸 속에서 살아온 만큼 인정에는 남달리 큰 감동을 받는 히요시였다.
'언젠가는…… 언젠가는……'
어떤 감동을 느끼거나 일을 겪을 때마다, 그는 수행자가 염불을 외듯이 언젠가는! 하고 가슴 속에서 되풀이했다.
그러나 그는 다시 주인 없는 개처럼 갈 데를 잃고 일자리를 잃은 채 헤매야만 할 처지가 되었다.
대덴료의 강물은 도도히 흐르고 있었다.
마을에서 멀리 떨어지자, 적막한 천지에 선 히요시는 왜 그런지 울고만 싶어졌다. 이제부터 걸어갈 앞날의 운명은 그도 모르고, 천지신명도, 별도, 강물도, 아무런 암시도 주지 않았으니.

오다 노부나가(織田信長)

"……아저씨."

벌써 두 번째였다. 어디선가 누가 부르는 듯했다.

오다가의 보군 이치와카(一若)는 낮잠을 자다 고개를 들고 주위를 둘러보았다.

"누구냐?"

그날 그는 비번이었다.

여느 때 같으면 성안에서 근무하고 있었을 테지만, 오늘은 비번이었으므로 집으로 돌아와 느긋이 팔다리를 뻗고 있었다.

"접니다……."

목소리는 생울타리 밖에서 들리고 있었다. 탱자나무 잎과 가지에 메꽃 덩굴이 휘감겨 있고 먼지가 뽀얗게 마른 울타리 너머로 사람의 그림자가 보였다.

이치와카는 툇마루로 나서며 말했다.

"나라니, 대체 누구냐? 볼일이 있으면 문을 열고 들어오너라."

"바깥쪽 문이 열리지 않습니다."

"가만 있자……"
그는 발돋움을 해 보고 물었다.
"원숭이 아니냐? 나카무라 마을 야에몬의 아들이지?"
"그렇습니다."
"뭐냐. 히요시면 히요십니다, 할 것이지, 유령처럼 다 죽어 가는 소리를 내니 놀랄 수밖에. 웬일이냐?"
"앞문은 열리지 않고, 뒤꼍으로 가보니 아저씨는 주무시고 계시기에…… 마침 돌아눕는 틈을 타서 불러 본 겁니다."
"쓸데없는 걱정을 하는구나. 아주머니가 찬거리를 사러 나가면서 쪽문을 잠근 모양이구나. 기다려라, 곧 열어 줄 테니."
이치와카는 짚신을 걸쳤다.
그리고 히요시더러 발을 씻게 하고 안으로 들이자, 잠시 그 모습을 물끄러미 바라보았다.
"어떻게 된 일이냐, 대체? 언젠가 길에서 만난 일이 있지만, 그 후 벌써 3년째야. 죽었는지 살았는지 소식이 없어서 나카무라 마을의 네 어머니도 무척 걱정하시는데. 무사한 얼굴을 보여 드리고 왔나?"
"아직 집에는……."
"돌아가지 않았나?"
"집에까진 갔습니다만……."
"그런데도 어머니를 안 만나고 왔어?"
"실은 어젯밤 아무도 모르게 집에 갔었습니다. 하지만 어머니와 누님 얼굴을 밖에서 잠깐 보고는 들어가지 않고 되돌아서고 말았습니다."
"이상한 녀석이구나. 네 집이 아니냐. 어째서 지금 돌아왔습니다…… 하고, 너의 모습을 보여 드려서 식구들을 기쁘게 하지 않았느냐 말이다."
"그렇게 하고 싶은 마음은 굴뚝같았지만, 집을 나올 때 제대로 사람이 되기 전에는 돌아오지 않겠노라고 맹세했습니다…… 더구나 계부 앞에는 이런 꼬락서니로 나설 수가 없습니다……."
이런 꼬락서니라는 말에, 이치와카는 새삼스럽게 히요시의 행색을 살펴보았다.
흰 무명옷이 회색으로 보일 만큼 먼지와 이슬에 더럽혀져 있었다. 기름기 없는 머리, 볕에 그을리고 움푹 꺼진 두 볼. 온 몸에 뜻을 이루지 못한 사람의 기진맥진한 티가 역력했다.

"무얼 하고 있느냐, 요즘은?"

"바늘 장수를 했습니다."

"바늘 장수라?"

"네."

"무사 댁에 들어간다더니?"

"두세 번, 무가에도 들어가 봤습니다만……."

"여전히 금방 싫증을 내는 모양이군. 그런데 몇 살이지?"

"18살입니다."

"천성이 둔한 것은 할 수 없다 치고, 바보 같은 짓도 이젠 작작해라, 작작 …… 모자라면 모자라는 대로 참을성이 있는 법인데, 네놈은 그 참을성도 없으니 말이다. 그러니 어머니께서 한탄을 하고, 계부가 골치를 앓는 것도 무리가 아니지 뭐냐. 원숭이 놈아, 대체 넌 뭐가 되려는 거냐?"

답답한 김에 이치와카는 오래간만에 만난 히요시를 본의 아니게 꾸짖고 핀잔을 주곤 했으나 속으로는 다분히 동정하고 있었다.

원래 히요시의 생부 야에몬과는 생전에 가까운 사이였고, 그 뒤 계부인 지쿠아미가 야에몬의 뒤를 이어 들어가서는 불쌍한 아이들에게 심하게 굴었다는 것을 잘 알고 있는 까닭에 은근히 의분을 금치 못하고 있는 터였다.

그래서 부디 원숭이라도 제대로 사람이 되어 주었으면 하고 죽은 친구를 위해서도 빌고 있었는데, 그 히요시가 18살이나 됐으면서 아직도 이 꼴인가 하고 생각하니 저도 모르게 울화가 치민 것이었다.

"아이고머니. 누군가 했더니 나카무라 마을 오나카 님의 아들 아냐? 당신도 원, 자기 자식처럼 그렇게 야단만 치는 법이 어디 있어요. 가엾지도 않아요?"

얼마 뒤 밖에서 돌아 온 이치와카의 아내는 남편을 나무란 뒤, 우물 속에 넣어 두었던 수박을 꺼내와서 히요시에게도 나눠 주었다.

"이제 18살이니 무엇을 알겠어요. 당신도 그만한 나이였을 때를 생각해 봐요. 40이 넘었어도 아직 이런 보군 신세를 면하지 못하고 있지 않아요? 세상이란 다 그런 거예요."

"잠자코 있어."

이치와카는 제일 아픈 데를 찔린 얼굴로 말했다.

"나는 말이야, 바로 이 나처럼 구질구질하게 일생을 보내는 일이 없도록 하기 위해서 젊은애를 보고 심하게 구는 거야. 15, 16살이면 관례를 거쳐 어른이 되는 거니, 18살쯤 됐으면 사내는 뭔가 뚜렷이 내다보는 게 있어야 한단 말야…… 이를테면, 황공한 얘기나 주군 오다 노부나가(織田信長)공을 봐. 금년 몇이시라고 생각하나? 하지만 그 연세에……."
그러다가 갑자기 아내와의 실랑이가 겁이 났던지 문득 말꼬리를 돌렸다.
"참, 내일은 또 그 주군을 모시고 아침부터 사냥을 떠나게 될 거야. 돌아올 때는 여느 때처럼 쇼나이 강가에서 수마(水馬) 훈련도 하시고, 수영도 하실 테지. ……마누라, 내 옷을 잊지 말고 챙겨 둬. 무릎을 동여맬 끈과 짚신도 말이야."
아까부터 고개를 푹 숙이고 꾸중을 듣고 있던 히요시가 얼굴을 들며 물었다.
"아저씨?"
"뭐냐, 새삼스럽게?"
"그런 건 아니지만, 노부나가 공은 그렇게 자주 수렵을 즐기시나요?"
"그야……이렇게 말해서는 안 되지만, 한창 기운이 뻗칠 때라서……."
"어지간히 거치신 모양이군요?"
"……그런가 하면 아주 예의 바르고 근엄할 때도 없지는 않지."
"어디에 가나 노부나가 공은 그리 뒷소문이 좋지 않던데요?"
"그래? 그럴 테지. 적국에서 보면 말이야."
히요시는 갑자기 일어났다.
"모처럼 쉬고 계시는 걸 방해해서 미안합니다."
"왜 가려구?"
"또 오겠습니다."
"뭐, 그리 서두를 건 없지 않나? 하룻밤쯤 자고 가도록 해. 내가 한 말이 언짢은가?"
"아닙니다."
"굳이 돌아간다면 말리지는 않겠지만, 어서 어머니만은 만나 보도록 해."
"네. 오늘 밤엔 나카무라로 가겠습니다."
"그래? 그렇다면 좋지만."
이치와카는 문간까지 나와서 히요시를 배웅했다. 어쩐지 마음속이 개운하지 않았다.
　나카무라로 돌아간다면서 이치와카의 집을 나섰지만, 그날 밤 히요시는 집으로 돌아가지 않았다.
　어디서 잤을까?
　보나마나 길가의 사당 안이나 절간 처마 밑 같은 곳에서 노숙을 했으리라.
　마쓰시타 가헤에게서 받은 돈은 이치와카의 집을 찾아가기 전날 밤, 나카무라에 갔을 때 울타리 너머로 어머니의 모습을 보고 슬며시 던져 넣고 왔기 때문에 그에게는 한 푼도 없었다. 그러나 짧은 여름밤이라 어디서 자든 날은 금방 새기 시작했다.
　그날 이른 아침.
　히요시는 서부 가스가이(春日井) 부락에서 비와 섬(枇杷島) 쪽을 향해 어슬렁거리며 가고 있었다.
　그는 무엇인가 먹으며 걷고 있었다. 허리에도 연꽃잎에 싼 주먹밥을 수건에 둘둘 말아 차고 있었다.
　아침밥과 점심에 먹을 밥을 돈 한 푼 없는 그가 어떻게 구했을까?
　'먹을 것은 어디서든 얻을 수 있다. 사람에게는 천록이 있는 법이니까.'
　하는 신념과,
　'금수에게도 천록이 있다. 그러나 인간은 세상을 위해 일하라는 하늘의 사명을 띠고 있기 때문에, 일하지 않는 자는 못 먹도록 되어 있다. 따라서 인간이 먹기 위해 발버둥치다는 것은 수치이며, 일만 하면 당연히 천록이 내리는 법이다.'
　그런 생각을 하고 있었다.
　따라서 그는 배가 고프면 먹을 욕심을 내기 전에 먼저 일을 했다.
　그런 때 일거리가 없다는 것은 히요시의 경험으로는 말이 안 되는 소리였다. 일할 생각이 있으면 어디든 토목 공사가 벌어진 곳에 가서, 목수도 도와주고 흙짐도 지곤 한다. 무거운 수레를 끌고 가는 사람을 보면 같이 떠밀어도 준다. 지저분한 남의 집 문앞을 쓸어 주기도 한다.
　히요시는 누가 부탁하지 않아도 스스로 일을 찾거나 일을 만들어, 성의껏 함으로써 한 공기의 밥과 한 푼의 돈쯤은 반드시 마련하곤 했다.
　부끄럽게 생각하지는 않았다.
　왜냐하면 그는 먹기 위해 마소처럼 몸을 천하게 굴렸다고는 생각하지 않았던 것이다. 조금이라도 세상을 위해 일했으니 당연한 천록을 받는 것으로 믿었다.

오늘 아침에도 가스가이 부락에서 일찍 문을 연 대장간을 보자, 그는 일터를 말끔히 청소해 주고 소를 끌고 나가 풀을 먹인 뒤, 뒤꼍으로 돌아가 물독 가득히 물도 길어 주었다. 어린애가 딸린 그 집 안주인은 몹시 기뻐하며, 아침밥과 점심에 먹을 주먹밥까지 만들어 주었다.

"……오늘도 덥겠는걸."

히요시는 하늘을 우러러 보며 혼자 중얼거렸다. 오늘 하루 또 연명은 했지만, 머릿속에서는 딴 사람은 상상도 못할 일을 생각하고 있었다.

'……이런 날씨라면 오늘도 틀림없이 노부나가 공은 강가에 수마 훈련을 나오실 게다. 보군인 이치와카 아저씨도 오늘은 수행에 낄 차례라고 어제 말했었다.'

이윽고 풀밭 쪽에 쇼나이 강의 맑은 물이 보이기 시작했다. 그는 아침 이슬에 젖은 몸으로 모래톱에 내려섰다. 한동안 맑은 물을 들여다보았다.

'노부나가 공은 매년 4월에서 9월까지 수마와 수영 연습을 이 강에서 거르지 않고 하신다고 했는데…… 가만 있자. 어느 쪽으로 오시는 걸까? 이치와카 아저씨에게 물어뒀으면 좋았을 걸……'

강변의 조약돌이 마르기 시작하고 있었다.

풀꽃 열매와 이슬에 더럽혀진 히요시의 옷에도 이윽고 뙤약볕이 쬐기 시작한다.

"이쯤에 있어 볼까?"

막연하게 혼자 중얼거린 히요시는 강기슭 풀밭에 주저앉았다.

노부나가 공, 노부나가 공.

오다가의 고집불통, 사부로 노부나가 공이란 대체 어떤 분일까?

요즘 히요시의 머리에는 자나 깨나 그 이름이 무슨 부적처럼 달라붙은 채 떨어지지 않았다.

'만나보고 싶다.'

그의 소원이었다.

오늘은 그 소원을 이루어 보려고, 일찍부터 이 강가로 나온 것이었다.

죽은 오다 노부히데의 뒤를 이어 일국을 맡은 것까지는 좋으나, 그렇게 난폭하고 고집쟁이이고, 멍청해서는 도저히 노부히데의 후사를 유지해 나가지 못하리라는 것이 일반적인 여론이었다.

　난폭하고 신경질적이고.

　멍청한 젊은 주군.

　장래가 염려 되는 후계자다.

　노부나가의 이름이 나오면, 으레 그런 뒷공론이 따르곤 했다.

　히요시도 한동안 항간에 떠도는 풍문을 믿고 가난한 영토와 불행한 주인을 가진 향토를 슬퍼했으나, 여러 나라 실정을 돌아본 결과 이런 생각을 하기 시작했다.

　'아니다, 밑바닥은 모르는 법. ……싸움이 벌어지고 있는 때만이 전쟁이라고 할 수는 없지 않은가?'

　나라마다 각각 특성이 있었고, 동시에 허와 실이 있었다.

　겉으로는 쇠약해 보이는 나라도 내부로는 뜻밖에 알차기도 했고, 권위와 부를 갖춘 대국으로 보이면서도 알맹이는 아주 썩어 버린 나라도 있었다.

　이를테면, 히요시가 보고 다닌 범위에서는 미노의 사이토, 스루가의 이마가와 같은 것이 그 본보기였다.

　그런 대국과 강국 사이에 낀 오와리의 오다, 미카와의 마쓰다이라 등은 얼핏 봐도 가난한 소국이었다. 그러나 그런 소국들에 무언가 대국들이 지니지 못한 힘이 잠재해 있지 않았다면, 그들이 아직까지 존속했을 리가 없었다.

　세상에서 말하듯이 노부나가가 우매하다면 어찌 나고야가 보존될 수 있을 것인가.

　올해 그 노부나가는 갓 20살이 되는 것으로 그는 알고 있다.

　아버지 노부히데를 잃은 뒤, 16살이 되던 해부터 나고야 성의 주군이 된 지도 벌써 3년이 지나고 있었다. 그 3년 동안 난폭하고 멍청하고 아무 재능도 없는 젊은 성주가 비록 소국이라고는 해도 어떻게 선친이 남긴 영토를 잃지 않고, 오히려 이웃 나라에 두려움마저 주며 영토를 보존해 왔을까?

　하기는 사람들의 말에 의하면, 그것은 노부나가의 힘이 아니라 가신들 중에 훌륭한 자가 있기 때문이라고 한다.

　히라테 나카쓰카사(平手中務), 하야시 신고로(林新五郎), 아오야마 요자에몬(青山與三右衛門), 나이토 가쓰스케(內藤勝介), 이런 현신들을 노부히데는 생전부터, 명석하지 못한 노부나가에게 붙여 두었고 그들의 협력이 바로 오늘날 오다가의 기틀이 되었으며, 젊은 주군은 말하자면 형식적인 존재에 불과하다. 따라서 선군 이래의 노신들이 생존해 있는 동안은 몰라도, 한 사람 죽고, 두 사람 가고 하여 그 기둥이 없어질 무렵이 되면, 오다가의 쇠망도 불을 보는 것보다 확실하리라고 생각하고 있었다.

그것을 누구보다도 고대하는 것은 노부나가의 장인인 미노의 사이토 도산이고, 그 다음이 스루가의 이마가와라는 관측은 어느 나라 어디에 가서 물어보나 일치 하는 것이었다.

"……응?"

히요시는 풀 속에서 목을 빼 둘러보았다.

함성이 들려오고 있었다.

강 상류 쪽에서 뽀얀 먼지가 일어났다.

'뭘까?'

일어나서 귀를 기울였다. 곧 그의 안색이 달라졌다.

'아무 것도 보이지는 않지만 보통 일이 아닌 것 같다……싸움이 터진 게 아닌가?'

그는 풀밭을 박차고 달리기 시작했다.

그러나 5, 6미터쯤 달려가자 그렇지 않다는 것을 알았다. 그가 아침부터 기다리고 있는 오다가의 가신들이 상류 강변 백사장에 모여서 모의 전쟁을 하고 있는 것이었다.

물고기를 잡건, 매사냥을 하건, 수영 훈련을 하건, 요즘 영주들이 하는 일이라면 모두 전쟁을 대비한 것이었다. 전쟁을 떠나서는 생활이 없었다.

'……음, 시작했구나.'

풀밭에서 멀리 그 모습을 바라보며 히요시는 크게 신음했다.

강 저쪽 기슭에, 둑 그늘로부터 그 위쪽 풀밭에 걸쳐 오다가의 가문(家紋)이 찍힌 진막이 둘러쳐져 있었다. 서너 군데의 가건물 사이에 걸쳐 진막이 잔뜩 바람을 안고 나부끼고 있어, 수많은 군졸들은 보였지만 노부나가의 모습은 보이지 않았다.

눈을 돌리니 진막과 가건물은 이쪽 기슭에도 있었다. 말이 연이어 울어 대고 있었다.

와아──와아──.

이 함성은 양쪽 기슭에서 터져 나와 강물에 물결을 일으키고 있었다. 히요시가 일어났을 때, 한 필의 말이 강 한복판에서 하류쪽 기슭을 향해 껑충거리며 건너갔다.

'이것이 수영 연습이란 말인가?'

히요시는 이해할 수가 없었다.

세상사람들의 말이라는 것은 믿을 수 없는 것이었다. 노부나가를 어리석은 군주라느니 난폭한 백치라느니 하고 있어도, 누구 하나 그것을 확인한 사람도 없고, 아무도 진상을 파악치 못하고 있는 것이다.

매년 4월에서 9월에 걸쳐 수마나 수영 연습을 위해 성을 나오는 것을 여러 사람이 봤지만, 다만 아는 것은 그것뿐이었다.

지금 그가 현장에 와서 목격한 바에 의하면, 결코 어리석은 군주의 물놀이나 피서가 아니었다.

맹렬한 군마 조련이었다.

규모는 크지 않았다. 물론 차림은 가벼웠고 군마 수도 적었으나, 이윽고 뿔피리 소리에 군졸들이 한데 모이고, 북소리가 울리자 양쪽 기슭의 군사들이 와아하며 강 한복판에서 맞붙었다.

강은 물보라로 뽀얗게 되었다. 그 물보라 속에서 무사와 무사, 보군과 보군이 서로 어울려 격전을 벌이는 것이다.

창은 모두 죽창이었다. 많은 인원이 뒤엉켜 싸우는 판이라, 찌른다기보다 닥치는 대로 휘두르고 있었다. 빗맞은 창끝에서도 하얀 무지개가 치솟았다. 그 보군을 헤치고 다니며 1기, 2기, 3기──모두 7, 8기의 기마무장이 지휘봉을 휘두르며, 스스로도 창을 휘두르면서 목이 터져라 고함치고 있다.

"다이스케, 오너라!"

그 중에서 늠름한 소리를 지르는 기마 무사가 유난히 두드러지게 눈에 띄었다.

희고 시원스런 홑옷에 갑옷을 입고, 선명한 붉은 대검을 찬 무사 하나가 오다가의 궁도 창술 사범인 이치카와 다이스케(市川大介)를 향하여 바짝 말을 붙여 가다가 다짜고짜 죽창으로 후려쳤다.

"어림없다!"

같이 맞고함을 지르며 창을 빼앗은 다이스케는 그것을 고쳐쥐기가 무섭게 상대방의 가슴팍에 들이댄다.

단정한 용모였다. 젊은 무사는 얼굴을 붉히며 다이스케가 찔러 온 창을 한 손으로 움켜쥐더니, 다른 한 손을 붉은 칼자루에 얹으며 끄떡도 않는 기백을 보였다. 그러나 다음 순간, 다이스케의 힘에 끌려 보기 좋게 말에서 거꾸로 떨어져, 풍덩하고 강물 속에 빠져 버렸다.
 히요시는 저도 모르게 혼자 소리쳤다.
 "아, 저 분이다. 노부나가 공이다."
 더욱 끔찍하고 난폭한 짓을 하는 부하도 있었다.
 노부나가가 난폭하다고 세상에서는 흔히 말하고 있지만, 난폭한 것은 노부나가보다 그 근신들이 아닌가.
 히요시는 그렇게 생각했다.
 그러나 멀리서 본 광경이었다. 낙마한 것이 과연 노부나가인지 아닌지.
 히요시는 더욱 넋을 놓고 발돋움을 했다. 모의 도하전은 아직도 강 한복판에서 서로 밀고 밀리는 수라장을 이루었다. 주군 노부나가가 낙마했다면 다른 신하들이 기겁을 해서 구해 줄 만도 했으나, 싸우고 있는 자들은 그 싸움밖에 모르는 듯했다.
 그때 싸움터에서 다소 하류로 내려 온 맞은편 기슭으로 강물을 헤치며 기어오르는 사람이 있었다.
 보니까, 방금 낙마한 무사였다. 역시 노부나가 같은 사람이었다.
 "왜 물러나느냐! 싸워라!"
 흠뻑 물에 젖은 몸으로 기슭에 버티고 서더니, 곧 발을 구르며 부르짖었다.
 멀리서 이치카와 다이스케가 그것을 발견하고, 손을 들어 노부나가를 가리킨다.
 "동군의 대장이 저기에 표착했다. 포위하고 사로잡아라!"
 보군들이 물보라를 일으키며 노부나가 앞으로 달려들었다.
 "실례하오!"
 "실례하오!"
 하면서 물보라를 일으키며 노부나가 앞으로 달려들었다.
 노부나가는 물가에서 죽창을 건져 들자, 선두에 선 군졸 하나를 때려눕히고 그 뒤에서 몰려오는 적을 향해 던졌다. 그때 한 무리가 달려 와서 그의 몸을 적으로부터 격리시킨다.
 "어디를 감히!"

노부나가는 둑 위로 뛰어 올라가 날카롭게 소리쳤다.

"활! 활!"

가건물 휘장 안에서 소년 시종 둘이 활과 화살을 가지고 구르듯이 달려온다.

노부나가는 받아 들기가 바쁘게, 강물 속의 군사들을 질타하면서 첫 화살을 먹이자 곧 쏘고, 이어 다음 화살을 또 먹여 쏘아 댔다.

"적이 강을 건너오지 못하도록 하라!"

활촉이 없는 연습용 화살이었지만, 얼굴 한복판에 맞아서 쓰러지는 자도 있었다. 화살은 그가 혼자서 쏘고 있는 것이라고는 생각할 수 없을 만큼 연이어 날아갔다.

활시위가 두 번이나 끊어졌다. 끊어지면 곧 다른 활로 바꾸어 쉴 새 없이 쏘았다.

그러나 얼마 뒤, 필사적으로 그 곳에 버티고 있는 동안 상류의 방어진이 무너져 버려 서군 군사들이 일제히 둑으로 뛰어 올라, 노부나가의 막사를 포위하고 함성을 질렀다.

"졌다!"

노부나가는 활을 내던졌다.

이미 그때는 만면에 웃음을 띠고 있었다. 그리고 적측의 개가를, 오히려 유쾌한 듯 돌아다보고 있었다.

병학자인 히라타 미이(平田三位)와 궁창(弓槍) 사범인 이치카와 다이스케가 말을 버리고 급히 달려 왔다.

"주군, 다치신 데는 없습니까?"

"물 속이야, 다칠 데가 어디 있나?"

노부나가는 다이스케를 보더니 분한 듯이 눈썹을 치켜올리며 말했다.

"내일은 이긴다. 다이스케, 내일은 톡톡히 혼내 줄 테다!"

히라타 미이가 곁에서 말했다.

"귀성 후 오늘의 전법에 대한 강평을 말씀드리겠습니다."

그러나 노부나가는 듣지 않았다. 재빨리 갑옷을 벗어 던지고는 홀가분한 차림으로 강물 속에 뛰어 들어 시원스럽게 헤엄을 치고 있었다.

미치광이

노부나가(信長)는 단정한 용모였다.

그가 피를 이어 받은 먼 옛 조상에는 필시 아름다운 여성이 있었든가, 용모가 뛰어난 사람이 있었을 것이다.

노부나가뿐만 아니라, 12남 7녀나 되는 많은 형제자매가 모두 우아한 기품을 지니고 있거나 이목구비가 단정하여 어딘지 문화인다운 말쑥한 데가 있었다.

특히 노부나가는 흰 얼굴에 수려한 눈과 눈썹을 지니고 있었으며, 어쩌다가 힐끗 돌아다볼 때는 눈동자에서 만만치 않은 광채를 내쏘는 듯했다.

그러나 스스로 그것을 알아채고는 하하핫하고 그 광채를 곧 거두어 버려, 남이 미처 알아 볼 겨를을 주지 않았다.

"또 시작했구나……하고 귀찮게 여기실지 모르오나, 조상에 관한 일은 염불을 외듯이 자나깨나 진지를 잡수실 때도 잊으셔서는 안 됩니다. ……대저 오다 씨의 조상이라면 에치젠(越前) 니부(丹生)의 선조를 모셔 둔 신사, 오다 신사의 신관으로 계셨습니다. 덴분 연대 이전으로 거슬러 올라가면 고마쓰 다이라노 시게모리(小松平重盛)공의 혈통입니다. 그보다 더욱 거슬러 올라가면 황공하옵게도 헤이씨(平氏)는 간무(桓武) 천황의 성혈을 이어 받은 몸, 따라서 주군께서도 금지옥엽의 성혈이 흐르고 있는 몸이십니다. ……노신이 누차 말씀은 드렸습니다만, 이 점 각별히 유의하셔야 할 줄 아옵니다."

이런 말을 그는 항상 듣는다.

선친 오다 노부히데가 그를, 그가 태어난 후루와타리 성(古渡城)에서 나고야 성으로 옮겼을 당시부터 곁에 붙여 두었던 네 명 중의 한 사람——그 중에서도 특히 충성을 다하는 노신이 이르곤 하는 말이었다.

히라테 나카쓰카사였다.

아무래도 노부나가는 그 노신이 거추장스럽고 귀찮은 듯했다.

"알았어, 알고 있다니까. 할아범."

그는 대꾸하자마자 고개를 돌린나.

노부나가는 얼굴을 찌푸리며 조금도 성의껏 들어주지 않았지만, 히라테 나카쓰카사는 그야말로 자신이 염불을 외우듯이 멈추지 않았다.

"돌아가신 선군께서 지내오신 길을 항상 생각하셔야 합니다. 이 오와리 팔군(八郡)을 남기시기 위해, 아침에는 북쪽의 적과 싸우고, 저녁에는 동쪽 국경으로 말을 모시며, 한 달 동안 갑옷을 벗고 가족과 편안히 지내신 날이 손을 꼽을 만큼도 없었습니다. 뿐더러 충성스럽게도 이 난세에서……사방의 이웃 나라에 싸움이 그치지 않고 있는 가운데서도 지난 덴분 12년에는 이 늙은이를 교토로 보내 궐내의 보수를 돌보게 했고, 또한 4천관이나 되는 돈을 조정에 헌상하시는가 하면, 이세의 외궁을 축조하는 데도 적잖이 애쓰셨습니다…… 그런 선친을 두셨고, 조상으로는…….″

″할아범, 그만해, 안다니까. 벌써 몇 번이나 들었는지 모를 일이야.″

노부나가는 비위에 거슬리면 이내 그 아름다운 귀뿌리가 붉게 물들었다.

그러나 기치보시(吉法師)라는 애칭으로 불릴 때부터 모든 것을 알고 있는 나카쓰카사에게는 더 이상은 언짢은 얼굴을 보이지 못했다.

나카쓰카사 역시 그 성미를 잘 알고 있었다. 이치로 파고 드는 것보다는 감정에 호소하는 편이 훨씬 효과가 있다는 것을 알고 있었다.

따라서 노부나가의 귀뿌리가 빨개지면 권하는 말이 있다.

″한바퀴 둘러 보지 않으시렵니까?″

″말인가?″

″그렇습니다.″

″좋다. 할아범, 할아범도 같이 타자.″

말을 타고 달리는 것은 노부나가가 가장 좋아하는 일의 하나였다. 그것도 성안에 있는 마장으로는 성에 차지 않아, 30리, 40리나 되는 먼 곳까지 단숨에 달려갔다 오곤 했다.

″……도무지 사람을 사람으로 생각하시지 않는 유군이시라…….″

이것은 노부나가가 어렸을 때부터 보살펴 온 히라테 나카쓰카사가 힘에 겨울 때마다 곁에 있는 사람에게 하소연해 온 말이었다.

13살에 관례를 올리고, 기치보시라는 자(字)를 사부로로 바꾸었다.

14살에 첫 출전, 16살에 부친 노부히데를 잃은 노부나가의, 사람을 사람으로 보지 않는 배짱은 자랄수록 점점 도를 더하여 더욱 방약무인해질 뿐이었다.

부친 장례식 때, 그 식장에서마저 이런 일이 있었다.

분향을 할 순서가 됐을 때 자리에서 일어나는 노부나가를 보니, 허리에 찬 대소(大小) 양검에 인줄을 두르고 있었다. 하카마도 입고 있지 않았다. 하카마를 입어야 정장임은 말할 것도 없다.

"저런! 유군께서 또 광태를……이 무슨 예의에 벗어난 짓!"

일동은 기가 막혔으나, 노부나가는 성큼성큼 불전으로 나아가자, 버티고 선 채 향을 한 움큼 움켜쥐더니 그것을 휙 영전에 뿌렸다. 그리고는 질겁을 하는 사람들을 돌아다보지도 않고 태연히 자리로 돌아 왔다.

"이 무슨 바보 같은 짓을!"

"저 정도인 줄은 몰랐군."

경박한 자는 웃었고, 뜻이 있는 자는 오다가를 위해 눈물을 금치 못했다고 한다.

"같은 형제라도 아우이신 간주로(勘十郎)님은 예의 바르고 매사에 근엄하신데."

어째서 하필이면 막중한 소임을 맡을 후사가 저 모양일까 하고 원통해 하는 속삭임도 들렸지만, 그 때 말석을 차지하고 있던 한 객승이 탄복하듯이 중얼거렸다.

"아니야. 저분이야말로 앞으로 한나라의 주인이 될 것이다. 놀라운 일을 하실 분이다."

이 말은 나중에 가신들에게도 전해졌으나, 누구 하나 그 말을 믿는 사람은 없었다.

16살인 노부나가에게는 이미 부인이 정해져 있었다. 부친 노부히데가 생존했을 때 히라테 나카쓰카사의 주선으로 가까스로 성립된 혼사였다.

상대는 미노의 사이토 도산의 딸이었다. 오다측과 다년간 창칼을 맞대 온 숙적인 사이토가와의 혼사는, 물론 전국 시대의 관습이라고 해도 좋은 정략적인 뜻이 포함된 것이었다.

그러나 상대방도 도산 히데타쓰라는 이름난 모사가 장인이었다. 그것이 오다측의 정략이라는 것을 뻔히 알면서, 더구나 가까운 곳은 물론 멀리 교토에까지 소문난 유명한 오다의 백치에게 사랑하는 딸을 주려는 것이다. 그 형안으로 오와리 팔군의 장래를 내다보고 승낙한 것은 말할 것도 없는 일이었다.

이윽고 노부히데는 47세를 마지막으로 세상을 떠났다.

노부나가의 광태와 난폭상은 나날이 더해 간다는 소문이었다. 그것이야말로 바라던 바였다.

그리고 올해, 덴분 22년 4월.

가즈사노스케 노부나가는 갓 20살이 되었다.
"한 번쯤 사위의 얼굴을 보고 싶다. 피차가 성을 나와 돈다(富田) 국경에서 옹서 간의 첫 대면을 하고 싶은데……."
도산 히데타쓰가 제의했다.
"좋소."
노부나가의 즉답.

돈다라고 하면 미노와 오와리 사이에 있는 승령이었다. 호수 7백 정도의 촌락으로 쇼토쿠사(正德寺)라는 절이 있다.

회견 장소는 그 절로 정해졌다.

4월 하순 노부나가는 의젓이 부하들을 거느리고 나고야 성을 나섰다. 기소 강(木曾江), 히다(飛驒)강의 나루를 거쳐 신록이 우거진 돈다 령(領)으로 들어갔다. 궁조(弓組), 총조(銃組) 약 5백 명, 창을 든 자 약 4백, 도보 무사에 병졸 약 3백이 뒤따르고 있었다.

대열은 숙연히 전진해 갔다.

그 중 일단의 기마대는 노부나가를 중심으로 전후를 에워싸고 있어서, 여차하면 그대로 전투부대가 될 수 있는 배치였다.

보리 이삭이 파랬다. 이미 여름 기운이 감도는 4월이었다. 방금 건너 온 히다 강에서 시원한 바람이 긴 행렬 위로 불고 지나갔다.

돈다 령(領)은 집집마다 넉넉해 보였다. 땅은 거친 것 같으면서도 곡창이 있는 집이 많았다. 평화스런 한낮 울타리에 고랑나무 꽃이 늘어져 피어 있었다.

"온다!"
"보인다!"

부락 끝까지 나와 있던 사이토측 무사 둘이 멀리 행렬의 선두를 보자, 부리나케 어디론가 달려갔다.

길가에 늘어서 있는 느티나무 가로수에서 참새들이 한가롭게 지저귀고 있었다.

그 길가의 조그만 농가 앞에서 두 무사는 무릎을 꿇으며 보고했다.
"오다 공의 행렬이 나타났습니다. 머지않아 이 앞을 지나 갈 것입니다."

민가의 봉당에는 어두컴컴하고 그을음투성이인 벽과는 어울리지 않는 호화로운 칼에 하카마와 하오리를 걸친 사람들이 한 무리를 이루어 숨어 있었다.
 "알았다…… 너희들도 어서 뒷 숲에 몸을 숨겨라."
 도산 히데타쓰의 측근들이었다. 안에는, 아니 이로리가 있는 옆방 조그만 창문으로는, 바로 그 도산 히데타쓰가 창틀에 기대어 한길을 지켜보고 있었다.
 처음 보는 사위, 갖가지 풍문을 일으키고 있는 노부나가.
 '대체 어떤 꼬락서니로 나타날 것인가? 어떤 사낸가? 공식적으로 대면하기 전에 잠깐 엿보아 두자.'
 하는 도산다운 생각에서, 길가 민가에 몸을 숨기고 아까부터 기다리고 있는 것이었다.
 봉당의 다른 방에 있던 근신들이 급히 전했다.
 "주인, 오와리측 행렬이 보인답니다."
 "음."
 도산은 고개를 끄덕이고, 바짝 창가로 다가앉아 행길을 주시한다.
 바깥 봉당 문은 이미 닫힌 뒤였다. 가신들은 그 틈새와 옹이구멍 같은 것을 찾아 얼굴을 비벼 대고 있었다.
 모두 숨을 죽이고 고요해졌다.
 나뭇가지에서 지저귀는 새소리, 그 새들도 훌쩍 날개 소리를 남기고 어디론가 날아가 버리자 이제는 실바람 소리 하나 들리지 않았다. 한길은 물을 뿌린 듯 고요했다.
 이윽고 규칙적인 발소리가 서서히 다가왔다. 말끔히 손질한 총조의 행렬. 40명 소대로 10단(段)으로 나누어, 수풀같이 창조가 눈앞을 지나간다.
 도산은 숨을 삼킨 채 그 무기와 군사들의 보조와 대오의 형식 등을 바라보고 있었다.
 이윽고 그 정연한 보조에 이어 말발굽 소리와 떠들썩한 소리가 들리기 시작하자,
 '오는구나!'
 도산은 더욱 다가앉으며 눈 한 번 깜빡이지 않았다.
 기마대 가운데서도 훨씬 두드러진 말이 나타났다. 화려한 자개 안장에 사치스런 재갈, 자색에 백색을 물들인 고삐를 한 손에 쥐고 사위 노부나가가, 따라오는 가신들을 돌아보며 무엇인가 즐겁게 지껄이면서 나타난 것이었다.

"……아, 저 꼬락서니는?"

도산 히데타쓰는 목구멍까지 그런 말이 튀어 나왔다.

몹시 놀란 눈이었다.

일찍이 기묘한 차림을 하고 다닌다는 소문은 들었지만, 눈으로 직접 보니 소문보다 더한 것이었다.

훌륭한 말에 올라 앉아 있기는 했으나 머리는 짧게 잘라 노란 끈으로 질끈 뒤에서 묶어 늘어뜨린 데다 마직 홑옷은 한쪽 팔을 끼지 않고 입었고, 색종이가 달린 대소 양검에는 무슨 예방인지 인줄을 두르고 있었다.

또한 칼을 찬 허리에는 부싯돌 쌈지에다 표주박, 인롱과 끈이 달린 부채와 구슬이니 뭐니 하는 것을 너저분하게 붙들어 매어 놓았고, 호피와 표범 가죽을 맞누빈 하카마 밑에는 금수를 놓은 비단 옷이 엿보이고 있었다.

"다이스케, 다이스케!"

노부나가는 안장에 앉은 채 몸을 비틀어 돌아다보며 부른다.

"여기냐? 돈다 부락이 여기냐 말이다."

그것은 민가의 창 그늘에 몸을 숨기고 있는 도산 히데타쓰의 귀에까지 쩌렁쩌렁 울릴 만큼 큰 소리였다.

기마대에 끼여 호위하고 가던 이치카와 다이스케가 다가오며 말했다.

"바로 여기가 돈다 부락입니다. 장인이신 도산 공과 회견할 장소, 쇼토쿠 사도 이제 멀지 않으니, 부디 위엄을 갖추어 주시기 바랍니다."

"그래? 여기가 벌써 돈다라……본원사 승관의 영지라고? 조용하군. 이곳은 전쟁이 없는 모양이다."

그런 소리가 들렸다.

입을 다물자, 노부나가는 느티나무 가로수를 우러러본 다음 하늘을 가로지르는 매 그림자라도 뒤쫓는 건지, 덜렁덜렁 허리에 찬 잡동사니 소리를 울리며 이내 지나가고 말았다.

바깥문을 닫고 틈새로 내다보던 도산의 측근들은 입을 막으며 자신도 모르게 나오는 웃음을 참느라고 무진 애를 쓰고 있었다.

"킥!"

"킥, 킥!"

"여봐라."

도산이 불렀다.

"행렬은 다 지나갔느냐?"

"지나갔습니다."

"봤나, 사위를?"

"봤습니다."

"아무리 봐도 소문대로 바보야. 용모도 뛰어나고 몸도 건장하지만 모자란단 말이야…… 여기가."

도산은 자기 머리를 손가락으로 찌르며, 만족스럽게 고소를 지었다.

그러자 뒤곁에서 다른 부하들이 재촉했다.

"주군, 어서!"

도산은 곧 일어나며 말했다.

"그렇군, 눈치채게 해선 안 돼. 노부나가는 별 문제 없지만 다른 가신들이 수상쩍게 여길 테지. 앞질러서 쇼토쿠사에 가 있어야 한다."

우르르 측근들에 둘려 싸여 그 집 뒷문으로 나오자 샛길로 빠져, 노부나가의 행렬 선두가 쇼토쿠사 문앞에서 정지했을 때는, 도산은 절 뒷문으로 들어가 천연덕스럽게 대기하고 있었다.

"영접 준비……."

"어서 영접 준비를."

측근들도 급히 옷을 갈아입고 회랑과 방을 두루 다니며 전갈하는 소리에 따라 현관으로 달려 나갔다.

정문에는 사람들이 꽉 차 있었다.

미노측은 영접을 위해 모두 나간 뒤라 본당, 서원, 객전 등에는 바람이 시원스럽게 지나갈 뿐 아무도 없었다.

"주군께서는?"

사이토가의 노신 가스가 단고(春日丹後)가 아직도 일어나지 않는 도산을 향해 넌지시 의향을 물었다.

도산은 고개를 흔들고 말했다.

"나갈 필요 없다."

손님은 사위, 자기는 장인. 그렇게 생각하면 그래도 상관없지만, 오늘은 첫 대면의 의식이다.

사위 노부나가도 일국의 주인. 따라서 대등한 예를 취하여, 미노와 오와리의 국경에 있는 이 본원사령 중립 지대까지 피차가 나온 이상, 장인이라고 해도 영접을 위한 예의는 갖추어야 하지 않는가.
 그런 생각에 단고는 물어 본 것이었으나, 그럴 필요 없다고 도산이 말하므로 머뭇거리며 대답했다.
 "예……그럼 저라도."
 "아니, 그럴 필요도 없다. 홋타 도쿠(堀田道空)만 나가 있으면 된다."
 "그렇습니까?"
 "단고! 그대는 대면석에 같이 앉아 있어라…… 또한 대면석에 이르는 복도에는 무사 7백여 명을 위용을 갖추어 모두 앉혀 놓는 거다."
 "이미 앉아 있습니다."
 "간도 입구에도 무사를 숨겨 두고 사위가 지나가면 기침을 하도록 명하여라. 뜰에는 활과 총을 든 군사들을 배치시켜 숨 막힐 정도로 위엄을 보여 주도록 해라."
 "말씀하실 것도 없이 미노가의 위세를 과시하여, 사위님을 비롯한 오와리 측 간담을 서늘케 할 기회로 오늘보다 더 좋은 땐 없으리라 생각하여 가신 일동이 만반의 준비를 하고 기다리고 있는 중입니다."
 "음……."
 도산은 현관 쪽의 기척을 살피면서 말했다.
 "생각보다 훨씬 더한 사위더군. 보람 없는 향응과 응대의 절차 같은 건 모두 적당히 해 둬라. 자, 그럼 나도 객전으로 나가 볼까?"
 도산은 하품이라도 하고 싶은 듯한 얼굴로 가볍게 기지개를 켜며 일어서 나갔다.
 가스가 단고는 주군이 명령하는 진의를 철저히 받들기 위해, 회랑으로 나가 무사들의 위용을 점검하고 아랫사람을 불러 무엇인가 귓속말로 이르기도 했다.
 그 때, 이미 현관에서는 노부나가가 마루 위로 올라서고 있었다.
 사이토가의 가신들은 노신에서 말단직 젊은 무사에 이르기까지 백여 명이 꿇어엎드려 맞이한다.
 "어디냐, 휴식처는?"
 물을 뿌린 듯 엄숙한 영접을 받으면서 갑자기 걸음을 멈춘 노부나가가 거리낌 없는 목소리로 물었다.
 "예……."

눈을 치뜬 얼굴들이 일제히 움직였다.

잽싸게 다가 간 사이토가의 노신 홋타 도쿠가 노부나가의 발밑에 꿇어엎드리며 말했다.

"이쪽에서 우선 잠시 쉬시기를……."

노부나가는 한쪽을 가리켰다.

"저쪽인가?"

"예, 안내해 드리겠습니다. 잠깐 실례를."

허리를 구부린 채, 노부나가에 앞서서 현관을 오른쪽으로 돌아 복도를 걸어간다.

노부나가는 좌우를 둘러보며 말했다.

"훌륭한 절이군. 봐라. 등꽃이 한창인 데다 바람도 향기롭고."

그는 부채질을 하며 측근들과 함께 안내된 방으로 들어갔다.

휴식 시간은 약 한 시간 정도였다. 이윽고 노부나가는 병풍 안에서 일어났다.

"안내하여라. 장인님께 인사드리련다. 야마시로 공은 어디에 계시느냐?"

보니까, 머리도 무장답게 단정히 고쳐 빗고 있었다. 호피와 표범 가죽을 잇대어 만든 기괴한 하카마도 벗어던지고 짙은 보랏빛 바탕에 오동 무늬가 든 정식 예복을 착용하고 있다. 허리에 찬 대소 양검도 사치스러운 것이었다.

"아!"

"오오!"

사이토가의 가신도 눈이 휘둥그레졌고, 항상 그의 광대같은 복색만 봐 온 오다측 가신들도 깜짝 놀랐다. 노부나가는 혼자서 성큼성큼 복도로 나가더니 소리쳐 불렀다.

"안내인!"

그리고 전후를 둘러보며 더 큰 소리로 말했다.

"측근들을 대동하면 거추장스럽다. 노부나가 혼자서 장인을 만나리라."

진작부터 그를 영접하고 있었던 노신 홋타 도쿠는 노부나가가 자기 같은 것은 안중에도 없는 모양인 것에 불끈 화가 난 듯 말했다.

"어서 이리 오시도록."

그는 다소 어린애 취급을 하며, 마침 그곳까지 나온 가스가 단고에게 눈짓을 했다.

"처음 뵙겠습니다."

그들은 본당 양쪽을 차지하고 앉으며 일부러 엄숙한 자세로 인사를 했다.

"사이토가의 가신 홋타 도쿠입니다."

"저는 가스가 단고라고 합니다. 원로에 수고 많으셨습니다. 때마침 날도 화창하여 오늘의 대면 여러 모로 기쁘게 생각합니다."

좌우에서 인사를 올리고 있는 사이에 노부나가는 말끔히 손질된 회랑을 성큼성큼 걸어가면서 말했다.

"흠……훌륭한 조각인걸."

문틀 위의 조각에 눈길을 던지며, 즐비하게 늘어앉은 무사들, 사이토 도산의 수백 명의 부하들은 마치 길가의 잡초처럼 거들떠보지도 않았다.

그리고 객전 앞까지 오자 뒤따라 온 도쿠와 단고, 두 노신을 돌아보며 물었다.

"여긴가?"

"그렇습니다."

"음."

노부나가는 고개를 끄덕이고 복도에서 한 층 높은 다다미 위로 올라서더니 침착하게 미리 마련된 자리에 앉았다. 그러더니 그대로 등 뒤 기둥에 천천히 몸을 기댄다.

조금 얼굴을 치켜들 듯하면서 천장의 그림이라도 바라보는 듯한 태도였다.

그 시원스런 눈매와 수려한 용모.

교토에 있는 귀공자들도 이렇듯 단정한 용모는 갖추지 못했으리라. 그러나 이 용모에만 눈이 팔린 자는 천장을 바라보고 있는 그의 눈동자에서 번뜩이는 대담한 빛은 미처 보지 못했다. 그때 객전 구석에 둘러쳐져 있는 병풍 안에서 인기척이 났다. 도산이 그 안에서 일어나 노부나가의 상좌에 의젓이 착석했다.

"……"

노부나가는 모르는 척하고 있었다기보다 하카마 위로 부채를 만지작거리며 시치미를 떼고 있었다는 것이 옳을지 모른다.

"……"

도산은 힐끗 곁눈으로 노부나가를 보았다.
그러나 장인이 먼저 입을 여는 법은 없다는 듯 도산은 고자세를 유지하려고 입을 열지 않는 모양이었다.
일순 야릇한 공기가 흘렀다. 도산의 미간에 날카로운 바늘이 곤두섰다. 노신 훗타 도쿠가 견디다 못해 노부나가 곁으로 무릎걸음으로 다가갔다.
노신은 다다미 위에 머리를 조아리며 말했다.
"저기 계신 분이 바로 야마시로노카미 도산 공입니다. 어서 인사드리십시오."
노부나가는 비로소 기둥에 기댔던 몸을 일으키며 자세를 고쳤다.
"아, 그렇소?"
"처음 뵙습니다. 오다 가즈사노스케 노부나가입니다. 잘 부탁드립니다."
그가 비로소 인사를 하자, 도산도 안색을 누그러뜨리며 말했다.
"내가 야마시로일세. 진작부터 한 번 보고 싶던 차, 오늘에야 숙망을 이뤄 매우 기쁘네."
"노부나가도 기쁘게 생각합니다. 장인께서 이렇듯 노익장을 과시하여 주시니 반갑습니다."
"노익장이라고? 과연 나는 올해 60이 됐지만 아직 늙었다고는 생각지 않네. 자네는 지금 막 달걀에서 나온 병아리 같은걸. 하하하. 사내는 60을 넘으면서부터 한창이지."
"믿음직한 장인을 두어, 이 노부나가 다행으로 생각합니다."
"아무튼 오늘은 좋은 날일세. 나도 오래오래 살도록 하지. 다음 만날 때는 손자 얼굴이라도 보여 주게."
"알겠습니다."
"아주 싹싹한 사위군……단고…….."
"예."
"음식 준비를."
도산은 눈으로 부언가 단고에게 이르고 있었다.
"알겠습니다. ……곧 대령하겠습니다."
대답하자마자 단고는 자리에서 물러났다.
그런데 단고는 도산의 눈짓이 무엇을 뜻하는지 얼른 짐작이 가지 않았다.
그러나 처음에는 언짢은 기색이었던 주군의 표정이 도중에 눈에 띄게 개어, 오히려 노부나가의 기분을 돋우어 주는 듯한 태도였으므로, 그렇다면 이제 됐으니 분부한 음식을 정중히 내어 오라는 뜻이 아니었을까. 이윽고 제대로 상을 보아 올리자 도산은 만족한 얼굴이었다. 단고도 비로소 숨을 돌렸다.

장인인 도산과 사위인 노부나가——.

두 사람 사이에 술잔이 오가면서 더욱 마음이 늦추어지는 듯했다.

"아, 참."

노부나가는 생각난 듯이 갑자기 말했다.

"야마시로 공……아니 장인 어른, 실은 오늘 이리로 오는 도중에 이상한 사람을 만났습니다."

"이상한 사람이라."

"장인과 똑같은 어떤 늙은이가 농가의 실그러진 창 너머로 제가 지나가는 것을 바라보고 있더군요. ……처음 뵙는 장인이지만, 처음으로 생각되지 않을 만큼 그 늙은이는 장인과 똑같았습니다."

하하하, 하고 웃는 입술을 노부나가는 반쯤 펼친 부채로 가렸다.

도산은 간수를 핥은 얼굴이 되어 입을 다물고 말았다. 홋타 도쿠와 가스가 단고도 속옷에 땀이 번지는 것을 느꼈다.

식사가 끝났다.

"너무 오래 있었습니다. 저물기 전에 히다 강을 건너 숙사로 들어야 하니 ……그만 일어설까 합니다."

"돌아가려나?"

도산도 같이 일어나며 말했다.

"사위가 돌아가신다. 섭섭하니 잠깐 배웅이라도 하자."

그도 역시 해가 지기 전에 미노로 돌아가야 했다.

노부나가의 창대(槍隊)는 수풀처럼 늘어서서 석양을 등지고 줄지어 돌아갔다. 미노측 창대는 그에 비하면 원래 창이 짧기도 했지만, 어쩐지 풀이 죽은 형국이었다.

"아아, 오래 살고 싶지도 않구나. 두고 봐라. 이 도산의 자식들이 저 머저리 같은 노부나가의 문 앞에 말을 매고 목숨을 애걸할 때가 머지않아 올 것이다. 어쩔 수 없는 일이야……."

도중에 도산 히데타쓰는 가마 속에 앉은 채 원통스럽게 눈물을 흘리며 측근들에게 그렇게 말했다고 한다.

둥, 두둥——.
북이 울린다. 뿔피리소리가 들녘에 퍼져 간다.
물보라를 일으키며 쇼나이 강에서 헤엄치고 있던 자, 들판을 달리고 있던 기마 무사, 죽창 훈련을 하고 있던 보군 등 모두 일제히 갯벌의 가건물을 중심으로 모여 들더니 순식간에 3열 4열 횡대로 군마가 늘어섰다.
"귀성 시각이다."
"훈련 중지다."
그들은 주군이 말에 오르기만 기다린다.
한 시간 가량이나 헤엄을 치다가 갯벌로 올라와서 햇볕에 몸을 쬐고 다시 물 속으로 뛰어들고 하며, 마음껏 물을 즐기고 있던 노부나가가 말했다.
"돌아가자!"
노부나가는 가건물 안으로 들어가 젖은 옷을 벗어 던지고 몸을 닦더니, 곧 옷과 갑옷을 챙겨 입고 분주히 명령을 내린다.
"말, 내 말……."
그런 성급한 분부는 그의 곁을 좇아 대령하고 있는 시종들을 당황케 했다. 노부나가가 매사에 재빠르고 성급하다는 것은 잘 알고 있는 시종들이었지만, 그래도 당황하는 일이 한두 번이 아니었다. 또한 청년다운 패기와 장난기가 있는 이 젊은 주군은 그것을 알면서도 일부러 골탕을 먹이는 것처럼 생각되기도 했다.
그러나 이치카와 다이스케는 역시 병법자였다. 노부나가가 어떤 허를 찔러도 다이스케의 명령 아래 뿔피리가 울리고 북이 울리면, 아무리 흩어져 있던 병마도 새로 심은 모처럼 정연히 늘어서곤 했다.
성급한 소리는 했어도 노부나가가 기분이 좋다는 것은 그 얼굴에 나타나 있었다. 만족스런 표정이었다.
오늘도 이미 아침부터 2시간에 걸쳐 맹렬한 훈련을 한 뒤라, 노부나가는 부하들을 거느리고 성으로 돌아가기로 했다. 자신도 그 속에 끼어 쇼나이 강 갯벌에서 돌아오고 있었다.
마침 한여름 태양은 광야 바로 위에서 불덩어리처럼 이글거리고 있었다. 물에 젖은 채 병마는 종대를 이루어 걸어가고 있다. 푸르륵 푸르륵, 파란 방아깨비가 노부나가 앞을 이리저리 날아 다닌다. 숨 막히는 풀냄새가 얼굴에 물씬 끼얹혀져 왔다.

　물에 잠겼을 때는 소름이 끼쳤던 얼굴에 벌써 땀이 흐르고 있었다. 노부나가는 이따금 말 위에서 얼굴에 흐르는 땀을 팔꿈치로 쓱 닦아 냈다. 이제 슬슬 여느 때의 특색이 나타나, 거칠고 고약하고 머저리 같다는 말을 듣는 거동이 눈빛과, 움직임에서 나타나기 시작하고 있었다.

　"아, 저게 뭔가? 이상한 녀석이 달려오지 않나?"

　갑자기 노부나가가 그렇게 말하고 열중에서 돌아다 봤을 때, 그보다 먼저 심상치 않은 기색을 알아챈 뒤쪽의 무사들이 열에서 빠져, 대여섯 명이 우르르 키를 훨씬 넘는 풀밭을 헤치며 들어가고 있었다. 그곳에 숨어 있는 자가 있었다.

　그것은 아침부터 이 근처를 헤매며 노부나가에게 접근할 기회를 한나절이나 기다리고 있었던 히요시.

　아까도 강물 속에 잠겨 있는 노부나가의 모습을 보며 무슨 기회가 없을까 하고 그것만 엿보던 중, 호위병한테 들켜서 혼이 났다. 어쩔 수 없이 귀성 도중을 틈타 보려고, 길가의 깊은 풀 덤불 속에 몸을 숨기고 있었던 것이다.

　"지금이다!"

　히요시가 벌떡 일어났을 때, 그 의지에 불타는 눈 앞에는 아무 것도 보이지 않았다.

　오직 말 위의 청년 노부나가의 모습만이 그의 번뜩이는 눈동자 속에 크게 확대되어 비쳤을 뿐이었다.

　이때 히요시는 뭔가 큰 소리로 고함을 치기도 했다.

　그러나 뭐라고 고함쳤는지 스스로도 몰랐다. 그는 목숨을 걸고 있었다.

　노부나가의 귀에 그 고함이 미치지도 않고, 접근하기도 전에 호위병의 긴 창이 그를 찔러 버릴지도 모르는 일.

　그것이 두려워서는 할 수 없는 행동이었다. 그에게는 이 한 순간이 일생을 좌우하는 것이었다.

　덤불 속에서 몸을 일으키자 노부나가의 모습을 향해 눈을 감고 달리며 소리쳤다.

　"소원이 있습니다. 저를 써 주십시오. 주군으로 모시고 신명을 다해 일하겠습니다!"

자기 딴에는 달리면서 그런 소리를 크게 고함친 셈이었으나, 워낙 흥분한 데다 다음 순간 예측한 대로 호위병들이 달려와 그와 노부나가 사이를 창으로 가로막았으므로, 그는 더욱 흥분하여 목소리마저 갈라져 남에게는 무슨 말로 들렸을지, 보나마나 제대로 뜻을 갖춘 말로는 들리지 않았을 것이었다.

더구나 그의 차림새는 보통 토민보다도 더 초라했다. 머리는 헝클어지고 먼지와 풀잎들이 달라붙어 있었다. 얼굴에는 땀이 흘러 검고 붉은 무늬를 그렸고 눈만이 튀어 나올 듯이 노부나가 쪽을 향한 채 달려 나온 것이다.

"이놈, 어딜 가느냐!"

"무엄한 놈, 죽여 버린다."

히요시의 눈에는 가로막는 창도 안 보였다.

그러나 창자루가 정강이를 후려치는 바람에, 노부나가에게서 열 걸음쯤 떨어진 곳에 곤두박질하며 쓰러졌다.

그러나 그는 다시 튀어 일어났다.

"소원입니다. 주군, 주군!"

히요시는 외치면서 창 사이를 빠져 노부나가의 말등자에 매달리려고 했다.

"무엄한 놈!"

노부나가가 소리쳤을 때, 히요시를 쫓아 온 무사 하나가 덜미를 움켜잡더니 땅바닥에 내던졌다.

그 위로 창날이 뻗어 갔을 때였다.

"이놈!"

"찌르지 마라!"

노부나가가 말했다.

생전 처음 보는, 그것도 지저분한 꼬락서니를 한 기괴한 사내가, 자기더러 부하도 아니면서 주군, 주군 하며 외치고 달려 온 것이 문득 노부나가의 주의를 끈 것이었다.

아니 그보다 더 큰 이유는, 히요시의 온 몸에 불타고 있는 희망의 불꽃이 노부나가로 하여금 저도 모르게 찌르려는 창을 막게 했는지도 모른다.

"잠깐! 들어 보자. 할 말을 하게 해 봐."

노부나가의 목소리가 귀에 들어오자 히요시는 몸이 아픈 것도, 둘러 선 무사들의 눈총도 전혀 의식되지 않았다. 다만 노부나가의 모습만 우러러 보며 열심히 말했다.

"제 아비는 원래 선대 영주이신 노부히데 님 밑에 보군으로 있었습니다. 기노시타 야에몬이라고 합니다. 저는 그 야에몬의 아들 히요시라고 하는데 아비가 죽은 뒤로는 나카무라에서 어미와 같이 살아왔습니다. 오래 전부터 무사가 되려고 애써 왔습니다만, 결국 직접 호소하는 방법밖에는 없어서 죽을 셈 치고 이렇게 뛰어 들었습니다. 이미 이 자리에서 창에 찔려 죽을 각오를 했던 몸이라 거두어만 주신다면 목숨을 아끼지 않겠습니다. 부디 저를 거두어 써 주십시오. 지하에 있는 아비도, 영지에 태어난 저도 그것만 간절히 바랄 뿐입니다."

단숨에 말했다. 거의 제 정신이 아니었다. 그러나 히요시가 '이 분이라면!'하고 목숨을 걸고 호소하는 정열만은 노부나가의 가슴에도 충분히 통했다. 노부나가는 오히려 히요시의 말 이상으로 히요시의 진정을 느꼈다.

그러나 그는 쓴웃음을 지었다. 그리고 측근을 둘러보며 말했다.

"괴이한 녀석이군."

그런 다음 말 위에서 히요시에게 물었다.

"나를 섬기고 싶단 말이렷다."

"예."

"그래, 너는 무슨 재주를 가졌느냐?"

"아무 재주도 없습니다."

"재주도 없이 나를 어떻게 섬길 작정이냐?"

"유사시에 죽으려는 것뿐입니다."

노부나가는 적이 마음에 든 듯 입가에 보조개를 지었다. 그는 히요시를 물끄러미 들여다보더니 말했다.

"좋다. 한데 너는 지금 나더러 주군이라고 두 차례나 불렀는데 노부나가는 너를 부하로 둔 적이 없다. 어째서 나를 주군이라고 불렀느냐?"

"이 영지에서 태어났고, 평상시에 주군으로 섬길 분은 저 분밖에 없다는 생각을 늘 가지고 있었기 때문에 저도 모르게 입밖에 나온 모양입니다."

노부나가는 크게 고개를 끄덕였다. 그리고 이치카와 다이스케를 돌아다보며 말했다.

"다이스케!"

"예!"

"재미있지 않나, 이 녀석."
"그렇군요."
다이스케도 쓴웃음을 지었다.
"소원대로 거두어 주기로 하자, 히요시라고 했지? 오늘부터 당장 출사토록 해라."
"……"
히요시는 목이 메어서 얼른 그 기쁨을 입 밖에 낼 수가 없었다.
대열 안의 무사들은 어이없는 얼굴을 하다가, 그 가운데로 히요시가 어정어정 뚫고 들어오자 눈살을 찌푸렸다.
"또 주군께서 장난기가 발동하셨군."
"이봐, 저쪽 뒤로 가거라. 짐을 실은 말 뒤를 따라와. 맨 뒤쪽에서 따라오는 거야."
"예, 예."
히요시는 기꺼이 행렬 맨 뒤쪽으로 갔다. 그래도 그는 꿈이 아닌가 싶게 그저 기쁘기만 하였다.
노부나가의 행렬이 지나가자, 나고야는 거리마다 비로 쓴 듯이 길이 활짝 열리고 처마 밑이나 길가에는 많은 사람들이 무릎을 꿇고 있었다.
히요시는 난생 처음 그런 가운데서 한길 한복판을 걸어갔다. 그리고 행렬 앞쪽에 멀리 주인의 등을 바라보며 생각했다.
'이 길이다. 바로 이 길이었다.'
오랫동안 찾아 헤매던 길을 이제야 제대로 찾아 들었다는 심정이었다.
그러나 그 주인은 부하들을 데리고 거리를 가면서 방약무인했다. 조금도 점잖을 빼지 않았다. 부하들과 함부로 떠들고 웃고, 목이 마르다면서 참외를 먹으며 그 씨를 말 위에서 마구 뱉기도 했다.
나고야 성이 눈앞에 다가 왔다.
해자 물이 파랗게 끓고 있었다.
행렬은 다리를 건너 성문을 향해 꿈틀거리며 들어간다. 히요시도 생전 처음 다리를 건너 성문으로 들어갔다.

가을이었다.
추수에 바쁜 농부들을 바라보면서 터덜터덜 나카무라 마을을 향해 걸음을 재촉하는 자그마한 젊은 무사가 있었다.

"어머니!"

젊은 무사는 지쿠아미의 집 앞까지 오자 요란한 소리를 지르며 들어섰다.

"아, 히요시!"

그의 어머니는 그 뒤 또 아이를 낳았다. 팥을 널어 말리면서 아이를 안고 어머니는 파리한 살갗을 햇볕에 드러내고 있었다.

"아니, 네가!"

돌아다보고 아주 달라진 아들의 모습을 갑자기 발견하자, 슬픈 건지 기쁜 건지 그녀의 얼굴에 일순 강렬한 감정이 스쳐 지나갔다. 두 눈은 눈물로 흐려지고 얼굴 전체의 근육이 실룩거렸다.

"저예요, 어머니. ……모두 안녕하시죠?"

달려들 듯 어머니가 앉아 있는 거적 위, 젖 냄새가 풍기는 품으로 히요시가 다가앉자, 어머니는 어린애와 함께 한 손으로 히요시도 끌어당기며 말했다.

"웬일이냐, 네가 웬일이냐?"

"웬일은요. 오늘은 하루 휴가를 얻었기에 모처럼 집에 온 겁니다."

"그래……그렇다면 안심이다. 갑자기 나타났기에 난 또 무슨 잘못이라도 저질러서 성에서 쫓겨났는가 했구나. 가슴이 섬뜩했어…… 이것 봐라 이렇게 식은땀을 흘리지 않니?……"

정말 그랬던 모양이다. 그녀는 비로소 웃는 얼굴을 보였다.

그리고 새삼 어른이 된 아들의 모습을 바라보고 또한 때 묻지 않은 평상복과 머리 모양, 대소 양검 등을 들여다보며 눈물을 흘렸다.

"기뻐해 주세요. 어머니, 이제 저도 겨우 노부나가 공의 가신이 됐습니다. 보시다시피 말단직이기는 하지만 그럭저럭 무사가 되기는 했습니다."

"잘했다. ……정말 잘했다."

누더기가 된 옷소매로 얼굴을 가린 채 그녀는 고개를 들지 못했다.

이번에는 어머니의 등을 히요시가 얼싸안듯 하면서 말했다.

"오늘은 어머니를 기쁘게 해 드리려고 아침부터 머리도 고치고, 옷도 새것으로 갈아입고 왔어요…… 그러나 이제부텁니다. 제가 훌륭한 사람이 되는 것도, 어머니를 정말로 기쁘게 해드리는 것도…… 어머니, 부디 오래 오래 사셔야 해요."

"지난 여름 네가 쇼나이 강 갯벌에서 영주님께 무엄한 짓을 했다기에……
그 말을 들었을 때, 난 보나마나 네 목숨이 없는 것으로 알았다. 얼마나
울었는지 모른다…… 그랬는데 내 생전 정말 이렇게 기쁜 일은 없어."

"그 뒤 얘기는 이치와카 아저씨가 자세히 전해 주셨죠?"

"그래. 이치와카 님이 오셔서 네가 영주님의 눈에 들어 출사하게 됐다는
말을 듣고…… 정말 난 이제 죽어도 좋다고 생각했어."

"하하하. 그만 일로 그토록 기뻐하신다면 앞으로 어떡하실 작정입니까?
……우선 말씀드릴 것은 주군 오다 공께서 저도 성(姓)을 가지도록 허락
해 주셨습니다."

"그래? 그게 정말이냐?"

"성은 예전의 기노시타(木下), 이름은 도키치로(藤吉郎)라고 고쳤습니
다."

"기노시타 도키치로라고 하는 거냐?"

"네, 좋은 이름이죠. 얼마 동안만 더 이 오막살이와 누더기옷을 견디어 주
십시오. 그리고 마음을 크게 잡수세요. 기노시타 도키치로의 어머니라고
말입니다."

"기쁘구나. 이렇게 기쁜 일이 또 있겠니?"

어머니는 그 말만 되풀이하면서, 도키치로의 말끝마다 금방 눈물짓곤 하
는 것이었다.

'이렇게 기뻐해 주시는 분이 있다!'

도키치로는 그것을 큰 행복으로 생각했다.

세상에 어느 누가, 이렇게 진정으로 사소한 일에도 크게 기뻐해 주는 사람
이 있을 것인가. 어머니가 아니면 누가 또 있을까.

3년, 5년의 유랑 생활도, 그 사이의 굶주림과 고난도 모두 이 한 때의 행
복을 더욱 크게 하기 위하여 겪어 온 것만 같았다.

"그런데 누님은 어떻게 됐습니까? 누님이 보이지 않는데요……."

"오쓰미 말이냐? 오쓰미는 딴 집에 추수를 도우러 갔어."

"별일 없겠죠? 무고하겠죠?"

"무고하기는 하지만, 하긴 네 누나도……."

어머니는 같은 사랑을 문득 오쓰미의 애처로운 청춘으로 돌리는 것이었
다.

"돌아오거든 말씀해 주십시오. 누님에게도 오래 고생시키지 않겠다고요. 이 도키치로가 제대로 되면, 비단옷에 금박 장롱, 부끄럽지 않게 출가하게 해 드린다구요……하하하, 여전히 제가 하는 말은 허풍이 섞였다고 어머닌 생각하실 테죠?"
"벌써 돌아가려느냐?"
"성 안 근무는 생각보다 아주 엄격합니다…… 게다가 어머니."
도키치로는 목소리를 낮추어 말했다.
"이런 소문을 내면 안 되지만, 일국 일성의 주군이라는 몸도 막상 가까이에서 모시고 보니, 그리 수월한 게 아니더군요. 세상에서 보는 노부나가 공과 나고야 성안에 계시는 노부나가 공은 대단한 차이가 있습니다."
"그럴 테지."
"가엾게 생각될 정도입니다. 진정으로 주군 편을 드는 사람은 몇 사람도 안 됩니다. 역대 신하도, 일족도, 육친까지도 대부분 적입니다. 그 속에 계시는 노부나가 공은 아직 갓 20세의 외로운 주군입니다. ……백성들의 굶주림을 가장 어려운 고통으로 생각했더니, 알고 보니 그렇지도 않더군요."
"황공한 일이구나……그래도 우리는."
"그렇게 생각하면 견딜 수도 있는 일입니다. 그러나 사람으로 태어난 이상 만족하고 앉아 있을 순 없습니다. 행복의 길을 뚫고 나가야 합니다. 노부나가 공도……이 도키치로도 언젠가."
"그 마음은 알겠지만, 너무 공에 연연하지는 마라. 네가 어디까지 출세하건 내 기쁨은 오늘보다 더 크지 않을 게다."
"그럼 어머니, 안녕히 계십시오."
"좀더 천천히 가면 안 되느냐?"
"일이 중요해서요."

그는 잠자코 어머니가 앉아 있는 거적 위에 몇 푼인가의 돈을 놓고 일어섰다. 그리고 못내 그리운 듯이 뜰 안의 감나무와 울타리의 국화, 뒤꼍 헛간 같은 것을 몇 번이고 둘러보고 돌아갔다.

그 해에는 다시 나타나지 않았으나 연말이 되자 보군 이치와카가 찾아왔다.
"도키치로가 보낸 겁니다."

그러면서 옷감 한 필과 약간의 돈, 그리고 어머니를 위한 약 봉지를 내놓았다.
"지금은 아직 말단직이지만, 스물이 되면 급료도 조금은 늘 게고 집도 한 칸 얻을 수 있게 될 테니, 그때는 어머니를 모시겠다고 하더군요. 그 녀석 아주 당돌한 데가 있긴 하지만 대인 관계가 나쁘지 않은지 동료들 사이에서도 별 말썽이 없는 것 같습니다. 운이 좋은 녀석이에요."
이치와카는 도키치로의 근황을 그 정도로 전하고 돌아갔다.
오쓰미는 다음 해 정초에 비로소 때가 묻지 않은 옷을 입었다.
"제 동생이 보내 준 거예요. 성에 들어가 있는 도키치로가 말예요."
그녀는 어디에 가나 동생이, 동생이, 하고 그 말만 되뇌고 있었다.

명마

 노부나가는 이따금 입을 꾹 다물고 종일토록 우울하게 지내는 일이 있었다. 들끓는 짜증을 누르기 위해서는 그런 말 없고 우울한 증세가 자연히 생기는지도 모른다.
 그런 때는 별안간 소리치며 성 밖 마장으로 달려가기도 했다.
 "우즈키(卯月)를 대령해라. 우즈키를!"
 선대 노부히데 시대에는 1년이면 반 년 이상은 끊임없이 서쪽을 치고 동쪽을 지키며, 일생을 전쟁 속에서 보내 성 안에 편안히 있을 겨를이 거의 없었으나, 그런 중에도 아침에는 조상에 대한 참배와 근신들의 문안, 강서(講書), 무예 훈련이 있었고, 저녁 무렵까지는 영내의 정무도 보았다. 또한 밤에는 군서(軍書)를 가까이 하거나 평의회를 열고 틈을 타서 가정에서의 자애로운 가장이 되기도 했다. 아무튼 선대에는 그런 일정한 규칙이 있었던 것인데 노부나가 때에 와서는 그런 것이 통 없어졌다.
 아니, 그보다 노부나가 자신의 성격이 어떤 테두리 속에 틀어박히지 못하는 것이다.
 '하자!'—— 하는 생각도 '그만 두자!'고 하는 생각도, 그의 마음속에는 항상 먹구름처럼 별안간 꿈틀거렸다가는 삽시간에 사라지곤 하는 것이다. 그 자신 스스로를 다스리지 못하는 듯했다.

당황하는 것은 항상 근신들이다.

오늘은 웬일로 독서를 하시는구나, 오늘은 갸륵하게도 조상들의 위패를 모신 방에 다소곳이 앉아 계시는구나, 하고 마음을 놓고 있으면 별안간 벼락처럼 소리를 지르는 것이다.

"우즈키! 우즈키를 대령해라!"

그러나 소리를 질렀을 때는, 이미 그 자리에는 아무도 없었다. 때를 가리지 않는 주군의 이 행동에 근신들은 기겁을 하며, 마구간으로 달리고 마장으로 쫓아가곤 했다. 그래도 '무얼 꾸물거리고 있었느냐!'하고 책망이라도 할 것 같은 주인 앞에 가까스로 말을 대령하는 것이었다.

우즈키란 그가 늘 타는 백마였다.

그러나 이 말은 다소 노경에 접어들고 있어서 원기 왕성한 노부나가가 닥치는 대로 몰고 다니기에는, 노부나가 자신도 흡족하지 않았고 말도 힘에 겨운 듯했다.

"우즈키, 자, 이리 와 봐라."

노부나가는 재갈을 붙들고 잠깐 끌고 다니고 나서 명령했다.

"걸음이 무거운걸. 물을 줘라."

"예."

물그릇에 가득히 물을 뜨자, 한 사람은 말 입을 벌리고 또 한 사람이 물을 퍼 넣었다.

노부나가는 말 입안에 손을 집어넣어 혓바닥을 움켜쥐었다.

"웬일이지? 우즈키 혓바닥이 좋지 않은걸. 이러니 걸음이 무거울 수밖에."

"감기가 든 모양입니다."

"우즈키도 이젠 늙은 게지."

"선군께서 남기신 말이라, 이미 나이도……."

"나이라, 하기는 나고야 성에는 우즈키뿐 아니라 쓸모없는 늙은이들이 너무 많아. 도대체 지금이란 세상 자체가 늙어빠진 세상이다. 10여 대에 걸친 무로마치 장군가를 비롯해서 모두 허례허식, 거짓말로 뒤범벅이 됐어. 늙어빠졌단 말이야."

상대방을 의식하고 하는 말이 아니었다. 하늘을 향해 노한 듯이 중얼거리고는 훌쩍 안장 위로 뛰어올라 하카마 자락을 가르더니 말했다.

"그럼 감기에 걸린 말, 땀이라도 내게 해 줄까?"

그리고 노부나가는 마장을 달리기 시작했다.

승마에는 하늘이 내린 재주가 있었다. 이치카와 다이스케가 사범이었지만, 근래에는 완전히 익숙하여 오히려 다이스케가 뒤질 정도였다.

원기 왕성한 노부나가가 몰고 또 몰자, 우즈키의 몸에 이윽고 땀이 번지기 시작했다. 그러자 그의 말을 질풍같이 앞질러 가는 한 필의 흑갈색 말이 있었다.

별안간 자기 말에 먼지를 끼얹으며 앞질러 가는 그 흑갈색 말을 보고, 노부나가는 중얼거렸다.

"아, 고로자에몬(五郎左衛門) 녀석이구나."

그러더니 약이 오르는 듯 뒤쫓기 시작했다.

"건방지게……."

고로자에몬이라는 젊은 무사는 노신 히라테 나카쓰카사의 아들이었다. 총대(銃隊)의 우두머리로 유능한 무사의 한 사람이었다.

선대 노부히데가 노부나가를 위해 후견인으로 정해 둔 노신 히라테 나카쓰카사에게는 세 아들이 있었다. 장남이 고로자에몬, 차남은 겐모쓰(監物), 삼남은 진자에몬(甚左衛門)이라고 했다.

노부나가는 이때 무의식적이기는 했지만, 성미가 돋우어질 대로 돋우어지고 있었다.

뒤떨어졌다.

남한테 졌다.

꿈에라도 그런 일은 스스로 용서할 수 없는 그의 성미였다.

휙, 휙! 두 차례쯤 그는 힘껏 우즈키에게 채찍질했다. 늙기 시작했다고는 해도 우즈키는 명마였다.

말발굽에 땅이 울리고, 우즈키는 그 발굽이 땅을 박차는 것이 보이지도 않을 만큼 무서운 속도로 달리기 시작했다.

우즈키의 은털 같은 꼬리가 곧장 바람을 헤치며 고로자에몬의 말을 앞질러 빠져 나가자, 고로자에몬은 주의를 주었다.

"주군, 그러시다가는 말발굽이 갈라집니다."

그러자 노부나가는 다소 야유조로 말했다.

"고로자, 그만 손을 드는 건가?"

고로자에몬은 아직 스물네댓밖에 안된 젊은이로, 주인의 눈치만 살필 나이가 아니었다. 천만에 하는 얼굴을 보이며 말을 더욱 몰았다.

"무슨 말씀!"

노부나가도 뒤질세라 말 배를 걷어차고 또 찼다.

우즈키는 오다가의 우즈키라는 명성을 적국에까지 떨친 명마로, 값으로 치나 마격으로 치나 고로자에몬이 타고 있는 말과는 애초에 비교도 안 되었다.

그러나 고로자에몬의 말은 젊었다. 기수 또한 노부나가처럼 주군 대접을 받으면서 오만해진 자가 아니었다. 더구나 말을 탄 햇수와 단련해 온 시일에 차이가 있었다.

고로자에몬은 앞을 달리는 노부나가의 우즈키를 쫓아 기를 쓰고 육박해 갔다. 20간쯤이나 벌어졌던 거리가 잠깐 사이에 좁혀져 마침내 코끝을 나란히 할 정도에 이르렀다.

'앞선 자를 따르기는 쉽고 뒤진 자를 떨치기는 어렵다.'

옛말대로, 잡히지 않으려는 노부나가는 숨이 가빠졌다.

마침내 잠깐 숨을 돌리는 틈에, 고로자에몬의 말은 보기 좋게 그를 따라잡고 흙먼지를 끼얹으며 앞으로 나섰다. 그 여세로 마장을 반 바퀴나 훨씬 앞질러 버리고 만다.

"쳇!"

혀를 찬 노부나가는 말을 버리고 뛰어 내렸다. 시합에 진 분한 마음에 성미를 그대로 드러내어, 그의 얼굴은 허덕이고 있는 말보다 더 비통해보였다.

'음. 좋은 말이다. 고로자의 말은……'

노부나가는 자신의 패인이 다만 말에만 있는 것으로 생각하고 혼자 깊이 신음했다.

고로자에몬의 말과 노부니가의 말이 맹렬히 선두를 다투고 있는 모습을 멀리서 바라보고 있던 가신들은, 이윽고 패배한 노부나가가 도중에 말을 버리는 것을 보았다.

"아, 고로자가 섣부른 짓을 하는 바람에 주군께서 심사가 틀어지신 모양이다."

그들은 염려하며 황급히 몰려들었다. 그러자, 누구보다 먼저, 넋을 잃고 있는 노부나가 앞에 달려 와서 무릎을 꿇으며 그릇을 내미는 자가 있었다.
"물을……물을 한 모금 드십시오."
그것은 지난번 말단직에서 발탁되어 노부나가의 어리(御履)지기로 승격한 도키치로였다.
주인의 신발을 들고 따라다니는 어리지기라고는 해도, 말단직에서 주군 신변 가까이에 항상 붙어 다닐 수 있는 처지가 된 것은 파격적인 입신이었다. 얼마 안 되는 사이에 거기까지 승격한 도키치로는 그야말로 분골쇄신, 직무에 충실과 성의를 다하고 있었다.
그러나 주인의 눈이란, 항상 보고 있는 것 같으면서도 한두 가지쯤, 눈치 빠른 움직임은 거들떠보는 것 같지도 않았다.
지금도 노부나가는 도키치로가 누구보다도 먼저 달려 와서 분부도 있기 전에 잽싸게 물을 권했으나, 그의 얼굴은 쳐다보지도 않았고 고개 하나 끄덕이지도 않았다. 잠자코 물그릇을 받더니, 단숨에 마셔 버리고 그릇을 돌려 주며 명령했다.
"고로자에몬을 불러라. 고로자에몬을!"
그에 대한 대답은 근신(近臣)이 했다. 허둥지둥 모여 들었던 가신 중에서 한 사람이 고로자에몬 쪽으로 달려갔다.
고로자에몬은 버드나무에 말을 매고 있다가 노부나가가 부른다는 말을 듣고 대답했다.
"지금 가 뵈려던 참입니다."
그리고 유유히 땀을 닦고 옷깃을 여미더니 흐트러진 머리까지 만졌다.
고로자에몬은 주군 앞에 나가기 전에 이미 어떤 각오를 하고 있는 듯했다.
노부나가의 안색으로 미루어 보아, 근신들 또한 고로자에몬이 무사하지는 않으리라고 숨을 죽인 채 대령하고 있었다.
"고로자에몬 대령했습니다. 참으로 외람된 짓을 하여 황공하옵니다."
비록 각오는 했다 하여도, 그렇게 말하며 꿇어엎드린 고로자에몬의 태도는 침착했다.
뜻밖에 노부나가 역시 그의 침착한 태도에 안색을 누그러뜨리며 물었다.
"고로자, 대단한 솜씨더군. 너는 대체 그 명마를 언제 어디서 손에 넣었느냐? 그 말은 이름이 뭐라고 하느냐?"

가신들은 겨우 숨을 돌렸다.

고로자에몬은 미소 지은 얼굴로 대답했다.

"주군께서도 그렇게 보셨습니까? 실은 저도 적지않이 자랑스럽게 여기는 말이온데 남부의 말장수가 교토의 귀인에게 고가로 판다고 끌고 가는 것을 제가 굳이 빼앗은 것입니다. 하오나, 말 값이 될 만한 돈을 제가 가지고 있을 리 없어, 부득이 제 아비가 준 '태풍'이란 이름의 가보 찻잔을 팔아 그것으로 값을 치렀습니다. 그 때문에 말 이름도 그대로 태풍이라고 부르고 있습니다."

"음……그래? 어쩐지 근래 보기 드문 명마라고 생각했더니. 고로자, 그 태풍을 내가 가졌으면 한다. 나한테 다오."

"예?"

"좋겠지? 값은 얼마든지 치를 테니까. 그럼 노부나가가 가지는 거다."

"……아니올시다, 황공하오나."

"뭣이?"

"그것은 안 되겠습니다."

"안 된다?"

"예."

"어째서? 너는 또 다른 명마를 구하면 되지 않으냐?"

"좋은 친구를 얻기 어렵듯이, 좋은 말도 그리 흔히 있는 것이 아닙니다."

"그러니까 이 노부나가한테 양보하라는 게 아니냐. 나 역시 마음껏 몰고 다닐 수 있는 명마를 구하던 참이야. ……무슨 일이 있어도 내 것으로 만들어야겠다."

"무슨 일이 있어도 그것만은 안 됩니다…… 까닭은 제가 좋은 말을 기르는 것은 그저 자랑거리를 위해서가 아니기 때문입니다. 유사시에는 싸움터에서 대장부다운 활약을 하기 위해 기르는 것입니다. 모처럼 주군께서 내리시는 분부이기는 하지만, 무사에게는 소중한 말을 드릴 수는 없습니다."

주군을 모시기 위해, 무사로서의 임무를 다하기 위해라는 그의 말에 노부나가도 더 이상 고집은 못 부렸으나, 그래도 미련을 버릴 수 없는 듯했다.

"고로자?"

노부나가는 다시 한 번 물었다.

"싫은가? 절대로 싫단 말인가?"

"이것만은……."

"네 처지로서는 그 태풍은 좀 과하지 않은가? 너도 부친 나카쓰카사만한 인물이 된 다음에 태풍 같은 말을 타도록 해라…… 아직 젊은 몸이다. 말에 비해 사람이 떨어진다."

"황공하오나, 그 말씀은 그대로 주군께 돌려 드리겠습니다…… 말 위에서 감이나 참외를 잡수시며 거리를 돌아다니시는 데는 반드시 명마가 필요치 않을 것으로 생각됩니다. 오히려 이 고로자에몬 같은 무사 밑에 있기를 태풍도 바라리라 생각하옵니다."

그는 거침없이 말해 버렸다.

고로자에몬은 얼결에 그 말을 한 것이다. 말이 아까워서보다 평상시의 울분이 저도 모르게 입밖에 튀어 나온 것이었다.

고로자에몬의 늙은 아비, 히라테 나카쓰카사 마사히데는 20일 간이나 문을 굳게 닫고 집안에 틀어박혀 있었다.

그로서는 보기 드문 일이라고 할 수밖에 없었다. 10년을 하루같이라는 말이 있지만, 그의 충성심은 오다가(家) 2대에 걸쳐 30년을 하루같이 섬겨 왔다.

선대인 오다 노부히데로부터, 그 임종시에 아직 나이어린 노부나가를 부탁한다는 말을 들은 뒤, 그는 노부나가의 후견인으로서 일국의 노중신으로서 늙은 몸을 스스로 채찍질하며 더욱 충성으로 일해 왔던 것이다.

그날, 이미 저녁 무렵이었다.

그는 혼자 거울을 대하고 있었다.

"……."

자신의 머리가 백발이 돼 버린 것에 그는 새삼 놀란 눈으로 거울에 비친 모습을 바라보았다.

백발이 된 것도 당연했다. 이미 나이가 60을 넘지 않았는가.

그렇듯 나이를 먹는 것조차 느낄 겨를이 없이 그는 오늘날까지 지내 왔다. 나이를 생각하고 백발을 본 것도 20여 일을 두문불출한 덕분이었다.

"가게유(勘解由), 가게유……."

나카쓰카사는 거울을 치우고 미닫이 너머로 집사장을 불렀다.

하인에게 촉대를 들리고, 그 뒤에 이 집 집사장인 아마미야 가게유(雨宮勘解由)가 어둠이 깃든 옆방에 조용히 서 있었다.

"가게유? 사람은 보냈나?"

"네. 벌써 보냈습니다."

"그럼 올 때가 됐겠군."

"머지않아 같이들 오시리라 생각합니다."

"술 준비는?"

"모처럼의 분부, 말씀하신 대로 거행했습니다."

"음, 오래간만에 회포를 푸는 거야."

"좋은 말씀입니다. 그 밖에도 맛있는 음식을 준비토록 하겠습니다."

가게유는 돌아섰다.

2월 초였지만, 아직 매화도 봉오리가 부풀지 않고 있었다. 금년은 유난히 추위, 연못을 덮은 두꺼운 얼음이 종일토록 녹지 않고 있었다.

아까 사람을 보내서 오게 한 것은 각각 따로 살림을 내준 세 아들들이었다.

원래 이런 큰 저택에서는 장남은 물론 차남 삼남에 이르기까지, 모두 대가족이 되어 자부와 손자들이 한데 어울려 사는 것이 보통이었지만, 나카쓰카사는 모두 살림을 따로 내 주고 일찍이 부인과 사별한 몸으로 혼자 외롭게 지내고 있었다.

"조석으로 아들이나 손자들 얼굴을 보며 그 사랑에 끌리게 되면, 주군을 모시는 데 그만큼 마음이 덜 간다."

그리고 선군의 유지를 받들어 현재의 주군인 노부나가를 다만 주군으로만 모시는 것이 아니라, 친자식처럼 생각하며 후견인이라는 막중한 임무를 다해 온 것이었다.

그러나 얼마 전부터 그 노부나가는 할아범, 할아범하며 그를 따르지 않게 되었다. 뿐더러 얼굴을 피하고 귀를 막으며 그의 말은 듣기조차 싫어하는 태도였다.

이상히 여겨 근신들에게 물어 보니, 며칠 전 마장에서 발생했던 사건을 들려주었다.

"아드님 고로자에몬과 말 때문에……"

"……옳거니, 그렇다면……"

나카쓰카사는 비로소 의문이 풀렸으나, 속으로는 큰일났구나하고 생각했다. 난처한 표정이었다.

　노여움을 산 고로자에몬은 그 뒤 출사도 못하게 하여 근신하고 있는 모양인 데다, 자기 말은 전혀 노부나가의 귀에 들어가지 않는 것이다.

　시바타 곤로쿠 가쓰이에(柴田權六勝家)와 하야시 미마사카(林美作) 등 항상 그와 반대 입장에 서 있는 가신들은, 이 기회를 놓칠까 노부나가에게 아부하고 감언을 농하고 있어서, 주군과 나카쓰카사 부자의 사이는 더욱 벌어져 갈 뿐이었다.

　20여 일간 칩거하는 동안 나카쓰카사는 자신이 늙었음을 절실히 깨달았다.

　측근에는 시바타 곤로쿠나 하야시 미마사카 등, 새로운 세력이 일어나기 시작하고 있었다.

　그들은 젊었다.

　나카쓰카사는 40년의 보필에 이미 지쳐 있었다. 그들과 싸울 기력이 없었다.

　그러나 자신이 늙었음을 느끼면 느낄수록 외로운 군주 노부나가의 앞날과 오다가의 장래가 크게 염려되는 것이었다.

　그는 늙은 몸을 끝까지 외로운 군주를 위해 바치려고 지난 20여 일간을 두문불출한 것이었다.

　"방금 두 분께서 오셨습니다."

　집사장 가게유가, 이윽고 다시 나타나 그의 거실에 고한다.

　"알았다. 곧 가마."

　그렇게 대답한 채 나카쓰카사는 뭔가 계속 쓰고 있었다. 벼루의 물도 얼어버릴 듯한 초저녁 추위 속에서 등을 구부정하게 구부리고.

　그것은 어제부터 애써 다듬어 온 긴 편지글이었다. 어제 쓴 대목에 다시 가필하여 정성껏 그것을 정서하고 있는 것이었다.

　서원에서는 장남인 고로자에몬과 차남 겐모쓰가 부친의 부름을 받고 무슨 일인가 염려하며 화로를 끼고 마주 앉아 있었다.

　"어딘가 편찮으신 게 아닌가 하고 놀랐습니다. 별안간 사람이 왔기에 말입니다."

　겐모쓰가 말하자, 고로자에몬은 고개를 흔들며 말했다.

"나는 그렇게 생각하지 않았어. 얼마 전 그 사건이 귀에 들어가 필시 꾸중을 내리시는 거라고 곧 짐작할 수 있었어."

"하지만, 그 일이라면 벌써 20일 전에 아버님 귀에 들어갔을 게 아닙니까? …… 갑자기 부르신 것은 달리 일이 있기 때문일 거요."

몇 살을 먹어도 아버지는 무서운 것. 형제는 부친이 나타나는 것이 기다려지기도 하고 두렵기도 했다.

삼남인 진자에몬은 다른 나라에 가 있어서 이날 저녁에는 합석을 할 수 없었다.

"왔느냐? 무척 추운 날씨군."

이윽고 부친 나카쓰카사가 미닫이를 열고 나타났다. 형제는 이내 부친의 백발과, 눈에 띄게 수척해진 모습에 눈길을 던졌다.

"어디 몸이라도?"

"아니다. 보다시피 아무 일 없지만, 갑자기 너희들이 보고 싶어서 말이야. 나이 탓일 테지. 이따금씩 외로워지곤 하는구나."

"그럼 따로이 급한 용무는……?"

"그런 건 없다. 오래간만에 저녁이나 같이 하면서 묵은 애기를 하고 싶었던 것뿐이야. 하하하. 자, 편히 앉거라."

여느 때와 다름없는 태도였다.

밖에는 싸락눈이라도 내리기 시작하는지, 차양에 사각거리는 소리가 울리고 있었다. 불빛도 미닫이도 방안도 모두 싸늘하게 식어 가고 있었다.

그러나 평화로운 부자간의 술자리는 그 추위마저 잊게 하는 것이었다. 아버지가 뜻밖으로 기분이 좋은 것 같아, 고로자에몬은 주군의 노여움을 산 일에 대해 사과할 기회를 끝내 얻지 못하고 말았다.

이럭저럭 주안상을 물리자 자리를 바꾸어 나카쓰카사는 좋아하는 차를 마시기 시작했으나, 문득 손에 들고 있는 찻잔을 보고 생각난 듯이 물었다.

"고로자? 내가 너한테 물려 준 가보인 찻잔 '태풍'을 팔았다면서?"

고로자에몬은 사실대로 대답했다.

"예, 가보로 삼아야 할 명기라는 것은 알고 있으면서도 꼭 탐이 나는 말이 있어서 찻잔을 팔아 말을 샀습니다."

그러자 나카쓰카사는 아무렇지도 않은 듯이 말했다.

"그래? 잘 했다. 그만한 마음가짐이 있다면 내가 죽은 뒤에라도 주군을 모시는 데 조금도 부족함이 없을 것 같구나. 잘 팔았어."
꾸중을 들으리라 각오하고 있었는데 오히려 그것을 기뻐해 주는 부친이었다.
"하지만 고로자."
나카쓰카사는 일단 칭찬하고 나서 갑자기 정색을 했다.
"찻잔을 팔아 명마를 사는 그 마음가짐은 크게 가상하지만, 듣자니 전일 마장에서 주군의 우즈키를 앞지르고, 주군께서 그 말을 달라고 청하셨을 때 거절했다면서?"
"그 때문에 실은 노염을 사게 되어 저는 고사하고 아버님께마저 많은 폐를 끼치게 돼……."
"잠깐!"
"예."
"이 아비 같은 것은 둘째 문제다. 어째서 주군의 청에 그렇게 인색하였느냐?"
"……."
"비천한 녀석이다, 너도."
"……아버님?"
"뭐냐?"
"저를 그렇게 보십니까? 뜻밖입니다."
"그럼 왜 모처럼 바라시는 것을 드리지 않았느냐 말이다."
"목숨이라도……주군께서 바라신다면 언제든지 바칠 각오가 되어 있는 무사입니다. 어찌 말을 아끼겠습니까…… 그러나 명마를 지니는 것은 사사로운 도락이 아닙니다. 유사시에 싸움터에서 주군을 위해 활약하기 위해섭니다."
"물론이지, 그건 알고 있다."
"말을 드리면 주군께서는 좋아하실 겁니다. 그러나 신하의 그런 심정은 몰라주고, 다만 우즈키보다 빠른 말이라 하여 이내 자신이 차지하시려고 하는 주군답지 않은 말씀이 섭섭했을 뿐입니다."
"……."
"지금의 오다가가 얼마나 위태로운가는 제가 말씀드릴 것도 없이 아버님이 더욱 잘 알고 계십니다. 때로는 뛰어난 천품을 보여 주실 때도 있습니다. 다만, 아무리 연세를 잡수셔도 사라지지 않는 그 방종한 기질……저는 그것을 한탄합니다. 저희들 가신들이 너무 그 기질에 얽매여서 옳지 않은 고집도 그대로 받아들이곤 한다면, 그것은 일견 충성을 다하는 것 같으면서도 사실 충성이 아니라고 저는 생각합니다. 제가 굳이 맞고집을 부린 까닭은 여기에 있었습니다."

"못 쓴다."

"그렇습니까? 제 생각이 틀린 것이었습니까?"

"마음 속에 설혹 충성심이 있었다 해도, 그것은 노부나가 공의 좋지 않은 기질을 자극하는 것밖에 되지 않는다. 난 그 분을 젖에서 떨어지시기 전부터 친자식인 너희들보다 더 많이 내 품에 안아 드리고, 키워 드렸다. 따라서 그 성품도 잘 안다. 원래 큰 그릇이신 까닭에, 자질구레한 단점은 남보다 갑절이나 가지고 계신다. 네가 거역한 것쯤, 그 큰 그릇으로서의 품성으로 보면 티끌만도 못한 것임을 알아야 한다."

"그렇습니까? 황공한 말씀이오나 저도 겐모쓰도, 또한 집안의 뜻있는 사람들은 모두 섬길 보람 없는 어리석은 군주라고 한탄하지 않는 자가 없습니다. 시바타 곤로쿠, 하야시 미마사카 등만은 오히려 그 점을 크게 다행으로 여기며 기뻐하고 있을 테지만요."

"아니다. 남이 뭐라건 나는 결코 그렇게 생각하지 않는다. 너희들도 끝까지 그 분을 섬겨라. 내가 죽은 뒤에는 한층 더 그래야 한다."

"그 점은 염려 마십시오. 아무리 노여움을 샀다 해도 제 충성심에는 변함이 없습니다."

"그 말을 들으니 안심이 되는구나. 나는 이젠 다 늙은 몸, 너희들은 내 뒤를 이어 충성을 다해 다오."

나중에 생각하니 이날 밤의 나카쓰카사의 말은 여러 가지로 짚이는 데가 있는 것이었다. 그러나 고로자에몬도 겐모쓰도 설마 부친이 죽음을 결심하고 있는 것으로는 생각지 못하고, 이윽고 싸락눈 내리는 밤길을 걸어 집으로 돌아갔다.

히라테 나카쓰카사의 자해는 다음 날 아침에 발견되었다. 조금도 흐트러지지 않은 모습이었다.

달려 온 고로자에몬과 겐모쓰 형제는 죽은 부친의 얼굴에서 아무 미련도 고뇌도 발견할 수 없었다.

유언은 어젯밤 술자리에서 살아 있는 따뜻한 입술을 통해 들은 셈이었다. 따라서 유족에게는 아무 것도 따로 남긴 말이 없었다.

다만 주군 노부나가에게 남긴 유서가 한통 있었다. 유서는 곧 성으로 보내졌다.

"뭣이? 할아범이?"

그의 죽음을 들었을 때, 노부나가의 얼굴에 커다란 놀라움이 스쳐갔다.

유서는 장문이었다. 구구절절 나카쓰카사의 진심을 담아 고언으로 간하는 간절한 사연이었다.

죽음으로 나카쓰카사는 노부나가에게 간했던 것이다. 노부나가가 하늘이 낸 큰 그릇이라는 것도, 그의 장점도 잘 알고 있는 나카쓰카사의 간언이었으니만큼 노부나가는 읽어 가면서, 눈물보다 먼저 가차 없는 채찍질을 받는 듯한 진정한 아픔을 느끼지 않을 수 없었다.

"할아범, 용서해라."

노부나가는 소리 내어 울었다.

나카쓰카사에게는 하고 싶은 말을 멋대로 했고, 또한 안팎으로 갖가지 수고를 끼쳐 왔던 만큼, 군신 사이라고는 해도 친아버지 이상의 친밀감을 가지고 있었던 것이다. 이를테면, 이번 일만 해도 마음 놓고 고집을 부릴 수 있는 그에게 그저 한바탕 했던 것에 불과했다.

"고로자를 불러라."

당장 명령을 내렸다.

이윽고 고로자에몬이 나타나 꿇어 엎드리자, 노부나가는 자리에서 일어나 그와 마주 앉으며 말했다.

"할아범이 남긴 말은 한 마디 남김없이 노부나가의 가슴에 새겨 두었다. 죽을 때까지 잊지 않을 게다. 그렇게 밖에는 사죄할 길이 없지 않은가, 그렇게 밖에는……."

주군이 신하 앞에 무릎을 꿇을 기색이어서, 고로자에몬이 황급히 그 손을 부축하여 일으키자, 군신은 얼싸안고 눈물을 흘렸다.

그 해, 성 밖에는 절이 세워졌다. 늙은 신하의 극락왕생을 바라는 노부나가의 명으로 세워진 절이었다.

"절 이름은 뭐라고 붙이는 것이 좋겠습니까? 히라키 산(開山)의 스님에게 이름을 지으라 분부를 내리시는 것이 어떻겠습니까?"

공사 책임자가 물었을 때 노부나가는 고개를 흔들었다.
"할아범은 중이 지은 이름보다 내가 지은 이름을 좋아할 거야. 이름은 내가 정하겠다."

붓을 들어 '세이슈사(政秀寺)'라고 썼다. 히라테 나카쓰카사 마사히데라는 늙은 중신의 이름에서, 마사히데(政秀)를 그대로 딴 것이었다.

그 뒤 문득 생각날 때마다 노부나가는 갑자기 세이슈사로 가곤 했다. 절에 가도 그는 명복을 빈다든가 독경하는 승도들과 같이 앉아 있는 일은 거의 없었다.

"할아범, 할아범……."

그렇게 중얼거리며 절을 한 바퀴 돈 다음 훌쩍 성으로 돌아가는 것이 보통이었다.

그런 감정이 때로는 광인에 가까운 모습으로 나타날 때도 있었다.

매사냥을 하다가 갑자기 잡은 새를 갈갈이 찢어 가지고 허공에 내던지기도 했다.

"할아범. 노부나가가 잡은 새다. 맛을 보라."

또한 물고기를 잡다가도 갑자기 강물을 발길로 걷어차며 부르짖었다.

"할아범, 극락으로 갔을 테지!"

그 목소리나 눈매에는 심상치 않은 무서운 기색이 감돌았다. 가신들은 그런 때마다 넋을 잃곤 했다.

가시나무를 헤치고

고지(弘治) 원년.

노부나가는 22살이 되었다.

그 해 4월, 노부나가는 일족인 오다 히코고로(織田彦五郎)와 싸움을 일으켜 그의 거성 기요스를 공략, 점령한 뒤, 나고야에서 기요스로 옮겼다.

'시작했구나!'

도키치로는 속으로 그렇게 생각하며, 노부나가의 솜씨를 보고 있었다.

오른쪽도 가시밭, 왼쪽도 가시밭.

외로운 군주 노부나가의 주위에는 호시탐탐 틈을 엿보는 일족이 많았다. 그것은 모두가 숙부나 형제 그 밖의 친척들이어서, 가시덤불을 헤쳐가기에도 적 이상으로 힘들었다.

가계로 보면, 기요스의 오다 히코고로는 오다 일족 중의 종가였다. 그러나 종가인 히코고로는 노부나가를 '마음을 놓을 수 없는 바보'로 경계하고 있었다.

그는 사사건건 압박을 가하며 노부나가의 자멸을 꾀했다. 기요스 성에는 그 전부터 오다가의 수호가인 시바 요시무네(斯波義統)가 있었다. 요시무네와 그의 아들 요시카네(義銀)는 노부나가를 동정하고 있었다.

그것이 발각된 것이다.

"은혜를 모르는 놈은 이렇게 한다!"

히코고로는 격분하여, 요시무네를 베고 말았다. 아들 요시카네는 노부나가 밑으로 도망쳐 왔다.

노부나가는 요시카네를 나고야에 숨겨 주고, 그 날로 군마를 정비하여 기요스 성으로 쇄도해 갔던 것이다.

"오다가의 수호가를 지키기 위해!"

그는 군사들을 고무했다.

명분 없는 전쟁을 할 수는 없었다. 더구나 종가를 공격하는 이상, 정의와 명분의 기치가 필요했다. 아무튼 이 기회에 그는 가시밭 한쪽을 겨우 뚫는 데 성공했다.

나고야 성은 숙부인 노부미쓰에게 자기 대신 맡겼다. 그러나 노부미쓰는 누구에겐가 암살당하고 말았다.

"사토노카미, 그대가 가거라. 나고야는 그대 아니면 노부나가 대신 지킬 자가 없다."

하야시 사토노카미(林佐渡守)에게 명령이 내려졌다.

"신명을 다해서……."

명령을 받은 사토노카미는 곧 나고야 성으로 들어가 성주 대리 자리에 앉았다.

뜻있는 가신들은 한탄했다.

"아아, 역시 어리석기는 어리석구나. ……때로는 놀라울 만큼 뛰어난 재기가 번뜩일 때도 있지만…… 저 사토노카미를 믿으시다니."

사실 사토노카미의 행동에는 수상한 점이 많았다.

노부나가의 부친이 생존해 있을 때는 그도 둘도 없는 충신으로 일컬어졌고, 그 때문에 선대 노부히데는 히라테 나카쓰카사와 함께 그에게도 사후를 부탁했었다. 그러나 노부나가의 방종과 종잡을 수 없는 성품에 단념을 했는지 그는 주로 노부나가의 동생 노부유키와 그 모친이 있는 스에모리 성(末盛城)에 접근하여, 틈만 있으면 노부나가를 폐적시키고 노부유키를 주군으로 모시려는 계획을 꾸미고 있는 자였다.

"주군께선 사토노카미의 눈치를 그렇게도 모르신단 말인가?"

"아신다면 설마 나고야 성을 맡기실 리가 없지 않은가?"

얼굴을 찌푸리며 걱정스럽게 속삭이는 가신들의 말을, 도키치로가 엿들은 것이 한두 번이 아니었다.

'가만 있자, 다음에는 어떤 수를 쓰실까?'

그러나 도키치로는 그런 생각은 했지만 다른 가신들처럼 걱정은 전혀 하지 않았다.

기요스 성에서 항상 밝은 얼굴을 보이고 있는 것은, 외로운 군주 노부나가와 말단직에 있는 어리지기 하나뿐이었다.

노부나가를 타고난 바보로 보는 선입견은 일부 가신들 머리에서 좀처럼 사라지지 않았다.

특히 하야시 사토노카미와 아우인 미마사카노카미, 그리고 시바타 곤로쿠 가쓰이에 등의 중신이 그랬다.

"뭐? 미노의 사이토 도산공과 장인과 사위 간의 대면을 할 때, 노부나가 공이 여느 때의 멍청이와는 달랐다고? 하하하, 그건 멍청이의 요행이라는 것. 저쪽이 의식 준비로 정신이 없던 참에, 이쪽에서 물덤벙술덤벙하는 식으로 무턱대고 들이닥쳐, 장인 영감이 그만 넋을 잃었던 것뿐이야. 속담에도 있잖아? 바보를 고치는 약은 없다고, 두고두고 거동을 봤지만, 암만해도 구제할 길 없는 분이야."

시바타 곤로쿠 같은 자의 관찰은 그 중에서도 철저했다. 어차피 장래성이 없는 것으로 보고 있어서, 그런 망언도 점차 주위를 의식하지 않게 되었다. 그와 뜻을 같이 하고 있는 하야시 사토노카미가 나고야 성을 맡게 된 뒤로, 곤로쿠는 뻔질나게 나고야에 드나들었다. 나고야 성은 어느새 음모의 온상처럼 되어 버렸다.

"비 내리는 밤도 나쁘지 않군."

"오히려 차를 드는 데 흥취를 더해 주오."

차를 마시며 사토노카미와 곤로쿠는 성 안, 수목으로 뒤덮인 좁다란 밀실에서 서로 대좌하고 있었다.

 장마는 걷힌 모양이지만, 아직 채 개지 않은 저녁 하늘에서 빗소리가 들려왔다. 매화 열매가 이따금씩 툭 땅에 떨어진다.

 "내일은 날이 갤 테죠."

 그 매화나무 푸른 잎 밑에서 사토의 아우인 미마사카가 중얼거리며 등롱에 불을 넣으려고 나섰다.

 "……."

 불을 켠 다음에도 미마사카는 한동안 그곳에 서서 주위를 둘러보았다.

 이윽고 방으로 들어오자, 그는 목소리를 낮추어 형과 곤로쿠에게 속삭였다.

 "아무 이상 없습니다. 부하들도 모두 멀리 물러가게 했으니, 안심하십시오."

 곤로쿠는 고개를 끄덕였다.

 "그럼 본론으로 들어가 볼까? ……실은 어제 아무도 모르게 스에모리 성으로 가 대부인도 친히 만나 뵙고, 간주로 노부유키 님과도 의견을 나누고 돌아왔소. 남은 것은 귀공 하나요."

 "모친께서는 뭐라고 하시던가요?"

 "그야 뭐, 이의 없이 동의하셨소. 뭐니 뭐니 해도 노부나가 공보다는 노부유키 님을 더 사랑하시는 분이니까."

 "흠…… 그럼 노부유키 님도 물론 결심이 돼 있을 테지?"

 "사토와 곤로쿠가 합세만 한다면, 오다가를 위해 노부나가 공을 적으로 돌릴 수밖에 없다고……."

 "그대가 주로 설복시켰을 테지?"

 "그야 역시 상대방이 대부인에 마음이 약한 노부유키 님 같은 분이라…… 그렇게 역설하지 않으면 움직이실 까닭이 없소."

 "좋소. 그 두 분만 승낙하신다면 명분은 충분히 설 수 있소. 노부나가 공의 어리석음을 염려하고 가문의 장래를 걱정하는 가신은 비단 우리뿐이 아니니까."

 "이 오와리 일국을 위해, 오다가의 백년대계를 위해……기치는 그런 것으로 충분할 테지만 군비는?"

 "마침 나고야 성으로 오게 되어, 그 문제가 뜻밖의 진척을 봤소. 북만 울리면 당장이라도……."
"그렇소? ……그렇다면."
곤로쿠가 무릎걸음으로 다가앉았을 때였다.
후두둑, 땅 위에 뭔가 흩어져 떨어졌다.
두세 개의 매화 열매.
비는 그쳐 가고 있었으나, 빗방울보다 더 큰 낙수가 바람이 불 때마다 차양을 두드린다.
들개 같은 그림자가 하나, 마루 밑에서 기어 나오고 있었다. 지금 떨어진 매실은 나무에서 떨어진 것이 아니라, 그 사나이가 마루 밑에서 머리만 내밀고 던진 것이었다.
방안의 눈이 그쪽으로 향하며 방심하는 틈에 첩자로 보이는 사나이의 그림자는 이미 바람과 어둠 속에 잠겨 버리고 있었다.
뛰어난 정신력과 체력으로 몸을 숨기고 다니는 재주를 인술(忍術)이라고 하며, 인술에 능한 자를 닌자(忍者)라고 한다. 물론 그들은 첩자로 활약한다.
닌자는 일국 성주에게는 눈이 되고 귀가 되고 발이 되는 것이었다.
나가도 들어와도 항상 가신들에 둘러싸여 있고, 성 안에서만 지내는 성주들은 으레 닌자를 사용했다.
노부나가에게도 우수한 닌자가 있었다. 그러나 누가 그 역할을 하고 있는지는 근신들도 몰랐다.
어리지기는 세 명이 있었다. 말단직이기는 했지만 직무상 그들은 안뜰에서 세 명이 교대로 근무하고 있었다. 하나는 마타스케(又助), 하나는 간마쿠 또 한 사람은 도키치로였다.
"간마쿠, 왜그러나?"
도키치로는 동료인 간마쿠와 친하게 지내고 있었다. 간마쿠는 이불을 뒤집어 쓴 채 자고 있었다.
걸핏하면 잠만 자는 사내였다.
"……배가 아파서."
간마쿠는 얼굴도 내놓지 않고 대답했다. 도키치로는 이불을 걷어 젖히며 말했다.
"거짓말 마. 밖에 나갔던 김에 맛있는 걸 사왔으니, 어서 일어나."

"뭔데?"

간마쿠는 목을 늘이고 쳐다봤으나, 속았다는 것을 알자 다시 이불을 뒤집어쓰며 말했다.

"아서, 병자를 놀리는 게 아니야. 저리 가 있어, 귀찮아."

"좀 일어나라니까. 마침 마타스케도 없으니 긴히 물어 볼 말이 있어."

간마쿠는 억지로 일어나 앉았다.

"모처럼 한숨 자려는데……."

그는 투덜거리며 뒤꼍으로 나가, 연못에서 흘러오는 물로 양치질을 했다.

도키치로도 따라 나갔다. 방안은 답답했지만, 기요스 성의 뜰 안은 우거진 수목으로 그윽하고, 멀리 거리도 바라보여 마음까지 넓어지는 듯했다.

"뭐냐, 묻고 싶은 말이란?"

"어젯밤 일인데."

"어젯밤?"

"모르는 척해도 이 도키치로는 알고 있다. 나고야 성에 갔었지?"

"뭐라구?"

"성안에 잠입해서 성주 대리인 하야시 사토노카미와 시바타 곤로쿠의 밀담을 엿듣고 왔지?"

"이봐, 이봐, 원숭이? 어디라고 그런 소릴 함부로……."

"그럼, 어서 실토해라. 너와 나 사이에 치사하지 않나? 난 벌써부터 임자의 거동을 유심히 살피고 있었어. 너를 노부나가 공의 첩자라고 봤는데, 틀렸나?"

"도키치로? ……정말 너한테는 당할 수가 없군. 알고 있었나?"

"한 솥 밥을 먹고 있는 우리야. 그쯤도 모른다면 어떡하나? ……노부나가 공은 내게도 소중한 주군이시다. 내 나름으로 걱정되는 일도 여러 가지 있어."

"할 말이란 그건가?"

"맹세한다. 결코 입 밖에 내지 않을 테다…… 간마쿠, 나를 믿어 주게."

간마쿠는 그렇게 말하는 도키치로의 얼굴을 물끄러미 바라보더니 말했다.

"좋아, 그럼 가르쳐 주지. 그러나 낮에는 남의 눈에 띄기 쉬우니 알맞은 때를 찾아보기로 하지."

그 뒤 간마쿠의 입을 통해서, 그는 오다가의 내정에 대해 여러 가지 지식을 얻었다. 그리고 주군 노부나가의 처지에 더욱 이해와 동정을 금치 못하며 성의껏 일을 했다.

그러나 도키치로는, 그렇듯 음모 속에 놓여 있는 젊고 외로운 주군의 장래를 조금도 위태롭게 생각하지는 않았다. 선대 이래의 노신, 중신들마저 노부나가를 버리려는 경향이 있었지만, 아직 섬기기 시작한 지 얼마 안 되는 도키치로만은 깊이 노부나가를 믿고 있는 것이었다.

'주군께서는 이 곤경을 어떻게 헤치고 나가실까?'

신분이 낮은 그는 다만 멀리서 기원하는 심정으로 바라보고만 있었다.

그 달도 다 지나갈 무렵이었다.

여느 때처럼 많은 부하도 대동하지 않은 채, 노부나가는 갑자기 말을 대령시켜 성 밖으로 몰고 나갔다.

기요스 성 아래 마을에서 모리야마(守山)까지는 30리 길이었다. 그는 언제나 아침 식사 전에 한바탕 모리야마까지 말을 달리곤 했다.

그러나 그 날은 노부나가의 말머리가 모리야마를 향하고 있지 않았다. 네거리에 이르자 그는 뜻밖에 동쪽을 향해 말을 달린 것이다.

"아, 주군께서 어디로……."

"어디로 가실 작정이신가?"

뒤따르던 5, 6명의 가신들은 예상치 않은 일에 당황하며, 급히 그 뒤를 쫓아갔다.

도보로 따르던 자나 어리지기는 당연히 도중에 처지고 말았다.

그러나 간마쿠와 도키치로, 두 사람만은 뒤떨어지면서도 필사적으로 노부나가의 말을 쫓아갔다.

"큰일이다!"

두 사람은 서로 눈짓을 나누며 기운을 내자고 격려했다.

왜냐하면, 노부나가의 말머리가 나고야 성을 향하고 있었던 것이다. 도키치로는 간마쿠를 통해서 깊은 내정을 듣고 있었다. 그곳은 노부나가를 없애고 아우 노부유키를 옹립하려는 음모의 본고장이 아닌가?

무슨 짓을 할지 모르는 노부나가가 무슨 일이 일어날지도 모르는 위험한 곳을 향하여 무턱대고 말을 달리는 것이었다.

이런 위험천만한 일이 또 있단 말인가?

'큰일이다!'

간마쿠와 도키치로가 마음속으로 어떤 결의를 다진 것도 무리가 아니었다.

그러나 정작 놀란 것은, 그의 갑작스러운 방문을 접한 나고야 성의 하야시 사토노카미와 아우인 미마사카였다.

급히 주건물 일실로 뛰어 들어온 가신들은 당황하며 서둘러 아뢰었다.

"주군, 주군. 어서 영접할 준비를 하십시오. 노부나가 공께서 오고 계십니다."

"뭐, 뭣이라고?"

하야시 형제는 귀를 의심하며 미처 일어날 생각도 못하고 있었.

설마 하는 생각이 행동을 저지하고 있었다.

"기마로, 불과 4, 5기(騎)의 종자만 대동하신 채, 막 현관으로 닥치셨습니다. 뭐라고 큰 소리로 말씀하시며, 종자들을 돌아다보고 웃고 계셨습니다. 어서 영접 준비를……."

"그게 사실이냐?"

"예."

"노부나가 공께서 오셨단 말이지?"

"그렇습니다."

"그렇다면 야단났군."

사토노카미는 공연히 당황하여 안색마저 달라졌다.

"미마사카, 무슨 일일까?"

"아무튼 영접하고 볼 일입니다."

"그렇지. 어서 준비해라."

복도로 나가자, 이미 현관 쪽에서 활발한 걸음으로 마루를 울리며 노부나가가 이리로 오고 있는 중이었다.

"……주군께서 어인 일로……."

하야시 형제는 그의 앞을 피하며 복도에 꿇어 엎드렸다.

"여어, 사토노카미, 미마사카도 별일 없었나? 모리야마까지 달릴 셈이었는데 내친 김에 차라도 한 잔 마시려고 아주 예까지 와 버렸어. 뭐, 어렵게 굴 건 없다. 형식은 필요 없으니 어서 차나 내 놓아라, 차나."

내던지듯 말하고는, 잘 아는 성 안이라 주건물 첫 방 상좌에 앉아, 가쁜 숨을 몰아쉬며 뒤따라 온 가신들을 돌아다보며 떼를 쓰는 아이들처럼 옷깃을 젖히고 부채로 바람을 불어넣었다.

"아, 덥다."

차를.

과자를.

깔개를——.

무엇을 먼저 내놓아야 할지, 성안 사람들은 허둥거리기만 했다.

워낙 뜻밖의 일이었던 것이다.

하야시 사토노카미와 미마사카 형제는 황망히 노부나가 앞에 나아가 정식으로 인사를 올렸으나, 시녀나 부하들이 허둥거리는 것을 그냥 내버려 둘 수도 없어서 일단 물러났다.

"곧 점심때가 될 게고, 말을 달려 오셨으니 시장기도 느끼시리라. 당장 잡수실 것을 내놓으라고 하실지도 모르니, 어서 주방에 연락해서 요리를 준비해 놓도록 해라."

사토노카미가 그렇게 분부하고 있자, 아우인 미마사카가 옷소매를 잡아당기며 속삭였다.

"형님? ……저쪽에서 시바타 님이 잠깐 뵙자고 합니다."

사토노카미도 끄덕이며 귓속말로 말했다.

"음, 곧 간다. 너도 먼저 가 있어라."

그날도 시바타 곤로쿠는 나고야 성에 와 있었던 것이다. 밀담을 마친 뒤 돌아가려는 참에, 갑자기 주군 노부나가가 내방했다고 소동이 벌어지는 바람에 얼굴을 보일 수도 없고 돌아갈 수도 없어, 허둥지둥 서원 뒤쪽에 있는 으슥한 방으로 뛰어 든 것이었다.

이윽고 미마사카가 나타났다. 곧 이어 사토노카미도 나타나자, 세 사람은 겨우 한숨을 몰아쉬며 이마를 맞댔다.

"뜻밖이군. 정말 놀랐어."

"매사가 이 모양이니 정석대로 나가면 실수하기 쉽소. 도대체 세상에 추측키 어려운 것이 있다면, 천치의 당돌한 작심처럼 추측하기 어려운 것이 또 있겠소?"

"맞소."

곤로쿠는 눈짓으로 안을 가리키며 말했다.

"그 산전수전 다 겪은 늙은 야마시로노카미 도산마저 아직 입술이 여물지 않은 주군에게 당한 까닭은……."

"바로 이거야."

"형님?"

미마사카는 아까부터 미간에 험악한 빛을 띠고 주위를 살피고 있다가, 더욱 더 목소리를 낮추며 속삭였다.

"지금 막 곤로쿠님과 의논한 일입니다만, 이것은 어쩌면 하늘이 내린 절호의 기회가 아닐까요?"

"그럼 주군을?"

"그렇습니다. 점심을 드시게 하면서 그 사이에 칼에 능한 무사를 숨겨 두었다가 제가 곁에서 모시는 척하며 신호를 하면 곧 노부나가 공을……."

"만약 실패하면?"

"걱정할 것 없소. 뜰, 복도 할 것 없이 도처에 무사를 배치시켜 포위하고, 다소 부상자가 날지라도 눈 딱 감고 시해할 각오만 하면……."

곤로쿠가 보충설명을 했다.

"어떻소, 사토노카미?"

하야시 사토노카미는 잠자코 고개를 떨어뜨린 채 생각하고 있었으나, 곤로쿠와 미마사카의 강렬한 시선에 눌린 듯 입을 열었다.

"음. ……과연 지금이야말로, 두 번 다시 없을 기회일지도 모른다. 그럼……."

"결심했소?"

눈과 눈으로 마주보며, 세 사람이 일어나려고 했을 때였다.

쿵쿵거리는 힘찬 걸음이 복도를 걸어오더니 미닫이를 휙 열어 젖히며 말했다.

"오오, 여기 있었군. 사토, 미마사카, 차도 마시고 과자도 들었으니 그만 돌아가련다."

앗, 하고 일어서려던 몸을 움츠리며 세 사람은 그 자리에 못박혔다.

노부나가는 그 가운데 있는 곤로쿠의 모습을 빤히 쳐다보았다.

"허허……곤로쿠가 아닌가?"

노부나가는 다가가, 납거미처럼 엎드리고 있는 곤로쿠의 머리 위에서 미소 지으며 말했다.

"아까 들어올 때 그대의 말과 똑같은 말이 밖에 묶여 있는 것을 보았는데,

역시 그대가 와 있었군."

"예. ……마침 와 있기는 했습니다만, 보시다시피 지저분한 평상복 차림이라 주군 앞에 나가는 것이 오히려 실례가 될까 두려워 일부러 이곳에 있었습니다."

"하하하. 의외로 그대는 멋을 부리는 모양이군, 이 노부나가를 보아라. 이렇게 대수롭지 않은 옷차림이 아닌가?"

"황공하옵니다."

"여봐라."

차가운 부채 끝이 곤로쿠의 덜미를 간질이듯 가볍게 두드렸다.

"군신 간이 아닌가? 옷차림이니 뭐니 하며 거북살스럽게 생각할 것 없다…… 의식, 의식하고 형식을 찾는 것은 서울에 계시는 공경대부들이나 하는 일이야. 오다가는 시골 무사로서 족하다."

"앞으로는, 앞으로는 각별히……."

"왜 그러나, 곤로쿠? 떨고 있지 않은가?"

"노엽게 해 드린 것 같아 황공하여……."

"하하하. 괜찮다, 괜찮다. 그만 얼굴을 들어라……아니, 잠깐. 내 가죽신의 끈이 풀어졌는데 곤로쿠, 매 주지 않겠나?"

"예……."

"사도!"

"예."

"폐를 끼쳤어."

"무슨 말씀을……."

"하지만 노부나가뿐만 아니라, 이웃 나라의 적국 손님이 언제 들이닥칠지 모르는 일. 결코 마음을 놓아선 안 돼."

"항상 유의하여 준비를 게을리 하지 않고 있습니다."

"그래? 믿음직한 가신들을 두어서 노부나가는 안심할 수 있군…… 아니, 이 노부나가를 위해서만이 아니다. 자칫 잘못하면 그대들의 목도 없는 거야. 곤로쿠, 됐나?"

"다 맸습니다."

"수고했다."

노부나가는 아직 꿇어 엎드려 있는 세 사람 사이를 지나, 중간 복도를 거쳐 현관으로 크게 돌아 나갔다.

"……."

시바타 곤로쿠, 하야시 사토, 그리고 미마사카 세 사람은 창백해진 얼굴을 마주보며 일순 넋을 잃고 있었으나, 정신을 차리자 급히 노부나가를 뒤쫓아 나가 다시 현관 마루 위에 꿇어 엎드렸다.

그러나 노부나가의 모습은 이미 그곳에 없었다.

성문으로 내려가는 넓은 비탈길에 말발굽 소리가 울리고 있을 뿐이었다.

언제나 뒤늦게 당황하곤 하는 근신들이, 다시는 실수를 하지 않도록 돌아가는 길에는 노부나가 곁에 바짝 붙어 있었지만, 간마쿠와 도키치로 둘만은 훨씬 처져서 달려가고 있었다.

"간마쿠……."

"왜?"

"다행이군."

"응. 다행이야."

뒤처지기는 했지만, 그러나 두 사람은 그것을 부끄럽게 생각하지 않았다. 흐뭇한 마음으로 주군의 모습을 멀리서 바라보며 걸음을 재촉하고 있었다.

만약 불의의 사태라도 일어나는 경우에는 곧 기요스 성에 이변을 알리자고 아무도 모르게 짠 두 사람은 외곽 봉화대에 올라가 있었다. 여차하면 봉화지기를 베어 버리고 신호를 올릴 생각이었던 것이다.

나즈카(名塚)의 성채는 노부나가에게는 수족의 일부였다. 일족인 사쿠마 다이가쿠(佐久間大學)가 지키고 있었다.

그 해 8월이었다.

아직 날도 새기 전. 성채를 지키고 있던 군사들은 뜻하지 않은 군마 소리에 초가을 새벽녘의 단잠에서 뒤듯이 일어났다.

적은?

뜻밖에도 어제까지의 이쪽 편이었다.

"나고야 군사들의 모반이다. 시바타 곤로쿠의 수하 천 명에 하야시 미마사카의 수하 7백여 명. ……기습이다. 기습이다!"

망루에서 누군가 고함치고 있었다. 그 고함도 깊은 안개 속에서 들리고 있었다.

이곳의 수비군은 빈약했다.

1기, 또 1기, 안개를 뚫고, 즉각 기요스 본성으로 연락차 달렸다.

노부나가는 아직 자고 있었다.

그러나 침소까지 그 급보가 전달되었다. 그는 곧 갑옷을 입자 창을 들고 성문까지 달려 나왔다.

그의 뒤에는 아직 아무도 따르고 있지 않았다.

그러나 오직 한 사람.

노부나가보다 먼저 성문 밖 다릿목에 말을 끌고 나와 기다리고 있는 잡병이 있었다.

"……말에 오르십시오."

그 잡병이 노부나가 앞으로 말을 끌고 오면서 말했다.

노부나가는 뜻밖이었다. 자기보다 잽싼 녀석이 있는 것에 놀란 모양이었다.

"넌 누구냐?"

잡병은 전립을 벗으며 무릎을 꿇으려고 했다. 노부나가는 이미 말 위에 올라 앉아 말했다.

"그럴 필요 없다. 너는 누구의 휘하에 있는 자냐?"

"어리지기인 도키치로입니다."

"원숭이냐?"

노부나가는 기가 막혔다.

출진하는 터에 신발이나 들고 다니는 자가 선두에 나설 판은 아니었다. 그래도 보잘것없는 것이기는 했으나 갑옷 같은 것을 걸치고 전립도 쓰고 있었다. 그 분발한 모습이 노부나가에게는 유쾌하게 비쳤다.

"싸우러 나갈 작정이냐?"

"부디 뒤따르게 해 주십시오."

"좋다. 그럼 따라 오너라."

노부나가와 그의 모습이 아침 안개 속에 2, 3정(町)이나 멀리 사라졌을 무렵에야 성문 밖 다리를 뒤흔들며 20기, 30기, 50기, 이어 4, 5백의 군사들이 우르르 검은 노도가 되어 안개를 뚫고 뒤따랐다.

나즈카 성채의 수비군은 필사적으로 싸우고 있었다. 노부나가는 혼자서 공격군 진영으로 뛰어 들어갔다.

"나에게 칼을 들이대는 자는 얼굴을 보여라. 노부나가가 여기 왔다. 사토, 미마사카, 곤로쿠 따위들! 네놈들이 얼마나 힘이 있느냐. 무슨 생각에 나를 배반하는 거냐. 나오너라. 내 앞에 와서 그 힘을 과시해 봐라……."

그의 목소리는 분노에 차 있었다. 동시에 그 우렁찬 목소리는 공격군의 함성을 짓눌렀다.

"불충한 역도들아…… 노부나가의 처단을 받아라. 도망치는 것 또한 불충이니라!"

하야시 미마사카는 그 고함에 겁을 집어먹고 도망치기 시작했다. 아무리 생각해도 그것은 노부나가의 목소리같이 생각되지 않았다. 천둥에 쫓기는 듯한 느낌이었다.

그의 예하 장병 역시 주군에 대해서는 선천적인 두려움을 갖고 있었다.

직접 노부나가의 모습을 보고, 노부나가의 목소리를 듣고, 더구나 그 준엄한 위풍에 눌리자 손가락 하나 제대로 놀릴 수가 없었다.

"어딜 가느냐, 역적놈!"

노부나가는 도망치는 미마사카를 보자, 말 위에서 단창에 찔러 버렸다. 피가 흐르는 창을 꼬나들고 미마사카의 부하들에게 선언했다.

"주인을 시살해도 너희들은 주인이 될 수 없다. 역도를 따라 후세까지 오명을 남기기보다는 내 발 밑에 엎드려 사죄하라. 뉘우치는 자는 해치지 않으련다."

좌익이 무너지고 미마사카가 전사했다는 소식을 듣자 시바타 곤로쿠는 진을 풀고 스에모리 성으로 도망쳤다.

스에모리 성에는 노부나가의 모친이 있었다. 또한 노부나가의 아우인 노부유키가 있었다.

"이 일을 어쩌면 좋단 말이냐!"

패전을 전해 듣자, 모친은 울먹였고 노부유키는 몸을 부들부들 떨었다.

"이렇게 된 이상 어쩔 수 없는 일!"

도망쳐 온 반역군의 총수 시바타 곤로쿠는 머리를 깎은 뒤 갑옷을 버리고 가사로 갈아입었다.

그리고 하야시 사토노카미와 함께 대부인과 노부유키도 대동하고 다음 날 기요스 성으로 사죄하러 갔다.

오로지 믿을 것은 대부인밖에 없었다. 모친이라는 입장에서 그녀는 사도

와 곤로쿠가 일러 준 대로 노부나가에게 세 사람의 구명을 간청했다.

노부나가는 생각보다 노여워하지는 않았다.

"좋습니다."

선선히 모친에게 대답했다. 그리고 등골에 진땀을 흘리며 꿇어 엎드려 있는 시바타 곤로쿠를 불렀다.

"중대가리!"

"……예."

"곤로쿠 가쓰이에쯤 되는 자가 어쩌자고 머리는 깎아 버렸느냐, 그토록 당황했단 말이냐?"

노부나가는 쓴웃음을 지은 뒤, 이번에는 사토노카미를 향하여 정색을 하며 말했다.

"그대도 마찬가지다."

"나이는 어디로 먹었느냐? 히라테 나카쓰카사가 죽은 뒤로는 그대야말로 내 수족과 같이 생각했는데…… 생각할수록 나카쓰카사를 죽게 한 것이 분하구나."

노부나가는 눈물을 흘리며 잠시 묵묵히 앉아 있었으나, 이윽고 말을 이었다.

"아니다. 나카쓰카사를 죽게 하고 그대들을 역도로 만든 것은 모두 이 노부나가가 부덕한 탓. ……앞으로는 깊이 반성하리라. 그대들도 나를 섬기는 이상 두 마음을 먹지 말라. 무사로서 보람을 느낄 일도 아닐 게다. 무인의 길은 외길이 아니냐?"

사토노카미는 미몽에서 깬 듯했다.

노부나가의 진정한 모습을 지금 비로소 우러러 보며 그 천품을 깨달았다.

다만 두려움만이 온몸을 엄습했다. 몸 둘 곳을 몰랐다. 굳게 충성을 맹세하고 고개도 못 든 채 물러났다.

그러나 같은 혈육에게는 오히려 통하지 않는 듯했다. 아우 노부유키는 노부나가의 관대한 처분을 오히려 잘못 해석하였다.

"모친이 계시니까 난폭한 형도 감히 손을 못 댄 거다."

모친의 사랑과 맹목을 그늘 삼아, 노부유키는 그 뒤에도 음모를 중단하지 않았다.

노부나가는 탄식했다.

"노부유키의 장난은 장난으로 방치해도 좋지만, 그 때문에 많은 유능한 가신들이 역도가 되어 몸을 그르치게 된다. 혈육이기는 하지만 가문을 위해, 가신을 위해……."

기회를 보아 노부나가는 노부유키를 체포하여 마침내 베어 버리고 말았다.

이미 그를 어리석은 군주로 보는 신하는 없었다.

근래에는 그의 슬기롭고 날카로운 눈매를 오히려 두려워하는 경향이 있었다.

"내가 좀 지나쳤나?"

그러나 노부나가는 준비가 갖추어져 있었다. 그는 결코 가신들이나 혈육을 기만하기 위해 어리석은 주군을 가장했던 것은 아니었다.

부친 노부히데가 죽은 뒤, 그는 한 나라를 짊어 지고 사면의 적과 상대하지 않으면 안 됐다.

——자, 이젠 언제라도.

그는 준비가 갖추어질 때까지의 안전책으로 스스로를 위장했던 것이다. 적국을 기만하기 위해, 자기 영내에 잠입해 있는 수많은 첩자들을 기만하기 위해, 육친에게도 가신들에게도 그런 위장을 해 왔던 것이었다.

덕분에 그 동안 노부나가는 인간의 겉과 속, 그리고 세상의 깊이를 많이 배울 수 있었다. 그가 어렸을 때부터 명군으로 알려져 있었더라면, 모든 사람이 조심하여 결코 진심을 드러내 보이지 않았을 게 아닌가.

충성의 길

"원숭이, 빨리 오너라."

하인 감독역인 후지이 마타에몬(藤井又右衞門)이 허둥지둥 달려와 방안에서 쉬고 있는 도키치로를 불렀다.

무슨 일인가 하여 도키치로는 냉큼 일어나서 나왔다.

"저 말입니까?"

"부르신다."

"네?"

"주군께서 갑자기 네 말을 하며 불러 오라시는 분부야. ……너 혹시 꾸중 들을 일을 한 게 아니냐?"

"별로 기억이 없는데요."

"아무튼 곧 오너라."

마타에몬은 그를 재촉하더니 생각지도 못한 곳으로 앞장서 간다.

노부나가는 그날 무슨 생각을 했는지 성내 군량창을 시작으로 부엌을 한 바퀴 돌고, 나무광, 숯광까지 일일이 둘러보고 있었다.

"데려 왔습니다."
마타에몬이 노부나가가 걸어오는 옆에 꿇어 엎드리며 이렇게 사뢰었다.
"음, 데려 왔느냐?"
노부나가는 마타에몬 뒤에 대령하고 있는 도키치로의 모습을 보자 말했다.
"원숭이, 앞으로 나서라."
"예……."
"오늘부터 너를 주방 담당으로 돌린다. 알았나? 주방에서 일하는 거다."
"망극하옵니다."
"주방은 싸움터에서 용명을 떨칠 수는 없는 데지만, 실상은 화려한 싸움터보다 훨씬 중요한 곳이다. 말할 것도 없지만 충성껏 일해야 한다."
즉석에서 그의 지위와 급료는 지금까지보다 한 단계 승격했다. 주방 담당이라면 이미 말단 잡역은 아니었다.
그러나 주방으로 돌려진다는 것은 그 무렵, 모두들 무사로서의 수치이자 내리막으로 생각했다.
——녀석도 마침내 부엌으로 떨어져 버렸어.
이런 식으로 인식됨으로써 그 곳은 싸움터나 표면에서 활약하는 사람들에게는 인간 쓰레기통 정도로 생각되고 있었다.
말단 하인배들도, '주방 담당' 하면 업신여기기가 일쑤였고, 젊은 사람에게는 출세할 기회도 장래성도 없는 곳이었다. 마타에몬은 물러 나오자 도키치로를 동정하며 위로하듯 말했다.
"원숭이! 탐탁지 않은 일을 맡게 되어 섭섭할 테지만, 대신 급료는 늘었으니 그럭저럭 승진한 것으로 생각해 둬. 어리지기는 신분은 낮아도 주군을 모시고 일할 기회가 있어서 장래를 바라볼 수 있을지 모르지만, 대신 목숨을 걸 각오도 해야 하는 거야. 주방에 있는 한 목숨을 잃을 염려는 없을 테지. 두루 좋은 일이란 세상에는 없는 법이야."
위로를 받을 때는 위로해 주는 대로 예, 하고 끄덕이고 있었으나, 정작 도키치로에게는 조금도 섭섭해 하는 티가 안 보였다.
오히려 그는 노부나가에게 뜻하지 않게 발탁된 것에 감격하고 있는 듯했다.
어쨌든 그가 주방 일을 맡고 보니, 첫째 너무 어둡다는 것, 불쾌하게 축축한 기가 돈다는 것, 불결하다는 것 등이 눈에 띄었다.
한낮에도 햇빛을 모르는 생기 없는 일꾼과 요리사들이, 십년을 하루같이

미역을 삶아 낸 텁텁한 국물 냄새 속에서 살고 있었다.

'안 되겠는걸.'

도키치로에게는 견딜 수 없는 것이 있었다. 그는 음침한 것이 질색이었다. 어둡고 생기가 없는 분위기를 그는 가장 싫어하였다.

'벽에 창문을 내어 바람과 햇빛이 잘 들도록 해야겠어.'

그렇게 생각했으나 주방에는 주방의 조직이 있었고, 고참인 윗사람도 있어서 그 간단한 일 하나도 실행은 만만해 보이지 않았다. 도키치로는 매일 상인들이 납품하는 가다랭이 자반의 품질을 조사하고, 버섯, 박고지 등의 수량을 기입하는 일을 묵묵히 했다.

성내 주방에 출입하는 상인들은 도키치로가 담당이 된 뒤부터, 굉장한 친근감을 보이기 시작하였다.

"도무지 나리께서 말씀하시는 것을 들으면, 좋은 물건을 싸게 가져오지 않을 수가 없습니다요."

"정말 기노시타님 앞에서는 장사치도 머리를 숙일 수밖에 없군요. 건어물이건 자반이건 곡물이건 시세에 훤하시고, 물건을 보시는 눈도 틀림없는 데다가 싸게 사들이는 방법을 알고 계시니 말입니다."

모두들 그렇게 말했다.

"무슨 소릴!"

도키치로도 웃으며 대답한다.

"내가 장사치가 아닌 이상 잘 알고 못 알고가 어디 있어. 내가 이익을 먹는 건가! ……다만 그대들이 납품하는 물건은 모두, 이 성 안 가신들의 입으로 들어가는 거야. 생명은 음식에서 비롯된다는 말이 있지 않나? 그 성안의 생명은 결국 주방에서 올리는 음식 여하에 달린 것. ……조금이라도 좋은 음식을 올려야 하는 것이 우리 임무가 아니겠는가?"

또한, 때로는 그들 상인들에게 차를 대접하며 터놓고 잡담을 하면서 타이르기도 했다.

"너희들은 상인이니까 물건을 운반해 올 때마다 이것으로 얼마의 이득을 볼 수 있다……는 식으로 이득을 떠나서 생각한 일은 없을 테지만, 만약 적국의 손에 이 나라가 멸망한다면 어떻게 되겠나? 오랫동안 밀려 온 대금이 송두리째 사라지는 것은 물론, 타국 대장이 성주가 되면 타국에서 따라 온 상인이 너희들 대신 거래도 빼앗아 버릴 게 아닌가? ……이렇게 생각하면 무엇보다도 이 오다가를 근거로 해서, 나나 너희들이나 가지가 되고 꽃이 되어 자손 대대 같이 번영하고, 같이 이득을 볼 수 있도록 하지 않으면 안 될 거야. ……그러니 성내에 납품하는 물건에서 부당한 이익을 취하려는 생각은 너무 작은 욕심이라고 할 수밖에 없지."

그는 또 직접 식사를 담당하고 있는 우두머리 노인도 성의를 다해서 섬겼다. 뻔한 일도 일단 노인의 의견을 물었고, 내키지 않는 일도 일단은 복종하여 노인의 체면을 세워 주었다.

그러자 당연히 동료 일부 가운데서는 뒷공론이 일어났고, 그를 제거하려는 움직임조차 있었다.

"귀찮은 녀석이야."

"참견을 안 하는 데가 없단 말이야."

"원숭이란 녀석, 혼자만 일하는 척하거든."

자기가 하나의 물결을 일으킬 때, 그 물결에 부딪쳐 오는 다른 물결은 얼마든지 있을 수 있었다. 도키치로는 그런 것에는 전혀 개의치 않은 얼굴이었다.

식사 담당 노인과 의논하여, 노부나가에게 아뢰었더니 부엌의 개축도 허가가 내렸다.

그는 목수를 지휘하여 천장에는 통기창을 마련하고, 벽에도 큼직한 창문을 만들었다. 하수도를 비롯한 그 밖의 것도 그의 생각대로 개축되었다.

수호가인 시바가 차지하고 있던 때부터 수십 년 동안 한낮에도 등불을 켜놓고 음식을 만들어야 할 만큼 컴컴했던 기요스 성의 주방도, 이제는 아침 저녁으로 밝은 햇살이 비쳐들었다. 상쾌한 바람도 불어 들어왔다.

"음식이 너무 빨리 상한다."

"먼지가 눈에 띈다."

그런 불평이 있었으나, 그는 들은 척도 하지 않았다.

깨끗해지고 물건을 낭비하는 버릇도 없어졌다.

대략 1년쯤 지나니까, 주방은 그의 성격 그대로 밝고 바람도 잘 통하며, 활동적인 기능을 가진 곳으로 크게 변해 버렸다.

그 해 겨울.

지금까지 땔나무와 숯을 책임지던 무라이 나가토노카미(村井長門守)가 면직되고, 그 후임으로 도키치로가 임명되었다.

어째서 나가토노카미가 그만 두어야만 했을까?

그리고 어째서 자기가 새로운 책임자로 임명됐을까?

도키치로는 노부나가의 명을 받자 곧 그것부터 생각했다.

'옳지, 땔나무와 숯 사용량을 좀 줄여 보라는 뜻이구나. 아니, 그 뜻은 벌써 재작년부터 밝히신 바 있으니까, 무라이 나가토노카미가 절약하는 정도로는 마음에 안 드신다는 뜻일 테지.'

그는 넓은 성 안의 숯불을 피우는 곳, 나무를 때는 곳을 빼놓지 않고 두루 살펴보았다.

겨울이라 어디에 가나 불이 있었고, 큼직한 이로리가 마련되어 있었다.

특히 잡일을 하는 하인배들이나 젊은 무사들이 모여 있는 곳에는, 산더미 같은 숯을 이로리에 털어 넣고 멋대로 낭비하고 있었다.

"기노시타 님이다, 기노시타 님이다."

"누구야, 기노시타 님이?"

"새로 땔감 책임자가 된 기노시타 도키치로 님이야."

"아, 그 원숭이 말인가?"

"재를 덮어라. 재를."

젊은 무사들은 급히 재를 끼얹고, 아직 덜 탄 숯을 함부로 내버리고는 시치미를 떼고 있었다.

"여어, 수고들 하시오."

도키치로는 다가와 그들 틈에 끼어들며 자기도 불 위에 손을 얹었다.

"이번에 이 불초 도키치로가 땔감 관계를 맡아 보게 되었소. 잘 부탁합니다."

"그렇습니까?"

젊은 무사들은 근지러운 얼굴을 했다. 도키치로는 이로리에 꽂혀 있던 큼직한 쇠부젓가락으로 시뻘건 불을 파내면서 말했다.

"올해는 유난히 추운 것 같지 않소? 이렇게 불을 묻어만 두면, 손만 녹지 몸은 그대로일 거요. 그쪽 숯통 속에 있는 숯을 좀더 잔뜩 집어넣으시오. 그리고 지금까지는 방 하나에 하루 숯 몇 관……하는 식으로 정해져 있었던 모양이지만, 숯을 절약하면 추워서 기동이 여의치 않은 법. 얼마든지 쓰기로 합시다. 실장의 수결이다 뭐다 하여 일일이 귀찮은 수속을 거치던 것도 생략하고, 필요한 만큼 숯광으로 가지러 오시오."

보군이나 하인들 방에 가서도, 도키치로는 그런 식으로 절약, 절약 하고 귀에 못이 박히도록 귀찮은 소리를 들어 온 사람들에게 마음대로 땔감을 사용하라 장려를 하고 다녔다.
"이번 책임자는 유난히 인심이 후하지 않나."
"짐작건대 원숭이 나리, 일약 땔감 책임자가 되자 아주 기분이 좋아진 모양이야. 한창 인심을 쓰는 판일 테지. 원숭이 나리 말대로 섣부른 짓을 했다가는 나중에 우리까지 꾸중을 들을지도 모른다."
아무리 관대하게 내버려 둬도, 땔감 사용에는 자연히 어떤 한계가 있었다. 가신들은 오히려 자중하여 그 한계를 넘어서지 않았다.
기요스 성에서의 연간 땔감 사용량은 만여 평을 훨씬 넘었다. 영내의 벌목 면적만 생각해도, 매년 막대한 양의 나무를 재로 날려 버리는 셈이 되어, 지출되는 돈도 돈이지만 시정상의 필요에서도 노부나가는 그 절약을 거듭 촉구해 온 것이었다. 2년쯤 무라이 나가토노카미에게 책임을 맡겨 보았으나 조금도 실적이 올라가지 않았다. 반대로 비용이 불어나기도 하고 절약이라는 말이 가신들의 심리를 위축시키거나 반발심을 느끼게 했다.
도키치로는 우선 위축 상태에서 사람들을 해방시켰다. 다음에 그는 노부나가 앞에 나아가 이렇게 자신의 의견을 말했다.
"대체로 겨울 한 철은, 젊은 축이고 보군이고 하인배고 할 것 없이, 모두 방안에 틀어 박혀 밥이나 먹고 차나 마시며 쓸모없는 잡담으로 허송하고 있습니다…… 땔감 절약에 앞서 이런 악습을 고치도록 현명한 분부를 내려 주시기 바랍니다."
"그래?"
노부나가는 곧 그의 말을 받아들여, 노신에게 영을 내렸다.
노신은 주요 책임자들을 불러들여 가신들에게 평시의 일과를 다하게 할 방법을 숙의했다.
무구의 손질, 학습, 선(禪)의 수행, 영내 순시, 그리고 사격술, 창술은 물론, 성내 토목 공사를 비롯해서 말단 하인들에게는 말편자까지 만들게 했다.
요컨대 틈을 주지 말자는 것이었다.
무장의 입장에서 보면 가신들은 친자식처럼 사랑스런 것이다. 굳게 맺어진 군신 사이는 골육지간이나 다름없는 애정이 통하고 있었다.
일단 유사시에는, 그 가신들은 자기 말 밑에서, 눈앞에서, 목숨을 걸고 싸우다 죽는 것이다. 사랑스럽지 않을 리가 없었고 또한 그런 애정이나 주군의

충성의 길 271

은덕을 느끼지 않고서는 말 밑에서 죽을 용사도 없었다.

따라서 평시에는 아무래도 관대히 흐르기가 쉬운 것이다.

언제 싸움터로 나가게 될지 모른다는 배려가 있기 때문이었다.

그러나 노부나가는 그것이 오히려 가신들을 위해 좋지 않은 결과를 가져온다는 것을 느끼고 있던 참이라, 평시라 해도 단호히 한가한 틈을 주지 않도록 수양과 생활을 바로잡고 엄격한 일과를 다하게 했다.

동시에 안에 있는 부녀자들에게도 여러 가지 일을 배우게 하고, 청소와 농성시의 대비 등, 일어나면 자리에 들 때까지 여가 없는 생활로 규율을 바로잡았다.

물론 자기 자신들도 마찬가지였다.

어느 날, 도키치로가 나타나자, 노부나가는 다소 득의양양한 얼굴로 말했다.

"원숭이. 어떠냐, 요즘은?"

"예. 분부하신 효과가 보이기 시작했습니다만 아직……."

"부족하단 말이냐?"

"한층 더 분발해야겠습니다."

"어디가 부족한가?"

"성 안의 기풍이 성 바깥 일반 민가에까지 침투되어야 합니다."

"음, 딴은……."

노부나가는 근래, 도키치로의 말을 상당히 믿으며 받아들이고 있었다.

측근들은 그것을 언제나 씁쓰레한 얼굴로 백안시하고 있었다.

까닭은 도키치로만큼 짧은 기간에, 하찮은 말단직에서 다다미 위에 의젓이 올라앉게 된 예도 드문 일인데, 감히 주군 앞에 나서서 헌책 같은 것을 함부로 내놓다니, 천부당만부당한 일이라고 한결같이 눈살을 찌푸리는 것이었다.

그러나 연간 만여 평을 소진하던 땔감 사용량은 그 해 겨울 중간 무렵부터 눈에 띄게 줄어들기 시작했다. 도키치로 자신은 방마다 돌아다니며 듣기 좋은 말을 하고 다녔다.

"겨울은 추운 법, 숯이고 나무고 아끼지 말고 마음대로 쓰도록 하시오. 일일이 실장이 서명할 것도 없소. 자유로이 숯광에 가서 갖다 쓰시오."

하지만 모두가 여가 이용에 바빠지자, 땔감을 낭비하며 불을 끼고 한가로이 앉아 있을 틈이 없어진 것이다.

또한 다소 틈이 생긴다 해도, 계속 몸을 움직여 근육이 긴장했던 뒤라 자연히 불기가 필요 없었고, 취사나 그 밖의 일도 모두 간략해져서, 한 달분 연료로 석 달은 쓸 수 있을 만큼 달라져 버렸다.

그러나 도키치로는 그것으로 자기 직분을 다했다고 만족하거나 하지는 않았다.

다음 해에 사용할 땔감은 여름 중에 산에 가서 매입 계약을 해야 했다.

그는 거래 상인을 앞세우고 직접 산에 가보기로 했다.

그러나 현지 조사란 그 전부터 한낱 형식적인 것에 불과했다.

저 산에는 참나무 몇 백 그루, 이 산에는 상수리나무 몇 그루 하는 식으로 상인들한테 끌려 다녀 봤자, 산 하나에서 숯이 얼마나 만들어질지 전문가가 아닌 이상 짐작조차 할 수 없는 일이었다.

농사나 장사에 관한 일이라면 뭐든지 짐작할 수 있는 도키치로도, 숯에 관해서는 아무것도 알지 못했다.

"음, 음, 그래? ……음, 알겠다."

그 역시 종래의 관례대로 대충 돌아보고 산을 내려오는 도리밖에 없었다.

상인들은 그날 밤 도키치로 일행을 한 부유한 농가에 초대하여 크게 잔치를 베풀었다. 이 역시 관례대로였다.

"오늘은 나리들께서 수고가 많으셨습니다."

"무척 고단하시리라 생각됩니다."

"아무것도 차린 것은 없습니다만, 오늘 밤은 푹 쉬시기 바랍니다."

"앞으로도 계속 부탁드립니다."

이런 식으로 번갈아 인사를 하며 아부에 넘친 환대를 하는 것이었다.

물론 작부도 대령하고 있었다. 기생인지 여염집 아가씨인지는 모를 일이나, 예쁘게 단장한 여자들이 곁에 붙어 앉아 잔을 권하고 안주를 권했다.

"좋은 술이군."

도키치로는 즐거웠다. 기분이 나쁠 까닭이 없었다.

도키치로가 지분 냄새를 풍기는 얼굴들을 둘러보며 말했다.

"미인이군. 모두 미인들이야."

상인 하나가 조심스럽게 농을 했다.

"나리께서도 역시 여자는 좋으십니까?"

그러자, 당연한 소리는 왜 묻느냐는 듯이 도키치로는 정색을 하고 말했다.

"여자도 좋아하고 술도 좋아하지. 세상에 있는 것은 뭐든지 좋다. 다만 조심하지 않으면 좋은 것이 오히려 해가 될 뿐."

"해가 되지 않는 범위 내에서 마음에 드신다면 술이든 꽃이든 뭐든지……."

"알겠다. 마음껏 즐겨 보자……한데 그대들은 상담을 통 하지 않는데, 짐작건대 사양을 하고 있는 모양이구나. 그럼 이쪽에서 먼저 시작할 테니 오늘 돌아본 산에 관한 대장을 내놓아라."

"예, 있습니다. 잘 보시기 바랍니다."

"음, 자세하군. 나무 수는 이것이 틀림없나?"

"틀림없습니다."

"이것으로 숯 백 섬을 납품하는 것으로 되어 있는데, 이만한 산에 이 정도의 수량밖에 안 나는 건가?"

"작년보다는 납품량이 줄어서, 오늘 돌아보신 산으로 보아 그런 수량이 어림됩니다만……."

다음 날 아침 상인들이 도키치로에게 문안을 드리러 갔더니, 도키치로는 해 뜨기 전에 벌써 산으로 올라갔다는 것이었다. 그들은 놀라서 곧 뒤따라갔다.

가 보니——.

도키치로는 잡병과 이웃 나무꾼, 농사꾼 등을 동원해서, 각각 석 자쯤씩 자른 새끼 다발을 들려 가지고, 매입 계약을 한 산 일대의 나무 밑동에 한 가닥씩 그 새끼를 붙들어 매고 있었다.

새끼 수효는 처음부터 알고 있었다. 매고 나면 자연히 남은 새끼 수로 나무들의 수를 알 수 있었다. 대장에 기재된 나무 수와 비교해 보니, 거의 3분의 1이 넘게 수량에 큰 차이가 있었다.

"상인들을 모두 여기 불러 오너라."

도키치로는 나무 그루터기에 걸터앉아서 상인들에게 분부했다. 무슨 말을 할 작정인가 하여 모두 겁을 먹고 있는 듯했다.

산을 아무리 둘러 봐야 전문가도 아닌 자가 나무 수를 짐작할 수 있을 까닭이 없고, 사실상 지금까지의 땔감 책임자는 대장에 기재된 숫자를 그대로 인정해 주곤 했는데, 이번 책임자는 그 수에 넘어가지 않은 것이다.

"여봐라……."

"예……."

"이 대장에 기재된 수량과 실제 수량과는 많이 다르지 않은가?"

"……예?"

"예가 아니야. 어인 까닭이냐? 그대들은 영주님의 은혜를 고맙게는 생각하지 않고, 오히려 이득에만 급급해 영주를 속이고 이런 엉터리 대장으로 폭리를 취해 온 게 아니냐!"

"처, 천만의 말씀입니다."

"그렇다면 왜 이리 수량에 차이가 있느냐? 이런 식으로 납품을 한다면, 백 섬이 들어 와야 할 것이 6, 70섬, 천섬이 들어와야 할 것이라면 6, 7백 섬밖에 납품이 되지 않는 셈이 아니냐?"

"저, 절대로 그렇게는……."

"닥쳐라. 오랫동안 산에서 일해 온 너희들이 이토록 큰 착오를 일으킬 리가 없다. 고의로 한 짓인 이상 나를 속이고 국비를 사취한 대죄를 면치 못하리라!"

"황공합니다."

"일동의 가세를 몰수하고 단죄에 처해도 무방할 테지만 지금까지는 관원 측에도 잘못이 있었던 일. 이번만은 특별히 용서하니 실제 수량을 다시 적어 내도록 하여라."

"분부대로 거행하겠습니다."

"하나, 그것만으로 용서할 순 없다."

"예?"

"옛 사람도 말했느니라. 나무 한 그루를 베면 열 그루의 나무를 심어야 한다고. ……어제부터 이곳 산을 둘러보니, 해마다 벤 나무는 많으나, 심은 흔적은 별로 안 보인다. 이래 가지곤 여러 해가 지나면, 기슭 일대의 전답은 홍수에 휩쓸려, 결국은 나라가 피폐하게 된다. 나라가 피폐하면 너희들에게도 당연히 부담과 불행이 미치게 되는 것, 진실로 이득을 바라고, 진실로 나라의 부강을 원하고 자손의 행복을 바란다면 먼저 나라를 튼튼하게 하지 않으면 안 된다."

"예……."

"그런 의미에서, 또 오늘날까지 폭리를 취해온 벌로서, 앞으로 천 그루의 나무를 베어낼 때는 5천 그루의 묘목을 바쳐야 한다. 엄히 영을 내리는 바이니 그대로 거행하겠느냐?"

"황공하옵니다. 그것으로 용서해 주신다면 묘목은 어김없이 바치겠습니다."

"그럼 인부 삯으로 대장에 기입된 수에 5푼은 더 가산해 주기로 하지."

또한 그는 이 날 일을 거들게 한 농부들에게는 벌목 후의 식수를 명하고, 묘목 백 개에 대하여 노임 얼마라는 액수까지 정한 다음, 그것은 성에서 지불하리라는 말을 했다.

"자, 돌아가자."

도키치로가 앞장서자, 상인들은 겨우 숨을 돌리는 기색이었다. 그리고 제각기 산을 내려오면서 서로 속삭였다.

"이번 양반은 함부로 다룰 수가 없겠는걸."

"하지만 이치는 분명하신 분이야."

"지금까지처럼 폭리는 취할 수 없게 됐지만, 그렇다고 밑질 염려도 없으니……그저, 가늘게 먹기로 하지."

마을까지 내려오자 상인들은 얼른 돌아가려고 하였으나, 도키치로는 그것을 만류하였다.

"이제 임무는 끝났다. 오늘 밤은 나를 따라 오너라. 나도 좀 푹 쉬어야겠다."

그는 거리의 여관으로 일동을 끌고 가 어젯밤의 답례로 푸짐하게 대접했다. 그 자신도 거나하게 취하여 흉허물 없는 태도를 보여 주었다.

만원

그는 유쾌했다.

혼자 어쩔 줄 모르며 기뻐하고 있었다.

까닭은 이러하다.

"원숭이."

여느 때처럼 노부나가의 부름을 받고 대령했더니, 노부나가가 이런 말을 하는 것이었다.

"주방이란 원래 경제가 위주로 돼야 하는 곳인데, 너 같은 놈을 주방에 처박아 둔다는 것은 크게 비경제적이라는 것을 알았다. 이후부터는 마구간 담당을 명한다."

이어서 급료 30관, 성 밖 무사 마을에 택지도 받는 군은을 입은 것이었다.

기뻤다.

그는 기쁜 일이 있으면 솔직히 기뻐하는 사나이라 저절로 웃음이 얼굴에 번지는 것을 감추지 못하고 있었다.

당장 그전의 동료인 간마쿠의 방으로 갔다.

간마쿠는 아직도 어리지기를 하고 있었다.

"어때? 틈 좀 낼 수 있나?"

"왜?"

"밖에 나가세. 내가 한 잔 살 테니까."

"그만 둬."

"왜?"

"임자는 이젠 주방 책임자급. 이 간마쿠는 예나 다름없는 어리지기가 아닌가? 임자 체면이 손상될 거요."

"별 소리를. ……그런 생각이 있다면 이렇게 그대부터 찾아왔을 리 있나? 실은 지금까지도 과분한 대우를 받고 있었던 셈인데, 오늘 다시 마구간 담당에 30관이라는 군은을 입었어."

"허어……."

"말단에 머물러 있기는 하지만 임자의 충성스런 마음을 나는 믿음직하게 생각하고 있어. 그렇기 때문에 이 기쁨을 같이 나누고 싶은 거야. 어때? 나가지 않으려나?"

"그거 반가운 소식이군. ……하지만 도키치로, 임자는 나보다 정직하단 말야."

"응? 무슨 소린가?"

"임자는 나한테 아무 것도 숨기지 않지만, 나는 임자에게 숨겨 온 일이 많아. 실은 나도 어리지기는 하고 있지만, ……때로 특별한 소임을 맡기도 하기 때문에 주군께서는 막대한 상급을 내리시곤 하네. 그 돈은 모두 고향으로 보내고 있지만."

"흠, 고향에 집이 있었나?"

"고슈(江州) 쓰게(柘植) 마을에 가면 일족도 있고, 하인도 20명쯤 부리고 있네."

"흠. 그럼 임자의 인술은 고가류(甲賀流)군."

"쓰게 마을은 이가류(伊賀流)야."

충성의 길 277

"아, 그렇던가?"

"그러니 임자 턱을 얻어먹어서는 이쪽이 면목이 없지 않나? 앞으로 좀더 출세를 하면, 그때 사기도 하고 얻어먹기도 하세."

"그래? 미처 몰랐군."

"풍운은 이제부터가 아닌가?"

"그렇지. 이제부터야."

"미뤄 두세. 앞날로."

"좋아. 그것도 좋은 생각이야."

도키치로는 더욱 유쾌해졌다.

세상은 참으로 밝다고 생각했다.

그의 눈앞에는 그늘이나 어둠 같은 것이 없는 것이다.

무서운 비밀을 지닌 첩자 간마쿠마저 그에게는 마침내 모든 것을 털어 놓았다. 성내에서 누구 하나 아는 사람이 없는 자신의 신상까지 간단하기는 했지만 들려 주었다.

오늘 오른 봉급은 불과 30관이지만, 이 30관에는 지난 2년 동안 주방에서 일한 그의 공적을 주군 노부나가가 인정해 준다는 뜻이 포함되어 있었다.

그는 그것이 기뻤다. 땔감 소비량도 그전 소비량의 반 이하로 줄어들었지만, 그런 숫자보다 더 기쁜 것이다.

"경제를 위주로 해야 하는 주방에 너 같은 놈을 처박아 둔다는 건 크게 비경제적인 일."

노부나가가 한 이 말이 무엇보다 잊을 수 없는 기쁨이었다. 노부나가공도 재미있는 말씀을 곧잘 하신다고 탄복하면서 그저 기쁠 뿐이었다.

곁에서 보면 다소 모자라게 보일지도 모른다.

그는 혼자 연신 빙글거리며, 이따금 보조개까지 만들면서 성을 나와 기요스의 거리를 어슬렁거리고 있었다.

거리를 걸어가도 흐뭇했다.

앞으로 닷새, 전역된 것을 계기로 그에게 휴가가 주어져 있었다. 그 사이에 하사 받은 집도 보고, 보나마나 무사 마을 골목에서도 가장 작은 문과 울타리 사이가 고작해야 다섯 간쯤밖에 되지 않는 집일 테지만, 그래도 가재도구를 들여 놓고 할멈과 하인 하나쯤은 구해 놓아야 했다.

'생전 처음 한 집의 주인이 되는 거다. 그 집을 보지 않을 수 있단 말인

가?'

그렇게 생각하며 그는 걸어갔다.

이웃에는 마구간에서 일을 보는 자들만 살고 있었다. 조장댁을 찾아가 인사부터 드렸다. 조장은 집에 없었지만 부인이 나와 물었다.

"아직 혼자신가요?"

"혼잡니다."

그는 솔직히 대답했다.

"그럼 여러 가지로 불편하시겠군요. 마침 우리 집엔 하인배들도 있고 남아도는 가구들도 있으니, 필요한 것은 뭐든지 쓰세요."

친절한 아낙이었다. 도키치로는 앞으로 많이 귀찮게 해드릴 거라는 말을 미리 하고 문을 나섰다.

그러자 부인은 일부러 문 밖까지 따라 나오며 하인 두 사람을 부르더니 분부했다.

"새로 마구간 일을 맡아 보시게 된 기노시타 도키치로님이시다. 저쪽 오동나무 밭의 빈집에 곧 이사 오신다고 하시니, 너희들이 잠깐 안내해 드려라. 그리고 손이 비는 대로 청소라도 깨끗이 해 두어라."

도키치로는 하인들의 안내를 받아 앞으로 자기 집이 될 관사로 가 보았다. 생각보다 큰 집이어서 그는 문 앞에서 중얼거렸다.

"어허, 훌륭한걸."

들으니, 그 전에는 고모리 시키부(小森式部)라는 사람이 살았다고 한다. 그것도 아주 오래 전이었던 듯, 집은 많이 낡았지만 그래도 그의 눈에는 훌륭하고 당당하게만 보였다.

"뒤꼍은 오동나무 밭이군. 어쩐지 길조 같은데. 우리 기노시타가는 가문(家紋)으로 선조 이래 오동나무 무늬를 쓰고 있으니까 말이야."

확실한 기억은 없었지만, 어쩐지 그런 것만 같았다. 부친 야에몬의 낡은 갑옷 궤에선가, 소검의 칼집에선가, 분명 오동나무 무늬를 보았던 것 같아, 안내해 온 하인에게 그런 말을 했던 것이다.

자신도 알고 있는 일이었지만, 특히 기분이 좋을 때는 그리 필요치도 않은 말을 또는 분명치도 않은 말을 얼결에 해 버리는 버릇이 그에게는 있었다.

입 밖에 낸 다음에야, '녀석 또 허튼 소리를 했구냐 하고 스스로 꾸짖었지만, 결코 악의에서 하거나 경박해서 그러는 것은 아니어서 그리 큰일로 생각하지는 않고 있었다.
 그러나 대체로, '원숭이란 녀석은 허풍을 깐다'는 평이 일부에 있는 것도 거기에 원인이 있었다.
 그 자신도 그것을 인정하고 있었다.
 '하긴 나도 풍을 까지 않는 것은 아냐……'
 그러나 그 때문에 그의 전부를 오해하거나 혐오하는 소심한 결벽주의자는 결국 그의 위대한 생애의 동반자가 될 수 없는 사람들이었다.
 잠시 뒤 그의 모습은 번화한 기요스의 중심가에 나타났다.
 가구 같은 것을 산 모양이었다.
 그리고 고물상 앞에서 문득 걸음을 멈추더니, 우연히 오동나무 무늬가 든, 갑옷 위에 덧입는 하오리가 눈에 띄었다. 그는 곧 값을 물어보았다.
 "싸다……."
 당장 사서 입어 보았다. 조금 길었으나 아주 흉하지는 않은 것 같아 입은 채 그냥 걸어갔다.
 하오리라고는 해도 무명으로 만든 것이었다. 다만 깃 부분에만 금수를 놓은 비단 같은 헝겊이 대어져 있었다. 누가 입었던 것인지는 모르나, 등허리에 오동나무 무늬가 하얗게 새겨져 있었다.
 '이런 내 모습을 어머님에게 보여 드리고 싶구나.'
 이런 번화한 거리를 걷고 있으면, 그는 다른 의미에서 감개무량함을 느꼈다.
 니카와 마을의 옹깃집에서 일하던 때가 생각나는 것이다. 그릇을 잔뜩 실은 수레를 밀고 맨발로 그는 걸어다녔다. 많은 행인들이 더구나 아름다운 여자들이 쳐다보는 가운데를. 그 무렵의 비참했던 자신의 모습이 자꾸만 떠올랐다.
 옷가게에 들어갔다.
 가게 안에는 교토산 직물로 된 값진 옷들이 즐비했다.
 "그럼 틀림없이 보내 줘야 하네."
 무엇을 샀는지 그는 이 말과 함께 대금을 놓고 나왔다. 그의 호주머니는 항상 그런 식으로 휴일을 한나절만 보내면 빈털털이가 되는 것이 보통이었다.
 〈쌀 만두〉라는 훌륭한 자개 간판이 거리 모퉁이에 걸려 있었다. 그것은 기요스의 명물이어서 언제나 많은 나그네들이 들끓었고, 또 지방 사람들도 수없이 드나들었다.

"만두를 주게."
도키치로는 금방 고물상에서 산 오동 무늬 하오리를 걸친 채 붐비는 손님들 사이를 뚫고 들어갔다.
"어서 오십시오. 여기서 잡수실 겁니까, 가지고 가실 겁니까?"
빨간 앞치마를 두른 소녀가 물었다.
도키치로는 걸상에 걸터앉으며 말했다.
"양쪽 다. 먼저 여기서 먹을 것부터 줘. 그리고 따로 수고비를 낼 테니, 나카무라로 돌아가는 마부에게라도 부탁해서 그곳에 있는 우리 집까지 만두 한 상자를…… 큰 상자로 보내 주도록 해."
돌아서서 일을 하고 있던 가게 주인인 듯한 사내가 인사를 했다.
"아니, 나리께서 또 들르셨군요. 번번이 감사합니다."
"여어, 여전히 번창하는군. 지금 또, 나카무라로 보낼 만두를 부탁한 참인데……."
"예. 염려 마십쇼. 나카무라까지는 인편도 많지만, 일부러 나카무라에서 예까지 찾아오시는 분도 계시니까요."
"아무 때고 좋다…… 그리고, 이 편지를 아울러 만두 상자에 넣어 주게."
도키치로는 준비하고 있던 편지를 점원에게 주었다.
──어머님전 상서.
도키치로 올림.
그런 글씨가 겉봉에 씌어 있었다.
점원은 그것을 받아 들고 물었다.
"무슨 급한 일이라도 계십니까?"
"빠를수록 좋긴 하지만, 급한 일은 아니야. 워낙 우리 어머니께서는 이 집 만두라면 사족을 못 쓰셔서……."
이렇게 말하면서, 그도 한 개를 입에 집어넣었다.
그러나 그 만두의 맛에는 그에게 곧 눈물이 글썽거리게 하는 어떤 기억이 있었다.
어머니가 그토록 좋아하는 만두.
사 드리고 싶었지만.
자신도 먹고 싶었지만.
살 돈이 없어 군침을 삼키며 수레를 밀고 그냥 지나쳐 다녔던 측은한 소년 시절이 여기에 오면 언제나 생각나는 것이었다.

"여어, 기노시타가 아닌가?"

젊은 아가씨를 동반한 무사였다. 아까부터 이쪽을 바라보고 있더니, 그가 만두 접시를 비우자 그렇게 말을 건네며 다가 왔다.

"아니, 이게?"

도키치로는 고개를 숙였다.

궁조(弓組)에 있는 아사노 마타에몬나가카쓰(淺野又右衛門長勝)였던 것이다. 말단직에 있을 때부터 신세를 진 사람이어서 각별히 예의를 갖춰 대하고 있었다.

그러나 장소가 성 안과는 달리 거리의 만두집이었으므로 마타에몬도 오늘은 흥허물이 없었다.

"혼잔가?"

"네. 혼잡니다."

"이쪽으로 오지 않으려나? 마침 네네(寧子)도 데리고 나왔으니."

"아, 아가씨께서도."

도키치로는 옆을 보았다.

바로 걸상 하나를 사이에 두고 열일곱, 여덟쯤 돼 보이는 자그마한 미모의 아가씨가 하얀 목덜미를 보이며, 어수선한 손님들 사이에 단정히 돌아앉아 있었다.

미모라고 했지만, 도키치로도 여자에 대해서는 상당한 심미안을 갖추고 있었다. 반드시 그의 눈에만 그렇게 보이는 여성이 아니어서 누가 보든 "미인이다!" 하고 매혹되지 않고는 못 배길, 수준 이상의 아름다운 아가씨였다.

이름은 네네라고 했다. 그 귀여운 이름도 이 아가씨에게 잘 어울렸다. 자그마하게 정돈된 용모에 조용하고 슬기로운 눈을 가지고 있었다.

마타에몬은 도키치로를 부르더니 그 미모의 아가씨 곁으로 끌고 갔다.

"네네……"

"예?"

"이 분은 기노시타 도키치로. 이번에 주방에서 마구간 담당으로 승진하신 분이다. 인사드려라."

"……네, 하지만."

네네는 얼굴이 발그레해지면서 말했다.

"기노시타 님은 처음 뵙는 분이 아니십니다."
"뭣이? 알고 있단 말이냐?"
"네."
"언제 어디서?"
"편지도 받았고 선물도 받은 일이 있습니다."
마타에몬은 기겁을 한 얼굴이 됐다.
"그거 고약하구나. 편지를 서로 주고 받았단 말이냐?"
"제가 드린 일은 없습니다."
"그렇다 해도 아비인 나한테 숨겨 왔다니, 그런 괘씸한 일이 어디 있니?"
"아닙니다. 어머님에게는 일일이 여쭈어 왔습니다. 어머님은 거듭되는 선물을 굳이 사양하고 있지만, 설이나 단오 같은 날에는 기노시타 님은 으레 선물을 주셨습니다. 아버님도 고맙다는 말씀을 해주셔요."
"흠……."
마타에몬은 딸의 얼굴과 도키치로의 얼굴을 번갈아 보며 말했다.
"도무지 아비란 존재는 눈만 부릅뜨고 있었지 멍청하기 짝이 없었구나…… 몰랐어…… 흔히들 원숭이 나리는 빈틈이 없다는 말을 하고 있었지만, 설마 내 딸에게까지 눈독을 들일 줄은 몰랐단 말이야. 하하하."
"……죄송합니다."
도키치로는 손을 돌려 뒤통수를 긁적거렸다.
굉장히 겸연쩍은 모양이었다.
그러나 고생을 많이 해 온 아사노 마타에몬이 그렇게 소탈하게 웃어 주는 바람에 한결 구원받은 것 같은 표정이었으나, 그래도 붉어진 얼굴은 좀처럼 식을 기미를 안 보였다.

사실——.
네네 쪽에서는 어떻게 생각하고 있는지 몰랐지만, 상대방의 의사에 관계없이 도키치로는 네네가 좋았다.
그래서 그는 나카무라에 있는 어머니와 누님에게 이따금 옷감을 사 보내는 김에, 네네에게도 그에게는 분에 넘치는 값진 비단 옷감을 선사해 왔던 것이었다.

처녀의 가슴

"여보!"

아사노 마타에몬은 집으로 돌아오자, 곧 벼락같은 소리로 아내를 불렀다. 부인 오코이는 허둥지둥 남편을 맞이했다.

"지금 돌아오세요?"

"술 준비를 해라."

그는 느닷없이 말했다.

"손님을 데리고 왔어."

"그래요. 누구신데요?"

"네네 친구다."

"네?"

부인은 뒤따라 들어오는 도키치로의 모습을 보았다.

"기노시타 님이었군요."

"여보!"

"네?"

"무사의 아내로서 돼먹지 못하지 않았느냐 말이야. 어째서 나한테는 아무 말도 안했지? ……기노시타와 네네는 진작부터 서로 알고 있다지 않나? 알고 있으면서 왜 잠자코 있었느냐 말이오."

"죄송해요."

"죄송하다면 그만인가? 덕분에 망신을 당하지 않았나?"

"하지만 편지 같은 것을 받아도 네네는 저한테 숨긴 적이 없었어요."

"당연하지."

"게다가 네네는 총명하거든요. 결코 잘못을 저지를 아이가 아니라고 어미인 저는 믿을 수 있었기에, 남자들한테서 혹시 쓸데없는 편지를 받는 수가 있어도 일일이 당신 귀를 괴롭혀 드리지 않았어요."

"저렇다니까. 당신도 네네를 너무 믿고 있어. 모른단 말이야……요즘 젊은 애들은."

마타에몬은 자신이 앞을 막아서고 있는 바람에 문간에서 엉거주춤하고 있는 도키치로를 돌아보며 웃어댔다.

"하하하……."

도키치로는 여기서도 머리만 긁적거리고 있었다. 그러나 사랑하는 사람의 집을 그 부친의 권유로 방문했다는 사실에, 그는 무슨 큰 은총이나 입은 것 같아 가슴이 설렜다.

"자, 올라오시오."

마타에몬은 앞장서서 그를 객실로 안내했다.

객실이라고 해도 불과 10조 정도의 방이 이집에서는 가장 넓고 좋은 방이었다.

궁조에 속하는 무사들만 살고 있는 이 마을도, 오늘 그가 보고 온 자신의 집과 별 차이 없는 비좁고 가난한 집들이었다.

하기는 오다가의 가신은 모두가, 중신에서 보군에 이르기까지 큰 차이 없는 검소한 생활을 하고 있었지만, 그렇다 치고도 객실에는 무구(武具)를 제외하면 별로 눈에 띄는 가구가 없다.

"네네는 어디 갔소? 네네의 모습이 안 보이지 않나?"

"제 방으로 들어갔어요."

부인은 손님을 위해 끓인 물을 떠내며 대답했다.

"어째서 손님에게 인사를 하지 않는가? 내가 있으면 요리조리 내빼기만 한단 말이야."

"그럴 리가 있어요? 옷도 갈아입고 머리도 빗어야 할 테니까요."
"쓸데없는 짓, 어서 술이나 준비해서 가져오도록 해. 변변치는 않겠지만, 도키치로에게 요리 솜씨도 좀 보여 드리고."
"아니올시다."
도키치로는 몸을 굽히며 거북해 하였다.
성내의 시바타, 하야시 같은 쟁쟁한 중신들로부터는 뱃심 좋고 얼굴 가죽도 두꺼운 사내라는 지목을 받고 있는 그도, 여기서는 그저 수줍기만 한 평범한 청년에 지나지 않았다.
네네는 엷게 화장을 한 얼굴로 잠시 후에 나타나 인사를 했다.
"별로 준비한 것은 없습니다만, 아시다시피 아버님은 그저 말씀하시기를 좋아하시는 분이니 천천히 놀다 가시기 바랍니다."
도키치로는 마타에몬의 말에는 멍청한 대답만 하면서, 네네의 몸 움직임과 뒷모습만 바라보고 있었다.
옆얼굴도 예쁘구나.
그런 생각도 했다.
무엇보다 마음에 든 것은 조금도 꾸밈이 없는, 이를테면 무명 옷감처럼 있는 그대로의 모습을 보여 주는 것이었다.
공연히 수줍어한다든가, 새침을 떠는 흔히 보는 여성의 교태를 그녀에게서는 찾아볼 수 없었다.
그렇다고 포근한 여성다운 맛이 없는가 하면 그렇지도 않았다. 으스름달밤, 고요히 핀 들꽃처럼 향기로운 것이 있었다. 어렴풋하고 청초한 것이었다.
민감한 도키치로의 시각과 후각은 끊임없이 그런 것을 느끼고 있었다. 그는 넋을 잃고 있는 손님이었다.
"어떤가, 또 한 잔."
"네."
"술은 좋아한다면서?"
"그렇습니다."
"한데 웬일인가? 통 들지 않는 것 같으니."
"차차 들겠습니다."
그는 주안상 한 곁에 술병을 앞에 놓고 옆얼굴에 불빛을 받고 있는 네네의 모습만 물끄러미 바라보고 있었다. 네네의 눈이 문득 자기 쪽으로 움직이면, 그는 허둥대면서 붉어진 얼굴을 쓰다듬곤 했다.

"어, 이거 너무 마시는 것 같습니다."

자기보다 네네가 오히려 침착한 것을 느끼자 더욱 얼굴이 붉어지고 자신이 한심스럽게 생각되었다.

또한 마음속으로는——.

나도 언젠가는 때가 오면 아내를 가지게 될 텐데, 그때는 이런 미인을 얻고 싶다. 이런 여성이라면 반드시 어떤 가난도 견디어 주리라. 어려움과도 싸울 수 있으리라. 훌륭한 아이도 낳을 수 있으리라.

그런 생각을 했다.

현재의 그는 무엇보다도 가정을 가진 뒤의 가난과 온갖 어려움을 생각하지 않을 수 없었다.——원래 돈에는 별로 뜻을 두고 있지 않은 데다, 앞길에는 더욱 많은 고난이 기다리고 있을 것만 같았다.

또한 남편으로서 그가 여성에게 바라고 싶은 것은, 물론 정숙하고 용모도 단정해야 했지만 가장 중요한 점은 일자무식인 농사꾼인 어머니를 자기 이상으로 소중히 모실 수 있는 여성, 그리고 밖에서의 남편의 활약을 뒤에서 언제나 웃는 얼굴로 격려해 줄 수 있는 여성이었다.

이 두 가지 조건 외에는 앞에서 말한 대로 가난을 같이 즐길 수 있을 만한 기개를 지닌 여성이었다.

'이 처녀라면……'

그는 줄곧 그 생각을 하고 있었다.

하기는 그런 의미에서 눈독을 들이기 시작한 것이 오늘 밤에 비롯된 것은 아니었다. 벌써 오래 전부터였다.

아사노 씨의 딸이 훌륭하다는 세평이 나기도 전에 벌써부터 그녀를 노리기 시작하여, 틈틈이 선물 같은 것도 보내 봤던 것이었다. 그러나 이토록 가까이서 자세히 바라보며 마음을 굳힌 것은 오늘 밤이 처음이었다.

"네네!"

"예."

"잠깐 기노시타 씨와 할 얘기가 있으니, 너는 물러가 있거라."

마타에몬이 갑자기 그런 말을 했다.

옳거니 하고, 이미 사위가 된 기분으로 멋대로 공상에 잠기기 시작한 그는 다시 얼굴이 화끈 달아올랐다.
마타에몬은 다소 정색을 하며 말했다.
"······다름이 아니라 기노시타."
"네."
"내 솔직히 털어 놓고 할 말이 있는데."
"예."
"까다롭지 않고 겉과 속이 항상 같은 그대이기에 믿고 얘기하는 걸세."
"무슨 말씀이든 하십시오."
도키치로는 네네의 부친이 이토록 자기에게 친근감을 보여 주는 것이 몹시 기뻤다. 은근히 이해를 떠나 무슨 말이든지, 하는 성의를 보이며 그도 앉음새를 고쳤다.
"다름이 아니라 저 애도 이젠 나이가 찼으니 말이야."
"······지, 지당한 말씀입니다."
목이 갈라지며 이상하게 말이 막혔다.
잠자코 끄덕이기만 해도 될 일을, 왠지 맞장구를 치지 않으면 미안할 것만 같아, 이따금 어울리지도 않는 말을 했다.
"그래······실은 사방에서 그 애에게 과분한 혼담이 줄줄이 들어와, 부모로서 선택에 골치를 앓고 있는 중인데······."
"물론······그러실 겁니다."
"한데 말일세."
"예."
"부모가 괜찮다고 생각하는 자리는 본인의 마음에 들지 않는 수도 있고 해서······."
"알 만합니다. 여자의 일생은 행불행이 다만 한 가지, 그 첫걸음에 좌우되는 것이니까요."
"주군을 곁에서 늘 모시고 있는······측근 중의 한 사람으로 마에다 이누치요(前田犬千代)라는 청년을 자기도 알고 있을 테지?"
"예?······마에다 씨요?"
도키치로는 눈을 꿈벅거렸다. 마타에몬의 말이 너무 뜻밖이었기 때문이었다. 아니 마타에몬으로서는 충분히 순서를 갖추어 얘기하고 있었으나, 도키치로의 기대와는 딴판으로 이야기하고 있었다.

"……그래, 그 마에다 이누치요 말인데, 가문도 좋고, 사람을 내세워 꾸준히 네네를 바라고 있단 말일세."

"그래요?"

대답이라기보다는 한숨과 흡사한 말이었다. 홀연히 강적이 나타난 느낌이었다. 무엇보다 먼저 이누치요의 훤칠한 키가 그의 가슴을 짓눌렀다. 또한 단정한 용모와 명석한 언동, 시동 사이에서 오랫동안 자라 온 탓으로, 예의 바르고 점잖은 그 모습이 적대감과 뒤섞여 떠오르고 있었다. 자신은 원숭이, 원숭이 하고 남이 부르는 것을 스스로 어쩔 수 없는 것으로 인정해 왔을 만큼, 자신의 용모에 대해서는 처음부터 자신이 없었다. 따라서 그로서는 미남이란 말만큼 싫은 것은 없었다. 마에다 이누치요는 바로 그 미남이었다.

"네네 아가씨를 주실 작정이십니까?"

저도 모르게 그렇게 앞질러 묻고, 스스로도 체면을 돌아보지 않을 수 없었다.

"아니, 뭐……."

마타에몬은 고개를 흔들어 가슴을 펴더니, 갑자기 생각난 듯이 식어 버린 잔을 입술로 가져가며 말했다.

"부모로서는 그 온후하고 침착한 이누치요라면 나무랄 데 없다고, 실은 반 가워하고 있는 참이라 약속까지 이미 해 버렸는데, 웬걸, 요즘 계집애들이란 알 수 없어 좀처럼 고분고분 따르지를 않는단 말일세."

"허……그럼 네네 아가씨는 그 혼담을 마다하시는 겁니까?"

"부모 앞이라 싫다고는 잘라 말하지 못하지만 결코 좋다고도 안 하는 거야. ……결국 싫은 것으로 봐야 좋겠지."

"흠. 그것 참……."

"……결국 난처하다는 것은 바로 그 혼담 때문인데……."

마타에몬은 말을 하면서도 적지 않이 괴로운 듯, 그 표정이 미간에 나타나 있었다.

결국 문제는 무사가 말한 중천금 같은 한 마디에 있었던 것이다.

마타에몬은 평소부터 마에다 이누치요라면 홀딱 반해 있었다. 장래성 있는 청년으로 보고 있었다.

"네네 아가씨를 저에게……."

그 이누치요가 이런 말을 했을 때, 그는 두 말 할 것도 없이 자기가 먼저 기뻐해 버리고 말았다.
"……어떠냐? 다시 없는 훌륭한 남편감이지?"
큰 공이라도 세운 얼굴로 네네에게 말했더니, 그녀의 얼굴은 뜻밖에 조금도 달갑지 않은 표정이었다. 차라리 수심이 가득해졌다. 같은 핏줄이라도 인생의 반려를 택하는 문제에 있어서는 어쩔 수 없는 견해 차이가 있다는 것을, 그는 분명히 알았다.
그러나 마타에몬은 입장이 난처했다.
부모로서도, 무사로서도, 이누치요를 대할 면목이 없어진 것이다.
"머지않아 아사노 씨의 따님인 네네를 아내로 맞이하게 된다."
이누치요는 이렇게 주위에 말한 바도 있고, 사람을 내세워 구체적인 혼담을 진척시키기 시작했다. 약속한 기일도 다가오고 있었다.
"……어쩐지 요사이 그 애 어머니가 좀 편치 않아서……."
또는,
"……금년은 액운이 낀 해라고 해서 집에서 자꾸 고집을 부리니……."
이런 식으로 모두 여자 탓으로 돌리며 그때그때 피해 왔지만, 이제는 그 구실도 없어지고 보니 이 난처한 입장을 어떡하면 좋겠느냐고, 마타에몬은 고충을 털어 놓고, 아무리 마셔도 취할 수 없는 듯한 얼굴을 했다.
"어떤가? 그대는 재치가 무궁하다고 하니 무슨 좋은 방법이 없겠나?"
마타에몬은 빈 잔을 힘없이 내려놓았다.
도키치로도 지금까지는 혼자 공상을 즐기고 있었으나 그의 고충을 들어보니 같이 걱정하지 않을 수 없었다.
'상대가 좋지 않다.'
그는 생각했다.
반드시 악인이라는 뜻이 아니라 상대가 마에다 이누치요라면, 그리 쉽게 해결될 일이 아닐듯했다.
이누치요는 도키치로가 딱 질색인 미남이기는 했지만, 소위 미남형인 미남은 아니었다. 다분히 전국의 거친 풍토에서 자라온 꿋꿋한 기상과 틀에 박히지 않은 불굴의 정신, 그리고 방종한 일면도 아울러 지니고 있었다.
불과 14살에 노부나가를 따라 첫 출전하여 목을 하나 베어 가지고 돌아왔을 정도의 사나이였다.
또한 지난번 노부나가의 아우 노부유키가 반란을 일으켰을 때도, 노부나가의 선봉에 끼어 목숨을 아끼지 않고 분전했다.

그리고 미야나카 간베(宮中勘兵衛)라는 자가 이누치요의 오른쪽 눈을 활로 쏘자, 이누치요는 그 화살을 빼지도 않고 말에서 뛰어 내려 당당히 간베의 목을 잘라 노부나가에게 바쳤다.

그런 사내였다.

아무튼 용감한 미남이었다. 희고 단정한 얼굴에 바늘로 줄을 그은 듯이 오른쪽 눈이 가늘게 찌부러져 있었다.

노부나가마저 손쉽게 휘어잡을 수 없는 측근인 것이다.

"상대가 그 이누치요라면……."

그 역시 같이 걱정을 해 봤으나, 도키치로인들 당장 신통한 수가 떠오를 리가 없다.

"……뭐, 크게 걱정은 마십시오. 그 문제는 이 도키치로가 맡아서 해결하지요. 어떻게든 해결을 볼 수 있을 겁니다."

마침내 그는 이런 대답을 하고 말았다.

그날 밤은 성안으로 돌아가 잤다. 결국 그는 아무것도 얻은 것이 없었다. 마타에몬의 고민을 반쯤 덜어서 짊어지고 돌아 왔을 뿐이었다.

그러나 생각하기에 따라서 좋아하는 여자의 부친과 마주앉아 진심을 서로 털어 놓았다는 것은, 비록 그것이 난처한 짐이 되기는 했어도 영광으로 생각하는 젊은이의 심리가 그에게도 있었다.

부친의 신뢰 자체보다도 그만큼 도키치로는 진정으로 네네가 좋았던 것이다.

'이것이 사랑이라는 건가?'

스스로 문득 이것에 생각이 미쳐, 요즘의 심상치 않은 마음의 움직임을 돌아보기도 했으나, 사랑이라는 말을 중얼거리자 그는 어쩐지 꺼림칙한 생각도 들었다. 그는 남들이 흔히 말하는 사랑이란 말이 싫었다.

왜냐하면 그는 어릴 때부터 사랑이라는 것에는 깊은 체념을 가지고 있었기 때문이다.

환경도, 용모도, 풍채도, 그가 지니고 세파와 싸워 온 모든 것은, 주위의 아름다운 여성들로부터 모멸과 조소를 산 것뿐이었다.

지난날, 그 역시 꽃을 슬퍼하고 달을 마음 아파했던 때가 있었다.

다감한 가슴을 짓누르며 견디어 온 인내는, 경박한 미인이나 귀공자들은 상상도 못할 심각한 것이었다.

그러나 그도 인간이었다. 사람인 이상, 그런 모멸을 받기만 하고 갚아 보려는 생각을 체념하고 있는 것은 결코 아니었다.

'언젠가는……'

그렇게 생각했고,

'두고 봐라, 두고 봐라!'

남몰래 혼자 맹세하고 있었던 것이다. 용모는 보잘것없는 사나이라도 온 세상의 미희들이 갖은 미태를 다 보이며 꿇어앉아 사랑을 구하는 모습을 보여 줄 테다, 하고 생각하면서 그것을 스스로를 격려하는 채찍으로 삼아 언제나 마음속에 간직하고 있었다.

그런 생각은 자신도 모르게 그의 여성관이나 연애관의 기초가 되어 왔다. 사랑이라는 어휘가 탐탁지 않은 것도 그런 이유에서였다. 여성의 아름다움에 무릎을 꿇은 남자를 그는 멸시했다. 연애를 인생에서 가장 중요한 것으로 생각하거나, 신비로운 것으로 생각하여 달콤한 눈물 속에서 노니는 남성들을 보면, 그는 모멸 이상의 진저리가 쳐지는 것이었다. 그런 눈으로 보고 그토록 싫어해 온 것이었다.

'……하지만 상대가 네네라면 용서해도 좋다. 나 자신이 사랑을 느끼고 있어도……'

사람이란 멋대로 생각하는 법이다. 그도 자신의 일에 대해서는 그렇게 좋도록 타협해 버리고 말았다.

다음 날도 그는 비번이었다. 성에 나가야 할 일도 없었다. 사실은 어제 봐둔 오동나무 밭과 자기 집을 당장 손질해야 하고 가구도 배치해야 했으나, 그는 이누치요와 만날 기회를 얻기 위해 성을 어슬렁거리며 돌아다니고 있었다.

이누치요는 언제나 노부나가 곁에 예의 바르게 대령하고 있었다. 도키치로와는 여러 말을 해본 적도 없었다. 언제나 한 단 높은 자리에서 가신들을 힐끗 쳐다보곤 하는 눈은 노부나가 이상으로 불손했다.

도키치로가 이따금 노부나가 앞에 나가 어떤 헌책을 할 때도, 곁에서 듣고 있는 이누치요는 빙글거리는 웃음을 입가에 띠곤 했다.

'원숭이가 또……'

하며 어딘가 남의 속을 꿰뚫어보는 것 같은 눈으로 바라보면서,

도키치로는 그때마다 아니꼬워서 별로 접촉을 하지 않았다.
"기노시타 님, 비번이오?"
중문 경비병과 도키치로가 얘기를 나누고 있을 때, 그런 소리를 던지며 지나가는 사람이 있었다.
무심히 돌아다보니 마에다 이누치요였다. 금방 문지기의 입을 통해 얼마 전 성 밖으로 심부름을 나갔기 때문에 계시지 않으리라는 말을 들은 바로 그 이누치요였다.
"여어, 오래간만이오."
도키치로는 뒤쫓아 가면서 말했다.
"마에다 님, 긴히 드릴 말씀이 있는데요?"
그러자 도키치로보다 훨씬 키가 큰 이누치요는 여느 때 같은 그 눈초리로 위에서 빤히 내려다보며 물었다.
"공무요, 사무요?"
"긴히 할 말이 있다고 했으니 물론 사무에 속하는 얘기요."
"그렇다면 지금은 안 되오. 주군의 분부로 심부름을 갔다 돌아오는 길이라 사무에 시간을 낼 수 없소. 나중에 들읍시다."
성큼성큼 그냥 가 버린다.
"아니꼬운 녀석이군. 하지만 생각보다 좋은 점도 있는 녀석이야."
도키치로는 혼자 남은 채 멀거니 서 있었으나, 이윽고 머리를 한 번 흔들고는 자신도 성큼성큼 그 자리를 떠났다.
성 밖으로 나왔다.
오동나무 밭에 있는 그의 집으로 갔다.
그러자 누군지 현관을 물로 닦아 내고 있었다. 짐을 들여놓는 사람도 있다.
'잘못 찾아 온 게 아닌가?'
둘러보고 있으니,
"이봐, 기노시타."
부엌에서 누군가가 그를 불렀다.
"아, 자넨가?"
"자넨가가 다 뭐야. 대체 어디에 가 있었나? 자기 집을 남에게 청소시키고 살림까지 내동댕이치고 다니니 말이야."

처녀의 가슴 293

그것은 도키치로가 땔감 책임자로 있을 때의 광지기와 주방 담당 동료들이었다.

"허어, 어느 틈에 제법 살 수 있게 만들어 놓았군그래?"

남의 일처럼 말하며 도키치로는 안으로 들어갔다.

누가 보냈는지 술도 있었다.

새로운 옷장에 찻장도 놓여 있다.

그것은 모두 평소에 그를 따르고 그의 신세를 진 자들이 그의 영전을 듣고 축하하기 위해 가져온 물건들이었다.

그렇듯 친구나 동료들은 그를 축하하러 왔으나, 장본인인 주인이 한가하게 집에 붙어 있지 않으니, 내친 김이라 가구도 배치하고 현관도 청소한 것이었다.

"이거 원. 미안하이, 미안하이."

도키치로는 머리를 긁적거리며 곧 자기가 할 수 있는 일을 거들기 시작했다.

그가 할 수 있는 일이란, 고작 술을 작은 병에 옮기고 안주를 상 위에 늘어놓는 정도였다.

"자, 주인 양반은 손을 대지 마십시오."

신세를 진 상인들이 안주를 장만한다, 양념을 사 온다, 부지런히 움직여 주었다.

부엌을 들여다보니 뚱뚱한 하녀 하나가 그릇을 씻고 있었다.

"아쉬운 대로 저희들 마을에서 하나 데려 왔습니다. 불편하실 테니 우선 쓰도록 하십시오."

그들이 말했다.

도키치로는 기왕 신세를 지는 김이라 한 가지 더 부탁했다.

"아주 집안일을 대신 맡아 봐 줄 노인과 하인을 하나 더 구해 봐 주게."

그리고 둘러 앉아 술자리를 벌이기 시작했다.

'와 보기를 잘 했다. 만일 주인인 내가 없었다면……'

도키치로는 은근히 미안했다. 스스로 자기를 태평하다고는 생각지 않고 있지만, 역시 어디엔가 다소 그런 점이 있는 게 아닌가 생각했다.

피차 어려움도 스스럼도 없이.

술을 마시는 이상 당연히 그래야 했다. 평소에는 예의에 얽매여 있으니만큼 술자리에서는 아주 발가벗은 피차의 인간성을 노출시키는 것이었다.
　이것은 이 나라만의 관습은 아니었다. 조정 대신들도 그랬고, 무로마치의 지체 높은 무사들도 그랬다. 당시의 주석은 모두 그러하였다.
　제 나름의 재주를 피력하기도 하고, 소리를 하며 젓가락으로 접시를 두드리기도 했다.
　그때, 이웃에 살고 있는 동료의 부인이 축하 인사를 왔다가 돌아갔다.
　"여보게, 기노시타, 이 댁 주인 나리!"
　"뭐냐?"
　"뭐냐가 아니야. 자네, 이웃에 두루 인사라도 했나?"
　"아니, 아직……."
　"안 했나? 저쪽에서 인사하러 올 때까지 춤이나 추고 소리나 하는 녀석이 어디 있어. 자, 어서 하오리라도 걸치고 한 바퀴 돌고 오게. 이웃에 이사 왔다는 것과 마구간 담당으로 일하게 됐습니다, 하고 집집마다 말하고 다니는 거야."
　4, 5일 후에 상인들의 주선으로 하녀와 같은 마을에 산다는 사내가 하인 노릇을 하겠다고 찾아 왔다. 또한 젊은 무사 하나도 부하로 고용했다.
　변변치는 않지만 이제 자그마한 집도 한 채 가지고 고용인들도 들여 놓으니, 도키치로는 지체는 낮았지만 한 집의 주인이 된 셈이었다.
　"다녀오십시오."
　"다녀오마."
　집을 나설 때는 하녀나 하인들이 나와 배웅했고, 그도 인사에 답하며 일전에 고물상에서 산 오동 무늬 겉옷에 칼을 차고 나서는 기분이 그런대로 괜찮았다.
　여기에 저 네네가 아내가 돼 준다면 갖추어질 것은 다 갖추어지는데, 하는 생각을 하며, 오늘 아침에도 기요스 성 해잣가까지 걸어 왔다.
　그때, 저쪽에서 빈들거리며 다가오는 사람이 있었다. 도키치로는 해자를 들여다보며 걷고 있었으므로 미처 알아 차리지 못했다. 네네 생각에 이어, 그는 머릿속으로 전시의 성의 공격과 수비 같은 것을 생각하고 있었다.
　'……해자란 이름뿐, 형편없이 얕은 데다 열흘만 비가 안 와도 이내 바닥이 드러난다. 싸움이 터졌을 때 공격군이 모래부대만 던지면 곧 다리가 만들어질 게다. 성안에는 식수도 적다. 결국 이 성은 수리(水利)가 좋지 않

다는 약점이 있다. 공격하기는 좋지만 지키기는 어려운 성이다.'
이렇게 생각하며 걷고 있는데, 키가 훤칠한 사내가 도키치로의 어깨를 두드렸다.
"원숭이 나리, 지금 출사하는가?"
"……여어."
도키치로는 상대방의 얼굴을 바라보면서 일순 그 동안의 숙제에 관한 해답과 확신을 동시에 가졌다.
"마침 잘 만났소."
그가 말했다.
거짓 없는 말이었다.
왜냐하면, 그것은 마에다 이누치요였기 때문이다. 그 뒤, 말을 건넬 틈도 없었는데 마침 이렇게 성 밖에서 만났다는 것은, 문제 해결을 위한 좋은 징조로 생각되었다.
그가 먼저 말을 건네기 전에 이누치요가 말문을 열었다.
"원숭이 나리! 언젠가 나더러 긴히 할 말이 있다고 했었는데, 오늘은 공무 중이 아니니 들어도 좋은데."
"그렇지 않아도……."
도키치로는 주위를 둘러 보다가 해갓가 바위 위의 먼지를 떨어내며 말했다.
"서서 얘기할 수도 없으니, 우선 좀 앉으시오."
"대체 무슨 일이오?"
"네네 아가씨에 관한 얘기요."
"네네에 관한 일?"
"그렇소."
"네네와 그대와 무슨 관계가 있는 거요?"
"실은 서로 굳게 약속하고 있는 사이요."
"……?"
진정인지 농담인지 알 수 없다는 얼굴로, 이누치요는 그의 얼굴을 들여다 보고 있더니, 도키치로가 너무 정색을 하고 있는 것을 보자 갑자기 웃음을 터뜨렸다.
"흠, 그래? 네네와 약속을…… 하하하. 그거 아주 잘 된 일 아니오."

이누치요는 문제도 삼지 않았다. 연적으로는 너무나도 상대방이 초라했다. 자만이 아니라 아무리 공평하게 비교해 봐도, 자기를 마다하고 이 원숭이와 약속을 나눌 얼빠진 여자는 있을 것 같지 않았다. 거리의 창녀나 보군의 딸쯤이라면 또 모른다. 궁조인 아사노 마타에몬의 가정은 전형적인 무가인 데다 딸 네네도 제대로 교양을 갖춘 여자였다.

"그래서?"

이누치요는 상대방의 말을 오히려 재미있게 생각할 정도였다.

그러나 그는 솔직히 말하기 시작했다. 일생의 중대사가 좌우되는 판이다. 얼굴에는 진지한 빛이 떠올랐다.

"마에다 님!"

"뭐요?"

"당신은 네네를 좋아하시오?"

"네네?"

"아사노 마타에몬 댁 아가씨 말이오."

"아, 그 아가씨 말인가?"

"좋아하시오?"

"좋아하면 어떻다는 말이오?"

"참고 삼아 말씀드리려고. ……당신은 아무것도 모르고 사람을 내세워 혼인을 청한 모양이지만……."

"안 된다는 건가?"

"안 되죠."

"어째서?"

"네네와 나는 오래 전부터 서로 잊지 못하는 사이이기 때문이오"

"……?"

이누치요는 그런 도키치로의 얼굴을 다시 뚫어지게 바라보다가 갑자기 어깨를 흔들며 웃어 젖혔다.

상대방이 자기 같은 것은 아주 상대도 안 하는 눈치를 보자, 도키치로는 더욱 진지한 얼굴이 되었다.

"……아니오. 웃을 일이 아니란 말이오. 네네는 어떤 일이 있어도 나를 배반하고 딴 남자를 따라갈 여자가 아니니까요."

"하하하. 그래?"

"굳게 약속을 나눈 사이라서……."
"그렇다면 좋지 않소?"
"한데 여기, 좋지 않은 분이 하나 있소. 네네의 부친 아사노 마타에몬이오. 당신이 제의한 청혼이 취소되지 않으면 마타에몬은 틈새에 끼어 할복이라도 하지 않을 수 없는 형편이오."
"할복?"
"네네와 내가 그런 사이라는 것을 마타에몬 님께선 전혀 모르시고, 당신의 청혼을 받자 곧 승낙하신 모양인데……지금 말한 대로 네네는 결코 당신한테는 출가하지 않소."
"그럼 어느 댁으로 출가한다는 거요?"
상대방이 따지자, 도키치로는 자기의 얼굴을 가리키며 말했다.
"바로 나요."
이누치요는 다시 웃었으나, 먼저 같은 너털웃음은 아니었다.
"농담도 정도가 있는 거요. 원숭이 나리! 그대는 거울도 본 일이 없소?"
"……그럼 내가 거짓말을 한단 말이오?"
"네네가 그대 따위하고 약속을 나누었을 리가 없소."
"사실이라면 어떡하겠소?"
"사실이라면 반가운 일이지."
"네네와 내가 혼인을 해도 아무 이의 없다는 말씀이오?"
"원숭이 나리!"
"예."
"남이 웃소."
"웃건 말건, 우리 둘 사이는 이미 어쩔 수 없습니다."
"진정이오?"
"보시다시피……."
"여자란 고백하는 사나이가 몸서리를 느끼도록 징그러워도 버들가지처럼 부드럽게 돌아서는 법이오. 자신의 어리석음은 생각지 않고 나중에 가서 속았느니 어쩌니 하며 원망하지 않도록 하시오."
"아무튼 그렇다면 네네와 내가 혼인을 하게 돼도, 마타에몬 님을 원망하시지는 않을 테죠? ……그 역시 당신의 불찰이라는 점에선 같은 결과니까요."

"좋도록 하시오. ……전부터 나한테 할 말이 있다고 한 게 그거요?"
"고맙소. 그럼 지금 약속, 잊지 마시기 바라오."
도키치로는 인사했으나, 고개를 들어 보니 이미 이누치요는 그곳에 없었다.
며칠 뒤.
도키치로는 아사노 마타에몬의 집으로 찾아 갔다.
"전에 말씀하신 일로."
그는 정색을 하고 경과를 설명했다.
"그 뒤 마에다 님과 만나서 고충을 충분히 전했습니다. 마에다 님도 아가씨께서 자기에게 출가할 뜻이 없고, 저와의 사이에 언약이 있었다면 어쩔 수 없는 일이니 단념할 수밖에 없다고 했습니다."
마타에몬은 그의 말이 극히 독선적이어서 영문을 모르겠다는 얼굴을 하고 있었으나, 도키치로는 개의치 않고 계속했다.
"……하오나 마에다 님도 물론 미련이 없을 수 없어 만약 딴 남자와 성혼이 된다면 물러날 수 없지만, 그대하고라면 도리 없다, 그대와 네네는 그 전부터 언약이 있어서 혼인하는 것이라니 섭섭하지만 단념하고, 사내답게 축복이라도 하겠지만……만약 마타에몬 님께서 네네를 다른 사내에게 주시는 일이 있다면, 그때는 용서할 수 없다고 마에다 님은 말했습니다."
"아, 잠깐. ……어쩐지 자네의 말을 들어 보니, 네네를 자네에게 주는 것은 좋지만 딴 사람에게 줄 때는 그냥 있지 않겠다고……마에다 님이 그렇게 말했다는 것 같은데."
"그렇습니다."
"무슨 소린가? ……대체 누가 네네를 자네한테 준다고 했단 말인가?"
"죄송합니다."
"시치미만 떼면 그만인가? 누가 그런 거짓말로 마에다 님을 속여 달라고 부탁했나? 이 마타에몬은 그런 식으로 부탁한 기억은 없네!"
"옳은 말씀입니다."
"그렇다면 마에다 님한테 왜 터무니없는 소리를 했나? 더구나 네네와의 사이에 언약이 있다니, 장난을 해도 분수가 있어야지."
온후한 마타에몬도 적지 않이 노여운 얼굴이 되었다.
"말한 사람이 임자 같은 사람이니까 듣는 측도 농이라고 생각했겠지만, 네네는 아직 출가 전의 소중한 내 딸인데 함부로 그런 허튼 소리를 하면 어떡하나? ……그렇지 않아도 난처하게 된 일을 임자가 더욱 난처하게 만들어 놓고 구경이라도 하자는 속셈인가?"
"천만의 말씀입니다."
도키치로가 머리를 숙였다.
"이런 일이 일어난 것도 제 잘못으로 생각되어 가슴 아프게 여기고 있습니다."
"쓸데없는 소릴……."
마타에몬은 쓰디쓴 얼굴로 말했다.
"그런 걱정일랑 이젠 하지 않아도 좋아. 조금은 상식이 있는 사람으로 보고 털어놓았던 게 내 불찰이다."
"정말 면목 없는……."
"자, 돌아가게. 무얼 아직도 꾸물거리고 있나? 그런 허튼소리를 하고 다니는 이상, 앞으론 우리 집에 절대로 드나들어선 안 되네."
"예. 정식으로 혼인할 때까진 될 수 있으며 삼가겠습니다."
"뭣, 뭣이라구!"
마타에몬은 마침내 온화한 얼굴을 찡그리며 소리쳤다.
"누가 임자한테 내 딸을 준 댔느냐. 설사 내가 승낙한다 해도 네네가 응하지 않을 거야!"
"문제는 바로 그겁니다."
"뭐가 그거냐?"
"사랑처럼 모를 일은 없는 법입니다. 네네 아가씨는 제가 아니면 혼인하지 않을 겝니다. 실례입니다만, 마타에몬 님께서는 자신이 시집을 가는 것으로 착각하고 계시는 것이 아닙니까? ……제가 아내로 맞으려는 것은 네네 아가씨이지 마타에몬 님이 아닙니다."
세상에 무서운 배짱을 가진 녀석이 다 있구나 하고, 마타에몬은 기가 막혀 입을 다물고 말았다.
이제 돌아갈 테지. 아무리 얼굴 가죽이 두꺼워도, 이 정도로 찌푸린 얼굴을 하고 있으면.
마타에몬은 그렇게 생각하며 계속해서 얼굴을 찌푸리고 입을 다물었다. 그러나 도키치로는 좀처럼 돌아갈 기색을 안 보이며 그냥 앉아 있었다.

더구나 천연스럽게 이렇게 말했다.
"제가 거짓말을 하고 있는 게 아닙니다. 한번 네네 아가씨를 불러 직접 물어 보시기 바랍니다."
참고 참던 마타에몬도 더 이상 참을 수 없다는 듯이 뒤를 돌아다보며 부인을 불렀다.
"여보, 여봇!"
좀처럼 큰소리를 내는 일이 없는 남편이 아까부터 몹시 거칠어진 눈치여서, 부인은 웬일인가 하고는 미닫이 가까이에 있었던 모양이었다.
마타에몬은 미닫이를 열고 소리를 질렀다.
"네네를 불러 와라. ……당장 불러 와!"
그러나 부인은 걱정스런 얼굴로 남편의 얼굴을 바라볼 뿐, 일어나지 않았다.
"왜 안 부르나?"
"하지만……."
부인이 달래려고 하자, 마타에몬은 부인 머리너머로 다시 소리 질렀다.
"네네! 네네!"
야단이었다.
네네는 무슨 일인가 하여 놀란 듯 급히 나타나 어머니 옆에 무릎을 꿇었다.
"들어오너라."
마타에몬은 엄하게 말하고, 곧 힐문하기 시작했다.
"넌 여기 있는 기노시타 님과 부모 모르게 언약을 나눈 일이 있느냐?"
"……."
네네에게는 기겁을 할 일이었으리라. 아버지의 얼굴과 그 앞에 머리를 숙이고 있는 도키치로의 모습을 동그래진 눈으로 번갈아 바라보고 있었다.
"말해야지, 네네. 집안의 명예에 관계되는 일이다. 출가를 앞둔 네 신세에도 관계되는 일이야. 분명히 말해라…… 설마 그런 짓을 한 적은 없을 테지?"
"……."
네네는 한동안 잠자코 있었으나, 이윽고 정숙한 태도 속에서도 분명한 어조로 대답했다.

"……없습니다."
"음, 없을 테지!"
그보란듯이 그리고 한편으로는 안심한 듯이 마타에몬은 가슴을 폈다.
"……하지만 아버님."
"뭐냐?"
"마침 어머님도 한 자리에 계시기에 말씀드리겠습니다만……."
"음, 말해라."
"네네도 같이 부탁드리겠습니다. 저 같은 변변치 않은 여자라도 기노시타 님께서 원하신다면 부디 저를 기노시타 님한테 가게 해 주십시오."
"뭐, 뭣이라구?"
마타에몬은 혀가 꼬부라질 만큼 당황했다.
"네네……!"
"예."
"지금 한 말 제정신으로 한 거냐?"
"여자의 일생이 좌우되는 문제라 함부로 말씀드릴 순 없습니다. 제자신이 이런 말씀을 드리는 것은, 비록 부모님 앞이라 해도 부끄러워 어쩔 줄을 모르겠습니다만, 제 일은 곧 부모님 일이라 체면을 무릅쓰고 말씀드렸습니다."
"음, ……음."
마타에몬은 신음하면서 딸을 뚫어지게 쳐다보았다.
'훌륭하다.'
도키치로는 마음속으로 네네의 훌륭한 태도를 칭찬하고 있었다. 동시에 온몸이 근지러워지도록 견딜 수 없는 기쁨에 휩싸였다. 그러나 그 이상으로, 이 정숙한 무사의 딸이 어째서 자기를 택할 생각이 들었을까 하고, 문득 두려움마저 느끼지 않을 수 없었다.

난운

해가 저물 무렵.
그는 멍하니 걸음을 옮기고 있었다.
아사노 마타에몬의 집을 나와, 오동나무 밭의 자기 집으로 돌아가는 길이었다.

"……부모님께서 허락해 주신다면 저는 기노시타 님과 혼인하고 싶습니다."

네네가 한 말이, 그 목소리가, 그리고 그 모습이 그의 뇌리에서 사라지지 않고 있었다.

이렇게 걸어가고 있어도 그는 제 정신이 아닐 만큼 기쁨에 싸여 있었다. 그러나 네네가 너무 분명히 잘라 말한 것에 일말의 불안도 느끼지 않을 수 없었다.

'네네가 정말 나를 좋아하는 걸까? 그토록 좋아한다면 진작 호의를 보였음직도 하지 않았는가?'

전에 편지도 보내고 남 몰래 선물도 보내고 했을 때는 단 한 번도 그에게 다정한 반응을 보인 일이 없는 네네였다.

그런 점으로 미루어 봐도, 그는 당연히 네네가 자기에게 호의를 가지고 있지 않은 것으로만 알았다.

이누치요에게 또는 부친인 마타에몬에게 그렇게 큰소리를 친 것은 실은 도키치로의 억지에 불과했다. 되든 안 되든 자기 뜻을 밀고 나가, 네네의 마음과는 상관없이 차지해 버리고 말려고 했다. 그래서 네네를 아내로 삼지 않고는 못 배기는 도키치로다운 강행을 시도해 봤을 뿐이었다.

그런데——.

"기노시타 님이라면……."

그것이 네네의 말이 아니었던가.

그것도 자기가 앉아 있는 앞에서 그러다니 참으로 놀라운 용기였다. 부친 마타에몬보다, 사실 도키치로 자신이 더 기겁을 했을 정도였다. 기쁨과 불안이 얽힌 심정으로 그는 지금 돌아오고 있다.

그가 일어날 때까지, 부친 마타에몬은 씁쓰레하고 기막힌 얼굴을 하고 있었다.

"그렇다면 기노시타와 혼인하여라."

그렇게는 말하지 않았다.

"어쩔 수 없군."

딸의 말을 시인하지도 않았다. 오히려 한숨 섞인 투로 한마디했다.

"……살다 보니 별 꼴을 다 보는구나."

그리고 알 수 없는 딸의 마음을 가엾게 여기는 동시에 멸시마저 느끼는 듯 그는 그저 잠자코 있기만 했다.

"그럼, 후일 다시 청을 넣겠습니다."

그가 일어나자, 마타에몬은 비로소 무거운 입을 열어 이렇게 말했다.

"음. 아무튼 생각해 보지…… 생각해 볼 테니까."

네네, 그리고 도키치로, 두 사람에 대한 선언이었다. 다분히 찬성할 수 없다는 어조가 그 속에 섞여 있었음은 말할 것도 없다.

생각해 본다.

그러나 그 말은 도키치로로서는 희망을 걸 수 있는 말이기도 했다. 적어도 지금까지는 네네의 심중을 통 알 수 없었으나, 네네의 뜻이 밝혀진 이상 마타에몬의 의사는 어떡하든 번복시킬 자신이 있었다.

생각해 보았다.

거절은 아니었다. 앞으로 남은 숙제였다. 도키치로는 이미 네네를 아내로 맞은 것 같은 기분이었다.

"지금 돌아오십니까?"

집으로 돌아와 방 안에 앉아서도 그는 계속 생각하고 있었다. 그 숙제에 관한 자신과 네네의 심정, 그리고 혼인을 하게 된다면, 그 시기 같은 것 등.

"나카무라에서 편지가 와 있습니다."

그가 앉자마자 하인은 곧 수숫가루 한 부대와 편지 한 통을 내놓았다.

편지는 나카무라의 어머니한테서 온 것이었다. 첫눈에 알 수 있었다.

'아무 일 없이 지내고 있다니 무엇보다 그것이 먼저 반갑다. 일전에 보내준 만두와 오쓰미의 옷감 잘 받았다. 고마움에 앞서 그저 눈물이 흐를 뿐이구나. 그건 그렇고……'

――이런 식으로 모친의 편지는 가는 필체로 계속되고 있었다.

실은 며칠 전 어머니 앞으로, 그는 다시 편지를 띄웠다.

그것에 대한 답장이었다.

도키치로가 적어 보낸 것은 자기도 이제는 집 한 채쯤은 차지한 처지가 됐다는 것과, 그러니 어머님께서도 나카무라를 떠나 자기와 같이 살자는 내용이었다.

'아직 30관의 미미한 녹이라, 모신다고 해도 제대로 봉양해 드릴 수는 없지만 그래도 의식에 불편은 끼쳐 드리지 않겠습니다.

고용인도 셋은 있으니까 오랫동안 흙일로 거칠어진 손에 다시 물을 만지지 않아도 될 것 같습니다.
　누님께도 알맞은 배필을 구해 드리도록 해야겠습니다. 술을 좋아하는 아버님께도 조금은 좋은 술을 대접해 드릴 수 있을 것 같습니다. 저도 근래에는 꽤 마시는 편입니다. 식구가 모두 모여서 지금까지의 고생을 옛 이야기로 나누어 가며 저녁을 같이 들 수 있다면 얼마나 즐거운 일이겠습니까.
　꼭, 제 말대로 하시기 바랍니다.'
그런 내용의 편지를 보냈던 것이다.
'기요스로 옮기라는 네 말은 얼마나 고마운지 모르겠다만, 아직 피나 좁쌀일망정 굶주리는 형편은 아니며 이것도 다 네 덕이고 영주님 덕이다.
　모처럼 주군을 모시고 제대로 일을 해 가는 지금, 나나 아버지, 그밖에 많은 동생들이 줄레줄레 뒤따라가면 조석으로 즐거울지는 모르지만, 네 일에는 많은 걸림돌이 될 줄 안다. 무사는 아침에 죽을지, 저녁에 죽을지, 매일 매일 죽음을 각오하고 일하는 것으로 이 어미는 알고 있다. 식구들의 편안과 낙은 아직 이른 욕심, 너무 과분한 것으로 생각한다. 네가 도와주는 덕분에 이 어미는 입는 데도 먹는 데도 아무 불편을 느끼지 않고 있다. 농사 일이나 어린 것들을 키우는 일은 어미로서 의당 해야 할 일, 예전을 생각하면 지금 이 처지도 신불 앞에, 그리고 영주님의 은혜 앞에 두 손 모아 감사 드려야 할 일인 줄 안다.
　꿈에도 내 걱정일랑 말고 더욱 열심히 일하도록 하여라. 어미의 기쁨은 에서 더 큰 것은 없다. 네가 저 서리 내리는 밤 문 앞에서 남기고 간 말을 나는 아직도 잊지 않고 문득 생각할 때가 있다……'
하인이 앞에 있는 것도 잊은 듯, 도키치로는 뚝뚝 눈물을 떨어뜨리며 두서너 번 편지를 되읽었다.
　주인은 자기가 부리고 있는 하인 앞에서는 눈물을 보이지 않는 법이었다. 또한 누구에게든 눈물을 보여서는 안 되는 것으로 무사들은 알고 있었.
　그러나 도키치로는 그렇지 않았다. 하도 울어서 오히려 마주앉아 있는 하인 쪽이 거북할 정도였다.
　'그렇다. 틀린 생각이었다. ……옳은 말씀이야. 역시 어머님은 훌륭하시다. ……그렇지. 아직 한 몸, 한 집안의 조그만 욕심을 생각할 때가 아니었어.'

어머니의 편지를 다시 말면서 그는 혼잣말로 중얼거렸다.
눈물이 그치지 않았다.
도키치로는 그 눈물을 어린애들처럼 손등으로 닦으며 생각했다.
'……한동안 전쟁이 없었다. 그러나 언제 이 거리가 전화에 휘말릴지 모르는 일 아니냐. 나카무라에 계시는 편이 어머님에게도 동생들에게도 나을 게다. ……아니, 그런 일신 문제부터 생각하는 것이 도대체 잘못된 일. 어디까지나 임무를 먼저 생각해야 한다.'
편지를 가슴에 안고 절하면서 그는 어머니가 당장 눈앞에 있기나 한듯 말했다.
"……말씀하신 것, 잘 알아듣겠습니다. 반드시 말씀대로 지키겠습니다. 저 녀석이라면 어디에 내놓아도 손색이 없다고 주군께서도 주위에서도 인정해 줄 때, 도키치로는 정식으로 어머님을 모시러 가겠습니다. 그때는 어머니도 마음 놓으시고 도키치로를 따라 나서 주시기 바랍니다."
이어서 수숫가루를 안아 들고 절을 한 다음, 그것을 하인에게 넘겨주었다.
"부엌으로 가져가거라."
"예."
"어쨌다고 내 얼굴을 그렇게 보느냐? 울어야 할 때 운 것이 이상하단 말인가? ……이것은 어머님께서 손수 찧으신 수숫가루다. 부엌에 있는 하녀에게 맡겨서 소중히 간직해두고, 이따금씩 경단을 만들어 내도록 일러라 …… 어렸을 때부터 나는 그것을 무척 좋아했다. 어머님께서 그것을 기억해 두셨다가 이렇게 일부러 보내 주신 거다."
그는 네네에 관한 일은 까마득히 잊고 있었다. 혼자 저녁을 먹으면서도 생각했다.
'어머님은 어떤 음식을 잡수시고 계실까? 내가 가끔씩 돈을 보내 드려도 여전히 맛있는 건 아이들에게만 주고, 아버지께 약주를 사드리고 하여 당신은 소금이나 우거지 같은 것만 잡수시는 것은 아닌가? 아무쪼록 어머님이 오래 살아 주셔야 해. 그래야 나도 보람을 느낄 게 아닌가?'
자리에 누워서도 다시 그는 반성하고 있었다.
'그렇다. ……어머님도 모시지 않고 있는 주제에 아내부터……이르다. 아직 좀 이르다.'
그러나 반성이 단념은 아니었다. 네네를 아내로 맞는 것은 좀더 천천히 할 일이라고 생각했을 뿐이었다.

어느새 그는 잠이 들었다.

다각 다각 다각…….

요란한 말발굽 소리가 바깥 행길을 달려갔다. 한두 필이 지나간 다음, 곧 이어 다시 두세 필이 뒤쫓아 갔다.

도키치로는 자리에서 벌떡 일어났다.

"곤조, 곤조!"

그는 소리쳤다.

곤조(權三)란 그의 유일한 부하 무사였다. 기마타(木股) 마을 출신이라, 기마타 곤조라는 이름을 붙여 준 후, 도키치로는 으레 그를 곤조라고 부르곤 했다.

곤조는 바로 그의 곁에서 자고 있었다. 따로 내 줄 방이 없었기 때문이다.

"나가서 살펴보고 오너라. ……무슨 일인지 다급한 말발굽 소리가 성 쪽을 향해 달려갔다. 시각으로 봐도 심상치 않은 일."

"예!"

곤조는 잠옷 바람에 칼을 움켜잡고 밖으로 뛰어 나갔다.

그는 곧 돌아 왔다.

주인 도키치로가 덧문을 열고 툇마루에 나가 밤하늘을 우러러보고 있는 참이라, 그는 뜰로 돌아와 무릎을 꿇었다.

"보고 왔습니다."

"무엇이더냐?"

"미노 쪽에서 연이어 오고 있는 급사로 보입니다. 무슨 일이 일어난 모양입니다."

"미노에서?"

그는 다시 한밤의 캄캄한 하늘로 시선을 돌리면서 말했다.

"오다가에 속해 있는 사자들이더냐, 아니면 미노의 사이토가의 급사더냐?"

"사이토가의 급사도 있고, 당가(當家)의 급사들도 지나간 것으로 봤습니다."

"그래?"

그는 곧 잠옷 허리를 끌렀다.

처녀의 가슴 307

"곤조. 갑옷궤를, 갑옷궤를!"

곤조는 튀어 일어나 주인 앞에 곧 갑옷궤를 대령한다.

이윽고 도키치로는 어두운 밤길을 종자도 없이 성을 향해 달려가고 있었다.

초라한 갑옷에 칼을 차고, 가죽 버선에 짚신을 신은 차림으로 허공을 날듯이 그는 달려갔다.

미노.

그 말을 듣자마자, 곧장 짚이는 것이 있었다.

"그렇다면?"

지난 수년간 계속해서 위태로운 상태를 지속해 왔던 미노의 사이토가에 대란이 일어나지 않았는가 하는 생각이었다.

'……언젠가는 반드시!'

도키치로는 그야말로 늦는 것이 이상했을 만큼 닥쳐올 내란을 믿고 있었다.

틀림없다!

그는 의심치 않았다.

와 보니, 과연 기요스 성 정문에는 이미 인마의 그림자가 서성거리고 있었다. 문을 지키고 있던 군사들은 그의 차림새가 여느 때와는 딴판이었으므로 다짜고짜 창을 들이대며 막아섰다.

"누구냐? 못 들어간다!"

도키치로는 큰 소리로 말했다.

"나는 마구간에서 근무하는 기노시타 도키치로다. 한밤중에 성을 향해 달려가는 심상치 않은 말발굽 소리에 무슨 일인가 하여 달려 온 참이다."

"아, 기노시타 님이시오?"

"빠르시군!"

"수고하시오."

군사들은 창을 물리며, 그를 위해 통로를 열어 주었다.

무사들의 대기소 앞을 지나자, 시뻘건 불이 이글거리고 있었다. 그 불빛 속에서 잠에서 깬 무사들이 갑옷을 고쳐 입는가 하면 짚신 끈을 단단히 매기도 하고, 활과 총을 점검하면서 어수선한 분위기를 빚어내고 있었다.

한눈 팔 겨를도 없이 그는 곧장 마구간으로 갔다. 그러나 자기보다 한 걸음 먼저 마구간에서 주군 노부나가의 애마를 끌어내는 사람이 있었다.

마구간지기들은 그 젊은 무사에게 꼼짝도 못하고, 그저 시키는 대로 움직이고 있었다. 그렇다고 마구간을 담당하고 있는 무사 같지도 않아 도키치로는 뒤쫓아가서 말했다.

"잠깐. 그 말은 이리 넘겨주시오. 마구간 근무인 기노시타 도키치로요. 주군의 말을 대령하는 것은 바로 이 사람의 직책이오."

젊은 무사는 돌아다 봤다.

그리고 빙글거리고 웃으면서 순순히 고삐를 넘겨주었다.

"원숭이 님이신가? ……주군께선 이미 밖에 나와 계시오. 자, 어서 대령하시오!"

그것은 마에다 이누치요였다. 그러나 이누치요도 도키치로도 네네에 관한 문제 같은 것은 잊어버리고 있었다. 주군의 애마를 끌고 쩔렁쩔렁 금속음을 울리면서 현관 쪽으로 급히 달려갔다.

이날 밤 꼬리를 물고 기요스 성에 급보된 국경으로부터의 연락은 과연 미노의 대란을 고해 온 것이다.

지난 해 이나바 산의 사이토 요시타쓰는 계부 도산 야마시로노카미가 자기를 폐적하고 차남인 마고시로(孫四郞)나 삼남인 기헤이지(喜平次)를 대신 세우려 한다는 기미를 알고 꾀병으로 그 두 사람을 유인해 살해하고 말았다.

도산이 격분한 것은 말할 것도 없었다.

부패한 나라가 스스로 무너지기 시작한 것이다. 해를 넘겨 올해 고지 2년 4월, 처참한 부자간의 싸움은 기후의 마을 나가라 강기슭을 악업의 지옥 불과 피투성이의 수라장으로 만들었다.

변경에 주재하고 있는 오다가의 가신들과 도산측 전령은 급보를 전해 왔다.

"이미 야마시로노카미 군은 크게 패하고 시라사기 산성은 불길에 싸여 있습니다."

"일각이라도 빨리 장인측 군사를 지원하시도록……."

그렇게 독촉해 온 것이었다.

노부나가의 아내는 도산의 딸인 만큼 말할 것도 없이 야마시로노카미는 그의 장인 되는 사람이었다.

노부나가는 즉각 침소에서 군령을 내렸다.

"장인을 도와야 한다!"

성내의 장병들이 갑옷을 챙겨 입는 사이에 그는 이미 현관까지 나와 있었다.

도키치로와 이누치요가 말고삐를 쥐고 그 앞에 대령하자, 노부나가는 여느 때처럼 말에 오르기가 무섭게 뒤따르는 자는 그대로 대동하고, 준비가 늦은 자들은 내버려 둔 채 성밖으로 달려 나갔다.

"장인의 원수를 갚는 거다. 미노에 이르거든 다른 적들은 거들떠보지도 말고 극악무도한 문둥이(요시타쓰를 말함)의 목만 노리는 거다. 알았느냐!"

말 위에서 부하들을 돌아보며 몇 번이고 소리쳤다.

전진할수록 인원이 불어 대군이 되었다.

노부나가의 주위에는 두 겹, 세 겹으로, 대장을 호위하는 진형이 만들어졌다. 이윽고 그들은 기소 강(木曾江) 동쪽 기슭까지 전진해 왔다.

행군 중, 이누치요와 도키치로는 가신들 사이에 끼어서 몇 번인가 앞서거니 뒤서거니 했다.

"원숭이!"

이누치요는 멋대로 부르며 돌아보았다.

"키는 작지만 걸음은 생각보다 빠르군."

"걸음뿐 아니다, 싸움이 벌어지면 임자한테 질 내가 아니야."

도키치로는 지지 않고 대거리를 했다.

"임자는 매사에 씩씩하군, 싸움뿐만 아니라 사랑에도 말이야. ……하하하, 미워할 수 없는 사람이로군."

"무사니까! 지는 건 무엇이든 딱 질색이다."

"그렇다면, 이나마 산 공격에서 누가 선봉이 되는지 겨뤄 볼까? 나보다 먼저 성 안에 뚫고 들어가면, 네네를 임자한테 줘도 좋다."

그러나 도키치로는, 행군 중인데도 멈춰 서서 크게 입을 벌리고 웃었다.

"하하하, 하하하……."

"무엇이 우스운가, 원숭이……."

"이누치요, 임자는 이나바 산성에 쳐들어 갈 생각인가?"

"물론이지. 누구한테고 뒤지지 않을 작정이다."

"싸움은 눈을 뜨고 하는 거야. ……이대로 곧장 주군께서 미노로 쳐들어 갈 것 같은가? 미노에서의 싸움은 아직 멀었다. 몇 년 더 있어야 될걸.

오늘 밤은 글쎄……고작해야 기소 강(江)까질까?"

도키치로는 예언했다.

무슨 얼빠진 소리, 하고 이누치요는 귀도 기울이지 않았으나, 이윽고 기소 강 기슭까지 오자, 노부나가는 전군에 영을 내렸다.

"휴식!"

그리고 다음 전황이 보고될 때까지 한나절이나 기다리고 있었다.

미노의 하늘에는 연기가 자욱했다. 해가 지자 붉게 물든 떼구름이 평원과 산악 위를 흘러갔으나 기소 강 서쪽 기슭에 있는 노부나가의 군은 움직이지 않았다.

초저녁 무렵!

기소 강을 헤엄쳐 건너온 사내가 있었다. 붙들어 보니, 도산측의 패잔병이었다. 노부나가 앞으로 끌고 갔을 때 패잔병은 이렇게 말했다.

"도산 공께서는 시라사기 산성을 나와 직접 요시타쓰의 군을 맞이하여 그제부터 격전을 벌였습니다만, 마침내 요시타쓰의 부하 고마키 미치이에(小牧道家)의 칼에 덧없는 최후를 마치셨습니다. 요시타쓰는 그 베어 떨어진 머리를 보고 ……그대여! 나를 원망 말지어다. 이 모두 그대가 스스로 택한 운명이오, 하고는 머리를 나가라 강에 던져 버렸습니다. 세상에 이런 일이 또 있겠습니까? 적어도 자식된 도리로서 어버이란 이름이 붙은 도산 공의 머리를……."

말하기조차 한심하고 치가 떨린다는 듯, 패잔병은 도산 야마시로노카미의 최후를 전해 주었다.

노부나가는 어두운 표정으로 그의 말을 듣고 있었다.

"그렇다면, 벌써 장인께서 덧없는 최후를 마치셨단 말인가? ……오와리로의 연락이 늦은 바람에, 예까지 달려 왔으면서 마지막 일전에도 참전하지 못했으니 생각할수록 분한 일이로다."

그는 이렇게 중얼거리며 걸상에서 일어나더니, 한동안 밤하늘의 붉은 떼구름을 바라보고 있었다. 눈물이라도 참는 것처럼 주위의 사람들에게는 보였다.

이윽고 노부나가는 정색하고, 이번에는 막하 군사들을 향해 맹세하듯 큰 소리로 말했다.

"……늦었구나. 이렇게 된 이상, 이제는 소동을 피워 봐야 소용없는 일.

일단 회군키로 하고, 다른 날 맹세코 문둥이의 목을 베어 죽은 도산 공의 한을 풀어 주기로 하자."

그리고 곧 군사를 거두어 돌아가도록 뿔피리를 울렸다.

이누치요에게는 뜻밖이었다.

아니 그뿐만이 아니라 싸움에 익숙한 중신들도 노부나가의 명령에 한동안 어리둥절하고 있었다.

그러나 기소 강에서 물러나 오와리를 향해 어둠 속을 수십 리 걸어가는 동안, 제대로 생각이 돌아가는 가신들은 자연히 노부나가의 속셈이 짐작이 갔다.

'하기는 미노를 공격하기에는 지금은 적당한 시기가 아니지. 얼핏 보면 절호의 기회 같지만 필승을 기하고 대책을 꾸미려면……'

이누치요는 노부나가의 계책보다도, 그것을 진작 예언한 도키치로라는 인물에 대해 더 많이 생각하고 있었다.

'원숭이, 원숭이, 하고 모두들 업신여겼고, 나도 대수롭지 않게 봐 왔는데 어쩌면 저 사내는…… ?'

그는 도키치로에 대한 인식을 새로이 하면서, 묵묵히 행군 속에 끼어 걸음을 옮기고 있었다.

도키치로도 곁에 있었다.

날이 새기 시작하자, 두 사람은 서로 얼굴을 마주보았다. 그러나 그는 이누치요에게 어젯밤의 일에 관해서는 한 마디도 하지 않았다.

"이누치요……그대는 어떻게 생각하나? 사이토 도산공은 주군을 죽였고, 아들인 요시타쓰는 어버이를 죽였다. 내버려 둬도 인륜을 잃은 미노는 틀림없이 저절로 멸망하겠지만, 다만 그것이 언제냐 하는 것이 문제일 테지. ……이번에는 요시타쓰가 당할 차례인데, 그 시기가 언제냐 하는 것이 문제가 아닐까?"

이런 말을 뇌까리기도 하였다.

이누치요는 이미 그 앞에서는 함부로 입을 열어서는 안 될 것 같은 패배감을 느끼고 있었다. 그리고 어느 틈엔지 도키치로가 자기를 부르는 데 경칭을 떼놓고 있었으나 그것을 따지고 싶은 생각도 없었다.

낙성

 북쪽은 에나, 서쪽은 히다, 미노의 산들에 둘러싸여 있었다.
 가니(可兒) 고을의 아케치 성(明智城)은 산간에 있었다. 전 시대의 구식 구조를 하고 있는 성이었다.
 도키 겐지(土岐源氏) 이래, 오랜 가계와 시류 밖에서 산간의 평화를 유지하고 있던 그 성도, 어제부터 연기에 휩싸여 오늘 새벽 무렵부터는 시뻘건 불길을 토하며 타오르고 있었다.
 외곽도 내성 주건물도 이미 타버리려는 찰나에 있었다.
 공격군은 이나바 산의 사이토 요시타쓰의 군사들이었다. 도산 히데타쓰의 거성인 시라사기 산을 함락하고 도산의 수급을 나가라 강에 던져 버린 여세로, 군사들은 예까지 쇄도해온 것이었다.
 성주 아케치 미쓰야스는 물론 도산 히데타쓰에게 속해 있었다. 난이 일어나자 곧 조카인 주베 미쓰히데와 아들 미쓰하루와 더불어 이나바 산 군사들과 대치하여 싸웠으나, 도처에서 패한 데다 주군 도산이 전사하자 고향인 아케치 성으로 돌아와, 이 작은 성을 사지로 삼고 그제부터 공격군의 맹습을 방어하고 있었던 것이다.

"배신이다!"

"배신자가 나타났다!"

불길 속에서 우군의 그런 고함을 들으며 미쓰야스는 마지막 운명을 깨달았다.

"이제는……"

성내를 둘러보니, 불길에 싸이지 않은 곳은 뒷산 나무숲밖에 없었다. 그곳의 군량 창고와 저수지에만은 아직 불길이 퍼지지 않고 있었다.

"주베는 어디 있느냐. 주베를 찾아오너라!"

미쓰야스는 부하들의 시체 속을 뛰어다니며 아직 살아남아서 적과 싸우고 있는 장병들을 볼 때마다 소리쳤다.

"아버님, 아버님!"

아들 야헤이지 미쓰하루는 아버지를 부르며 아버지의 신변을 염려하다가 난군 속에서 그의 모습을 발견하자 급히 달려 왔다.

그러자 미쓰야스는 그 아들에게도 같은 말을 했다.

"주베는, 주베는 어떻게 되었느냐?"

"북문에서 적과 싸우고 있습니다. 무슨 말을 해도 물러나지 않고 있습니다."

"죽이지 마라. 죽게 해서는 안 된다!"

미쓰야스는 목쉰 소리로 아들을 질타하며 북문으로 향하는 비탈길로 달려갔다.

"아, 아버님! ……제가 가겠습니다. 잡병 사이에 손수 뛰어 드시면……"

미쓰하루는 뒤좇아가 굳이 부친을 뒤로 물러가게 했다.

"……아버님, 뒷산 군량 창고와 저수지에는 아직 불길이 미치지 못하고 있습니다. 어서 그리로 잠시 피하십시오."

"어서 가거라. ……주베를 죽게 해서는 안 된다."

미쓰야스는 계속 외치면서 뒷산으로 기어 올라갔다.

미쓰하루는 친자식이었다. 어기서 같이 죽어도 좋다고 그는 자신의 운명과 함께 각오하고 있었다.

그러나 주베 미쓰히데는 형의 자식이다. 형인 시모쓰케노카미 미쓰쓰나(下野守光綱)가 자기에게 맡기고 세상을 떠난 아케치가의 장손인 것이다. 죽게 해서는 형님한테 미안하다고 그는 시시각각 절박해지는 성의 운명과 더불어 그것만 아까부터 생각하고 있었다.
"오오!"
미쓰야스는 신음하며 우뚝 걸음을 멈췄다.
저수지 곁 물방앗간을 들여다보니, 성내의 부녀자와 어린 것들이 서로를 칼로 찔러, 폭풍 후의 들꽃처럼 처참하게 그러나 장렬하게 피바다 속에 뒹굴고 있었다.
한편 야헤이지 미쓰하루는 형의 팔 덮개를 붙든 채 앞을 가로막았다.
"부탁이오. ……형님, 제발 일단 피하기로 합시다."
이나바 산 군사들과 최후까지 싸우려고 비장한 결의를 보이고 있는 주베를 억지로 물러나게 했다.
"무슨 소리, 물러나면 어떡하자는 거냐!"
주베는 계속 외치고 있었다.
평소에 말이 없고 침착하던 그와는 전혀 딴 사람이 된 것처럼, 지성을 내동댕이치고 악귀가 되어 있었다.
"급수지까지. ……아무튼 급수지까지만!"
야헤이지가 달래는 것을 뿌리치며 주베는 이를 갈며 물러나지 않았다.
"급수지로 가면 무슨 소용이냐. 이미 적은 외곽을 뚫고 들어 왔다. 성안에서도 배반자가 나타난 지금이다."
"아버님이……아버님이 그곳에서 기다리고 계십니다."
"숙부께서!"
"찾아오라는 분부이십니다. 아까부터 염려하며 기다리고 계십니다."
"날 무엇 때문에 염려하시는 건가. 이 미쓰히데의 목숨 같은 건 아무 것도 아니다. 설사 패하는 한이 있더라도 끝까지 이나바 산의 역적들을……."
그는 자신의 죽음보다도 더 큰 것에 대한 분노를 느끼고 있었다.
그것은 인류의 적에 대한 인간으로서의 분노였다.
주베 미쓰히데는 문무를 겸한 무사임을 스스로 자부하고 있었다. 물론 무예에서도 남한데 뒤지지 않도록 노력해 왔지만, 한편으로 학문에서는 누구에게도 지지 않을 만큼 공부를 했다.
그의 사상과 신념은 성현의 길에 의해 길러져 온 것이었다. 지금 이 성을 불사르고 있는 적은, 그런 의미에서 단순히 자기의 적이라고만 할 수 없다.

어버이라는 이름의 도산 공을 쳐부순 문둥이의 부하들인 것이다.
 인류의 적이었다.
 성현의 길을 가로막는 적이었다.
 미쓰히데의 노여움은 그 때문에 자신의 생명도 파멸도 생각하지 않았다. 정의에 죽을 작정이었다. 대역의 광병들을 하나라도 더 처단하고 자기도 죽을 작정이었다.
 "개죽음을 할 셈이오! ······잡병들을 상대로 해서 말이오!"
 "개죽음? 야헤이지, 뭐가 개죽음이냐. 만약 이 대역의 요시타쓰가 이대로 번영을 누리게 되면 그야말로 세상은 암흑이 된다. 지옥이다. 인간은 아귀가 되고 금수만도 못하게 된다."
 "알고 있소. 그건 알고 있지만."
 "일개 미쓰히데가 아무리 분전해도 대세는 어떡할 수 없는 것이고, 이미 적의 손에 최후를 마친 도산 공이 소생하시는 것도 아니다. ······하지만 이런 증거는 남을 게다. 아귀 때 같은 미노의 내란 중에서도 참된 인간이 몇은 있었다는 증거 말이다. 그 때문에 나는 죽으려는 거다. 죽는다고 후회하지 않는다. 정의가 그것을 알고 있다. 그대는 이걸 개죽음이라고 하는 건가?"
 "알고 있소. 하지만······ 그 전에 일단 아버님을 만나주시오. 그리고 나서도 결전은 할 수 있소. 죽을 때는 형님만 죽게 하지는 않을 작정이오."
 "좋다!"
 그는 거친 숨을 몰아쉬며 말했다.
 "어디냐, 숙부께선 어디에 계시느냐. 죽기 전에 한 번 만나 뵙자."
 미쓰하루가 앞장서서 달리자 그도 뒤따랐다. 뒷산 급수지 쪽이었다.
 숙부 미쓰야스는 방앗간 앞에 버티고 서서 아들과 조카가 오기를 기다리고 있었다.
 "오오, 미쓰하루냐. ······주베도 무사했구나."
 "원통합니다!"
 두 젊은이는 나무와 물뿐인 고요 속에 몸을 피해 서로 육친의 모습을 보자, 역시 긴장이 풀리지 않을 수 없었는지 미쓰야스의 발밑에 비틀거리며 쓰러졌다.
 "머지않았습니다. 원통하게도 선조 이래의 이 성의 운명도······."

"그래, 머지않았다."
"······하오나!"
주베는 힘을 주어 말했다.
"우리 일족, 주군 도산 공을 따라 여기서 모두 전사한다 해도 도키 겐지 이래 수백 년, 우리 대에 이르기까지 일족 중에서 불의 불충의 역도는 한 사람도 내지 않았습니다. 자랑스러운 일입니다. 무가로서는 결코 멸망이 아닙니다. 사람이 지켜야 할 도리의 명맥을 유지하며 영광되게 일족의 기치를 불살라 버리는 것뿐입니다."
"그렇습니다!"
미쓰하루도 말했다.
성주 미쓰야스도 고개를 끄덕였다.
"숙부님! 우리 기뻐합시다. 기꺼이 포악한 광병들과 싸워 마지막 깃발을 불사릅시다. 힘자라는 대로 적을 베고 각각 사리를 찾읍시다······ 작별입니다. 이승의 신세, 감사의 말씀을 드릴 겨를도 없습니다. 저승에서 다시 ······또."
말을 마치자 주베는 이미 일어나고 있었다.
"주베, 잠깐만."
"······예?"
"끝내 여기서 죽을 작정이냐?"
"물론입니다. 어찌하여 그런 말씀을 물으십니까?"
"나는······."
미쓰야스는 치솟는 검은 연기를 우러러 본 다음 시선을 떨어뜨려 아직 약관인 조카와 그보다 더 손아래인 친자식 미쓰하루를 물끄러미 번갈아 봤다.
"······나는 너희들을 죽이고 싶지 않다. 너희들은 아직 젊어. 피해라!"
"예?"
"피하는 거다. ······미쓰하루, 주베!"
"무, 무슨 말씀을 하십니까, 이런 때에······."
"눈앞에 벌어진 상황만 보고 세상이 끝났다고 생각하는 것은 잘못이다. 젊은이 앞에는 또 다른 세상이 있다. 성 하나쯤 떨어진들, 타버린들, 더 큰 시류의 흐름으로 보면······."
"모를 말씀입니다. 숙부께서는 우리들에게 수치를 모르는 무사가 되라는 말씀입니까!"

"그런 말을 들어도 상관없다. 너희들의 양양한 젊은 생명으로 하여 언젠가는 도키 겐지에도 인물이 있었다는 말을 듣게 되고, 가문을 다시 일으켜 여봐란 듯이 세상에 떨쳐준다면."

"그런 것을 생각하실 때가 아닙니다. 지금은 역적 요시타쓰의 군과 최후의 최후까지 싸우는 것만이…… 우리 진지는, 우리 성은 정의의 보루입니다. 이곳을 피해 숨어 다니는 것은 무사도가 아닙니다. 정의가 땅에 떨어집니다."

"아니다. 그렇게만 생각할 게 아니야."

"숙부님, 숙부님께선 이제 와서 겁이 나신 게 아닙니까?"

"주베, 그렇게 보이느냐?"

미쓰야스는 한 마디 꾸짖듯이 말하자, 아들과 조카가 보는 앞에서 단검으로 자신의 목을 찌르고 쓰러졌다.

그때 천둥 굉음이 대지를 뒤흔들며 울려 퍼졌다. 저수지의 수면에는 잔물결이 일고 하늘에는 시커먼 연기가 치솟았다.

"오오, 화약고마저……."

주베는 달려가더니, 나무 사이로 성을 살펴보았다. 그 얼굴이, 숲 속 나무 줄기들이, 별안간 시뻘겋게 떠올랐다. 성은 순식간에 불바다가 되고, 숲 속 생나무에까지 불길이 번져 오기 시작한 것이었다.

이런 벽지의 조그마한 성에 어울리지 않게, 성 안에는 후문 근처에 많은 화약이 저장되어 있었다.

총이라는 신무기에 신경을 쓴 것은 미노에서는 주베가 누구보다도 빨랐었다. 그 때문에 그는 규슈나 사카이에도 여러 번 갔었다. 그리고 재빨리 기후 마을에 총포 대장간을 세우고, 성 안에도 비밀리에 화약을 비축했다. 주베의 두뇌는 시대를 앞질러 보는 데 명민했다. 총의 구조처럼 과학적이기도 했다.

그러나 그의 치밀한 계산으로도, 자신을 좌우하는 운명만은 산출할 수가 없었다. 자신이 지도하여 만든 총으로 인해 그는 지금 스스로 공격을 받고 있는 것이다. 또한 장차 이 성에서 뛰쳐나가 중원에 도키 겐지의 기치를 휘날릴 생각으로 저장해 뒀던 화약이, 지금 선조 이래의 성을 한 조각 초토로 만들어 버리고, 아수라처럼 시체도 수풀도 태워 버리고 있는 것이다.

"……."

원통하다든가, 어떻다든가 표현할 말이 없었다. 주베는 나무 그늘에 서서 그 불길을 내려다보고 있다가 문득 생각이 바뀌었다.

"그렇다. 숙부님 말을 따라 이 자릴 피하자. 그리고 살아 보자. ……그렇지 않으면 이 원한을……."

그러자 저쪽에서는 재차 비통한 소리로 미쓰하루가 부르고 있었다.

"형님, 아버님이 아버님이……무슨 말씀을 하고 계십니다. 괴롭게 숨을 몰아쉬시며……형님, 들어 주시오. 마지막입니다. ……숨을 거두시고 있소!"

조금 전까지 주베는 그 미쓰하루의 고함도 자해한 숙부 미쓰야스의 모습도 돌아보지 않고, 자기는 자기대로 다시 불꽃 속에 뛰어들어 죽을 각오였으나, 급히 되돌아오자 미쓰하루와 함께, 엎드려 있는 미쓰야스의 몸을 안아 일으켰다.

"오오, 숙부님."

"미쓰하루……있느냐?"

미쓰야스는 이미 눈도 안 보이는 듯했다.

"있습니다. 아버님. 저는 아버님 곁에……."

"주베는?"

"숙부님, 주베도 여기 있습니다."

"두……둘 다……죽어서는 안 된다. 내 죽음을 헛되이 하지 말아다오. 주군을 따라 이 성과 함께 운명을 같이 하는 것은 나 혼자만으로 족하다. 가문의 명예를 더럽히는 것은 아니다. ……어서 피해라. 나를 개의치 말고 너희들은 어서……."

"……예……."

"주베. ……미쓰하루를 부탁한다. 미쓰하루를 부탁한다!"

미쓰야스는 말을 마치자, 목을 찌르고도 그대로 손에 쥐고 있던 단검으로 갑옷 틈새로 옆구리를 다시 찔렀다. 그것으로 미쓰야스는 숨을 거두었다.

"미쓰하루, 아버님 머리를."

"아!"

미쓰하루는 눈물을 걷잡지 못하며 어떡해야 할지 모르고 있었다.

잠깐 사이에 미쓰야스의 시체 위에도 불티와 재가 날아오기 시작했다.

"용서하십시오."

주베는 미쓰하루의 거동이 답답했던지, 숙부의 목을 잘라 그것을 소맷자락에 싸들고 앞장서서 달리기 시작했다.

"미쓰하루, 빨리!"

낮에는 몸을 숨기고 밤이 되면 쏜살같이 둘은 달려갔다.

가니 고을은 본시 영지였던 탓으로 지리도 알고 있는 데다 민가를 두드리면 숨겨 주기도 했지만, 히다 가도로 나오자 이미 적의 목책과 적병의 그림자뿐이었다.

"진퇴유곡이구나."

그들은 몇 차례나 단념했는지 모른다.

갯벌에서 패잔병을 수색 중이던 적병에게 발견되어 추격당했을 때 손아래인 미쓰하루는, 아직 묻을 곳을 찾지 못한 채 안고 다니던 아버지의 머리를 그 자리에 내려놓으며 말했다.

"틀렸소. 형님, 맞찌르고 죽읍시다."

미쓰히데는 고개를 저었다.

"무슨 소리! 여기서 죽을 바엔 차라리 조상 땅에서 죽는다. 이렇게 된 이상 풀뿌리를 씹으면서라도 살아야 해!"

미쓰하루가 내려놓은 머리를 이번에는 미쓰히데가 안고 달렸다.

그야말로 길도 없는 산속을 밤새도록 서쪽으로 서쪽으로 달렸다.

새벽녘, 그들은 어떤 길로 빠졌다. 미노에서 에치젠으로 통하는 다이니치(大日) 고개의 험로였다.

이곳은 나그네의 왕래도 드물고, 사이토 일족의 세력권에서도 멀리 떨어져 있었다. 새를 잡아 깃털을 뜯은 뒤 그 생고기를 먹고 풀뿌리를 날로 씹으며 걸었다.

쿵, 쿵 하는 도끼 소리가 노송나무 숲 속에서 은은히 울려 퍼졌다. 미쓰히데는 깃발로 싼 숙부의 머리를 동생 손에 맡기고 어디론가 사라졌다.

"잠깐 기다려라."

잠시 뒤 미쓰히데는 손에 괭이 한 자루와 막일꾼들이 입는 옷가지를 한 아름 안고 숲 속에서 나왔다.

"짐작대로 저쪽에 나무꾼들의 오두막집이 있기에 이런 걸 좀 얻어 가지고 왔다."

그는 미쓰하루에게 괭이를 넘겨주며 말했다. 미쓰하루는 잠자코 그것을 받자, 땅을 고르듯이 주위를 둘러보았다.

"어디에?"

"될수록 오솔길에서 멀리 떨어진 곳이 좋을 게다."

미쓰히데는 숲 속으로 들어가 어두운 나무 그늘을 가리켰다. 미쓰하루는 괭이로 땅을 팠다.

"좀더, 좀더 깊게."

미쓰히데는 땅을 파는 동생에게 말했다. 미쓰하루는 머리를 묻을 수 있을 정도의 크기로 파고 있었으나, 미쓰히데는 사람 하나가 들어갈 만한 구덩이를 파게 했다.

이윽고 미쓰야스의 머리는 땅 속 깊이 고요히 안치되었다. 미쓰히데는 입고 있던 갑옷을 모두 벗고 나서 일렀다.

"미쓰하루, 너도 벗어서 묻어 버려라."

칼만 남기고 두 사람은 갑옷을 비롯한 모든 것을 미쓰야스의 무덤 속에 같이 묻었다.

그리고 막일꾼들 차림을 했으나, 훌륭한 칼이 두드러지게 눈에 띄므로 칼집은 헝겊으로 감싸고, 칼자루 장식 같은 것은 모두 떼어버린 뒤 토적이나 그런 부류같이 일부러 점잖지 못하게 허리에 찼다.

"물이 없던가?"

"있긴 하지만 뜰 그릇이 없어요."

"아냐, 있어."

미쓰히데는 다시 숲 밖으로 걸어 나갔다. 어디선가 털썩 하고 나무를 베어내는 소리가 들리는가 했더니, 이윽고 그는 대나무 한 마디를 들고 돌아왔다.

대나무에 맑은 물을 떠서 미쓰야스의 머리를 묻은 무덤 앞에 바치고, 두 사람은 언제까지나 합장하고 있었다.

쨱, 쨱쨱——.

삐삑, 삐삐삑——.

갖가지 새들이 노송나무 숲에서 지저귀고 있었다. 두 사람의 머리는 맑게 개고, 아케치 성을 빠져 나온 뒤로 처음 제정신을 찾고 있었다.

"……"

미쓰하루는 손등으로 눈물을 닦았다.

아버지가 죽은 것은 싸움터였고, 그 머리를 이틀 동안이나 안고 다녔으나 눈물이 솟구친 것은 이때가 처음이었다.

"미쓰하루?"

"네?"

"울지 마라. 네가 우니 나마저 어쩔 줄 모르겠구나. ······숙부께선 나 때문에 최후를 재촉하신 거나 다름없으니까."

"그렇지 않소. 다만 무장으로서······."

"······하지만. ······하지만 숙부께선 돌아가신 내 아버님께서 임종시에 어린 나를 부탁한다고 맡기신 것 때문에 그 책임감으로 어깨가 무거웠던 거다. 잊으실 수가 없었던 거다."

"그 점은 아버님께서도 평소에 늘 말씀하시고 계셨소."

"성이 떨어지는 불길 속에서도 그것만 염려하셨던 거다. 우리를 피하게 하고 당신은 자결하고 마신 거다. ······생각하면 죄스럽기 그지없는 일······."

미쓰히데는 또 한번 무덤 앞에 꿇어 앉아 절을 올렸다.

"미쓰하루! ······여기서 우리는 맹세하자."

"네! ······."

"살아남은 이 미쓰히데의 목숨은 내 것이면서 내 것이 아니다. 나 대신 돌아가신 거나 다름 없는 숙부님의 몫이 들어 있다. 또한 도키 겐지의 선조들의 유명도 들어 있다······ 앞으로 이 미쓰히데는 더욱 무위도식할 수 없게 된 것이다."

"나 역시 같은 심정이오."

"그럴 테지. 그렇지 않고서는 너무나 죄스러운 일이다. 반드시 큰 뜻을 저버리지 않고 집안의 명예를 일으켜야 한다. 알겠느냐, 미쓰하루?"

"물론이오. 성도 가신도 모두 잃고 알몸뚱이 하나 남은 것은 오히려 하늘이 돕는 건지도 모릅니다. 우리 둘로 하여금 고난 속에서 스스로를 닦게 하려는 하늘의 뜻일지도 모르는 일입니다."

"그런 각오로 꾸준히 노력해라. 나 또한 수행을 게을리 하지 않겠다. 문무 양도에 완벽할 수 있을 때까지 노력을 아끼지 않을 것이다."

"아아, 어쩐지······."

미쓰하루는 가슴을 펴고 새들이 지저귀는 나뭇가지를 우러러봤다.

"가슴이 활짝 열리는 느낌이오. 형님, 돌아가신 아버님께 무엇보다 좋은 공양이 됐을 겁니다."

"음, 잊지 말자. 우리 서로!"

두 사람은 맹세했다.

다이니치 고개의 험로를 넘어 겨우 다른 고을로 들어간 그들은, 한동안 에치젠의 아나마(穴馬) 마을에 숨어 있었다. 그 뒤 미노의 난도 이웃 나라들의 형세도 대략 안정이 되자, 쓰루가(敦賀)를 거쳐 배를 타고 미쿠니(三國) 나루에 상륙했다.

미쿠니의 나가사키(長崎) 쇼넨사(称念寺)에는 전부터 알고 있던 엔아상인(園阿上人)이 있었다. 그를 의지하고 간 것이다.

그로부터 수년 동안.

두 사람은 절간 문앞의 집을 빌려 글방 같은 것을 내고 있었다. 그러나 미쓰히데가 가르치고 있을 때는 미쓰하루가 길을 나섰고 미쓰하루가 글방에 있을 때는 미쓰히데가 떠났다.

풍운의 나그넷길이었다. 자신을 연마하면서 모든 나라의 군비와 문화를 살피고 다니는, 그것을 당시 사람들은 무사 수업이라고 했다.

폭풍과 성벽

노부나가는 싸우지 않았다.

때를 보는 데 기민한 그가, 어째서 기소 강까지 진군했는데도 그대로 돌아와 버렸는가.

변경인 기소 강 바로 건너편에서는 내란이 며칠이고 계속되고 있었다. 공격에는 다시없는 기회였다. 야마시로노카미 도산의 밀사는 좋은 조건 아래에 원병을 청했다. 그러나 그는 강을 넘지 않았다.

"여느 때의 주군답지 않으신 처사……."

이렇게 가신들은 대부분 이상스레 여겼다. 답답한 생각마저 들었다.

"옳거니, 주군께서는 노부히로 님의 내통 사건 때문에 주저하신 것일 게다."

노부히로(信廣)는 노부나가의 형이다. 전번에는 아우 노부유키가 하야시사토노카미와 미마사카 등과 짜고 모반을 일으켜, 노부나가를 괴롭힌 일이 있었지만, 그 뒤, 이번에는 형인 노부히로가 미노의 사이토와 내통해서 기요스 성을 빼앗으려고 했던 사건이 있었다.

당시의 노부히로의 계략은 이랬다.

"노부나가는 원래 경거망동하는 녀석이라, 미노 군이 변경으로 몰려오면 곧 성을 비우고 맞싸우러 나갈 것이 틀림없다. 그 틈을 노리면 아주 간단한 일."

그런 예견 아래 미노와 내통을 해 가며 계획을 꾸미고 있었다.

이리하여 작년부터 두세 차례에 걸쳐 변경 방면에서 무의미한 적의 침략이 되풀이됐다.

그러나 노부나가는 그 수에 넘어가지 않았다. 수상하다고 느끼자 형 노부히로를 힐문했다. 노부히로는 대번에 질려 순순히 자백했다.

"용서해라, 다신 이런 짓 안할 테니. 앞으론 너의 고굉지신(股肱之臣: 임금이 가장 신임하는 중신(重臣))이 되어 일하겠다."

이런 맹세와 아울러 백배 사죄함으로써 사건은 겨우 무마되었다.

싸울 생각을 하지 않고 기소 강에서 회군하고 만 노부나가의 심중을, 가신들은 그 사건과 결부시켜 생각해 보기도 한 것이다.

오직 도키치로만은 그런 소문에 귀를 기울인 적이 없었다. 여전히 큼직한 오동나무 무늬 하오리에, 부채질을 휠휠 해가며 여름 내내 일에만 전념하고 있었다.

때로 이누치요와 얼굴을 부딪치는 수가 있었다.

"여어······."

이쪽에서 말하면,

"여어······."

저쪽에서도 응할 뿐, 네네에 관한 말은 어느 편에서도 입 밖에 낸 일이 없었다. 그러나 이 두 사람은 사랑싸움을 비롯해서 기소 강 출진이 있었던 뒤로는, 은근히 상대방에 대한 인식을 새로이 한 듯했다.

같은 여어──하는 인사에도 그전보다 친밀도가 짙어져 있었다.

동시에──.

'저 녀석, 호락호락하지 않단 말이야.'

한쪽이 그렇게 생각하면, 다른 쪽에서도──.

'섣불리 얕볼 녀석이 아니다. 속이 들여다보이는 것 같으면서도 기실 알 수 없고, 거친 것 같으면서도 보는 눈은 날카롭고 꼼꼼하단 말이야.'

깊이 알수록 한편으로는 피차가 이렇게 경계하고 있었다.

그러나 이 두 사람만은 어째서 노부나가가 싸우지 않고 미노 변경에서 돌아와 버렸는가, 하는 한가하고 어리석은 얘기 따위는 하지 않았다. 이누치요는 알고 있었다. 물론 도키치로는 좀더 진작부터 알고 있는 일이었다.
노부나가는 싸우지 않는다.
다만 계속 자중하고 있는 듯했다.
병마의 조련에 주력하고 식량을 저장하고 폭풍우로 성벽이나 돌담이 무너지면 곧 영을 내려 보수케 했다.
늦여름에서 초가을에 걸친 폭풍우는 매년 으레 겪는 일. 그러나 오와리를 중심으로 심상치 않은 바람 역시 따로 불고 있었다.
서쪽에서는 미노로부터, 남쪽에서는 미카와의 마쓰다이라로부터, 그리고 다시 동쪽에서 스루가의 이마가와 요시모토의 움직임으로부터도 바람은 일고 있었다. 첩자들의 보고는 기요스가 나날이 고립되고 있음을 전해 주고 있었다.
지난 번 폭풍우로 외부 성벽이 백간 이상이나 무너져 버렸다. 그 보수 공사 때문에 목수, 미장이, 토공, 석공 등 수많은 사람들이 성내에 들어와 있었다. 재목이나 돌을 끌어 들이기도 하고, 군데군데 공사 재료를 쌓아 두기도 하고 있어서 성안 통로나 해잣가 등은 온통 혼잡을 이루고 있었다.
"발 딛을 곳도 없지 않나?"
"빨리 완성해야지 이러다가 또 폭풍우가 몰려오면 이번에는 축대가 무너질지도 모른다."
지나다니는 사람들은 모두 불편을 느꼈으나 공사장에 세워져 있는 팻말에는 이같이 씌어 있었다.
──보수 지구내의 무단출입을 금함.
공사 감독·야마부치 우콘(山淵右近)
감독 이하 모든 부하들이 준(準)전시 체제의 복장과 직권 밑에 일을 하고 있어서, 누구나 그곳을 지날 때는 특별 배려를 받는 듯한 느낌으로 일일이 인사를 하곤 했다.
공사는 20일 가까이 경과하고 있었으나 전혀 진척되고 있지 않았다. 불편한 것은 사실이었지만, 아무도 그것을 입 밖에 내어 투덜거리지 못했다.
성벽 백간의 보수란 워낙 대공사이기도 했으므로, 오랜 시일이 걸리는 것은 누구나 당연한 일로 생각했다.
"여봐라, 지금 지나간 건 누구냐?"

공사를 독려하고 있던, 책임자 야마부치 우콘이 부하더러 묻고 있었다.
부하는 돌아다보며 말했다.
"마구간에 일하는 기노시타 도키치로 님으로 압니다만."
"뭐, 기노시타? ……그래, 모두들 원숭이이라고 부른다는 그자 말이냐?"
"예."
"내가 좀 할 말이 있으니, 다음에 지나가거든 불러 오너라."
우콘은 그렇게 영을 내려 두었다.
무엇이 그의 비위를 거슬렀는지 부하들은 알고 있었다. 매일 출사할 때마다 도키치로는 이곳을 지나지만 한 번도 인사한 일이 없는 것이다. 게다가 재목 같은 것이 쌓여 있으면 함부로 딛고 넘어 가곤 했다. 물론 통로에 쌓여 있을 때는 그것은 불가피한 일이었지만, 성을 보수하는 어용재인만큼 일단 양해를 얻은 후에 딛고 넘어야 할 것이었다.
"몰라서 그러는 거야."
부하들은 나중에 말했다.
"……워낙 하찮은 말단직에서 발탁되어 요즘 겨우 택지를 하사 받아 출사하는 신분이 된 사람이니, 모르는 것도 무리는 아니지."
"아니야, 그런 자일수록 우쭐대는 꼴은 눈뜨고 볼 수 없는 것. 한창 기고만장했을 테니 한 번쯤 콧대를 꺾어 주는 것도 본인을 위해선 약이 될 게다."
우콘의 부하들은 단단히 벼르며 기다리고 있었다.
저녁 퇴출시.
이윽고 그의 모습이 나타났다.
봄이고 여름이고 가을이고 없었다. 예의 무명 하오리 한 벌만을 걸치고 다닌다. 마구간을 담당하고 있는 자들은 대개 성외 거주였다. 일에는 지장이 없을 테지만, 몸차림을 제대로 갖추자면 갖출 수 없는 처지는 아니었다. 그런데도 도키치로는 자신의 몸차림에 쓸 돈은 여전히 없는 모양이었다.
"나타났다!"
공사 감독의 부하들은 곧 눈짓을 나누었다.
도키치로는 무명 하오리의, 큼직한 오동 무늬를 등에 보이며 유유히 지나가려고 했다.
"잠깐!"

"기다리시오. 기노시타 씨."

불러 세우는 소리에 도키치로는 천연스럽게 돌아다 봤다.

"나 말인가?"

"그렇소."

"무슨 일이오?"

"기다리시오."

부하는 그를 세워 놓고 걸상 위에 걸터앉아 있는 감독에게 갔다.

날이 저물기 시작하여 일꾼들은 관원의 점호를 받으며 돌아갈 채비를 하고 있었다.

책임자인 야마부치 우콘은, 미장이 우두머리와 도편수 등을 주위에 모아 놓고 내일 공사에 관한 의논을 하는 중이었으나, 부하들이 고하는 말을 듣자 걸상에서 일어나며 물었다.

"원숭이인가? 붙들었나? 그럼 데리고 오너라, 이곳으로. 타일러 두지 않으면 버릇이 돼서 못 쓴다."

도키치로는 곧 그 앞으로 왔다.

인사말도 하지 않고 머리도 숙이지 않았다.

성 안에서는 동료들 사이에서 싹싹하기로 알려진 그로서는 보기 드문 무뚝뚝한 얼굴이다. 가슴을 젖힌 채 '무슨 일로 불렀소' 하는 얼굴이었다.

그것이 우콘을 더욱 노엽게 했다. 신분으로 본다면, 그와 우콘은 비교도 안 될 만큼 격차가 있었다.

우콘은 기요스 성에 부속된 나루미의 성채를 맡고 있는 야마부치 사마노스케 요시토오(左馬之介義遠)의 아들이었다. 오다의 여러 장수 중에서도 중신에 속하는 자의 아들이다. 무명 하오리 한 벌로 봄, 여름, 가을, 할 것 없이 지내는 그와는 격이 달랐다.

'불손한 녀석이다!'

우콘은 노기를 뿜는 얼굴이었다.

"……원숭이……"

"…….''

"이봐, 원숭이!"

그러나 도키치로는 못 들은 척 대답을 하지 않았다.

이 또한 여느 때의 그와는 달랐다. 도키치로를 그런 식으로 부르는 것은 위로는 노부나가로부터 밑으로는 친구들까지 입버릇처럼 되어 있었고, 그 자신도 전혀 개의치 않고 있었다. 그러나 오늘만은 어딘가 달랐다.

"귀가 없느냐, 원숭이!"

"닥쳐!"

"뭣이라고?"

"남을 불러 놓고 그게 무슨 수작이냐. 원숭이가 뭐냐 말이다!"

"모두 임자를 그렇게 부르기에 나도 그렇게 불렀을 뿐이다. 나는 주로 나루미 성에 있으니까 임자 이름 같은 건 모른다. 그 때문에 남처럼 불렀는데 뭐가 잘못 됐단 말인가?"

"잘못 됐지……뭐라 부르건 용서할 수 있는 자와 없는 자가 있다."

"그럼 나는 용서할 수 없단 말인가?"

"그렇다."

"닥쳐라. 용서할 수 없는 것은 네놈의 불손함이다. 매일 아침 출사하면서 어째서 어용재를 함부로 밟고 다니느냐. 우리에게 인사 한 마디 없느냐?"

"그것을 따지자는 건가?"

"예의를 모르는 녀석이군. 가까스로 무사 격이 된 네놈이기에 내 타일러 두지만, 무사는 예의를 소중히 알아야 한다. 그뿐만이 아니다. 네놈은 여기를 지나칠 때마다 공사 광경을 건방진 얼굴로 바라보는가 하면, 뭐라고 중얼거리기가 일쑤인데, 대저 축성 공사는 싸움터와 같은 규율 밑에 진행된다는 걸 알아야 한다. 덜된 녀석 같으니라구. 앞으로 다시 그런 꼴을 보이면 용서하지 않을 테니 그리 알아라."

우콘은 이렇게 소리를 지르더니 다시 큰소리로 말했다.

"도대체 짚신이나 들고 다니던 주제꼴들이 무사가 되면 곧 이렇게 건방져 지니 당할 수 없단 말이야, 하하하……."

우콘은 주위에 있는 일꾼들과 부하들을 둘러보며 자신의 아량을 과시라도 하듯 웃어보이고는 돌아 섰다.

도편수나 미장이는 그것으로 일이 끝난 것으로 보고, 다시 우콘의 걸상을 둘러싸며 공사도면 같은 것을 펼쳐 놓았다.

그러나 도키치로는 움직이지 않았다. 우콘의 등을 노려본 채 떠나려 하지 않았다.

우콘의 부하들이 달래면서 데려 가려고 했다.

"기노시타 씨, 이젠 끝났소."
"꾸중은 그뿐이오. 앞으로 조심하면 되는 거니까."
"자, 돌아가시오."
도키치로는 들은 척도 안하고 우콘의 뒷모습과 일꾼들이 의논하는 모습을 여전히 노려보고 있었다.
"……."
그러다가 그의 젊은 기백과, 그 젊은 속에 지니고 있는 이성이 터져 오는 폭소를 억제하지 못하는 듯, 갑자기 도키치로는 터무니없이 큰소리로 웃어 댔다. 의논 중이던 일꾼과 부하들이 깜짝 놀라 도면에서 얼굴을 들었다.
걸상에 앉아 있던 야마부치 우콘도 정색을 하고 돌아보며 성난 얼굴을 했다.
"무슨 웃음이냐!"
도키치로는 웃음을 그치지 않은 채 말했다.
"우스우니까 웃는 거다."
"무례한 놈!"
우콘은 걸상을 박차고 일어났다.
"하찮은 녀석이기에 내버려 뒀더니만 분수를 모르는 괘씸한 놈이구나! 공사장에는 진중과 같은 군율이 있다. 당장 베어 버릴 테니 거기 앉아라!"
그는 칼자루에 손을 댔다.
그래도 상대방은 얼굴빛은 물론 막대를 삼킨 듯 꼿꼿한 몸이 꿈쩍도 하지 않았다. 우콘은 더욱 악이 받쳐 소리를 질렀다.
"체포해라. 당장 처치하게 놓치지 말고 붙들어라."
우콘의 부하들은 곧 도키치로 곁으로 다가왔다.
도키치로는 잠자코 다가 선 자들을 냄새라도 맡듯 둘러보았다. 이상한 녀석이라고 아까부터 그 심리를 이해 못하던 부하들은, 곁으로 다가가기는 했으나 어쩐지 켕겨서 그저 빙 둘러싸기만 할 뿐, 누구 하나 손을 못 대고 있었다.
"야마부치, 그대는 큰소리는 잘 하지만 하는 일은 아주 서투르군 그래."
"뭐, 뭣이라구!"
"축성 공사를 군율과 같은 규칙 하에 실시하는 까닭이 어디 있는지, 입으로는 말하고 있지만 잘 모르는 게 아닌가? ……한심한 공사 감독이오. 그게 우스워서 웃었소."

"용서할 수 없는 폭언이군. ……네 이놈! 공사 책임자인 나를 보고!"

"들으시오, 먼저!"

도키치로는 가슴을 펴고 주위를 둘러보며 열변을 토했다.

"지금이 평화시냐 난세냐, 이것을 모르는 자는 천치다. 뿐더러, 이 기요스 성은 사면의 적에 둘러 싸여 있다. 동에는 이마가와 요시모토, 다케다 신겐. 북에는 아사쿠라 요시카케(朝倉義景)와 사토 요시타쓰. 서에는 사사키(佐佐木)와 아사이(淺井). 남에는 미카와의 마쓰다이라가 있다. 산 하나 넘고 강 하나 건너면 모두 적뿐이라는 것을 알아야 한다."

모두들 기가 질린 형국이었다.

그의 말이 자신감에 차 있었고, 또한 한 개인의 감정에서 나오는 것이 아니었으므로, 일동은 저도 모르게 귀를 기울이고 있는 것이었다.

"……이런 상황 속에서, 비바람이 불어 닥치면 이내 무너져 버리는 성벽이나마 가신들은 모두 철벽으로 믿고, 평소 마음을 늦추는 일 없이 사면을 노려보고 있다. ……그런데 이 정도의 공사에 20일이나 걸리고도 아직 한가한 나날을 보내고 있으니, 이 무슨 태만인가. 만약 이 틈을 노려 적이 내습한다면 어떻게 되는 건가?"

웅변은 그의 특기였다. 다만 그 특기를 너무 앞에 내놓으면 잔소리로 들리고 허풍으로도 들리며, 또 시작했구나 하고 남들이 눈살을 찌푸리는 관계로 평소에는 될 수 있는 대로 삼가고 과묵하게 있는 것이었다.

그러나 할 말을 하지 않으면 안 된다고 그는 믿었다. 따라서 그는 지금 특기인 변설로 듣는 사람으로 하여금 숙연케 하고 있는 것이다.

"축성에는 세 가지 방법이 있다. 첫째가 비속. 비밀리에 신속히 해야 한다는 뜻이다. 둘째는 견조. 견고하면 거칠어도 무방하다는 뜻이다. 장식이나 미관 같은 것은 평화시에 가서 생각해도 된다. 셋째는 상비간방(常備間防)이라는 것. 공사 중이라 해서 아무렇게나 늘어놓고 방비에 소홀하며 난잡해져서는 안 된다는 거야. 공사 중 가장 경계해야 할 것은 그 때문에 생기는 빈틈이다. 비록 한 간의 성벽이라 해도 그 틈을 통해 한 나라가 무너지는 일도 없다고 할 수 없는 것이다."

웅변은 청중을 압도하는 법.

공사 감독인 야마부치 우콘은, 그 사이에 두세 차례 무슨 말인가 하려고 했으나, 도키치로의 혓바닥에 눌려서 다만 입술만 벙긋거렸을 뿐이었다.

　도편수, 미장이들도, 다른 일꾼들도, 처음에는 그저 기막힌 얼굴로 도키치로의 웅변을 듣고 있었으나, 그의 말이 옳다는 것이 인정되자, 폭언도 폭력도 들이밀 수가 없었다.

　도대체 누가 책임자인지 알 수 없게 돼 버렸다. 도키치로는 둘러 선 사람들에게 자기 뜻이 통했다고 짐작되자 계속 열변을 토했다.

　"……그런데도 실례지만, 야마부치의 공사는 대체 무슨 꼴이란 말인가? 어디에 신속이 있고 상비가 있는가? 20일 가까이나 걸렸으면서 아직 한 간의 벽도 보수하지 못하지 않았는가? 담 밑 축대를 보수하는 데 4일이 걸렸다고는 하지만, 이런 꼴로 축성은 진중의 군율과 마찬가지라고 큰소리를 치는 것은 너무나 분수를 모르는 짓이다. ……만약 이 도키치로가 적국의 첩자라면, 대번에 허를 찔러 이 무너진 벽을 통해 침입할 것이다. 그런 일이 일어나지 않았다고 해서, 유유히 노인들의 은거처나 만드는 식으로 성벽을 고치고 있다면 위험천만한 일이 아니냐 말이다. 아침마다 출사하는 우리에게도 거치적거리는 것이 많아 곤란하다. 통행하는 사람들더러 이러니저러니 하기 전에, 우선 잘 의논해서 공사를 신속히 진행시키도록 해야 할 것이다. ……알겠소? 책임자뿐 아니라 목수도 미장이도, 모든 일꾼이 다 그래야 할 거요."

　훈계였다. 영낙없는 일장의 훈시였다.

　"실례했소."

　그는 밝은 웃음을 보이며 말했다.

　"……내친 김에 평소에 생각했던 것을 늘어놓았을 뿐이오. 이것도 다 피차 충성껏 주군을 섬기기 위해서요. ……실례했소. 어느 틈에 어두워졌군. 모두 그만 돌아가야 할 때가 아니오? 그럼 나는 먼저 가겠소."

　야마부치는 물론 모두가 넋을 잃고 있는 틈에 도키치로는 성큼성큼 성밖으로 사라져 갔다.

　다음 날──.

　그는 마구간에 있었다.

　마구간 담당이 된 뒤, 그곳에서도 그의 열성은 누구에게도 뒤지지 않았다.

　"저렇게 말을 좋아하는 녀석은 없을 거야."

동료들도 기가 막혀 할 만큼, 그는 자신이 담당하고 있는 마구간을 깨끗이 하고 말을 돌보았다. 말과 기거를 같이 했다.

"기노시타, 부르신다."

마구간으로 조장이 와서 전했다. 도키치로는 노부나가의 애마 산월(山月)의 배 밑에서 얼굴을 내밀며 물었다.

"부르신다구?"

산월의 다리에 부스럼이 나서, 도키치로는 대야에 온수를 떠다 놓고 다리를 씻어 주고 있던 참이었다.

"부르신다……면 뻔하지 않나. 주군께서다. 어서 가 봐."

조장은 그렇게 말하고, 대기소를 돌아보며 말했다.

"이봐, 누가 기노시타 대신 산월을 돌봐 주도록 해라."

"아닙니다. 제가 끝내고 가겠습니다."

도키치로는 말밑에서 나오지 않았다. 산월의 다리를 말끔히 씻자, 약을 바르고 헝겊으로 동여맸다. 그리고 얼굴과 갈깃머리를 쓰다듬어 주고 고삐를 마구간에 붙들어 맸다.

"주군께선 어디에 계십니까?"

"뜰이야. 어서 가서 뵙지 않으면 노여움을 살지 모른다."

"예……."

그는 대기소로 들어가 벽에 걸려 있는 단벌 하오리를 걸쳤다.

노부나가는 뜰에 나와 있었다.

시바타 곤로쿠와 이누치요 등, 네댓 명의 측근을 거느리고 있었다.

사냥용 매를 담당하고 있는 자가, 무엇인지 분부를 받고 발밑에서 일어나 물러갔다.

그것과 엇갈리듯이 무명 하오리를 걸친 도키치로가 달려갔다. 그래도 10간쯤 떨어진 곳에서 걸음을 멈추고 손을 짚으며 대령했다.

"음. ……원숭이냐?"

"예."

"가까이 오너라."

노부나가는 뒤를 돌아 봤다. 곧 이누치요가 걸상을 놓는다.

"좀더 가까이……."

"예……."

"원숭이, 어제 저녁이었지?……성벽 보수 공사장에서 굉장한 큰소리를 쳤다더군?"

"벌써 들으셨습니까?"

노부나가는 씁쓸하게 웃었다. 그토록 호언을 한 사람답지 않게, 도키치로가 자기 앞에서는 황송한 듯 얼굴을 붉히고 있었기 때문이다.

"앞으로 조심해라."

노부나가는 엄하게 꾸짖었다.

"오늘 아침, 야마부치 우콘이 네가 무례한 언사를 했다는 호소를 해 왔다.……하지만, 다른 자들 말에 의하면 네 호언에도 일리가 있다기에 잘 타일러서 돌려보냈다."

"송구합니다."

"사과하고 오너라."

"예……."

"공사장에 가서 우콘에게 사과하란 말이다."

"제가 말씀입니까?"

"물론이지."

"분부시라면 사과하고 오겠습니다만, 괜찮을지 모르겠습니다."

"불만인가?"

"송구하오나 악폐가 될까 두렵습니다. 이유는 어디까지나 제 말이 옳고, 그가 취하고 있는 방법은 주군께서 내리신 영에 충실하다고는 볼 수 없기 때문입니다. 그 정도의 보수에 20일 가까이 걸리고도 아직……."

"잠깐만 원숭이."

"예……."

"나한테까지 큰 소리를 칠 작정인가? 네 말은 다른 자를 통해 이미 들었다."

"당연한 말을 했을 뿐이며, ……호언이라고는 결코 생각지 않습니다."

"그렇다면, 그 공사를 니라면 며칠 안에 할 수 있겠느냐?"

"글쎄올시다……."

그는 잠시 신중하게 생각하는 듯하더니, 서슴지 않고 대답했다.

"다소 손을 댄 일이라, 앞으로 사흘이면 무난히 완공되리라 생각합니다만."

"뭣이? 사흘이라구?"

노부나가가 소리를 질렀다.

시바타 곤로쿠는 씁쓰레한 얼굴을 하며, 그런 말을 듣고 있는 주군을 오히려 웃고 있었다.

다만 이누치요만은 의심치 않는 눈으로, 도키치로의 속눈썹의 움직임까지 주시하고 있었다.

3일공사

도키치로는 그 자리에서 주군으로부터 공사 책임자라는 큰 임무를 하명받았다.

야마부치 우콘을 대신해서 3일 안에 성벽 백간의 보수를 끝내라는 분부가 내린 것이었다.

"알겠습니다."

그는 서슴지 않고 분부를 받았다. 그리고는 곧 물러 갈 기세여서 노부나가는 다시 다짐을 해 두었다.

"잠깐만. 너무 선선히 맡는데, 정말 해낼 수 있겠나? 자신이 있는 건가?"

그렇게 말한 노부나가의 심정에는 도키치로가 책임상 할복이라도 하는 일이 있으면 안 된다는 배려가 있었던 것이다.

도키치로는 다시 무릎을 꿇으며 잘라 말했다.

"틀림없이 분부대로 거행하겠습니다."

노부나가는 그래도 다시 한 번 재고의 여지를 주며 깨우쳤다.

"원숭이 ……입이 화근이라는 말이 있다. 단순한 오기에서 하는 말이라면 이제라도 고집을 버려라."

"3일 뒤에 검증하실 수 있도록 거행하겠습니다."

도키치로는 그렇게만 말하고 주군 앞을 물러났다.

그는 곧 마구간으로 돌아오자, 조장을 찾아 가서 인사를 했다.

"저는 군명에 의해 앞으로 사흘 동안 성벽 보수를 돌보게 됐습니다. 그 사이 여러 가지로 잘 부탁드립니다."

그리고 그 날은 다소 일찍 집으로 돌아 갔다.

"곤조, 곤조!"

주인이 부르는 소리에 부하 무사인 곤조가 안을 들여다보니, 도키치로는 옷을 벗고 별로 보잘것도 없는 알몸을 드러낸 채, 방안에 책상다리를 하고 앉아 있었다.

"부르셨습니까?"

"음······."

그는 크게 끄덕이고 물었다.

"돈 가진 것 있나?"

"돈 말씀입니까?"

"그래."

"······없는데요."

"언젠가 가용 잡비에 쓰라고 맡겨 뒀던 것은 어찌 됐나?"

"벌써 없어졌습니다."

"부엌에는 어떨까?"

"부엌에도 오래 전에 떨어졌습니다. 그래서 그런 사유를 전전달인가 말씀 드렸더니, 그렇다면 적당히 꾸려가 봐라······고만 말씀하시기에 어쩔 수 없이 이렇게 저렇게 가까스로 꾸려 오는 형편입니다."

"흠. 그럼 돈은 없구먼?"

"있을 턱이 없습니다."

"그렇다면 야단났는걸."

"무슨 일이 있습니까?"

"갑자기 손님들을 청해서 대접을 좀 해야할 일이 생겼는데."

"술이나 안주 정도라면 제가 여기저기 돌아다니며 상인들한테서 얻어올 수 있는데요."

"됐어!"

도키치로는 무릎을 치며 말했다.

"곤조, 부탁한다."

그러고 나서 그는 부채를 집어 들어 몸 둘레를 크게 부쳤다. 이미 선선한 기운이 돌고 뒤꼍 오동나무 오동잎도 무수히 흩날리고 있었지만, 풀모기만 은 여전히 기승을 부리고 있었던 것이다.

"한데 손님들이라면?"

"공사장 일꾼의 우두머리들이야. 곧 나타나기 시작할 거다. 우리 집으로 모이라고 성에서 분부를 내려 뒀으니까."

곤조를 내보낸 다음, 도키치로가 뒤뜰에서 등물을 끼얹고 있는데, 누군가 앞문에서 부르는 소리가 들렸다.

하녀가 나갔다.

"뉘시옵니까?"

손님은 삿갓을 벗으며 대답했다.

"기요스 성의 마에다 이누치요요."

몸을 씻고 올라와 툇마루에서 무명 홑옷으로 갈아입고 있던 집 주인은 밖을 내다보며 소탈하게 소리 질렀다.

"여어, ……뉘신가 했더니 이누치요 아니신가? 올라오시오. 자, 안으로 들어오시오."

그는 방석 같은 것을 내놓았다. 이누치요는 방으로 들어오자 말을 꺼냈다.

"갑자기 왔네."

"웬일인가? ……무슨 급한 일이라도?"

"내 일이 아니야. 임자 때문이지."

"허어……."

"남의 일처럼 태연한 얼굴을 하고 있지만, 이러고 있을 때가 아닐 텐데? 어마어마한 말씀을 드려 놓으니 나까지 은근히 걱정되지 않나. 임자가 하는 일이라, 물론 충분한 생각은 있을 테지만."

"아, 그 공사 말인가?"

"말할 것 있나? 터무니없는 말을 했으니, 주군께서도 하찮은 일로 아까운 사람 하나 죽이고 싶지 않다는 표정이었네."

"3일이라고 말씀 드렸으니 그러실 테지."

"승산은 있나?"

"없어."

"없어?"

"도대체 축성 같은 것, 난 근처에도 가 본 일이 없으니 말이야."

"그럼 어떡할 작정인가?"

"다만 일을 하는 것은 사람이니까, 그 사람을 완전히 부리기만 하면 인력이 미치는 데까지는 할 수 있으리라 믿는 걸세."

"문제는 바로 그거야."

이누치요는 목소리를 낮추었다.

기묘한 연적들이었다.

네네 한 사람을 두고 둘이서 서로 다투면서도 어느새 이 두 사람은 연적이란 상대적 관계에서 반대로 친밀도를 더해 가고 있었다. 그렇다고 해서 별로 흉금을 터놓고 친밀하게 지내거나, 오가는 말이나 형식상으로 손을 잡은 것도 아닌데, 다만 불화 중에 피차가 상대방의 사람됨을 알아보자 어느 틈에 사나이와 사나이로서의 교제가 시작된 것이었다.

특히 오늘 이누치요가 방문한 것은 진정으로 도키치로가 걱정이 되어 온 모양으로, 가식 없는 태도와 꾸밈없는 말투에도 그것이 나타나 있었다.

"……그거라니?"

"임자는 야마부치 우콘의 심정이 되어 오늘 일을 생각해 봤나?"

"필시 분하게 여기고 이 도키치로를 원망하고 있을 테지."

"……그럼 그 야마부치 우콘의 평소의 언동이나 무사로서의 심리도 파악하고 있나?"

"내 딴에는 안다고 생각하는데?"

"그래?"

이누치요는 말을 끊었다가 다시 이었다.

"임자가 거기까지 간파하고 있다면 나도 안심할 수 있지만."

"……."

도키치로는 그렇게 중얼거리는 이누치요의 얼굴을 물끄러미 바라보았다. 그리고 혼자 고개를 끄덕였다.

"과연 이누치요, 그대도 봐야 할 것은 틀림없이 보고 있군."

"천만에……그런 점에서는 임자를 못 따르지. 야마부치 우콘을 그렇게 본 그대 눈도 눈이지만……."

"잠깐만, 이누치요."

도키치로는 입을 다물라는 시늉을 했다. 이누치요는 쾌활하게 손뼉을 치며 웃었다. 물론 말을 계속했다가는 네네의 이름이 나올 것이었다.

"하하하. ……말을 말자, 이거지? 옳거니, 말해 봐야 멋쩍기만 한 일."

심부름을 갔던 부하 곤조가 돌아왔다. 그 뒤로 곧 술과 안주가 도착했다.

이누치요가 돌아가려고 하자 도키치로가 붙들었다.

"마침 잘 됐네, 한 잔 하고 가게."

"모처럼 권하는 거니……."

이누치요는 사양하지 않고 다시 앉아 대접을 받았다. 그러나 술자리에 나타나야 할 이날 밤의 손님들은 한 사람도 오지 않았다.

"이상하군. 아무도 오지 않지 않는데? ……곤조, 어쩐 일인가?"

도키치로가 곤조를 돌아보며 말하자, 이누치요가 곁에서 물었다.

"기노시타, 임자는 공사에 관계하고 있는 일꾼 우두머리들을 오늘 밤 부른 건가?"

"그렇네. 여러 가지 의논할 일도 있고 또 사흘만에 완공시키려면 크게 사기도 고무시켜 줘야겠기에……."

"하하하. 난 임자를 다소 과대평가했던 것 같군."

"어떻게 보고 하는 소린가?"

"남 달리 눈치 빠른 사람이라고 존경하고 있었더니, 별로 그렇지도 않잖아?"

"흠……."

도키치로는 웃고 있는 이누치요를 물끄러미 바라보면서 모호하게 중얼거렸다.

"……그럴까?"

"생각해 보게."

이누치요는 타이르는 어조였다.

"상대는 소인…… 소인 중에서도 소인인 야마부치 우콘이 아닌가? 임자 때문에 보기 좋게 창피를 겪도록 빌고 앉아 있을 리가 없지."

"그야 물론이지만……."

"잠자코 바라만 볼 그가 아니야. ……나는 그렇게 생각하는데."

"딴은……."

"임자가 실패하도록 갖은 수를 다 써서 훼방을 놓을 게 아닌가? ……그렇다면 오늘 밤 이리로 모이라고 한 일꾼들도 오지 않으리라고 보는 것이 옳을 테지. 일꾼들은 임자보다는 야마부치 우콘을 훨씬 높은 사람으로 알고 있으니까 말일세."

"알겠네."

도키치로는 선선히 머리를 숙였다. 그리고 무릎걸음으로 다가앉으며 말했다.

"그렇다면 이 술은 더욱 우리 둘을 위해 마련된 거나 다름없는 것. 하늘의 뜻에 따라 실컷 마셔 보세."

"마시는 건 좋지만 임자에겐 내일부터 3일간이라는 서약이 있네. 좋은가?"

"좋아. 좋고말고. 내일은 내일. 오늘부터 걱정할 일이 아니야."

"그런 각오가 있다면 실컷 마셔 보세."

많이 마시지는 않았지만 얘기가 그치지 않았다. 이누치요는 담론풍발(談論風發 : 담화나 의론이 속출하여 활발하게 이루어짐)인 축이어서 도키치로는 주로 듣는 편이었다. 하기는 도키치로는 누구하고나 마주 대하고 말할 때는 상대방의 말을 잘 들어 주는 성미이기도 했다.

도키치로는 일정한 학문을 쌓은 일은 없었다. 무사의 자제들처럼 학문과 교양을 위해서만 보내도 되는 날을 가져 본 적이 단 하루도 없었다. 그것을 조금도 불행하게 생각하지는 않았지만 세상을 헤쳐나가는 데는 단점이 된다는 것을 잘 알고 있다. 그래서 자기보다 교양이 있는 자라고 보면, 좌담 사이에도 상대방의 지식을 자기 것으로 만들려는 노력을 게을리 하지 않았다. 따라서 자연히 남의 말을 충실히 듣게 되고, 재미있게 들어 주는 태도가 되지 않을 수 없는 것이다.

"거나해지는군. 기노시타, 그만 자도록 하게. 자도록 해. 내일 아침은 바쁠 게다. 정신 단단히 차려야 하네."

이누치요는 이윽고 자진해서 잔을 물린 뒤 그렇게 말하고 곧 돌아가 버렸다.

이누치요가 돌아가자, 도키치로는 곧 자리에 누워 팔베개로 그냥 잠이 들고 말았다. 하녀가 들어와 베개를 베어 주는 것도 모르는 듯했다.

그는 언제나 달게 잠을 잤다. 잠 못 이루는 밤이라는 것을 그는 몰랐다. 어머니 꿈도 꾸지 않았다. 죽은 아버지의 꿈도 꾼 일이 없다. 일단 잠이 들면 그만이다. 천지도 없고 자신도 없었다.

그러나 일어나는 즉시 자기를 되찾는다.

"곤조, 곤조!"

"예, ……벌써 기침하셨습니까."

"말을 준비해라."

"예?"

"말을 준비하란 말이다."

"말을요?"

"그렇다니까, 오늘부턴 일찍 출사해야 한다. 아니, 어쩌면 오늘 밤도 내일 밤도 돌아오지 않을지도 모른다."

"이 댁에는 아직 말도 마구간도 없습니다만."

"통하지 않는 녀석이군. 이웃에서 좀 얻어오는 거다. 유람을 떠나는 게 아니야. 주군을 위한 일이다. 떳떳이 그렇게 말하고 빌려오너라."

"하지만……새벽이라곤 해도 바깥은 아직 어두운데요."

"자고 있으면 문을 두드려라. 사사로운 일이라고 생각해서 꺼리는 모양이지만 주군을 위해서다. 조금도 망설일 것 없단 말이다."

곤조는 허둥지둥 옷을 챙겨 입고 밖으로 뛰어나갔다.

어디선가 한 필의 말을 끌고 그는 돌아왔다. 고대하고 있던 배포 좋은 주인은 어디서 구해 왔느냐고 묻지도 않았다. 자기 말이나 되는 것처럼 의젓이 올라타고는 새벽 어둠 속을 뚫고 달려갔다.

그는 공사를 맡고 있는 주요 우두머리들의 집을 예닐곱 군데 찾아 다녔다. 목수나 석공들이라고 해도, 그 우두머리쯤 되면 모두 오다가의 공장부에 속해 있으며 급여도 성에서 지급받았다. 따라서 지배인급인 그들의 집은 모두 호화로웠고, 비첩까지 두고 있어서 도키치로가 지금 살고 있는 오동나무 밭의 조그만 집과는 비교가 안 될 만큼 당당했다.

그는 한 집, 한 집, 문을 두드리며 아직 잠에서 덜 깬 그들에게 영을 내렸다.

"모여라, 모여라. 공사에 관계되는 자들은 한 사람 남김없이 인시(寅時 : 오전 4시경)까지는 공사장에 모여야 한다. 만일 늦는 자는 즉각 추방이다. ……곧 일꾼들에게 일러라. ……주군의 명령이다. 주군의 명령을 대신해서 분부하는 거다."

급히 뛰어다니며 이르고 난 뒤 땀이 흥건한 털 사이에서 하얀 김이 무럭무럭 나는 말을 몰고 이윽고 기요스 성 해자까지 왔을 때, 동쪽 하늘이 훤해지고 있었다.

그는 성문 밖에 말을 맨 뒤 숨을 크게 들이쉬고 곧 성문으로 통하는 다릿목에 버티고 섰다. 손에 칼을 빼들고, 불이라도 뿜을 듯 눈을 부릅뜨고 있었다.

날도 새기 전에 호출을 당한 우두머리들은 무슨 일인가 하여 각각 일꾼들을 거느리고 줄레줄레 나타났다.
　도키치로는 그들을 일단 다릿목에서 멈춰 서게 하였다.
　"기다려라."
　그리고 이름, 담당, 일꾼들의 수효 등을 일일이 점호하고 나서야 허락했다.
　"들어가도 좋다."
　그리고 영을 내렸다.
　"공사장에서 정숙하게 기다리고 있어라."
　그가 대강 어림잡은 셈에 비추어 보면, 일꾼들은 거의 빠짐없이 모인 듯했다. 그들은 공사장에 정렬하고 있었으나 불안과 의문 때문에 제각기 웅성거리고 있었다.
　이윽고 도키치로는 일동 앞에 섰다. 다릿목에서 빼들고 있던 칼은 여전히 칼집에 넣지 않고 그냥 늘어뜨리고 있었다.
　"조용히 하라……."
　칼을 들어 그 칼끝으로 명령하듯 말했다.
　"대열을 정돈하라!"
　호령이었다.
　일꾼들은 흠칫했으나, 우두머리들의 얼굴에는 조소가 떠올랐다.
　'뭐냐, 이따위 풋내기가!'
　나이로 봐도 세속적으로 봐도 그들의 눈에는 이런 정도로밖에 생각되지 않았다.
　그 도키치로가 돼먹지 못하게 이래라 저래라 하니 아니꼽지 않을 수 없는 것이다. 뿐더러 칼을 빼들고 고압적인 태도를 보이는 게 건방지다고 반감을 산 모양이었다.
　"일동에게 영을 내린다."
　도키치로는 전혀 개의치 않고 큰 소리로 말했다.
　"오늘부터 불초 기노시타 도키치로가 주군의 명에 따라 이 공사를 책임지게 되었다. 어제까지는 야마부치 우콘 님이 감독을 했지만, 오늘부터는 이 기노시타 도키치로가 대신 감독한다. ……이에 대해……."
　그는 일꾼들을 오른쪽에서 왼쪽으로 한 번 훑어보았다.
　"나는 최근까지 말단직에 있던 자로서, 군은을 입어 주방 근무로 전입되었다가 그 뒤에 마구간 담당으로 옮겨지기도 했지만, 아직 성내 사정에도 밝지 못하고, 더구나 이런 공사에 관해서는 전혀 아는 바가 없다. 다만 주군에 대한 충성심만은 누구에게도 뒤지지 않을 자신이 있다. ……이런 책임자, 이런 사람인 만큼, 그대들 가운데는 내 밑에서 일하고 싶지 않은 자들이 있을지도 모른다. 장인에게는 장인의 기질이 있는 법, 싫으면 싫다고 서슴지 말고 말해라. 즉각 해고해 주겠다."

모두들 잠자코 있었다.

조소를 던지고는 있었으나, 우두머리들도 입을 다문 채였다.

"……없느냐? 이 도키치로가 감독을 하는 데 불만 있는 자는 없나?"

거듭 물었다.

"예."

일제히 머리를 숙였다.

"그럼, 즉각 내 지시 아래 일을 시작해라. 그 전에 미리 말해 두지만 때가 전국이라 다난한 지금, 이 정도의 개축에 20일씩이나 걸린다는 것은 결코 용납할 수 없다. 오늘부터 3일 안으로……3일째 새벽까지는 공사를 끝낼 작정이다. 그렇게 알고 전력을 다해 일하도록 엄격히 분부하는 바이다."

우두머리들은 다시 얼굴을 마주보며 비웃음을 띠었다. 어렸을 때부터 이 길로 밥을 먹으며 머리가 벗어지기 시작한 그들로서는, 그런 조소를 금치 못하는 것도 무리가 아니었다.

도키치로도 그 눈치를 모르는 바 아니지만 아예 무시해 버렸다.

"도편수. ……석공, 미장이의 우두머리들. 앞으로 나오라."

"예."

대답은 했지만, 또한 앞으로 나서기는 했지만, 그들의 턱과 콧구멍과 눈길은 모두 냉소를 띤 채 위를 향해 있었다.

도키치로는 다짜고짜 한쪽 끝에 서 있는 도편수를 칼등으로 후려쳤다.

"무례한 놈, 팔짱을 끼고 감독 앞에 나서는 놈이 어디 있나! 물러가라!"

베였다고 생각했으리라. 도편수는 으악——하고 외마디 소리를 지르며 쓰러졌다. 다른 자들도 얼결에 모두 창백해지며 후들후들 다리를 떨고 있었다.

"담당할 공사와 책임량을 일러둔다. 각자 내 말을 명심하고 틀림없이 거행하렷다."

이어서 그는 엄격히 지시를 내렸다.

이미 멍청한 얼굴이나 콧등으로 듣고 있는 것 같은 태도는 아무도 보이지 못했다.

복종은 아니더라도 얌전해지기는 하여, 속으로는 반항하고 있으면서도 겉으로는 공손한 얼굴을 보였다.

"성벽 백 간을 50으로 나누어, 1조에 2간을 할당량으로 한다. 조마다 목수 3명, 미장이 2명, 석공 기타 5명을 붙여, 10명 단위로 조직한다. 일꾼과 인원 배치는 구간에 따라 달리 해야 할 수도 있을 테니 그것은 각조 조장과 우두머리들의 안배에 맡긴다. ……우두머리들은 한 사람이, 4조 내지 5조를 지휘 감독할 것이며, 일꾼들의 손이 비지 않도록 항상 인원 배당에 유의하여서……일꾼이 남아 돌아가는 곳이 있으면 곧 모자라는 부서에 충원하여 촌시도 숨 돌릴 사이가 없어야 한다."

"예."

자칫하면 그들은 불온한 기색을 보이기가 일쑤였다. 이런 지시도 아니꼬웠고 할당량 배당에도 불만이었다.

"아, 미처 말하지 못했지만……."

도키치로는 더욱 목청을 돋우어 말했다.

"지금 말한 2간 1조에 10명을 배당하는 것과는 별도로, 1조에 대해 잡부 8명, 직인 2명씩을 붙여 둔다. 지금까지 일하는 것을 보니 미장이 기타 직인들이 걸핏하면 담당한 일을 떠나 재료 운반이나 그 밖의 딴 일로 소일하는 경우가 많은데, 직인이 공사장에 들어서면 군사가 싸움터에 들어선 것과 같은 자세로 일해야 한다. 부서를 떠나서는 안 된다. 목수는 목수의 부서, 미장이는 미장이의 부서, 석공은 석공의 부서에서 결코 연장을 놓지 마라. 싸움터에서 창이나 칼을 놓는 거나 다름없는 짓이다."

다음에 도면에 의해 각 부서와 인원들을 정한 다음, 그는 싸움이나 개시하듯 힘차게 호령했다.

"……시작이다!"

물론 그의 심복들은 아니있지만 부하로서 어세까지 공사장을 돌보던 무사들도 그를 돕고 있었다.

그 중 한 사람에게 딱따기와 북을 맡겼다. 도키치로가 시작이다! 하면 그가 북을 두드렸다. 북을 한번 칠 때마다 6발자국의 보조로 적진을 향해 육박하듯이 북소리가 울렸다.

딱따기는 휴식을 알리는 것이었다.
"휴식!"
그는 바위 위에 버티고 서서 호령을 했다. 쉬지 않는 자가 있으면 그것도 꾸짖었다.
갑자기 공사장의 분위기는 어제까지의 게으름이 일소되어, 전장과 같은 눈초리와 땀이 밴 살기가 감돌았다.
그러나 도키치로는 잠자코 있었지만, 결코 만족스런 표정이 아니었다.
'이 정도로는 아직 멀었다……'
일꾼들은 오랜 경험으로 배운 교활한 요령을 알고 있었다. 열심히 일하는 것처럼 보이면서 실은 몸을 아끼는 것이다. 그들은 복종하고 있는 것처럼 보이면서, 사실 능률을 올리지는 않았다. 그것으로 자신의 반항심을 달래고 있는 것이었다.
도키치로의 과거는 땀 속에서 허덕여 온 생활이었다. 땀의 진가를 알고 땀의 아름다움을 알고 있었다. 노동이 육체의 소산이라는 것은 잘못이다. 노동에도 정신이 깃들어 있지 않으면 마소의 그것과 아무 차이가 없는 것이다. 그는 진정한 땀과 진정한 노력이 어떻게 하면 발휘될 수 있을지, 입을 꾹 다문 채 생각하고 있었다.
먹기 위해 그들은 일하고 있다. 또는 부모처자를 먹여 살리기 위해 그들은 일하고 있다. 어느 편이든, 그들이 일하는 까닭은 먹는 것과 향락을 위한 것, 그 이상은 아니었다.
작았다. 비굴했다. 원래가 그 정도밖에 소원을 갖고 있지 않은 그들인 것이다.
도키치로는 그들을 가엾게 생각했다.
'예전에는 나도 그랬다……'
그런 생각도 했다.
조그만 희망밖에 없는 사람에게 큰일을 요구해 봤자, 그것은 무리였다. 위대한 정신을 가지도록 해 주지 않으면 위대한 노력과 능률은 기대할 수 없을 것이다.
한나절이 지났다. 그는 공사장 한쪽에 묵묵히 선 채, 한나절을 그대로 보내 버렸다.
만 3일에 대해 한나절은 6분의 일에 해당하는 시간이다. 그러나 공사장을 둘러보니, 아침보다 별로 진척된 흔적이 보이지 않았다. 통나무 발판 위아래에서 떠들썩하게 함성만 지를 뿐, 열심히 하는 것처럼 보이고 있었으나 사실은 위장에 불과했다. 차라리 그들은 3일 뒤의 도키치로의 참패를 속으로 예상하면서 그 계획 밑에 교묘하게 태업을 하고 있다 해도 과언이 아니었다.

"점심시간이다. ……딱따기를 쳐라."

도키치로는 보조 무사에게 명령했다.

딱따기가 공사장을 한 바퀴 돌았다. 공사장은 일제히 소음이 그치고 조용해졌다. 도키치로는 일꾼들이 점심 도시락을 펴놓기 시작하는 것을 보자, 칼을 칼집에 꽂고 어디론가 가 버렸다.

오후 한나절도 공사장은 같은 분위기 속에서 저물녘을 맞았다.

아니, 오전보다 더욱 질서가 무너지고 늦장을 부리는 분위기가 감돌았다. 야마부치 우콘이 감독을 하던 어제까지와 별 차이가 없었다. 뿐더러 일꾼들은 오늘 밤부터 밤을 새워 공사를 강행하며, 사흘 동안 성 밖에 내보내지 않는다는 영을 받고 있어서, 더욱 몸을 아끼며 멋대로 행동했다.

"공사 중지, 공사 중지! 모두 손을 씻고 광장으로 모여라!"

아직 어두워지지도 않았는데, 갑자기 딱따기를 울리면서 보조 무사가 공사장을 돌아 다녔다.

'무슨 일일까?'

일꾼들은 의아하게 생각했다. 우두머리에게 물어 봤으나 우두머리들도 몰랐다.

아무튼 일동은 재료 적재장으로 쓰고 있는 넓은 빈터로 몰려갔다.

그러자 그 곳에는, 노천이기는 했지만 술과 안주가 산더미처럼 마련되어 있었다. 거적이나 돌, 재목 등을 자리삼아 일동을 둘러앉게 했다. 그리고 도키치로는 그 한가운데에 자리를 잡고 술잔을 들면서, 아침의 그와는 딴판으로, 우선 자기부터 유유히 잔을 비웠다.

"자, 아무 것도 없지만 앞으로 사흘 동안……그래야 벌써 하루는 지난 셈인데, 무리한 공사를 하지 않으면 안 되니, 오늘 저녁은 실컷 마시고 푹 쉬도록 해라."

각조마다 술과 안주를 나누어 주며 권했다.

"자, 마음껏 마시는 거다. 술을 좋아하지 않는 자는 안주건 뭐건 실컷 먹어라."

일꾼들은 단순하게 감격했다. 그러나 책임자인 도키치로가 먼저 취해 버릴 것 같아, 3일 안의 완공을 오히려 그들이 걱정하기 시작하였다.
그러나 도키치로는 누구보다도 유쾌했다.
"술은 얼마든지 있다. 주군께서 내리시는 술이다. 아무리 마셔도 술광에 있는 술을 모두 마시지는 못할 테지. ……마시거든 춤을 추든 소리를 하든 맘대로 떠들어라. 자고 싶으면 자도 좋다. 북이 울릴 때까지는 말이다."
일꾼들의 불만은 곧 사라졌다.
노동에서 해방된 데다 뜻하지 않은 술과 안주가 나오고, 감독 자신이 터놓고 자기들과 같이 어울리면서 마시고 먹기도 하니, 금방 기분이 달라지고 만 것이다.
"통하는 데가 있는 걸. 이 나리는."
그들은 다소 거나해지기 시작하자, 제각기 농을 하기 시작했다.
그러나 그것은 잡부들이나, 직인이라도 아랫사람들뿐이었다. 우두머리들은 여전히 도키치로를 냉소하고 있었다.
'흥……속 들여다보이는 잔재주를 부리고 있군.'
오히려 반감만 더 샀다. 이런 데서 어떻게 술을 마신단 말이냐 하는 얼굴로 잔에는 손도 대지 않았다.
"웬일들인가?"
도키치로는 잔을 들고, 그들의 멸시를 불사하고 스스로 자리를 옮겨 왔다.
"그대들은 통 마시지 않는군그래? 직인의 우두머리면 싸움터로 볼 때 무장과 같은 것, 책임감을 느껴 술도 못 마시는 모양인데, 너무 염려하지 말게. ……될 일은 되고, 안 되는 일은 안 되는 법이다. 잘못돼서 3일 안에 완공이 안 될 때는 내가 할복하면 일은 끝나는 거야."
그는 가장 씁쓰레한 얼굴을 하고 있는 우두머리 하나에게 잔을 들려주었다. 도키치로는 손수 술을 따라 주며 얼굴 가득 수심을 담고 말했다.
"……정작 걱정할 일은……이 공사도 아니고 물론 내 목숨도 아니야. 나는 그대들이 살고 있는 이 나라의 운명이 걱정이다. 몇 번이고 말했지만, 이 정도 공사로 20일이나 걸려서는……그런 인심이라면……이 나라는 멸망하고 만다."
문득, 그의 말에 우두머리들은 무언가 엄숙한 것을 느꼈다.

도키치로는 개탄하듯이 저녁 하늘의 별을 우러러 보며 말했다.
"흥하는 나라, 망하는 나라……너희들도 수많이 보아왔을 테지. 나라가 망할 때 영민들의 비참한 꼴도 알고 있을 거야……어쩔 수 없는 일이지. 우리들 말 탄 무사는 물론, 중신들도 주군께서도 자나 깨나 한 치의 땅인들 적침에 맡길쏘냐……고 대비하고 있지만, 나라의 흥망은 기실 성을 지키는 데 있는 것이 아니다. ……어디에 있느냐 하면, 바로 너희들에게 있는 거다. 영민들이 바로 축대고 성벽이고 해자가 되는 거다. ……너희들은 이 공사를 하면서 남의 집 담벼락이나 고치는 것 같이 생각을 하고 있는지도 모르지만, 그건 큰 잘못이야. 너희들 자신의 방어 진지를 구축하고 있는 거다. 만약 이 성이 하루 아침에 잿더미가 된다면 어떻게 되겠나? 성만 잿더미가 되고 그치는 일인가? 성시는 모두 수라장이 된다. 영내를 적병이 유린한다. ……그야말로 아비규환일 게다. 부모를 잃고 울부짖는 아이, 자식을 찾아 헤매는 늙은이, 비명을 지르며 쫓겨 다니는 처녀들이 있는가 하면, 아무도 돌봐 주는 사람 없이 길거리에서 타 죽는 병자도 있을 게다. ……나라가 망하면 만사가 끝장이야. 너희에게도 부모가 있고 처자가 있고 병자도 있을 것이 아닌가? 평소라고 마음을 늦출 수 있는 일이 아니야."

"……."

우두머리들도 그제야 냉소를 감추고 정색을 하였다. 그들에게는 재산이 있고 권속이 있고, 지금이 가장 행복한 때인 만큼 그 말이 절실하게 들린 것이다.

"……그러나 지금 모두가 편안히 살고 있는 것은 누구 덕분인가? 물론 주군의 위력이야 말할 것도 없지만, 너희들 영민이 성을 중심으로 굳게 국토를 지키고 있기 때문이다…… 우리들 무사가 아무리 싸워 봐야, 너희들 영민의 마음이 해이해지면……."

도키치로는 눈물어린 목소리로 말했다. 결코 술책으로 하는 말이 아니었다. 그는 진심으로 그것을 우려하고 그렇게 믿고 있었다.

일순, 그의 진지한 말에 감동한 일꾼들은 취기가 어디로 갔는지, 숨소리조차 삼키며 도키치로의 얼굴을 지켜보고 있었다.

그러자, 어디선가 코를 훌쩍이는 것 같은 흐느낌 소리가 들려 왔다.

그것은 우두머리들 중에서도 가장 경력이 많고 영향력이 큰, 그리고 새로 임명된 감독 도키치로에 대해 누구보다 노골적으로 반감을 내보이고 있던 곰보 도편수였다.

"아아, 나는…… 나는……."

그는 둘러앉은 사람도 보이지 않는 듯, 곰보진 얼굴에 뚝뚝 눈물을 흘렸다. 그 눈물을 손등으로 닦으며 흐느꼈다.

'웬일인가?'

일꾼들이 자기를 돌아보는 것을 의식하자, 그는 갑자기 동료들을 헤치고 도키치로 앞으로 나섰다.

"죄송합니다. 제가 얼마나 어리석고 모자랐던가를 깨달았습니다. 부디 본보기로 저를 묶으시고 나라를 위하여 공사를 서둘러 주십시오. ……생각할수록 잘못되었습니다. 제가 잘못 생각하고 있었습니다."

땅에 엎드린 채 곰보 도편수는 어깨를 들먹이며 말하는 것이었다.

"……?"

도키치로는 처음에는 한동안 넋을 잃은 얼굴이었다. 이윽고 뭔가 끄덕이더니 급소를 찌르듯이 말했다.

"음, ……야마부치 우콘의 사주를 받았을 테지, 안 그런가?"

"알고 계셨습니까?"

"그것도 모르면 어떻게 되나? ……야마부치 우콘은 그대에게도 다른 자들한테도, 내 초대에 응하지 말라고 했을 테지?"

"예……."

"그리고 될 수 있는 대로 공사를 지연시켜 이 도키치로의 명령에 따르지 말라고 했고?"

"예. ……말씀대롭니다."

"그에게는 그런 말을 할 만한 까닭이 있다. 그대들도 자칫 잘못했다가는 덩달아 목이 날아갈 판국이었어. ……아무튼 좋다. 다 늙은 주제에 그만 울어라. 잘못한 것을 알고 실토했으니 모든 것을 용서해 주마."

"아직 말씀드리지 않은 것이 있습니다. 야마부치 나리께서는 공사를 될 수 있는 대로 태만히 해서 3일 이상 끌 때는 막대한 돈을 우리에게 주마고……이것은 극비입니다만, 그런 말씀을 하셨습니다…… 하지만 나리께서 하시는 말씀을 들어 보니, 돈에 눈이 어두웠던 것도, 야마부치 나리의 말에 따라 나리의 분부를 거역한 것도, 모두 자신을 망치기 위해 힘쓴 거나 다름없다는 걸 알았습니다. 이제 분명히 깨달았습니다. 부디 거역에 앞장섰던 저를 묶으시고 공사를 무사히 끝내 주시기 바랍니다."

곰보는 깨끗하게 실토하고 혼자서 죄를 떠맡으려고 했다.

도키치로는 빙그레 웃었다. 그 곰보가 일꾼들 사이에서는 가장 유력한 존재라는 것을 이내 알았다.

강한 적일수록 마음을 돌리면 진실한 우군이 되는 법이다.

그는 곰보를 결박하는 대신 그 손에 술잔을 들려주었다.

"이미 그들에게는 죄가 없다. 그렇게 깨달았으면 그대들은 이젠 선량한 영민이다. 자, 마셔라. 그리고 숨을 돌렸거든 다시 일을 시작하자."

곰보는 두 손으로 잔을 받았다.

"고맙습니다."

진심으로 머리를 숙였다. 그러나 술은 마시지 않았다.

"모두들 들어라."

갑자기 곰보는 그렇게 소리치며 벌떡 일어나더니, 술잔을 높이 들며 소리쳤다.

"모처럼 주시는 술이다. 한 잔씩만 더 마시고 곧 일을 계속하기로 하자. 너희들도 들었을 테지. 나리의 말씀을 들으니 얼굴을 들 면목도 없다. 어째서 천벌이 내리지 않았는지 이상할 정도야. 지금까지 먹어 온 밥값으로도, 죽기를 맹세하고 일해 볼 테다. 주군께 보답해 드릴 테다. ……나는 이렇게 결심했다. 너희들은 어떡할 테냐?"

곰보의 이 말이 끝나자마자, 다른 우두머리들과 직인들도 일제히 자리에서 일어나며 이구동성으로 대답했다.

"하자."

"합시다!"

도키치로도 벌떡 일어났다.

"해 줄 텐가?"

"하겠습니다."

"고맙네."

그도 잔을 높이 들었다.

"그럼 이 술은 3일 뒤까지 내가 맡아 두겠다. 무사히 공사가 끝나면, 그때야말로 마음껏 마시자."

"알겠습니다."

"그리고 야마부치 우콘이 그대들에게 준다고 한 돈이 얼마나 되는지는 모르지만, 그 역시 준공 후에 이 도키치로가 알아서 상금을 내려 줄 것이다."

"그런 것은 필요 없습니다."

곰보를 위시하여 일꾼 일동은 들었던 잔만 마셔 버리고, 마치 싸움터에서 무사들이 선봉을 다투듯이 공사장을 향해 앞다투어 달려갔다.

"자, 시작이다!"

그것을 바라보며 도키치로는 비로소 미간을 환히 폈다.

"됐다!"

그는 저도 모르게 큰 소리로 중얼거렸다.

그리고 이 기회를 놓치지 않아서, 그 자신이 일꾼의 한 사람이 되어 진탕 속에 몸을 담그고 앞으로 3일 밤과 이틀 낮을 필사적으로 공사를 지휘하고 같이 일도 할 결심이었다.

일꾼들이 모두 달려간 다음, 그도 급히 공사장으로 가려고 하는데 부르는 사람이 있었다.

"원숭이, 원숭이……."

부르면서 발소리가 곧장 그의 곁으로 다가 왔다. 어스름 속이라 가까이 다가 왔을 때에야 비로소 누군지 알 수 있었다. 여느 때와 달리 침착성을 잃은 이누치요의 모습이었다.

"아, 이누치요 아닌가?"

"작별이다."

"뭐라고?"

"갑자기 이 나라를 떠나게 됐어."

"무슨 소린가?"

"성안에서 사람을 뺐다. 그 때문에 주군께서 꾸중을 내렸어. 당분간 낭인 신세가 되는 거다."

"누구를 베었나?"

"야마부치 우콘이다. ……내 심정은 누구보다 자네가 잘 알아 줄 테지."

"아, 성급한 짓을 했구나."

"젊은 혈기야. ……베어 버리고 곧 뉘우쳤지만 이미 끝난 일. 타고난 성미는 아무리 억제해도 무의식중에 드러나는 모양이다. ……아니, 이런 건 쓸데없는 소리. 자, 그럼…….”
"가겠나?"
"원숭이 ……네네를 부탁한다. 역시 나하고는 인연이 없었어. ……사랑해 주게."
그 무렵.
기요스 성에서 나루미(鳴海) 가도를 향해, 한 필의 말이 어둠을 뚫고 달리고 있었다. 야마부치 우콘이 중상을 입은 채 그 안장을 부여잡고 있었다.

나루미 성의 이변

나루미까지는 8, 90리나 되는 길이다. 우콘을 태운 말은 잘도 달렸다. 밤중이라 보는 눈은 없었지만 낮이라면 말이 달려간 뒤에 점점이 흩어진 핏자국을 행인들은 볼 수 있었으리라.

우콘의 상처는 꽤 깊었다. 다만 치명상이 아닐 뿐이었다.

'나루미 성까지……'

그는 달리는 말과 자신의 최후 중 어느 쪽이 더 빠를 것인지 무의식적으로 염려하면서 갈깃머리를 휘어잡고 있었다.

기요스 성내에서 마에다 이누치요가 별안간 칼질을 해 왔을 때 이누치요가,

——간적!

이렇게 외치며 덤벼들었던 것으로 그는 기억하고 있었다. 간적이라는 말을 들은 순간 정수리에 못질을 당한 듯이, 그 말이 그의 머리에서 떠나지 않았다.

자칫하면 흐려지는 의식과, 달리는 말 등을 스쳐가는 바람 속에서 '탄로났단 말인가?' 하고 의심했다.

'이누치요가 어떻게 알았을까?'

동시에 이것은 나루미 성에는 중대한 일이며, 아버지나 일족의 성세와도 직접 관계되는 일이라, 그의 낭패는 몹시 컸고, 그 때문에 출혈도 더욱 심했다.

나루미 성은 기요스를 중심으로 하는 위성의 하나였다. 오다가의 외곽진지의 하나였다.

그의 아버지 야마부치 사마노스케 요시토오는 노부나가에 직속된 무장으로, 그 성을 맡고 있는 성주였다. 사마노스케는 오다의 제장 중에서는 구신(舊臣)에 속하는 편이었다.

그러나 그는 세상을 너무 근시안적으로 보는 데만 기울어져 있어 먼 장래를 내다보는 눈이 없었다.

선군 노부히데가 죽고 노부나가가 16, 17세쯤 됐을 때──그것은 노부나가에 대한 평판이 가장 나빴던 때로, 또한 노부나가에게는 역경이었던 때이기도 했지만──오다가는 틀렸구나 하는 생각에, 한창 세력을 뻗치고 있던 이마가와 요시모토에게 추파를 던져 군사적인 동맹을 맺어 두었다.

나루미의 변심.

그런 소식을 듣고 노부나가는 두 차례나 공격했다. 나루미는 끄떡도 하지 않았다.

당연한 일이었다. 대국 이마가와가 뒤에서 지원하고 있었던 것이다. 군기·병력·경제 전반에 걸쳐서 공격을 하면 할수록, 노부나가에게는 힘의 소모만 초래할 뿐이었다. 자신의 수족 때문에 몸 전체가 쇠약해지는 그런 잘못을 깨닫고 노부나가는 그냥 내버려 두기로 했다. 지난 수년 동안 이 역적을 바로 코앞에 그냥 내버려 두고 있었던 것이다.

그 때문에 이마가와측에서는 오히려 야마부치 사마노스케를 의심하기 시작했다. 나루미는 양쪽에서 의혹의 눈초리를 받게 된 것이다.

대국에서 의심스럽게 보기 시작하면, 그것은 곧 멸망의 예고가 되는 것이었다. 사마노스케는 무슨 생각을 했던지 기요스의 노부나가 밑으로 와, 다년간의 잘못을 뉘우치고 복귀하기를 바랐다.

"봐라, 줄기보다 나은 가지는 없는 법, 알았다면 좋다. 앞으로는 충성을 다해라."

노부나가는 한 마디로 용서했다.

그로부터 야마부치 부자의 태도는 갸륵한 점은 보였어도, 의심스런 행동을 보인 일은 없었다.

그러나 보이지 않는 것을 본 두 사람이 있었다.

항상 노부나가 곁에 대령하고 있는 측근 마에다 이누치요와 노부나가 곁에 있지는 않으나 성내 어디선가 일하고 있는 도키치로였다.

우콘도 평소부터 이 두 사람에게는 은근히 신경을 쓰고 있었다. 그것이 하필이면 공사 감독의 지위를 도키치로에게 빼앗긴 다음 날 이누치요가 칼부림을 해 온 바람에, '그렇다면 탄로 났는가?' 하고 지레짐작을 하고는, 중상에도 불구하고 성을 뛰쳐 나온 것이었다.

나루미 성 성문이 보이기 시작했을 때는 날이 새고 있었다.

우콘은 성문을 보자 '도착했다!' 하는 안도와 더불어, 말 위에 엎드린 채 의식을 잃고 말았다.

정신을 차렸을 때는 문지기들에게 둘러싸여 간호를 받는 중이었다. 우콘이 숨을 돌리며 몸을 일으키자 모두 기뻐했다.

"오오, 정신을 차리셨다."

"이 정도면……."

이미 성내에 연락을 했던 모양으로, 사마노스케의 측근 두세 명이 사색이 되어 달려오고 있었다.

"어디 계시냐!"

"상처는 어떠시냐……."

가신들의 놀라움은 말할 것도 없었다. 그러나 누구보다 놀란 것은 그의 아버지 사마노스케였다. 병졸들의 부축을 받으며 안뜰까지 걸어온 우콘을 보자, 어버이의 정을 금할 수 없어 뜰로 뛰어 내려 왔다.

"상처가 깊으냐?"

"아버님!"

사마노스케의 모습을 보자, 우콘은 그만 주저앉아 버렸다. 그리고 '분합니다' 이 한 마디를 한 채 다시 정신이 혼미해졌다.

"어서, 어서 안으로!"

사마노스케는 분부하면서 같이 방으로 들어왔다. 그 얼굴에는 돌이킬 수 없는 일을 뉘우치는 빛이 가득했다.

원래 그는 우콘을 기요스 성에 출사시킨 것을 항상 걱정하고 있었다. 이유는, 사마노스케는 아직 진심으로 오다가에 복귀하지도 않았거니와, 복종할 생각도 없었기 때문이다.

그 우콘이 때마침 성벽 보수의 책임을 맡았다는 말을 듣자, 사마노스케는 오랫동안 노리고 있던 때가 왔다고 생각하여 곧 이마가와측에 밀사를 보냈다.

'오다가를 토벌하여 오와리 일원을 차지하실 때는 바로 지금이오. 기병 5천여를 이끌고 동부 국경으로부터 기요스를 공격하시면, 본인은 나루미의 병력을 총동원해 아쓰타 쪽으로 진격하겠소. ……동시에 제 자식 우콘은, 기요스 성내에서 내부 질서를 교란시키고 불을 질러 공격군에 편의를 주도록 미리 작정이 되어 있소……'

그런 뜻을 전하여 이마가와 요시모토의 용단을 촉구했던 것이다.

그러나 이마가와측에서는 그의 재촉에도 불구하고 움직일 기미를 보이지 않았다. 야마부치 부자는 뭐니 뭐니 해도 오다가의 고참 무사, 어쩌면 함정일지도 모른다고 다분히 의심하였기 때문이다.

첫 번째 밀사도 두 번째 밀사도 말하자면 함흥차사여서, 사마노스케는 그제도 세 번째로 밀사를 보내 독촉을 한 참이었다.

'이 기회를 놓치면……'

그런데 우콘이 칼을 맞고 혼자 도망쳐 온 것이다. 사사로운 원한으로 맞은 칼이 아니라고 했다. 이쪽의 음모가 송두리째 기요스에 알려진 모양이었다. 야마부치 사마노스케는 당황했다. 곧 일족을 모아 의논을 했다. 의논은 금방 끝났다.

"이렇게 된 이상 이마가와측의 지원이 있건 없건 군비를 갖추어 오다의 내습에 대비하는 수밖에 없다. 그러다가 우리의 결의를 알고 이마가와측에서 일어나 준다면, 애초의 뜻대로 오다를 짓밟아 버리는 것은 극히 손쉬운 일이다."

그런 결론을 내린 것이다.

노부나가는 어제부터 말이 없었다.

그 심정을 짐작할 수 있어, 측근들은 아무도 이누치요에 관한 얘기는 하지 않았다.

그러나 그 역시 노부나가에게는 불만인 듯했다.

"진중에서의 사투와 성내에서의 싸움은 이유 여하를 막론하고 엄벌한다는 철칙이 있다. ……그도 아까운 녀석이지만, 원래 성미가 급한 것이 탈이란 말이야. 가신을 벤 것이 벌써 두 번째다. 법이 있는 한 더 이상 관대히 처분할 수는 없고, 본인을 위해서도 이롭지 않을 게다……."

그렇게 혼자 중얼거렸다. 밤이 되자 숙직하는 노신을 향해 이런 말도 했다.

"이누치요란 놈, 내쫓겨서 어디로 갔을까? 낭인 신세도 약이 될 테지. ……이제부터 고생 좀 하게 될 거야."

한편.

도키치로가 맡은 성벽 보수는 그날 밤이 바로 3일째였다. 새벽까지 준공되지 않으면 노부나가는 아무리 아까워도 부하 한 명을 또 할복시켜야 할 판이었다.

'그도 딱한 녀석이란 말이야. 공연한 고집을 부려 가지고……'

노부나가는 남몰래 고민하고 있었다. 이누치요나 도키치로는 비록 지체가 낮고 나이도 젊지만, 아버지 노부히데의 대부터 내려오는 중신 중에도 드물 만큼 훌륭한 인재라는 것을 그는 잘 알고 있었다. 아니, 이 작은 오다 집안 뿐만 아니라, 널리 세상을 둘러보아도 흔히 볼 수 있는 부하가 아니라고, 그는 은근히 자랑스럽게 생각했을 정도였다.

'……큰 손실이다.'

그러니 입이 무거워지지 않을 수 없었다. 그러나 그런 한숨은 노신에게도 젊은 측근들에게도 보이지 않았다.

그날 밤이었다. 노부나가는 여느 때보다 조금 일찍 침소로 들어갔다. 그리고 막 누우려고 하는데,

"주군……."

침소 밖에 중신의 그림자가 웅크리고 있었다.

"이변이옵니다. 나루미의 야마부치 부자가 반기를 들고 어마어마한 방비를 하고 있다는 ……아쓰타 방면에서의 급보입니다."

"나루미가?"

노부나가는 하얀 명주 잠옷 바람으로 모기장에서 나와 옆방으로 건너갔다.

"겐바(玄蕃)인가?"

"예."

"들어오너라."

사쿠마 겐바(佐久間玄蕃)는 회랑을 돌아 문밖에 와서 꿇어 엎드렸다.

노부나가는 부채질을 하고 있었다. 벌써 밤이면 다가 온 가을의 냉기마저 느껴졌지만, 나무숲이 우거진 성내에는 아직 풀모기가 많았다.

"……놀랄 것도 없는 일……."

노부나가는 잠시 뒤에 씹어 뱉듯이 말했다.

"야마부치 부자의 모반이라면, 나아가던 부스럼이 다시 조금 곪기 시작한 것뿐이다. 저절로 터질 때까지 내버려 둬라."

"그럼 출진은……."

"필요 없다."

"군사들도……."

"고약조차 필요 없는 부스럼이야. ……하하하. 방비는 하고 있어도 기요스까지 공격해 올 용기는 없을 게다. 우콘 사건 때문에 사마노스케가 당황했을 뿐이야. 한동안 멀리서 안간힘을 쓰는 모습을 구경이나 하도록 하지."

잠시 뒤 노부나가는 다시 침소에 들었으나 아침에는 여느 때보다 일찍 일어났다.

어쩌면 제대로 자지도 못하고 날이 새기만 기다렸는지도 모른다. 그에게는 나루미의 이변보다 일개 도키치로의 목숨이 훨씬 더 염려되었는지도 모른다. 일어나자 그는 곧 호위무사를 거느리고 직접 공사장으로 나갔다.

아침 해가 떠오르기 시작하고 있었다. 어젯밤까지만 해도 싸움터 같았던 공사장에는, 재목도 돌도 흙덩어리도, 나뭇조각 하나도 흩어져 있지 않았다. 비질한 자국이 뚜렷하게 깨끗이 청소되어 있었다. 공사장은 이미 오늘 새벽을 기해서 더이상 공사장이 아니었던 것이다. 노부나가에게는 뜻밖의 일이었다.

좀처럼 뜻밖이라는 생각을 하지 않고, 또 설사 조금쯤 느낀다 해도 좀처럼 얼굴에 나타내지 않는 그도, 3일이란 짧은 시간에 모든 공사를 마치고, 뿐만 아니라 자신의 검증을 예상한 듯 남은 재목과 돌, 쓰레기 등을 말끔히 성 밖에 내다 버리고 깨끗이 비질까지 한 철저한 그 솜씨에, 자신도 모르는 사이에 만족감과 그 만족에서 넘쳐 나는 놀라움을 얼굴에 내비치지 않을 수 없었다.
"오오!"
"해 냈구나. ……봐라. 원숭이란 놈이 한 짓을!"
그는 측근들을 돌아보며 마치 자신의 공명을 자랑하듯 말했다.
이어서 곧 영을 내렸다.
"그는 어디 있느냐. 오늘 아침에는 이곳에 너무 사람이 없지 않느냐? 도키치로를 불러 오너라."
호위무사 중의 한 사람이 몸을 일으키려다가 한곳을 가리켰다.
"저기, 기노시타가 오고 있습니다."
성문과 다리가 눈 아래 내려다 보였다. 도키치로는 그 다리를 달려서 건너오고 있는 중이었다.
새벽에 성문 밖으로 실어내 간 발판으로 썼던 통나무와, 나무토막, 돌, 거적, 연장 같은 것들이 해잣가에 산더미처럼 쌓여 있었다. 3일 밤을 한숨도 자지 않고 공사를 강행한 일꾼들은 비로 쓸어 모은 벌 떼들처럼 그 언저리에서 세상 모르고 자고 있었다. 우두머리들까지 필사적으로 일한 모양인지 공사를 끝내자 새끼로 만든 허리띠와 어깨띠를 그대로 차고, 흙투성이가 된 손발을 아무렇게나 내동댕이친 채, 곧 잠들어 버린 것이었다.
노부나가는 그 광경을 멀리서 바라보았다. 동시에 그는 도키치로라는 사내의 능력에 대해 지금까지 몰랐던 것을 새롭게 발견하고 있었다.
'원숭이란 놈은 사람을 부릴 줄 안다.'
노부나가는 은근히 경탄해 마지않았다. 그리고 생각했다.
'하찮은 품팔이꾼들도 저토록 필사적으로 일하게 할 수 있는 재능을 가졌다면, 훈련받은 군사들을 맡길 때는 남 못지 않은 지휘를 할 수 있으리라. 싸움터에 내보낼 때 1백 명이나 2백 명쯤 군사를 딸려 보내도 별 실수는 없을 녀석이다.'
노부나가는 오자(吳子)의 병서에 있는 글귀를 문득 떠올랐다.
무릇 싸움에 이기는 그 극리(極理)는 병사로 하여금 기꺼이 죽게 하는 데 있다.

노부나가는 가슴속으로 되뇌어 보았지만 자신에게는 아직 그만한 기량이 있을지 의심스러웠다. 그것은 전략이나 전술, 권력과는 다르기 때문이다.

나루미 성의 이변 359

"벌써 기침하셨습니까? 성벽은 무사히 완공했습니다."

이렇게 말하는 자가 있어서 노부나가가 아래를 보니, 어느 틈에 도키치로가 앞에 와서 무릎을 꿇고 있었다.

"……원숭이냐?"

노부나가는 웃음을 터뜨렸다.

도키치로의 얼굴을 본 순간이었다. 그 역시 3일 낮 3일 밤을 자지 않았던 것이다. 얼굴은 덜 마른 흙벽 같았고 눈은 시뻘겋게 충혈되어 있었다. 옷도 온통 흙투성이.

저도 모르게 웃었으나, 노부나가는 미안한 생각이 들어서 곧 정색을 하고 말했다.

"수고했다. ……무척 졸릴 테지."

"황공하옵니다."

도키치로는 영광스럽게 생각했다.

"하루 동안 마음껏 자도록 하여라."

하루도 안식할 수 없는 이 다난한 시대에, 노부나가의 이 위로는 무엇보다 큰 포상으로 생각되었다. 그만큼 기뻤다. 저도 모르게 충혈된 두 눈에 눈물이 고이는 것을 느꼈다.

그러나 그는 그런 만족을 느끼면서도 무엇인가 망설이며 거북한 듯이 얼굴을 문질렀다.

"저……실은…… 소청이 있습니다만."

"뭐냐?"

"……포상입니다."

도키치로는 말했다.

너무도 분명한 말이어서 측근들은 깜짝 놀랐다. 모처럼 좋아진 노부나가의 기분이 다시 나빠지지는 않을까 해서, 도키치로를 위하여 유감스럽게 생각했다.

"무엇을 바라느냐?"

"돈을 주셨으면 합니다."

"많이 필요한가?"

"조금입니다."

"그대가 쓰려는가?"

"아닙니다."

도키치로는 성 밖 해잣가를 가리키며 말했다.

"공사는 제가 한 것이 아닙니다. 저기 지쳐서 쓰러져 있는 일꾼들에게 나누어 줄 수 있을 만큼, 약간의 돈을 내려 주셨으면 합니다."

"그래? 금전 출납 담당자에게 말해서 필요한 만큼 가져가도록 하여라. ……그리고 그대한테도 포상을 내리리라. 그대는 지금 녹이 얼마던가?"

"30관입니다."

"그뿐이었던가?"

"그것도 과분합니다."

"올려주지. 녹은 1백관으로 하고, 창대로 돌려 부하 30명을 맡기기로 한다."

"……."

도키치로는 그저 머리만 조아리고 서 있었다.

땔감 책임자라든가 토목 관계 책임자는 직분상으로만 본다면 격이 낮지 않았지만, 그는 다분히 젊은 피를 가지고 있었다. 역시 전선에 서는 궁대나 총대 같은, 현역에 끼고 싶은 것이 평소의 희망이었다.

보군 30명을 맡는 것은 부장 중에서는 최하급에 속하였다. 그러나 마구간에 있는 것보다, 주방에서 일하는 것보다, 그에게는 훨씬 기쁜 일이었다.

그 기쁨에 도키치로는 미처 앞뒤를 가리지 않고 군은에 감사한 다음, 이어서 공연한 소리를 해 버렸다.

"이번 공사 중에도, 또한 평소에도 항상 느끼고 있었던 일입니다만, 이 기요스 성은 아무리 봐도 수리가 원활하지 않은 것 같습니다. 농성이라도 하게 되면 식수가 부족하겠고, 해자도 자칫하면 말라 버릴 염려가 있습니다. 유사시에는 나아가 싸울 수밖에 없는 성입니다. ……하지만 야전에 승산이 없는 대군이 내습했을 때는……."

노부나가는 못 들은 척하며 고개를 돌리고 말았다. 그러나 도키치로는 시작한 말을 중간에 중단할 수도 없었다.

"……제 어리석은 소견으로서는, 기요스보다도 고마키 산(小牧山) 쪽이 수리로 보나 공방의 이(利)로 보나 훨씬 낫지 않은가 생각합니다. 성을 고마키 산으로 옮기시도록 권해드리고 싶습니다."

그는 이렇게 계책을 올렸다.

그러나 노부나가는 노려보며 힐책했다.
"원숭이, 물러가라. 제 흥에 겨워서 엉뚱한 소리를! ……어서 가서 자기나 해."
"……예."
도키치로는 목을 움츠렸다. 그는 또 한 가지 배웠다고 생각했다. 실패란 으레 순조로울 때 저지르기 쉬운 법이다. 꾸지람은 기분이 좋을 때 듣는 법이다.
'……모자란다. 아직도 모자란다. 그 정도의 공으로 마음이 들떠 보기 좋게 꾸중을 들었으니……내가 생각해도 아직 멀었다.'
그날 오후.
그는 일꾼들에게 상금을 나누어 준 다음 잠도 자지 않고 혼자 거리를 걸어가고 있었다. 한동안 만나지 못한 네네의 모습을 눈앞에 그리면서.
'요즘은 무엇을 하고 있을까?'
네네를 생각하는 한편, 그 네네에 대한 사랑을 자기한테 양보하고 멀리 떠나 버린 친구도 걱정되었다. 친구란 말할 것도 없이 이누치요다. 오다가를 섬기기 시작한 이후 그가 진정한 친구로서 마음을 허락하고 있었던 것은 마에다 이누치요 하나밖에 없었다.
'네네한테는 들렀다 갔으리라. 낭인 신세가 되어 멀리 떠나는 것이니, 언제 다시 만날 날이 있을지 모르는 일……반드시 들러서 무슨 말이든 남겨 놓고 갔겠지.'
실은 지금 그는 사랑보다 음식보다 졸려서 견딜 수가 없는 지경이었다. 3일 낮밤을 거의 눈을 붙여 보지 못한 것이다. 그러나 이누치요의 우정과 의리와 충절을 생각하면, 편히 잠이나 자고 있을 때가 아닌 것 같았다.
'아까운 녀석이었는데……'
사나이는 사나이를 아는 법이다. 어째서 노부나가는 이누치요의 진가를 모르고 있는가? 야마부치 우콘의 역의는 적어도 이누치요와 자기는 진작부터 알고 있었던 일이었다. 노부나가가 그것을 모르고 있었다는 것이 그로서는 모를 일이었다. 우콘을 벤 이누치요에게 어쩌자고 벌을 내렸는지 그것이 불만이었다.
'어쩌면 훈계하려는 뜻이었는지도 모른다. 심중을 헤치고 보면, 추방이라는 영을 내리는 것은 오히려 더 큰 주군의 사랑일지도 모른다. ……주군 앞에서는 똑똑한 체하고 섣부른 소리를 했다가는 금방 보기 좋게 얻어맞게 마련. 다른 가신들도 있는 앞에서 기요스 성의 수리를 운운하고 고마키 산으로 옮겨야 한다는 따위 계책을 올린 것은 생각할수록 섣부른 짓이었어.'

그런 생각을 하며 그는 길을 걷고 있었다. 원기는 다름없는 것 같지만, 이따금 지면이 기우뚱하는 것을 느끼곤 한다. 수면 부족인 눈에는 가을 햇살이 유난히 따가웠다.

"……아!"

아사노 마타에몬의 집이 보이기 시작하자, 그는 갑자기 잠이 도망간 듯, 멀리서부터 웃음을 참지 못하며 걸음을 재촉했다.

"네네 아가씨, 네네 아가씨!"

그는 큰 소리로 불렀다.

이 근처는 궁대에 속한 무사들의 주택이어서 눈에 띄게 훌륭한 집은 없었지만, 그래도 잡목 울타리를 두른 아담한 집과 뜰이 말끔히 가꾸어진 자그마한 집들이 한가로이 줄지어 있었다. 평소에도 목소리가 크기로 유명한 그가, 한동안 만나지 못한 사랑하는 사람의 모습을 뜻밖에 문앞에서 발견했으니, 꾸밈 없는 감정이 노출되는 대로 소리를 지르며 걸음을 재촉했던 것이다. 이웃집에서 무슨 일인가 했을 정도였다.

아이고머니!

놀란 듯이, 네네의 하얀 얼굴이 돌아봤다.

사랑은 남몰래, 누구나 으레 남의 눈을 피해 가며 속삭이는 법이었다.

이웃집 창문이 열리고, 집 안에 있는 부모들에게까지 들리도록 큰 소리를 질러대니, 본의는 아니더라도 처녀의 마음은 난처해지지 않을 수 없는 일이었다.

네네는 아까부터 문앞에 서서 물끄러미 가을 하늘을 바라보고 있다가 도키치로의 목소리를 듣고는, 얼굴을 붉히며 허둥지둥 문 안으로 숨었다.

그러자 도키치로는 더욱 큰 소리를 질렀다.

"네네 아가씨, 나요. 도키치로요!"

그리고 네네의 곁으로 달려갔다.

"한동안 못 왔소. 도무지 여러 가지 일들로 바빠서……"

네네는 뜰 안으로 반쯤 몸을 숨기는 참이었으나, 이미 그가 인사를 하고 있어서 어쩔 수 없이 정숙하게 머리를 숙이며 인사했다.
"언제나 무고하셔서 다행입니다."
"아버님은 계시오?"
"아뇨, 나가셨어요."
네네는 대답하며 들어오라고 권하는 대신, 슬며시 밖으로 나올 기세를 보였다.
"아버님께서 안 계신다면······."
도키치로는 이내 그녀의 입장을 짐작하고 말했다.
"밖에서 그냥 실례하기로 하죠."
네네도 그것을 바랐던 듯, 잠자코 고개를 끄덕였다.
"오늘 이렇게 찾아온 것은······다름이 아니라, 아침에 이누치요가 들르지 않았소?"
"아뇨."
네네는 고개를 흔들었으나 얼굴이 이내 발그레해졌다.
"왔었죠?"
"오지는 않았습니다."
"······이상한걸."
고추잠자리를 바라보며, 도키치로는 잠시 생각하고 있었다.
"이 댁에도 들르지 않았단 말이오?"
거듭 물으면서 네네의 얼굴을 보자, 네네는 눈물을 글썽거리며 고개를 숙였다.
"······노여움을 사서 이누치요는 멀리 떠났소. 들었소?"
"······예."
"아버님한테서?"
"아뇨."
"그럼 누구한테 들었소? ······숨길 필요 없는 일이오. 나와 그는 문경지우(刎頸之友 : 생사(生死)를 같이 하여 목이 떨어져도 두려워하지 않을 만큼 친한 사귐), 무슨 말을 해도 괜찮소. ······왔었죠, 여기?"
"아녜요. 지금 막 알았어요. ······편지를 보고."
"편지요?"
"네."

"사람을 보냈던가요?"

"아뇨. 조금 전에 제 방문 앞에 누가 돌을 던지기에 나와 봤더니 편지가 떨어져 있었어요. ……보니까 이누치요 님이."

미처 마치지 못한 말이 소맷자락에 싸인다. 울음을 삼키면서 돌아선 것이었다.

총명한 아가씨라고만 생각했더니, 역시 여자는 여자였다. 도키치로는 지금까지 봐온 그녀에게서보다 한층 아름답고 흐뭇한 새로운 면을 발견한 셈이었다.

"그 편지를 보여 줄 수 없겠소? ……남에게 보여줄 수 없는 편지요?"

그렇게 말하자 네네는 소맷자락으로 얼굴을 가린 채 잠자코 깃 속에서 편지를 꺼내 순순히 그의 손에 넘겨주었다.

도키치로는 급히 펼쳐 보았다.

틀림없는 이누치요의 필적이었다. 내용은 간단했으나, 몇 마디로 엮어 내린 것 이상으로 도키치로는 여러 가지를 짐작할 수 있었다.

'사사로운 일이 아닌 부득이한 사정으로 어떤 자를 베 버리고 오늘을 기해 이 곳을 떠나게 됐소. 한 때는 몸도 마음도 사랑을 위해 바치려고 했으나 이제는 어찌할 수 없는 일, 이 몸보다 차라리 믿음직한 기노시타를 택하는 것이 아가씨의 앞날에도 좋을 것 같아, 사나이와 사나이의 약속을 하고 이대로 길을 떠나오.

부친께도 이 편지를 보여 드려 마음을 정하도록 하시기 바라오. 다시 만날 날이 있을지 없을지, 떠나기에 앞서 붓을 들었소. 그럼 내내 행복하시기를.

네네 아가씨에게……'

군데군데 글씨가 눈물에 젖어 있었다. 네네의 눈물인가, 이누치요의 눈물인가? 아니, 도키치로 자신이 편지를 읽으면서 뚝뚝 눈물을 떨구고 있었다.

이제나 저제나 하고 나루미 성에서는 전비를 갖추고 기요스의 동태를 살피고 있었으나, 하루가 다 저물어도 노부나가는 공격해 올 기색이 보이지 않았다.

'이상하구나.'

의심하는 마음이 성의 장수인 야마부치 부자를 괴롭혔다.

그들의 고민이 또 한 가지 있었다. 노부나가를 배반한 데다, 믿고 있던 이마가와측으로부터 '역시 그의 내통은 터무니없는 거짓이었다'는 오해를 받은 것이다. 아무리 해명해도 그 불신은 회복되지 않았다.

당연히 나루미 성은 고립되고 말았다.

그러던 차에 가사데라 성(笠寺城)의 도베 신자(戶部新左)가 노부나가와 내통하여 곧 배후에서 공격을 개시한다는 소문이 퍼졌다.

가사데라 성은 오와리를 누르기 위한 이마가와측 전초성(前哨城)의 하나였다. 이마가와의 명령으로서도, 노부나가와 내통했다 하더라도, 그것은 있을 수 있는 일이었다.

소문은 날이 갈수록 더해졌다. 야마부치 부자를 중심으로 한 일족과 간신들은 차차 동요하기 시작했다.

"기습을 가해 가사데라 성을 짓밟아버리자. 고작해야 전초진지가 아니냐!"

껍질 속에 틀어박혀 조심하고 있던 야마부치 부자도, 마침내 기선을 제압할 셈으로 야음을 타서 군사를 움직여 가사데라 성을 향해 몰려갔다.

그런데 가사데라측에서도 얼마 전부터 비슷한 유언비어가 떠돌아 비슷한 동요가 있던 때라, 군비를 게을리 하지 않고 대비하고 있던 참이었다.

성문에 불을 지르고 거리를 불살랐다.

불, 불바다였다.

서로 의심에 사로잡힌 양군은 그 불길 속에서 피투성이가 되어 격전을 벌였다. 마침내 가사데라 성은 무너졌다. 성의 장수 도베 신자에몬은 본성에서 원병이 오기 전에 불바다가 된 성 안에서 분전 끝에 전사하고 말았다.

"이겼다!"

"개가를 올려라!"

초토가 된 성 안으로 몰려 들어간 나루미 군은 많은 부상자와 전사자를 내어 반수 이하로 줄어들었으나, 그래도 승리의 여세를 몰아 연기가 치솟는 성지로 기어 올라가 총칼과 창을 일제히 휘두르며 소리높여 개가를 올렸다.

——와아!

——와아!

그런 판에 나루미 성에서 처참한 몰골이 된 기마무사와 보군들이 삼삼오오, 도망쳐오기 시작했다.

"무슨 일이냐!"

소스라치게 놀란 야마부치 사마노스케가 묻자 그들은 헐떡이며 가까스로 보고했다.

"노부나가 군의 기습입니다. 어떻게 알았는지 빈 성에 천여 명의 군사가 느닷없이 몰려와 맹렬한 공격을 가하는 바람에……."

성이 점령됐을 뿐 아니라 아직 몸도 회복되지 않은 아들 우콘은 잡병의 손에 붙들려 목이 잘렸다는 것이었다.

금방 개가를 올린 야마부치 사마노스케는 어리둥절하여 넋을 잃고 말았다. 그가 점령한 가사데라 성은 타다 남은 잿더미와 백성 없는 마을이 있을 뿐이었다.

"천명이구나!"

그는 이 한 마디를 외치면서 그 자리에서 자결했다고 한다.

그러나 천명이라고 외친 것은 좀 이상했다. 그의 말로는 그 자신이 만든 인명이었던 것이다.

노부나가는 하루 사이에 나루미와 가사데라를 평정했다.

기요스의 성벽을 보수한 이후로 한동안 어디에 있는지 보이지 않던 도키치로도 나루미, 가사데라 두 성이 오와리의 손에 들어오자 어느 틈에 돌아와 있었다.

"자네가 아닌가? 양쪽에 뜬소문을 퍼뜨려서 이간책을 쓴 것이 말이야."

그렇게 묻는 사람이 있어도 그는 천연덕스럽게 고개를 흔들 뿐이었다.

"나는 모르네."

만월

전쟁이 일상이었다. 일상생활이 바로 전쟁이었다.

매년.

어떤 해든지.

해갓가 버들가지와 매화나무 가지에 꾀꼬리가 울고 있는 날에도, 국경 어디선가는 싸움이 벌어지고 있었다.

푸른 논밭 위로 불어오는 바람에 풍년가가 구성지게 흐르고 있어도, 영내 군사들은 사면의 적을 막으면서 매일같이 수십 명씩 죽어 갔다.

그러나 기요스의 성시는 어디에 전쟁이 있는가 싶게 평화로워 보였다.

농부도 상인도 장인들도 아무 걱정 없이 자기 일에 열중하고 있었다. 군비라면 다투어 바쳤다. 영주로부터 영이 내리기 전에 그들은 평소에 검약하며 대비하고 있었다. 세금을 세금으로 생각지 않았다. 자신들의 편안한 삶과 일을 위해 한 잔의 술을 참으면, 한 자의 국경을 지킬 수 있는 화살이 되고 총알이 된다는 것을 그들은 배우지 않고도 알고 있었다.

고지(弘治) 3년부터 에이로쿠(永祿) 1, 2년에 걸쳐 영내는 그만큼 질서가 잡혀가고 있었다. 사실 성내 창고는 군비에 몰려 고갈되었고, 성내의 무사들의 생활도, 노부나가가 자신의 조석마저 검소하게 꾸려 가고 있었지만 그래도 궁핍은 면치 못하고 있었다.

"이러다가는 전쟁에서 이겨도 재정적으로 마침내……."

관계 담당자들이 이마를 마주대고 우려하고 있는 상태였으나, 노부나가는 이런 소리를 하고 있었다.

"축제는 아직 멀었나? ……이 달은 영민들이 축제를 벌이는 달일 텐데? 전 달에는 서부 미노에 쓰시마(津島)축제가 있어서 홋타 도쿠의 저택까지 축제 구경을 갔었지. 나도 변장을 하고 한바탕 춤을 추었지만, 춤이란 역시 좋은 거야. 이곳 히요시(日吉) 축제일이 기다려지는걸."

항상 점잔을 빼고 있는 시바타 곤로쿠에게도 말했고, 진실하기만 한 모리 산자에몬(森三左衞門)이나 가토 즈쇼(加藤圖書)의 얼굴을 대했을 때도 같은 말을 했다.

그러나 이들은 궁핍한 재정과 국경에서의 고전을 너무나 잘 알고 있었다.

"……예."

"……그렇군요"

이렇게 아주 평범한 대답을, 그것도 씁쓰레한 얼굴로 하는 것이었다.

"지당하신 말씀. 춤은 저도 좋아합니다. 춤은 사람을 천진난만하게 만드는 것이라, 전 이따금 집에서 혼자 춤을 춥니다."

다만 이케다 가쓰사부로 노부테루(池田勝三郎信輝)만은 노부나가의 말을 듣고 이렇게 말했다.

한동안 전선에 나가 있다가 어제 막 돌아온 도키치로도 말석에 앉아 있다가, 가쓰사부로와 눈이 마주치자 히죽이 웃었다.

노부나가도 웃음을 머금고 고개를 끄덕인다.

어째서 세 사람이 웃었는지, 그것은 세 사람 외에는 아무도 모르는 일이었다.

이윽고 축제일이 다가 왔다.

그것은 마침 농가를 비롯한 성시 전체의 우란분재(盆 : 음력 7월)와도 겹치는 행사여서, 영민들은 이 날을 해마다 기다리고 있는 것이다.

"축제가 벌어지고 있는 동안은 다소 죄를 범하는 자가 있어도 함부로 잡아들이지 말라. 싸움이 벌어지면 타일러라. 도둑을 쫓기보다는 도심을 일으키지 않도록 화기를 돋우어 주고, 가난한 자에게는 구호 물품을 내려라. ……축제 중에는 상하 구별 없이 흥겹게 지내라는 팻말을 내다 붙여라. 평소 기름 절약 때문에 거리가 어두웠으니, 네거리마다 많은 등을 달아라. 춤을 추고 다니는 영민들을 만나면 그대들이 말을 피해서 춤을 즐기는 영민들이 다치지 않도록 하여라."

노부나가는 관계 책임자를 불러 이렇게 영을 내렸다.

"분부대로 거행하겠습니다."

그는 곧 부하들을 모아 노부나가의 명령을 전달하고 나서 씁쓸하게 웃었다.

"축제를 무척 좋아하시는 주군이시군."

포고서를 보고 수하 관원들은 눈살을 찌푸렸다.

"이런 식으로 나가다가는 영민들의 마음이 해이해지는 결과가 되지 않을까? 아무리 일 년에 한 번 있는 축제일이라 해도, 이것은 좀……."

이런 전시 하에, 하고 누구나 생각하고 씁쓰레한 표정을 지었다.

멀리 국경에서 싸우고 있는 병졸들을 생각해도 그랬다. 그것은 남의 일이 아니었다. 자신들의 아들, 형제, 친척들이 직접 전선에 나가 있는 것이다.

"차라리 축제 같은 건 중지시키는 것이 옳은 처사일 텐데……."

그런 말까지 나왔다.

누구에게나 수긍이 가는 말이었다.

대내적인 문제만이 아니었다. 타국에 대한 입장도 있었다. 현재의 오다가는 모든 타국이 적국이었다. 인척 관계가 있기는 해도 사이토가 같은 경우는 가장 위험한 적이었고, 스루가, 미카와, 이세, 고슈 등 편들어 줄 나라는 하나도 없었다.

싸고 숨기고 하여도 오와리 오다가의 재정적 빈곤은 선군 노부히데의 대(代)부터 천하가 알고 있는 사실이었다.

그렇듯 유명한 빈국이면서도 선대 노부히데는, 그 무렵 비바람조차 막을 길 없을 정도로 황폐한 궁궐의 보수비로 4천관이나 헌상한 일이 있었다.

그것도 공명을 아울러 얻은 노부히데였다면 별문제였지만, 조정에서 칙사가 나고야에 내려가 보니, 노부히데는 마침 미노가와의 격전에 대패하여 불과 몇 사람의 부하와 함께 가까스로 몸을 피해 온 참담한 처지에 있었던 것이다.

"다망하신 중으로 보이니……."

칙사는 기회가 나빴던 것을 깨닫고 대면을 단념한 채 서울로 돌아가려고 하였다.

"윤지를 못 받들면 황송한 일……."

노부나가는 여느 때처럼 예를 갖추고 칙사를 맞아들여, 하룻밤을 시가를 읊으며 보냄으로써 노고를 위로해 준, 그러한 인물이었다.

노부나가에게도 그런 피는 다분히 흐르고 있었음에 틀림없었다. 아니 장성함에 따라 갈수록 닮아 가는 것을 노신들은 잘 알고 있었다.

재정상의 어려움쯤 평소부터 도무지 개의치 않는 점이 특히 그랬다.

이제 겨우 그의 덕에 따르기 시작하여 영민들은 부지런히 일했고, 바쳐야 할 세(稅)도 꼬박꼬박 바쳤다. 그러나 가난한 영민보다는 좀더 교활한 부호들로부터 거두어들였으면 하는 재정 담당자의 헌책이 있었다.

"음, 솥 바닥은 나중에 긁는 거야."

노부나가는 그렇게 대답했을 뿐이었다.

도무지 속셈을 알 수 없는 주군이라고 재정 담당자는 말했다. 그 알 수 없는 속셈에, 오늘은 시정 담당자가 부딪치게 되었다.

"아무래도 시바타 님이나 모리 님과 일단 상의해 봐야겠다. 간하기를 두려워해서는 충신이라고 할 수 없는 일, 옳지 않은 시정은 옳지 않다고 아뢰는 것이 충신의 길이다."

부하들이 모두 탐탁지 않은 얼굴을 보이자, 그도 갑자기 생각이 달라진 것이다.

모리 산자에몬 요시나리는, 야마시로노카미 도산의 딸이 노부나가에게 출가해 올 때 내실 보좌를 담당하여 사이토가에서 따라 온 신하였다. 그는 오다가를 섬기기 시작한 뒤 번번이 공을 세운 중신이기도 했다.

따라서 물론 내실과의 접촉은 원활했다. 노부나가의 성격을 참작하여, 정면으로 꺾으려 들지 않고 부드럽게 간할 수 있는 인물도 그밖에는 없을 것 같았다.
"아무튼 계시는가, 안 계시는가?"
부하 하나가 알아보니 마침 성 안에 있어서, 내실로 들어가 무언가 얘기 중이라고 하였다.
그래서 나오기를 기다리고 있자, 이윽고 모리 요시나리는 아직 예닐곱 살 정도밖에 안 됐을 어린 아이의 손목을 끌고 하사 받은 과자를 다른 손에 든 채 내실에서 물러 나왔다.
시정 책임자――그런 책임자를 부교(奉行)라는 직명으로 불렀다――그 부교와 부하들이 요시나리를 불러 일실에 모신 다음, 걱정스럽게 축제 포고에 관한 의논을 하였다.
"실은……"
"지당한 의견이오."
요시나리도 동의했다.
지난 번 쓰시마 축제 때도 노부나가가 미행으로 춤을 추러 갔었다는 말을 나중에 훗타 도쿠를 통해서 듣고, 큰일 날 일이라고 은근히 간담이 서늘했던 일이 있는 데다, 그 뒤에도 축제일, 축제일 하고 히요시 축제일을 고대하는 것 같은 말투가 노부나가의 입에서 나오는 것을 가끔 들었기 때문에, 군신들은 일부러 그때마다 모른 척하고 있는 참이었던 것이다.
내실에서도 노부나가의 경솔한 행동을 은근히 걱정하고 있었다. 사실, 축제는 불과 3일간이었지만, 후방 성시에서는 축제다 춤이다 하여 흥청거리고 있다는 소식을 들으면, 전선의 장병들이 어떻게 생각할 것인가? 또한 무엇보다 민심이 해이해져, 앞으로의 시정에도 많은 영향이 있을 것이었다.
"큰 문젯거리야. ……좋소, 이 요시나리가 간해 보도록 하지."
"부탁드립니다."
부교와 보좌 관원들은 머리를 숙였다.
요시나리는 곁에 앉아 있는 귀여운 소년의 머리를 쓰다듬으며 말했다.
"아버지는 주군을 뵙고 올 테니, 얌전히 기다리고 있어야 한다."
소년은 순순히 고개를 끄덕였다.
정말 사내아인가 하고 그 귀여움에 눈이 팔렸던 부교는 물었다.
"착하구나. 이름이 무엇이냐?"

"란마루(蘭丸)."

얼른 대답했다. 그리고 일어서 나가는 아버지의 뒷모습을 밝은 눈으로 바라보고 있었다.

나라(奈良) 인형처럼 두 손을 무릎 위에 포개 놓은 채 란마루는 꽤 오랫동안 꼼짝도 않고 기다리고 있었다.

이윽고 요시나리는 물러 나왔다.

어떻게 됐나 하고 염려하던 사람들이 곧 결과를 물어 보자, 요시나리는 먼저 고개부터 흔들었다.

"안 들어 주시네. 간하려던 내가 오히려 훈계하시는 말씀을 듣고 물러 나왔어."

"노여움을 사셨습니까?"

"그런 셈이지. ……너희들의 걱정은 아직 영민을 모르기 때문이라고 먼저 말씀하셨소. 축제일을 관대히 해서 마음이 해이해지지 않을까 하는 염려는, 다른 나라 영민이라면 모르되 이 노부나가의 영민에게는 불필요한 걱정이라는 질책이었소."

"……"

"이마가와령의 백성들은 윗물대로 흐르는 아랫물 격이어서, 항상 나태하게 보내기 때문에 1년 중 며칠을 충성일이라든가, 근로일로 따로 정하고 있다지만, 노부나가의 영민은 1년 365일이 충성일이요, 근로일이다. 모처럼 돌아오는 축제일이나 설날, 우란분재 같은 날만이 그들의 유일한 즐거움이고, 평소에는 그저 자숙과 근면밖에 모르는 백성들이다. 노부나가는 결코 이마가와식 정치를 영민들에게 베풀고 있지는 않다……고 엄한 꾸중을 내리셨소."

축제가 벌어졌다.

밤이었다.

노부나가의 영에 따라 축제는 예년보다 한층 더 흥겹게 벌어지고 있는 듯했다. 그것은 기요스 성에서 바라 보이는 수많은 등불로도 알 수 있었다.

"가쓰사부로, 가쓰사부로!"

넓은 뜰안 어둠 속에서 서성거리고 있던 노부나가가 돌아보며 부르자, 이케다 가쓰사부로가 곁으로 다가 왔다.

"예. ……대령하고 있습니다."

노부나가는 웃음을 머금고 속삭였다.
"나가 볼까?"
"모시겠습니다."
"여봐라."
노부나가는 칼을 받아 허리에 차며 가쓰사부로 혼자만 데리고 나무 사이를 누비며 중문 쪽으로 사라졌다.
"알려질 때까지는 노신들에게도 잠자코 있어라."
그러자 나무 그늘에서 말하는 자가 있었다.
"주군, 몰래 빠지시면 안 되십니다. 소신도 모시겠습니다."
"누구냐."
"도키치로입니다."
"아, 원숭이냐? 오너라."
셋이서 중문을 빠져 나오자, 노부나가는 다시 걸음을 멈춘다.
"가쓰사부로, 안에 들어가 갈아입을 옷과 가면을 훔쳐 오너라."
"예."
"세 명분이다."
"알겠습니다."
잠시 서 있자 가쓰사부로는, 곧 이것저것 한 아름 안고 나왔다.
성밖으로 나와 해잣가에서 분장을 시작했다. 노부나가는 선녀의 가면을 쓰고 장옷을 뒤집어썼다.
"원숭이? 너는 가면은 필요 없을 게다. 그거나 써라."
"무엇입니까?"
"중이 쓰는 모자다."
"가사도 아주 입겠습니다."
"어울리는군, ……이 몸은 에이 산(叡山)의 법사이노라, 하면서 걸어라."
"알겠습니다."
"됐다, 가쓰사부로는 고참 하인이다."
"예."
"자, 갈까!"
"축제를 즐기러."
그들은 걷기 시작하면서, 손장단을 맞춰 가며 나직하게 노래를 불렀다.

"춤을 추세."
"노래하세."
"달도 뜨면……."
"기우는 것."
"잠깐인 것을."
"사대부의 초로 같은……."
"초로 같은 그 목숨을……."
"천년이고 만년이고 누려 보려고……."
"이름을 아끼고 세월을 아끼네."
"싸울 때는."
"남에게 뒤지지 않고."
"지킬 때는……."
"물러남을 모르는도다."
"3년이고, 10년이고……."
"또 백 년이고."
"싸움이 이 세상, 이 세상은 싸움……."
"방심을 말지어다."
"이제 하룻밤을……."
"춤으로 지새 보세."
"나라 위한 한 마음……."
"발을 맞추는……."
"우리 군의 무운을 축원키 위해."
"다 같이 소리 모아……."
"갑옷을 입은 손도……."
"풀 베던 손도……."
"한데 맞잡고."
"솟아 오는 달과 함께……."
"이 세상의 행복을 노래하세."
"꽃처럼 져갈 이 몸……."
"한 번은 죽는 것을……."
노부나가가 그 뒤를 받아 큰 소리로 덧붙이자 가쓰사부로도 도키치로도 웃음을 터뜨리며 합창을 중단했다.
 "안 되겠습니다. 주군께선 여느 때의 버릇이 또 나오셨습니다."
 어느덧 세 사람은 축제로 붐비는 거리로 나와 있었다.
 거리는 바둑판 눈금 같았다. 스가구치(須賀口) 어귀에서 고조 강(五條江)에 이르는 곳이 특히 붐벼, 여러 쌍의 남녀가 춤을 추며 지나가고 있었다.
 꽃삿갓을 쓴 처녀도 고깔 쓴 젊은이도, 두건을 쓴 무사, 맨머리의 늙은이도 아이도 농부도 상인도 승려들도 손에 손을 맞잡고 한데 얽혀서 노래하며 춤추고 있었다.

  생각하는 건,
  잊는 것.
  생각을 않아야만,
  잊지 않은 것.

 네거리 저편 빈터 위로 커다란 달이 떠오르고 있었다. 사람들은 그쪽에 가장 많이 몰려 있었다. 누가 선창을 하는 건지 구성진 목소리가 자신있게 들렸다.

  생각하고 있어도,
  모른 체하고,
  시치미를 떼는 것이,
  정녕 깊은 뜻,

 춤추고 노래하는 사람들은, 모든 것을 잊은 듯 즐기고 있었다. 불평도 없었다. 생활고도 없었다. 피비린내 나는 난세도 잊고 무거운 세금과 지친 몸도 잊은 듯, 맘껏 즐겁게, 즐겁게……
 평소에는 구속되어 있던 손발을 마음껏 뻗으며 춤을 추었다.

  가쓰라기 산속에,
  꽃필 때였네.
  말 위의 나그네가,

꺾으려 했네.

커다란 달이 바로 머리 위에 올라와 있었다. 손을 잡은 동그라미가 그림자와 두 겹으로 겹쳐진다. 그때 다시 스가구치 쪽에서 한 떼의 사람들이 몰려와 같이 어울렸다. 양쪽의 선창이 경쟁이나 하듯 번갈아 아름다운 목청을 돋웠다.

보조개 속에
빠지려 해도,
어쩌나,
갑옷을
버릴 데 없네.

"앗, 이 중놈!"
갑자기 누군가 부르짖었다.
"간첩이다."
"적국 놈이다."
"놓치지 마라……."
춤이 흐트러졌다.
군중들 사이에서 별안간 번뜩이는 칼을 보았기 때문이다.
그러나 그 중은 군중이 발견하기 전에 이미 칼을 든 손을 붙들려서 보기 좋게 땅 바닥에 내동댕이쳐지고 있었다.
내동댕이쳐진 중의 손에서 위험천만하게도 계도(戒刀) 하나가 군중들 발 밑으로 날아 왔다.
"첩자다!"
"붙들어라."
평소부터 영민 모두가 적국의 첩자에 대해서는 잘 훈련되어 있어 새삼스럽게 놀라지는 않았지만, 도망치려는 중을 뒤쫓느라 한 때 수라장이 됐다.
"……조용히, 조용히. 첩자는 붙들었다. 그만 떠들도록 하여라."
영민들과 같이 어울려 춤을 추고 있던 노부나가와 이케다 가쓰사부로, 도키치로 등 세 명의 모습이 그 곳에 있었다.

소란을 가라앉히면서 둘러선 사람들을 물리치고 있는 것은 도키치로였고, 쓰러뜨린 중을 타고 앉아 목을 조르고 있는 것은 가쓰사부로였다.

"네 이놈. 누구의 사주를 받고 우리 주군을 암살하려고 했느냐. 말해라. 실토하지 않으면 죽여 버릴 테다."

가쓰사부로는 후일의 이케다 쇼뉴(池田勝入)이다. 힘이 장사인 데다 싸움 터만 드나들고 있는 젊은이라 조금도 가차가 없었다.

"요……용서해 주시오."

밑에 깔린 중은 그의 주먹을 한 대 맞자 금방 비명을 지르고 말았다.

"사람을 잘못 봤소. 잘못 보고 칼질을 한 거요. ……밤눈이라……정말입니다. 제가 원한을 품고 있는 자와 하도 같기에."

"거짓말 말라. 춤을 추는 척하다가 다짜고짜 칼을 뺐으니, 분명 우리 주군이 뉘시란 걸 알고 한 짓이다."

"아니오, 정말……저는 원래 사팔뜨기라서, 무례한 짓을 한 죄는 거듭 사과드리오니 목숨만은……."

"뻔뻔스럽게 늘어놓는구나. 이렇게 짓누르고 있어만 봐도 안다. 네놈의 발버둥에는 어딘가 무사로서 훈련을 받은 데가 있다. ……이놈! 이 쌍통을 봐도 적국의 첩자임에 틀림없어. 자, 어디서 왔느냐!"

"처, 천만의 말씀입니다."

"말하지 않겠는가!"

"꾹……꾸르륵……."

"말해라."

"숨, 숨이 막혀서……."

"……미노냐, 고후냐, 미카와냐, 이세냐! 자, 어디서 온 첩자냐, 입을 벌리지 않으면 벌리도록 해 줄 테다."

노부나가는 가장을 한 채, 조금 떨어진 곳에 서 있었다. 도키치로의 제지로 멀리 물러나 버린 영민들은 설마 그가 노부나가이리라고는 생각하지 않았지만, 상당히 지체 높은 분의 미행이라고는 짐작하고 있는 듯했다.

"원숭이……."

나지막하게 부르며, 노부나가가 손짓을 했다. 도키치로가 다가가자, 걸치고 있던 갑옷을 그의 얼굴에 씌우듯 하며 뭔가 속삭이었다.

도키치로는 곧 가쓰사부로 쪽으로 갔다.

나루미 성의 이변 377

칼 끈을 끌러 중을 결박지으려는 가쓰사부로에게 도키치로가 말했다.

"잠깐, 주군의 분부요."

오늘 밤은 모처럼 1년에 한 번 함께 모여 사이좋게 즐기고 노래하는 날, 가벼운 죄는 벌하지 말고 죄인을 만들지 않을 것이며, 축제 중에는 상하를 가리지 않는다는 방까지 써 붙인 터다. 아마 사람을 잘못 봤다는 이자의 말은 정말일 터이니 용서해 주라는 분부였다.

"고맙습니다. 고맙습니다."

구사일생의 고비를 넘긴 중은 춤을 출 듯이 기뻐했다.

저만치 있는 노부나가의 그림자를 향해 공손히 절을 하고는, 파리해진 얼굴로 달빛 아래 고개를 숙인 채, 급히 사라지려고 했다.

그러자 노부나가가 그를 가볍게 불러 세웠다.

"우바새(優婆塞 : 속가에 있으면서 불법을 닦는 남자), 잠깐!"

그리고 말했다.

"목숨을 살려 줬으니 뭐든지 사례를 남기고 가라. 우리는 가락에 맞춰 춤을 출 테니, 그대는 고향에 전래되고 있는 노래나 한 가닥 불러라. 우란분재 노래도 좋고 풍년가도 좋다."

그 말을 듣자 중은 안심한 얼굴로 그 정도야 하듯이, 손장단을 맞춰 가며 달을 우러러 고향 민요를 부르기 시작했다.

그것을 계기로 다시 춤판이 벌어졌다. 그러나 노부나가 일행은 이미 그곳에 있지 않았다.

"원숭이?"

"그대는 여러 나라를 돌아다닌 일이 있다는데, 지금 그 중이 부른 민요는 어디 노래지?"

"스루가의 민요로 알고 있습니다."

도키치로가 대답하자 노부나가는 빙그레 웃었다.

젊은 이에야스(家康)

　스루가에서는 자기네 성시를 슨푸라 부르지 않고 후추(府中)라 부르고 있었다.
　도카이 가도 유일의 큰 도성으로 자처하고 있기 때문이었다. 위로는 요시모토로부터 이마가와 일족은 물론, 상인에 이르기까지 '여기는 대국의 성도'라는 자부심을 가지고 있었다.
　성도 성이라고 하지 않고 저택이라고 했다. 모두가 중앙정부의 대신식이었으며, 교토식을 따르고 있었다.
　비슈의 기요스, 나고야 같은 곳과는 거리 모습이나 풍속부터 전혀 달랐다. 행인들은 분주한 걸음이었고, 눈초리, 말투부터가 다른 것이다. 후추에서는 모두가 대범하고 의젓했다. 의복의 사치스러운 정도로 계급을 알 수 있었고, 부채로 입을 가리면서 멋을 내고 걸었다.
　음악이 널리 보급되어 가인들도 많이 나타났다. 어느 얼굴을 보나 전성시대를 구가했던 한 때의 후지와라(藤原)씨처럼 한가해 보였다.
　맑은 날에는 후지 산(富士山)이 보이고, 안개가 끼면 청견사 솔밭 너머로는 고요한 바다가 보였다.

자연의 혜택이 컸다.
병마도 강대했다.
미카와의 마쓰다이라가도 이 나라의 속국이나 다름이 없었다.
"마쓰다이라의 피를 이어 받은 나는 이곳에 있고 망해 가는 나라를 가까스로 지탱시켜 주고 있는 신하들은 오카자키에 있다. ……나라는 있어도 주종은 제각각이니……."
모토야스(元康)는 마음속으로 스스로 중얼거린 말을 씹고 또 씹어 봤다.
이 심정, 입 밖에는 낼 수 없는 이 생각은 자나 깨나 그의 가슴을 차지하고 있었다.
"가엾은 신하들……."
때로는 자신을 돌아보며 생각했다.
'용케도 살아 왔다……'
도쿠가와 구란도 모토야스(德川藏人元康). 말할 것도 없이 뒷날의 도쿠가와 이에야스는 올해 18살이었다.
이미 자식이 있었다.
요시모토의 주선으로 요시모토 일족 세키구치 지카나가(關口親永)의 딸을 받아들였던 것이었다.
그것은 15살이 되던 해였다. 관례도 동시에 했다.
아이는 지난 봄에 낳았으니 아직 반 년 정도밖에 되지 않았다.
그가 책상을 놓고 있는 거실에까지 이따금 우는 소리가 들려 왔다. 산후조리가 좋지 않은 아내는 아직 산실에 있었다. 아내는 어린 것을 산실에서 내놓으려 하지 않았다.
아기 울음 소리는 귀에 들어오기 쉬운 법이다. 하물며 18살에 아비가 된 그에게는 처음인 혈육의 목소리이기도 했다.
그러나 모토야스는 좀처럼 안으로 들어가지 않았다. 흔히 말하는 어린애가 귀엽다는 생각도 그에게는 없었다. 자신의 마음속을 아무리 뒤져 봐도 어쩐지 그런 애정이 결핍되어 있다기보다는 찾아지지가 않았다. 그런 자기가 아비라는 사실이 아이에게도 아내에게도 미안한 생각이 든다.
"……가엾은 것들."
이런 생각을 할 때마다 가슴이 미어지는 것 같은 것은, 차라리 그 골육에 대해서가 아니라 오카자키 성에서 오랫동안 가난과 굴욕을 견디고 있는 가신들에 대한 것이었다.

'저놈도 이제 나처럼 어렵고 괴로운 이 세상을 살아가야만 하는구나.'

굳이 자식을 생각하면 이런 애처로운 생각만 앞서곤 했다.

다케지요(竹千代)라고 불리던 어린 시절에, 아버지와 헤어져 여섯 살에 적국에 볼모로 들어가 오늘까지 겪은 유전과 고난을 돌이켜보면, 새로 태어난 자기 자식에게도 인생의 비우 참풍(悲雨慘風)을 생각하지 않을 수 없었다.

그러나 지금.

표면상으로는, 남이 보기에는 그도 가정을 이루고 후추에서 번영을 누리고 있는 이마가와의 일원으로서 동등한 신분을 부여받고 훌륭한 저택에서 살고 있기는 했다.

"가만 있자, 저 소리는?"

모토야스는 문득 방에서 나와 툇마루에 올라섰다.

누군가 담에 얽혀 있는 메꽃 덩굴을 밖에서 잡아당기는 듯했다.

담쟁이 덩굴과 메꽃 덩굴이 담에서 뜰안 나무까지 뻗어 있었다. 끊어진 덩굴의 반동으로 나뭇가지가 희미하게 흔들리고 있었다.

"누구냐?"

모토야스는 툇마루에 선 채 소리쳐 보았다. 장난이라면 도망치리라. 그러나 발소리도 들리지 않았다.

짚신을 걸치고 그는 뒤꼍으로 해서 문을 열고 나갔다. 그러자 기다리고 있었던 듯 발이 달린 궤와 지팡이를 곁에 놓고 한 사내가 무릎을 꿇는다.

"진시치(甚七) 아니냐."

"오랫동안 뵙지 못했습니다."

4년 전.

모토야스가 가까스로 요시모토의 허락을 얻어 선조들의 성묘를 위해 오카자키로 돌아갔을 때 도중에 자취를 감춘 부하 우도노 진시치(鵜殿甚七)였던 것이다.

궤와 지팡이, 그리고 너무나도 변한 진시치의 모습을 본 모토야스의 눈에 측은히 여기는 빛이 보였다.

"중이 되었나?"

"예. 여러 나라를 돌아다니려면, 이런 차림이 가장 편리하옵니다."

젊은 이에야스 381

"이 후추에는 언제 돌아왔나……?"

"지금 돌아오는 길입니다. 앞문으로 들어갈까도 했으나, 곧 다시 길을 떠날 몸이라 아무도 모르는 것이 좋을 것 같아……."

"……벌써 4년이 되는군."

"예."

"이 나라 저 나라에서 그때마다 자세한 견문을 적어 보내 주는 것을 늘 받아 보곤 했는데, 미노 가도로 들어선 뒤로는 소식이 없어서……실은 걱정하고 있던 참이네."

"미노의 내란을 만나서 관문이나 역참에서의 조사가 한 때 아주 엄격했습니다."

"그 무렵 미노에 가 있었나? 마침 알맞은 때에 미노에 있었군."

"그대로 1년 가량을 이나바 산 성시에 잠복하여 경과를 살펴봤습니다만, 아시다시피 도산은 전사하고, 요시타쓰가 미노 일원을 완전히 차지하는 것 같기에 다음에는 교토를 거쳐 에치젠으로 빠져 북국 쪽을 한 바퀴 돈 다음 비슈로 들어갔습니다."

"기요스를 살펴봤는가?"

"예. 자세히 살폈습니다."

"어떻든가? 현재로서는 미노의 장래는 이 후추에 앉아서도 훤히 내다볼 수 있다. ……허나 좀처럼 추측할 수 없는 것이 오다야."

"서면이라도 작성하여 밤중에 슬며시 전해 드릴까요?"

"아니야, 서면을 가지고서는……."

모토야스는 뒷문 쪽을 돌아 봤으나 무언가 다시 생각을 하는 듯했다.

진시치는 그의 눈이요, 천하를 아는 귀이기도 했다.

6살 무렵부터 오다가로, 또는 이마가와가로, 그의 소년시대는 유랑과 적국에서 보낸 생활의 연속이었으며, 그의 몸은 볼모로서 자유가 허락되지 않은 채 오늘날까지 그 속박이 풀리지 않고 있었다.

눈도, 귀도, 지식도, 볼모에게는 막혀 있었다. 그 자신이 노력하지 않으면 아무도 꾸짖거나 격려해 주지 않았다.

그러나 결과적으로 그가 오히려 남달리 왕성한 의욕의 소유자가 된 것은 어렸을 때부터 한창 자라나는 눈과 귀, 그리고 행동과 지성이 외부의 압력에 의하여 너무나 억압되어 왔기 때문이었다.

4년이나 전부터 가신인 우도노 진시치를 추방 형식으로 여러 나라를 유랑케 하여 앉아서 제국의 동정을 살피려 한 것도, 그 위대한 야망의 싹을 조금씩 나타내기 시작한 일례라고 할 수 있으리라.

"가만 있자. ……여기서는 남의 눈에 띄기 쉽고, 집안에 들어가면 가신들이 이상하게 여길 게고……그렇지. 진시치, 저쪽으로 가자."

모토야스는 방향을 가리키며 앞장서서 성큼성큼 걷기 시작했다.

그가 지금 살고 있는 저택은, 후추의 성을 중심으로 한 큰 길, 작은 길 가운데에서도 가장 한적한 한 귀퉁이에 있었다.

뒷문으로 나가 조금만 가면 갯벌이 있었다.

모토야스가 아직 가신들의 등에 업혀 다니며 다케지요라 불리던 어린 시절부터 놀러 나온 것은 오직 이 갯벌뿐이었다.

유유히 흐르고 있는 강물은 예나 지금이나 다름이 없었고, 갯벌에서의 전망도 변함이 없었지만, 모토야스에게는 여러 가지로 추억이 어린 곳이었다.

"진시치, 배를 띄워라."

모토야스는 배를 가리킨 뒤, 곧 물가에서 배에 올랐다.

낚싯배거나 어전(魚箭 : 물고기를 잡기 위하여, 물속에 나무를 둘레 꽂아 물고기를 들게 하는 울)을 지르기 위한 배이리라. 진시치가 삿대로 찌르자 배는 나뭇잎처럼 가볍게 강물 위로 미끄러져 나갔다.

"이쯤이면 괜찮을 테지."

주종은 조그만 배 안에서 비로소 남의 눈에서 해방되어 얘기를 시작했다.

모토야스는 진시치가 여러 해 동안 여러 나라를 유랑하며 얻은 지식을 그 배 안에 앉아서 불과 한 시간 동안에 모두 자기 것으로 만들어 버렸다.

그리고 진시치가 얻어 온 것보다는 훨씬 큰 것을 가슴속에 잊지 않고 새겨 뒀다.

"그래? ……지난 수년 간, 오다가가 노부히데의 시대와는 달리 별로 다른 나라를 침공하지 않은 것은 내정을 정비하기 위해서였군."

"두 마음을 가지고 있는 자는 일족이건 중신이건 단호히, 토벌할 자는 토벌하고 추방할 자는 추방해서, 기요스는 거의 완전히 청소한 감이 있습니다."

"그러한 노부나가를 이마가와에서도 한 때는 심술쟁이고 멍청한 영주라고 흔히들 우스갯감으로 취급했었군."

"천만의 말씀입니다. 멍청이가 다 무엇이옵니까?"

"흠, 나도 곧이 들을 수 없는 소문이라고는 생각했지만, 아직도 그런 생각이 남아 있어서 성내에서는 오다라고 하면 상대도 안 되는 것으로 알고들 있다."

"오와리의 사기가 수년 전과는 아주 딴판이 됐습니다."

"쓸 만한 가신들이라면?"

"히라테 나카쓰카사는 죽었습니다만, 시바타 곤로쿠 슈리에 하야시 사도 미치카쓰, 이케다 가쓰사부로 노부테루, 사쿠마 다이가쿠, 모리 요시나리 등 인물이 적지 않습니다. 특히 요즘 두각을 드러내기 시작한 자로 기노시타 도키치로라는 자가 있습니다. 아직 지체는 낮은 모양이나 매사에 영민들 입에까지 오르내리는 자입니다."

"영민은? ……노부나가에 대한 영민들의 생각은?"

"두려운 것은 바로 그것입니다. 어느 나라 영주나 치민에 정성을 기울이고 있어서, 영민이 영주에게 복종하고 영주를 존경하는 것은 마찬가지입니다만, ……오와리에서는 거기에 다소 다른 점이 있는 것으로 느꼈습니다."

"어떻게 다르던가?"

우도노 진시치는 잠시 생각하고 있었으나, 역시 단적으로는 그것을 표현할 수 없는 듯한 말투였다.

"특별히 이렇다 할 두드러진 시책이 있는 것이 아닙니다만, 아무튼 영민들은 노부나가를 중심으로 해서 내일을 걱정하지 않고 있습니다. 저분이 계시는 한 안심이라는……그런 점이 엿보이고 있습니다. 오와리가 약소하다는 것을 잘 알고 있으면서도 말입니다. 다른 대국의 영민들처럼 전란이나 내일의 살림에 대한 두려움이 없는 것이 이상하게 보일 뿐입니다."

"……음. 어째서일까?"

"노부나가 자신이 그런 기질이기 때문이 아닌가 합니다. 흐릴 테면 흐려라, 언젠가는 볕이 날 게 아니냐, 지금은 이렇지만 앞으로는 어떻게 된다, 하고 지향하는 과녁으로 인심을 끌어 모으고 있습니다. 침울하고 기가 죽은 영민이 하나도 없습니다. 이를테면 축제 행사만 해도……."

하다가 무슨 생각을 했는지 진시치는 말보다 먼저 쓴웃음을 지어 보였다.

"축제라니 생각납니다만, 실은 크게 실수를 했습니다."

진시치는 기요스 성에서 축제가 벌어지던 날 밤거리에서 우연히 미행 중인 노부나가를 발견하고는 갑자기 솟구치는 공명심을 억누르지 못해 노부나가를 찌르려다 오히려 붙들려서 경을 쳤다고, 이건 너무 부끄러운 얘깁니다만 하고 말을 마치자 곧 머리를 긁적거리었다.
모토야스는 웃지도 않고 경솔을 꾸짖었다.
"그대답지 않은 짓을 하지 않았나?"
"앞으로는……."
진시치는 머리를 숙이면서 쓸데없는 소리까지 늘어놓은 것을 후회했다. 그리고 은근히 속으로 올해 스물넷이 되는 노부나가와 열여덟이 되는 모토야스를 저울질해 보고 있었다.
모토야스 쪽이 노부나가보다 훨씬 어른스러운 것 같았다. 어리고 유치한 감정이라는 것이 모토야스에게는 전혀 없었다.
노부나가도 어렸을 때부터 고난 속에서 자라왔고 모토야스도 고생 속에서 성장했다. 그러나 여섯 살 때부터 남의 손에, 그것도 적국에 볼모로 잡혀 세상의 냉정함과 참혹함을 뼈저리게 느껴 온 모토야스의 고생과 노부나가의 그것은 도저히 비할 바가 아니었다.
여섯 살에 나라를 떠나 오다가에 붙들려 가 있었고, 여덟 살에는 다시 스루가의 볼모가 되어, 열다섯에 이르러서야 겨우 이마가와 요시모토로부터 사람 취급을 받았다.
"선영(先塋 : 조상의 무덤)도 돌아보고 싶고, 망부(亡父)에 대한 재를 올렸으면 하니……."
이러한 소청이 허락되어, 몇 년 만엔가 오카자키로 귀국할 수 있었다.
그 때의 일화로 다음과 같은 이야기가 남아 있다.
그가 선조의 땅인 오카자키로 돌아와 보니, 그의 성에는 이마가와가의 야마다 신자에몬(山田新左衛門)이라는 자가 성의 우두머리로 앉아 있었다.
거의 이마가와가에 예속되어 가까스로 명맥을 유지하고 있는 미카와 역대 가신들은, 오랜만에 귀국하는 유군을 맞자 기쁘기도 하고 원통하기도 하여 물러나 줄 것을 교섭하려고 했다.
"아무리 이런 처지라고는 해도, 이마가와의 가신을 본성(本城)에 둔 채로야……."
"아니다. 나는 아직 젊지만 그분은 노인장, 여러 가지로 지시를 받을 일도 있을 테니 그냥 계시게 해 두어라."
그것을 들은 다케지요는 이런 말로 거절하고 외곽 건물에 체류하면서 망부의 법사 같은 것도 마쳤다 한다.

이 사실을 나중에 들은 요시모토는 다시 가엾다는 듯이 중얼거렸다고 한다.

"나이에 비해 분별이 있는걸."

그러나 역시 그때 일로 또 하나, 요시모토도 모르는 일이 있었다.

다케지요의 아버지 히로다다의 대부터 섬겨 온 자로서, 도리이 이가노카미 다다요시(鳥居伊賀守忠吉)라는 노인이 있었다. 나이가 이미 80이 넘은 미카와 무사였지만 다케지요가 머물고 있던 어느 날 밤, 슬며시 구부러진 허리로 어린 주군 앞에 나타나 비장한 말을 했던 것이다.

"이 늙은 몸도 지난 10여 년간 이마가와가의 한 관원으로서 세를 거둬들이는 일을 맡아 마소와 같이 일하고 있습니다. 그러나 그동안 아무도 모르게 이 늙은 몸이 산자에몬의 눈을 피해 비축해 둔 군량미와 적지 않은 돈이 광 한쪽에 숨겨져 있사옵니다. 언제 이성에 농성하게 돼도 싸울 수 있을 만한 탄약과 활촉도 감추어두었사옵니다. ……부디 낙심하지 마시고, 큰 뜻을 버리시지 마십시오."

다케지요는 그 말을 듣고, 할아범 하고 부르면서 다다요시의 손을 붙들고 울었고 다다요시도 한참을 울었다는 것이다.

인내. 미카와 무사의 등뼈는 인내라는 단련으로 굳어져 있었다. 군신이 다 같이 생애를 인내로부터 시작하고 있었다.

미카와 무사가 인내심이 강하다는 것은 모토야스의 첫 출전에서도 잘 나타나 있었다.

작년.

모토야스는 17살에 처음으로 진두에 섰다.

항상 미카와를 위협하고 있는 스즈키 휴가노카미(鈴木日向守)의 거성을 공격했던 것이다.

물론 이마가와 요시모토의 양해 밑에 출전한 것이었는데, 그때 그는 요시모토의 허락을 얻어 오카자키로 돌아와 있던 때라 군의 조직과 구성 인원은 모두 순수한 미카와 군사들이었다.

모토야스는 역시 노신과 젊은 가신들을 이끌고 생전 처음 적지로 진격했으나, 적의 성시까지 진격해 들어가자 군데군데 불만 놓았을 뿐, 급히 미카와로 돌아와 버리고 말았다.

"이번에는 성시를 불살라 버리는 정도로 일단 퇴군하기로 하고, 다음에 기회를 다시 보아 출동하리라."

첫 출전이라면 누구나 혁혁한 공명을 노리고 세상의 이목을 위해서도 위세를 보이려고 하는 것이 젊은이의 상례인데 어찌된 일입니까, 하고 나중에 물은 부하가 있었다. 그러자 모토야스는 설명했다.

"데라베 성(寺部城)은 적의 근간이다. 많은 지엽을 가지고 있다. 그 본성까지 쉽사리 진격할 수 있었던 것은 적에게도 생각이 있었기 때문이다. 우쭐해서 오래 머물러 있었다면 적은 퇴로를 끊고 각처의 우군과 연락을 취해 우리를 겹겹이 포위한 다음, 본격적인 공격을 가해 왔을 것이다. 무기도, 군량과 병력도 미약한 미카와측으로서는 오래 머무를수록 불리하다고 생각하여 성시에 불을 지르는 정도로 철수한 것이다."

"믿음직한 분이시다. 장차 훌륭한 대장이 되실 분이시다."

사카이 우타노스케(酒井雅樂助), 이시카와 아키(石川安藝) 등, 미카와의 노신들은 그 말을 듣고는 그를 섬기는 것을 기쁘게 생각했고, 늙은 몸이라도 스스로 소중히 여겨 주군이 없는 오카자키 성을 충성껏 지키며 오로지 때가 오기만 기다리는 것이었다.

그러나 때는 때고, 그들 역대 가신들은 대개가 노신들이어서 모토야스만큼 기다리고만 있을 수는 없었던지, 데라베 성 첫 출전이 있은 뒤, 이마가와가에 대하여 정식으로 이런 의미의 탄원서를 제출했다.

"주군 모토야스 님께서도 이제는 성인이 되었으니, 아무쪼록 약속대로 오카자키에 나와 있는 가신들을 철수시키고, 성과 영지를 저희 주군에게 돌려주시기 바랍니다. 저희들 미카와 무사는 앞으로도 계속 이마가와를 맹주로 받들며 더 한층 협력에 힘쓸 것입니다."

하기는 이런 탄원은 지금까지 몇 차례나 기회 있을 때마다 미카와측에서 이마가와에 제출했던 것이었으나, 이번 역시 이마가와 요시모토는 딴전을 피우며 들어 줄 기색이 없었다.

"앞으로 1, 2년 두고 봐서……."

모토야스가 성인이 되면 반드시 성지를 돌려준다는 것은, 모토야스를 이마가와측에 인질로 보낼 때 굳게 맺었던 약속이었다.

요시모토는 처음부터 돌려줄 생각이 없었으리라. 십여 년간 두고 보면서, 뭐든지 미카와측에 잘못이 있으면 그것을 구실로 아주 빼앗아 버릴 생각이었던 듯했다. 그러나 장구한 세월이 흐르는 동안에도, 미카와측 가신이나 모토야스나 끝내 그런 구실이 될 만한 실수를 저지르지 않았다. 미카와측의 은인자중(隱忍自重)에는 요시모토도 새삼 감탄할 뿐이었다.

따라서 요시모토로서도 당초의 조약이 있는 한 함부로 터무니없는 소리만 되풀이할 수 없는 형편이어서, 이번에 다시 탄원서를 가지고 온 미카와측 노신들에게는 이런 말로 안심시켜 돌려보냈다.

"명년에는 드디어 이 요시모토도 오랜 숙원을 이루기 위해 중원에 기치를 내걸고 전군을 이끌고 상경할 작정이오. 그때는 어차피 오와리를 짓밟아 버리고 통과해야 할 것이니, 미카와의 국경, 영지 같은 건 이 요시모토가 친히 정확한 구획을 짓고……명년 우리가 상경할 때까지만 기다리시오."

미카와의 노신들은 요시모토의 이 말을 어음으로 삼고 그대로 귀국한 것이었다.

이것은 거짓말은 아니었으리라.

요시모토의 상경 계획은 이미 공공연한 사실로서, 다만 그 시기가 문제였다.

강대한 경제력과 군비를 바탕으로, 비밀리에 그 계획을 짜고 있던 기간은 지나고, 대거는 언제인가, 그것만이 남아 있었다.

이마가와가에서는 너무나도 그것을 버젓이 공언하고 있어서, 오히려 이마가와가가 힘을 과시하려는 수작이 아닌가 하고 보는 축이 있을 정도였다.

다만 여기서 새로이 확인된 것은, 미카와측 노신들에게 요시모토가 그 시기를 밝힌 것이었다.

"명년에는……."

요시모토의 가슴에는 결행의 시기가 무르익고 있는 듯했다. 미카와측으로서는 그것이 귀국에 대한 하나의 선물이 되었다.

어쨌든 이야기는 앞으로 되돌아간다.

아베 강 한가운데서 우도노 진시치와 모토야스가 밀담을 진행시켰던 작은 배는, 이윽고 얘기가 끝난 듯 삿대에 밀려 기슭으로 돌아오고 있었다.

"그럼 여기서……."

진시치는 곧 궤를 짚어지고 지팡이를 고쳐 들자, 작별 인사를 올린 다음, 모토야스의 얼굴을 우러러봤다.

"말씀하신 것, 도리이(鳥居)님과 사카이(酒井)님께 자세히 전해 드리겠습니다. ……그밖에는 따로이……."

모토야스는 기슭에 올라서자 남의 이목을 몹시 꺼리는 듯, 턱짓으로 재촉하였다.

"배 안에서 말한 것 외에는 전할 말이 없다. 어서 가도록 하여라."

그러다 문득 생각난듯 모토야스는 덧붙여 말했다.

"오카자키에 가거든 노신들에게 모토야스는 무고하다고, 감기 한번 걸리는 일 없다고 전해 다오."

그렇게 말하고는 혼자 집으로 들어갔다.

아까부터 담 밖에 우두커니 서서 사방을 둘러보고 있던 시녀는, 갯벌 쪽에서 돌아오는 모토야스의 모습을 보자 거북한 표정으로 난처한 듯이 말했다.

"내실에서 기다리고 계십니다. 어서 찾아서 모셔오라고 몇 차례나 분부가 계셨습니다."

"그래?"

모토야스는 끄덕이며 말했다.

"곧 들 테니 너희들이 잘 모시고 있어라."

그리고 그는 자기 방으로 들어갔다.

자리에 앉자, 그곳에는 가신인 사카키바라 헤이시치 다다마사(榊原平七忠正)가 와서 기다리고 있었다.

"강가에 소풍이라도 나가셨습니까?"

"음, 하도 심심하기에, ……무슨 일인가?"

"사자가 왔었습니다."

"어디서?"

헤이시치는 대답 대신, 잠자코 서찰을 내놓았다. 셋사이 화상(雲齋和尙)이 보낸 것이었다.

모토야스는 개봉하기 전에 먼저 받쳐 들고 절을 올렸다. 셋사이 화상은 이마가와가로 치면 승려 군사(軍師)이며, 모토야스에게는 어렸을 때부터 가르침을 준, 학문과 병법 승려의 스승인 것이다.

간단한 내용이었다.

오늘밤 주군을 모시고 예에 따라 군사 회의를 열 것이니, 북문으로 와달라는 것이었다.

내용은 그것뿐이었으나, '예에 따라'라는 대목은 의미심장한 것이었다. 요시모토 상경을 위한 수뇌부 회의를 의미하는 것이다.
"가져온 사람은?"
"돌아갔습니다."
"그래?"
"또 야음에 가시겠습니까?"
"음, 저녁때부터."
모토야스는 무언가 생각에 잠긴다.
사카키바라 헤이시치도 그것이 수차에 걸친 중대 군사회의라는 것은 일찍부터 짐작하고 있었다.
"요시모토 공께서 상경 포고를 내리시는 것도 그리 멀지 않은 것 같습니다만……."
헤이시치는 말하고 모토야스의 안색을 살폈다.
"음……."
모토야스는 그 말에도 별로 신통치 않은 반응이었다.
지금까지 이마가와가 인식하고 있던 오와리의 국력이나 노부나가에 대한 평가는 오늘 우도노 진시치가 전해 온 그것과 상당한 차이가 있었다. 모토야스가 대군을 일으켜 서진(西進)하면, 당연히 오와리측에서는 결사적인 저항을 할 것이 예상되었다.
"하찮은 노부나가의 세력쯤 4만 대군과 주군의 무위를 가지고 진격하신다면, 피 한방울 흘리는 일 없이 굴복하고 말 것입니다."
군사회의를 하는 자리에서는 이 따위 피상적인 견해를 밝히는 자도 있었지만, 요시모토도 셋사이 화상 이하 여러 주장도, 그렇게까지 얕보고 있지는 않았다. 그러나 모토야스가 생각하는 것만큼 오와리를 중시하지는 않았다.
그에 관해서 전에도 모토야스가 의견을 드러낸 바 있었으나, 대수롭지 않게 여겨 무시해버리고 말았다. 볼모의 몸인 데다 아직 젊어, 항상 막하의 쟁쟁한 무장들 사이에서는 모토야스의 존재는 너무나도 하찮았다.
'……굳이 내 의견을 주장하느냐, 그만 두느냐?'
모토야스는 셋사이 화상의 편지를 앞에 놓고 그것을 생각하고 있었다. 그러자, 내실에 딸려 있는 노시녀가 또 나타나, 아까부터 그의 아내가 몹시 기분이 좋지 않다는 말을 전했다. 잠깐 들러 주셨으면 하고, 난처한 표정으로 재촉하는 것이다.

아내는 항상 자기밖에 생각하지 않는 여자인 듯했다. 나라 일이나 남편의 입장 같은 것에는 전혀 무관심했다. 다만 자기가 기거하고 있는 내실과 남편의 애정 외에는 머리를 쓰지 못하는 여자였다.

노시녀도 그 점을 잘 알고 있어서, 모토야스가 '곧 간다'고 한 채 계속 가신과 얘기만 하고 있는 것을 보자, 거듭 독촉도 할 수 없는 일이라 그저 안절부절못하고만 있었다.

그러자 연이어 다그치듯, 또 하나의 시녀가 나타나 무언가 노시녀에게 속삭였다. 노시녀는 어쩔 수 없다는 듯이 조심스럽게 모토야스의 등 뒤에서 두 번째로 말했다.

"황공하옵니다만……아씨 마님께서 몹시 언짢은 심사로 계시는 모양이오니……."

모토야스는 내실 시녀들이 이런 때는 누구보다도 난처해진다는 것을 잘 알고 있었고, 그 자신도 아내의 성미를 잘 알고 있었기 때문에 헤이시치의 얼굴을 바라보며 말했다.

"음, ……그래? 그럼 준비를 해 가지고 시간이 되거든 내실로 연락하도록."

그렇게 이르고 자리에서 일어났다.

시녀들은 살았다는 표정으로 앞서서 안으로 들어갔다. 내실과 그의 거실은 아내가 자기 얼굴을 가끔씩 보고 싶어지는 것도 무리가 아닐 만큼 멀리 떨어져 있었다.

구불구불 몇 번이고 꺾이는 복도를 돌아가야만 겨우 내실에 이르는 것이었다. 내실은 정원에 만들어 놓은 나지막한 동산을 북쪽에 지고, 가을 풀이 무성한 넓은 뜰을 남쪽에 안고 있다. 그 때문에 외부 사람들은 부인을 가리켜, 동산 아씨라고 부르고 있었다.

동산 아씨는 모토야스가 15살이 됐을 때, 이마가와 일족인 세키구치(關口)가에서 출가해 왔다. 출가 시에는 요시모토의 양녀라는 자격이었으므로, 가난한 미카와가 볼모인 신랑과는 그 호화로운 혼수 하나에서도 비교가 되지 않았다.

나이도 모토야스보다는 손위였다. 부부생활이라는 좁은 면에서만 볼 때, 손위인 동산 아씨의 눈에는, 모토야스는 다만 온순하고 이마가와가를 의지해서만 살 수 있는 사나이로밖에 보이지 않았다.

특히 지난 3월에 해산을 한 후, 그녀의 성미와 남편에 대한 지나친 요구는 전보다 한층 더해지고 있었다. 모토야스는 그녀 때문에도 매일같이 인내를 배우고 있었다.

"오오, 오늘은 일어나 앉았군, 그래 좀 어떻소?"

모토야스는 아내의 모습을 보자 그렇게 말하며 먼저 남쪽 미닫이를 열려고 했다. 정원의 무성한 가을 풀과 가을 하늘이라도 보여 주면 병든 아내의 마음이 밝아지지나 않을까 해서였다.

동산 아씨는 병실에서 나와, 을씨년스런 넓은 방 한가운데에 싸늘한 얼굴로 앉아 있다가 눈썹을 치켜올리며 말했다.

"열지 마십시오."

그녀는 결코 미인은 아니었지만, 고생을 모르고 자라 잘 가꾸어진 살결은 역시 달랐다. 더구나 초산 후라서 그런지, 말갛게 비칠 것 같은 하얀 얼굴과 가는 손가락이 유난히 눈길을 끈다. 그 손을 부인은 격식을 갖추어 무릎 위에 포개 놓고 있었다.

"앉으십시오. ……좀 여쭈어 볼 말씀이 있습니다."

속으로는 깊은 애정을 품고 있으면서도, 그 눈과 입술에는 싸늘한 빛을 보이면서 말했다.

젊은 남편이라면 누구든지 지니고 있는 것이 모토야스에게는 전혀 보이지 않았다. 아내를 대하는 태도에는 나이에 비해 어른 티가 엿보였다. 어쩌면 그에게는 그 나름의 여성관이 있어서, 가장 마음속 깊이 두어야 할 사람을 마음 밖에 두고 바라보고 있는지도 몰랐다.

"무슨 일이오?"

아내가 시키는 대로 그는 마주앉았다.

동산 아씨는 남편이 고분고분할수록 무언가 이유 없는 초조감을 느끼는 것이었다.

"잠시 여쭈어 볼 일이 있습니다. 주군께선 방금 어딜 다녀오셨습니까? 가신도 데려 가지 않고 혼자서 말입니다."

눈물을 글썽거리며 하는 말이었다. 산후의 아직 회복되지 않은 여윈 얼굴에 위험스런 감정이 발그레하니 치솟아 있었다.

모토야스는 아내의 용태와 성미를 알고 있어서 어린애를 달래듯이 미소 지으며 말했다.

"아, 지금 말이오. ……책을 읽다가 좀 지쳤기에 갯벌을 한 바퀴 돌고 왔소. 부인도 가끔 시녀들을 데리고 소풍삼아 나가 보시오. ……가을 풀도 무성하고 댓돌 밑에서 벌레가 울어대고……아베 강변은 지금이 가장 좋은 때야."

부인은 자세히 듣고 있지도 않았다. 남편을 힐난하듯 빤히 응시한 채, 평소의 성미도 부리지 않고 더욱 싸늘하게 앉아 있었다.

"이상한 일입니다. 벌레 소리를 듣고 가을 풀을 보시면서 소풍하신 주군께서, 어째서 강 위로 배는 저어나가 오랫동안 남의 눈을 피하셨을까요?"

"허어, 알고 있었소?"

"저는 이렇게 내실에 들어앉아 있지만, 주군께서 하시는 일은 뭐든지 알고 있습니다."

"그래?"

모토야스는 쓸쓸하게 웃었으나, 우도노 진시치와 만났다는 것은 아내라 해도 밝힐 수 없었다. 까닭은 이 아내는 자기한테 출가해 와 있기는 하지만, 결코 완전한 의미에서 자기의 아내가 됐다고는 믿어지지 않았기 때문이다.

친정측 가신이나 친척들이 찾아오면 무슨 얘기든지 해 버렸고, 요시모토측 내실과도 자주 편지 연락을 하고 있는 것이다.

모토야스에게는 볼모인 자기를 감시하는 눈보다 이 아내의 악의 없는 무분별이 훨씬 경계를 필요로 하는 것이었다.

"뭐, 갑자기 배라도 타 볼까 하는 생각이 들기에 혼자 삿대를 들어 봤을 뿐이야. 물과 배는 궁합이 맞는 것인 줄만 알았더니 막상 물위에 띄우고 보니 좀처럼 맘대로 안 되더군. 하하하. 어린애 같은 장난을 해 본 거야…… 그런데 부인은 어디서 그것을 보고 있었소?"

"거짓말은 그만 하셔요. 주군 혼자만이 아니지 않았습니까?"

"맞소, 내 모습을 보고 하인 하나가 뒤따라 왔었지."

"아닙니다. 하인배와 남의 눈을 피해 배 안에서 밀담을 하실 리가 없습니다."

"누구요, 대체. 그런 쓸 데 없는 고자질을 한 자가."

"내실에도 저를 생각해 주는 충성스런 사람이 있습니다…… 주군께선 요즘 딴 계집을 숨겨 놓고 계시죠? 그렇지 않으시다면 이 몸이 싫어져서 미카와로 도망치시려는 계획을 세우고 계시죠? 오카자키에는 저 말고 아씨

마님이라고 불리는 여자가 있다는 소문을 들었습니다…… 어째서 그것을 숨기셔요? 이마가와가에 대한 입장 때문에 하는 수 없이 이 몸을 아내로 맞이하신 거죠?"

그녀의 신병과 그로 인한 그릇된 추측에서 나오는 흐느낌이 바깥까지 흘러 나가고 있을 무렵, 사카키바라 헤이시치의 모습이 나타나 모토야스를 불렀다.

"말이 준비 되었습니다. ……주군, 시간이 다 됐습니다."

"나가시렵니까?"

모토야스가 대답하기도 전에 동산 아씨가 곁에서 참견을 한다.

"요즘은 밤중에도 흔히 나가시던데, 대체 어디로 가시는 겁니까?"

"성으로 가는 거요."

모토야스는 상대하지 않고 곧 일어서려고 했으나, 동산 아씨는 그런 정도의 설명으로는 만족할 수 없는 듯했다.

다 저녁때 성에는 무엇 하려 가느냐, 오늘도 언젠가처럼 밤중까지 걸리느냐, 가신은 누구를 데리고 가느냐 하고 끝없이 캐묻는 것이었다.

밖에서 모토야스가 나오기를 기다리고 있던 사카키바라 헤이시치는 부하의 몸이면서도 너무 심하다고 초조해하고 있었으나, 모토야스는 끈기 있게 아내의 의심을 풀릴 때까지 달래고 설명한 다음 내실에서 나왔다.

"그럼 다녀오리다."

동산 아씨는 모토야스가 몸을 차게 굴리면 해롭다고 말리는 것도 듣지 않고 바깥까지 따라 나왔다.

"빨리 돌아오셔요."

그녀의 애정과 정절이 최대한으로 표현되는 것은 모토야스가 외출할 때 따라 나와 하는 그런 말이었다.

앞문으로 통하는 현관에 이를 때까지, 모토야스는 가신들에게 아무 말도 하지 않고 묵묵히 걸어 나갔다. 그러나 이미 별빛이 눈에 띄기 시작하는 저녁 바람 속에서 갈깃머리를 나부끼고 있는 말에 오르사, 무겁던 기분은 단번에 사라지고 다시 젊은이다운 피가 흐르기 시작했다. 그것은 그의 미간을 봐도, 그의 말투를 들어도 알 수 있었다.

"헤이시치?"

"예."

"좀 늦지 않았을까?"

"아닙니다. 편지에는 분명한 시간을 명시하지 않았으니, 다소 늦더라도……."

"그렇지 않다. 셋사이 화상 같은 연로한 분도 늦게 오신 적이 없었어. 나 같은 젊은 몸이 그것도 볼모인 처지에 있으면서 중신들이나 노스승께서 자리하고 계신 데를 뒤늦게 들어가는 것은 아무래도 거북한 일이야. 어서 가야 하네."

모토야스는 말고삐를 힘껏 잡아 당겼다.

마부에다 하인 세 명 그리고 사카키바라 헤이시치만이 따르고 있었다.

헤이시치는 발걸음을 맞춰 달리면서 자꾸만 눈시울이 뜨거워지는 것을 어쩔 수가 없었다.

갸륵하신 배려.

그렇게 생각된 것이다.

동산 아씨에 대한 인내도, 요시모토 공에 대한 충절도, 지금과 같은 환경에서는 입을 악물고 참고 계시는 것이었다. 자기들 신하로서는 하루 속히 이 주군의 가쇄(枷鎖: 죄인의 목에 칼을 씌우고, 발에 쇠사슬을 채우는 것)를 풀어 드리고 볼모라는 예속적 존재에서, 비록 작지만 미카와 성의 독립된 주군으로 복귀시켜 드리지 않으면 안 된다.

그것을 하루 늦추면, 하루만큼 불충이 된다. 헤이시치는 그렇게 생각하며 입술을 깨물었다.

'이제 곧. 이제 곧……'

그런 자신의 맹세에 더욱 눈시울이 뜨거워지는 것을 느끼면서 그는 달렸다.

해자가 보이기 시작했다. 첫 번째 다리를 건너자 이미 그 곳에는 상가는 물론, 집도 한 채 없었다. 아름다운 잔솔밭 사이로 하얀 벽과 웅장한 대문이 보였다. 모두 이마가와 일족의 관저 아니면 관아로 쓰이는 집들이었다.

"오오, 미카와공이 아니오? ……모토야스 공, 모토야스 공!"

성을 둘러싼 잔솔밭은 전시에는 군사들의 집합처가 되고, 평시에는 종횡으로 난 오솔길이 그대로 마장(馬場)으로 이용되고 있었다. 손을 들어 지금 잔솔 그늘 오솔길에서 그를 부를 것은 린자이사(臨濟寺)의 셋사이 화상이었다.

"지금 나오시오?"

화상은 인사를 하면서 다가 왔다.

모토야스는 급히 말에서 내려 공손히 인사를 올렸다.

"스승께서도 여러 가지로 수고가 많으십니다."

"회장(廻章)이 언제나 갑작스럽게 오곤 해서, 그대야말로 당황하곤 할 거요."

"천만의 말씀이옵니다."

셋사이 화상은 종자 하나 동반하지 않았다. 거구에 어울리는 큼직한 발에 별로 깨끗지도 않은 짚신을 신고 있었다.

모토야스도 같이 걷기 시작했으나, 스승에 대한 예를 갖추어 몇 걸음 뒤떨어졌고, 타고 온 말도 사카키바라 헤이시치에게 고삐를 맡긴 채 타려고 하지 않았다.

"올해도 벌써 가을로 접어들었군."

화상이 중얼거리는 것을 들으며, 모토야스는 문득 형용할 수 없는 고마움을 느꼈다.

어릴 때부터 타국에 볼모로 와 있는 몸을 자신도 남들도 불우하다고 생각했으나, 이 셋사이 화상의 가르침을 받을 수 있었다는 한 가지 사실로 해서 불행은 오히려 다행이었는지도 모른다. 훌륭한 스승은 만나기 어려운 것이라고 했다. 만약 미카와에 무사히 있었다면 셋사이에게 사사할 기회는 없었으리라. 동시에 지금 자기가 지니고 있는 학문도 군학(軍學)도 없었으리라. 아니 지적인 수업보다도 셋사이를 통해서 끊임없이 얻은 정신적인 것이 더욱 귀했다. 그것은 선(禪)이었다. 모토야스가 셋사이 화상에게서 얻은 무엇보다도 큰 것이었다.

선가(禪家)인 셋사이 화상이 어째서 이마가와에 자유로이 출입하며, 또한 군사(軍師)로서 막하에 있는 건지 내막을 모르는 타국에서는 의아스럽게 여기고 있었다. 그 때문에 셋사이를 군승이라고도 부르고, 때로는 속선(俗禪)이라고 하는 자도 있었으나, 따지고 보면 셋사이는 이마가와와 일족인 이오하라 사에몬노조(庵原左衛門尉)의 아들로, 요시모토와는 혈연관계가 있었던 것이다.

더구나 요시모토는 스루가의 요시모토였으나 셋사이는 천하의 셋사이였다. 요시모토를 사람답게 만든 것도 셋사이 화상의 훈육에 의한 것이었다.

오다와라의 호조 우지야스(北條氏康)와 싸웠을 때 이마가와측이 패할 징조가 보이자, 곧 불리해지기 전에 화평을 맺어 스루가를 구한 것도 그였다.

또한 그는 북녘의 강국, 다케다 신겐(武田信玄)의 딸을 호조 우지야스와 혼인시키고, 요시모토의 딸을 신겐의 아들 노부요시와 혼인시킴으로써 삼국동맹을 가져오게 한 정치적 수완에도 두드러진 실적을 보여 준 승려였다.

따라서 그는 결코 지팡이에 해어진 갓을 쓰고 고고함을 보이는 품행이 방정한 중은 아니었다. 순수한 선가도 아니었다. 정승(政僧)이고 군승이며, 때로는 괴승이라고도 할 수 있는 존재였다. 그러한 위대한 인물은 어떻게 불리든 위대한 존재임에는 조금도 변함이 없었다.

"동굴에 숨어있거나, 행운유수(行雲流水)에 몸 하나를 표표히 맡기고 있는 자들만이 고승은 아니다. 승려도 그때 그때 시국에 따라 사명이 달라진다. 지금과 같은 세상에서는 자기만이 고고하게 처신하고 자기만의 불과(佛果)를 생각하여 세속을 멀리하며 산야에서 안일을 꾀하고 있는 자들이야 말로 가증스런 야호선(野狐禪 : 선(禪)을 수행하는 자가 아직 깨닫지 못했으면서도 이미 깨달음의 경지에 이르렀다고 자부하는 일)이다. 속세에는 속안으로도 알 수가 있는 위선자뿐이지만, 군자 성인 중에는 양파처럼 몇 겹이 껍질을 뒤집어쓰고 있는 자가 많다."

좀처럼 하지 않는 말이었으나, 린자이사의 툇마루에서 그런 말을 들은 적이 있는 것이 모토야스의 기억에 남아 있었다.

"오오, 다 왔군."

그 셋사이는 북문 다리를 건너가고 있었다. 모토야스는 한 걸음 떨어져서 사카키바라 헤이치에게 무언가 일러 놓고, 말은 그냥 하인에게 맡긴 채 노스승을 따라 성 안으로 사라졌다.

철장장군

여기가 일개 성 안이라고는 생각되지 않는 곳이었다. 그토록 화려한 거처였다. 아시카가 장군의 사치와 무로마치 궁궐의 규모를 그대로 옮긴 듯하였다.

아타고(愛宕), 시미즈(淸水)를 바로 밑에 내려다보는 웅장한 처마 저 편에 후지 산이 어스름 속에 잠길 무렵이 되면, 넓고 긴 복도에는 아름다운 등불이 줄지어 열리고, 궁궐의 궁녀들이 아닌가 싶도록 화려하게 단장한 미녀들이 거문고나 술병을 안고 지나가기도 한다.

"뜰에서 어물거리고 있는 것이 누구냐!"

요시모토는 거나한 얼굴을 은행선(銀杏扇)으로 햇빛을 가리며 말했다.

붉은 난간이 있는 안마당 무지개다리를 건너온 길이었다. 뒤따르는 가신들과 시동들까지 눈부신 의상과 칼을 차고 있었다.

"보고 오겠습니다."

시동 하나가 다시 다리를 건너 곧 뜰로 달려 내려갔다. 누군지 어둠이 깃들기 시작하는 뜰 안에서 비명을 지른 자가 있었던 것이다. 요시모토의 귀에는 여자의 비명으로 들려, 이상하게 생각되어서 걸음을 멈춘 것이었다.

"어찌 되었느냐, 보러간 시동은?……아무 소식도 없지 않나. 이요, 그대가 가서 살피고 오너라."

가와이 이요(河合伊豫)도 뜰로 내려갔다. 뜰은 어스름 속에 잠겨 가는 후지 산 기슭까지 이어져 있지 않을까 싶을 만큼 넓었다.

다리 복도 모퉁이의 기둥에 기대서서 요시모토는 부채로 장단을 맞추며 교토 민요를 나직이 흥얼거리고 있었다. 여자가 아닌가 싶을 만큼 살결이 희게 보이는 것은 엷은 화장을 하고 있는 탓이리라. 기름기가 넘치는 피부는 바탕부터가 희기도 했다. 금년 41살인 한창 나이에다 세상이 그저 재미있기만 한, 교만의 결정에 있는 요시모토였다.

머리도 공경(公卿)식이었다. 이를 검게 물들이고, 코 밑에는 수염을 기르고 있다. 2년 전부터 몸이 나기 시작해서, 윗통이 길고 다리가 짧은 몸집이 더욱 기형적으로 되어 가고 있었지만, 황금의 대검과 값진 비단 옷이 온몸을 치렁치렁 감싸고 있어 발끝조차 보이지 않았다.

저벅저벅 누군가 급히 오고 있었다.

"이요냐?"

요시모토는 흥얼거리기를 그치고 물었다.

그림자는 멈칫하면서

"아닙니다. 우지자네(氏眞)입니다."

"난 또, 누구라고."

그의 장남이었다. 그 아버지의 아들답게 고생을 모르고 자란 젊은이였다.

"다 어두웠는데 뜰에서 무엇을 하고 있었느냐?"

"지즈(千鶴)란 년을 야단치고 있었습니다. 베어 버리려고 칼을 뺐더니 도망치는 바람에."

"지즈? ……지즈가 누구냐?"

"제 새를 돌보고 있는 아이입니다."

"시녀냐?"

"예."

"무슨 잘못이 있었기에 아녀자를 손수 베려고 했느냐?"

"괘씸한 년입니다. 서울에서 일부러 저한테 보내 주신 귀한 새를 먹이를 준다고 조롱을 열다가 그만 놓쳐 버리지 않았겠습니까?"

우지자네는 새를 좋아했다. 진기한 새를 구해서 그에게 보내주면 어린애처럼 기뻐하는 것을 알고 있어서, 교토에 있는 공경들까지 갖가지 사치스런 조롱과 진기한 새들을 성으로 보내고 있었다.

새 한 마리 때문에 사람을 베겠다고 진심으로 화를 내고 있었다. 마치 나라에 큰일이라도 일어난 것처럼 우지자네는 부친에게도 천연덕스럽게 말하는 것이다.

"……무슨 일인가 했더니."

자식이라면 관대한 요시모토도 우지자네의 한심한 노여움에 얼굴이 흐려지며 중얼거렸다.

신하들 앞이기도 했다. 아무리 자기의 적자라고는 해도, 이런 한심한 장면을 보이면 가신들도 자연히 우지자네를 우습게 볼 것이었다. 요시모토는 그렇게 생각하자, 더욱 넓은 사랑을 보인다는 태도로 준엄하게 꾸짖었다.

"그게 무슨 못난 짓이냐!"

"우지자네, 너는 대체 몇 살이냐? 이미 관례도 마친 몸이 아니냐. 뿐더러 이 이마가와를 이을 적자로서 새만 가지고 놀고 있으니 어쩌자는 거냐. 선(禪)에나 좀더 힘을 기울이든지 군서를 읽든지 하여라."

좀처럼 질책을 내리지 않는 아버지의 말이라, 우지자네도 안색이 달라지며 입을 다물었다. 그러나 평소에 아버지를 만만하게 봐 왔고, 아버지의 행적에 대해서도 비판의 눈으로 볼 수 있는 나이여서, 오히려 다문 입매에 반항심을 보이며 잔뜩 볼이 부어 있었다.

요시모토도 그 점에 약점을 느끼고 있었다. 병신 자식에게 오히려 사랑은 더 가는 법. 또한 자신의 행동도 결코 자식에게 좋은 본은 못 되고 있다는 것도 알고 있었다.

"그만 됐다. 이후로는 조심해라. ……알겠느냐, 우지자네."

"예."
"무엇 때문에 불만스런 얼굴을 하고 있느냐."
"불만 같은 것 없습니다."
"그렇다면 가거라. 새나 키우고 있을 때가 아니야, 지금은."
"그럴까요? 그럼……."
"뭐냐?"
"교토에서 불러온 가희들과 술이나 마시고 대낮부터 북을 두드리며 춤을 춰야 하는 때라는 말씀입니까?"
"닥쳐라, 건방지게."
"하오나 아버님께선……."
"네 이놈!"
 요시모토는 들고 있던 부채를 우지자네의 얼굴에 내던지며 소리를 질렀다.
 "아비를 비방하기 전에, 너는 네 본분을 지켜라. 병법, 군학에도 뜻이 없고, 치민 경세에 관해 배울 생각도 안 하고, 그래 가지고 어떻게 이 아비의 대를 잇는단 말이냐. 나는 젊었을 때 절간에 들어가 고행도 많이 했고, 여러 차례 싸움터도 다녀왔으며, 비록 지금은 이렇지만 아직 큰 뜻을 품고 중원을 노리고 있는 중이다. 너같이 담도 작고 의지도 없는 녀석이 어떻게 내 자식으로 태어났는지 모르겠구나. 나는 지금 아무 부족한 게 없다만, 오직 너만이 걱정이야."
 언제부터인지 요시모토를 따르던 근신들은 모두 복도에 꿇어앉은 채, 요시모토의 말에 동감을 금할 수 없는 듯 묵묵히 고개를 숙이고 있었다.
 "……."
 우지자네도 차마 더 말을 못하고, 발밑에 떨어져 있는 아버지의 은행선만 바라보고 있다.
 그때, 무사 하나가 달려와 꿇어 엎드리며 아뢰었다.
 "선사님과 마쓰다이라 야스모토님, 또 그 밖의 여러분께서 이미 간키쓰당(柑橘堂)에 모이시어 주군께서 납시기만 기다리고 계십니다."
 간키쓰당이란 귤나무가 즐비한 남쪽 비탈에 위치하고 있는 별전이었다. 오늘 밤 요시모토는 그 곳에 린자이사의 셋사이 화상을 비롯해서 몇몇 심복들을 표면상으로는 다석에 초청한다는 명으로 불러 들인 것이다.

"음, 그래? ……모두 모였나? 주인인 내가 늦을 수야 없지."

부자 간의 마음을 짓씹는 것 같은 침묵에서 빠져나온 요시모토는 그렇게 말하고 복도로 급히 사라졌다.

물론 다석(茶席)이라는 것은 표면상의 명목에 불과했다. 성내에서 잡일을 맡아 보는 이타미 곤아미(伊丹權阿彌)라는 자가 중문까지 등불을 들고 마중 나오는 등, 다회에 어울리게 불빛이 깜박이고 벌레소리도 풍류스럽게 들렸지만, 요시모토가 들어가고 문이 닫히자, 일곱 명 한 조로 창을 든 병졸들이 끊임없이 주위를 순회하며 엄중한 경계를 하고 있었다.

"주군께서 지금……."

"주군께서 납십니다."

간키쓰당의 고요한 복도에 공아미와 다른 한 명의 목소리가 울렸다.

20조쯤 될 사원식 방에 희미한 등불이 흔들리고 있었다.

자리에는 린자이사의 셋사이 화상을 비롯하여 노신 이오하라 쇼겐, 아사히나 가즈에(朝比奈主計) 등의 면면이 보인다.

오른쪽에는 일족인 사이토 가몬노스케(齋藤掃部助), 무레 몬도노쇼(车禮主水正)가 앉아 있는 끝에 마쓰다이라 모토야스도 있었다.

"……."

좌우의 신하들은 묵묵히 상좌를 향해 공손히 머리를 숙이고 있었다.

요시모토는 옷자락 스치는 소리가 유난히 귀에 울릴 만큼 고요한 그 사이를 누비고 들어가 자리에 앉았다. 시동도, 근신도 단 한 명 대동하고 있지 않았다.

다만 잡무를 맡아 보는 두 무사만이 멀리 두세 간 떨어진 곳에 대령하고 있을 뿐이었다.

"늦었소."

막하들의 인사에 대한 요시모토의 답례였다.

그리고 셋사이 화상에게는 특별히 치하했다.

"연로하신 몸에 출입이 어려웠을 텐데……."

근래는 화상의 모습을 볼 때마다 노구를 위로하고 건강을 묻는 것이 요시모토의 버릇처럼 되었다. 사실상 지난 5, 6년 사이 셋사이 화상은 자칫하면 병석에 눕고는 했다. 부쩍 노화가 드러나고 있었다.

요시모토는 어렸을 때부터 이 노승의 가르침을 받으며 회초리를 맞았다.

또한 그의 보호와 격려를 받았고, 모든 것이 셋사이 화상의 경세와 책모와 지략으로 인해 오늘날의 기틀이 구축됐음을 요시모토는 잘 알고 있었다.

따라서 셋사이 화상이 늙어 가는 것이 자신이 늙어 가는 것처럼 안타깝게 느껴졌다. 그러나 그것도 처음 한동안이었다. 몇 년 사이 이마가와의 세력은 반석 위에 올라앉았을 뿐 아니라, 더욱 욱일승천하는 기세로 번창하는 것을 볼 때, 어느 틈엔지 모든 성공이 자신의 힘으로 이루어진 것처럼 생각되었다.

"이미 요시모토도 성인이 됐으니, 정사도 군사회의도 너무 염려 마시기 바라오. 스승께서는 여생을 충분히 즐기시며 도나 닦으시도록 하시오."

한담 끝에 그런 말을 해 가며, 오히려 근래에는 셋사이의 개입을 꺼려하는 경향마저 보이는 경우가 없지 않았다.

그러나 셋사이 입장에서 보면, 어린애를 보는 것 같은 염려가 아직도 사라지지 않고 있었다.

'딱한 사람……'

마치 요시모토가 자식인 우지자네를 보듯이, 셋사이의 눈으로 요시모토를 보면 아직 멀었어 하는 생각을 하지 않을 수 없는 듯했다. 요시모토가 요즘 들어 자기가 자주 병석에 눕는 것을 다행으로 여기고, 자기를 꺼려하는 것도 알고 있으면서 그는 굳이 정사나 군사회의에 노구를 무릅쓰고 참여하곤 했다.

특히 지난봄부터 이미 10여 차례에 이르는 간키쓰당 회의에는 병중이라도 빠진 일이 없었다.

이 자리에서 '하느냐, 기다리느냐!' 하는 둘 중 하나가 결정되며, 동시에 그것은 이마가와의 성쇠에 관계되는 중대사였기 때문이었다.

벌레소리가 흥겨운 가운데, 극히 비밀리에 천하를 바꾸어 놓을 대평의회가 진행되어 가고 있었다.

벌레소리가 뚝 그칠 때는, 경계하는 무사들이 창을 들고 간키쓰당 울타리 밖을 지벅저벅 지나갈 때였다.

"가즈에! 전번 회의 때 일러 둔 조사는 끝났나?"

요시모토가 물었다.

"대체적으로는 끝났습니다."

아사히나 가즈에는 가지고 온 서류를 펼쳐 놓으며, 회의에 앞서 일단 설명을 덧붙였다.
 그것은 오다가의 영지와 재정면에 관한 조사, 또한 그로부터 산출한 병력과 무기 등에 관한 상세한 자료였다.
 "소번(小藩)이라고는 해도 요사이 오다가의 재정은 현저하게 호전된 걸로 보입니다만……."
 가즈에는 그렇게 말하면서 숫자를 적은 표를 요시모토 앞에 제시하였다.
 "오와리가 한 나라인 것은 틀림없지만, 오와리의 동부와 남부는……동부 가스가이나 지타(知多) 고을 중엔 당가(當家)에서 잘라 내버린 이와쿠라 성(岩倉城)같은 것도 있으며, 또한 오다가에 속해 있다고는 해도 역심을 품고 있는 자도 없지 않을 것이므로, 우선 지금의 정세로서는 오다의 영지는 오와리 일원의 반 이하……5분의 2정도로 보면 큰 차이가 없으리라 생각합니다."
 "음. 들어 온 대로 과연 소번이군. ……근래, 병력은 어느 정도 동원 가능할까?"
 "오와리의 5분의 2를 영지로 본다면 그 영지 내에서의 수확고는 약 16만 석에 이를 것입니다. 만 석으로 양성할 수 있는 병력을 250으로 볼 때, 오다 전체를 통틀어도 4천 내외, 성을 지킬 병력을 제외하면 3천 내외의 병력밖에 움직일 수 없으리라 생각합니다."
 "하하하."
 요시모토는 갑자기 웃음을 터뜨렸다.
 웃을 때는 몸을 조금 비스듬히 눕히며, 검게 물들인 이를 은행선으로 가리며 웃는 것이 그의 버릇이었다.
 "3, 4천이라……그래 가지고도 한 나라를 지탱하고 있단 말인가? 내가 상경함에 조심해야 할 적은 오다라고 스승께서도 말씀하셨고, 그대들도 항상 오다, 오다 하기에 가즈에를 시켜 조사시켜 봤던 것인데……겨우 3, 4천의 군사로, 이 요시모토의 대군 앞에서 어떤 저항을 할 수 있단 말인가? 갑옷 한 번 스치는 정도로 간단히 짓밟아 버릴 수 있지 않나?"
 셋사이는 잠자코 있었다.
 무레 몬도노쇼, 이오하라 쇼겐, 사이토 가몬노스케 등도 모두 입을 다문 채다.
 요시모토의 움직일 수 없는 결의를 알고 있었기 때문이다.

이미 이 계획은 수년 전부터 세워져 온 것이며, 이마가와가의 군비와 내정, 그리고 모든 시설의 방향이 요시모토의 상경과 천하 제패에 그 목표를 두고 있었던 것이다. 이제 기회는 무르익어 요시모토의 가슴에는 이 거사에 대한 참을 수 없는 웅심이 치솟고 있었다.

그런데도 지난봄부터 결행을 보류하고 회의만 거듭하면서 아직 실현을 못 하고 있는 것은, 이들 수뇌 중에 아직 시기가 아니라고 하는——상조론자가 있기 때문이었다.

그것은 셋사이 화상이었다.

셋사이 화상은 상조론이라기보다 더욱 소극적으로 내치에 관한 헌책만을 요시모토에게 제시했다. 중원에 기치를 휘날리며 기필코 천하 통일의 대업을 성취하려는 요시모토의 큰 뜻을 나쁘다고는 하지 않았으나, 결코 찬성하지도 않았다. 그런 태도를 견지하고 있는 셋사이 화상의 심중은 사실 괴로웠다. 왜냐하면 요시모토가 아직 약관이었을 때부터 이렇게 가르치고 깨우친 사람은 바로 셋사이 화상 자신이었기 때문이다.

"이마가와가는 당대의 명족이오. 아시카가 장군의 뒤를 이을 사람이 없을 때는 미카와의 기라(吉良)씨가 잇게 되고, 기라 씨가 인물이 아닐 때는 당가인 이마가와가에서 잇도록 되어 있소. 모름지기 그대로 대지를 품고 천하의 주인이 될 기량을 지금부터 길러 놓지 않으면 안 되오."

한 성의 주인이 되기보다는 한 나라의 주인이 되어라. 한 나라의 주인이 되기보다 십 주의 태수가 되어라. 십 주의 태수가 되기보다는 천하의 지배자가 되어라.

누구나 가르치는 말이었다. 당시의 무인 교육은 모두 그랬고, 당시의 무가의 자제는 풍운이 어지러운 세상을 바라보며 모두 그것을 바랐다.

셋사이 역시 요시모토를 가르칠 때는 그것을 목표로 했다. 그리고 그가 요시모토의 막하에 참여한 후로 이마가와가의 국력은 급격히 팽창했다. 패업의 계단을 서서히 밟아 온 것이다. 그러나 셋사이 화상은 근년에 이르러 자신의 임무와 보좌에 커다란 모순을 느끼기 시작했다. 그것은 요시모토가 드디어 자신감을 가지고 계획을 진행시키고 있는 천하 통일의 패업에 무엇인가 불안을 느꼈기 때문이었다.

'그릇이 아니었다. 유감이지만, 요시모토 공은 그릇이 아니었다.'

요시모토의 행동을, 특히 요즘 들어 말할 수 없이 교만해진 그를 바라보며, 셋사이의 생각은 보수적인 방향으로 급선회하고 있었다.

'지금이 절정이다. 요시모토 공의 기량은 예까지가 고작이다. 어떡하든지 단념토록 해야 한다.'

여기서 셋사이 화상의 고민이 시작됐던 것이다. 바야흐로 천하를 자기 것인 양 자부하고 오만해진 요시모토가 갑자기 중원 진출을 단념할 까닭이 없었다. 셋사이의 간언은 그가 노쇠한 탓으로 돌리고 웃기만 할 뿐이었다. 이미 천하는 자기 손아귀에 들어 있는 것인냥 생각하는 것이다.

'누가 이렇게 만들었는가?'

요시모토의 자만심을 탓하기 전에 셋사이는 자신을 탓했다. 그릇이 못되는 자에게 그릇 이상의 대망을 품게 한 것은 다름 아닌 바로 자기가 아닌가 하고, 셋사이는 간언도 하지 않았다.

'이미 말릴 수 있는 단계도 아니다.'

그 대신 회의가 열릴 때마다 신중에 신중을 기할 것을 주장하였다.

"우리의 대군과 이 요시모토의 위세를 가지고 상경하는 데 무슨 장애가 있을까 보냐!"

입버릇처럼 말하는 요시모토를 타일러, 가는 길에 있는 나라들의 실태를 조사케 하여 가능하면 싸우지 않고 외교책을 이용한 무혈 상경을 꾀하기로 했다.

그러나 교토에 이르려면 강국 미노보다, 오미보다, 그 밖의 다른 어떤 세력보다도 당장 피할 수 없는 것은 우선 오다라는 적과의 일전이었다.

이 적은 자그마했다. 그러나 외교로 무마될 상대가 아니며, 막상 대적한다 해도 무척 귀찮은 상대였다. 그것도 어제 오늘에 비롯된 적대 관계도 아니다. 따지고 보면 40여 년 전부터 한 성을 빼앗으면 한 성채를 되찾고, 한 고을을 불살라 버리면 열 마을에 불을 질러 왔다. 실로 노부나가의 부친 대, 요시모토의 조부 대부터 양변의 국경을 양가의 백골로 메워 온 숙원지간인 것이다.

오다측에서는 진작부터 이마가와 군이 상경한다는 풍문에, 40여년 와신상담한 보람을 찾을 때가 왔다고 일대 결전을 각오하고 있다는 말이었고, 요시모토는 또 요시모토대로 '상경을 위한 알맞은 제물……'로서, 오다에 대적할 방책을 강구하고 있는 판국이었다.

──아니, 군사회의도 오늘 밤이 마지막이 될 것이다.

셋사이 화상과 모토야스 등이 성에서 물러 나온 것은 이미 후추 거리에 불빛 하나 보이지 않는 깊은 밤이었다.

"운은 하늘에 맡기는 수밖에 없다…… 나이를 먹으니 도로 어려지는 것 같군. ……추운걸."

쌀쌀한 밤이라고 할 수 없었는데도, 은하가 비치는 하늘을 우러러보며 셋사이 화상은 중얼거렸다. 나중에 생각하니 그 무렵 그의 노환은 이미 꽤 깊어져 있었던 것이다. 그날을 마지막으로 화상은 두 번 다시 흙을 밟지 못했다.

린자이사 깊어가는 가을의 적막 속에서 고승은 조용히 스러져 갔다.

망촉(望蜀)

겨울이 다가왔다.

아직도 린자이사(臨濟寺) 절간 국화는 드높은 향기를 잃지 않고 있었지만 후추 성시에서 우러러보면 눈앞에 다가서듯 후지 산 영봉이 하얗게 눈으로 덮여 있었다.

"내려라!"

문앞 네거리까지 무서운 기세로 달려오던 한 필의 말. 네거리를 지키고 있던 무사들이 다짜고짜 말의 앞다리를 두드려 치자 말은 경중거리며 거친 숨을 몰아쉬었다.

"……앗!"

말에 탔던 무사는 낙마하지는 않았으나, 굴러 떨어지듯 내려서며 소리쳤다.

"무슨 짓이오!"

그는 주위를 둘러보며, 그곳에 모여 있는 이마가와가(家)의 무사들에게 대들었다.

"멈추란 말이다. 허락도 없이 어디를 가려는 거냐?"

파수병들은 당연하다는 듯이 내뱉았다.
"린자이사 사당으로!"
"안 된다!"
상대방도 꿋꿋이 되쏘았으나, 파수병들은 단번에 일축했다.
"왜 안 되나?"
"린자이사 사당에는 지금 주군을 비롯해서 중신들이 셋사이 화상의 기일을 맞아 참례하고 계시다. 가신들의 참례는 끝나서 모두 돌아가셨지만, 주군을 위시한 몇몇 분들은 계속 휴식하고 계시는 중이다. 따라서 귀성하실 때까지는 예서부터 통행을 차단한다는 저 팻말이 서 있는 것이 안 보이나?"
"봤기에 급히 통과하려는 거다. 내막도 확인하지 않고 말다리를 후려치는 것은 무례한 짓이 아닌가?"
"뭣이? 봤기에 가려는 거라구? 방문은 곧 법령이라는 것을 모르고 하는 소리냐!"
"알고 있다."
"점점! 이자를 묶어라!"
"잠깐만!"
"얘기는 나중에 해라."
"아니다. 그대들의 실책이 되면 미안한 일이기에 미리 말한다. 내 품 속에는 오다카 성(大高城)의 수장 우도노 나가테루(鵜殿長照)님이 주군께 보내는 화급한 군장(軍狀)이 들어 있단 말이다."
"응? 급사(急使)인가?"
"군장을 소지하고 있을 때는 귀인을 만나도 말에서 내릴 필요가 없으며, 성문까지 곧장 말을 달려도 무방하다고 되어 있다."
"물론……."
"따라서 린자이사 사당 문앞까지 말을 탄 채 달리려고 했던 거다. 무엇이 잘못이냐!"
"군장을 소지한 급사라는 것을 알았다면 제지하지 않았다. 무단으로 통과하려 하기에……."
"일일이 설명할 겨를이 없었다."
"알겠소, 통과하시오."

"그냥은 못 간다. 사과해라!"
"검문하는 것은 내 임무다. 사과할 바에는 차라리 군명에 의해 할복을 하겠다. 절대로 사과할 수 없다!"
"그 말 아주 마음에 드는군. 좋다, 그렇다면 나중에 보자."
내던지듯 말하자, 급사는 다시 말에 올라 린자이사 사당으로 달려갔다.
절 안은 고요했다. 특히 지난 가을 셋사이 화상이 죽은 뒤로는 산문도 당우(堂宇)도 더욱 고요 속에 잠긴 듯했다. 때까치가 울어 대는 소리마저 어쩐지 쓸쓸하고 을씨년스런 초겨울이었다.
그러나 오늘 셋사이 화상의 49제를 맞아 절에 모인 이마가와의 가신들은, 어딘가 평화의 빛을 잃은 긴장이 넘치고 있었다. 네거리를 지키는 파수병까지 살기에 가까운 표정을 띠고 있었다.
전쟁이다. 화상의 죽음은 주군의 상경 계획을 앞당기고, 이웃의 적은 그것을 틈타 허를 찌르고 들어올 것이 틀림없었다.
'……어쨌든 싸움이 멀지 않았다.'
이마가와의 가신들은 각오를 굳히는 가운데, 시시각각 변경의 정세에 귀를 기울이고 있는 참이었다.
누구누구는 계속 남으라는 지명이 있어, 이날 분향이 끝난 다음에도 린자이사 사당의 깊숙한 서원에는, 요시모토를 중심으로 하여 이마가와의 막장들이 20명쯤 비밀리에 무언가 회의를 열고 있었다.
거성 셋사이 화상이 간 뒤로는, 요시모토의 막장 중엔 그의 의견을 막을 자가 없었다. 언제나 잠자코 말석에 앉아 있는 마쓰다이라 모토야스는, 시국관으로나 시책상으로나 죽은 화상과 가장 가까운 의견을 가지고 있었지만 다른 번의 볼모였고, 너무 젊기도 해서 말해 봤자 논의의 대상도 안 될 것을 잘 아는 까닭에 일견 아무 의견도 없는 것처럼 그저 침묵만 지키고 있었다.
"오다카 성에서 방금 급사가 도착했습니다. ……이 서장을 즉각 주군께 올려 달라는 말이었습니다."
복도를 막은 문 밖에서 들리는 소리였다.
서장을 들고 온 승려에게 무슨 말인가 하고 있는 것은 출입을 제한하고 있는 측근들이리라. 조용한 사원 안이라, 그 말소리는 파초 잎에 가려진 안뜰을 넘어 넓은 서원까지 분명히 들려 왔다.
"뭣이? 오다카 성에서 급사가 왔다고?"

회의석은 일순 고요해지며 한결같이 귀를 기울였다.
이런 중요한 때 무슨 일인가 궁금한지 요시모토는, 말석을 향해 턱짓을 했다.
"모토야스, 가 봐라."
"……예."
모토야스는 조용히 자리에서 일어나 복도로 나갔다.
수하를 막론하고, 용무 여하를 막론하고 회의장에는 절대로 접근해서는 안 된다는 엄명이 내려져 있어서, 모토야스가 나갈 때까지 승려와 측근들은 문 밖에서 계속 말만 주고 받을 뿐이었다.
"뭔가?"
모토야스의 얼굴을 보자, 근시들과 승도는 무릎을 꿇으며 저마다 서장을 바친다.
"예. 실은 방금 급사가 이 서찰을 가지고 왔는데, 오다카 성에서 밤낮을 가리지 않고 달려 왔다고 합니다."
군장이었다. 우군인 오다카 성에서 화급한 군장을 보내 왔다면 심상치 않은 일이 일어났다는 것은 이내 알 수 있었다.
"사자는?"
"불당에 대령하고 있습니다."
"곧 주군께 올릴 것이니 잠시 휴식하도록 일러라."
모토야스는 서장을 가지고 회의석으로 되돌아 갔다.
무슨 급보인지 염려되는듯, 둘러앉은 제장도 요시모토 자신도 그 동안 묵묵히 모토야스가 돌아오기를 기다리고 있었다.
"주군께……."
모토야스는 서장을 아사히나 가즈에 앞에 놓고 제자리로 물러났다.
가즈에는 군장을 요시모토에게 넘겨주었다. 요시모토는 즉각 개봉하고 훑어보더니, 검게 물들인 이로 입술을 지그시 깨물었다.
"……가소롭군!"
요시모토는 곁에 앉아 있던 무례 몬도노쇼와 이오하라 쇼겐 쪽으로 서장을 집어 던졌다.
요시모토의 눈은 곧장 통기창을 향한 채 움직이지 않았고, 차례차례 서찰을 읽어 가는 막장들도 심상치 않게 눈빛을 번뜩이면서, 잠시 침묵을 지키고 있었다.

오다카 성은 오와리 본국과 지타 반도의 목줄에 해당하는 곳에 있었다.

이마가와측 세력은 마치 몸통과 다리가 붙은 것 같은 지형에 날카로운 이빨처럼 깊숙이 파고 들어가, 구쓰카케(沓掛)와 오다카, 두 성을 연결함으로써 오다령의 다리 부분을 그 곳에서 절단한 형국이었다.

진작부터 오다측에서는 오다카 성의 전위인 나루미를 탈환하고 있었다. 그 뒤 오다측에서는 계속 손을 늦추지 않고, 구쓰카케와 오다카 두 성 사이에 급히 성채를 구축하여 오다카 성의 고립화를 꾀하더니, 요시모토 상경의 소문이 점차 구체화하기 시작하자, 지금 별안간 오다카 성을 포위해 버려 고성(孤城)의 운명이 경각에 달렸다는 내용의 서찰이었다.

물론 문서는 오다카 성 수장 우도노 나가테루의 친필로 의심할 여지가 없는 것이었다.

원군을 바란다.

그런 말은 한 마디도 적혀 있지 않았다. 그러나 이상과 같은 급박한 정세를 알리는 동시에, 고립된 성내에는 군량이 떨어져 풀뿌리와 나무껍질로 연명하고 있으며, 싸움이 벌어지는 날에 한해서 미음을 군사들에게 먹이고 있다는 딱한 사정이 적혀 있었다.

"……."

차례로 문서를 돌려 읽어 가면서 침묵을 지키고 있는 사람들은, 그 사이에 비참한 농성군의 인내를 제각기 가슴에 그리고 있었다.

급사가 전해 온 문서는 좌중을 한 바퀴 돌아 마쓰다이라 모토야스 앞까지 왔다. 모토야스가 다 읽고 나자, 아사히나 가즈에의 손을 거쳐 다시 요시모토 앞으로 돌아갔다.

"어떡한담?"

요시모토에게는 당장 뾰족한 대책이 없었다.

아니 요시모토뿐만 아니라, 이마가와가의 참모격인 이오하라 쇼겐도, 명장으로 이름이 알려진 무레 몬도노쇼도 금방 답변할 수 있는 명안이 떠오르지 않는 모양이었다.

"……."

모토야스도 잠자코 앉아 있었다. 모두가 전력을 다해 머리를 짜내고 있는 것은 틀림없었지만, 여전히 무거운 침묵만 내리누르고 있었다.

특히 모토야스의 미간에는 절실한 고민이 새겨져 있었다. 오다를 누르기 위해 오다카 성을 맡긴 그 수장 우도노 나가테루는 요시모토의 매제이다. 사사로운 면으로 봐도 죽일 수는 없었고, 또한 소번인 오다 정도에게 소중한 요지와 매제의 목숨을 빼앗긴다는 것은 상경이라는 대사를 앞두고 있는 체면상으로 봐도 안 될 일이었다.

"무슨 방책이 없는가?…… 좋은 생각이…… 내버려 두면 오다카 성에 있는 자들은 모두 아사하고 말겠다."

요시모토는 거듭 말했다. 그러나 그것은 당연한 말과 곤혹을 되풀이하고 있는 것에 불과했다.

원래 오다카 성은 지리적으로 무리한 위치에 있었다. 침범해 들어간 적지 깊숙이, 그곳만 돌출해 있었다. 따라서 일단 고립되기만 하면 절해고도(絕海孤島)와 같은 지점에 있는 것이다.

뿐더러 지난 반 년 사이에 오다측에서는 계획적으로 와시즈(鷲津), 마루네(丸根)의 성채를 비롯하여, 단게(丹下), 나카노시마(中之島) 등 각 부락과 고지에, 바둑돌을 놓듯 성채를 구축하여, 오늘의 행동을 취하기 전에 오다카를 지리적으로 완전히 차단하고 있었던 것이다.

원군을 보내는 것도 쉬운 일이 아니었고, 오다카에 군량을 보급해 주는 것은 더욱 어려운 일이었다.

그러자 단 한 사람, 이런 말을 하는 자가 있었다.

"외람된 말씀이옵니다만, 저를 보내 주시면, 내년 상경시까지는 지탱할 수 있도록 오다카 성 문제를 해결하고 오겠습니다만……."

누군가 하고 말석을 본즉, 볼모인 마쓰다이라 모토야스였다.

마쓰다이라 모토야스라는 자는 젊은 나이에도 불구하고 매사에 신중하기만 하다. 환경이 사람을 만든다고 하니 자연히 그렇게 됐는지 모르지만, 어차피 용장감은 아니다. 그를 보고 있는 이마가와가의 막장들은 항상 그런 정평을 가지고 있었다.

"제가 가겠습니다."

그런 모토야스가 지금 지극히 어려운 중에도 어려운 일로 생각되고 있는 오다카 성의 구원을 자진하여 지원하고 나선 것이다.

"뭣이……?"

의아스러워하는 눈초리가 그의 얼굴에 집중되었다.

요시모토도 뜻밖인 표정으로 물었다.
"모토야스, 그대가 가겠다는 건가?"
"예……."
"오다카 성에 군량을 보급할 수 있는 책략이 있단 말인가?"
"다소 생각이 있습니다."
"음. 그대에게 말이지……?"
요시모토는 생각하고 있다가, 이윽고 고개를 크게 끄덕였다.
 모토야스의 사람됨을 그래도 짐작하고 있는 것은 이 가운데서는 역시 요시모토였다. 죽은 셋사이 화상이 항상 그에게 이런 말을 했기 때문이었다.
"저 젊은이를 언제까지나 조롱 속의 새인 볼모로만 생각하고 계시면 안 되오. 이마가와가의 처마 밑에 둥우리를 틀고 만족하고 있을 작은 인물이 아니란 말씀이오. 대붕의 새끼는 새끼일 때부터 대붕이 되리라는 것을 예상하고 다루지 않으면 나중에 낭패를 보게 되오."
 그런 말을 듣고도 요시모토는 오랫동안 믿지 않았으나, 관례를 한 뒤부터 눈에 띄게 어른스러워진 모토야스의 언행이나 첫 출전에서의 활약 같은 것을 볼 때, 셋사이의 말이 새삼 되새겨지지 않을 수 없었다.
"좋다. 그럼 오다카 구원 문제는 틀림없이 해결해 줄 테지?"
"목숨을 걸고 반드시 심려를 놓으실 수 있도록 거행하겠습니다. 다년간 저를 보살펴 주신 은혜에 보답해 드리는 뜻으로도."
 모토야스가 말했다.
 그의 몸을 볼모로 이마가와가에 연금해 두고 있는 것은 정략이지 자비는 아니었다.
 미카와를 병합해 버리기 위한 책략이기는 해도, 동정이나 선심을 쓰는 것은 아니었다.
 그럼에도 불구하고, 모토야스는 그것을 양육해 준 은혜라고 하는 것이었다. 뿐만 아니라 모토야스는 항상 요시모토에게 은의를 느끼고 있음을 기회 있을 때마다 표시했다.
 요시모토는 자신의 뱃속과 비추어 보고는 문득 측은한 생각이 들었다. 이토록 이 볼모는 자기를 믿고, 자기가 부여하고 있는 삶에 대해 은혜를 느끼고 있는 것인가 하여 그는 얼결에 이런 말을 했다.
"오다카 성은 적지다. 잘못하면 전멸, 결사적인 각오 없이는 갈 수 없는 곳이다……. 최선을 다하여라. 만약 무사히 오다카 성을 구출했을 때는, 그 포상으로 다년간 미카와의 그대 신하들이 바라고 있는…… 그대의 본국 귀성을 허락하리라."
"감사합니다."
"7살 때부터 타국에 와 있는 그대, 필시 귀성을 바라고 있을 테지?"
"반드시 그렇지도 않사옵니다."
"그대는 그렇지 않다 해도 미카와의 노신들은 역시 주인을 주인으로 가까이 두고 섬기고 싶을 테지. 무리도 아닌 다년간의 숙원, 이번에 오다카 성에서 공만 세우면…… 귀성하도록 해 주리라."
"예……."
모토야스는 삼가 영을 받았다. 또한 요시모토의 서약에 대해서도 진심으로 사례하고 물러나려 했다.
막장들은 적지않이 불안한 듯 아까부터 그를 바라보고 있었으나, 이미 결정된 일이라 그렇다면 충분한 준비를 갖추고 떠나야 한다고, 오다카 부근의 지리와 오다 군의 병질(兵質), 싸움의 요령, 마바리에 관한 것 등 여러 가지를 선배로서 자세히 일러 주었다.
"예. ……잘 알겠습니다."
모토야스는 뻔히 알고 있는 것도 순순히 그리고 고분고분하게 일일이 무릎을 꿇고 듣고만 있었다.

여느 때처럼 노부나가는, '사냥을 떠난다'는 명목 아래 부하도 많이 대동하지 않고 홀가분한 차림으로, 이른 아침 기요스를 떠났다.
그러나 사냥터에 나와서도 그는 매를 놓아 주지도 않고, 화살을 시위에 먹이려고도 하지 않았다.
"나루미다. 나루미로 가는 거다."
뒤따라가던 부하들은 노부나가의 그런 고함을 들었으나, 무엇 때문에 별안간 나루미 성으로 가는지 노부나가의 심중을 짐작할 수가 없었다.
나루미(鳴海) 성에서 휴식을 곁들인 점심을 대충 마치자, 이번에는 다시,
"단게(丹下) 성채로 가자."
영을 내리고 나루미에서 변경의 여러 성채와 연결되어 있는 군용로를, 보폭을 최대한 넓혀서 달리기 시작했다.

도보로 뒤를 따르던 자들은 낙오하지 않을 수 없었다. 말을 탄 가신들 약 2십여 기만이, 노부나가의 앞뒤를 에워싸듯 하며 일진광풍이 몰아치듯 단게(丹下) 마을을 향해 달렸다.

"앗, 저게 뭐야!"

성채 망루에서는 파수병이 이마에 손을 얹고 내다보고 있었다. 부근 일대는 이마가와령과 오다령이 언덕 하나를 사이에 두고 서로 대치해 있는 최전선이었다. 가을이 와도 봄이 와도 이곳에는 무사한 날이 없었다.

"나리!"

망루 위에서 바로 밑에 있는 오두막에 대고 파수병이 소리쳤다.

여기는 싸움이 없는 날도 전시였다. 성채 수장 미즈노 다테와키(水野帶刀)는 오두막 군졸 대기소 한 구석에서 진도를 세워 둔 채 무언가 명상에 잠겨 있다가 말했다.

"뭐냐?"

그리고 오른쪽 휘장을 들추며 망루를 올려다보았다.

"사부로스케(三郞助), 무슨 일이냐?"

"심상치 않은 흙먼지가 보입니다."

"어느 쪽에서?"

"나루미 가도 쪽인 서쪽입니다."

"그렇다면 우군이 아닌가?"

"……하지만."

마음이 안 놓이는 듯한 파수병의 말에, 다테와키는 벌써 오두막에서 나와 망루로 올라가고 있었다.

파수병은 제자리에서 한 걸음도 움직이지 않아야 하는 것이 원칙이어서, 수장을 부르는 데도 망루 위에서 소리만 질렀으나, 다테와키가 그곳까지 올라오자 무릎을 꿇고 한쪽에 대령했다.

"……음, 정말이군."

뽀얀 흙먼지가 점점 이쪽으로 다가오고 있었다. 나무숲에 가려졌다가 다시 밭고랑 저편에 나타난다. 이윽고 단게 부락 어귀에 이르렀을 때야, 다테와키는 소스라치게 놀라며 망루에서 뛰어 내렸다.

"앗, 주군이시다!"

곧 성채 바깥으로 영접을 나가자, 급히 달려오는 기마 무사가 하나 있었다.

단게 부락 어귀에 주둔하고 있는 수비군의 한 부장이었다.

"방금 아무 예고도 없이, 기요스 성으로부터 노부나가 공께서 순시차 납시었습니다. 이상 보고 말씀 올립니다."

그는 이 말만 하고는 부랴부랴 말머리를 돌렸다.

그것과 거의 엇갈리듯이 성채 밑에는 20기의 주종이 말에서 내려 뭐라고 큰 소리로 얘기를 주고 받고 있었다.

"정렬!"

다테와키는 말뚝으로 박은 문에 대고 이 한 마디를 외친 채 황급히 산 밑까지 달려 내려갔다.

그 다테와키와 거의 맞부딪칠 듯이 말을 버린 노부나가는, 땀을 흘려 다시 상기된 얼굴에 미소를 지으며 걸어서 올라오고 있었다.

너무나 느닷없는 일이었다.

이 최전선에, 더욱이 경장으로 무엇 때문에 아무 예고도 없이 노부나가가 나타났는가? 미즈노 다테와키는 적지않이 당황하고 있었다.

아무튼——.

성채 안으로 노부나가를 맞아들이자, 수장 미즈노 다테와키 이하, 야마구치 에비노조(山口海老丞), 쓰게 겐바(柘植玄蕃) 등 부장이 늘어서서 인사를 했다.

"항상 건승하셔서……."

그러나 노부나가의 귀에는 형식적인 그런 인사는 들어오지도 않는지 심드렁한 표정이었다.

전망이 좋은 적당한 곳에 걸상을 놓게 하고, 그곳에서 우군의 성채인 젠쇼사당(善照寺堂)의 성채, 나가지마의 성채, 와시즈, 마루네의 보루 등 지형을 참작하듯 한동안 살피고 나서 물었다.

"무척 튼튼해 보이는데, 오다카 성의 근황은 어떤가?"

"예……."

미즈노, 야마구치, 쓰게 등 제장은 역시 그것이 염려되었나 보다 하며, 노부나가의 평소에도 성급한 성격을 생각하고 어쩐지 갑옷 밑에 땀이 번지는 것을 느꼈다.

"적은 이미 성내에 양식도 떨어졌을 터입니다마는, 아직도 기력이 쇠진하지는 않은 듯, 오히려 가끔씩 소수 기병을 출동시켜 와시즈, 마루네 등 성채에 야습을 가해 오고 있습니다."
"물은 끊었나?"
"물은 성내에 좋은 우물이 있어서 외부의 물을 끊어 봤자 급작스런 효과는 기대할 수 없습니다……게다가 겨울이 되면 눈을 녹일 수도 있는지라……."
"오래 끄는군."
"……."
다테와키는 질책을 받은 듯하여 잠자코 고개를 숙였다.
오다카 성 하나를 부근 네댓 군데의 성채로 포위하여 군량의 수송까지 완전히 차단하고 있으면서 쉽사리 적을 굴복시키지 못하고 있는 것이, 무능하게 장기전만 벌이고 있는 것 같아 자책을 느끼고 있던 중, 노부나가의 중얼거림에 가슴이 뜨끔했던 것이었다.
"어차피 이런 상태로는 연내에 떨어뜨리기는 어렵지 않은가 생각합니다……. 그래서 저희들뿐만 아니라, 와시즈의 이오 오미노카미(領尾近江守)도 젠쇼사(善照寺)의 사쿠마 사쿄(佐久間左京)도 마루네의 사쿠마 다이가쿠도, 모두가 일거에 오다카를 공격하여 짓밟아 버리는 것이 좋지 않을까 하는 뜻이어서, 누차 기요스로 품신을 올려 주군의 윤허가 내리시기만 고대하고 있습니다. 주군께서는 아직도……."
변명같기는 하지만, 그렇게 생각하면서도 다테와키는 말했다.
"아니야."
끝까지 듣지도 않고, 노부나가는 각 성채 수장들의 마음을 짐작할 수 있다는 듯이 말했다.
"무리할 건 없다. 오래 끈다 해도 조금도 염려할 필요 없다."
성급하기로 이름난 노부나가에게 이런 느긋한 일면도 있었던가 하여 다테와키는 오히려 이상스럽게 여겨졌다.
"다테와키……."
"예."
"사쿠마 다이가쿠, 사쿄, 이오 오미 등에게도 만나는 대로 전해라. 오다카 성은 스루가의 주성이 아니다. 여기서는 너무 지나친 용기를 낼 필요가 없다고 말이다. 알겠는가?"

"예."

"그대들……아니, 성채 내의 병졸 하나라도 노부나가에게는 소중한 생명이다. 함부로 버려서는 안 된다. 머지않아 스루가의 시골장군이 대군을 이끌고 상경하리라는 소문을 들었을 테지?"

"공공연한 비밀이옵니다. ……진작부터 알고 있습니다."

"멋대로 이 오와리의 땅을 밟게 할 수 있단 말인가? 도카이 가도 일대에 무장다운 무장은 요시모토 하나밖에 없었다고, 천하의 웃음거리가 되는 것은 이 노부나가가 살아 있는 한 참을 수 없는 일……그까짓 조그만 오다카 성 하나가 문제가 아니다."

노부나가는 먼 곳을 바라보며 말끝을 입술에 깨물었다.

가령 이마가와의 상경군이 진격을 단행할 때 어느 정도의 병력을 가지고 들이닥칠지 노부나가는 계산하고 있었다. 그의 영지 면적과 상비병력의 수로 미루어 보아, 본성을 지킬 병력을 제외한다 해도 2만 5천 내지 4만은 되리라고 짐작했다.

그러면 자신은?

어림해 보니, 전영토에서 뽑는다 해도 4천 내외. 그 중에서 본성과 변경을 지킬 병력을 빼 버리면 고작해야 1천 5백에서 2천 정도의 병력밖에 움직일 수 없음을 알고 있었다.

'수가 문제가 아니다!'

노부나가는 신념을 가지고 있었다.

그러나 싸움은 절대적이라고 해도 좋을 만큼, 적은 인원으로 많은 인원을 이길 수 없는 것이었다.

이마가와가 상경군을 움직일 경우, 오다는 순식간에 쓰러지리라고 주변 적국들은 보고 있었다. 쓰러지기만 하면 날고기에 덤벼드는 굶주린 이리 떼처럼, 자기 몫을 노리는 적들이 이마가와에 호응하여 들이닥칠 것이 틀림없었다.

"죽는 보람을, 살아 온 보람을 느낄 때가 눈앞에 다가왔다. 그대들 모두 목숨을 아껴야 한다. 보람 있는 곳에서 같이 죽어야 한다."

노부나가는 되뇌듯 말했으나, 문득 그 영탄조를 말투에서 떼버리며 말했다.

"어젯밤 늦게 기요스에 들어온 첩자의 보고에 의하면, 미카와의 마쓰다이라 모토야스가 오다카 성으로 군량을 보급하라는 영을 받고 출발했다는 소식이다……그 미카와의 젊은 녀석은 젖비린내 날 때부터 오다가에 볼모로 와 있었고, 그 뒤에는 이마가와에서 오랫동안 볼모 생활을 해 가며 세상의 어려움을 속속들이 겪은 녀석이다. 나이가 어리다고 얕볼 수 없는 자다. 유의해 두어라…… 결코 오다카 성에 군량을 보급하는 것을 허용해서는 안 된다."

다테와키도, 쓰게 겐바도, 목례로 말하면서 그 말을 들었다.

"결코 실수는……."

노부나가는 그 말을 하기 위해 왔던 것일까? 곧 걸상에서 일어나 성채 내의 사기를 한 바퀴 살피자, 다시 측근 20기를 대동하고 다음 성채로 달려갔다.

노부나가는 그날 밤 젠쇼사의 암자에서 묵었다. 다음 날은 와시즈, 마루네 등 두 성채를 시찰하고 같은 말로 장병들을 격려했다.

불과 2, 3일간이라 해도 그가 기요스의 본성을 떠나 있는 것은 적지 않은 모험이었다. 정면의 적은 지금 도카이 가도 방면에 있다고 해도, 이세 가도, 미노 가도, 고슈 방면의 변경 역시 결코 마음을 놓을 수 없는 것이다.

"됐다……."

채찍을 돌리자, 나흘째엔 이미 노부나가는 기요스로 돌아와 있었다. 기요스에서 사방을 보고 있었다.

그 일행이 귀성한 것을 확인하자, 오와리 평야의 논두렁에서 한 마리의 외톨이 기러기처럼 동쪽으로 동쪽으로 걸음을 재촉하는 사나이가 있었다. 약장수 같은 차림을 하고 있었으나, 미카와령으로 들어가자 어느 검문소, 어느 주막에서도 무사들은 모두 그의 얼굴을 알고 있었다. 말도 하지 않고 목례만 하면 경계가 삼엄한 검문소도 그대로 통과시키는 것이었다.

우도노 진시치였다.

지난번에는 중으로 변장하고 왕래했으나, 근래에는 약장수가 되어 출몰하고 있었다. 말할 것도 없이 미카와측 첩자역이 그의 임무였다.

진시치의 걸음이 오카자키까지 이르기 전에, 그는 천대에 가까운 짐수레와 2천여 군사들과 부딪쳤다.

"진시치, 어디로 가나?"

수레 사이에서 진시치의 모습을 보고 그렇게 불러 세운 사람이 있었다. 돌아보니 이시카와 요시치로 가즈마사(石川與七郎數正)였다.
"여어, 가즈마사 아닌가?"
진시치는 걸음을 돌렸다.
이시카와 요시치로 가즈마사는 수십대로 구성된 짐수레의 한 소대를 맡아 지휘하고 있는 듯했다. 마부처럼 말 냄새를 풍기며, 사람과 말 틈바구니에서 무언가 소리 지르고 있었으나 곧 이쪽으로 빠져나오며 말했다.
"오랜만이군, 진시치."
"음. ……오래간만일세."
"재미있을 테지?"
"무엇이?"
"자네가 하고 있는 일 말이야."
"무슨 소리!"
우도노 진시치는 정말로 화가 난 듯이 말했다.
"잘못도 없이 추방당한 꼴이 되어 몇 년씩 고향 땅을 밟지 못하고, 어엿한 무사이면서 중이 되는가 하면, 보다시피 이렇게 약장수 신세도 되고…… 이게 재미있단 말인가?"
"하지만 여러 나라의 정세를 살피고 적지와 제 나라 사이를 위험을 무릅쓰고 출몰하는 것은 우리들로선 맛볼 수 없는 일이야. 말 먹이나 징발하러 다니고, 말 사이에 뒹굴면서 자야 하는 치중대(輜重隊 : 군수 지원을 제공하는 전투 근무 지원 부대)도 편한 일은 아니야."
"피차 그늘에서 일하는 사람들이 있기에 총칼을 든 무사가 눈부신 활약을 할 수 있지 않겠나? 우린 그저 그것을 바라보고 만족할 수밖에."
"그건 그렇고. 오다 영내에서는 이미 경계가 대단할 테지? 오후(大府), 요코네(橫根) 근방은 어떻던가? 기요스에서 증원군을 보내지 않았던가?"
"그런 말을 이런 데서 할 수 있단 말인가? 아 저것 봐. 말이 한 필, 고삐를 풀고 한길로 빠져나가지 않나?"
진시치는 다시 걸음을 재촉한다.
가도 가도, 양쪽 가로수에서 민가의 처마 밑까지 그저 말, 말, 말뿐이었다.
주막촌에서 떨어진 곳이나 도매상가 부근은 더욱 심했다. 여기에는 곡식과 건채류, 소금, 된장, 건어 등이 먹서리와 바구니와 부대에 담겨 몇 무더기나 산더미처럼 쌓여 있었다.

운반해 오는 것은 모두 농부나 인부들이었지만, 수레 위에 쌓아 올리는 것은 병졸들이었다. 갑옷과 얼굴까지 뽀얗게 쌀가루를 뒤집어쓴 대장도 있었다. 한눈 팔 겨를도 없이 장병들이 분주히 일하고 있는 가운데, 말들은 유유히 여기저기서 오줌을 싸고 있었다.

'어영소(御營所)'라 쓰인 목찰이 구불구불한 논두렁길에 서 있었다. 논두렁이 그친 언덕 위에 절이 보였다. 진시치는 무심하게 걸어가고 있었다.

"못 간다!"

볏가리 그늘에서 파수병과 두 개의 창이 튀어 나왔다. 그러나 진시치의 얼굴을 보자, 창을 물리며 목례를 보냈다.

"아, 미안하오."

진시치는 논두렁을 급히 걸어갔다.

절이 본진으로 되어 있었다. 조그만 절간이었다. 여기서는 건어물 냄새도 말 오줌 냄새도 나지 않았다. 파수병의 허락을 받고 절 안으로 들어가자, 곧 마쓰다이라 모토야스의 모습이 본당에 보였다.

본당은 사면의 칸막이를 떼어버리고, 모토야스가 걸상에 앉아 가신들에게 둘러싸여 있었다.

큼직한 도면 한 장이 펼쳐져 있었다. 회의 중인 모양이어서 미카와의 주요 가신들은 대개 그 주위에 있었다.

사카이 요시로 마사치카(酒井與四郎正親)와 고고로(小五郎), 마쓰다이라 사마노스케 지카토시(松平左馬助親俊), 그리고——.

도리이 사이고로(鳥居歲五郎).

나이토 마고주로(內藤孫十郎).

고리키 신쿠로(高力新九郎).

그 밖에도 아마노(天野), 오쿠보(大久保), 쓰치야(土屋), 아카네(赤根) 등, 대개는 젊은 무사들이었다. 도리이 다다요시(鳥居忠吉) 같은 노신의 백발은 하나도 보이지 않았다.

"진시치가 돌아왔습니다."

무사 중 하나가 전하자, 주종이 한데 얽혀 있던 얼굴이 도면 위를 떠나 일제히 돌아봤다.

"진시치인가? 기다리고 있었다."

모토야스는 군선(軍扇)을 들어 그를 불렀다.

주장 모토야스를 중심으로, 사카이, 마쓰다이라, 고리키, 오쿠보, 아마노 등 가신들이 번갈아 진시치에게 질문을 했다.

진시치가 탐지해 온 적의 정세에 관한 답변과 질문을 한데 묶어 기록해 보면 다음과 같다.

〔문〕 진지 시찰 중이던 노부나가는 아직도 전선에 머물러 있는가?

〔답〕 기요스로 귀성했음.

〔문〕 출진할 기세는?

〔답〕 보이지 않음.

〔문〕 증원병 파견 여부는?

〔답〕 없음.

〔문〕 군량 보급을 위해 마쓰다이라 군이 접근하고 있음을 적은 아직 모르고 있는 것이 아닌가?

〔답〕 아님.

〔문〕 그럼에도 증원병을 파견하지 않고 노부나가가 출진하지도 않는 까닭은?

〔답〕 그들에게는 우리를 차단할 수 있는 자신이 있는 모양임.

〔문〕 가장 견고한 적의 보루는?

〔답〕 와시즈, 마루네의 두 성채로 사료됨.

〔문〕 아군이 저돌적으로 전진할 때 승리의 가능성 여부는?

〔답〕 절대로 없음.

이런 내용의 문답이 상당히 자세한 데에 이르기까지 교환되었다.

매사에 신중에 신중을 기하고 돌다리도 두드려 보며 건너는 모토야스는 진시치 말고도 이시카와 사몬(石川左門), 스기우라 가쓰지로(杉浦勝次郎), 하치로고로(八郎五郎) 등 첩자 여섯 명을 어젯밤부터 오늘 아침까지 보냈다.

첩자들은 차례차례 돌아왔다.

그리고 약간의 차이는 있었지만, 대부분 비슷한 보고를 했다.

다만 진시치를 포함하여 일곱 명의 첩자들이 완전히 의견 차이를 드러낸 것이 있었다.

"진격할 때 마쓰다이라 군에 승산이 있느냐, 없느냐?"

이 점에 관한 것이었다.

"승산 없음."

일곱 명 중 여섯 명은, 이렇게 말하며 진격을 위태롭게 생각했다.

그것은 지형으로 보나 병력으로 보나, 그 밖의 모든 면으로 봐서, 오다카 성까지 접근하려면 아군의 전멸을 각오하지 않으면 안 될 조건만 갖추어져 있어, 병법에서 말하는 이른 바 사지(死地)라는 것이었다.

그러나 그 때문에 오다카 성은 고립된 것이었고, 수차에 걸친 원군도 군량 보급도 그 때문에 실패하여 모토야스가 발탁되어 온 것인 만큼 새삼스럽게 주저할 일은 아니었다.

요컨대——.

'그 사지를 어떻게 돌파하는가? 어찌하면 사지에서 헤어날 수 있는가?'

이것이 문제였다.

"하치로고로."

"예!"

스기우라 하치로고로라는 첩자는 모토야스가 별안간 부르는 바람에 둥그레진 눈을 치켜들었다.

"그대 한 사람뿐이군. 이대로 진격해도 아군에게 승산이 있으리라는 의견을 제시한 사람은."

"그렇습니다."

"무슨 근거로 그렇게 믿나?"

"깊은 이유는 없습니다만, 와시즈나 마루네를 위시하여 젠쇼사, 나가지마, 그 밖의 몇 군데 적의 성채는 상호 연결이 되면 강적이 됩니다만, 하나하나를 따로 보면 원래가 따로 떨어져 있는 것인 데 불과하기 때문입니다."

표현 방법이 이상했던 탓으로 쓴웃음을 지은 자도 있었으나, 모토야스는 엄숙한 표정으로 듣고 있었다.

"음, 하나하나라. 틀림없는 얘기구먼. 그래서?"

스기우라 하치로고로는 혀가 좀 짧은 것 같은 말투를 가진 사내였다.

첩자로서는 민첩한 점이 없고, 모든 것이 느려터진 사람이었지만 모토야스는 여러 첩자들 중에 반드시 이 까마귀 같은 우둔한 자를 섞어 쓰고 있었다.

"예…… 그러니까, 뭡니까. ……그 많은 적의 성채를 하나하나 따로 고립되게 한다면, 그렇게 작전을 세우신다면, 틀림없이 아군에 승산이 있으리라고 생각됩니다."

겨우 자기의 생각을 그런 식으로 표현하고, 하치로고로는 이마의 땀을 닦았다.

그의 말은 열 가지 생각을 둘밖에 나타내지 못한 것이었다.

모토야스는 그것을 자기의 기량에 넣음으로써 수십 배로 확대시켜 들을 수 있었다.

갑자기 그의 눈앞에 활로가 열리기 시작했다. 사지를 뚫을 수 있는 길이 떠올랐다.

"좋다. 그만 쉬어라. 일동도 군사 회의를 중지하고 식사라도 하여라."

모토야스는 본당을 나와 한동안 회랑에서 서성거리고 있었다.

'무사히 임무를 마치고 싶다!'

모토야스는 싸움의 승패 이상으로 이번 일의 성공을 바랐다. 첫 출전을 했을 때 이상으로, 그는 공을 세우고 싶었다.

후추를 떠날 때 요시모토는 약속했다.

"이번 일만 무사히 완수하여라. 그 포상으로 미카와로의 귀국이라는 숙원을 이루게 해 줄 것이니……."

모토야스도 어서 미카와로 돌아가고 싶었다. 역대 노신들은 물론, 자기를 기다리는 가신들과 함께 같이 살 수 있는 날을 고대하고 있는 것이다.

"신쿠로, 신쿠로……."

갑자기 모토야스는 회랑에 선 채 크게 불렀다. 자연히 목소리도 긴장되어 있었다.

고리키 신쿠로가 무슨 일인가 하여 달려왔다. 털썩 하고 갑옷 소리를 마루에 울리며 그는 무릎을 꿇었다.

"뿔피리를 불어라!"

모토야스의 눈은 저녁놀에 물든 구름을 나뭇가지 너머로 바라보고 있었다.

까마귀 떼가 깨알같이 날고 있었다.

"예, 그럼?"

"출군 준비다!"

"예!"

고리키 신쿠로는 붉은 술이 달린 뿔피리를 높이 치켜들고, 힘껏 불었다.

"준비, 준비!"

뿔피리 소리는 절간 구석구석은 물론 논두렁을 건너 주막촌까지 흘러갔다.

모토야스 주종은 그대로 묵묵히 서 있었다. 저녁놀이 거무스레하니 변해 가는 것을 보며 시각을 헤아리고 있는 것이었다.

이윽고——.

두 번째 뿔피리가 울렸다.

출동!

극히 정연하게 땅거미 속을 움직이기 시작했다. 모든 준비가, 마음의 준비까지 돼 있던 차라, 5백여의 병마(兵馬)가 절간을 빠져나가는 데도 조용히, 그리고 잠깐 동안밖에 걸리지 않았다.

모토야스는 그의 신변을 보호하고 있는 10여 기와 함께 말을 주막촌 한길로 몰고 갔다.

검은 대열이 이미 한길을 메우고 있었다. 군사들보다 짐수레가 더 많아 보였다.

세 번째 뿔피리 소리가 이미 전기(戰氣)를 머금고, 천여 필의 말과 2천 군사들이 울리는 발소리 사이를 누비며 흘러갔다.

이마무라, 한다, 이마오카, 요코네 등의 주막촌을, 초저녁부터 한밤중에 걸쳐 전진해 갔다.

오다카 성은 이제 멀지 않은 산지에 있었다. 거리로 보아 불과 30정 정도였다.

예까지 단숨에 온 이상, 목표는 바로 저 성이다. 한눈 팔 것 없다. 어떤 장애도 딛고 넘어서라! 하고, 군마의 전진에 박차를 가하여 호령하는 것이 병법의 정상적인 법도였다.

그런데 무슨 생각을 했는지, 모토야스는 반대로 '오다카에 접근한다!'고 생각하자, 말을 멈추더니 명령했다.

"정지!"

그리고 앞뒤의 부하들을 돌아보며 말했다.

"잠깐 땀을 식히고 갈까?"

"전달해도 좋습니까?"

이시카와 가즈마사가 모토야스의 진의를 의심하며 다짐하자, 모토야스는 주저 없이 말했다.

"전달해라, 전군에!"

정지──.

정지──.

긴 뱀과 같은 행렬에, 명령이 차례차례 전달되어 갔다. 오다카 성에 접근함과 동시에 적진인 마루네, 와시즈의 성채와도 가까워져 2천의 군사와 천여 대의 수레는 화기를 조심하고, 말소리도 낮추어, 극도로 조심스럽게 전진해 온 것이었다.

하지만──.

일껏 긴장한 가운데 전진해 온 장병들은 정지 명령에 오히려 기운 빠진 듯이 실망했다.

"아니, 웬일이지?"

장병들의 머리에 곧 떠오른 것은, 모토야스의 첫 출전을 본 후로는 아주 정평이 되어 버린, 돌다리 두드리는 식의 견실주의가 여기서도 또 나타나서, 그 신중성 때문에 정지한 것이 아닌가 하는 것이었다.

신중주의, 견실한 전법도 좋지만, 무릇 용병에는 때라는 것이 있는 법이었다. 기회는 순식간에 사라지며, 일단 놓치면 그것은 승산을 놓치는 것이나 다름없었다.

'무엇 때문에 여기서……?'

그런 생각을 하는 장병들은, 움직이지 않는 전방의 본부를 바라보며 속으로 답답하게 생각했다.

'이대로 가로막는 적과 부딪쳐 오다카까지 치중대는 밀고 올라가면 될 게 아닌가? 꾸물거리고 있는 사이에 와시즈, 마루네의 적은 더욱 준비를 갖추고 필사적인 저지를 할 것이 틀림없다.'

누구나 우려하는 바는 여기에 있었다.

병력으로 봐도 지형으로 봐도, 어차피 무모하게 혈로를 뚫어야 하며, 뿐만 아니라 재빨리 기회를 포착하지 않으면 도저히 천여 수레나 되는 치중대를 오다카 성문 안에 무사히 들여놓기는 틀린 일이었다. 그런 만큼 그것은 지극히 어려운 일이었다.

전진이냐──?

후퇴냐——?

이대로 밤을 새는 거냐——?

본진의 뜻은 분명치 않고, 몸은 쉬고 있어도 장병들의 마음은 조금도 쉬고 있지 않았다. 오히려 솟구치는 전의를 누르지 못하고 있었다.

"쳇!"

하며 발을 구르는 군졸이 있는가 하면, 별하늘을 향해 울어 대는 말도 있었다.

그러나 그 초조감은 그리 오래 지속되지는 않았다. 전방으로부터 전령이 조용히 그러나 빠른 속도로 전달되었다.

"곧장 전진하라——."

각 부대마다 지휘채를 흔드는 소리가 바람결에 울려 퍼졌다. 검고 긴 인마의 대열은 거센 물살처럼 움직이기 시작했다.

그러나 목표 지점은 오다카 성이 아니었다. 거기서 20리나 깊숙이 들어간 변경의 적지, 데라베 성을 기습하라는 뜻밖의 명령이 내린 것이었다.

"데라베다, 데라베다!"

제각기 한 마디씩 하며 서로 격려했으나, 대장인 모토야스가 있는 부대 외에는 무엇 때문에 그토록 깊숙한 적지로 쳐들어가야 하는지, 마치 그들을 에워싸고 있는 어둠처럼 모토야스의 의중을 짐작하는 사람은 아무도 없었다.

말도 사람도, 걸음이 더욱 빨라졌다.

2천 장병의 갑옷 소리가 발소리와 함께 어수선하게 들렸다.

천여 필의 말도 함께 걸음에 따라, 울음소리에 섞여 고삐에 달린 쇠붙이 소리가 요란하게 울려 퍼졌다.

인마가 모두 검은 종대를 이루어, 곧장 전진을 계속하고 있는 것이다.

이윽고 왼쪽 산중에 아군의 고성(孤城), 오다카 성의 성벽이 보이기 시작했다. 성문도 바라보였다.

"오오, 횃불을 휘두르고 있다. 활구멍으로 불을 휘두르고 있다."

"아군이다!"

"굶주림에 직면하고 있는 성의 군사들이다."

달려가며 그것을 바라보는 마쓰다이라 군은 누구나 눈시울이 뜨거워졌다.

우군이 군량을 가득 실은 1천여 대의 수레를 끌고 왔다.

또한 2천의 원병도.

이미 반년 이상이나 고성 하나만을 의지하고 사면이 적에 포위된 채, 풀뿌리와 나무껍질로 연명하고 있던 성의 군사들은, 이날 밤 원군이 온다는 소식을 듣고 얼마나 기뻐했을 것인가. 어두워지기를 고대하며 얼마나 활구멍으로 목을 늘이고 내다봤을 것인가?

누구나 알 수 있었다. 피차가 무사인 것이다. 더욱이 그 고성에는 친구도 있고 혈육도 있음에서랴!

"어어이!"

부르면 이내 메아리쳐 되돌아올 만한 거리였다. 그러나 원군 마쓰다이라 군의 대열은 조금도 걸음을 늦추지 않았다.

부장도, 대장 모토야스도 말머리만 두드렸다.

"전진이다……."

깃발과 대장의 말임을 나타내는 표지도 낮게 내리게 하였다.

"한눈 팔지 말아라. 곧장 전진이다! 막는 적은 찔러 버리고 타고 넘어라!"

길은 서쪽으로 곧장 뻗어, 이제 4, 5십 리 정도면 끝나는 아쓰타 가도였다. 그것은 알고 있었지만, 전진하면 전진할수록 어찌하여 구원해야 할 오다카 성을 내버려 둔 채 그대로 전진만 하는 것인지, 생명을 말 앞에 던질 각오로 따라온 군졸들로서는 대장 모토야스의 진의를 알다가도 모를 일이었다.

우르르 하고 전렬(前列)이 갑자기 갈라졌다.

"적이다!"

창을 든 자는 창을, 총을 든 자는 총을, 그리고 말고삐와 칼자루를 힘껏 움켜쥐었다.

"한눈 팔지 마라!"

"뚫어라! 뚫고 나가라!"

명령은 아우성으로 변해 가고 있었다.

검은 사람들 무리가 한데 뒤범벅이 됐다. 뒤쪽에 있는 자는 전진하려야 전진할 수가 없었다. 이미 싸움은 시작된 것이다.

양쪽의 잡목림에서 무질서한 총소리가 요란하게 들려왔다. 빨간 반딧불처럼 흘러 다니는 것은 적병이 화승을 들고 뛰어다니는 것이리라.

"쏘아라!"

조장의 호령에 마쓰다이라측 총대도 모두 사격 자세를 취했다.

총알이 빗발치듯했다.

이쪽에서도 쏘았다.

요란하게 메아리치는 총소리에 일순 귀가 먹먹해지자, 그것으로 군사들의 불만은 가라앉았다. 그러나 문득 둘러보니 그 부대만 본대에서 처져 있었다.

연락을 위해 달려 온 기마 무사가 고함을 질렀다.

"누가 쏘랬느냐. 곧장 전진하라는 명령을 못들었으냐? 빨리 전진이다. 전진해랏!"

"아직도 전진인가?"

뒤처졌던 군사들은 대오를 흐트러뜨린 채 허둥지둥 쫓아가 겨우 본대와 합류했다. 적은 와시즈, 마루네의 성채를 나와 돌풍같이 기습을 가해 오곤 했다. 그들과 싸우면서 전진을 계속하는 것이다. 이미 오다카 성을 10여 리나 지나쳐 와 있었다. 변경을 깊숙이 넘어 들어와 적지를 밟고 있는 것이다.

동시에 생각이 미치고 보니, 1천여 대의 짐수레와 모토야스의 직속 부대 5백여 기가 어느 틈엔가 낙오해 있었다.

"어찌 된 일이지?"

전군의 4분의 1에 해당하는 병력인 데다 대장이 있는 주력 부대와 헤어져 버려, 마쓰다이라 군은 다소 동요의 빛을 보였으나, 때를 같이 하여 명령이 내렸다.

"데라베 성을 탈취해라!"

졸병은 말할 것도 없고, 소대의 조장까지도 싸움은 그저 눈앞에 닥치기 나름이었다. 전체적인 전략에 대해서는 전혀 모르는 것이다. 다만 지휘채가 움직이는 대로 명령에 의하여 피를 뿌리며 명령에 의하여 돌진하거나 후퇴했다. 그 정도의 진퇴밖에 모르는 것이다.

적의 데라베 성은 눈앞에 있었다. 하지만 이렇게 적지 깊숙이 들어왔을 뿐더러 목적인 오다카 성의 구원은 젖혀 놓고 무엇 때문에 무모한 공격을 시도하려는 건가.

의아스러웠지만, 그런 것을 생각하고 있을 겨를이 없었다. 아군의 선봉은 이미 성문에 다다라 마른 풀을 쌓아 올리고 불을 지르며, 곳곳의 민가도 불살라 버리고 있는 중이었다.

불길 속에서 혈전이 시작되었다. 데라베 성의 군사가 성문을 열고 몰려나온 것이었다. 그들은 오다 군 중에서도 정예인 사쿠마 다이가쿠 휘하의 군사들이었다. 성채를 지키고 있던 오다 군은 여태까지 무사했던 것을 오히려 지루하게 여기던 참이라, 만만찮은 투지를 보였다. 먼 길을 급히 달려 온 마쓰다이라 군은 '잘 왔다!' 하듯이 몰려나온 성병의 전투력에 어이 없이 밀려나고 말았다.

"미카와 무사의 수치다!"

난군 속에서 사람의 소린지 뭔지 알 수 없는 소리가 고함치고 있었다.

미카와 무사의 수치다. 이것은 미카와 무사들의 입버릇처럼 되어 있는 말이었다. 아니, 이 시대 무사들 전체의 입버릇이기도 했다.

적에 패한다는 사실보다 적의 웃음거리가 된다는 것은 정녕 견딜 수 없는 수치였다. 더이상 없는 고통이었다. 겨우 몇 군데에 불을 지른 것으로 맹렬한 적의 공격에 가까스로 버티고 있었다.

곧 이어.

"다시즈의 병력이 뒤에서 몰려온다!"

"마루네의 적도 오고 있다!"

이리하여 마쓰다이라 군은 겹겹이 포위된 가운데 어쩔 줄 몰라하고 있었다.

당연했다.

누구나 그렇게 생각했다.

오다카 성을 누르기 위해 오다카 성과 대치하고 있는 적의 성채들을 완전히 무시하고 예까지 깊숙이 들어온 것이었다. 더욱이 데라베 성에 불까지 질렀으니, 와시즈, 마루데의 적들은 이렇게 생각했다.

'소병력인 데라베를 목표로 마쓰다이라 군이 기습을 가할 모양이구나.'

그래서 일부러 지나가게 해놓고 싸움이 한창 무르익자, 갑자기 퇴로를 끊고 포위망을 압축해 온 것이 틀림없었다.

"정말이냐! 와시즈와 마루네의 적병이냐? 틀림없느냐?"

이시카와 가즈마사, 사카이 요시로, 마쓰다이라 사마노스케 등, 각 부장은 급히 군졸들에게 그것을 확인하기 시작했다. 그러자 보군 대장과 탐색병들이 이리 뛰고 저리 뛰며 목이 터져라고 외쳤다.

"적지 않은 대군이오. 와시즈, 마루네의 적병들뿐 아니라, 젠쇼사, 나가지마 등 성채에서도 일제히 이리로 몰려오고 있소!"

그 말을 듣자 이시카와, 사카이 등 부장은 비로소 싸움의 목적을 이룬 듯이 소리쳤다.
"됐다!"
"전군은 급히 후퇴하라!"
그들은 창을 높이 휘두르며, 불길이 치솟는 부락 한가운데를 뚫고 적탄도, 적의 웃음소리도 모두 내동댕이친 채 썰물처럼 후퇴하기 시작했다.
오다카 성에서 20정쯤 떨어진 길가에 우거진 소나무 숲이 몇 군데 있었다.
그 소나무 숲 꼭대기에서 적의 동태를 살피고 있던 한 부장이 메아리 같은 소리로 숲 그늘의 어둠 속을 내려다보며 자세한 보고를 하고 있었다.
"데라베 성 부근에서 불길이 치솟고 있소!"
"불길은 일곱 군데 가량 되는 것 같소!"
다시 잠시 후에 보고를 했다.
"와시즈의 적이 데라베로 달려가고 있소. 2백, 3백, 아니, 모두 4, 5백은 되는 것 같소!"
어둠 속에서는 아무 응답도 없었다. 그저 먹물 같은 어둠이 도사리고 있을 뿐.
탐색병의 고함이 또 울렸다.
"마루네도 마루네의 적병들도! 지금 와시즈, 마루네 두 성채에서는 데라베를 지원하기 위해 총동원하는 것으로 보입니다!"
그 말이 끝나자마자 산 속에 군데군데 엿보던 횃불이 갑자기 늘어나기 시작하여 주위 일대를 환히 비추기 시작했다.
"지금이다!"
때를 포착한 한 떼의 인마가 일제히 산 속에서 뛰쳐나왔다. 그것은 데라베로, 데라베로 숨 돌릴 틈도 없이 전진하던 도중에 아군도 눈치 채지 못할 만큼 신속한 행동으로 아쓰타 가도에서 샛길로 빠져 산속으로 숨어 들어간 마쓰다이라 모토야스 직속 부대 5백여 명과 천여 대의 수레를 끈 치중대였다.
모토야스의 계략은 적중하여 적은 오다카 성으로 가는 길을 터 준 것이었다.
설사 용맹한 2천의 미카와 무사들이 들판을 피로 물들인다 해도, 적의 와시즈와 마루네 두 성채가 오다카 성을 누르고 있는 한, 행동이 자유롭지 않은 천여 대의 수레를 오다카 성까지 끌고 올라간다는 것은 절대로 불가능한 일이었다. 그 불가능한 일을 이마가와 요시모토는 볼모로 하여금 맡게 했던 것이나 모토야스는 기꺼이 그 영을 받았고, 또한 훌륭히 완수해낸 것이었다.

 무수한 횃불이 밝혀 주는 길을 따라 천 대의 치중대는 용감하게 오다카 성 안으로 들어갔다. 굶주림에 직면해 있는 성문 안으로 타오르는 횃불과 함께 천 대의 짐수레가 말발굽 소리도 요란하게 흘러 들어갔을 때, 성안의 장병들은 일제히 환호성을 올렸다. 목이 터지도록 지르는 환호와 함께 눈물을 흘리지 않는 장병은 한 사람도 없었다.

천기와 인물

 겨울 한동안 변경에서의 분쟁은 소강상태를 유지하고 있는 것처럼 보였다. 그러나 오히려 그것은 더 큰 움직임을 위한 준비 기간이었다.
 다음 해, 에이로쿠(永祿) 3년.
 비옥한 도카이 가도 가에는 보리가 싱싱하게 자라고 있었다. 꽃이 지고 신록의 내음이 물씬 코를 찌르는 초여름이었다. 요시모토는 후추에서 상경군의 출동령을 내렸다.
 대국 이마가와의 대규모 군비와 그 요란한 거동은 천하를 눈이 휘둥그레지게 했다. 또한 그 선언은 약소국의 간담을 서늘케 했다.
 ──아군의 앞길을 막는 자는 쳐부수리라!
 ──아군을 예를 갖추어 맞이하는 자는 휘하에 넣어 보호하리라!
 간단하고 명료한 선언이었다.
 그러나 다른 한편으로 보면, 요시모토 이하 이마가와가의 일족들이 얼마나 천하를 얕보고 있는가를 여실히 알 수 있었다.
 진중 일지(陣中日誌)에 의하면──.
 출병령은 5월 1일에 내려졌으며, 이마가와가 각 영내의 여러 성과 각 부문의 부장에게도 동시에 출진령이 내려졌다.

 단오절을 넘긴 5월 12일에 요시모토의 본진은 적자 우지자네를 후추에 남겨 성을 지키게 하고, 연도의 영민들이 환송하는 가운데 보무도 당당히, 햇빛도 무색하리만큼 눈부시게 차린 무사들과, 어승마의 표지, 대장기, 무기, 마구 등을 현란하게 전시하며 상경 길에 올랐다.

 병력의 실수는 약 2만 5, 6천이었지만, 4만 대군이라고 기세를 올렸다.

 그로부터 3일 뒤——.

 전위군의 선봉은 15일에 이미 지리후(池鯉鮒) 주막촌에 이르고 17일에는 나루미 방면에 접근하여 오다령 여러 마을에 불을 지르기 시작하고 있었다.

 날씨는 더위를 느낄 만큼 계속 맑았다. 보리밭도 콩밭도 뽀얗게 마를 대로 말라 있었다.

 그 푸른 하늘로——.

 사방의 부락을 태우는 검은 연기가 치솟고 있었다.

 그러나 오다령에서는 총소리 하나 들려오지 않았다. 오다측은 농부들을 미리 피난시켜 놓았던 모양으로 어느 집에나 가재도구 하나 없었다.

 "이런 상태라면 기요스 성도 텅 비었겠군."

 이마가와 군의 장병들은, 오히려 탄탄대로를 가는 것 같은 저항 없는 전진에 장비의 무게를 느낄 정도였다.

 대장 요시모토는 16일에 오카자키로 들어갔다. 가리야(刈星) 지방을 비롯한 주변 일대에는 수비대와 감시병이 엄중히 배치되었다.

 오카자키 성에는 마쓰다이라 모토야스를 비롯하여 대부분의 부하들이 출동한 뒤였다. 요시모토 본진의 통과를 기하여 반드시 맹공격을 가해 올 것으로 예상되는 적의 마루네 성채를 사전에 무너뜨리도록 진작부터 출진시켜 두었던 것이다.

 작년.

 모토야스가 오다카에 군량 보급을 하러 떠날 때 요시모토는 이렇게 약속했다.

 "무사히 임무를 완수하면 이번에야말로 미카와로의 복귀를…… 그 숙원을 이루도록 해 주마."

 그러나 그 뒤 요시모토는 아주 잊어버리기나 한 듯이 오늘에 이르기까지 일언반구도 없었다.

"이 기회에……."

마음이 상한 미카와측 강경파 일부에서는 요시모토의 상경을 계기로 해서 책동하려는 움직임도 없지 않았으나, 모토야스는 그것을 허락하지 않았다. 그리고 기꺼이 명령을 받들어 다시 전선에 나가 강적인 마루네 성채를 공격하고 있었다.

고요했다. 기요스 성은 오늘도 고요한 하늘 밑에 여느 때처럼 무사히 등불이 켜져 있었다.

──아아, 등불이 켜져 있다.

성시의 영민들은 새삼스럽게 그것을 바라보았다.

그러나 그것은 당장이라도 불어 닥칠 것 같은 폭풍 전의 등불이었다. 그러나 가지 하나 흔들리지 않는 성안의 나무들은 태풍의 중심에 위치했을 때의 불안한 고요를 연상케 했다.

성에서는 아직 영민에게 아무런 포고도 내리지 않고 있었다. 피난을 하라든가 항전 준비를 하라는 말이 전혀 없는 대신, 안심하라는 포고도 내리지 않았다.

상가는 평소처럼 가게문을 열고 있었다. 직인들도 여느 때와 다름없이 일을 하고 농부들도 밭일을 하고 있었다.

그러나 나그네들의 왕래는 며칠 전부터 뚝 끊어졌다.

그만큼 거리는 쓸쓸했다. 어딘가 불안한 기색이 감돌고 있었다.

"진격해 오는 이마가와 군은 4만 대군이라면서?"

"영주님은 어떻게 막을 작정이실까?"

"어떻게고 뭐고, 막을 도리가 있나? 도대체 이마가와 군에 비하면 이쪽은 10분의 1도 안 되는 병력이니 말이야."

거리마다 불안한 얼굴들이 서로 만나기만 하면 수군거렸다.

그런 가운데──.

오늘은 삿사 구라노스케 나리마사(佐佐內藏助成政)가 가스가이(春日井)의 거성에서 얼마 안 되는 부하들과 함께 본성으로 달려 왔고, 어제는 아이치(愛知) 고을 가미야시로(上社)의 시바타 곤로쿠가 등성했다. 그제는 서부 가스가이 성의 시모카타 사콘노쇼겐(下方左近將監), 니와(丹羽) 고을의 오다 요이치(織田與一), 쓰시마(津島)의 핫토리 고헤이타(服都小平太), 하구리(羽栗) 고을 구리다(栗田)의 구보 히코베(久保彦兵衞), 아쓰타 신궁(熱田神宮)의 지아키, 가가노카미(千秋加賀守) 등, 연이어 많은 오다가의 장성들이 지나가는 것을 보았다.

퇴성하여 다시 영지로 돌아가는 부장도 있었으나 적어도 그들 중 몇 분의 일은 며칠 전부터 본성에 머무르고 있는 듯했다.

"죽느냐 사느냐다!"

막연하기는 했지만 영주의 흥망을 걱정하고 있는 영민들은 그런 장성들의 빈번한 왕래를 똑똑히 기억하고 있었다.

'이마가와측에 항복하느냐, 운명을 걸고 싸우느냐, 그 때문에 회의가 지연되고 있으리라.'

이런 짐작을 하고 있었다.

영민들의 그런 직감은 눈에 보이지 않는 정묘(政廟)의 일이기는 했지만 대개 큰 차이는 없는 것이었다. 사실상 그런 논의가 며칠을 두고 성안에서는 되풀이되고 있었다. 어느 때고 경·연(硬軟)의 두 의견이 대립하게 마련이어서 '만전'과 '집안의 명맥 유지'를 생각하는 자들은 일단 이마가와측 군문에 무릎을 꿇는 것도 부득이하다는 주장을 하고 있었다.

그러나 그런 논의는 오래 계속되지 않았다. 노부나가의 결단이 서 있었기 때문이었다. 노신들과 일족을 모아 놓고 회의를 연 것은, 그 결의를 전달하기 위한 것이었다. 결코 온건파의 보신책이나 영토 보전책을 듣기 위한 것이 아니었다.

노부나가의 결심을 알자 용감하게 임지로 돌아가는 장성들도 많았다.

"현명하신 처사."

노부나가 또한 될수록 그들을 임지로 돌려보냈다.

"여기 있어도 별로 할 일이 없다."

따라서 기요스 성은 평소와 다름없이 조용했고, 특별히 사람이 많아지지도 않았다.

그러나 역시 노부나가는 어젯밤에도 한밤중에 몇 번이고 일어나 첩자들이 전해 오는 급보를 검토했고 오늘 밤에도 극히 간단하게 저녁 식사를 마치자, 널찍한 집무실에 나가 앉아 있었다.

그곳에는 며칠 전부터 그의 앞을 떠나지 않고 있는 제장들이 침통한 표정으로 오다가 창업 이래 최대의 국난을 우려하고 있었다.

수면 부족이라 모두 초췌하기는 했으나, 표정은 진지했다.

모리 요시나리, 시바타 곤로쿠, 가토 즈쇼, 이케다 가쓰사부로, 그리고 그 밖의 막장들.

조금 물러난 곳에는 핫토리 겐바, 와타나베 다이조, 오다 사콘(大田左近), 하야카와 다이젠(早川大膳) 등 여러 무사들이 앉아 있었다. 모두 우두머리격이었다.

물론 각 방마다 주요 가신들이 가득 차 있었다.

도키치로쯤은 도대체 몇 번째 방구석에 앉아 있는지도 모를 일이었다.

숨 막히는 듯한 침묵이 사흘밤 내내 계속되고 있었다.

'초상집이나 다름없구나!'

불길하여 감히 입 밖에 내지는 못했지만 은근히 그렇게 생각하며 가물거리는 등불과 늘어앉은 사람들을 둘러본 자도 있으리라.

그런 가운데서 이따금, 유독 노부나가의 웃음소리가 들릴 뿐.

"하하하……."

무슨 말을 하고 있는지 멀리 말석에 있는 사람들에게는 들리지도 않았지만, 노부나가의 너털웃음만은 요란하게 들려오곤 했다.

그런가 하면——.

별안간 쿵쿵거리며 여느 때와는 달리 다급한 걸음으로 복도를 달려오는 자들이 있었다. 전선에서 소식이 들어오는 것이다. 고대하고 있던 노부나가의 측근이 전황 보고를 듣거나 군장을 넘겨받아 그것을 노부나가 앞에 펴보인다.

"아! …… 이것은."

대신 읽은 뒤, 노부나가에게 고하기에 앞서 시바타 곤로쿠는 안색이 달라지고 말았다.

"주군."

"뭐냐?"

"방금 마루네의 사쿠마 모리시게의 성채에서 오늘 새벽 이후 네 번째 급보가 도착했습니다."

"그래?"

노부나가는 왼쪽에 있던 팔걸이를 무릎 앞에다 옮겨 놓으며 물었다.

"그래서?"

천기와 인물 437

"스루가의 대군이 아오미(碧海) 고을의 이마무라(今村)를 지나 저녁 무렵에는 벌써 구쓰카케까지 육박해 왔다는 내용입니다."
"그래?"
노부나가는 그렇게만 대답했을 뿐이었다. 눈길은 넓은 방 꼭대기에 있는 통기창에 가 있었다. 그것은 초점을 잃은 시선 같기도 했다.
'……역시 주군께서도 당황하고 계신다.'
가신들은, 아무리 평소에 대담했던 노부나가를 보아 왔지만, 이번에만은 역시 그렇게 생각하지 않을 수 없었다.
구쓰카케나 마루네라면 이미 오다가의 영토였다. 그 일선에 산재해 있는 몇 군데의 성채가 돌파되면 오와리 평야는 일사천리, 기요스의 성시까지 거의 아무것도 장애가 없었다.
"어떻게 하시렵니까?"
견딜 수 없다는 듯이 시바타 곤로쿠가 말했다.
"이마가와측은 4만의 대군이라고 합니다. 아군은 4천도 못 되는 열세, 더구나 마루네 성채에는 사쿠마 모리시게의 부하가 불과 7백 정도 있을 뿐입니다. ……이마가와의 선봉인 마쓰다이라 모토야스의 군사만도 2천 5백이나 되고 보면, 노도 앞의 편주나 다름없습니다."
"곤로쿠, 곤로쿠!"
"마루네고, 와시즈고, 새벽까지나 지탱될 수 있을는지……."
"곤로쿠, 안 들리나?"
"예."
"무얼 씨부렁거리고 있나. ……뻔한 얘기를 되풀이해 봤자 아무 소득도 없다."
"하지만……."
계속하려고 했을 때, 또 다시 복도에서 다급한 발소리.
"나카지마의 가지카와 가즈히데(梶川一秀) 및 젠쇼사에 계신 사쿠마 노부토키(佐久間信辰)로부터도 방금 급사가 도착했습니다. 여기 그 군장을 대령하였습니다."
목소리도 엄숙했다.
옥쇄를 각오하고 있는 전선에서의 보고는 모두 비장의 극한이었지만, 지금 도착한 나카지마, 젠쇼사, 두 진지에서 온 급보에도 역시 이런 말이 적혀 있었다.

'이것이 본성에 대한 마지막 보고가 될 것입니다.'

전초 진지에서 본성에 보내온 유언과도 같은 그 서찰에는, 적 대군의 배치와 내일 있을 공격에 대한 예상도 적혀 있었다.

"적의 배치에 관한 대목만 다시 한 번 읽어 보아라."

노부나가는 팔걸이를 안은 채 대신 읽는 시바타 곤로쿠에게 말했다.

곤로쿠는 서찰 중 조항 별로 씌어 있는 부분만을, 노부나가뿐만 아니라 늘어앉은 다른 사람들도 들으라는 듯이 다시 읽었다.

1. 마루네 성채 공격군

약 2천 5백여.

주대장 마쓰다이라 모토야스.

2. 와시즈 성채 공격군

약 2천여.

주대장 아사히나 가즈에.

3. 측면 지원대 약 3천.

주대장 미우라 빈고노카미.

4. 기요스 방면 전진 주력

대략 6천여 명.

구즈야마 노부사다(葛山信貞), 그 밖의 각 부대.

5. 스루가 군 본군.

병력 약 5천여.

시바타 곤로쿠는 여기에 덧붙여 주석을 가했다. 이상과 같은 숫자 외에도 적의 잠행하는 소부대가 얼마나 있을지, 그 점은 분명치 않다는 것이다.

또한 작년 이후 완강히 버티어 온 이마가와측의 오다카 성이, 이렇게 되니 갑자기 중요한 존재가 돼 버렸다. 원래 오다카 성은 영토 내에 잠식해 들어온 것이어서, 그 지리적인 조건으로 말미암아, 아군 방어선은 끊임없이 배후나 측면으로부터 위협을 받는 결과가 된 것이다.

"……."

"……."

노부나가를 비롯하여 모든 가신이, 곤로쿠가 말을 하고 있는 동안에도, 그가 잠자코 서찰을 도로 말아 노부나가 앞에 바친 후에도, 묵묵히 등불만 지켜보고 있었다.

끝까지 싸운다는 방침은 이미 결정되어 있었다. 재론할 여지가 없었다. 그러나 이렇게 손을 붙들어 매고 앉아 있는 것이 일동은 고통스러웠다.

와시즈니 마루네니 해도, 그것은 먼 국경이 아니었다. 말에 채찍만 한 번 가하면 도착할 수 있는 곳이었다. 4만이라고 하는 이마가와의 밀물 같은 대군이 이미 눈에 보이는 듯했다. 귀에 들리는 것도 같았다.

"과단성 있는 결심도 좋으시지만, 옥쇄만이 무사의 길이라고는 생각지 않습니다. 다시 한번 숙고하시는 것이 어떨까 합니다. 비록 이 사토노카미, 비겁하다는 평을 듣더라도, 가문의 명맥을 유지하기 위해서는 재고의 여지가 있는 것이라고……굳이 말씀 올리는 바입니다."

가라앉은 좌석 한 쪽에서 수심에 찬 노인의 목소리가 들렸다. 좌중에서는 가장 고참인 하야시 사토노카미였다. 일찍이 노부나가를 죽음으로써 간했던 히라테 나카쓰카사와 더불어, 선군 노부히데로부터 노부나가를 부탁한다는 유언을 받고 있는 세 노신 중, 아직 생존해 있는 것은 이 사토노카미 혼자뿐이었다.

노신의 말은 늘어앉은 사람들의 공감과 동정을 모았다. 가신들은 노부나가가 이 노신의 마지막 충언을 받아들였으면 하는 생각이 간절했다.

"……시각은 어떻게 됐나?"

노부나가는 전혀 엉뚱한 소리를 하며, 당황하는 가신들을 둘러보았다.

"자시(子時)가 넘었습니다."

누군가 대답했다.

옆방에서 들린 대답이었다.

그것으로 다시 말은 끊어졌다. 밤이 깊었다는 생각과 함께, 가신들의 모습도 깊이 가라앉는 듯했다.

"주군, 다시 한 번 숙고해 주시기 바랍니다. 다시 한 번 회의를 개최하시기 바랍니다. 신 사도, 감히 거듭 아뢰옵니다."

그는 마침내 자리를 조금 움직여, 백발이 된 머리를 노부나가에게 조아리며 말했다.

"날이 새는 대로 아군의 성채는 이마가와 군 앞에 순식간에 무너지고 말 것입니다. 돌이킬 수 없는 대패가 될 것입니다. ……그런 연후에 화평을 맺는 것과 그 일보 직전에서 맺는 것은……"

"사토노카미인가?"

"예."

"노체라 오래 앉아 있는 것이 힘들 것이다. 이미 재론할 아무것도 없고, 밤도 깊었으니 물러가 쉬도록 하여라."

"……너무하신 말씀입니다."

사토노카미는 눈물을 뚝뚝 흘렸다. 오다가도 이제는 마지막이라고 생각했기 때문이었다. 동시에 쓸모없는 늙은이 취급을 당한 것이 섭섭하기도 했다.

"그토록 굳은 결심을 하셨다면 이 사토노카미도 더 이상 말씀드리지 않겠습니다."

"하지 마라."

"예. ……하지만, 군사 회의는 개최하시기 바랍니다. 그저께 밤도 어젯밤도, 또 오늘도 이렇게 모여 앉아서 시시각각 육박해 오는 적군의 소식만 듣고 있어서야 무슨 소용이 있겠습니까. ……성을 버리고 나가서서 싸우신다면 그에 대한, 농성을 하신다면 농성에 대한, 군사 회의가 있어야 할 줄 압니다."

"그렇지."

"저로서는 앞서 가토, 시바타 양장께서 피력하신 의견에 찬성합니다. 주군께서는 성에서 나가 싸운다는 것으로 마음을 굳히고 계신 모양입니다만……."

"그렇소."

"4만 대군에 대해 아군은 그 10분의 1도 못 됩니다. 평야에서 싸우신다는 데에는 만에 하나도 이로운 점이 없습니다."

"농성을 하면 이로운가?"

"그래도 성벽을 의지하고 버티노라면 그 동안에 어떤 방책이 설지도 모릅니다."

"방책이라면?"

"반 달이고 한 달이고 이마가와 군을 저지하면서 그 사이에 미노나 고후에 밀사를 보내, 호조건을 제시하여 원군을 청하든가, 전법 자체로도 적군을 괴롭힐 방법을 강구할 수 있을 것입니다. 주군 곁에는 지략을 갖춘 인사가 적지 않은 줄 압니다."

노부나가는 천장이 쩌렁쩌렁 울리도록 크게 웃었다.

"하하하, 사토노카미. 그것은 정세가 다급하지 않을 때의 전법이야. 지금은 어떤가, 사토노카미?"

"아뢸 것도 없는 일이옵니다."

"10일이나 20일쯤 연명해 봤자, 지킬 수 없는 성은 지킬 수 없는 거요. ……하지만 누군가 말한 적이 있지. 운명의 방향은 사람의 눈으로는 마지막으로 보이는 어느 지점에서 바뀌는 기회가 생기게 되는 거라고……."

"……."

"생각건대 노부나가는 지금을 역경의 밑바닥으로 본다. 더욱이 상대는 크다. 이 노도야말로 운명이 노부나가에게 부여한 하늘이 주는 기회인지도 모른다. 비루하게 조그만 껍질 속에 몸을 숨기고 연명해 볼 생각은 없다. 사람은 한 번 죽는 것이다. 그대들의 목숨도 이 기회에 노부나가에게 맡겨라. 같이 넓은 하늘 밑으로 나가 떳떳이 죽어 보자."

노부나가는 잘라 말하고 곧 말투를 바꾸어, 씁쓸하게 웃었다.

"모두들 다소 수면 부족인 것 같군. 사토노카미도 가서 쉬어라. 그 밖의 자들도 모두 가서 자도록 해라. 설마 잠을 이룰 수 없을 만큼 소심한 자는 이 중에 없을 테지?"

그 말을 듣고는 자지 않을 수도 없었다. 사실 그저께 밤부터 충분한 수면을 취한 자는 이 가운데 하나도 없었다. 노부나가만은 예외로 밤에도 자고 낮잠도 잤지만, 그것도 침소에 들지 않고 그냥 잠깐 눈을 붙인 것이었다.

"내일은 내일……."

사토노카미는 체념하듯 그렇게 중얼거리고, 노부나가와 다른 가신들에게도 인사를 한 다음 먼저 물러갔다.

"물러가겠습니다."

다음에 또 한 사람이.

그리고 이어 다른 사람이.

이가 빠지듯, 늘어앉았던 가신들은 차례차례 자리에서 일어났다.

이윽고 노부나가는 넓은 방에 혼자 남았다. 겨우 마음이 홀가분해진 듯한 표정이었다.

돌아보니 그의 등 뒤에서, 두 소년이 서로 기댄 채 졸고 있었다. 시동이었다. 그 중 하나는 사와키 도하치로(佐脇藤八郎)라고 하는, 올해 14살이 되는 소년이었다. 지난 해 노부나가의 노여움을 사 추방된 마에다 이누치요의 동생이었다.

"도하치로……여봐라, 도하치로!"

노부나가는 그를 불러 깨웠다.

"예!"

도하치로는 흠칫하며 입 언저리를 손등으로 닦았다.

"잘 자는 녀석이군."

"죄송합니다."

"아니야. 꾸짖는 게 아니다. 오히려 칭찬해 주고 싶을 정도다. 하하하. 나도 잠시 자야겠다. ……뭐든 베개가 될 만한 것을 가져오너라."

"이대로 주무시렵니까?"

"그래. 머지않아 날도 샐 게고, 아무렇게나 잠깐 눈을 붙여 보기로 하지. ……아, 저쪽 선반 위에 있는 상자를 다오. 베개로 삼게."

그렇게 말하면서 노부나가는 몸을 구부리고, 도하치로가 그것을 가져올 때까지 팔베개로 머리를 받치고 있었다.

문서궤 뚜껑에는 금박이 칠해진 송죽매(松竹梅)의 그림이 있었다. 노부나가는 거기에 머리를 대면서 혼자 빙그레 웃고 눈을 감았다.

"좋은 꿈이나 꾸어 볼까?"

이윽고 시동 도하치로가 수많은 등잔을 하나씩 꺼 가는 동안, 노부나가의 미소도 눈 녹듯이 엷어져 가더니, 어느새 깊이 잠든 듯 코를 골기 시작했다.

"주군께서 주무십니다……조용히 하시도록."

두 시중은 대기실로 가 넌지시 전갈하였다.

"그래?"

모여 앉았던 사람들은 짓눌리듯 한, 그러나 비장한 눈빛을 감추지 못하며 고개를 끄덕였다.

이미 절대적인 각오가 모두의 가슴에 굳어져 가고 있었다.

절대적이라는 것은 물론 죽음, 그것이었다. 성 안에서는 모두 눈앞에 놓인 그 죽음을 바라보며 밤을 지새고 있었다.

"……죽는 건 좋지만 대체 어떻게 죽어야 하는가?"

불안이 있다면, 그것만이 아직 누구의 가슴에도 결정되어 있지 않을 것이었다. 따라서 진정한 의미에서의 각오가 아직 되어 있지 않은 자도 있었다.

"바람이 찰 텐데……."

누군가 조심스레 다가와 노부나가의 몸에 침구를 걸쳐 주었다. 사이라고 하는 시녀였다.

그로부터 두시간이나 잤을까? 등잔에 기름이 떨어져 벌레 울음 같은 소리를 내고 있었다.

노부나가는 번쩍 머리를 들고 돌연 소리를 질렀다.

"사이, 사이……아무도 없느냐!"

출진

소리도 없이 문이 열렸다.

시녀 사이는 그 자리에 무릎을 꿇으며 노부나가를 바라본 다음, 조용히 문을 닫고 다가와서 다시 무릎을 꿇었다.

"부르셨습니까?"

"음, 사이냐. ……지금 시간이 어떻게 됐지?"

"축시를 조금 넘은 것으로 압니다."

"알맞은 때군."

"무슨 말씀이십니까?"

"아니다. 내 갑옷을 가져오너라."

"갑옷을요?"

"누구한테 일러서 말도 준비시키도록 해라. 그 사이에 너는 먹을 것이나 좀 준비하고."

"분부대로 거행하겠습니다."

사이는 눈치 빠른 시녀였다. 그 때문에 노부나가 신변의 잔일은 언제나 사이가 맡아 보고 있었다.

사이는 노부나가의 심중을 잘 알고 있었다. 마침내 왔구나 하고 생각했을 뿐 새삼스럽게 수선을 피우지도 않았다. 옆방에서 팔베개로 자고 있는 시동 사와키 도하치로를 깨워 숙직 무사에게 연락해서 말을 준비시키도록 이르고, 자신은 그 사이에 잽싸게 노부나가의 조반을 대령했다.

노부나가는 젓가락을 집으며 물었다.

"날이 새면 5월 19일이지?"

"예."

"19일 아침 조반은 이 노부나가가 천하에서 제일 먼저 드는 셈이군. ……

밥맛이 난다. 한 공기 더."
"많이 드십시오."
"저 쟁반위에 놓인 것은 무엇이냐?"
"다시마와 황밤이옵니다…… 제대로 준비하지 못 해서 죄송합니다."
다시마도 황밤도 경사에 쓰이는 것이었다.
"오오, 용케 생각이 미쳤군."
노부나가는 유쾌하게 조반을 들고 나서 황밤을 두세 개 집어 오독오독 씹었다.
"잘 먹었다. ……사이, 저 소고(小鼓)를 이리 가져오너라."
노부나가가 아끼는 소고였다. 사이로부터 소고를 받아들자 노부나가는 어깨에 기대고 두세 번 채로 두드려 본다.
"잘 울리는군, 밤이 깊은 탓인지 평소보다 더 맑은 소리를 내는 것 같다. ……사이! 내가 춤을 출 테니, 네가 장단을 맞춰 다오."
"예."
사이는 노부나가로부터 순순히 소고를 넘겨받자 곧 치기 시작했다.
나긋나긋한 하얀 손의 움직임에 따라 북소리는 기요스 성 넓은 방마다 일어나라 일어나라 하듯이 울려 퍼졌다.
"인생 50 년, 흘러온 자취를 돌아보면……."
노부나가는 일어났다.
일어나 물이 흐르듯 조용히 발 끝을 옮기면서 소고에 맞춰 읊기 시작했다.
"……흘러온 자취를 돌아보면, 덧없는 꿈이요 환영이로다. 삶을 얻어 이 세상에 태어난 자로, 그 누구 흙으로 아니 돌아가리."
그의 목청은 어느 때보다 낭랑했다. 이것이 이승의 마지막임을 각오하고 읊기나 하듯이.
"……그 누구 흙으로 아니 돌아가리. 이것이 보리(菩提)임을 깨닫지 못함은 서글픈 일이라 생각하면서, 총총히 상경길을 더듬어갈 때 아쓰모리(敦盛)경의 수급을 보니……."
누구일까?
급히 복도를 달려오는 자가 있었다. 숙직 중이던 무사이리라. 갑옷 소리와 함께 무릎을 꿇더니 말했다.
"말을 대령했습니다. 지금이라도 타시면 됩니다."

춤추던 손발을 우뚝 멈추며 노부나가는 소리가 들린 쪽을 돌아봤다.

"이와무로 나가토(岩室長門)가 아니냐?"

"예, 나가토입니다."

그 자신도 이미 갑옷에 칼을 차고, 당장이라도 노부나가 말 앞에서 고삐를 잡을 수 있도록 준비를 갖추고 있었다.

그러나 노부나가 자신은 아직 갑옷도 입지 않은 데다 시녀 사이에게 소고를 치게 하고 춤을 추고 있어서, 이와무로 나가토는 '아니?' 하는 듯한 의아스런 눈을 크게 뜨고 있었다.

"말을 준비하라십니다!"

금방 달려 나와 이런 분부를 전한 것은 시동 사와키 도하치로가 아니었던가? 혹시 모두 수면 부족으로 지친 데다 신경이 날카로워진 때라, 무슨 착오를 일으킨 것이 아닐까? 일순 나가토는 노부나가의 한가한 모습에 당혹감을 느꼈을 정도였다.

"말을!"

여느 때 같으면 이런 영을 내리기가 바쁘게, 미처 준비할 사이도 없이 뛰쳐나오는 노부나가였기에 나가토는 더욱 의아스러웠다.

"들어오너라."

노부나가는 춤추던 손을 멈추기는 했으나 자세는 무너뜨리지 않은 채 말했다.

"……나가토, 그대는 복이 많구나. 노부나가가 세상을 하직하는 마음으로 추는 춤을 그대만이 볼 수 있게 됐으니 말이다. 거기 앉아서 잘 보아라."

'그랬구나……'

나가토는 그제서야 주군의 심중을 헤아리고 잠시나마 의아하게 생각했던 스스로를 부끄럽게 생각하며 방 한구석으로 다가앉았다.

"역대 노신과 가신들이 수많이 계신 가운데 유독 이 나가토만이 주군께서 깊은 뜻을 두시고 추시는 춤을 볼 수 있게 된 것은 분에 넘치는 영광입니다. 원컨대 이 나가토에게도 마지막으로 한 가락 부르도록 허락해 주시기 바랍니다."

"음, 그대가 부를 텐가? …… 좋다. 사이, 그럼 처음부터."

사이는 잠자코 북과 함께 다소곳이 머리를 숙였다. 나가토는 노부나가가 춤을 출 때는 언제나 아쓰모리의 가락임을 알고 있었다.

——인생 50년,
　흘러온 자취를 돌아보면
　덧없는 꿈이요 환영이로다.
　삶을 얻어 이 세상에 태어난 자로
　그 누구 흙으로 아니 돌아가리.

노래를 부르는 나가토의 가슴 속에는 노부나가의 어렸을 때 모습을 비롯하여, 오랫동안 섬겨 오면서 있었던 갖가지 일들이 주마등처럼 흘러갔다.
　춤을 추는 사람과 가락을 읊는 사람의 마음이 한데 얽히고, 소고를 치고 있는 사이의 해말간 얼굴에도 눈물 자욱이 등잔불에 반짝였다. 그러나 사이가 치는 소고 소리는 여느 때보다도 맑았고 무언가 엄숙함마저 느끼게 했다.

　꽃다운 옷소매를 검게 물들여
　도이치(十市)의 마을은 검은 먹장삼,
　이제 새삼 입어 보는 까닭은 무엇…….?

"언젠가는 죽는 몸……."
그러면서 노부나가는 부채를 집어 던지고 잽싸게 갑옷을 몸에 걸쳤다.
"사이! 노부나가가 전사했다는 말을 들으면 곧 이 성을 불살라 버려라. 아무것도 남지 않게!"
"알겠습니다."
사이는 소고를 놓고 두 손을 짚은 채 얼굴을 들지 못했다.
"나가토. ……뿔피리!"
"예."
나가토는 앞서서 긴 복도를 달려 나갔다.
노부나가는 사랑스러운 시녀들이 자고 있을 안을 향하여, 또 이 성 안에 있는 조상들의 혼령에게 마음으로부터 마지막 인사를 했다.
'그럼, 안녕히……'
그러고는 투구끈을 매면서 밖으로 달려 나갔다. 아직 어두운 새벽하늘에 출진을 알리는 뿔피리 소리가 우렁차게 울려 퍼지고 있었다.

어둠은 아직 짙었다.

구름 사이에 별빛이 뚜렷이 남아 있었다.

"출진이시다."

"뭣이?"

"주군의 출진이시다."

"정말인가?"

알리고 다니는 자.

기겁을 하여 몰려나오는 무사들.

그러나 대부분은 주방 담당이나 창고지기 같은, 싸움터에는 쓸모없는 노무사들뿐이었다.

전송을 위해 일제히 성문 밖까지 몰려나왔다. 그것은 기요스 성내에 있는 거의 모든 남자들이었지만 그 수는 불과 4, 50명밖에 되지 않았다.

노부나가의 신변도 이 때는 얼마나 방비가 미약했는가를 짐작할 수 있으리라.

노부나가가 이 날 탄 말은 '월륜(月輪)'이라 불리는 준마였다. 신록에 어두운 바람이 불고, 손에 든 등불이 명멸하는 현관 앞에서 노부나가는 자개 안장을 놓은 말 뒤에 올라타자, 활짝 열린 중문을 지나 성문밖으로 갑옷 허리와 칼집 소리를 울리면서 달려 나갔다.

"오오!"

"주군이시다!"

전송을 위해 모여 섰던 노무사들은 저도 모르게 꿇어앉은 채 부르짖었다.

노부나가도 오른쪽을 굽어보며 말했다.

"잘들 있거라."

다시 왼쪽을 굽어보았다. 그것은 오랫동안 자기를 섬겨준 노인들에 대한 은근한 고별이었다.

"잘들……."

노부나가는 성을 잃고 주인을 잃은 노인들과 시녀들의 신세가 얼마나 비참한가를 알고 있었다. 자신도 모르게 눈시울이 뜨거워졌다. 뜨거워지는 눈시울을 내리깐 순간, 준마 월륜은 이미 성밖을 달리고 있었다. 질풍과 같이 새벽의 어둠 속을 달리고 있었다.

"주군!"

"주군!"

"기다려 주십시오!"

늦을세라 그의 뒤를 쫓아온 것은 이와무로 나가토를 비롯하여 야마구치 히다노카미(出口飛彈守), 하세가와 교스케(長谷川橋介) 그리고 시동인 가토 야사부로와 가장 나이 어린 사와키 도하치로였다.

주종 합해서 불과 6기.

자칫하면 노부나가의 말에 뒤쳐지기 일쑤여서, 근시들은 곤두박질치듯 뒤따르고 있었다.

노부나가는 돌아보지도 않았다.

적은 동녘에, 아군 또한 전선에 있었다.

그곳 사지에 이를 무렵에는, 이미 해도 높아지리라. 이 나라에 태어나 이 나라 흙으로 돌아가는 것이다. 생각하면 아무것도 아니었다. 더구나 영원한 시간의 흐름과 순간을 비교해 볼 때.

노부나가는 달리면서 그것을 생각했다.

"주군!"

"주군!"

갑자기 거리 모퉁이에서 외치는 자가 있었다.

"오오, 모리의 부하들인가?"

"그렇습니다."

"시바타 곤로쿠도 있구나."

"예, 주군!"

"빨리 왔구나."

치하하고 노부나가는 등자를 발로 버티고 일어나듯 하며 물었다.

"인원은?"

"모리 요시나리 밑에 120기, 시바타 곤로쿠 밑에 80기, 도합 2백여 기 정도옵니다. 주군을 모시려고 기다리고 있는 중이옵니다."

모리 요시나리 휘하의 궁조에는 아사노 마타에몬의 모습이 있었고, 또한 보군 30명의 조장으로 기노시타 도키치로의 얼굴도 한몫 끼여 있는 것이 보였다.

잡병을 가까스로 면한 정도인 도키치로의 존재였지만, 노부나가는 힐끗 그쪽을 바라보았다.

'원숭이도 있구나!'

다시 그 눈은 새벽 어스름 속에 용감하게 진격을 기다리고 있는 2백여의 병사들을 말 위에서 훑어보며 한층 더 빛을 발하고 있었다.

'나에게는 이런 부하들이 있다!'

4만이라는 노도에 부딪치기에는 일엽편주, 한 움큼의 모래만도 못한 병력이었지만, 그는 감히 묻고 싶었다.

'요시모토, 그대에게 이런 부하가 있느냐!'

주장(主將)으로서, 인간으로서, 그는 자랑스러움을 금치 못했다.

패한다 해도 내 부하들은 그냥 패하지 않을 것이다. 무엇인가 영원히 지상에 남길 것을 남겨 놓고 죽으리라 생각되었다.

"날이 새는 것도 머지않았다…… 자, 가자!"

노부나가는 앞을 가리켰다.

맨 선두에 서서, 그의 말이 아쓰타 가도를 동쪽을 향해 달리기 시작하자, 양쪽 민가의 처마 밑까지 길게 끼어 있는 아침 안개를 뚫고 2백여 군사는 구름과 같이 '와아!' 하는 함성과 함께 그 뒤를 따랐다.

대오도 진열도 없었다.

그저 뒤질세라 달릴 뿐이었다.

무릇 1국 1성의 대장의 출진이라면 민가는 일제히 손을 놓고 집 앞을 깨끗이 한 뒤 사소한 일이라도 금기가 되는 것은 삼가며 출진을 전송해야 했다. 군사는 군사대로 대장기와 대장마의 표지를 호위하며 진열을 지어야 하고, 대장은 위엄을 갖추어 일고 육보(一鼓六步)의 격식대로 국력이 자라는 한 호화로운 대열로 국경을 향해 떠나는 것이 보통이다. 그러나 노부나가는 도무지 그런 허식을 몰랐다.

대오도 제대로 갖추지 않고 그저 달리기만 하는 것이었다. 더욱이 틀림없이 죽는 싸움이었다. 따라올 테면 오라는 식으로 그는 선두에 서서 달리고 있었다.

그러나 낙오하는 자는 아무도 없었다. 오히려 갈수록 인원이 늘었다. 출진이 너무 급했던 관계로 미처 준비를 못한 자들이 뒤늦게 여기저기서 뛰어들고, 뒤따라오기도 했기 때문이다. 그들의 함성과 발소리에 새벽잠에서 깬 영민들은, 문을 열고 내다보았다.

"무슨 일이지?"

그리고 아직 잠이 가시지 않은 눈을 크게 뜨며 소리쳤다.
"아, 전쟁이다!"

그러나 아침 안개를 뚫고 선두로 달려간 사람이 영주 오다 노부나가였다는 것은, 나중에 그렇게 짐작했을 뿐 그 당장에는 아무도 노부나가로 보지 않았다.

"나가토, 나가토."

노부나가는 말 위에서 돌아봤으나, 이와무로 나가도는 기마가 아니었으므로 훨씬 떨어진 뒤쪽에 있는 듯했다.

말머리를 나란히 하고 따라오는 것은 시바타 곤로쿠와 모리 요시나리. 그리고 아쓰타 거리 어귀에서 합류한 가토 즈쇼 등이 있을 뿐이었다.

"곤로쿠! 신궁의 기둥이 보이기 시작한다. 아쓰타 신궁 앞에서 일단 군사를 멈춰라. 노부나가도 참배하고 가련다."

그러는 사이에 벌써 그들의 말은 기둥 밑에 이르러 있었다.

그 기둥은 이를테면 신궁의 문이었다.

노부나가가 말에서 뛰어내리자, 약 20명의 부하와 함께 아쓰타 신궁의 신관이며 신령의 지방관이기도 한 지아키 가가노카미 스에타다(千秋加賀守季忠)가 대기하고 있다가, 곧 달려와 노부나가의 말고삐를 잡았다.

"기다렸습니다."
"오오, 스에타다인가?"
"예."
"수고했다. 기원을 드리고 가련다."
"모시겠습니다."

스에타다는 노부나가를 안내했다.

삼나무가 즐비하게 늘어선 길은 안개에 촉촉이 젖어 있었다. 스에타다가 참배객을 위한 샘물 앞에 서서 권했다.

"양치질부터……"

노부나가는 노송나무 국자로 물을 떠서 손을 씻고 양치질을 했다. 그리고 솟아오르는 신천(神泉)을 다시 한 그릇 떠서 단숨에 들이켰다.

"봐라. 길조다!"

노부나가는 하늘을 우러러보며 말했다. 뒤따르는 하타모토와 군졸들도 들으라는 듯이 크게 외치며 하늘을 가리켰다.

밤은 이제 물러가기 시작하고 있었다. 삼나무 가지 끝이 붉은 아침 해에 물들어 있고, 새벽 까마귀 떼가 높이 울어 대고 있었다.

"신아(神鴉)다!"

"신아다!"

노부나가를 따라 주위의 무사들도 하늘을 우러렀다.

그 사이에 지아키 스에타다는 갑옷을 입은 채 배전에 올라가 노부나가를 돗자리 위에 앉게 하고 그 앞에 발이 달린 쟁반에 술을 놓아 가지고 와서 잔을 들게 했다. 그리고 호리병을 들어 노부나가의 잔에 따르려고 하는데 가로막는 자가 있었다.

"스에타다, 잠깐!"

시바타 곤로쿠였다.

"지아키 공은 본 아쓰타 신궁의 신관인 만큼 신전에서 일을 보는 것은 당연하지만 아무리 출진 전이고 다급한 때라 해도 갑옷 차림으로 배전에서 일을 볼 수야 없지 않나? 갑옷을 벗고 의관을 갖출 틈이 없으면, 다른 신관도 있을 터, 어째서 딴 사람을 부르지 않는가?"

이렇게 나무라자, 지아키 스에타다는 빙그레 웃었다.

"말씀하신 것은 시바타 공이오? 주의를 주셔서 감사하오……. 하나 갑옷은 곧 예복도 될 수 있소. 우리가 모시는 제신들도 먼 옛날 갑옷을 입고 성업의 길을 떠나셨소. 불초 스에타다도 오늘 싸움에 참전하는 이상, 조상인 제신들이 갑옷을 입었던 것과 같은 심정으로 갑옷을 입고 있으며, 사리사욕을 위해서 싸울 생각은 전혀 없소. ……무인에게 갑옷이란 그런 의미에서 신관의 의관과 마찬가지로 깨끗한 것이라고 나는 믿소만……."

곤로쿠는 입을 다물고 말았다.

그리고 층계를 내려가, 그 밑에 꿇어앉아 있는 2백여 기의 장병 속에 같이 끼었다.

노부나가는 잔을 비운 뒤 두 손을 크게 마주치고 축원문을 읽었다.

엄숙한 가운데 장병들은 모두 깊이 고개를 숙인 채 각자의 심경에 신의 모습을 비쳐보며 눈을 감고 기원했다.

그때 별안간 신전 안쪽에서 갑옷 스치는 소리가 나더니, 두 차례나 대들보가 흔들렸다. 노부나가가 무엇에 홀리기라도 한 듯 번쩍 눈을 치켜들며 말했다.

"오오, 들어라. 노부나가의 축원을 받아들이시어, 제신들이 아군을 보살피시려는 거다. 사심과 사욕, 조그만 공을 다투는 비루한 싸움은 하지 말자. 이기면 천하를 위해 몸을 버리고 봉사하는 것이고, 져도 또한 하늘 아래 부끄럼 없는 죽음을 하자."

회랑으로 나서서 부르짖듯 이렇게 훈시하자, 장병들은 갑자기 땅을 박차고 일어나며 와아 하는 함성과 더불어 노부나가에 앞서 온 길을 다시 달려갔다.

노부나가가 아쓰타 신궁을 나섰을 때는 사방에서 몰려든 군사의 수, 어느 틈에 1천에 이르고 있었다.

노부나가는 신궁 남문으로 나와 다시 말에 올랐다.

이 날 노부나가가 탄 말 월륜은 갈색 암말이었다고 한다. 노부나가는 후일 애마의 그림을 두 폭 그리게 하여 그것으로 병풍을 만들었는데, 그 중에는 이 월륜도 들어 있었다고 한다.

신궁을 나오자, 그때까지 질풍 같은 기세였던 노부나가의 태도에 어딘가 느긋한 여유가 보이기 시작했다. 말 위에 비스듬히 모로 앉아 두 손으로 안장을 붙들고 끄떡끄떡 흔들리며 갔다.

이미 날은 새어 있었고 사태처럼 앞질러 몰려가는 병마의 발소리에 아쓰타 주민들은 아녀자들까지 처마 밑 골목골목마다 모여 서서 구경하고 있었다.

그들은 노부나가의 모습을 보자 기가 막힌다는 얼굴을 하며 서로 속삭였다.

"저것이 싸움터로 나가는 대장인가?"

"한심하군."

"이길 거라고는 만에 하나도 생각지 말아야겠어."

기요스에서 아쓰다까지 안장 위에 버티고 앉은 채, 단숨에 달려온 노부나가는 다시 지친 몸을 풀고 있는 것이었다. 안장에 비스듬히 기대어 모로 앉은 채 입속으로는 소리 같은 것을 흥얼거리고 있었다.

"아……."

"저 검은 연기는?"

거리가 끝날 무렵 병마는 갑자기 멈칫거렸다.

길을 해변으로 잡아 얕은 곳을 건너 야마자키, 도베(戶部) 방면으로 빠지느냐, 아니면 육로를 우회하여 우에노 가도로 해서 이도타(井戶田), 고나루미(古鳴海)를 향해 가느냐 하는 행군상의 의문이 생긴 것과, 동시에 멀리 와시즈, 마루네 방향으로 생각되는 곳에 검은 연기가 두 군데 치솟고 있는 것을 발견했기 때문이었다.

노부나가도 그것을 보았다.

그는 비장한 빛을 양미간에 보이며 크게 숨을 내쉬었다.

"와시즈, 마루네도 낙성한 모양이구나."

그러나 곧 부하들을 돌아보며 말했다.

"해변 길로는 갈 수 없을 게다. 지금은 마침 밀물 때. 어쩔 수 없으니 저 산길을 돌아 단게 성채까지 급행하자."

동시에 그는 말에서 내려 가토 즈쇼를 부르더니 분부했다.

"이곳 양민의 대표가 있을 테지. 그들을 불러라."

길거리에 모여선 사람들을 향해 지르는 소리가 들렸다. 대표자가 누구냐, 대표자는 나오라고 군졸들도 소리치며 뛰어다녔다.

이윽고 두 사람이 황공스런 태도로 노부나가 앞에 꿇어 엎드렸다. 노부나가는 그들을 향해 말했다.

"그대들, 이 노부나가는 늘 봐 오는 얼굴일 테지만, 오늘은 스루가의 엉터리 귀인, 이를 검게 물들인 진기한 얼굴을 보여 줄 테다. 다시 없는 기회, 이 또한 노부나가의 영지에 태어난 덕분인 줄 알아라. 일대 격전이 벌어질 것이니 높은 곳에 올라가서 구경하도록 하여라. 그것도 그냥은 재미없을 테니 그대들이 온 거리에 영을 내려 단오 때나 칠석 때 쓰던 것도 좋고, 그밖에 뭐든지 좋으니, 적이 멀리서 보면 표기로 보일만 한 것을 나뭇가지고 언덕 위고 할 것 없이 울긋불긋하게 잔뜩 휘날리도록 하여라."

"예."

"알아들었느냐?"

"어렵지 않은 일, 곧 분부대로 거행하겠습니다."

"좋다."

5리쯤 가서 돌아다보니, 아쓰타 거리에는 무수한 표기가 휘날리고 있었다. 그것은 마치 기요스의 대군이 아쓰타까지 출동하여, 일단 병마가 휴식을 취하고 있는 것처럼 보였다.

더위가 심했다.

해가 높아짐에 따라, 10여 일간 비가 내리지 않은 땅은 말발굽에 패일 때마다 뽀얀 먼지가 솟구쳐, 전 장병이 그것을 뒤집어썼다.

후일 노인들의 입에도 오르내렸지만, 이 날 19일의 더위는 아직 초여름인 5월이었는데도 10여 년 이래 볼 수 없었던 극심한 더위였다고 한다.

야마자키를 지나 이도타 마을의 들길로 접어들었을 때, 갑자기 대열이 흔들렸다.

"앗, 적이다!"

"첩자 아니냐!"

메꽃이 하얗게 피어 있는 덤불 속에서 별안간 누더기 같은 갑옷을 걸친 한 사나이가 뛰쳐나왔던 것이다. 사나이는 포위되자 창을 곧장 위로 치켜들며, 저항할 뜻이 없음을 보이고 큰 소리로 말했다.

"본인은 원래 이름 있는 고슈(甲州) 무사로서, 지금은 주가를 떠나 낭인이 되어 있소. 오다 공을 직접 뵙고 싶어 이렇게 나타났으니 적과 혼동하지 마시오."

노부나가는 하타모토와 병졸들 너머로 그 광경을 보고 물었다.

"누구냐?"

"오오!"

먼 빛으로 노부나가를 보자, 낭인은 곧 창을 버리고 그 자리에 꿇어 엎드렸다.

"다케다 공의 가신 하라 미노노카미(原美濃守)의 3남입니다. 까닭이 있어 영내인 나루미에서 혼자 살고 있는 구와바라 진나이(桑原甚內)라는 사람입니다."

"음, 하라 공의 자제인가?"

노부나가는 고개를 갸우뚱했다.

"그래, 용건은?"

"다름 아니오라, 아비 미노노카미의 영으로 어렸을 때 저는 린자이사에서 수업한 적이 있는데, 지부노타유(治部大輔) 요시모토 공의 모습을 잘 알고 있습니다. 오늘의 결전 필시 난군(亂軍)이 예상되오니, 저를 막하에 거두어 주시면 반드시 요시모토 공의 영소로 뚫고 들어가 그 목을 베어 보이겠습니다. ……원컨대 이 한 자루의 창, 가엾이 여기시어 거두어 주시기 바랍니다."

"거두어 주지."

노부나가는 야인처럼 소탈하게 대답하며 말했다.

"진나이라고 했지? 고슈 무사가 보는 바로는, 오늘의 싸움 노부나가가 이길 것으로 보느냐, 요시모토가 우세하리라고 보느냐?"

"아뢸 것도 없는 일입니다. 승리를 믿어 의심치 않습니다."

"이유는?"

"요시모토 공의 여러 해 전부터의 오만입니다."

"그뿐인가?"

"4만이라 떠들고는 있지만, 그 졸렬한 포진에도 있습니다."

"음."

"또한 요시모토 공의 본진은 어제 저녁 구쓰카케를 떠난 뒤, 아침부터의 심한 더위로 게으름을 피우고 있으리라고 생각합니다…… 더구나 기요스의 병력이 너무나 적어, 그들은 오만하게 이미 싸우기도 전에 이긴 거나 다름없다고 생각하고 있을 것이기 때문이옵니다."

'이 자, 쓸 만한 걸!'

노부나가는 마음 속으로 그렇게 생각한 듯, 안장을 두드리며 말했다.

"잘 보았다. 이 노부나가의 생각과 일치한다. 즉각 대열에 끼도록 하여라."

"감사합니다."

진나이는 곧 대열 속에 뛰어들었다.

길은 내리막으로 바뀌었다. 그 내리막길을 군사들은 치달렸다.

시내가 나타났다.

물은 얕았으나 건너기가 아까울 만큼 맑았다. 노부나가가 돌아다보고 물었다.

"뭐라는 시내냐?"

땀과 먼지로 범벅이 되어 뒤따라오던 대열 속에서 모리 고헤타(毛利小平太)가 대답했다.

"오우기 내(扇川)라고 합니다."

노부나가는 알고 있으면서도 일부러 물었던 것이다. 그는 군선(軍扇)을 활짝 펼쳐 들고, 대열을 향해 흔들어 보였다.

"오우기 내라. 좋은 징조다. 사북도 멀지 않으니, 자 어서 건너자."

사지(死地)를 향하여 걸음을 재촉하고 있으면서도 어쩐지 마음이 흐뭇하기만 했다. 꺼림칙하고 어두운 기분이 전혀 없는 것이다.

이상한 것은 대장 노부나가의 그런 매력이었다. 그를 따라가는 1천여 명의 군사들은 누구 하나 살아서 돌아오리라고 생각지 않으면서도, 웬일인지 절망을 느끼지 않았다.

절대적인 죽음과——,

절대적인 삶——.

그것은 다르면서 서로 통하는 듯했다. 노부나가는 누구도 갈피를 못 잡을, 그 두 고삐를 한 손에 움켜쥐고 앞장서서 달리고 있는 것이다. 군졸들의 눈으로 노부나가를 보면 그것은 용감한 죽음의 선구자로도 보이고, 또한 커다란 삶과 희망의 선봉같이도 우러러보였다. 어쨌든 이 사람의 뒤를 따라가는 한, 그 결과가 어떻게 되든 불만이 없다는 굳은 결의가 전군을 지배하고 있었다.

죽자, 죽자, 죽자!

도키치로 역시 그것밖에 머릿속에 없었다.

달리지 않으려 해도 앞뒤의 모든 사람이 한결같이 달리고 있어, 노도에 휩쓸린 것처럼 걸음을 쉬고 있을 틈이 없었다. 또한 아무리 하찮다 해도 30명의 부하를 거느리고 있는 이상 고통스러워도 그것을 입 밖에 낼 수 없었다.

죽자, 죽는 거다!

평소에 가까스로 처자의 입에 풀칠을 시킬 정도의 미미한 녹을 받고 있는 보군들마저 모두 거친 숨을 몰아쉬는 가운데, 그렇게 외치고 있는 소리 없는 고함이 도키치로의 뱃속까지 울려퍼져오는 것이었다.

이토록 모든 사람이 기꺼이 목숨을 버리러 가는 일이, 도대체 사람이 사는 세상에 어디 있을 것인가? ——있을 수 없는 일이 지금 여기서 엄연한 사실로 나타나고 있는 것이었다.

'아뿔싸!'

문득 도키치로는 생각했다.

나는 어처구니없는 대장을 모시고 말았다는 데 생각이 미친 것이다. 자기 스스로 '이런 주군이라면!' 하고 믿었던 그 눈에 틀림은 없었으나, 누가 알았으랴, 그 주군은 일개 군졸들인 자기들로 하여금 기꺼이 사지에 뛰어들게 하는 능력을 지닌 사람이었다.

'나는 아직 세상에 살아남아서 하고 싶은 일이 많이 있다. 나카무라에는 아직 노모도 살아 계시는데!'

솔직히 도키치로는 그런 생각도 떠올랐다. 그러나 그것은 한 순간 머릿속에서 명멸하는 생각에 불과했다. 1천여 병마의 발소리와 뜨거운 햇볕에 달구어질 대로 달구어진 갑옷소리가 일제히 죽자, 죽자, 하고 합창하듯이 들려오는 것이었다.

볕에 그을리고, 땀에 범벅이 되어, 먼지를 뒤집어쓴 도키치로의 얼굴은, 아니 전군의 장병들의 얼굴은 토란처럼 되어 있었다. 아무리 필사적인 경우에도 머리 한구석에 여유 같은 것을 지니곤 하는 성격인 도키치로도 오늘만은 자기도 모르게,

싸우자.

죽는 거다.

그것밖에 생각지 않는, 한 덩어리의 무쇠처럼 되어 전진을 계속하고 있는 것이었다.

언덕, 다시 언덕——그 하나하나를 넘어감에 따라 시야에는 전운과 검은 연기가 점점 가깝고 짙게 펼쳐져 간다.

"아, 우군이 아닌가?"

다시 언덕 위로 선두가 올라섰을 때다. 피투성이가 된 부상자 하나가 비틀거리며 저쪽에서 달려오고 있었다. 무언가 알아들을 수 없는 말을 소리소리 지르면서.

그것은 마루네에서 피해 온 사쿠마 다이가쿠의 부하였다.

"사쿠마 님은 적의 대군과, 4면에서 질러 대는 불길 속에서 용감한 최후를 마치셨습니다. 같은 무렵, 와시즈 성채의 이오 오미노카미 님도 난군 중에 전사하셨다고 들었습니다."

노부나가의 말 아래 인도된 그 군졸은 중상에 허덕이면서도 자신을 격려하듯 말을 이었다.

"혼자 살아남아 성채를 빠져나온 것은 본의 아닌 일이었습니다만, 주인 다이가쿠의 영으로 우군에게 이 사실을 알리려고 도망쳐 왔습니다…… 성채를 빠져나왔을 때, 천지를 뒤흔드는 듯한 적의 개가를 들었습니다. 와시즈도 마루네 일대도, 이미 눈에 보이고 귀에 들리는 것은 적군 아닌 것이 없습니다."

노부나가는 듣기를 마치자 돌아보며 시동을 불렀다.
"도하치로, 도하치로!"
도하치로는 아직 나이가 어려 많은 부하들 속에 묻히듯이 섞여 있었으나, 노부나가의 부름을 듣자 바로 주군의 등자 밑으로 달려 나왔다.
"부르셨습니까?"
"도하치로, 기요스를 떠날 때 맡겼던 염주를 이리 다오."
"염주 말씀입니까?"
도하치로는 주군이 맡긴 물건을 난군 속에서 떨어뜨리기라도 하면 큰일이라고 생각했던 듯, 표기를 보자기 삼아 소중히 싸서 갑옷 위로 단단히 짊어지고 있었다.
그것을 끌러 말 위의 노부나가에게 바쳤다.
"여기 있습니다."
노부나가는 염주를 받아들자, 곧 그것을 목에 걸었다. 은구슬 같은 큼직한 염주였다. 수의로 알고 입은 금빛 미늘의 갑옷과 어울려 그것은 그의 모습을 더욱더 비장하게 보이게 했다.
"아깝구나. 오미도, 다이가쿠도. 같이 죽기로 한 오늘이기는 하지만, 이 노부나가의 활약을 한 번 보지도 못하고 먼저 가다니!"
말 위에서 노부나가는 자세를 고치고, 그렇게 말하며 합장했다.
와시즈, 마루네의 검은 연기는 마치 화장터처럼 계속 하늘로 하늘로 치솟고 있었다.
"……."
물끄러미 바라보던 눈을 이윽고 크게 부릅뜨며 뒤로 돌리자, 노부나가는 모든 것을 잊어버린 듯, 안장을 두드리며 높이 소리쳤다.
"오늘은 에이로쿠 3년 5월 19일이다. 노부나가를 비롯하여 그대들의 기일이 될 날로 생각해 두어라. 평소에 미미한 녹밖에 주지 못했고, 이렇다 할 좋은 일도 못 보여 주었는데, 오늘과 같은 무운에 당면하게 된 것도 노부나가에게 수신한 숙명으로 생각하여라. 앞으로도 계속 따라오는 자는 노부나가에게 목숨을 맡기는 자로 보겠다. 하나, 삶에 미련이 있는 자는 서슴지 말고 물러가도 좋다. ……어떠냐 모두들!"
"무슨 말씀을!"
이구동성으로 장병들은 호응했다.

천기와 인물 459

"어찌 주군께서만 사지로 향하게 하오리까. 물으실 필요도 없는 일입니다."
"그렇다면 이 어리석은 노부나가에게 전군 모두 목숨을 맡기겠다는 건가?"
"물론입니다."
"……그렇다면 됐다!"
노부나가는 말 엉덩이에 채찍을 크게 가하고 소리쳤다.
"오라. 내 뒤를 따르라. 이마가와 군이 바로 눈앞에 있다!"
앞장서서 달리는 노부나가의 모습은 전군이 뒤따르는 흙먼지 속에 뽀얗게 흐려졌다. 그 흙먼지도, 흐려진 말위의 모습도 어쩐지 성스럽게까지 보이는 순간이었다.

전기(戰機)

길은 골짜기로. 다시 나지막한 고개를 넘으니 더욱 국경에 가까워져, 지형이 복잡해지기 시작했다.

"아, 보인다."

"단게(丹下)다. 단게 성채다."

숨차게 달려온 군졸들은 제각기 한 마디씩 했다. 와시즈, 마루네 두 성채가 함락된 뒤라서, 단게 역시 무사하지 않을 거라고 걱정했던 것이 일시에 풀렸다.

단게는 아직도 버티고 있었다. 아군은 건재했다. 노부나가는 도착하자 곧 수장인 미즈노 다다미쓰(水野忠光)에게 말했다.

"더 이상 수비할 필요는 없다. 이런 조그만 껍질은 적에 던져줘도 좋아. 노부나가가 바라는 것은 딴 데 있으니까."

성채 내의 병력도 전진군에 편입되었다. 숨 돌릴 틈도 없이 다시 젠쇼사 성채로 달려갔다.

그곳에는 사쿠마 노부토키의 수병들이 있었다. 노부나가의 모습을 맞이하자마자, 성채의 군사들은 와앗──하는 함성을 질렀다. 환호성이라고만 하기는 어려운 울음 섞인 비장한 함성이었다.

"오셨다……!"

"주군께서."

"노부나가 공께서!"

노부나가가 어떤 대장인지, 자신들의 주군이면서도 말단에 있는 자들은 아직 잘 모르고 있었던 것이 사실이었다. 고립된 성채와 더불어 죽을 각오를 하고 있던 참에, 돌연 노부나가 자신이 말을 몰고 나타나자, 그 뜻하지 않은 사실에 군졸들은 감격하여 운 것이다.

"저 말 밑에서 죽을 수만 있다면!"

그들은 모두 분발하여 일어났다.

호시자키(星崎) 방면으로 진격하여 방어진을 구축하고 있던 삿사 하야토 노쇼 마사쓰구도 3백 명의 부하를 이끌고 노부나가 밑으로 돌아왔다.

노부나가는 성채 서쪽 봉우리에 군사들을 모아 놓고, 일단 인원을 점검했다.

새벽에 기요스 성을 나설 때에는 주종이 불과 6, 7명이었던 것이, 이제 여기서 사열해 보니 약 3천 가까이 인원을 셀 수 있었다.

노부나가는 그것을 5천 병력이라고 했다.

그리고 조용히 생각했다. 이것이 바로 오와리 영토의 전 병력이라고.

수비군도 아무것도 없었다. 오다 군의 전부가 이것이었다.

'됐다!'

어쩐지 미소를 금할 수 없었다.

그는 이미 지척에 있는 적 이마가와 군의 포진과, 그 기세를 살피기 위해 한 동안 기치를 감추고 봉우리 한쪽에서 형세를 관망하고 있었다.

아사노 마타에몬의 궁대(弓隊)는 본진에서 다소 떨어진 산허리에 모여 있었다. 궁대이기는 했지만 오늘 싸움에는 활이 필요 없으리라는 예상으로 모두 창을 들고 있었다.

그 가운데 도키치로가 이끄는 30명의 보군도 있었다. 휴식! 하는 구령이 부장으로부터 내리자, 도키치로도 부하들에게 휴식의 영을 내렸다.

후우, 하고 크게 숨을 토해내자, 거의 모두가 엉덩방아를 찧듯 산허리의 풀밭 속에 주저앉았다. 도키치로는 김이 무럭무럭 나는 얼굴을 걸레 같은 수

건으로 쓱쓱 닦고 있었다.

"여봐라, 누가 내 창을 좀 들고 있어라. 이 창을 말이다."

"예!"

그가 소리 지르자 가까이에 앉아 있던 부하 하나가 일어나더니 그의 창을 받았다.

그리고 도키치로가 걸어가는 대로 그 뒤를 따라오기 시작했다.

"올 필요 없다, 올 필요 없어."

"어디를 가십니까?"

"따라올 필요 없다니까. 뒤를 보러 가는 거야. 구릴 게다. 돌아가, 어서 돌아가!"

그는 웃으며 낭떠러지 밑 관목 속으로 들어갔다.

부하는 도키치로의 말을 농으로 생각했는지 그냥 서서 바라보고 있었다.

도키치로는 남향인 비탈을 조금 내려와 산새가 모래 장난할 데를 찾듯이 적당한 장소를 물색하다가, 이윽고 한 곳에 이르러 유유히 띠를 풀고 쪼그리고 앉았다.

실은 오늘 새벽 출진이 너무 급했던 까닭에 겨우 갑옷만 챙겨 입고 나선 것이었다. 뒷간에 들러 속을 다스릴 겨를조차 없었다. 그 때문에 기요스를 떠나 아쓰타를 거쳐 단게에 이르는 동안에도, 어디서든 군마가 쉬기만 하면 우선 매일 습관이 되어 있는 뒤를 깨끗이 보아 버리고, 마음껏 싸우리라는 생각을 줄곧 하고 있었다. 이제 그 뜻을 이루어 유유히 푸른 하늘을 바라보니, 그는 말할 수 없는 상쾌감이 느껴졌다.

그러나 장소가 싸움터인만큼, 함부로 마음을 놓을 수는 없었다. 적과 대진해 있을 때는, 흔히 진지를 이탈하여 뒤를 보고 있는 적병을 발견하면 장난삼아서라도, '저 녀석을 한번 맞춰 보자'는 생각을 일으키는 법이었다. 도키치로도 그런 경험을 가지고 있었다. 그러므로 하늘만 바라보며 한가롭게 앉아 있을 수도 없는 일이었다.

산기슭에서 2, 3정 떨어진 곳에 시선을 던지니 구로스에(黑末) 강의 흐름이 가는 띠처럼 구불거리며 지타(知多) 반도와 바다로 이어지고 있었다.

그 강가에 진을 치고 있는 한 떼의 군사들이 있었다. 표기를 자세히 보니 아군인 가지카와 가즈히데의 진이었다.

그곳에서 바다를 향한 곳에 바로 나루미의 성채가 있었다. 이 성채는 한 때 오다측이 점령했으나 그 뒤 다시 스루가의 세력에 잠식되어 지금은 적인 오카베 모토노부(岡部元信)가 지키고 있었다.

구로스에 강 동쪽 기슭에서 남쪽에 걸쳐서 뽀얀 가도가 뻗어 있었다. 와시즈는 그 가도 북쪽 산지에 있는데 이미 탈 것이 다 탔는지, 연기도 기세를 잃고 있었다. 들길과 바닷가를 거무스레 흐리게 하고 있을 뿐이었다.

부근 일대의 밭이나 부락 둘레에는 개미 떼 같은 조그만 사람들의 그림자와 많은 군마들이 보였다. 산비탈에 의지하고 있는 것이 이마가와 군의 부장 아사히나 가즈에의 군사들이고, 가도에 치우쳐 진을 치고 있는 것은 미카와의 마쓰다이라 모토야스의 군사들로 보였다.

"무척 많구나."

도키치로는 소국의 병마 속에서만 지내온 탓인지, 적의 대규모 병력을 보자 흔히 말하는 메뚜기 떼 같다는 말이 실감 나게 느껴졌다.

뿐더러 마쓰다이라, 아사히나 등의 군사는 적측으로 보면 하찮은 한 지대임을 생각할 때, '과연 노부나가 공이 결심한 것도 무리가 아니구나' 하는 생각이 새삼 들었다.

그러나 그것은 남의 일이 아니었다.

자기도 이 세상에서 뒤를 보는 것은 이것이 마지막이라고 생각되었다.

'사람이란 묘하군. 내가 내일부터는 이 세상에 없단 말인가?'

그런 것까지 앞질러 생각하고 있는데, 문득 누군가 밑에서 부스럭거리며 관목을 헤치고 올라오는 자가 있었다.

'앗, 적인가?'

전장에서 이런 직감은 거의 본능적으로 머리를 스치는 법이다. 적의 탐색군이 노부나가의 본진 바로 후면을 살피러 온 것으로 생각되었던 것이다.

황급히 띠를 매고 일어났을 때, 밑에서 기어 올라온 얼굴과 나무 사이에서 별안간 일어난 그의 얼굴이 약속이나 한 듯 서로 부딪혔다.

"여어, 기노시타!"

"아, 이누치요가 아닌가?"

"웬일이야?"

"자네야말로 웬 일인가?"

"나야 뻔하지 않나? 주군의 노여움으로 추방된 후, 낭인 신세가 되어 뒹굴고 있었으나, 오늘 결사적인 출진을 하셨다는 말을 듣고 같이 죽으려고 달려왔을 뿐이다."

"그런가? 잘 왔네."

도키치로는 눈시울이 뜨거워졌다. 상대방 앞으로 다가가 손을 잡았다. 옛 친구 마에다 이누치요. 맞잡은 손과 손에 두 사람은 만감을 담았다.

평소부터 이런 때에 대비하고 있었던 것이리라.

이누치요의 갑옷은 화려했다. 미늘을 꿰맨 실까지 새것이어서 찬란한 광채가 눈부셨다.

어깨에는 매화꽃잎 무늬를 넣은 표기를 꽂고 있었다.

"훌륭하군."

도키치로는 물끄러미 바라보았다.

문득 남겨 두고 온 네네를 생각하고 이누치요를 생각하자, 그는 다시 현실로 돌아왔다.

"그 동안 어디 있었나?"

"삿사 공의 사제인 구라노스케 나리마사(內藏助成政)의 호의로, 그의 유모의 고향에서 때를 기다리고 있었네."

"추방됐어도 다른 주군을 섬길 생각을 하지 않았군."

"물론 내게 두 마음은 없다. 비록 추방은 당했지만 그것은 주군이 내리시는 꾸중, 이 이누치요를 진정한 사람으로 만들어 주시려는 주군의 염려임을 생각하면 오히려 감사한 일이었지."

"음, 음……."

감동 잘하는 도키치로——벌써 눈시울이 뜨거워지고 있었다. 오늘의 싸움이야말로 오다의 옥쇄로, 전군이 죽음을 같이 하게 될 것임을 알면서 옛 주군을 따라 죽으러 온 친구의 심정이 그는 말할 수 없이 기뻤고, 그 때문에 자칫 눈시울이 뜨거워지는 것이었다.

"잘 알았네. 과연 마에다 이누치요다. 주군께서는 지금 언덕 위에서 새벽 이후 처음으로 휴식을 취하고 계시는 중, 마침 알맞은 때이니 어서 가 보세."

"잠깐, 기노시타. …… 나는 주군 앞에 나갈 생각은 없네."

"어째서?"

"지금 형편은 한 사람이라도 우군이 필요한 때, 그것을 노리고 으레 노여움을 푸시리라는 생각으로 나타났다는 인상을 근신들에게 주고 싶지 않아."

"무슨 소리. 모두 죽는 거야. 자네도 노부나가 님의 말 아래 죽으려고 온 것이 아닌가?"

"물론이지."

"그렇다면 무엇을 마음에 두고 생각하나? 남의 생각 남의 입 같은 것은 살아 있을 때나 문제되는 것이 아닌가?"

"아니야. 아무 소리 않고 죽을 작정이네. 그것이 내가 바라는 바야…… 주군께서 용서해 주시건 안 해 주시건 그런 것은 문제가 되지 않네."

"그것도 그런가……."

"기노시타!"

"응."

"임시로 자네 휘하에 나를 숨겨 주게."

"그건 괜찮지만 내 휘하라야 보군 30명. 도대체 그런 차림으로는 눈에 띄어서 곤란한 걸."

"그럼 이렇게 하지."

이누치요는 근처에 굴러 다니고 있던, 말안장에서 찢기어 떨어진 듯한 누더기 헝겊을 머리에 감았다. 그리고 기노시타 대(隊)인 보군 틈에 끼어들었다.

조금만 발돋움을 하면 그곳에서도 걸상에 앉은 노부나가의 모습을 잘 바라볼 수 있었다. 노부나가의 커다란 목소리가 바람결에 들려올 때도 있었다. 지금 그의 앞에서 삿사 하야토노쇼 마사쓰구가, 무언가 영을 받고 있는 듯, 고개를 숙이고 있었다.

"……그대가 일대를 거느리고, 나루미의 적진을 옆에서 찌르겠단 말인가?"

노부나가의 말이었다.

마사쓰구가 그에 답하였다.

"나루미가 혼란을 일으키면 주군께서는 전군을 이끄시고 구로스에 강을 따라 돌진하십시오. 그리하여 아사히나 군을 돌파하고 마쓰다이라 모토야스를 무찌르면 스루가 군의 전위는 무너지는 셈, 요시모토의 본진까지도 육박할 수 있지 않을까 생각합니다."

"좋다!"

노부나가는 결단을 내렸다. 그리고 가라, 하고 힘을 주어 영을 내렸다. 삿사 마사쓰구가 곧 일어나려고 하자, 노부나가가 다시 말했다.

"패하지야 않겠지만 마사쓰구의 일대(一隊)만으로는 다소 부족하다. 지아키, 지아키, 그대도 가거라!"

지명받은 지아키 가가노카미 스에타다가 묵례를 남기고 자리에서 사라졌을 때는, 마사쓰구의 모습도 이미 사라지고 없었다.

사라졌다는 말이 나왔으니 말이지만, 도키치로 곁에 쭈그리고 있던 이누치요도 어느 틈엔가 사라져 버렸다.

"잠깐! 잠깐 기다려 주십시오."

큰 소리를 지르며 군마 뒤를 쫓아오는 자가 있었다.

바야흐로 노부나가가 앞을 물러나 급거 나루미의 적진을 기습하려고 젠쇼사 봉우리에서 샛길로 빠져 질풍같이 진격하고 있는 삿사 마사쓰구, 지아키 가가노카미, 이와무로 시게요시(岩室重休), 그리고 이들이 이끄는 3백여 명의 결사대.

"정지!"

삿사 마사쓰구는 말 위에서 돌아다봤다.

"누구냐?"

지아키, 이와무로의 두 부장도 이상히 여겨 주위를 돌아보며 물었다.

"누구냐?"

이미 죽음의 낭떠러지에 한 발을 내딛고 있는 군사들이었다. 각오는 했다 해도 눈이 잔뜩 치켜져 올라가 있었다. 마음도 가라앉지 않았다. 누구냐 하고 묻는 말을 받아 누구냐, 누구냐 하고 똑같은 소리로 떠들어 대고 있을 뿐이었다.

"실례. 실례!"

대열 속을 그렇게 외치면서 헤치듯, 앞으로 뚫고 오는 자가 있었다.

"아!"

모든 사람의 눈에 금방 띈 것은, 그 젊은 무사가 등에 꽂고 있는 매화꽃잎 무늬의 표기였다.

"이누치요가 아닌가?"

이누치요는 삿사 마사쓰구가 그렇게 소리 지르는 것을 표지로, 그 말 앞에 와서 창과 함께 꿇어 엎드렸다.

"이누치요입니다."

"뒤따르게 해 주십시오."

이누치요가 외쳤다.

삿사 마사쓰구는 그가 나타난 것을 뜻밖으로 생각하지는 않았다. 아우인 나리마사를 통하여 은근히 소식을 들어 왔기 때문이었다.

'그러나 그는 추방당한 자……'

이와무로, 지아키 두 부장을 꺼려 그는 즉답을 하지 못하고 있었다.

그러자 이와무로 시게요시가 공명하며 말했다.

"훌륭한 뜻. 무방할 테지. 때가 때인 만큼."

"좋소."

지아키 가가노카미도 크게 끄덕이며 아무 주저 없이 말했다.

"죽음을 갈망하는 동지이다. 한 사람이라도 많은 것이 마음 든든하지 않겠나? 이누치요의 심중은 하늘이 밝게 굽어보고 있을 터. 삿사 공, 그의 소청을 들어 주시죠."

"고맙소."

삿사 마사쓰구는 이누치요를 대신해서 저도 모르게 사의를 표했다. 그리고 말 위에서 뜻있는 시선과 목소리로 말했다.

"허락한다. 허락할 테니 훌륭한 공을 세우도록 해라."

"고맙습니다."

이누치요가 일어나는 것과 때를 같이 하여 3백 명의 결사대는 다시 그 비장한 눈과 입매에 죽음을 다짐하면서 시커먼 덩어리가 되어 달리기 시작했다.

이윽고——,

나루미 성 후문 방향에서 돌격하는 함성이 들려왔다.

무작정 밀고 들어간 것이다.

무작정 한눈도 팔지 않고,

와앗, 와앗!

해일처럼 울려 퍼지는 함성 속에는 마에다 이누치요의 고함도 섞여 있었다.

그러나 얼마 뒤.

3백의 결사대가 막 달려간 길을, 불과 네댓 명의 군사가 피투성이가 되어

──그 중의 한 사람은 기마로 젠쇼사를 향해 달려갔다.

노부나가의 본진에는 "전군 거의 전멸!"이라는 보고가 전해졌다.

금방 노부나가 앞을 떠나 아직도 그 모습이 눈에 선한 삿사 마사쓰구, 이와무로 시게요시, 지아키 가가노카미 등 부장들도 한결같이 전사하고 말았다는 거짓말 같은 사실이 보고된 것이었다.

삿사, 지아키 등이 이끌고 간 기습대가 나루미 성 후문을 찔러 그 일각을 무너뜨렸다는 신호가 오르는 즉시, 노부나가는 전력을 다해 정면으로 쳐들어감으로써 단숨에 나루미를 함락 시키고, 적의 측면 세력을 무너뜨려 아군의 발판을 얻으려는 작전을 구상했던 것이었다. 그는 이미 전군을 이끌고 젠쇼사에서 내려와, 이제나 저제나 하고 신호를 기다리고 있던 참이었다.

"……아군은 대패하여 삿사, 지아키, 이와무로 등 제장도 차례차례 전사하였습니다."

이런 판국에 빠져나온 부상자의 보고를 듣자 그는 저도 모르게 한 마디 내뱉았다.

"벌써!"

어이없도록 빠른 죽음. 거짓인지 사실인지 의심할 겨를도 없을 정도였다. 진작부터 각오는 하고 있었지만, 너무도 어이없는 결과에 그는 가슴이 떨렸다.

"음. 그래!"

노부나가는 등자를 딛고 버티어 서며 소리쳤다.

"여봐라!"

눈썹이 먹으로 그린 것처럼 짙고 억세게 보일 만큼 무섭게 굳어진 그의 얼굴에는 핏기마저 가셔 있었다.

"얼마 전에는 사쿠마 다이가쿠와 이오 오미. 지금은 다시 삿사, 이와무로에 지아키마저 노부나가에 앞서 저승으로 갔다. 가증스럽구나, 괘씸한 적들. 이 노부나가가 짓밟아 버려 먼저 간 혼백들을 위로하련다. …… 자, 가자. 나를 따르라!"

노부나가는 주위를 둘러보고 크게 외치자, 말머리를 적지로 돌리며 그대로 내달으려고 했다.

"잠깐!"

"주군!"

"고정하십시오!"

"잠깐…… 잠깐만, 주군!"

이케다 가쓰사부로, 시바타 곤로쿠, 하야시 사토노카미 등을 위시한 장수들이 일제히 그의 말 앞을 가로막으며 호소했다.

"예서부터 앞길은 논두렁과 나무숲 사이의 오솔길뿐입니다. 이대로 곧장 밀고 나가면 헛되이 목숨만 버리는 결과가 됩니다. ……또한 오다가에는 주군을 모시는 가신 하나 제대로 없는 것처럼 보이게 될 뿐입니다. 잠시, 잠시 고정하시기 바랍니다."

"부디 잠시만 고정십시오."

가신들이 노부나가의 말을 붙들고 허우적거리는 것을 한사코 물리고 있었을 때, 기마무사 하나가 뜻하지 않은 방향으로부터 그야말로 나는 새처럼 달려오고 있었다.

"누구냐?"

노부나가가 먼저 발견했다.

"……."

지켜보는 전군의 눈길을 받으며, 그는 점점 다가왔다. 늘어선 깃발 사이에서 별안간 달려 나온 야나다 야니에몬(梁田彌二右衞門)이 이마에 손을 얹고 바라보다가 미칠 듯이 기뻐했다.

"알았습니다, 알았습니다. 저것은 제가 진작부터 도카이도 가도 방면에 첩자로 보내 두었던 제 부하 중의 하나입니다."

야나다의 부하는 말을 멈추자 급히 주인의 이름을 불렀으나, 그 주인 야니에몬이 노부나가 바로 곁에서 대답을 하자 깜짝 놀라며 그 자리에 꿇어 엎드렸다.

"무슨 소식이 있느냐?"

노부나가는 야니에몬에게 고삐를 맡기며 직접 그쪽으로 말을 몰고 갔다.

"있습니다, 있습니다, ……이마가와 군의 주력인 요시모토의 본진이 방금 갑자기 길을 바꾸어 오케(桶) 분지 쪽으로 향했습니다."

"무엇이?"

노부나가는 번뜩이는 눈으로 물었다.

"그럼…… 오다카로 향하지 않고 오케 분지 쪽으로 길을 바꾸었단 말인가?"

노부나가의 말이 채 끝나기도 전에,
"오오, 또 온다."
　일 기, 다시 일 기, 이쪽을 향해 말에 채찍질을 하고 있는 아군 탐색병들을, 군사들은 모두 숨을 죽이고 눈만 번뜩이며 기다리고 있었다.
　방금 들은 보고에 이어 탐색병들을 통해 노부나가는 다시 다음과 같은 보고를 들었다.
"방금 오케 분지로 길을 바꾼 이마가와 군 주력은, 그곳 남쪽에 위치하고 있는 덴가쿠(田樂) 분지의 야산으로 본진을 옮기고, 요시모토 공을 중심으로 병마가 휴식을 취하고 있는 것으로 보입니다."
"……"
　노부나가는 그 순간 칼날같이 차가운 눈빛을 보이며 입을 다물었다.
　죽음. 오직 죽음뿐.
　아무 희망도 없이, 있다면 그저 깨끗한 죽음만을 바라고 새벽부터 지금까지 저돌적으로 달려 왔으나, 여기서 문득 구름 사이로 한 줄기 광명을 보듯이 승리라는 것을 생각해 본 것이다.
　'잘만 하면……'
　솔직히 말해서 이때까지는 '이긴다!'는 자신이 없었다.
　다만 그는 무인이라는 이름에 이겨 보려고 했을 뿐이다.
　'잘만 하면 이길지도 모른다.'
　그것은——실로 이 순간에 홀연히 번뜩인 생각이었다.
　인간의 뇌리에는 생활의 한 순간 한 순간을 새기듯이, 거품과도 흡사한 상념의 단편이 끊임없이 명멸하고 있다. 죽는 순간까지 사람은 토막난 상념의 연속을 바탕으로 소리를 내고 몸을 움직이는 것이다.
　올바른 상념, 패망을 가져오는 상념, 갖가지 상념의 번뜩임을 취사선택함으로써 하루의 생활이 영위되고 생애가 짜여 가는 것이다.
　평소의 취사선택에는 충분히 생각할 겨를이 있지만, 생애의 대운은 으레 갑작스럽게 오는 법이다.
　'오른쪽이냐, 왼쪽이냐?'
　이런 것을 결정해야 하는 경우는 느닷없이 들이닥치는 것이다.
　노부나가는 지금 영락없이 그 갈림길에 있었다. 그리고 무의식적으로 운명의 제비를 뽑고 있었다. 물론 사람의 소질, 또는 평소의 마음가짐 같은 것이 이런 경우에 직감을 신속하게 도와, 그 방향이 어긋나지 않게 하는 것은 사실이다.

꾹 다문 채 좀처럼 열리지 않던 그의 입술이, 막 무슨 말인가 하려던 때였다. 야나다 야니에몬이 곁에서 부르짖었다.

"주군, 마침 좋은 기회입니다. 생각건대 요시모토는 와시즈, 마루네를 떨어뜨리자, 오다의 힘이라야 뻔한 것, 상경진을 막을 자 그 누구냐고 이미 거만해져서, 병마가 승리에 취해 방비도 게을리 하고 있으리라 생각됩니다. ……천기는 바야흐로 지금입니다. 기습을 가하여 요시모토의 진중으로 들이닥치면 아군의 승리는 결정적일 것으로 생각됩니다."

노부나가는 그의 흥분한 목소리에 맞춰 안장을 두드렸다.

"그렇다! 야니에몬, 훌륭한 말을 했다. 노부나가의 의중도 바로 그것이다. 이번에야말로 요시모토의 목을 얻자. 가자! 덴가쿠 분지는 여기서 동쪽이다!"

시바타 곤로쿠나 하야시 사토노카미 같은 중신들은, 오히려 탐색병들의 보고가 잘못된 것이 아닌가·하여 크게 망설이고 두려워했던 차라, 노부나가의 직감과 그 저돌성을 굳이 만류했지만 노부나가는 듣지 않았다.

"그대들 노련한 지략가들이 무엇을 아직 주저하고 있느냐. 다만 노부나가를 따르라. 노부나가가 불로 들어가면 불로, 물로 들어가면 물로 따라오라. 싫다면 논두렁에서 내가 하는 일을 구경이나 하여라."

그들에게 싸늘한 웃음을 던져 주고 노부나가는 조용히 말머리를 돌려, 전군의 선두가 될 수 있는 곳으로 나아갔다.

덴가쿠(田樂) 분지

때는 정오 무렵이었다.

고요한 산속에선 새 소리 하나 들리지 않았다. 바람도 없고, 다만 찌는 듯한 햇볕만 있었다. 나뭇잎은 모두 자귀나무처럼 오므라들든가 바삭바삭 타 들어가고 있었다.

"여기다. 여기가 좋다."

한 소대의 장병을 이끌고 잔디가 무성한 야산으로 뛰어올라온 무사가 말했다.

"장막을 내려놓아라."

"나무부터 베고."

이마가와 군의 선발대였다.

그들은 메고 온 장막을 내려놓고, 한편으로 큼직한 낫으로 풀을 베기 시작했다. 장도로 거치적거리는 관목은 잘라 버렸다.

그 곁에서 일부 군졸들은 소나무나 자귀나무 줄기에 의지하여 장막을 치기 시작했다. 나무가 없는 곳에는 말뚝을 박는다. 순식간에 영소(營所)가 만들어졌다.

"덥군."

"이런 날도 흔치 않을걸세."

땀을 씻으며 말한다.

"이것 보게, 이 땀을. 갑옷이 달구어질 대로 달구어져 숫제 불덩어리를 만지는 것 같네."

"모두 훌렁 벗어 붙이고 바람을 쐬었으면 싶지만, 곧 본진이 이리 옮겨올 테니 그럴 수도 없고."

"아무튼 숨이나 좀 돌리세."

군졸들은 주저앉았다. 잔디가 무성할 뿐 아니라 야산에는 나무가 적었다. 그들은 큼직한 녹나무 그늘로 몰려갔다.

그늘은 역시 다소 시원했다. 뿐더러 이 덴가쿠 분지라고 불리는 야산은 사면에 둘러선 산에 비하면 가장 낮은 곳이어서, 이를테면 분지 한가운데 있는 언덕과 같은 곳이었다. 이따금 정면에 솟아 있는 태자봉 근처에서, 녹음의 계절에 어울리는 시원한 바람이 나뭇잎을 뒤흔들며 휙 불어오기도 한다.

"……가만 있자?"

잡병 하나가 눈을 하늘로 치뜨며 말했다.

물집이 잡힌 발가락에 고약을 붙이고 있던 자가 물었다.

"뭔데?"

"저것 보게."

"뭐?"

"심상치 않은 구름이 나타났는걸."

"구름이? …… 그렇군."

"한 줄기 쏟아지려나, 저녁 무렵에?"

"비가 오면 시원이야 할 테지만, 우리처럼 짐만 짊어지고 다니는 놈들에게는 비가 적군보다 더 겁이 난단 말이야. 제발 오더라도 몇 줄기 뿌리는 정도로 지나가 버렸으면 좋겠어."

금방 쳐놓은 영소의 장막도 바람에 펄럭이기 시작했다.

"자, 그만 일어나라."

부근 일대를 살펴보고 온 조장 무사가 부하들을 재촉했다.

"오늘 밤에는 오다카 성에서 머무르게 된다. 구쓰카케에서 오다카로 직행할 것처럼 적에게 보이고, 일부러 길을 바꾸어 오케 분지로 해서 이쪽 방면으로 빠지셨다면, 밤까지는 예정대로 도착하시게 된다. ……도중의 다리나 낭떠러지, 골짜기 같은 데를 잘 살펴 행로에 지장이 없으시도록 미리 손을 써 놓는 것이 우리 일이야. ……자, 그럼 출발이다."

그들의 말소리와 그림자가 사라지자, 산은 다시 원래의 정적으로 돌아갔다. 어디선가 여치가 울고 있었다.

이윽고 멀리 산 그늘 쪽에서 군마의 기척이 다가오기 시작했다. 뿔피리도 불지 않고 북도 울리지 않으며 극히 조용히 산간을 누비며 오고 있었지만, 아무리 조용한 행군이라 해도 5천여 기의 병마가 늘어서 있는 이상, 말발굽 소리와 흙먼지는 숨기려야 숨길 수 없는 것이었다.

돌을 차고 나무뿌리를 밟는 발굽소리가 귀에 울리는가 했더니, 대장마의 표지와 수많은 깃발 등, 이마가와 요시모토의 본진은 잠깐 사이에 덴가쿠 분지의 야산 일대를 가득히 메워 버리고 말았다.

요시모토는 유난히 땀을 많이 흘리는 편이었다. 평소에는 그 땀마저 흘릴 필요가 없는 생활을 하고 있는 터라, 몸에는 군살과 지방이 넘쳐 40을 넘으면서부터는 눈에 띄게 뚱뚱해지기 시작했다.

그런 지부노타유 요시모토에게는 틀림없이 이번 출진이 적지 않은 고통이었을 것이다. 뚱뚱한 몸에 비해 키는 작달막했다. 몸통만 유난히 긴 체격이었다. 그 몸에 요시모토는 붉은 비단 예복에 갑옷을 입고, 다섯 개의 목덜미 덮개에 팔룡(八龍)을 새겨 넣은 투구를 쓰고 있었다.

이마가와가의 가보라는 마쓰쿠라고(松倉鄕)의 대검과 사몬지(左文字)의 소검, 팔덮개와 정장이받이에 신발 무게까지 합하면 열 관이 넘는 무장인 데다 바람 하나 통할 틈이 없는 차림이었다.

불볕더위에 여기까지 행군해 온 터라 갑옷은 불덩어리처럼 뜨거웠다. 땀에 범벅이 되어 그는 지금 겨우 당도한 덴가쿠 분지의 잔디밭에 멈춰 서자,

곧 말에서 내렸다.

"여기는 뭐라는 고장이냐?"

요시모토가 장막 안으로 들어가면서 물었다.

그가 오른쪽을 향하면 오른쪽으로, 왼쪽으로 나가면 왼쪽으로, 호위무사·참모·기수·전의, 그밖의 잡일을 담당하는 자들이 줄레줄레 지키고 따라 다녔다.

"오케 분지에서 약 5리, 아리마쓰(有松)와 오치아이 마을의 중간에 있는, 덴가쿠 분지라는 곳이옵니다."

무사 대장인 오치아이 나가토(落合長門)가 대답했다. 무사 대장이라면 지휘자급인 무사를 말한다.

요시모토는 고개를 끄덕이면서 호위무사 사와다 나가토노카미(澤田長門守)에게 투구를 맡기고, 시동 시마다 사쿄(島田左京)에게 갑옷을 벗기게 한 다음, 쥐어짤 정도로 젖은 된 속옷을 갈아입었다.

"이제 좀 시원해졌군."

요시모토는 한바탕 바람을 쐬고 나서 말했다.

그는 갑옷을 다시 입고 마련한 자리로 옮겨 갔다. 잔디 위 표범 가죽을 깐 데에 여러 가지 진중비품들이 이미 놓여 있었다. 그가 가는 곳에는 어디든지 사치가 뒤따르게 마련이었다.

"아니, 저게 무슨 소리지?"

요시모토는 어느 틈에 끓여 내 온 차를 마시면서, 대포라도 터뜨리는 듯한 요란한 소리에 눈알을 굴렸다.

"글쎄, 잘 모르겠습니다."

신하들도 귀를 기울였다.

그 중 한 사람인 사이토 가몬노스케(齊藤掃部助)가 장막 자락을 걷어 올리고 바깥을 살펴보고 있었다. 어느 틈에 중천까지 뻗어 온 소나기 구름이 뜨거운 태양을 희롱하고 있어, 형용할 수 없는 광채의 소용돌이가 우러러보는 사람들의 눈을 쏘았다.

"천둥입니다. 방금 들린 것은 천둥소리였습니다."

가몬노스케가 말했다.

"천둥이라······."

요시모토는 쓸쓸하게 웃었다. 계속 왼손으로 허리를 가볍게 두드리고 있었다. 가신들은 누구나 걱정하고 있었지만, 일부러 모른 척하고 있었다. 오늘 아침 구쓰카케 성을 나설 때 요시모토는 웬 일인지 말에서 떨어졌다. 그 때 허리를 다친 모양이었지만, 새삼 그 일을 끄집어내는 것은 어쩐지 주군의 창피를 더해 주는 것같이 생각되었기 때문이었다.

함성이 들렸다.

갑자기 산기슭에서 이 영소 바깥에 이르기까지 어수선한 인마의 기척이 느껴졌다. 요시모토는 곧 가신들을 둘러보며 물었다.

"뭐냐?"

알아보라는 영을 기다릴 것도 없이 곧 두세 명의 부하가 밖으로 달려 나갔다. 이번에는 천둥소리가 아니었다. 어지러운 말발굽 소리와 군사들의 발소리는 분명 이 산에서 나는 것이었다.

그것은 약 2백 정도의 기병대가 뒤따라온 것이었다. 얼마 전 선진이 나루미 부근에서 획득한 수많은 적의 머리들을 가지고 왔다.

"전황은 이렇습니다."

본진인 요시모토에게 보고를 올리는 한편, 서전을 장식한 아군의 승리를 아울러 축하하는 것이었다.

"뭣이? 나루미에 내습했던 적의 수급이 도착했다고? 일부러 목을 바치러 온 가소로운 오다 무사들의 꼬락서니. 어디 한 번 죽 늘어놓아 보아라. 보기나 하자."

요시모토는 무척 기분이 좋았다.

"걸상을 돌려놓아라."

그는 자리를 옮겨앉자 부채로 이마 위를 가리며, 내보이는 머리를 일일이 검토했다.

수급장에 기록하고 있던 자는 70여 개라는 숫자를 아뢰었다.

그 중에는 오다 군의 무사 대장으로서 이마가와측에도 알려진 삿사 마사쓰구, 이와무라 나카도, 지아키 가가노카미 등의 머리도 있었다.

요시모토는 다 훑어보더니 고개를 흔들며 장막 뒤쪽을 걷어 올리게 했다.

"피비린내, 피비린내. 고약하군."

그리고 뚜렷이 솟아오르고 있는 한낮의 적란운을 우러러보며 말했다.

"이제 좀 시원한 바람이 몰려오는구나. 어지간히 정오 가까이 되지 않았느냐?"

"아니올시다. 오시(午時)는 진작 지났습니다."
근신 하나가 대답했다.
"어쩐지 배가 고프다 했더니. 그럼 점심을 먹기로 하자. 군사들에게도 휴식 시간을 주도록 하여라."
"예."
근신들은 곧 영을 전하러 나갔다. 장막 밖에는 시동들과 식사 담당들이 분주히 움직이기 시작했다. 이따금 근처에 있는 신사나 절 또는 호농들이 나타나 축하주와 토산물로 만든 안주 등을 헌납하고 가곤 했다.
"수고가 많으십니다."
요시모토는 멀리서 그들을 바라보며 선정을 약속했다.
"상경을 마치고 돌아오게 되면, 추후 적당한 분부를 내리리라."
토민 대표자들이 돌아가자, 요시모토는 수피(獸皮) 위에서 편안한 자세를 취했다.
"마침 잘됐다. 술을 따라라."
장막 밖에 있던 각 부장도 번갈아 그의 앞에 나타나, 와시즈, 마루네의 승전에 이어 나루미 방면에서의 전황이 유리하게 전개되고 있음을 축하했다.
"이래 가지고는 그대들도 심심해서 적잖이 불만이겠군."
요시모토는 농을 섞어 그런 말을 하며 근신들은 물론 인사차 찾아오는 자들에게까지 일일이 잔을 내려 주었다. 그의 기분은 더욱 활짝 개었다.
"모두가 주군의 위세에 의한 것이라 그점 한없이 경하스럽습니다만, 과연 이토록 저항이 미약해서는 평소에 무예를 연마해 둔 보람이 없사옵니다."
"아니다. 내일 밤은 기요스 성으로 들이닥칠 터. 아무리 보잘것없는 오다 병이라 해도, 거기에서는 다소 만만찮은 저항을 보일 것이다. 각자 다투어 공을 이루도록 하여라."
"과연 앞으로 2, 3일간은 기요스에서 진(陣)을 치고 머무르게 될 것이온즉, 달도 춤도 기요스에서 보시게 될 것입니다."
어느 틈에 햇빛이 가려져 있었다.
술에 취해 아무도 알아채지 못했으나, 정오가 훨씬 지나면서부터 갑자기 날씨가 악화되기 시작한 것이다.
한 줄기 바람이 장막 자락을 높이 말아 올렸다. 후둑후둑 빗방울까지 떨어지기 시작하고 천둥소리가 이따금 귀에 울렸다.

그러나 요시모토 이하 장막 안의 장수들은 계속 웃음과 잡담을 그치지 않았다. 내일 밤 기요스 성 공략엔 누가 선봉이 되느냐, 하는 것으로 서로 실랑이를 벌이기도 하고, 노부나가 제까짓것 무슨 힘이 있을까 보냐고 기세를 올리기도 했다.

노부나가가 다 뭐냐!
요시모토의 본영에서 계속 그렇게 깔보고 조소하고 있을 무렵, 장본인인 노부나가는 나지막한 고개를 넘어 아이하라(相原) 마을 중간으로 빠진 뒤, 태자봉의 길 없는 길을 그대로 뚫고 지나, 이미 요시모토의 본진에서 얼마 떨어지지 않은 곳까지 이르러 있었다.

태자봉, 그리 높은 산은 아니었다. 떡갈나무, 상수리나무, 느티나무, 왜전나무, 옻나무 등으로 뒤덮인 잡목림이었다. 고작해야 나무꾼이나 드나드는, 길도 없는 산 속을 5천의 인마가 앞을 다투어 진격하는 바람에 나무는 쓰러지고 풀은 다져졌으며, 산골짜기에 흐르는 시냇물은 물보라를 일으켰다.

"말에서 떨어지면 말을 버려라. 나뭇가지에 깃발이 걸리면 버려라. 한시바삐 이마가와의 본진으로…… 핵심을 향해 돌진해야 한다. 요시모토의 목을 얻는 것이 목적이다. 몸은 가벼울수록 좋다. 빈 몸이면 더욱더 좋다 …… 적진에 들어가 싸울 때도 일일이 목을 자를 생각은 마라. 그냥 베 버리고 찔러 버리면 된다. 있는 힘을 다해 적과 겨루어라. 결코 공훈을 남에게 보이려고 하지 마라. 자랑한 공훈은 이미 공훈이 아니다. 하늘도 굽어보는 노부나가의 앞, 다만 죽음을 각오하고 적을 섬멸하는 자만이 참된 오다의 무사니라."

노부나가는 그렇게 질타하며 소리쳤다.
그것은 폭풍우의 전조가 포효하며 지나가는 것과도 같았다.
오후의 하늘은 돌변하여 먹칠을 한 듯이 어두웠다. 바람은 그 구름에서, 계곡에서, 늪에서, 나무뿌리에서조차 이는 듯했다. 거친 바다를 가는 듯했다.

"다 왔다. 덴가쿠 분지는 금방이다. 이 습지를 건너서 저쪽 산등성이를 돌아가면 된다. 죽을 각오는 되었겠지. 뒤늦어서 자손만대에 오명을 남기지 않도록 하여라."

노부나가의 고함이 들리는 곳을 중심으로, 2천 군사들은 그보다 앞서기도 하고 뒤떨어져 있기도 했다. 무턱대고 흩어져 간격을 벌린 채 전진만 하는 것이다. 대형이고 뭐고 없었다. 그러나 마음만은, 또한 귀는, 항상 노부나가의 고함을 향해 집중되어 있었다.

그 노부나가의 질타도 이제는 목이 쉬어 무슨 소리를 지르는 건지 뜻조차 분간할 수 없었다.

그러나 장병들에게는 뜻 같은 것은 필요 없었다. 다만 우리 앞에 노부나가가 있다! ——그것을 확인하는 것으로 족했다.

이윽고.

장대 같은 굵직한 빗줄기가 바람과 함께 후려갈기기 시작했다. 뺨과 코가 따가울 지경이다.

질풍 속에 나뭇잎도 몸부림치고 있어, 무엇이 부딪쳐 오는지조차 알 수 없었다. 돌연 산을 찢어발길 듯이 천둥이 울렸다. 다음 순간, 천지는 한 가지 색으로 구분이 없어졌다. 호우로 뿌옇게 흐려졌다. 빗발이 뜸해지면 습지나 낭떠러지 밑으로, 폭포처럼 흐르고 있는 탁류가 보였다.

"아, 저기닷!"

도키치로가 외쳤다.

얼굴을 빗줄기에 얻어맞으며 잉어처럼 속눈썹의 물방울을 떨어내고 있는 부하들을 돌아다보며 가리켰다.

이마가와 군의 진지가 보인 것이다. 비에 젖어 펄럭이고 있는 장막이 바로 본진이다.

눈 밑에는 습지. 그 바로 건너편이 덴가쿠 분지의 구릉들이다. 불과 한 걸음 사이였다. 이미 아군은 그쪽을 향해 쇄도해 가고 있었다.

창을, 칼을, 장도를 제각기 들고,

"몸은 가벼울수록 좋다."

그들은 노부나가의 말대로 투구는 벗어 등에 걸치고, 깃발도 없이 창 한 자루만 옆에 낀 자들이 많았다.

나무 사이를 누비고 낭떠러지를 미끄러져 떨어지며 일제히 적진을 향해 돌격하는 군사들 위로 이따금 눈부신 번개가 번쩍였다. 하얀 비, 검은 바람, 천지는 그야말로 맞닿아 있었다.

"자, 덤벼라!"

도키치로는 소리치고는, 습지로 뛰어내려, 맞은편 산으로 돌진했다. 그의 부하들은 미끄러지고 쓰러지면서도 도키치로 곁을 떠나지 않았다.
 스스로 혈전 속으로 뛰어들었다기보다 어물어물하는 사이에 싸움 그 자체가 도키치로의 소대를 전장 속으로 휩쓸어 버렸다는 것이 사실에 가까왔다.

하얀 비, 검은 바람

요시모토의 본진에서는 천둥이 치는 동안은 오히려 시원하여, 더욱 웃고 떠들고 있었다. 바람이 세차져도 장막 자락을 돌로 질러 놓고 여전히 술잔을 나누고 있었다.

"겨우 더위가 가셨군."

그러나 역시 진중인 데다, 저녁까지는 오다카 성으로 전진할 예정이었으므로 모두들 지나치게 마셔서 피로를 더하지 않도록 조심해 가며 마시기는 했다.

"점심 준비가 됐습니다."

이윽고 병참부 잡병이 와서 보고했다. 그럼 어서 주군께도 상을 올려야 —— 그렇게 이르고 막장들은 비로소 잔을 거두었다. 날라온 점심밥과 큼직한 국 냄비를 봤을 때였다.

후둑, 후둑!

뚝, 뚝……

국 냄비에도 밥통에도, 돗자리에도 각자의 갑옷에도, 굵은 빗방울이 떨어지기 시작했다.

"이거 안 되겠는걸."

비로소 험악한 날씨를 알아채고 돗자리의 위치를 바꾸었다.

장막 안에는 마침 세 아름은 실히 될 커다란 녹나무가 있었다. 요시모토는 비를 피해 녹나무 그늘로 들어가 앉았다.

"여기라면……."

부하들은 요시모토의 점심상이나 깔개 같은 것을 부리나케 그쪽으로 옮겨 갔으나, 거대한 녹나무는 뿌리까지 흔들릴 듯이 열풍 속에서 포효하고 있었다. 병든 잎도 새 잎도 흙먼지처럼 허공에서 춤을 추었다. 병참부의 취사 연기가 풍압 때문에 땅위에서만 기어 다니고 있어, 그렇지 않아도 숨이 막히는 요시모토와 막장들의 눈과 코에 사정없이 스며들었다.

"잠시만 기다려 주십시오. 곧 지붕을 덮겠습니다."

막장 하나가 큰 소리로 잡병들을 불렀다. 그 대답도 좀처럼 들려오지 않았다. 하얀 빗줄기와 나뭇가지의 울부짖음에 이쪽의 고함도 허공으로 날아가 버리고, 저쪽의 대답도 예까지는 들리지 않는 것이다. 다만 계속 연기를 토하고 있는 병참부 장막 그늘에서 나무를 쪼개는 소리만 드높이 울려 오고 있었다.

"여봐라, 여봐라."

막장 하나가 비를 무릅쓰고 바깥 진지를 향해 달려 나갔을 때, 갑자기 심상치 않은 소리가 주위에서 끓어올랐다.

신음소리, 땅이 울리는 소리, 무엇인가 세차게 부딪치는 소리 등이었다.

그러나 폭풍우는 피부뿐이 아니라 요시모토의 머릿속에도 혼란을 일으키고 있었다.

"뭐야, 무슨 일이냐!"

아직 사태를 파악하지 못한 눈빛이었다. 막장들도 그저 허둥거릴 뿐이었다.

"배신자가 나타난 게 아닌가?"

그런 말을 하는가 하면 이런 소리도 했다.

"잡병들이 싸움질을 하고 있는 게 아닐까?"

그러나 무슨 일이 일어났건, 주위의 있던 호위무사들은 무의식적으로 요시모토의 주위를 겹겹이 에워싸며 경비 태세를 갖추었다. 칼과 창을 각각 고쳐 쥐며 외쳤다.

"무슨 일이냐, 무슨 일이 일어났느냐!"

그러나 이미 그 때 밀물처럼 진중으로 돌격해 온 오다 군은, 바로 본진 장막 밖에서, 녹나무 뒤쪽에서, 저편 넓은 풀밭에서, 고함치며 날뛰고 있었다.

"적이다!"

"오다 군이다!"

당황하는 아군 머리 위로 창이 뻗고, 타다 만 장작개비가 날아왔다.

요시모토는 녹나무 그늘에서 미처 말도 못 하고 있었다. 검게 물들인 이로 입술을 꽉 깨물고, 눈앞에 벌어진 현실이 아직 믿어지지 않는다는 듯, 그대로 버티고 서 있었다.

요시모토의 옆에는 막장 이오하라 쇼겐과 그 생질인 쇼지로(庄次郞)가 있었다. 무사 대장인 오치아이 나가토에, 호위무사 사와다 나가토노카미(澤田長門守), 사이토 가몬노스케, 세키구치 엣추노카미(關口越中守) 등도 있었다. 그밖에도,

무레 몬도,

가토 진고베(加藤甚五兵衞),

요쓰노미야 우에몬노스케(四宮右衞門佐),

도미나가 호키노카미(富永伯耆守).

그런 쟁쟁한 무사들이 굳은 표정으로 늘어서서 이런 소리를 되풀이하고 있었다.

"모반이냐?"

"모반자가 나타난 거냐!"

그에 대한 대답은 아니었지만, 이미 사방에서 적이다, 적이다! 하고 외치는 소리를 듣고 있으면서도, 아직도 머리 한구석에는 '설마?' 하는 생각이 있기 때문에 자신들의 귀를 의심하고 있는 것이다.

그러나 그것도 오래 가지 않았다. 분명 날뛰고 있는 오다 군의 모습을 보았고, 가까이에서 오와리 사투리가 섞인 귀에 선 외침 소리를 들었을 뿐 아니라, 두세 명이 이쪽을 향해 덤벼들며 고함과 함께 아수라와 같이 흙탕물을 튀기며 창질을 해 오는 무사들을 본 것이다.

"요시모토냐?"

"앗, 오다 군!"

새삼 놀랐다.

"오다 군의 기습이다!"

그들은 비로소 사태를 정확히 파악했다.

야습을 받은 것보다 낭패가 더욱 컸다. 노부나가를 얕봤던 것과, 백주라는 점, 휘몰아치는 강풍 때문에 적이 영소에 들이닥칠 때까지 발소리 하나 제대로 듣지 못한 탓이었다.

아니, 그보다도 본진 막장들을 안심시켰던 것은 아군의 전위였다고도 할 수 있었다. 본진 소속인 부장 마쓰이 무네노부(松井宗信)와 이이 나오모리(井伊直盛) 양장은, 여기서 불과 10정쯤 떨어진 전방에 진을 치고, 주진 호위를 위해 1천 5백이나 되는 군사와 함께 엄중히 경계하고 있는 터였다.

그 외진으로부터,

"적군이 온다!"

든가,

"적군이 접근하고 있다!"

는 연락이 전혀 없었는데, 요시모토 이하 영소의 막료들은 느닷없이 들이닥쳐 아수라처럼 날뛰고 있는 적병들을 눈앞에 본 것이다. 내란이냐, 모반이냐 하며 엉뚱한 의심을 한 것도 무리가 아니었다.

노부나가는 물론 전위 부대가 있는 지점으로 통과했을 리 없었다. 태자봉을 교묘히 돌아 별안간 덴가쿠 분지 바로 전면에 나타나 함성을 질렀을 때는 노부나가 자신도 창을 휘두르며 요시모토의 막하들과 싸우고 있었다.

노부나가의 창이 뻗어 왔을 때도 적은 그가 노부나가임을 몰랐으리라.

두세 명의 적을 찔러 눕히자 노부나가는 곧장 본진으로 생각되는 장막을 향해 육박해 갔다.

"녹나무 근처다!"

노부나가는 아군 용사들이 자기를 앞질러 달려가는 것을 보고 소리쳤다.

"요시모토를 놓치지 말아라. 요시모토는 틀림없이 저쪽 녹나무에 둘러친 장막 안에 있을 것이다!"

지형으로 보아 그는 그렇게 직감했던 것이다. 대장의 걸상을 버티어 놓을 수 있는 장소는 그 산 모양을 보면 자연히 알 수 있는 법이다. 또한 그런 장소는 어느 산이든 한 군데밖에 없다.

"아, 주군!"

난군 속에서 맞부딪친 듯이 누군가 나타나더니, 피 묻은 창을 눕히며 그 앞에 무릎을 꿇는 자가 있었다.
"누구냐!"
"이누치요입니다."
"오오, 이누치요! 싸워라, 싸워라!"
사방은 한밤중같이 어두웠다. 비는 퍼붓고 바람은 땅을 쓸어 흙탕물을 끼얹는다.
녹나무와 소나무 잔가지가 바람에 부러져 날아다녔다. 주르륵 하고 요시모토의 투구 위에 가지 끝에 괴었던 빗물이 엎질러지듯 쏟아졌다.
"주군, 저쪽으로. 저쪽 그늘로!"
막장인 야마다 신에몬(山田新右衞門), 호위무사인 시마다 사쿄, 사와다 나가토 등, 4, 5명이 요시모토의 몸을 사방에서 방패처럼 에워싸며, 장막에서 장막으로 피해 갔다.
그가 사라진 다음 순간,
"요시모토는 여기 있느냐!"
뒤에 남은 막장들을 향해 창을 찔러 온 오다 군의 무사가 있었다.
"오너라!"
사이토 가몬노스케가 창을 맞들이대자 적은 가쁜 숨을 몰아쉬며 이름을 밝혔다.
"노부나가 공의 가신 마에다 이누치요다!"
"이마가와가의 중신 사이토 가몬노스케!"
적도 응하며, 창이 부러져라 찌르고 들어갔다.
"이까짓!"
이누치요는 몸을 물리며, 적이 헛찌르는 틈을 탔으나, 긴 창을 미처 고쳐 쥘 틈이 없자 그대로 가몬노스케의 정수리를 후려쳤다.
딱 하고 투구에서 야무진 소리가 났다. 가몬노스케는 진창 속에 엎어졌다. 동시에,
"다카이 구란도!"
"요쓰노미야 우에몬노스케!"
당당히 찔러 오는 적의 고함이 귓전에서 울렸다. 이누치요가 창을 들이댔을 때, 적인지 아군인지 보기 좋게 한 사람이 나가자빠진다. 그 시체에 발부리가 걸려 이누치요는 순간 비틀거렸다.

하얀 비, 검은 바람 485

"기노시타 도키치로!"

어디선가 이름을 밝히는 소리가 들렸다. 이누치요는 빙그레 웃었다.

그 보조개에 바람과 비가 맹렬하게 불어 닥쳤다. 어디를 보나 진흙탕이었다. 어디를 보나 피바다였다.

미끄러지고 쓰러지고——그러는 사이에 곁에 있던 적도 아군도 어디론가 사라졌다. 시체 위에 시체가 쌓였다.

빗줄기가 그 등어리를 후려갈겼다. 짚신이 시뻘겋다. 피바다를 헤치고 다시 달린다.

이오하라 쇼겐이라고 이름을 밝혀 온 자를 찔러 눕혔다. 찔러 버린 채 그대로 다시 돌진했다. 이를 검게 물들인 대장은 어디 있느냐? 요시모토의 목을 차지하련다!

비가 외친다.

바람이 부르짖는다.

아버지 쇼겐이 전사했다는 얘기를 듣자, 요시모토의 시동 이오하라 쇼지로도 있는 힘을 다해 싸우다가 오다 무사의 창에 시체가 되었다.

세키구치 엣추노카미, 도미나가 호키노카미 등, 이마가와 군의 이름난 맹장들도 각각 그 이름에 부끄럽지 않은 죽음을 맞았다.

물론 오다측에도 사상자가 적지 않았다. 그러나 적의 10에 대해서 1에도 못미치는 손실이었다.

어디서 누구하고 맞붙었다가 그 꼴이 됐는지, 진군 도중에 노부나가에게 특별히 청하여 싸움에 참여한 고슈의 낭인 구와바라 진나이는, 갑옷이라고 허리덮개까지는 있었지만 상반신은 아주 떨어져나가 벌거벗고 있었다. 반나체로 피 묻은 창을 움켜쥐고, 녹나무 주위를 이리저리 목쉰 소리를 지르고 뛰어다니고 있었다.

"요시모토는 어디 있느냐. 대장 요시모토는 어디 있느냐?"

그러나, 이윽고 저만치 진막 자락이 열풍에 휘말려 올라간 순간, 그 안에 있는 붉은 비단의 예복과 팔룡(八龍)의 투구를 번뜩이는 번갯불 밑에서 확인했다.

"내 염려는 말아라. 위급한 때다. 나를 경호할 필요는 없다……."

그 요시모토의 고함인 듯, 준엄한 소리로 주위에서 허둥거리는 막료들을 질타하고 있었다.

"……당황하지 말고 적을 물리쳐라. 일부러 목을 바치러 온 적이 아니냐. 노부나가란 놈을 해치워라. 요시모토를 지키기보다는 나가서 적과 싸워라!"

과연 그도 3군의 총수였다. 누구보다 먼저 전체적인 형세를 파악하고 있었다. 헛되이 우왕좌왕하며 자기에게 붙어서 무의미한 고함만 치고 있는 막장들을 꾸짖고 있는 것이었다.

"아!"

그 호령이 채찍질을 한 결과가 되어, 그의 주변에서 떠난 막장들은 평소의 단련과 수치를 상기하고는 일제히 싸움만을 향해 달려갔다.

우르르 진흙을 튀기며 달려가는 그들의 발소리가 사라지기를 기다리며 그늘에 숨어 있던 구와바라 진나이는, 틀림없이 대장 요시모토가 숨어 있다고 본 그 진막 자락을 창끝으로 걷어 올렸다.

"아!"

그러나 요시모토는 이미 그 곳에 없었다.

단 한 명의 적도 없었다.

장막 안에는 큼직한 밥통이 뒤엎어져 빗물 속에 하얀 밥 덩어리가 뒹굴고, 타다 만 장작개비가 네댓 개 연기를 뿜고 있을 뿐이었다.

'그렇다면……'

잽싸게도 요시모토는 두세 명의 호위만 데리고 어디론가 피한 것이 틀림없었다. 진나이는 그것을 깨닫자, 진막 안을 하나하나 뒤지기 시작했다. 대부분의 진막은 갈가리 찢기어 바람에 너풀거리고 있거나, 피 묻은 발자국에 짓이겨져 있었다.

"그렇다. 말을 찾으면 된다."

도보로 피할 리는 없었다. 틀림없이 말을 매둔 곳으로 갔을 것이었다.

그러나 수많은 장막과 난군 속에 엉망이 된 영소라 어디가 말을 매 둔 곳인지 얼른 찾을 수가 없었다.

뿐더러 말도 가만있지 않았다. 비와 번뜩이는 칼날과 피바다 속을 수십 필의 말이 미쳐 날뛰고 있었다.

'어디에 숨었을까?'

진나이는 창을 세우고, 말라붙은 목을 콧등에서 흘러내리는 빗물로 축이고 있었다.

그러자 바로 눈앞에, 자기가 적인 줄도 모르는 듯 길길이 날뛰는 한 필의 검은 말을 한사코 달래며 끌고 가는 한 무사가 있었다.

자개 안장에 타오르는 듯한 붉은 술을 늘어뜨리고, 은빛 재갈에 보랏빛과 흰 빛을 곁들여 꼰 화려한 고삐—— 진나이는 그 말을 주시하였다.

틀림없이 대장의 말이었다. 유심히 지켜보자 말은 바로 앞에 있는 소나무 그늘로 끌려갔다. 그곳에도 쓰러진 진막이 있었다. 또한 둘러친 채 내버려진 장막이 비바람에 크게 펄럭이고 있었다.

진나이는 한달음에 달려갔다.

"여기구나!"

그는 바싹 가까이 다가붙으며 장막을 젖혔다.

그 안에 요시모토가 있었다.

말이 왔음을 가신들이 알리자, 마침 요시모토는 몸을 숨겼던 곳에서 밖으로 나오려던 참이었다.

그 등을 향해 고함치는 소리가 들렸다.

"요시모토 공, 어디로 가시오? 오다가에 가세한 구와바라 진나이, 여기 수급을 가지러 왔소. 각오하시오!"

그와 함께 창자루가 딱——하고 날카로운 소리를 냈다.

요시모토의 손에서 번뜩인 칼.

마쓰쿠라고의 대검이 돌아보기가 무섭게 창을 두 동강 내 버린 것이었다.

'아뿔싸!'

한 발 뒤로 물러난 진나이의 손에는, 불과 넉 자 정도의 창자루밖에 남아 있지 않았다.

진나이는 부러진 창을 내던지고 소리 질렀다.

"비겁하다. 이름을 밝힌 적에게 등을 보이는 거냐!"

그리고 허리의 칼을 뽑아들어 또다시 요시모토를 향해 덤벼들었다. 그 순간,

"앗, 주군을!"

이 소리와 함께 진나이 등 뒤에서 이마가와 군의 히라야마 주노조(平山十之丞)가 달려들었다.

쿵 하고 흙탕물 속으로 주노조가 나가 떨어졌다.

"네 이놈!"

이번에는 시마다 사쿄가 진나이를 향해 옆에서 칼을 내려친다.

목을 젖혀 피했으나 주노조에게 발목이 붙들려 있어서 충분히 피할 수가 없었다. 구와바라 진나이는 사쿄가 내려친 칼 밑에 두 동강이 되어서 쓰러졌다.

"주군, 주군! 한시라도 빨리 이곳을 피하십시오. 아군은 당황하고, 적은 기고만장입니다. 좀처럼 수습이 안 될 것 같습니다. 유감이지만 일단 피하셨다가……."

숨 가쁘게 말하는 시마다 사쿄의 얼굴은, 사쿄라는 것을 알아볼 수 없을 만큼 시뻘겠다. 온몸이 진흙투성이가 된 히라야마 주노조도 급히 튀어 일어나자, 사쿄와 더불어 재촉했다.

"주군, 어서!"

그때 고함과 함께 홀연히 그 자리에 나타난 것은 검은 미늘 갑옷에 검은 투구를 깊숙이 눌러쓴 위장부였다.

"잠깐! 요시모토는 기다려라. ──오다 공의 가신 핫토리 고헤이타가 여기 왔다!"

요시모토가 한 걸음 물러서려는 순간 전광처럼 붉은 창이 뻗어 왔다.

"괘씸한!"

몸을 들이대 그것을 막으려던 시마다 사쿄는 미처 칼을 둘러메기도 전에 창에 찔려 쓰러지고 말았다. 히라야마 주노조가 이어서 가로막았으나 고헤이타의 날카로운 창끝을 당하지 못하고, 그 역시 피를 뿜으며 사쿄의 시체 위에 쓰러졌다.

"기다려라. 어디를 가는 거냐!"

번개같이 들이치는 창끝이 요시모토를 뒤쫓았다.

요시모토는 커다란 소나무 둘레를 한 바퀴 피해 돈 뒤, 둘러멘 마쓰쿠라고의 대검 밑으로 불꽃을 튀기듯 고헤이타를 노려봤다.

"오너라!"

"으음……."

내찌른 창은 요시모토의 갑옷을 뚫고 옆구리를 쑤셨다. 그러나 갑옷은 단단했고 요시모토는 꿋꿋했다.

"벌레 같은 놈!"

크게 벌린 입이 내뱉자마자 창은 두 동강 나버렸다.

"그렇다면!"

고헤이타는 당황하지 않고 이내 창대를 버리더니, 다짜고짜 요시모토를 향해 덤벼든다.

"건방지게!"

요시모토는 무릎을 꿇으며 팔룡 투구를 수그리더니, 덤벼드는 고헤이타의 무릎을 향해 힘껏 칼을 옆으로 휘둘렀다.

칼은 명도. 게다가 필사적이었다.

무릎을 감은 쇠사슬이 불을 뿜었다. 고헤이타의 무릎이 석류처럼 갈라지고, 상처에서 하얀 뼈가 드러났다.

"앗!"

고헤이타는 엉덩방아를 찧었다. 요시모토도 앞으로 고꾸라지며 투구 앞에 달린 장식이 땅을 두드렸다.

그러나 그 얼굴을 든 순간,

"모리 신스케 히데타카(毛利新助秀高)!"

옆에서 이름을 밝히며 달려든 사나이가 요시모토의 목을 감싸안으며 같이 뒹굴었다.

요시모토의 허리가 그 때문에 뻗쳐지자, 창에 찔린 상처에서 핏줄기가 솟구쳤다.

"이……이놈!"

밑에 깔린 요시모토는 모리 신스케의 오른손 인지를 물어뜯고 있었다. 목이 잘린 다음에도 요시모토의 푸르뎅뎅한 입술과 검게 물들인 이 사이에는 하얀 손가락이 그대로 물려 있었다.

무지개

아군이 이겼는가, 적이 이겼는가? 도대체 자신들은 어디서 어떻게 싸웠는가?

"어어이! 여기가 어디냐!"

도키치로는 숨을 돌리고 제 정신을 찾자 무턱대고 주위를 향해 고함을 질렀다.

"……?"

여기가 어딘지, 어쩌다가 예까지 왔는지 아무도 몰랐다. 소대 조장인 그의 둘레에는 17, 8명의 부하들이 살아남아 있었으나, 모두 피투성이인 데다 넋을 잃고 있었다. 산 사람의 얼굴이라고는 할 수 없었다.

"……가만 있자?"

도키치로는 귀를 기울였다.

비가 개기 시작하고 있었다. 바람도 잦아들며, 구름 사이로 눈부신 햇살이 비치고 있었다.

소나기가 그칠 무렵부터 덴가쿠 분지의 아비규환도 천둥소리와 함께 멀리 사라져 갔다. 그 뒤에는 아무 일도 없었던 듯이 그저 쓰르라미가 울고 있을 뿐이었다.

"정렬!"

도키치로는 구령을 내렸다.

부하들은 횡대로 늘어섰다.

인원수를 눈으로 헤아려 보니 30명이었던 것이 17명으로 줄어 있었다. 게다가 그 중의 4명은 조장인 도키치로도 처음 보는 얼굴이었다.

"이봐, 네 번째!"

"예."

"너는 어느 조의 누구냐?"

"도야마 진타로의 조에 속해 있는 사람입니다만, 덴가쿠 분지 서쪽 낭떠러지에서 싸우다가, 그만 미끄러져 떨어진 후 본대를 놓치고 말았습니다. 마침 이 소대가 적을 추격해서 오기에 그대로 끼어들어 예까지 와 버렸습니다."

"그래? 일곱 번째는?"

"예. 저 역시 난군 중이라, 한참 싸우다가 보니까 어느 틈에 이 소대에 끼어들어 있었습니다. ……하지만 어느 소대에서 싸우건 주군을 위한 길은 마찬가지라 생각하고……."

"맞았다, 옳은 말이야."

도키치로는 그렇게 말하고, 나머지에 대해서는 묻지도 않았다.

자기 부하들 중에서도 전사한 자도 있을 테지만 몇 사람쯤은 다른 소대에 끼어들어 살아 있을지도 모른다고 생각했다.

아니, 개개의 군졸들이 난군 속에서 그렇게 소속을 잃어 버렸을 뿐 아니라, 기노시타 조 자체가 본진과도, 주대(主隊)인 아사노 마타에몬의 군과도 멀리 떨어져 외톨이가 되어 있었던 것이다.

"……어지간히 승부가 난 모양이군."

도키치로는 중얼거리며 부하들을 인솔하고 본대를 찾아 돌아가기 시작했다.

사면의 산에서 몰려드는 탁류는, 비가 갠 뒤 오히려 물이 더 불어나 있었다. 그 탁류 속에 잠겨 있는 시체와 낭떠러지에 쌓여 있는 수많은 시체를 보니, 도키치로는 자신이 살아 있는 것이 꼭 기적만 같았다.

"아군의 승리다. 적은 무너졌다. …… 봐라. 근처에 굴러 있는 것은 모두 이마가와 본진 소속 무사들뿐이다."

도키치로는 손을 들어 가리키며 부하들에게 말했다. 적의 시체가 뒹굴고 있는 상황으로 보아, 패주해 간 적 수뇌부의 피해 정도를 대강 짐작할 수 있기 때문이었다.

"…… 예."

그러나 부하 보군들은 대답만 할 뿐, 아직 제 정신을 못 찾고 있는 듯했다. 개가를 올릴 기력도 없어 보였다. 오히려 아군 본대에서 동떨어져, 불과 17, 8명만이 헤매고 있는 것이 불안한 기색이었다. 갑자기 싸움터가 조용해진 것은, 노부나가의 본군 자체도 전멸했기 때문이 아닐까? 언제 적에게 포위당하여 자기들도 지금 사방에 나뒹굴고 있는 시체와 같은 꼴이 될지 모르는 판이니, 그런 걱정이 차라리 더 큰 것도 무리가 아니었다.

그러자 덴가쿠 분지의 고지에서 와앗, 와앗, 와앗 하고, 천지를 진동하는 개가가 세 차례나 울려 퍼졌다.

그 함성이 어쩐지 귀에 익은 듯했다. 소리를 모아 와아 하는데도, 스루가 측의 그것과 오다 군의 그것은 자연히 다른 데가 있었다.

"이겼다. 우리가 이겼어. 자, 어서 가자."

도키치로가 앞장서서 달리기 시작했다.

"와앗!"

──살았다.

──이겼다.

지금까지 넋을 잃고 있던 부하들도 돌연, 이 생각이 현실적으로 느껴지는 듯, 뒤질세라 도키치로를 따라 개가가 울린 언덕을 향해 달리기 시작했다.

"어어이!"

어디서 부르는 소리가 있었다. 다른 쪽 산허리에서 부르는 것이었다.
"아군인가?"
도키치로가 손을 이마에 얹으며 묻자, 상대방이 대답했다.
"그대들은 누구 밑에 있는 군사들인가? 나는 전령인 나카가와 긴에몬(中川金右衛門)."
"아사노 마타에몬의 휘하에 있는 보군 30명의 기노시타 대(隊)요."
그는 입에 손을 말아 대고 큰 소리로 말했다.
"보군인 기노시타 대인가? 본진을 위시해서 아군은 전부 지금 저 앞에 있는 마고메 산(間米山)에 집합해 있소. 아사노 공께서도 그리로 가 계실 테니 서둘러 합류하시오."
"고맙소. ……한데, 싸움의 결과는?"
"물론 아군의 대승이오. 지금 올린 개가를 못 들었소?"
"짐작은 하고 있었소만."
"이미 스루가 군은 크게 무너져 버렸소. 요시모토 공의 머리도 손에 넣은 이상 더 이상 추격할 필요는 없다는 하명이었소. ……전군은 일단 마고네 산 진지로 집합하라는 분부시오."
전령 나카가와 긴에몬은 그렇게 전하자, 곧 달려가려다가 다시 돌아보며 소리쳤다.
"저쪽 산간에 아직도 본대를 못 찾고 있는 아군이 있소? 적을 추격해 간 채 돌아오지 않은 우군은 없소?"
"없소, 없소."
도키치로가 멀리서 말하며 고개를 흔들어 보이자, 긴에몬은 방향을 바꾸어 다른 길로 우군을 찾으려고 달려갔다.
마고네 산은 덴가쿠 분지에서 조금 더 간 오자와(大澤) 마을에 있었다.
낮고 둥그스름한 언덕이었다.
바라보니, 그 언덕에서 부락에 이르기까지 아군 군사로 꽉 차 있었다. 진창과 피와 빗물에 젖은 3천여의 군사들이었다. 싸움이 끝나 한자리에 모였을 때 비가 개고 볕이 나자, 3천 군사들의 몸에서는 무럭무럭 김이 피어올랐다.
마을 사람들은 물을 떠 가지고 진지로 나르고 있었다. 고구마도 찌고 있었다. 떡도 찌고 있었다. 말도 풀이나 당근을 씹고 있었다.

"아사노 대(隊)는 어디 있소?"

도키치로는 붐비는 군사들 사이를 헤치고 다니며 귀속할 자기 본대를 찾았다. 그는 피투성이가 된 군사들의 갑옷을 스칠 때마다 어쩐지 면목이 없는 것 같았다. 자신도 부끄럽지 않게 싸우기는 했으나 이렇다 할 공은 세우지 못했기 때문이었다.

겨우 본대로 되돌아와, 그 역시 다른 무사들과 함께 나란히 섰을 때, 그는 비로소 진심으로 실감했다.

'이겼다!'

아무리 언덕 위에서 둘러봐도 패한 적의 대군이, 아무 데도 보이지 않는 것이 오히려 이상스럽게 생각되기도 했다.

이윽고.

언덕 위의 노부나가 앞에 모아 둔 적의 머리는 2천 5백이라는 수에 이르렀다. 요시모토의 존재도 다만 그 중 하나일 뿐이었다.

적의 수급 2천여에 대해 아군의 전사자도 적지 않았다. 전령이 사방으로 뛰어다니며 복귀를 명해도 돌아오지 않는 장병들이 수십 명이나 있었다.

그러나 수많은 적의 전사자에 비하면, 아군의 희생은 불과 수 십 분의 일에 지나지 않았다.

특히 적이면서도 가장 비장한 각오로 싸운 것은 이이 나오모리(牛伊直盛)의 부대였다. 나오모리는 덴가쿠 분지의 요시모토 본진과 약 10정쯤 떨어진 전방에서 경비를 하고 있었으나, 폭풍우로 인하여 노부나가 군이 전방의 경계선을 돌파한 것을 전혀 몰랐던 것이다.

알아차렸을 때는 이미 적이 본진으로 돌입하여 요시모토의 목을 베어 버린 뒤였다.

나오모리의 군사들은 그 자책 때문에 어느 부대보다 분전 역투했다. 나오모리가 난군 중에서 할복하자, 부하 군사들도 모두 싸워 죽든가 할복하여 단 한 명도 살아남지 않았다.

그 밖에도 장렬한 최후를 마쳐 적이면서도 잊을 수 없는 무사들이 많이 있었다.

'이겼다!'

싸움이 끝나고 이긴 것이 확인되자, 같은 무사로서 그런 처절한 적의 죽음이 우군의 자랑스런 얼굴들보다 한층 기억에 남았다. 언제까지나 마음에 새겨져 은연중에 추모하는 마음이 이는 것이었다.
 '아까운 적이었다.'
 '훌륭한 죽음이었다.'
 입 밖에는 내지 않아도 내일이면 자기 역시 그런 신세가 될지도 모르는 것이다.
 '훌륭한 주군을 모셨구나!'
 그리고 새삼스럽게 승자의 대열에 끼어 있는 자신을 다행으로 생각하고 모시고 있는 사람을 진심으로 우러러보았다.
 오다 가즈사노스케 노부나가.
 그 노부나가도 피와 진흙으로 더럽혀진 모습으로 마고네 산 중턱에 앉아 있었다. 걸상에서 몇 걸음 떨어진 곳에서 몇 명의 군졸들이 커다란 구덩이를 파고 있었다. 구덩이 둘레에는 흙이 높직이 쌓여 있었다.
 2천의 수급은 일일이 검토를 마친 다음 그 구덩이 속에 던져졌다. 노부나가는 합장한 채 그것을 바라보고 있었다. 둘러선 장병들도 숙연히 입을 다물고 있었다.
 아무도 염불을 외우지는 않았다.
 그러나 그것은 무사가 무사를 매장하는 최고의 예의를 갖추어 진행되고 있었다. 구덩이 속에 던져지는 수급들은 앞으로도 살아남아 다시 싸움터에 나서야 할 무사들에게는 무언가 교훈을 남겨 주는 것이었다. 아무리 하찮은 말단 병졸의 수급이라도 함부로 다룰 수는 없었다. 엄숙한 느낌이 들지 않을 수 없었다. 유현(幽玄)한 생사의 경계를 발밑에 바라보며 인간을—— 무사의 생애를 생각하지 않을 수 없었다.
 누구나 손이 저절로 갑옷을 입은 가슴 앞에 모아지고 있었다. 흙이 덮이고 봉분이 끝났을 때, 문득 하늘을 우러르니 비가 갠 맑은 하늘에 아름다운 무지개가 걸려 있었다.
 그 때 한 부대의 탐색병들이 돌아왔다.
 이들은 덴가쿠 분지의 싸움이 끝나자마자 곧 오다카 방면으로 정찰을 보냈다.
 오다카 성에서는 미카와의 마쓰다이라 모토야스가 요시모토의 선봉으로 활약하고 있었다. 오다측의 성채인 와시즈와 마루네를 함락시킨 솜씨로 보아, 노부나가는 가장 마음을 놓을 수 없는 적으로 주시해 왔다.

"요시모토 전사 소식을 듣자, 오다카 진중은 한때 어수선하고 허둥대는 기색이었습니다만, 수차 탐색병을 내보내 이윽고 그것이 사실임을 알자 곧 조용해지더니, 미카와로 철수할 준비를 하기 시작했습니다. 따라서 무모한 전의(戰意)는 없는 것으로 보며, 미카와 군의 철수는 밤과 더불어 개시될 것으로 보입니다."

이상과 같은 보고를 듣고, 계속 나루미에 남아 있는 오카베 모도노부(岡部元信)의 동정도 확인한 후, 노부나가는 개선을 선언했다.

"좋다. 그럼 돌아가자!"

아직 해는 떨어지지 않고 있었다. 일단 흐려지던 무지개가 다시 짙고 아름답게 서 있었다.

노부나가의 안장 곁에는 수급 하나가 선물로 묶여 있었다. 말할 것도 없이 이마가와 요시모토의 수급이었다.

아쓰타 신궁 앞까지 왔을 때 노부나가는 말에서 뛰어내렸다.

"신전에 보고를 올리도록 하자."

노부나가는 배전으로 나아갔다.

개선하는 장병들은 모두 신궁 중문까지 들어가 일제히 땅에 엎드렸다.

멀리서 요령소리가 울려오고 있었다.

신궁 숲에는 화톳불이 활활 타올랐다. 안개와 연기가 자욱한 하늘에 저녁달이 걸려 있었다.

노부나가는 말 한 필을 신궁에 바치고 다시 말을 재촉했다.

"자, 그럼 기요스로!"

노부나가는 입고 있는 갑옷은 무거웠고 몸은 지칠 대로 지쳐 있었지만, 말 위에 몸을 의지하고 달빛이 환한 길을 돌아오는 그의 심정은 이미 홑옷으로 갈아입은 것처럼 홀가분했다.

기요스 성시는 아쓰타 이상으로 떠들썩했다. 집집마다 등불이 내걸려 있었다. 네거리에는 화톳불이 타오르고 처마 밑에는 남녀 노소가 모두 나서서 개선해 오는 장병들을 열광적으로 환영했다.

"수고하셨습니다."

"수고하셨습니다."

길가에도 수많은 인파가 이리 밀리고 저리 밀리고 있었다. 숙연히 성문을 향해 걷고 있는 철갑의 대열을 바라보며, 남편의 모습을 찾아내려는 아낙의 눈, 내 자식이 있다고 소리 지르는 늙은이, 연인의 얼굴을 안타깝게 찾는 처녀.

그러나 그 모두가, 이윽고 밤하늘을 배경으로 한 말 위의 노부나가를 발견하자 소리쳤다.

"오오!"

"영주님."

"우리의 영주님."

"노부나가 님."

그야말로 환성의 도가니였다. 그들에게는 노부나가야말로 내 자식 이상이었으며, 내 남편 이상이기도 했고, 연인 이상의 연인이었던 것이다.

"이마가와 요시모토의 수급을 보아라. 노부나가의 오늘의 선물은 이것이다. 내일부터는 그대들에게도 국경에 대한 걱정은 없어졌다. 마음 놓고 일하여라. 일하고 놀아라."

말 위에서 영민들의 환호에 답하며, 노부나가는 오른쪽을 향하여 그런 말을 하고, 다시 왼쪽 군중들을 향하여 같은 말을 했다.

성 안으로 돌아오자 노부나가는 말했다.

"사이, 사이. 자 우선 목욕부터 하자. 목욕을 하고 밥을 먹어야겠다."

목욕을 마칠 무렵, 그는 오늘 싸움에서 활약한 3천여 장병에 대한 상벌을 마음속에 정하고 있었다.

곧 사토노카미와 사쿠마 슈리 두 사람에게 그 뜻을 전해 두었다.

야나다 야니에몬 마사쓰나에게 3천 관의 녹과 함께 구쓰카케 성을 맡기는 것을 필두로 하여, 핫토리 고헤이타, 모리 신스케 등 약 120명에 대한 은상을 노부나가는 일일이 구두로 말하고, 그것을 사토노카미와 슈리에게 기록하게 했다.

말단 무사의 아무도 모르는 일까지 노부나가의 눈은 어느 틈에 보고 있었다.

"이누치요에게는 특사를 내린다."

마지막으로 그렇게 말했다.

그 말은 곧 마에다 이누치요에게 그날 밤으로 전달되었다. 전군이 성 안으로 들어간 다음에도, 그만은 성 밖에 남아서 노부나가의 하회를 기다리고 있었던 것이다.

하얀 비, 검은 바람

도키치로에게는 아무 은상도 없었다. 물론 도키치로도 상을 받을 일을 한 기억이 없었다. 그러나 그는 천 관의 은상 이상의 것을 이 하루 동안에 받았다고 생각했다. 그것은 난생 처음, 그야말로 생사의 경계를 뚫고 다닌 귀중한 경험을 얻은 것과, 노부나가에게서 손수 가르침을 받은 싸움이라는 것에 대한 흐뭇함, 그리고 인심의 파악 등, 일국의 장(將)으로서의 기량을 충분히 볼 수 있었기 때문이었다.

'훌륭한 주군을 나는 모셨다. 노부나가 공 다음가는 행운아는 바로 나인지도 모른다.'

그 뒤부터 도키치로는 노부나가를 주군으로 우러러볼 뿐 아니라, 노부나가의 한 제자라는 마음가짐으로, 그의 장점을 배우고 무학둔재인 자신을 연마하는 데 더욱 힘을 기울였다.

박꽃 피는 저녁

 세상은 확실히 급격한 속도로 변혁되고 있었다. 그러나 아무리 보아도, 별로 움직임이 없는 것처럼 보이는 것이 그 표면이기도 했다.
 오케 분지에서의 대첩은 10여 일이나 기요스 성시를 흥분의 도가니 속에 몰아넣어, 봄과 여름 축제가 한꺼번에 온 것 같은 소란이었으나, 이윽고 일상으로 돌아가자, 대장간에서는 망치 소리가 들리기 시작했고, 통집에서는 통을 두드리는 소리, 마구간에서는 마초를 써는 소리가 조용히 들리기 시작하면서, 각자가 맡은 바 직분에 힘을 다하기 시작했다. 뜨거운 햇볕 아래 성시는 행인마저 뜸해져 텅 빈 한길만이 뽀얗게 말라 가고 있었다.
 "기노시타 님!"
 누군가 부르는 소리가 들렸다.
 "뉘시오?"
 낮잠을 자고 있던 도키치로는 눈을 뜨고 자리에서 머리만 쳐들며 대답했다.
 "맞은편 집에서 왔습니다."
 "아, 시무라(志村)씨 부인이십니까?"

"국수를 좀 눌렀기에……."
"저런, 또 그런 걸 가져오셨나요. 이거, 원 번번이……."
"바구니째 부엌에다 놓고 가겠어요. 나중에 맑은 물에 헹궈서 잡수시도록 하셔요."
"곤조, 곤조……."
"안 계시던데요."
"곤조가 없습니까? 그럼 하녀가……."
"바늘을 든 채 부엌 뒷방에서 자고 있습니다."
"휴우, 주인이 자면 고양이까지 잔다더니. 그럼 바구니는 나중에 돌려 드리겠습니다. 이거, 정말 미안해서……."

제법 붙임성이 있었지만, 게을러터지게 자리 위에 엎드린 채 소리만 지르는 것이었다.

성 안에서는 자칫하면 무시당하기 쉬웠지만, 집에 돌아오면 동네에서의 그의 인기는 제법 괜찮은 편이었다. 그것도 남자들보다는 부인들 사이에서, 부인들보다는 처녀들 사이에서 더 좋았다.

그러나 예쁜 딸을 가지고 있는 집에서는 독신자인 그에 대해 상당히 용의주도한 경계를 하고 있었다. 심심해서 죽을 지경입니다, 얘기라도 하러 오시지 않겠습니까? —— 하는 엉뚱한 소리를, 부모들이 앉아 있는 앞에서도 태연히 하곤 했기 때문이다.

심심하다는 말이 나왔으니 말이지, 지난 5, 6일 동안 그는 정말 몸이 비비 꼬일 정도로 무료했다.

"이번에는 다소 먼 곳까지 같이 가 줘야겠다. 길을 떠날 채비를 하여라. 열흘 안으로 출발을 알릴 테니 그때까지 푹 쉬고, 자주 외출하지 마라. 물론 입 밖에 내서는 안 된다."

노부나가로부터 이런 분부를 받고 그는 그 출발을 기다리고 있는 중이었다. 채비야 도대체 할 것이 없었다. 그가 없는 동안에는 곤조와 하녀가 집을 지키면 그만이다.

'같이 가야겠다고 하셨지만, 주군께서 길을 떠나다니 모를 일이군. 대체 어디로 가실 작정일까?'

일어나 앉자, 그는 다시 멀거니 그 생각을 되풀이했다. 그러다가 문득, 울타리로 기어오르고 있는 박덩굴을 보자 네네의 모습이 떠올랐다.

출발을 알릴 때까지 될 수 있는 대로 외출을 삼가라는 분부이기는 했지만, 저녁 바람이 불기 시작하면, 그는 등물을 시원히 하고 네네의 집 앞으로 가곤 한다.

요즈음은 웬일인지 정식으로 방문하기가 쑥스러웠다. 또한 네네의 부모를 만나면, 특별한 용건이 없는 이상 이쪽 속셈이 환히 들여다보이는 것만 같아, 그저 그녀의 집 문앞을 행인처럼 몇 차례 왔다 갔다 하다가 돌아오곤 했다.

네네의 집 울타리에도 박꽃이 피어 있었다. 어제 저녁에는 낮은 등에 불을 켜고 있는 그녀의 모습을 힐끗 울타리 너머로 본 것만으로 만족하고 돌아왔으나 박꽃보다도 더 희던 그 옆얼굴이 지금 문득 떠오른 것이었다.

"일어나셨습니까?"

곤조가 돌아왔다.

"물이라도 좀 뿌려볼까요? 오늘은 특별히 더운 것 같습니다. 땅이 갈라지도록 말라 들어가고 있어서……"

곤조는 곧 우물물을 물통에 길어오더니, 도키치로가 앉아 있는 뜰 앞으로 돌아와, 백 평도 안 되는 좁은 뜰에 몇 통이고 물을 뿌렸다.

"참, 곤조, 부엌에 가면 이웃에서 갖다 주신 국수가 있을 게다."

"예, 돌아오는 길에 시무라 님 댁 마님을 만나서 그런 말씀을 들었습니다."

"자네는 어디 갔었나?"

"직인 마을 네거리에 포졸들이 출동했다기에 잠깐 구경하러 갔었습니다."

"그런 데는 무척 귀가 밝은 녀석이군. 포졸들이 출동했다면, 도적이라도 잡았다던가? 기요스 성시에 도적이 나타난다는 말은 별로 못 들었는데?"

"아니올시다. 그런 정도가 아닙니다. 직인 마을의 꺾쇠 골목이라는 뒷골목을 아시죠?"

"그래서?"

"그 골목 모퉁이에 있던 술집과 두 번째인 종이 가게, 그 다음 모자가게와 칠장이, 칼집 장식을 업으로 하던 녀석 등이 살고 있던 공동주택이 하룻밤 사이에 빈집이 되고 말았답니다."

"흠."

"날이 새자 이웃에서는 소동이 벌어져 곧 신고를 했는데 조사한 바에 의하면 그 꺾쇠골목 직인들은 모두 이나바 산에서 보내온 미노측의 첩자였음이 밝혀졌습니다. 그래서 그들과 평소에 가까이 지낸 자들을 하나하나 잡아들여 엄중히 문초를 하자 역시 수상한 녀석이 두세 명 나타나서 곧 체포하려 했더니 다짜고짜 칼을 빼들고 저항했다는 것입니다. 대여섯 명이나 부상자를 낸 끝에 겨우 묶어 버리기는 했지만, 한 때는 대단한 소동이었습니다.”

"미노의 첩자들이 한집에 살았단 말인가?"

"몰랐던 것이 불찰이었습니다. 적국 첩자가 이 성시에 유유히 둥우리를 틀고 있었으니 말입니다."

"하하하, 피차 마찬가지지. ……곤조, 하녀에게 일러서 목욕물이나 데워 놓게 하여라."

"목욕을 마치시면 또 나가시는 겁니까?"

"요즈음은 통 한가하고 보니, 바람이라도 쐬고 오지 않으면 먹은 것이 내려가지 않는단 말야."

이윽고 물을 데우는 연기가 부엌에서 집안에까지 스며들기 시작했다.

목욕을 마치고 삼베 홑옷으로 갈아입자, 도키치로는 쪽문을 열고 밖으로 나서려고 했다.

성에서 사자가 찾아 온 것은 바로 그때였다. 서장함에서 한 통의 서찰을 내놓고, 사자는 곧 돌아갔다.

도키치로는 급히 되돌아와, 옷을 다시 갈아입고 하야시 사토노카미의 사저로 급행했다.

그 곳에 가서 하야시 사토노카미를 통하여 며칠 전부터 대기하고 있던 노부나가의 영을 하달 받고 돌아왔다.

'……내일 아침 묘시경까지 여장을 갖추고 서쪽 가도 어귀에 있는 부농 도케 세이주로(道家清十郎)의 저택으로 올 것.'

이것이 하명의 요지였다.

그 밖에는 '가 보면 안다'고 할 뿐, 일절 밝히지 않았다.

먼 타국으로 노부나가가 미행을 한다. 자기도 그 종자들 틈에 끼어 간다. 그런 것을 차근차근 생각해 보면, 여러 말을 듣지 않아도 그는 주군이 뜻하는 바를 대강 짐작할 수 있을 것 같았다.

'당분간 돌아올 수 없겠는걸……'

동시에 그는 네네의 모습도 한동안 볼 수 없으리라 생각되자, 때마침 떠오른 달빛 탓도 있었지만, 다시 한 번 보고 싶은 생각이 가슴에 솟구쳤다.

일단 생각이 미치면, 그대로 있지 못 하는 그의 성미였다. 그 역시 사랑 앞에서는 평범한 한낱 포로에 불과했다.

가슴 속에서 요동치기 시작한 욕망은 그를 곧장 네네의 집으로 향하게 했다. 깊은 창의 등불을 엿보는 불량배들과 조금도 다를 것 없는 꼴로, 도키치로는 네네의 집 울타리 밖을 서성거렸다.

궁대 조장의 집이어서, 근처를 지나다니는 사람은 대개 아는 얼굴이었다. 그는 한길에서 발소리가 들릴 때마다 가슴이 떨리고, 혹시 네네의 부모나 가족의 눈에 띄지 않을까 겁도 났다.

그 소심한 몰골은 가엾을 정도였다. 도키치로 자신도, 혹시 다른 사람이 그런 꼬락서니로 서성거리고 있다면 경멸했을 것임에 틀림없었다. 그러나 지금의 그에게는 사나이의 체면과 남의 이목을 되새기고 있을 겨를이 없었다.

'네네는 지금 무엇을 하고 있을까?'

그가 바라는 것은 따지고 보면 그런 하찮은 것이었다. 울타리 너머로 그녀의 옆얼굴과, 오늘밤의 그녀의 생활을 잠깐 엿보는 것으로 만족할 수 있는 것이었다.

'이미 목욕을 끝내고 화장을 하고 있을지도 모른다. 가족들과 함께 둘러앉아 저녁을 먹고 있을지도 모른다.'

세 번쯤, 그는 울타리 밖을 얼굴만은 천연덕스럽게 오갔다. 아직 초저녁이라 한두 사람의 행인이 지나갔다.

그가 울타리에 매달려 들여다보고 있을 때 "기노시타 아닌가?" 하고 아는 얼굴이 나타나 부르기라도 하면 그야말로 창피한 일이었다. 아니 그보다도 일껏 이누치요가 물러나고 부친인 마타에몬도 그 후 생각을 고친 듯, 네네와의 결혼 공작은 호조를 띠기 시작하고 있는데, 그것을 스스로 깨뜨려 버리는 결과를 초래할 우려도 있었다.

지금은 그저, 건드리지 않는 것이 상책일 듯했다. 네네의 어머니나 네네는 이미 마음을 정했으리라. 그러나 그녀의 아버지 마타에몬이 쉽사리 결단을 못 내리고 있었다. 딸과 아버지, 남편과 아내 사이에 좀처럼 합의를 보지 못한 채, 현재로서는 마음의 추이를 피차가 기다리고 있는 형국이었다. 네네의 가정 자체로서는 일단 그와의 혼담은 중단된 상태라고도 할 수 있었다.
"네네를 주십시오. 혼인 날짜를 아주 정해 버립시다."
그전과 같이 느닷없이 뻔뻔스럽게 이런 식으로 나갔다가는, 마타에몬의 엄한 성격으로는 오히려 크게 반발할지도 모르고, 네네나 네네의 어머니가 보이고 있는 호의에마저 찬물을 끼얹는 결과가 되어, 모든 것이 헛수고로 돌아갈지도 모르는 일이었다.
지난해까지는 이누치요라는 강적이 있어서 소극적으로 실현을 기다리고 있다가는 도저히 승산이 없기에 온갖 지혜와 정열을 기울여 싸웠지만, 이미 자기의 사랑을 위협하던 상대방은 "네네를 행복하게 해 주게" 하는 말을 남기고 국외로 떠났었다.
그 후 오케 분지의 싸움을 계기로 해서 돌아오기는 했지만, 이미 그전처럼 이 집에 접근하는 기색은 안 보였다. 마타에몬이 고민하던 '이누치요와의 혼인에 관한 언약'도 자연히 해소된 상태여서, 이제는 아무 문제도 일으킬 것이 없었다.
'덤빌 필요는 이미 없다. 그저 내 버려두고, 마타에몬의 마음이 한 걸음만 더 돌아서든가, 알맞은 중매쟁이가 어디선가 나타나기를 기다리는 것이 상책이다.'
도키치로는 그런 속셈을 가지고 있었다. 그러나 네네의 문제에 관한 한, 그런 현명한 분별과 울타리 너머로 엿보고 싶은 어리석은 심리가 동일한 그의 개체 내에서 따로따로 움직이고 있었다.
모깃불을 피운 듯, 매캐한 연기가 흐르고 있었다. 부엌에서는 질그릇 소리가 들렸다. 아직 저녁 전인 듯했다.
'음, 부엌일을 하고 있구나.'
도키치로는 장차 내 아내로 삼으리라 결심하고 있는 네네의 그림자를 희미한 불빛이 흐르고 있는 부엌 근처에서 발견하자, 아직도 남의 눈을 피해야 하는 처지에 이런 엉뚱한 생각도 했다.
'저만하면 살림도 알뜰히 해 줄 게다.'
어머니가 그녀를 부르는 소리가 들렸다. 그녀의 대답은 울타리 밖에서 엿보고 있는 그의 귀에까지 들렸다.
도키치로는 걷기 시작했다. 누군가 한길을 지나갔기 때문이었다.
'일도 잘하고, 온순하고, 저런 색시라면 나카무라에 계시는 어머니도 마음

에 드시리라. 농사일이나 하던 시어머니라고 내 어머니를 함부로 다루지는 않으리라.'

그의 사랑은 아직 괴로움 속에 있었으나 그는 원대한 생각을 품고 있었다.

'가난도 잘 견디어 줄 것 같다. 허영에 들뜰 여자가 아닐 게다. 남편을 소중히 알고, 남편을 돕는 아내가 되어 내 결점도 너그러이 이해해 줄 것이다……'

모든 것이 좋게만 생각되었다.

첫째, 용모가 아름다웠다.

저 여자 말고는 내 아내가 될 여자는 없다, 그렇게까지 생각했다. 가슴이 저절로 부풀어 올랐다. 심장이 크게 고동치고 있었다.

후우, 하고 별을 우러러보며 숨을 몰아쉬었다. 정신이 들고 보니, 기다란 공동주택을 한 바퀴 돌아, 어느새 다시 네네의 집 앞까지 와 있었다.

문득 울타리 안에서 네네의 목소리가 들렸다. 물통을 들고 우물로 가는 모습이 박덩굴 사이로 보였다. 쏟아질 것 같은 별빛과 하얀 박꽃 그늘에 그녀의 옆얼굴도 하얗게 드러나 보였다.

'하녀가 할 일을 손수 하는구나. 저 손으로 거문고도 타렸다……'

도키치로는 나카무라에 있는 어머니에게, 내 색시는 이런 여자라는 것을 어서 보여 드리고 싶었다. 군침이라도 흘릴 듯한 얼굴이었다. 그 얼굴을 울타리에 갖다 댄 채 그는 언제까지나 들여다보았다.

물을 퍼 올리는 소리가 들렸다.

그러자 네네가 그 손을 멈추고 빤히 이쪽을 돌아보고 있었다.

'이크, 눈치 챈 게 아닐까?'

흠칫한 것과 동시에 그녀는 우물가를 떠나 뒷문 쪽으로 걸어갔다. 도키치로는 마치 불이라도 닿은 듯이 가슴이 뜨거워지며 두근거렸다.

"……?"

그녀가 뒷문을 살며시 열고 밖을 내다봤을 때 도키치로의 그림자는 이미 뒤도 안 보고 달리고 있었다.

한참을 달려 길이 꺾이는 곳에 이르렀을 때야 도키치로는 비로소 돌아봤다. 하얀 얼굴이 의아스러운 표정으로 아직 뒷문 밖에 서 있었다.

"……."

원망하는 듯한 눈매가 아직도 이쪽을 바라보고 있는 것처럼도 생각되었다. 그러나 그 순간 도키치로는, 내일 묘시를 생각했다. 발설이 엄금되어 있는, 주군을 모시고 떠나는 길이었다. 네네에게도 그 말만은 할 수 없었다.

그녀가 무사한 것을 알고, 그 모습을 본 후 이곳까지 돌아서 왔을 때는, 도키치로는 이미 여느 때의 그로 되돌아가 있었다. 급히 집으로 돌아갔다. 그리고 일단 자리에 들자, 그는 아무 잡념도 없이 곤하게 잤다.

부하인 곤조는 여느 때보다 일찍 일어나 머리맡에 앉아 그를 깨웠다.

"나리, 어서 준비하십시오. 어지간히 시간이 됐습니다."

그러냐 하고 튀어 일어나서, 세수를 하고 밥을 먹고 곧 여장을 차렸다.

이런 일에 재빠르고 활발한 것은 노부나가의 영향이라고 할까, 도키치로는 무척 서둘러 댔다.

"그럼 가네."

어디로 가는지 물론 하인들에게도 밝히지 않았다. 하명대로 묘시 조금 전에 그는 이미 성시의 중심가를 벗어난 서쪽 큰 길 어귀, 부농 도케 세이주로의 집에 이르고 있었다.

적국 순례기

"여어, 원숭이 나리 아닌가? 자네도 주상을 모시고 떠나는 건가?"

부농 도케 세이주로 댁 문전에 서 있던 한 시골 무사 차림의 사나이가 그를 보자 말을 건네 왔다.

"여어, 이누치요!"

도키치로는 뜻밖이라는 얼굴을 하였다.

이누치요가 와 있다는 사실은 별로 놀랄 것 없는 일이었지만, 차림새가 여느 때와 딴판이었다. 머리 모양에서 칼, 각반에 이르기까지 아무리 봐도 그것은 강촌에서 금방 나온 시골 무사로밖에 보이지 않는 것이다.

"대체 어찌된 일인가?"

"다른 분들도 슬슬 오실 때가 됐으니 어서 들어가게."

이누치요는 문지기처럼 말했다.

"자네는?"

"나 말인가? 나는 잠시 문지기 역을 맡았네. 나중에 들어갈 테니까."

"그럼……."

일단 들어갔으나, 도키치로는 잠깐 문 안에서 망설였다. 뜰로 통하는 길과 현관으로 통하는 길 중 어느 쪽으로 갈까 하고 생각한 것이다.
 부농 도케 세이주로의 집은 도키치로로선 처음 보는 옛날 집이었다. 요시노조(吉野朝)에 세운 건물인지, 좀더 예전에 세워진 것인지 도키치로로서는 상상도 할 수 없었다. 형제자매 일족이 모두 한울타리 안에서 살았다는 대가족 제도의 풍습이 보였고, 어느 쪽을 보나 집이었으며, 문 안에 문이 또 있고, 통로가 또 있었다.
 "원숭이 나리, 이쪽이다."
 뜰로 난 문 곁에서 또 다른 시골 무사가 손짓을 하고 있었다. 보니까, 이케다 가쓰사부로였다.
 그쪽으로 들어가니까, 비슷한 차림새인——복색 자체는 별의별 차림이 다 있었지만, 시골 무사로 가장한 가신들이 20명이나 있었다. 도키치로도 진작부터 영을 받고 있었던 일이어서, 시골뜨기로 보이는 것은 남한테 지지 않는 차림이기는 했지만——.
 "……가만 있자?"
 안뜰 툇마루에도 약 17, 8명의 수도승들이 휴식을 취하고 있었다. 그 역시 힘깨나 쓰는 집안의 무사들이 변장한 모습이었다.
 안뜰 저편 자그마한 방에는 노부나가가 들어 앉아 있는 듯했다. 물론 미행이었다. 집 주인측에서도 주인 자신과 가족들 외에는 접근하지 않는 듯했다. 도키치로는 다른 동료들 틈에 끼어들어가 잠시 쉬고 있었다.
 "어디로 미행하시는 걸까?"
 누구나 그 말을 물었으나 아무도 아는 사람이 없었다.
 그들은 서로 수군거리기 시작했다.
 "주상께서도 복색을 보니, 제법 부하깨나 거느린 향사 댁 도련님 같은 차림이었어. 무슨 재미있는 놀이라도 하시려는가 했는데, 그렇지도 않으신 듯 저렇게 엄숙하게 앉으셔서 종자들이 모이기를 기다리고 계신단 말이야. 역시 정말 타국으로 떠나시는 모양이네. ……그렇다면 문제는 그 목적지인데, 누구 헛소문이라도 들은 사람 없나?"
 "별로 듣지 못했지만, 일전에 사토노카미 님 댁으로 불려갔을 때 교토 방면으로 떠나는 것처럼 들은 것 같은데?"
 누군가 하는 말에 모두 숨을 삼켰다.
 "뭣이! 교토로?"

위험하다는 것이 그 첫째 이유였고, 교토로 가는 이상, 노부나가의 가슴속에 무언가 큰 뜻이, 아무도 모르는 계책이 있음에 틀림없으리라고, 그 목적이 궁금하였기 때문이었다.
"그렇군, 역시 그렇군."
도키치로만이 혼자 끄덕이며, 노부나가의 출발 명령이 내릴 때까지 저택의 남새밭을 둘러보기도 하고, 지붕 위에 있는 고양이에게 손짓을 해 보기도 하는 것이었다.
노부나가를 중심으로 한 시골 무사 일행과, 그것을 멀리서 호위하며 따라가는 수도승들의 모습은 며칠 후 교토에 올라와 있었다.
우리는 멀리 동쪽에서 온 시골 무사요, 오랫동안의 소원을 이루어, 일가 친척, 친구들이 한데 모여서, 농병아리가 둥우리를 틀고 있는 호수를 건너 마침내 꽃서울에 당도하였다.
──노부나가를 위시하여 종자들은 모두 그런 티가 나타나도록 한가한 걸음걸이를 하고 있었다. 오케 분지에서 보였던 것 같은 매서운 눈초리는 찾아볼 수 없었다. 얼굴도 말투도 유유했고, 어딘가 어색한 시골 무사 티를 될 수 있는 대로 풍기고 있었다.
숙소는 도케 세이주로가 미리 손을 써서 교토 교외에 마련해 놓고 있었다. 수도승들은 근처 농가나 싸구려 주막으로 뿔뿔이 흩어져 들어갔다.
'자, 이제부터 어떡하실 작정일까?'
도키치로는 노부나가의 행동에 큰 기대와 흥미를 느끼고 있었다.
"원숭이도 따라나서라."
이런 날도 있었다. 또는 자기는 빼놓고 다른 사람들만 거느리고 시내로 향하는 날도 있었다.
말할 것도 없이 항상 삿갓을 깊숙이 눌러 쓰고, 소박한 야인 그대로의 차림이었다. 종자는 고작해야 네댓 명. 멀리서 수도승 차림의 부하 몇 명이 그들을 호위하고는 있었지만, 노부나가임을 알아보고 접근하려는 자객이 있다면 얼마든지 그 목적을 이룰 수 있을 정도였다.
"오늘은 구경이나 하자."
그러고는 전혀 무방비 상태로 인파에 섞여 종일토록 먼지를 뒤집어쓰다가 돌아오는 날도 있었으나, 어떤 때는 느닷없이 숙소를 나와 공경들의 저택에 찾아가서는 은밀한 얘기를 나눈 뒤 잽싸게 돌아오기도 했다.

모두가 노부나가 자신만이 속셈을 알고 있는 행동이었다. 젊은 신하들은 무슨 목적으로 위험을 무릅쓰고 이런 모험을 굳이 하고 있는지 도무지 짐작조차 못했다.

도키치로 역시 그 까닭을 알 리 없었다. 다만 덕분에 그는 좋은 구경을 하고 있었다.

'교토도 달라졌구나.'

그런 것을 느끼지 않을 수 없었다.

바늘장사를 하며 유랑하고 다니던 무렵, 그는 바늘을 사들이려고 교토에 와 본 적이 있었다. 따지고 보면 불과 6, 7년 전이었지만, 모든 것이 너무나 달라져 있었다.

무로마치 막부(室町幕府)는 있었지만, 13대인 아시카가 요시테루(足利義輝)의 존재는 이름뿐인 장군에 불과했다.

막부라면 무신 정권의 최고 권력 기관이며, 장군은 그 기관의 장(長)이다.

장군을 도와 정사를 통할하는 관령 호소카와 하루모토(細川晴元) 역시, 그 존재는 이름뿐이고 실권은 전혀 가지고 있지 않았다.

오래된 연못처럼 이곳의 인심과 문화는 혼탁했다. 모든 것에서 말기 증상을 엿볼 수 있었다.

실제적인 주권자인 관령 대리 미요시 나가요시(三好長慶)는, 노신 마쓰나가 단조 히사히데(松永彈正久秀)의 손에 좌우되고 있었고, 여기에도 보기 흉한 갈등과, 어쩔 수 없는 무능과 폭정이 있을 뿐이었다. 민중의 눈에까지 '머지 않았다'고 보이는 와해의 징조가 보였으며, 그런 뒷공론이 오가고 있는 형편이었다.

그렇다면 그러한 시류는 어디를 향해 흐르고 있는가? 그것은 누구에게나 암담할 뿐이었다. 헛되이 화려하고 경박하게 밤마다 등불을 밝히면서도, 한편으로는 숨길 수 없는 어둠이 사람들의 가슴을 차지하고 있는 것도, '내일은 내일'이라는 방향 없는 생활에서 비롯되는 어쩔 수 없는 탁류 때문이었다.

정점에 앉아 있는 미요시, 마쓰나가 등이 믿을 수 없는 존재라면, 관령 외에 흔히 세상에서 장군가의 지주라고 일컫고 있는 야마나(山名), 아카마쓰(赤松), 호소카와(細川), 우에스기(上杉), 시바(斯波) 등 영주는 어떠한가.

그들 역시 각자의 영내에서 동일한 시대적 고민에 직면하고 있었다. 교토는 교토, 장군가는 장군가. 그런 것에 유념할 여유 없이 자신들의 국경과 내부 문제에 정신을 못 차리고 있었다.

그런 교토에 와서 도키치로는 또 한 가지 직접 눈으로 보고 귀로 들은 것이 있었다.

상상 이상으로 쇠락한 조정의 모습이 그것이었다.

그동안 갖가지 풍문을 들어보지 못한 바는 아니었지만, 궁궐 담이 무너져 있었고 돌보는 담지기조차 없었다. 다람쥐나 들개 같은 것까지 궁궐을 마음대로 넘나들고 있는 것이다. 내시의 거처에는 비가 새고 달빛이 스며들며, 겨울이 되면 의복마저 염려해야 하는 정도라는 서민들의 말도 사실인 듯했다.

누구였다던가, 그 무렵에 공경 도키와이(常盤井)에게 청해 배알했더니, 때는 12월 중순인데 때묻은 의관조차 없이 여름옷을 그대로 입은 채 모기장을 뒤집어쓰고 만나더라는 것이었다.

근위전에서도 1년에 한 번인 식전 석상에서, 빈객들이 먹을 만한 음식이라곤 팥떡 정도가 고작이라고 했다.

황태자의 궁도 친왕가의 거처도 있는 둥 마는 둥한 상태였다. 황실 소유지도 멀리 떨어진 곳은 말할 것도 없고, 야마시나(山科)나 이와쿠라(岩倉) 근처의 산림과 논밭마저 토적과 반도의 무리들이 가로채고 말아, 한 알의 쌀도 진상되지 않았다. 악폐를 바로 잡을 만한 영주가 없는 것이다. 그 죄를 벌하고 대역 행위를 깨우쳐 줄 만한 사법자도 없었다. 하물며 약자인 서민의 논밭이야 더 말할 것도 없는 실정이었다.

노부나가는 바로 그런 때에 교토로 미행했던 것이다.

어느 나라 영주도 미처 생각하지 못한 일이었다.

아니, 상경을 감행하여 자기의 3군의 위력을 과시하고 윤지(綸旨)를 내리게 함으로써 장군이나 관령을 위협하여 전국에 군림해 보려는 야심가, 비단 얼마 전에 그 도상에서 좌절된 이마가와 요시모토만 있었던 것이 아니었다. 전국 도처에 할거하는 영주와 호걸들은 모두 그것을 이상으로 하고 있었다. 그러나 단신 상경하여 장래를 도모해 보려는——그렇듯 담대하고 결단성을 지닌 자는 노부나가밖에 없었다.

그가 공경들을 남몰래 찾아다니고 있는 동안, 무언가 후일의 정치적 기반이 될 수 있는 것이 비록 한 알의 씨알일지라도 뿌려졌던 것은 틀림없으리라.

그는 또한 몇 차례인가 걸음을 옮겨 미요시 나가요시의 줄을 통해서 13대 장군인 요시테루도 만났다.

물론 미요시의 저택까지는 여느 때처럼 시골무사 차림의 미행이었고 거기서 예복으로 갈아입은 다음 무로마치의 막부로 향했던 것이어서 아무도 모르는 회견이었다.

막부의 진영은 현란한 폐허와도 같았다. 아시카가 13대를 끼고 하고 싶은 짓을 마음대로 한 장군들의 일락(逸樂)과 사치와, 독선적인 정사의 자취를 말해 주는 이끼 낀 꿈의 연못에 불과했다.

요시테루 장군은 노부나가를 보자 말했다.

"그대가 노부히데 공의 영식 노부나가인가?"

힘없는 목소리였다.

틀에 박힌 근시들의 예우와 형식적인 절차는 있었지만 도무지 광채가 나지 않았다. 장군이란 직명은 가지고 있어도 실력이 없음을 이내 알 수 있었다.

"노부나가입니다."

그는 꿇어 엎드려 첫 인사를 드렸다. 꿇어 엎드려 있는 그의 조그만 모습이 오히려 주위를 누르고, 상단에 앉은 사람도 위압했으며, 목소리도 컸다.

"선친 노부히데를 알고 계십니까?"

"알고 있네."

요시테루 장군은 고개를 끄덕이더니 노부나가의 부친 노부히데를 알게 된 연유에 대해 기억을 더듬으며 얘기했다.

일찍이 궁궐의 황폐함이 너무 지나쳐 제국 호족들에게 조정의 어명을 빌려 '궐내 보수를 위한 헌상에 관한 유시'를 내린 일이 있었다. 그러나 이 칙서에 접하고도 응해 오는 영주는 거의 없었다. 제국에 전란이 끊임없었고, 따라서 모두 자신의 존립에 눈이 벌개져 있는 판이기는 했지만, 그것은 너무나도 한심할 정도였다.

'이럴 수가 있을까?'

조신들도 비바람조차 막을 길 없는 황폐한 궁궐을 바라보며 그저 탄식할 뿐이었다.

그것은 덴분 12년 겨울이었으므로 노부나가의 선친 노부히데 역시, 사면에 강적을 두고 미약한 영토와 병력으로 한 번 이기면 한 번 지는 곤경에 처해 있을 때였다.

그럼에도 불구하고 칙서를 받자 노부히데는 곧 교토로 사자를 보내 4천관이라는 돈을 헌상했으며, 다른 유지들과 협력하여 궁궐을 수리하기도 했던 것이었다.

"그대의 선친은 근왕 정신이 투철했을 뿐 아니라, 무인으로서는 드물게 보는 경신가(敬神家)이기도 했었지."

기분이 좋은 날이었던 모양인지 장군 요시테루는 처음 만나는 노부나가에게 여러 가지 얘기를 했다.

"황공한 일이지만 이세 신궁은 예부터 21년 만에 개축하도록 되어 있었던 것이, 오닌 전란 뒤로는 그 역시 돌보는 자가 없이 황폐할 대로 황폐해진 것을 그대의 선친 노부히데가 복구를 위해 많은 힘을 쓰셨다는 얘기더군. ……아무튼 훌륭한 분이었어."

요시테루는 그런 일 저런 일로 노부히데를 알게 되었다는 것을 잡담처럼 가볍게 얘기했으나 듣는 노부나가로서는 선친에 대한 새삼스러운 경모와 애정이 되새겨져, 한동안 그저 고개만 깊숙이 숙이고 있을 뿐이었다.

노부나가는 누구보다 자신만을 믿는 경향이 강한 성격이었다. 따라서 자칫하면 선친에 대해서도, 부자지간의 정을 떠나서는 특별히 두드러진 무인이라고 생각한 일이 없었다. 그러나 이제 자신이 실제로 세상을 헤쳐 나가면서 보니 여기 저기 부친이 남기고 간 자식을 위한 발판이 있었다. 그 원모(遠謨)와 큰 사랑을 노부나가는 근래에 와서야 깨닫기 시작하고 있었다.

이를테면 자기가 죽은 뒤 자식의 대를 위해 히라테 나카쓰카사를 비롯한 많은 충신들을 눈여겨보아 두었다가 남겨 주고 간 것도, 이제 생각하면 그 고마움이 뼈저리게 느껴지는 것이었다.

지난번의 오케 분지 대첩만 해도 그랬다. 그는 그 승리를 건곤일척(乾坤一擲 : 주사위를 던져 승패를 건다는 뜻으로, 운명을 걸고 단판걸이로 승부를 겨룸)의 심정으로 임했던 자신의 결단이 효력을 발휘한 것으로 한동안 생각했으나, 나중에 찬찬히 돌이켜보니 이마가와의 상경 계획은 선친 생존시부터 있었던 것으로, 선친 노부히데는 아즈키 고개를 비롯한 여러 싸움터에서 수차 이마가와의 기세를 꺾어 버렸었다. 그리하여 오다의 장병들에게 강한 적개심과 다년간에 걸친 훈련을 철저히 심어 두었던 것이다.

그런 유산이 있었기에, 덴가쿠 분지의 기습도 그토록 효력이 있었던 것이다. 아무리 스스로 죽음을 결심하고 있었고, 부하들에게도 죽을 각오를 하라고 소리쳤다 한들, 주군으로서는 아직 덕망도 적고 미천한 자신을 되돌아볼 때, 오다가의 전통이 없었다면 어찌 그런 대첩을 치를 이룰 수 있었을까 하는 생각이 들었다.

싸움이 끝나고 승리를 거둔 후, 노부나가는 홀로 조용히 그런 생각을 할 때가 많았다. 이제 뜻하지 않게 장군 요시테루로부터 선친의 유덕에 관한 얘기를 듣자, 이렇듯 요시테루가 만나 주었다는 그 자체부터가 사실 선친 덕분임을 새삼스럽게 감사히 여기지 않을 수 없었다.

"이번 상경은 저로서는 미행이며, 또한 워낙 오와리의 시골뜨기라 무엇 하나 제대로 보여드릴 만한 물건이 없습니다만……."

이윽고 노부나가는 선물 목록을 헌상한 다음 물러나려고 했다.

"잠시 기다려라."

요시테루 장군은 노부나가를 붙들면서 곧 저녁때도 되고 할 테니 식사라도 같이 하자면서, 자리를 향응실로 옮겼다. 그리고 술을 내렸다.

히가시야마 요시마사(東山義政)가 풍류와 운치를 마음껏 살린 정원이 그곳에 있었다. 보랏빛으로 저물어 가는 속에서 이끼에 맺힌 물방울이 불빛에 젖어 반짝였다. 어떤 자리에 참석하건 어떤 윗사람이 곁에 있든, 별로 거북함을 모르는 노부나가는 까다로운 법도와 형식을 차려야 하는 술과 요리가 들어와도 구애되는 빛이 조금도 없었다.

"자, 한 잔."

하고 따라 주면,

"예."

순순히 받았고,

"젓가락을 들지."

하고 권하면,

"들겠습니다."

이런 인사만 하고 모두 먹어치웠다.

요시테루 장군은 손님의 식욕을 진기한 것이나 보듯 바라보고 있었다.

미식과 격식에 지쳐 버린 장군은, 노부나가가 나이가 젊기도 하지만 시골 사람이라 서울 음식은 무엇을 먹든 맛이 있는 모양이라고 생각하면서 어떤 긍지를 느끼고 있었다.
"노부나가."
"예."
"어떤가, 음식 맛이?"
"훌륭합니다."
"맛이 있었나?"
"다만 저 같은 시골사람에겐 모두 좀 싱거운 것 같습니다. 이런 싱거운 음식은 처음 먹었습니다."
"하하하, 그럴 테지. 그대는 차를 즐기나?"
"어렸을 때부터 맹물처럼 마셔 왔습니다만, 격식을 갖춘 다도는 전혀 생소합니다."
"뜰을 보았나?"
"봤습니다."
"어떻게 생각하나?"
"너무 좁은 것 같습니다."
"좁다?"
"아름답기는 합니다만, 제가 사는 시골 기요스의 언덕에 비하면……."
"그대는 아무것도 모르는 모양이군. 하하하, 쓸데없이 아는 척하는 것보다 순진미가 있어서 오히려 좋아. 그럼 도대체 그대는 무엇을 좋아하나?"
"창과 칼. 그밖에는 아무것도 모릅니다. 그대신 유사시에는 오와리로부터 미노, 오미의 적지를 돌파하여 3일 안에 궁궐에 당도할 수 있는 능력을 갖추고 있습니다. 어지럽게 얽힌 제국, 이곳 역시 언제 어떤 변란이 일어날지 예측할 수 없는 때입니다. 아무쪼록 노부나가가 있다는 것을 기억해 주셨으면 감사하겠습니다."
그는 빙그레 웃었다.
요시테루는 별 녀석을 보고 별 소리를 다 듣는다는 듯이, 노부나가의 보조개를 바라보고 있었다.
따지고 보면 그 난세에 편승하여 장군가에서 지방 수호역으로 임명했던 시바가(斯波家)를 쳐부수고, 무단히 그 영지를 탈취한 노부나가였다.
"네, 이놈 괘씸하구나!"

장군가의 권위로 본다면, 그런 호령 밑에 오라를 지워도 할 말이 없는 것이다.

그러나 가까이하려는 영주 하나 없는 그즈음 고장적막(孤帳寂寞)을 금치 못했던 장군은, 오히려 노부나가의 내방을 반가워했고 좀더 얘기를 나누고 싶어 하는 눈치였다.

혹시 얘기 중에 관직이나 벼슬의 품계라도 바라는 뜻을 비치는가 했으나, 그런 말은 일절 없이 노부나가는 깨끗이 장군 앞을 물러났다.

교토에서는 한 달 가까이 머물렀다.

이윽고 노부나가는 명을 내렸다.

"그만 돌아간다."

노부나가는 돌아간다는 생각이 들자 이 역시 성급해서, '내일 당장'이라는 것이었다.

수도승과 시골 무사같이 변장하고 따로 숙박하고 있던 신하들은 급히 여장을 차리기 시작했으나, 그날 밤 본국인 오와리에서 사자가 가지고 온 서찰의 내용은 이랬다.

'기요스 출발 뒤 그 소문이 사방에 퍼지고 있으니, 귀국하시는 도중에는 특히 세심한 배려를 하시어, 만반의 대비를 하시기 바랍니다.'

그들은 이가(伊賀), 이세(伊勢) 가도로 빠지나, 고슈(江州)를 거쳐 미노로 빠지나 모두 적국뿐이었다.

이세에는 숙적 기타바타케(北畠)가 있으며 미노에는 사이토가 있었다. 그 밖에, 단 한 치의 땅도 적지를 밟지 않고는 돌아갈 수 없는 길이었다.

"어떤 길을 택해야 무사할까? 아주 배편을 취하는 것도 한 방법으로 생각되는데……."

노부나가가 묵고 있는 토호의 저택에 모여서, 그날 밤 가신들은 구수회의를 열었으나 좀처럼 결론이 내려지지 않았다.

그러자 이케다 가쓰사부로가 노부나가의 거처로 사용되고 있는 안방에서 성큼 나오더니 그 방을 기웃거리며 말했다.

"아직도 자리에 들지 않고 있나?"

이 무슨 해괴한 소리를 하냐는 듯이 언짢은 표정으로 한 사람이 말했다.

"중대한 회의를 하고 있는 중인데, 아직도 안 자느냐는 건 무슨 실례의 말인가?"

"회의 중이었나? 미처 몰랐군. 대체 무슨 의논을 하는 건가?"

"주군을 모시고 있는 몸이 그토록 한가한 말을 할 수가 있나? 저녁 때 도착한 사자의 서찰 내용에 대해서 듣지 못했나?"

"들었어."

"돌아가시는 길에 만약의 일이 생기면 큰일 아닌가? 어느 길을 택해야 좋을지, 그것을 지금 논의하고 있는 중이오."

"하하하. 그 일이라면 걱정하실 것 없네. 주군께선 이미 결정을 내리고 계시니까."

"뭣이? 결정을 내리셨다고?"

"상경시에는 다소 인원이 많아서 남의 눈에 띄기 쉬웠지만, 돌아갈 때는 아주 네댓 명으로 줄여 버릴 것이니, 너희는 너희대로 적당한 길을 택해서 돌아오도록 하라……그런 분부이시네."

일동은 어리둥절한 채 아침을 기다렸다.

아직 날도 채 새기 전에 노부나가는 여장을 갖추고 숙소를 나서고 있었다.

"적당한 길로 귀국하도록 하여라."

이케다 가쓰사부로의 말대로 노부나가는 수도승 차림을 비롯한 2, 30명의 가신들은 남겨 두고, 그런 말을 남긴 채 떠나 버렸다.

뒤따르는 사람은 불과 4명이었다. 가쓰사부로도 물론 그 중에 끼어 있었지만, 누구보다도 영광으로 생각한 것은 도키치로여서, 그 역시 그 네 명 중에 선발되어 있었다.

"너무 허술하지 않을까?"

"괜찮을까?"

불안을 금치 못하는 나머지 가신들은, 오쓰 근처까지 멀찌감치서 노부나가를 뒤따라갔으나, 장본인인 노부나가 일행은 역참에서 말을 얻자 한가롭기 짝이 없는 모습으로 세타(瀨田) 다리를 건너 동쪽으로 사라졌다.

검문소가 여러 군데 있었지만 무사히 넘겼다. 노부나가는 검문에 걸릴 때마다 미요시 나가요시에게서 읻은 '관령가 가신으로서 동국(東國)으로 가는 자'라는 통행 감찰을 관계관원에게 내보였다.

국화의 계절

시골 초가지붕 밑에서도 근래에는 차를 즐기는 경향이 두드러지게 눈에 띄고 있었다.

너무나도 격동하는, 그리고 피비린내 나는 세상이어서, 오히려 정(靜)을 찾으며 피비린내에서 잠시라도 떠나 조용히 숨을 돌리고자 하는 사람들의 소리 없는 바람이라고 할 수 있으리라.

원래 이것은 히가시야마 공의 사치마저 지친 따분한 생활에서 나온 귀족 취미였다. 그것이 어느틈에 그 히가시야마 공의 아시카가 문화를 과거의 껍질로 하여 새로이 싱싱하게 자라 가고 있는 일반 민중들 속에도 극히 평민적이며 일상적인 취미로 번져 가는 경향을 보이고 있었다.

'동(動)'의 생활에 대한 '정'의 순간으로, 이 아경(雅境)을 가장 사랑한 것은 극히 파괴적인 일면과 피비린내 속에서 생활해 온 무인이었으며, 그것을 본따 초가지붕 밑에까지 평민화하여 들어가게 된 것은 근래 그것을 생업으로 삼아 일류 일파(一流一派)를 내걸고 있는 각지의 다인(茶人)들 덕분이었다.

누구한테 배웠는지 네네도 제법 다도를 알고 있었다.

국화의 계절 517

마시는 것을 좋아하는 아버지 마타에몬이 있었으므로, 혼자 꼼지락거리며 울타리 밖을 지나가는 행인이나 상대해야 하는 것과는 달라서 어떤 보람 같은 것이 있었다. 또한 조용한 아침과 아버지와 딸의 평화스런 웃음은 찻잔 속에 떠돌아다니는 파란 거품으로부터 시작된다고 해도 좋을 만큼, 그것은 유희가 아닌 생활 그 자체의 한 조각이기도 했다.

"눈에 띄게 이슬이 많이 내리는걸. 국화 봉오리는 아직 단단할 텐데?"

툇마루에 앉아 열 평 남짓한 다실을 둘러보며 마타에몬이 중얼거리고 있었다.

"……"

대답이 없는 것은, 마침 네네가 이로리 앞에서 차를 준비하고 있는 중이었기 때문이었다. 설렁설렁 끓고 있는 솥에서 떠낸 뜨거운 물을 찻잔에 따른다. 조용한 방안에 그 소리가 상쾌한 파문을 일으켰다. 따르고 나서 그녀는 방그레 웃는 얼굴을 옆으로 돌리며 말했다.

"아닙니다. 앞뜰 국화는 벌써 두세 송이 향기를 뿜고 있어요."

"그래? 벌써 피었나? 아침에 비질을 했는데도 나는 미처 보지 못했군. 꽃도 풍류를 모르는 무인 집에 피어서는 보람이 없을 거야."

"……"

네네의 손끝에서 가볍게 차를 젓는 소리가 나고 있었다. 그러나 웬일인지 마타에몬의 말을 듣자 그녀의 얼굴은 방그레하니 수줍음으로 물들었다.

물론 그런 것을 눈치챌 마타에몬이 아니었다. 찻잔을 끌어당기자 두 손으로 받쳐 들고 마시며——아아, 상쾌한 아침이군, 하는 정도의 얼굴이었다.

그러나 문득,

'딸년을 시집보내면 이 차도 마실 수 없게 되는구나……'

겨울이 오면 모든 것이 말라버릴 정원의 변화를 그려 보며 문득 그런 생각을 하고 있었다.

"여보!"

미닫이 밖에서 부르는 소리.

"왜?"

아내의 얼굴을 보자 마타에몬은 네네 앞으로 찻잔을 밀어 놓으며 대꾸했다.

"어머니에게도 한 잔 드려라."

"아녜요. 전 나중에⋯⋯."

아내 고이는 서장함을 들고 있었다.

지금 현관에 심부름 온 사람이 그냥 기다리고 있다는 것이다.

"⋯⋯가만 있자."

서장함을 받아 뚜껑을 열자 마타에몬은 의아스런 얼굴을 했다.

"⋯⋯주군과는 사촌간이 되시는 나고야 이나바노카미(名古屋因幡守)님께서 보내온 서찰이군. 무슨 일일까?"

급히 일어나 양치질을 하고 손을 씻고 나서 다시 서장함을 열었다. 주군과 같은 일족이라면 비록 편지라 해도 그분을 직접 대하는 것과 같은 예의를 취해야 하는 것이었다.

편지를 읽고 나자 마타에몬은 아내의 얼굴을 보며 물었다.

"사람이 아직 밖에서 기다리고 있나?"

"네. 하지만 대답은 구두로 하셔도 좋다는 말씀입니다."

"아니야. 그건 실례가 된다. 벼루를 좀⋯⋯."

"예."

급히 회답을 적어 심부름꾼 편에 보냈다.

고이는 그 편지 내용이 궁금했다. 주군 노부나가와 사촌지간인 나고야 이나바노카미가, 이런 말단 신하의 집에까지 직접 편지를 보내는 것은 극히 드문 일이었다.

"무슨 일일까?"

그것은 정작 마타에몬도 모르는 듯했다. 편지 내용 자체는 극히 한가로운 것이었다. 조용히 할 말이 있다든가, 다름 아니라——하는 대목 같은 것은 전혀 찾아볼 수 없었다.

——나는 오늘 하루를 한가로이 독서나 하며 보낼 작정이다. 손수 가꾼 국화가 이 청명한 날씨와 더불어 드높은 향기를 풍기고 있으나, 보아 주는 사람이 없어 그것이 서러운 것 같다. 그대 사정은 어떤가? 별다른 일이 없다면 우리 집 사립문을 두드려 달라.

그런 내용에 불과했다. 그러나 물론 그것이 용건이 아님은 누구나 알 수 있는 일이었다. 마타에몬이 특별히 차를 즐기거나 독서를 좋아한다든가, 풍류를 이해하는 사람이라면 또 모른다. 자기 집에 핀 국화에도 미처 눈이 안 가는 사람인 것이다. 활에 낀 먼지라면 금방 알아볼 테지만 국화 같은 것은 짓밟아 버리고도 그냥 지나칠 만한 위인이었다.
"아무튼 가봐야지. 여보, 내 옷 좀 챙겨 주오."
마타에몬은 일어났다. 고이와 네네는 마타에몬 양 옆에서 하카마를 고쳐 주고 옷깃을 여미어 주었다.
"다녀 오리다."
눈부신 볕 밑에서 마타에몬은 집 쪽을 돌아봤다. 네네와 아내가 나란히 문 앞에서 자기를 배웅하고 있었다.
그의 마음은 오랜만에 평화를 느꼈다. 난세 속에서도 때로는 이런 날도 있는가 하고 빙그레 웃음이 나왔다.
네네와 아내도 웃음을 보내 왔다.
그는 성큼성큼 걸어가기 시작했다. 같은 궁대 동료들이 뜰이나 창문으로 내다보며, 여어—— 하고 인사를 던져 오기도 했다. 여어——하고 그도 답례하며 지나간다.
언제나, 그리고 어디서나 가난을 면치 못하고 있었다. 그러나 오다의 가신들은 모두 이렇듯 무고하다고 마타에몬은 혼자 축복하는 마음으로 바라보았다. 가난에는 으레 따라 다니게 마련인 자식복은 궁대 대원들이라고 예외는 아니어서 울타리마다 기저귀가 널려 있는 것이 유난히 눈에 띄었다. 마타에몬 자신은 자식을 키워 본 일이 없었기 때문이리라.
그러나 조카를 친딸삼아 키워온 것이 이제 나이가 차고 보니, '머잖아 우리 집에도 손자놈의 기저귀가……' 그런 생각이 자연히 떠올랐다.
그것은 마타에몬으로서는 그리 달가운 일은 아니었다. 머지 않아 손자가 태어나, 할아버지 하고 부르리라는 것을 상상하는 것은 그리 즐거운 일이 아니었다. 아직 그런 소리를 듣기에는 이른 건강을 자신의 사지(四肢)에 간직하고 있다고 그는 믿었다.
얼마 전만 해도 그는 덴가쿠 분지에서 남한테 지지 않는 활약을 했었다.
'앞으로도……'
그는 싸움터에서의 활약으로 무공장에도 필두에 오를 날이 있으리라는 기대를 결코 버리지 않고 있었다.
"……허, 어느 틈에."
아담한 별장이 눈앞에 보였다. 그것은 자그마한 절이었던 것을 이나바노카미가 별장으로 고친 것이었다.

현관에 마련되어 있는 당목으로 그는 종을 울렸다.

하인이 나타나고 안으로 안내되자, 나고야 이나바노카미는 마타에몬이 즉각 나타난 것을 무척 만족스럽게 생각하는 듯했다.

잘 왔다. 올해도 전란 중이기는 하지만 여느 때처럼 국화를 가꾸었으니 나중에 꽃밭에 나가 보기로 하자고 격의 없는 대접을 해주었다.

그러나 주군과는 일족인 상대방이라, 마타에몬은 그저 멀찌감치서 예의를 갖추어 대하고 있었다.

"예, 예."

"마타에몬, 좀더 편하게 대해도 되네. 자, 그 방석 위에 앉으라니까."

"예."

"여기서도 국화가 내다보일 테지. 국화는 꽃을 보는 것이 아니라, 가꾼 사람의 정성을 보는 거야. 남에게 보이는 것 역시 자랑이 목적이 아니네. 즐거움을 나눔으로써 남이 기뻐하는 것을 기뻐하려는 거지. 이런 청명한 날씨에 마음 놓고 국화 향기를 즐길 수 있다는 것도 군은이라고 할 수 있지 않겠나?"

"지당한 말씀입니다."

"훌륭한 주군을 모셨다는 것을 우리 모두가 요즈음 절실히 느끼게 됐어. 오케 분지에서의 노부나가 공의 모습은 평생 눈앞에서 사라질 것 같지 않아."

"외람된 말씀입니다만, 그때의 모습은 여느 사람 같지가 않았습니다. 무신의 화신으로만 생각됐습니다."

"나도 그대도 그 날은 굉장한 활약을 했었지. 그대는 궁대지만 그날만은 창으로 바꾸어 들었었지?"

"그랬습니다."

"이마가와의 본진까지 쳐들어갔었나?"

"바로 그 언덕까지 들이닥쳤을 때는 적인지 우군인지 알 수도 없는 난군 중에서 목을 베었다, 요시모토 공을 해치웠다! 하는 고함이 들렸습니다. 나중에 알고 보니 모리 신스케 님이었더군요."

"그대 밑에 기노시타 도키치로라는 자가 있었나?"

"있었습니다."

"마에다 이누치요는?"

"주군의 노여움을 산 몸이라, 아무 조에나 멋대로 섞여들어 싸운 모양입니다만, 돌아온 뒤에는 아직 보지 못 했는데 노여움은 풀리셨는지 모르겠습니다."

"풀리셨어. ……그대는 아직 모를 테지만, 지난번 주군을 모시고 교토까지 갔었다네. 무사히 귀성한 뒤, 지금은 성 안에서 근무하고 있지."

"교토에…… 주군께서 상경하신 일이 계셨단 말씀입니까?"

"이제야 말해도 무방할 테지만, 불과 3, 40명의 가신만을 데리고 시골 무사 차림으로 약 40여 일간이나 교토에 올라가 계셨어. ……집안에는 모두 성내에 계시는 것처럼 해 두었지만."

"그랬습니까?"

마타에몬은 놀란 얼굴을 했다. 이런 놀라움은 나중에 그 사실을 안 가신들은 누구나 한결같이 느낀 것이었다.

"자, 그럼 일어나 볼까? 내가 국화 밭에 안내할 테니까."

그렇게 말하며 이나바노카미는 툇마루로 나갔다. 디딤돌 위에 깨끗한 짚신이 놓여 있었다.

마타에몬은 모시듯이 이나바노카미를 따라서 뜰로 내려섰다. 국화를 가꾸는 방법에 대해서 이나바노카미는 여러 가지 고심담을 들려주었다. 떡잎에서 꽃을 볼 때까지는 비바람을 가려 주며 아침 저녁으로 자식을 키우는 것 같은 세심한 주의와 사랑을 베풀지 않으면 안 된다는 말을 하더니, 마타에몬에게 물었다.

"그대에게는 네네라는 딸이 있다던데, 아이는 그 딸 하나뿐인가?"

국화밭에서 다시 방으로 돌아오자 딸자식이 나이가 찼다는데 출가시킬 의향이 없냐는 둥, 외동딸이면 딴 집에 보내 버릴 수는 없을 텐데 데릴사위를 맞을 생각이냐는 둥 얘기가 구체화되기 시작했다.

아하, 그렇다면 부르신 용건은 네네의 혼담에 관한 것이었구나 하고, 마타에몬은 비로소 짐작이 갔다. 어쨌든 주군의 일족으로부터 혼담을 들으리라고는 꿈에도 생각지 않은 일이었고, 그만큼 영광스럽게 생각되었다.

"말씀하신 네네라는 딸자식은 실은 제 친딸이 아닙니다. 양녀로 들인 아이입니다. 친부모는 반슈(幡州) 다쓰노(龍野)에서 영내인 아이치(愛知) 아사히(朝日) 마을로 이사해 와서 살고 있는 기노시타 시치로베 이에토시(木下七郎兵衞家利)이며, 1남 2녀의 세 아이 중, 딸 하나를 우리가 데려다 키운 것입니다. 기노시타 시치로베의 조상은 헤이소코쿠(平相國)의 손자인 고레모리(維盛)이며 스기하라 호키노카미(杉原伯耆守)의 10대손으로서 핏줄도 손색이 없는 아이올시다."

어버이의 마음은 숨기려야 숨길 수 없는 기쁨을 얼굴에 보이며 그렇게 늘어놓는 것이었다.

이나바노카미는 고개를 끄덕이며 말했다.

"혈통도 손색없지만, 무엇보다 마음씨가 착한 처녀라면서? 소문을 많이 들었네."

"부끄럽습니다."

"그럼 불가불 사위를 맞아 가명을 잇도록 해야겠군?"

"그렇습니다."

"아무튼 그 사위를 내가 중매하고자 하는데 의향은 어떤가?"

"……예."

마타에몬은 몸을 반으로 꺾듯이 하며 다다미 위에 머리를 조아렸다. 무언가 개운치 않은 것이 있었다. 이 문제에만 부딪치면 아직도 생각하지 않을 수 없는 것이 있었고, 처리에 어려움을 느끼는 것이 있었기 때문이다.

이나바노카미는 그의 망설임 같은 것은 눈에 보이지도 않는지 혼자 고개를 끄덕이며 말을 계속한다.

"좋은 사윗감이 하나 있네. 내게 맡기게. 해롭게는 하지 않을 테니."

"영광스런 말씀입니다. 돌아가는 대로 제 처에게도 전하겠습니다."

"잘 의논해 보도록 하게. 내가 중매하려는 사윗감은 신통하게도 네네의 생가와 같은 성인 기노시타 도키치로야. 그대도 잘 아는 사나이지."

"예?"

마타에몬은 저도 모르게 소리를 지르고 말았다. 그 무례함을 깨닫자 곧 스스로 책망하기도 했으나 뜻밖인 것은 역시 뜻밖이었다.

"대답을 기다리겠네."

"예, 잘 의논한 후……."

그렇게만 대답하고 마타에몬은 우선 물러났다. ──어째서, 어인 까닭에, 하고 묻고 싶은 생각은 굴뚝같았지만, 워낙 지체가 높은 상대라 꼬치꼬치 캐묻기도 어려운 일이었다.

돌아오자, 아내는 기다리고 있었던 듯했다. 마타에몬의 얘기를 듣더니, 아내는 오히려 마타에몬이 즉답을 하지 않고 온 것을 나무라듯이 말했다.
"승낙하셔요. 좋은 혼담이라고 저는 생각합니다. 원래 혼사에는 때라는 것이 있는 데다 이토록 도키치로님과의 얘기가 겹치는 것도 어쩌면 전생부터 인연이 있는 까닭이 아닌가 합니다. 지체 높은 분의 말씀이라 어쩔 수 없이 결정한다는 생각일랑 마세요. 그런 분이 중간에 나서시는 정도라면 도키치로님은 무언가 앞날이 기대되는 사람일 거예요. ……내일이라도 당장 승낙을 하시도록 하셔요."
"하지만 네네의 마음도 일단 물어 봐야 할 게 아닌가."
"그 점은 언젠가 그 애가 말씀드리지 않았어요?"
"음…… 아직도 그 마음이 바뀌지 않고 있단 말인가?"
"말수는 적은 아이입니다만, 일단 마음먹은 일은 좀처럼 바꾸지 않는 성밉니다."
"……."
마타에몬은 아비로서 걱정을 했으나, 결국 혼자 씨름을 하다가 혼자 나자빠진 형국이었다. 무언가 허전하지 않을 수 없었다.
요즈음 통 얼굴을 보이지 않아 아주 단념했는가 했던 도키치로의 모습이 다시 그의 가정에, 마타에몬 부부와 네네의 가슴에, 더욱 가까이 다가선 모습으로 크게 부각되지 않을 수 없었다.
다음 날.
마타에몬은 내친 길에 나고야 이나바노카미 댁으로 대답을 올리러 갔다.
돌아오자 곧 아내더러 말했다.
"모를 것은 세상일이야. 뜻밖이었는걸."
아내 고이는 남편의 안색으로 곧 밖에서 있었던 일을 짐작했다. 얘기가 잘되어 남편의 마음도 풀림으로써 네네의 혼담에 밝은 빛이 비쳐오기 시작했음을 느끼자 반가운 웃음을 얼굴에 보였다.
"실은 오늘 큰마음을 먹고 어찌하여 이나바노카미 나리께서 네네의 혼담을 들고 나오시게 됐는가 하는 것을…… 거북하기는 했지만 여쭈어 봤어. 했더니, 뜻밖에도 마에다 이누치요의 청으로 나서신 거라고 하시지 않겠어?"
"네? 이누치요님이 이나바노카미 나리께 네네와 도키치로님을 맺어 달라고 청을 드렸다는 말씀이신가요?"

"지난번 주군께서 미행으로 상경하시는 도중에 말이 나왔던 모양이야……그 때문에 노부나가 공의 귀에까지 그 말이 들어간 모양이더군."
"어마나, ……황공스럽게."
"정말 황공한 일이야. 나그네 길이라 이누치요와 도키치로가 주군께서도 계시는 앞에서 털어 놓고 네네에 관한 얘기를 했던 모양이야. 그 결과 그렇다면 이나바노카미가 가운데 나서서 도키치로의 소원을 이뤄 주도록 하라……는 분부가 내린 것으로 짐작되는군."
"그럼 이누치요님이 자진해서?"
"이누치요는 그 후에도 이나바노카미 나리를 찾아와 부디 수고를 해 주십사 하고 말을 했다는 거야. 그러니까 그쪽에 대한 염려는 이젠 할 필요가 없게 됐지."
"그럼 오늘 가신 김에 나리께 분명한 말씀을 드리고 오셨나요?"
"음, 알아서 해 주십사……고 말씀드리고 왔어."
마타에몬은 이제 은근히 걱정되던 일이 말끔히 가셨다는 듯 가슴을 폈다.
"잘 됐어요."
아내 고이도 남편의 기쁨을 같이 나눈다.
조금 떨어진 마루방에서는 네네가 바느질을 하고 있었다. 조모 때부터 내려온다는 헌옷을 끄집어내어 실밥을 뜯고 천을 말짱히 펴서 부엌에서 입을 막옷을 만들고 있는 것이었다.
때로는 혼자 방안에 들어 앉아 거문고를 뜯기도 했다. 그 거문고도 무척 오래된 것이어서,
"새것을 하나 사 줘야 할텐데……."
마타에몬은 고르지 못한 거문고 소리를 들을 때마다 그렇게 중얼거렸으나, 또 한판 싸움이라도 벌어져 적장의 수급이라도 얻기 전에는 좀처럼 새 거문고 하나 사 줄 수 없는 어려운 형편이었다.
그러나 사위를 맞는다.
그렇게 생각하니, 마타에몬과 고이는 어쩐지 마음이 가라앉지 않았다.
하기야 아무리 가난하다 해도 그만한 준비는 하고 있었지만, 대체 어떡해야 좋을지……
해를 넘겨, 에이로쿠 4년이 되었다.
전운은 여전히 험악했다. 이 한 가정을 위해서 세상은 정지하고 있지 않았

다.
 애기는 중도에서 다소 늦어져, 여름이 지나고 초가을인 8월로 접어들었다.
 마지막 결정을 보자 신랑될 사람은 족제비가 길을 바꾼 것처럼 통 나타나지 않았으나, 마침내 8월 3일로 택일도 보아 아사노가에서는 경사가 벌어지게 되었다.

 신랑
 "이거 원, 바빠서……."
 도키치로는 중얼거리고 있었다. 결코 바빠서 해로운 일은 아니었지만——.
 그러나 정작 바쁜 것은 부하인 곤조와 하녀, 그리고 일을 도우러 온 사람들이었다. 그 자신은 아무것도 하는 일 없이 아침부터 집 안팎을 어슬렁거리고 돌아다닐 뿐이었다.
 '오늘이 8월 3일이렷다!'
 뻔한 사실을 몇 번이고 가슴 속에 되뇌어 본다. 이따금 반침을 열어 보기도 하고, 자리에 앉아 보기도 하고, 그래도 도무지 마음이 가라앉지를 않아 아무것도 할 수가 없었다.
 '네네와 혼인을 한다. 내가 장가를 든다. 드디어 오늘 밤으로 다가왔는데…… 어쩐지 좀 멋쩍은걸.'
 택일을 한 뒤로는 도키치로답지 않게 하인들 앞에서도 자칫하면 멋쩍은 표정을 짓기가 일쑤였다. 소식을 들은 이웃 동료들과 동료의 부인들이 선물을 들고 찾아와도 그 접대에 나선 도키치로는 멋쩍은 듯이 말했다.
 "뭐, 이렇게…… 아주 간소하게 치를 작정이라서……. 아직 장가를 들 형편도 못됩니다만, 워낙 저쪽에서 서두르는 바람에 어쩔 수 없이……."
 그러면서 얼굴을 붉혔으나 그 주제에 하는 말은 모두가 자기의 체면에 유리한 말뿐이니 적이 우스웠다.
 마에다 이누치요를 물러나게 하고, 그 이누치요를 시켜서 주군의 일족인 나고야 이나바노카미를 움직이는 등 기를 쓰고 발버둥을 친 끝에 뜻을 이룬 것임은 아무도 모르는 터였다.
 "듣자하니 이나바노카미 나리께서 중간에 나서셨다더군. 게다가 저 아사노 마타에몬이 허락한 것을 보니 역시 원숭이 나리는 어딘가 쓸만한 데가 있는 모양이야."

그런 평판이 동료들이나 위 아랫사람의 입에 오르내렸다. 그런 의미에서도 이 혼인으로 그의 위신이 높아졌으면 높아졌지 깎인 것은 없었던 것이다.

그러나 정작 도키치로는 그런 평판 같은 것은 아무래도 상관없었다. 그는 무엇보다도 나카무라에 있는 어머니에게 이 소식을 전했다. 자기가 직접 달려가서 그 동안 묵은 얘기와 함께 며느리에 관한 자세한 말을 하고 싶었으나, 제대로 입신을 하기 전에는 이 어미는 나카무라에서 그냥 살겠다, 너도 어미 걱정일랑 말고 충성껏 주군을 모시도록 하여라——그런 말을 듣고 있는 터였다.

'멀었다. 아직 멀었다……'

그는 만나고 싶은 마음을 억눌렀다. 이번 일도 편지로만 전한 것이었다.

모친도 누차 인편을 통해 소식을 전해 왔다. 편지로 보나 심부름 온 사람의 말을 들어 보나 얼마나 기뻐하고 있는지 직접 만나지 않아도 잘 알 수 있었다. 특히 도키치로에게 위로가 된 것은 그의 출세가 아직 대단치는 않았지만 멀리 마을에도 알려지고, 또한 이번에는 어엿한 무사댁 규수와 혼인을 할 뿐만 아니라, 그 중매 역할을 한 것이 노부나가의 사촌뻘 되는 사람이라고 듣자 어머니나 누이에 대한 마을 사람들의 인식이 아주 달라졌다는 사실이었다. 곁에 모시고 효도를 할 수 없는 그로서는 그것이 무엇보다 큰 위안이었고, 한편으로는 고향 마을에 은근한 자랑을 느끼게 되었다.

"나리, 머리를 빗어 드리겠습니다."

곤조가 빗 함을 들고 그의 뒤에 와 앉는다.

"허어, 머리도 만져야 하나?"

"오늘 밤에는 신랑이십니다. 머리가 이래서야 되겠습니까?"

"대강대강 해 두어라."

거울을 앞에 버티어 놓았다.

도키치로는 거울과 마주앉아 굳은 얼굴을 하고 있었다. 대강 하라고는 했지만, 웬걸 그는 꽤 까다롭게 굴었다. 자신도 빗을 들고 연방 귀밑털을 만지는가 하면, 이렇게 해라, 저렇게 해라 말이 많았다.

머리를 끝내자 그는 뜰로 나왔다. 부엌에서도 이웃집 부인과 하녀들이 목욕물을 데우고 있었다. 현관 쪽에는 또 축하객이 온 모양이어서, 곤조가 허둥지둥 달려갔다.

'이제 밤도 멀지 않았다……'

희끄무레한 저녁 별이 이미 오동나무 가지 끝에 보이기 시작하고 있었다. 신랑은 오늘 저녁 유난히 다감했다.

그는 지금 커다란 기쁨 속에 있었다. 그리고 큰 기쁨을 느낄 때마다 그는 나카무라의 어머니를 생각했다. 그 기쁨을 같이 나눌 수 없는 것이 서운했다.

'욕심을 부리자면 한이 없는 것. 세상에는 어머니를 여읜 사람도 많지 않은가?'

그는 스스로 위로했다. 한자리에 모시고 있지는 못 해도, 어머니는 아직 생존해 있지 않은가. 이렇게 헤어져 있는 것도 어머니로선 나로 하여금 더욱 열심히 일에 전념케 하기 위해서이며, 나 역시 후일의 대성을 기하고 있기 때문이 아닌가? 서로가 이만하면, 하는 날이 올 때까지 자식은 어머니를 모시는 것을, 어머니는 자식 곁으로 오는 것을 미루고 있는 것이다. 그날에 즐거운 희망을 걸고 기다리고 있는 것이다.

'나는 행복하다.'

그는 절실히 그렇게 느끼고 있었다. 어렸을 때부터 어떤 역경에 처해도 자신을 불행하다고 생각한 적이 없는 도키치로였지만, 오늘은 특히 그렇게 생각했다. 흔히 세상의 불우한 사람들은 어째서 인간으로 태어났느냐, 이런 세상을 무슨 재미로 살아가느냐, 나처럼 불행한 사람이 어디 또 있느냐 하는 식으로, 자기보다 불운하고 불행한 사람은 다시 없는 것처럼 생각하는 모양이었으나, 도키치로는 일찍부터 세상을, 또는 인생을 그렇게 생각하고 한탄한 적이 없었다.

역경 속의 나날도 그에게는 즐겁기만 했다. 그것을 타고 넘어 역경을 뒤에 두고 돌아보게 될 때는 더욱 유쾌했다.

그는 아직 26살이었다. 스스로 앞날의 고난은 각오하고 있었다. 그러나 앞으로도 어떤 고난이 닥쳐오더라도 울상을 짓는 일은 없으리라고 그는 자신하고 있었다. 어떤 물결이건 헤치고 넘으리라는 각오가, 굳이 각오라는 의식 없이 뱃속에 마련되어 있었다. 양양한 즐거움이 미래의 길에 바라다보였다. 순탄하지 않고 어려움과 시련이 있으면 있을수록 세상이 재미있게 여겨지는 것이다.

그러나

"나야말로 천하를 호령해 보리!"

라든가,

"무사로 태어난 이상 백 세까지 이름을 남겨야 하며, 살아 있을 때는 일국 일성의 주인이 돼야 한다."

고, 흔히 성내의 젊은이들이 모이기만 하면 옷소매를 걷어 붙이며 호언하는 것이 보여도, 그만은 그런 장담을 하지 않았다. 사실 그런 것을 생각하고 있지도 않았다.

그의 소원은 다만 남만큼 되려는 것이었다. 그의 맹세는 항상 현재의 직분에 충실해야 한다는 것뿐이었다. 어리지기면 어리지기로서의 역할을 다하고 주방 근무로 돌려지면 철저히 주방 사람이 되며, 마구간으로 가면 마구간에서 그 직책을 완수하려는 생각밖에 없었다.

그 대신 그는 무슨 일을 맡기든 없어서는 안 될 사람이 되곤 했다. 비방도 많이 받았고, 간계에도 빠지기 쉬운 그였지만, 마지막 순간에 가서는 역시 없어서는 안 될 사람이라는 그의 진가를, 지금은 기요스의 중신들도 인정하지 않을 수 없게 되었다.

특히, 근래에 이르러 노부나가가 그의 능력을 인정해 주기 시작하고 있어서, 지위는 여전히 대단치 않았지만, 그런 면에 대한 걱정 없이 안심하고 일할 수 있는 기반이 만들어져 있었다.

따라서 네네와의 결혼을 계기로 하여 나카무라에서 어머니를 모셔와도 좋았지만, 아사노가측에서는 출가시킬 수 없는 딸이라, 그가 데릴사위로 들어가는 형식으로 혼담이 성립된 것이었다. 그런 점으로 봐도 아직 어머니를 불러올 시기가 아니었다.

게다가 조상이야 어쨌든, 어머니는 현재 농사꾼이었다. 그 어머니로 하여금 불필요한 열등감이나 부끄러움을 느끼게 하고 싶지도 않았다.

"1, 2년만 더 참으면······."

도키치로는 이런 저런 생각을 하며, 혼자 중얼거리면서 목욕을 하고 있었다. 오늘 밤은 특히 정성들여 시커먼 목덜미를 씻고 또 씻었다.

목욕을 마치고 홑옷을 걸친 채 집 안으로 들어오자, 이미 집안은 많은 사람으로 붐비고 있었다. 자기 집인지 남의 집에 온 건지 알 수 없었다. 무엇이 그리들 바쁜지, 이거다 저거다 해가며 방으로 부엌으로 들락거린다. 도키치로는 한동안 방구석에서 모기를 쫓으며 남의 일처럼 방관하고 있었다.
"신랑이 지닐 휴지나 소지품들은 모두 옷 위에 챙겨 놓아야 하우."
"여부가 있소. 부채도 인롱도 모두 챙겼습니다."
카랑카랑한 목소리로 이르고, 그에 대답하고, 그리고 다시 분주히 뛰어다닌다.
어느 집 새아씬지.
어느 집 마님인지.
또는 어느 집 주인인지.
별로 깊은 관계도 없는 사람들이 모두 친척 이상으로 열심히 움직여 주고 있었다. 신랑, 신랑 하는 소리로 집 안팎이 메워져 있다.
'아, 성벽 보수를 할 때 애를 먹이던 곰보 도편수가 와 있었구나. 미장이네 아낙도 와 있고⋯⋯땔감 관계 책임을 맡고 있을 때 사귄 상인들과 마을 사람도 일을 돕는구나. ⋯⋯용케 모두 잊지 않고.'
한구석에서 모기를 쫓고 있는 신랑은 그런 사람들의 얼굴이 보일 때마다 진심으로 기뻤다.
혼인 법식에 까다로운 노인들도 그 중에 섞여 있어서,
"신랑 짚신이 너무 닳지 않았나? 헌 신발을 신고 가면 안 된다. 당장 새 것으로 갈아야 해. 신부 댁에 도착하면 그쪽 하녀가 신발을 안으로 가지고 들어가게 돼 있다. 그리고 오늘 밤은 신랑의 장인 장모가 그 신발을 한 짝씩 안고 자야 하는 것이 예부터 내려온 풍습이야. 신랑의 발을 이렇게 묶어 둡니다⋯⋯ 하는 뜻이 있는 거지."
또 어떤 노파는 자상하게 이것저것 살펴준다.
"횃불 말고 등불을 따로 준비했을 테지? 그대로는 갖고 다닐 수가 없으니 꺼지지 않도록 종이로 가려서 신부댁까지 가져가야 하우. 그쪽에도 등불 준비는 해 놓고 있을 테니, 가져간 불을 그쪽에 옮겨서 사흘 낮 사흘 밤을 꺼뜨리지 않고 벽에 모신 감실을 밝혀야 하는 거예요. ⋯⋯알았죠? 누구든 신랑을 따라가는 사람이 잘 기억해 둬야 하우."
마치 친자식을 장가들이는 것처럼 친절했다. 단순히 남의 일 거들기 좋아하는 성미라고만 치부할 수 없는 데가 있었다. 도키치로는, 비록 어머니가 곁에 있지는 않았지만, 있는 것 이상으로 모든 것을 맡겨버릴 수 있었다.
그러자 바깥에서 신랑을 부르는 소리가 들렸다.

"사인(使人)이요. 신랑의 첫 편지를 받으러 온 사인이오."
 정중한 가운데서도 어수선해지더니, 이윽고 이웃집 아낙이 금박으로 그림이 그려진 서장함을 조심스럽게 들고 들어왔다.
 "가만 있자. 신랑은 어디 계시죠? 아직 목욕이 안 끝나셨나요?"
 도키치로는 툇마루에 앉았다가 대답했다.
 "여기 있습니다. 여기 있어요."
 "어쩌면, 그런 곳에."
 그녀는 서장함을 공손히 내놓으며 말했다.
 "신부측에서 보내온 첫 편지함입니다. 무사 댁이라 옛 법식을 엄격히 지키시는 모양이에요. 신랑께서 무슨 말이든 몇 자 적어서 돌려보내는 것이 법도이니 어서 몇 자 적으셔요."
 "뭐라고 쓰는 겁니까?"
 "호호호……."
 아낙은 웃기만 하고 가르쳐 주지 않았다. 대신 종이와 벼루를 도키치로 앞에 갖다 놓는다.
 첫 편지라는 의식은 헤이안조(平安朝)의 오랜 옛날부터 내려오는 풍습인 듯했지만, 지금은 전란으로 세상이 어수선하기도 했고, 혹시 신랑이 글씨가 서툴러 난처해지는 경우도 생각해서 거의 폐지되다시피 한 의식이었다.
 그러나 아시카가 요시미쓰(義滿)가 장군으로 있던 무렵에, 무가의 혼인예식에 상당히 까다로운 법식이 정해져서, 그것이 풍습이 되어 지금도 오랜 무가에서는 흉내라도 내지 않고는 개운치 않아 하는 경향이 없지 않았다.
 신랑측은 도무지 그런 것은 개의치 않는 성미였다.
 '몸 하나 가지고 가면……'
 이런 식으로 간단히 생각하고 있었으나, 역시 마타에몬 부부는 격식을 갖추고 싶었던 모양으로 첫 편지를 받아 올 사람을 보낸 것이었다.
 '자, 무슨 말을 쓴다?'
 도키치로는 붓을 든 채 곤혹스러워 했다.
 문필을 제대로 배운 일은 없지만, 어렸을 때 절간에 가 있었고, 또 옹기집에 있을 때도 글씨만은 남만큼 써 봤으니 남한테 보일 수 없을 만큼 악필이라고는 스스로도 생각지 않았다.
 다만 뭐라고 써야 할지, 그것이 난처했던 것이다.

그는 생각나는 대로 이렇게 내리썼다.

'즐거운 밤이오. 곧 갈 테니 즐거움을 서로 얘기해 봅시다.'

쓰고 나자,

"아주머님, 아주머님."

그는 벼루를 갖다 준 이웃집 아낙을 불렀다.

"이렇게 쓰면 되는 겁니까?"

부인은 우스워 죽겠다는 듯이 말했다.

"됐겠죠, 뭐."

"아주머님도 그전에 받으신 일이 있을 게 아닙니까. 뭐라고 씌어 있었는지 생각 안 나시나요?"

"잊어버렸어요."

"하하하, 그렇게 잊어버릴 정도라면 대단치 않은 일이군요."

신부댁에서 온 사람은 편지를 받아들고 돌아갔다. 떡이 다 됐다는 말이 들렸다.

우선 신랑을 따라 떠날 사람들이 떡을 먹고 술을 마시며 한 자리에 모여서 신랑을 또 축하했다.

울긋불긋 말 등에 천을 늘이고 편지와 함께 떡을 실어서 나카무라의 어머니에게 보냈다.

"자, 이제 준비하십시오."

신랑 앞에 이제부터 신부 댁에 입고 갈 예복과 부채 같은 것이 내놓인다.

"그럼……."

이웃집 부인들이 입혀 주는 대로 그는 옷을 갈아입었다.

옷을 막 입고 나자——

하늘에는 초가을 저녁 달이 휘영청 그 모습을 나타내고 처마 밑에서는 앞장설 횃불에 환히 불을 붙이고 있었다.

말 한 필이 끌려가고, 창이 두 자루.

그 뒤를 따라 신랑은 새 짚신을 신고 터덜터덜 걸어갔다.

선두에 두세 명이 횃불을 들고 있었다.

자개궤니 병풍이니 하는 화려한 예물들은 없었지만 갑옷궤와 옷궤 정도는 짊어지고 있었다. 보군 30명의 조장으로서는 과히 손색없는 행렬이었다.

손색은커녕 도키치로 자신은 은근히 자랑스러웠는지도 모른다. 오늘밤 이렇게 일을 도와주고 후행으로 따라와 주는 사람들은 모두 친척도 아니며, 그의 부탁으로 마지못해 끌려온 사람들도 아니었다. 자진해서 자신의 일처럼 오늘밤의 혼례를 기뻐해 주고 염려해 주는 사람들이었다.

신부 댁 안방에 쌓아 놓을 사치스런 예물은 없어도, 그는 이러한 인망을 짊어지고 가는 것이다.

궁조 대원들이 살고 있는 집집마다 환한 불빛이 내비치고 있었다. 아사노 마타에몬 댁의 경사를 축하하기 위해 모두 문을 활짝 열어 놓고 있는 것이다. 문전에 화톳불을 피워 놓은 집이 있는가 하면 등불을 들고 머지않아 지나갈 신랑을 맞기 위해 신부댁 사람들과 같이 초조하게 서성거리는 사람도 있었다.

아이들을 안고, 손목을 끌고, 이웃 사람들은 환한 불빛 속에 모두들 얼굴을 보이고 있었다.

이윽고 저만치 네거리까지 나가 서 있던 아이들이 달려오며 소리쳤다.

"온다, 온다."

"신랑이 오셔요!"

아이들의 어머니는 각각 자기 아이의 이름을 부르며 떠들면 못쓴다고 꾸지람을 하곤 길 한쪽으로 끌고 갔다.

한길은 저녁 달빛에 흥건히 젖어 있었다. 아이들이 알린 것이 앞장서서 안내 역할을 한 것처럼 되어 아무도 한길을 건너다니지 않기로 하고, 조용히 대기했다.

네거리가 벌겋게 물들기 시작했다.

두 개의 횃불이 이쪽으로 꺾이어 온다.

그 뒤로 신랑이 따라오고 있었다. 말을 단장한 장식에는 방울이 달려 있는 모양이어서 청귀뚜라미 같은 소리가 어렴풋이 들리고 있다. 갑옷궤, 창, 그 밖에 4, 5명의 사람들이 뒤따라오고 있었다. 그리 빈약한 행렬이라고는 할 수 없었다.

특히 신랑 도키치로가 점잖아 보였다. 자그마한 몸집이기는 했지만 사치스럽지 않은 옷차림이 오히려 단정해 보였고, 일부에서 늘 뒷공론을 한 것처럼 추남도 아니었으며, 거들먹거리는 건방진 사내로도 보이지 않았다.

이날 밤 문앞에 늘어서서 지나가는 신랑을 본 사람들에게 솔직한 그 인상을 묻는다면 한결같이 이렇게 대답했으리라.

"괜찮아요. 그만하면 네네 아가씨의 신랑으로 어울리지 않을 것도 없겠어요."

아낙네들의 평은 이 정도가 대표적인 것이었고, 남자들도 이 의견에 일치하고 있었다.

"그만하면 괜찮다."

요컨대 신랑은 흉측하지는 않지만 그렇다고 특별히 훌륭할 것도 없고, 인물로서도 장차 파격적인 출세는 못할 테지만, 신부측이 궁대의 일원이라면 이 역시 별로 손색이 없다는 정도가 중론이었다고 할 수 있었다.

"도착하셨습니다."

"신랑께서 오셨습니다."

"어서 맞아들일 채비를 하셔요."

마타에몬 댁 문앞에서는 기다리고 있던 일가친척들이 도키치로의 모습을 보자 한층 밝아지는 불빛 속에서 수선을 떨었다.

신랑측에서 꺼지지 않도록 조심스럽게 들고 온 등불이 곧 신부측 등잔에 옮겨졌다. 옮겨 붙인 등불을 들고 신부측 사람은 급히 안으로 들어간다.

양가를 대표하는 사람들이 문앞에서 인사를 나누었다. 신랑은 아무 말 하지 않고 현관으로 들어선다. 신발을 담당한 하녀가 곧 그 짚신을 집어 들자 이 역시 소중하게 안으로 가지고 들어갔다.

"자, 이리로."

안내를 받아, 신랑은 혼자서 별실로 들어갔다. 여기서 잠시 기다려야 하는 모양이었다. 도키치로는 우두커니 혼자 앉아 있었다.

좁은 집이었다. 방이라야 7, 8개 있을 뿐이었다. 미닫이를 하나 사이에 둔 옆방에서 일을 거드는 사람들의 어수선한 웅성거림이 빤히 들린다. 뜰을 건너 맞은편이 부엌이어서 거기서도 식기를 씻는 소리와 음식 냄새가 풍겨 오고 있었다.

중매인인 나고야 이나바노카미는 주가(主家)의 일족이며 너무 지체에 차이가 있어서 이쪽에서 사양한 모양이었다. 대신 적당한 가신을 선택하여 그들 부부가 중매인 대역을 하고 있는 듯했다. 도키치로는 예까지 올 때는 그렇지도 않았던 것이 막상 방 안에 혼자 앉아 있으니까, 갑자기 가슴이 울렁거리고 목이 타들어오기 시작했다.

마치 신랑이란 존재를 잊은 듯 언제까지나 혼자 앉혀 두고 있었다. 그렇다고 자세를 무너뜨릴 수도 없어, 보는 사람은 없었지만 그는 단정히 앉아 있었다.

"……"

다행히 도키치로는 전부터 지루함을 모르는 성질이었다. 하기야 이제부터 화촉 밑에서 신부와 상면할 신랑인 그가 지루함을 느낄 리도 없었지만, 엉뚱하게 그는 자신이 신랑이라는 것은 까맣게 잊은 듯 맹랑한 공상에 잠겨 있었다.

그 공상은 주위 분위기와는 너무 동떨어진 곳을 달리고 있었다. 그것은 미카와의 오카자키 성이었다. 오카자키 성의 향배(向背)는 어찌될 것인가? 이것이 요즈음 그의 머리를 차지하고 있는 가장 큰 흥밋거리였다. 그 생각은 오늘 밤을 넘긴 신부가 내일 아침 자기에게 무슨 말을 할 것인가, 어떤 모습으로 인사를 할 것인가, 하는 따위의 공상보다 더욱 크게 그의 마음을 사로잡는 것이었다.

그 오카자키 성은 앞으로,

'이마가와측에 계속 붙게 될까?'

그렇게도 생각되다가도,

'오다가로 기울어져 오지 않을까?'

그렇게도 생각되는 운명의 기로에 있는 것이었다.

작년 오케 분지의 싸움에서 이마가와군이 대패한 후, 오카자키 성의 마쓰다이라가는 이 세 가지 방책에 당면하고 있으며 조만간 그 중 하나를 선택하지 않으면 안 될 입장에 놓여 있었다.

——종전대로 이마가와가에 가담하느냐?

——이마가와가에도 오다가에도 가담하지 않고 고립을 선언하느냐?

——오다가와의 화협의 길을 택하느냐?

오랫동안 마쓰다이라가는 이마가와가라는 거목에 의지하여 존립해 온 기생목이었다. 그러나 이제 그 근간이 오케 분지에서 무너진 것이다. 자립하기에는 아직 힘이 부족했으며, 이마가와 요시모토가 죽은 후의 이마가와는 유고(遺孤) 우지자네가 있기는 했으나 믿을 수 있는 존재가 아니었다.

오카자키 성은 고민하고 있었다.

항간의 소문이나 상층부의 정책을 어렴풋이 얻어들은 정도의 지식이었지만, 도키치로는 비상한 관심과 흥미를 가지고 있었다.

국화의 계절 535

'지금이야말로 마쓰다이라 모토야스의 기량이 드러나는 때다.'

그는 그렇게 바라보고 있는 중이었다. 웬일인지 그는 오카자키의 성주, 마쓰다이라 모토야스라는 사람에게 남다른 관심을 가지고 있었다. 그것은 그가 여러 나라를 유랑할 때 오카자키 성의 기풍이라든가 다년간의 고난과 예속적인 모멸을 인내해온 앞뒤 사정을 자세히 목격한 데에도 원인이 있었지만, 보다 큰 이유는 마쓰다이라 모토야스가 오늘날까지 걸어 온 그 경력에 있었다.

'한 나라, 한 성의 주인으로 태어났어도 나 이상으로 고생을 하고 불운을 겪는 사람도 있다.'

그는 남을 통해서 모토야스의 처지를 들은 뒤부터는 깊이 마음이 끌리고 있었다.

게다가 그는 아직 스무 살의 약관이라고 들었다. 오케 분지의 전투 당시 요시모토의 선봉으로서 아군의 와시즈, 마루네 등 두 성채를 떨어뜨린 솜씨도 훌륭했다.

요시모토의 전사 소식을 듣자, 그날 밤으로 깨끗이 미카와로 물러간 퇴군의 태도도 훌륭했다.

오다 진중에서도 그 뒤의 기요스에서도 모토야스의 평은 좋은 편이었다. 따라서 곧잘 화제가 되는 인물이기도 했다. 도키치로 또한 그 모토야스의 오카자키 성이 장차 어떤 방향을 취할 것인지 혼자 흥미진진한 공상에 잠겨 있는 것이다.

"신랑은 여기 있었군."

미닫이가 열렸다. 도키치로는 현실로 돌아왔다. 신랑으로서의 현실로 돌아온 것이다.

"아, 안녕하십니까."

그는 앉은 채 인사를 했다. 나고야 이나바노카미의 부하로 오늘 밤 중매 대리역을 할 니와 효조(丹羽兵藏) 부부가 들어온 것이다.

"변변치 않은 사람입니다만, 주인 이나바노카미 나리를 대신하여 저희들 니와 효조 내외가 중매인 역할을 맡았습니다. 무슨 일이든 서슴지 마시고 말씀해 주시기 바랍니다."

중매인 부부의 인사였다.

"수고가 많습니다."

도키치로는 다시 자세를 갖추어 답례를 하고 신랑답게 점잖은 태도를 보였다.
중매인 부부는 곧 말했다.
"친척 중에 부득이한 사정으로 늦게 온 사람이 있어서, 이렇게 신랑께서 지루하게 기다리셨소. 그럼 이제부터 대면식이 시작될 것이니 잠시만 더 기다려 주십시오."
도키치로는 당황하여 물었다.
"대면식이 뭡니까?"
"신부의 부모를 비롯해서 일가친척들과 신랑이 첫 대면을 하는 옛 법식입니다……그렇다해도 때가 때인 만큼, 또한 간소를 위주로 하는 이 댁 가풍도 있고 해서 그야말로 대면에 그칠 뿐 까다로운 절차는 모두 생략키로 했소."
그러는 사이에 벌써 부인은 미닫이를 열고 옆방에 대기하고 있는 사람들을 불러들이기 시작했다.
"들어오십시오."
맨 먼저 들어온 것은 장인 장모인 아사노 마타에몬 부부였다.
"반갑네."
뻔히 아는 얼굴이지만 격식이라 아무튼 인사를 했다.
낯익은 두 사람을 보자 도키치로는 어쩐지 머리라도 긁적거리고 싶어 손이 들먹거렸다.
"잘 부탁드립니다."
어색하리만큼 신랑은 체면을 차렸다.
장인 장모와의 대면이 끝나자,
"저는 신부의 동생이어요. 오야야라고 합니다."
17, 8살쯤 돼 보이는 귀여운 아가씨가 나타나 수줍은 듯 인사를 했다.
──가만 있자?
그런 말을 하고 싶은 듯한 도키치로의 눈이었다. 네네보다 미인이라고 할 수 있을 만큼 예쁜 소녀였다. 그보다도 네네에게 이런 동생이 있었다는 것을 그는 전혀 몰랐었다. 심창(深窓)의 가인이란 말은 있지만, 어디에 어떤 명화(名花)가 있었는지, 무가의 집은 아무리 좁다 해도 그 깊이를 알 수 없다고 생각했다.

"그래? ……이렇게 예쁜 동생이 있었군."

앞으로 형부라고 불러야 할 언니의 신랑이 이분인가 하듯이 오야야는 소녀다운 눈으로 그를 올려다보고 있었으나, 곧 그 뒤에 다른 친척 부부가 말했다.

"난 네네 본가의 숙부 되는 사람이네. 이 댁 마타에몬의 처에게 오빠가 되는 셈이지."

뒤를 이어 이번에는 다른 한 쌍이 나타난다.

"마타에몬과는 동서지간인 사람이네. 의원을 생업으로 하고 있네."

도키치로는 누가 누구의 백부가 되고, 조카가 되고, 사촌이 되는지 통 알 수 없을 만큼 많은 친척들을 한꺼번에 만났다.

'무척 많구나. 친척들이……'

은근히 앞으로 귀찮은 일도 없지 않으리라는 생각이 들었다. 그러나 한편으로는 난데없이 예쁘장한 처제가 나타난 것과, 곧잘 말이 통할 것 같은 숙부니, 숙모니 하는 사람들을 알게 된 것이 왠지 흐뭇하기도 했다. 친척이라곤 별로 없는 과부 손에서 자라나기는 했지만 그는 성격상으로 많은 사람들이 북적거리는 것이 좋았다. 많은 사람들이 떠들썩하게 부지런히 일하고 마음껏 웃을 수 있는 가정이 그로서는 이상적이었다.

"자, 그럼 이제 신랑께서는 저쪽 피로연 석상으로 가실까?"

중매인 부부는 그렇게 말하고 오늘밤의 가장 중요한 석상으로——그래야 불과 두 방 건너, 그 역시 별로 넓지 못한 방이었지만——신랑을 데리고 가더니 미리 마련된 신랑 자리에 도키치로를 앉혔다.

하객소동

 가을이라고는 해도 집안은 아직 더위가 가시지 않은 8월의 밤이었다.
 창문에도 처마에도 여전히 발이 그냥 쳐져 있었다. 흘러오는 벌레소리와 밤바람에 나지막한 불빛이 어렴풋이 흔들리고 있었다. 먼지 하나 없이 정갈한 석상이기는 했지만 화촉을 밝힌다는 말에는 어울리지 않게 방안은 어두웠다.
 8평쯤 되는 넓이였다. 장식 하나 제대로 걸리지 않은 것이 오히려 시원스럽게 여겨졌다. 객실에는 삿자리가 깔려 있었다. 뒷벽에는 천신의 분부로 처음 일본을 다스렸다고 하는 이자나기노미코토(伊將諾尊)와 이자나미노미코토(伊將冊尊), 두 부부신을 모셔놓고, 신불(神佛)께 올리는 등불, 그리고 발이 달린 쟁반 위에는 떡이나 술 같은 것이 올려져 있었다.
 "……."
 도키치로는 몸이 굳어지는 것을 느꼈다. 그 자리에 앉자 새삼스럽게 느껴지는 것이 있었던 것이다. 물론 그전이라 해서 장난이나 농으로 생각해 왔다는 뜻은 아니지만, 더욱 진지하게 생각되었다.
 '오늘 밤부터는……'

그가 남편이 됨으로써 갖게 될 책임감과 앞으로 달라질 생활, 또한 그에 부수되는 일가 권속의 운명 같은 것이 모두 자기와 연관을 가지게 되는 기묘한 의식 중에 놓인 자신을 스스로 발견한 것이었다.

특히.

네네는 사랑하는 여자였다. 더구나 딴 사람과 맺어졌을지도 모르는 것을 어느 정도까지는 인력으로 그녀의 운명의 방향을 바꿔 오늘 밤의 자리까지 몰고 온 셈이었다.

'불행하게 만들 수는 없다.'

신랑 자리에 앉자마자 맨 처음 그가 생각한 것은 이것이었다. 남자의 힘으로 움직이려고만 들면 움직일 수도 있는 연약한 여자의 운명──가엾은 사람──사랑스러운 사람──이라고 그는 생각을 했다.

이윽고.

별로 지체하지 않고 식은 진행되었다. 모두가 철저히 간소했다.

먼저.

신랑이 자리에 앉자, 오래지 않아 신부인 네네는 신부 뒤를 보살펴 주는 부인의 안내로 신랑 곁에 조용히 앉았다.

신부의 단장을 보면 가발을 덧댄 머리에 홍백 장식품으로 치레하고 치렁치렁한 예복은 마름모 무늬가 돋보이는 비단이었다. 밑에 입은 옷도 같은 흰 비단이다. 그 밑에 다시 한 겹 받쳐 입은 빨간 누비명주 옷이 소맷자락 속으로 살며시 엿보이고 있었다.

목에는 부적이 든 목걸이를 늘이고 그것을 품속에 안고 있었다. 그밖에는 금비녀, 은비녀도 없었고, 짙은 연지나 분단장도 하지 않았다. 초가지붕에 삿자리를 깐 이 집 모양처럼 있는 그대로의 모습이었다. 그 속에 사람의 마음을 끄는 아름다움이 있다면, 그것이야말로 꾸며진 아름다움과는 다른 있는 그대로의 진정한 아름다움이었다.

다만 꾸며진 것이 있다면 들고 있는 홍백의 암나비와 수나비의, 목이 긴 병 한 쌍뿐이었다.

"축하합니다. 아무쪼록 천 년 만 년 복을 누리시기 바랍니다."

신랑 신부가 앉아 있는 앞으로 나서며 신부를 거들고 나온 부인이 그렇게 말하고 술병을 들었다.

중매인 부부도 친척 일동도 모두 이 자리에는 없었다. 모두 옆방에서 기다리고 있는 것이다.
"……."
도키치로는 잔을 들었다.
술잔이 네네의 손으로 넘겨진다.
"……."
네네도 술잔을 입에 댔다.
도키치로는 또다시 얼굴이 달아오르고 가슴이 두근거렸으나 네네는 예상보다 침착했다.
앞으로 한 평생, 어떤 일을 당하든 스스로 택한 길이니 부모도 하늘도 원망하지 않으리라는 결의가 살며시 잔에 갖다 대는 입술에 사랑스럽게, 보기에 따라서는 비장하게 엿보이고 있었다.
신랑 신부의 동배주가 끝나자 옆방에 대기하고 있던 중매역인 니와 효조가 싸움터에서 연마한 구성진 가락을 성의껏 목청을 돋우어 부르기 시작했다.

    산너머 봉우리의 어린 소나무
    해묵어 주름지고 늙음이 와도
    나무 밑 마른 잎이 또한 그리 되도록
    그 수를 누리고 누려
    언제 언제까지나 낙락장송
    다시 해를 묵으니……

예까지 니와 효조가 읊을 때 별안간 누군가 하얀 박꽃이 듬성듬성 핀 울타리 밖 어둠 속에서, 뒤를 받아 가락을 맞추는 사람이 있었다.
"……천하의 명승. 다시 해를 묵으니 천하의 명승."
효조의 구성진 목청에 집 안팎이 모두 조용해졌다. 따라서 무례한 울타리 밖의 합창소리는 그만큼 더 사람들의 귀에 거슬렸다.
"……."
효조는 놀란 듯이 가락을 멈추었다. 둘러앉았던 사람들도 모두 어리둥절한 채 얼굴을 마주보았다.
하인이었으리라.

"누구냐!"

그 무례한 자를 누군가 꾸짖고 있었다.

그러자 울타리 밖에서는 한 술 더 뜨는 격으로 가락을 붙여, 목청을 돋우면서 사나이는 뻔뻔스럽게 뜰로 드나드는 문을 열어 젖히더니 어슬렁거리며 들어오는 것이었다.

"……이 몸은 규슈(九州) 히고(肥後)라는 고장, 아소 신사의 신관인 도모나리(友成)요. 이 몸 아직 서울 구경을 하지 못했기에 먼 길을 상경하는 도중이오. 겸사해서 이 나라의 경사 풍습을 한 번쯤 봤으면 하는 생각이오."

도키치로는 얼결에 신랑 자리에서 벌떡 일어나 툇마루로 나갔다.

"오, 이누치요가 아닌가?"

"신랑이군."

얼굴을 가렸던 삼베 두건을 벗어치우며 마에다 이누치요가 물었다.

"신랑을 달러 왔네. 들어가도 좋겠지?"

도키치로는 손뼉을 치며 반가워했다.

"잘 왔네. 어서 들어오게. 들어오게."

"친구들도 많은데 괜찮은가?"

"괜찮고말고. 무슨 상관이 있나. 서약주는 마셨으니 오늘 밤부터 난 이 집 사위야."

"사위 하나 제대로 맞았어. 장인 되시는 분한테서도 한 잔 얻어먹어야겠다."

이누치요는 울타리 밖을 돌아다보더니 어둠을 향해 손짓을 했다.

"어어이, 어서 신랑을 달아야 할 게 아닌가? 들어들 오시오. 들어들 와."

그러자 그 말을 기다렸던 듯이 합창하듯 떠들면서 줄레줄레 들이닥쳤다.

"신랑을 달자, 물벼락을 안겨 주자."

그 얼굴들을 보니, 우선 이케다 가쓰사부로가 있었다. 또 사와키 도하치로에 가토 야사부로, 옛 동료인 간마쿠가 있는가 하면 곰보 도편수까지 끼어 있었다. 그밖에도 마구간이나 주방에서 같이 일하던 동료들이 이누치요를 선두로 해서 우르르 삿자리 위에 올라 앉았다.

신랑을 달아먹는다 해도 이 때의 풍습은 다소 달랐다. 장가 가는 신랑을 좇아 신랑과 막역한 친구들이 들이닥치고, 신부 댁에서는 성의를 다하여 이

들을 환대할 의무가 있었지만, 몰려온 친구들은 진탕 먹고 떠들고 한 후에 신랑을 뜰에 끌어내 놓고 물벼락을 안겨 주는 것이다. 언제부터 비롯된 풍습인지는 모르되, 무로마치 시대에서 전국시대에 걸친 혼례에는 으레 따랐던 행사의 하나였다.

그러나 오늘 밤의 물벼락 축하는 너무 성급했다.

보통 이런 장난은 장가든 지 반 년이나 일 년 후에 몰려가 하는 것이 관례인데 겨우 서약주를 마시고 난 판에 느닷없이,

"물벼락을 안기려고 왔다."

그러더니 이누치요 이하 많은 사람들이 혼례 석상에 몰려든 것이다.

"……이건 너무하지 않나?"

마타에몬 일가는 물론 중매 대리역인 니와 효조까지 그저 아연실색할 뿐이었다.

그러나 신랑 도키치로는 오히려 그것을 더 기뻐했다.

"잘들 왔소."

그는 자리를 권하며, 오랜만에 보는 얼굴에게는 다정하게 인사까지 했다.

"여어, 임자도 왔나?"

그리고 지금 막 동배주를 나누었을 뿐인 신부차림의 네네더러 심부름을 시킨다.

"여보, 우선 뭐든지 안주를 가져오우. 그리고 술, 술을 있는 대로 들여 와."

"네."

네네도 이 기습에 아까부터 눈이 휘둥그레져 있었다. 그러나 이런 일쯤으로 놀라서는 앞으로 이 남편의 아내로서 배겨 내지 못하리라는 것을 재빨리 깨달은 모양이었다.

"……알겠습니다."

그녀는 곧 옆방으로 가 신부 의상을 벗었다. 막옷을 걸치고 소매를 걷어 올리자, 분주히 일하기 시작한다.

"이런 혼례가 어느 세상에 있단 말인가?"

한쪽에서는 분을 참지 못하는 친척도 있었다.

"뭐냐, 이게 대체 무슨 꼴이란 말이냐. 마치 야료를 부리러 온 것 같지 않은가 말이다. 신랑도 마찬가지. 이런 법이 어디 있나. ……네네, 네네, 신

부가 그게 무슨 꼴이냐. 그만둬라. 썩 그만두지 못하겠니!"

무리도 아닌 노여움이었다. 많은 사람이 모이면 이렇듯 노여움을 잘 타는 사람이 으레 한둘은 있기 마련이기도 하지만, 한편으로 그것을 달래는 다른 친척도 있고 부인들도 있어서 열심히 그들의 분을 누르고 있었다.

"어떡합니까. 그저 아무쪼록……."

그러면서 그 방에 들어가 사과 겸 달래기도 하고 혼례를 치르던 방에서 떠들썩하는 소리에 기겁을 하며 허둥거리는 것은 마타에몬 부부였다.

마타에몬은 처음 이누치요라는 소리를 들었을 때 실은 가슴이 철렁했다. 그러나 사위 도키치로와 둘이서 곁에서 봐도 흐뭇하리만큼 친근하게 얘기를 나누는 것을 보자 비로소 숨을 몰아쉬었다.

난세에서 자란, 앞으로는 더욱 이 세상이 어떻게 곤두박질칠지 모르는 시대에 살고 있는 젊은이들이다. 이런 일쯤은 아무것도 아니리라. 아니, 이 정도로 배짱이 두둑하지 않으면 오히려 믿음직스럽지 않을지도 모른다.

마타에몬은 당황한 중에서도 그렇게 생각했다. 이미 사위로 정해진 도키치로를 무의식중에 두둔하고 있는 셈이었다.

"네네, 네네야."

그도 불렀다.

"술이 모자라면 술가게로 사람을 보내라. 얼마든지 가져오게 해. 여보, 여보!"

그는 아내를 불러서 일렀다.

"무얼 그리 어물거리고만 있는 거야. 술만 들어왔지 손님들 잔이 없지 않나? 안주는 없는 거니 할 수 없다. 된장이고 파고 생강이고 닥치는 대로 있는 것을 들여가. ……반갑소, 마에다 님. 그리고 여러분도 마침 잘 왔소, 이 늙은이도 무척 기쁘오."

"이거 주인장 아니시오. 오래간만입니다. 이누치요. 자, 한 잔 안 주시겠습니까?"

"음, 드리지."

마타에몬은 잔을 고쳐들고 이누치요에게 건네었다. 무량한 감개가 이누치요에게도 없을 수 없었다. 예정대로 됐다면 사위가 되고 장인이 되는 것은 이 두 사람이었던 것이다. 인연이 없었던 거다. 이상하다면 이상하기도 하지만, 어디까지나 인연이 없었던 거다. 이렇게 된 이상 피차 깨끗이 잊고 다만 무사로서 대할 뿐이다.

이누치요는 그렇게 생각했다. 마타에몬도 같은 생각을 하며 술을 따랐다. 가슴 속에 만감이 교차되고 있어도 그것은 어디까지나 마음 속에서일 뿐, 겉으로는 내색도 하지 않는 것이 무사로서의 태도였다.

"주인장, 이누치요도 기쁩니다. 훌륭한 사위를 얻었소. 진심으로 축하하오."

그는 잔을 돌려주며 말했다.

"네네 아가씨도 행복하고, 기노시타도 행복한 녀석이다. 그러니 진탕 마시지 않을 수 없지 않느냐고 이렇게 여럿이서 몰려왔소. 괜찮겠소?"

"괜찮고말고."

마타에몬도 덩달아 흥을 돋우며 잔을 받아 마신다.

"밤새도록이라도 좋소."

"하하하, 밤새도록 마시고 떠들고 하면 신부께서 진노하시지 않을까?"

도키치로가 그 말을 받아 큰소리를 친다.

"천만에, 우리 여편네는 그런 식으로는 길들이지 않는다. 원래가 아주 정숙한 터라……."

이누치요는 무릎이 닿을 정도로 다가 앉으며 말했다.

"이것 봐라. 벌써 그런 뻔뻔한 소린가?"

"미안, 미안. 잘못했네."

"그냥은 용서하지 않겠어. 자, 이 큰 잔을 받게."

"큰 잔은 안 돼. 조그만 잔으로 마실 테니까."

"무슨 신랑이 이렇게 쩨쩨한가?"

"아니야. 제발 큰 잔만은……."

그들은 아이들처럼 서로 농을 하고 있었다. 도키치로는 오늘 밤뿐만이 아니라 항상 술을 마시되 폭주는 하지 않았다. 어렸을 때의 쓰라린 기억 때문에 술버릇이 좋지 않은 술꾼이나 강권하는 큰 잔을 보면, 그 술로 해서 패가망신한 계부 지쿠아미의 얼굴이 떠오르는 것이었다. 동시에 그 주정에 눈물마를 날이 없던 어머니의 얼굴이 떠오르는 것이었다.

동시에 그는 자신의 건강 상태도 잘 알고 있었다. 한창 발육될 시기에 그는 가난 속에서 굶주렸다. 결코 남보다 튼튼한 몸이라고는 할 수 없었다. 젊은이에 어울리지 않게 그는 자신의 몸을 아낄 줄 알았다.

"큰 잔은 안 돼. 작은 것으로 해 주게. 대신 한 가락 부를 테니까."
"그래, 소리를 하겠다 이 말이지?"
대답 대신 도키치로는 이미 무릎장단을 쳐 가며 부르기 시작하고 있었다.

 ―인생 50년,
 흘러온 자취를 돌아보면
 덧없는 꿈이요, 환영이로다
 삶을 얻어 이 세상에 태어난 자로
 그 누구 흙으로 아니 돌아가리.

"잠깐!"
이누치요는 한창 읊고 있는 도키치로의 입을 막으며 말했다.
"그건 자네가 부를 소리가 아닐 텐데. 주군께서 맡아 놓고 부르시는 아쓰모리의 가락이 아니냐 말이다."
"주군께서 가끔 백성들을 불러들이시어, 춤과 소리를 배우고 계시기 때문에 나도 그럭저럭 배워 놓은 거네. 금지된 소리도 아닌 바에야 불러서 안 될 것 어디 있나?"
"아니다. 안 된다."
"어째서?"
"경사스런 혼례석에 어울리지 않는 소리를 굳이 부를 필요가 어디 있나?"
"오케 분지로 출진하시던 날 아침에도 주군께서는 이 가락에 맞춰 춤을 추셨다. 이제부터 가난한 우리 부부가 첫걸음을 세상에 내딛는 날이니, 어울리지 않을 것도 없지 않나?"
"아니다. 싸움터에 임하는 각오는 각오고, 신부를 맞는 경사는 경사다. 같이 검은 머리 파뿌리 될 때까지 오래도록 살 각오를 하는 것이 오히려 무사다운 생각일 게다."
"맞았어."
도키치로는 무릎을 치고 말했다.
"실은 내 소원도 바로 그거다. 싸움이 벌어지면 어쩔 수 없지만 함부로는 죽지 않을 작정이다. 50년은 고사하고 백 살까지라도 네네와 의좋게 살고 싶다."

"또 그런 고약한 소리. 자 춤이다. 춤을 추어라."

이누치요가 몰아세우기 시작하자, 다른 사람들도 모두 춤이다, 춤이다——하고 합세하기 시작했다.

"기, 기다려 주게, 이제 출 테니까."

도키치로는 아우성치는 친구들을 적당히 달래가며 부엌에 대고 손뼉을 치며 소리쳤다.

"여보. 술이 없지 않아? ……이것도 이 병도 모두 비었군."

"네."

네네의 대답이 들렸다.

네네가 술을 들고 부지런히 나타나더니 도키치로가 이르는 대로 선선히 손님에게 술을 따랐다. 조금도 어색하지 않은 태도였다.

그 모양을 그저 기막힌 얼굴로 바라보고 있는 것은 친척들과, 그리고 네네를 아이로만 생각하고 있었던 부모였다. 네네의 마음은 이미 남편과 하나가 되어 있었고, 도키치로 역시 아무 거리낌도 없이 체면도 차리지 않았다.

이누치요만은 역시 네네의 얼굴을 보자, 타고난 다감한 피가 술기운과 함께 얼굴에 치솟는 것을 어쩔 수가 없다.

"네네 아가씨로군요, ……아니, 오늘 밤부터는 기노시타 부인. 축하합니다."

잔받침을 그녀 앞으로 보내며 말했다.

"친구들은 누구나 알고 있는 사실이야. 새삼스럽게 우물우물할 것 없이 툭 털어놓고 말해 버리겠네. ……기노시타."

"뭔가?"

"잠시 부인을 빌려도 괜찮겠나?"

"하하하. 마음대로 하게."

"좋은가? 그렇다면 네네 아가씨, 들어 주시오. ……한 때는 주위에서 모두 공론을 할 만큼 나는 네네 아가씨를 좋아했소. 그것은 지금도 변함없는 심정. 네네 아가씨는 이 이누치요가 좋아하는 여성의 하나요."

"……"

갑자기 이누치요의 말투가 진지하게 바뀌어져 있었다. 그렇지 않아도 네네의 가슴은 남의 아내가 된다는 데서 오는 감상으로 가슴이 가득한 참이었다. 오늘 밤으로 끝나는 처녀 시절에 알았던 한 남성으로서 이누치요는 앞으로도 그녀의 추억에서 사라질 수 없는 존재였다.

"네네 아가씨, ……처녀의 마음을 세상에서는 흔히들 위태롭게 생각하고 있지만, 아가씨는 용케 이 도키치로를 골라잡았소. ……사랑이라고 하기도 새삼스러울 만큼 견딜 수 없게 좋아했던 그대를 이누치요가 기노시타에게 양보한 것은, 실은 나 자신이 아가씨 이상 기노시타라는 인물에게 반해 버렸기 때문이오. 사나이가 사랑하는 사나이에 대한 선물로 아가씨를 기노시타에게 준 셈이오. ……이렇게 말하면 물건 취급이나 하는 것 같아서 안 됐지만, 남자란 원래 그런 겁니다. 하하하. ……안 그런가, 기노시타?"

"음, 나도 대강 그렇게 짐작하고 사양 않고 받아 버렸네."

"물론이지. 이런 훌륭한 아내를 사양한다면 오히려 내가 경멸했을 거야. 자네에겐 과분한 부인이지."

"무슨 소리!"

"하하하. 아무튼 반갑네. 기노시타, 자네와 나는 평생 어울리게 될 테지만, 오늘 밤같이 기쁜 날은 또 없을 걸세."

"음, 옳은 말이야."

"중매 대리인은 어디 가셨나? ……부인! 어디 소고라도 없소?"

"있습니다."

"이누치요가 소고를 칠 테니, 누구 일어나서 춤이나 추어라. 기노시타는 원래 시원치 않은 녀석이라 아직 춤 하나 제대로 못 춘다는군."

"……그럼 모처럼의 흥을 돋우기 위해서 변변치 않지만 제가 한 번 추겠습니다."

이렇게 말하고 일어난 것은 신부인 네네였다. 이누치요도 이케다 가쓰사부로도, 그밖에 내로라 하는 무사들 모두가 그 말에는 아——! 하고 눈이 둥그레졌다.

춤을 춘다는 것이, 그 시대에는 별로 새삼스러울 것 없는 일이기는 했다.

일상생활의 일부분이라고도 할 수 있을 만큼 이 일 저 일마다 춤을 추었다. 무가의 자녀라면 교양으로 익혀 둘 정도였다. 특히 농악에서 발달한 무악인 덴가쿠춤(田樂舞), 또는 고와카춤(幸若舞) 같은 것은 무사들 사이에 널리 보급되어 있었다.

덴타쿠 화상(天澤和尙)이 다케다 신겐(武田信玄)으로부터 질문을 받았을 때였다.

"노부나가의 취미는 무엇인가?"

"노부나가공의 취미는 춤과 소리라는 말을 들었습니다."

그런 대답을 했다는 말도 전해지고 있다.

그 노부나가는 기요스에 있는 유칸(友閑)이라는 백성을 가끔 성내로 불러들여 춤을 보기도 하고 자신도 추곤 했다.

또한 훨씬 나중 일이기는 하지만, 아즈치(安土)의 소켄사(總見寺)에서 이에야스를 위한 대향연을 베풀었을 때도 노부나가는 춤을 추게 했고 그 중 하나가 춤이 시원치 않다 해서, 노부나가는 분장실로 사람을 보내 질책을 내렸다는 말도 있다.

삶을 위해서나 죽음에 임해서나 무인이 춤을 추었던 예는 이 무렵에는 헤아릴 수 없이 많았다.

이에야스가 다카텐진(高天神) 성을 포위했을 때, 성의 장수 아와다 교부(栗田刑部)가 청을 넣었다.

"마지막으로 춤이나 한 번 추고 싶다."

"갸륵한지고."

이에야스의 이 말에 교부가 추는 춤을 적(敵)과 아군이 다 같이 구경했다는 말도 있다.

덴쇼(天正) 18년, 히데요시가 다카마쓰(高松) 성에 수공(水攻)을 가했을 때도 그 성 5천의 부하들 살리기 위해 흐린 호수 한가운데 배를 띄우고 양군이 지켜보는 가운데 할복한 시미즈 조자에몬 무네하루(淸水長左衛門宗治)도, 적 히데요시가 보내 준 술을 떠 마신 후,

"보아라, 모두들!"

죽음에 임해서도 오히려 웃음을 보이며 세이간사(誓願寺) 곡의 가락에 맞춰 춤을 추고, 춤이 끝나자 곧 할복했다는 것은 후세에까지 전해지고 있는 말이다.

그런 경우와는 다른 넘치는 기쁨의 표현이었지만 아무튼 네네는 이누치요의 소고에 맞춰 부채를 펼치고 일어나자 선선히 한 차례 춤을 추었다.

"됐다, 됐어!"

자기가 춘 것처럼 손뼉을 치며 만족한 것은 신랑인 도키치로였다.

어지간히들 취한 탓도 있었지만 흥이 날 대로 난 사람들은 그칠 줄을 몰랐

다. 누가 먼저 꺼냈는지는 모르나 스가구치(須賀口)로 가자는 말이 나왔다. 스가구치라면 기요스에서 가장 이름난 홍등가였다. 싫다고 할 만큼 이성이 남은 사람은 하나도 없었다.

"좋다. 가자!"

신랑인 도키치로부터 맨 먼저 일어났다. 기가 막혀 말도 못하는 친척들을 무시한 채, 물벼락을 안겨 주러 왔던 한 패는 그것도 잊은 듯 신랑의 목을 붙들고 늘어지고, 등을 떠밀기도 하고, 손을 내젓고 비틀거리면서 폭풍우가 사라지듯 가 버리고 말았다.

"새색시가 가엾구나."

친척들은 혼자 남았을 네네를 측은히 생각하여 곧 그녀의 모습을 찾았으나, 금방까지 춤을 추고 있던 신부의 모습이 보이지 않았다.

그녀는 신랑을 따라 밖으로 나간 것이었다. 취객들에 둘러싸여 가는 남편을 쫓아가서,

"다녀오셔요."

하며 도키치로의 품속에 돈 주머니를 찔러 넣어 주었다. 그것을 모를 정도로 취해 있는 신랑은 아니었다. 그렇다고 그 때문에 찔끔할 만큼 순진한 신랑도 아니었다. 흐르는 물에 그냥 떠내려가듯, 휘젓는 팔도 건들거리는 머리도 친구들 사이에 에워싸인 채 도키치로의 모습은 붉은 밤안개 속으로 사라지고 말았다.

성안의 젊은 패들이 흔히들 몰려가 술자리를 벌이곤 하는 누노카와(布川)라는 찻집이 있었다. 이 스가구치는 오다가나 시바가 등 영주보다 훨씬 전부터 살고 있는 주류상에서 모습이 바뀌어 찻집이 된 것이라고 하니, 얼마나 오래된 집이며 얼마나 허술할까 하는 것은 짐작하기에 어렵지 않지만, 기요스의 젊은 패들은 오히려 그것이 마음에 들어 취하면 헛소리처럼 누구의 입에서나 나오는 말이 이것이었다.

"누노카와로 가자."

"누노카와로."

물론 도키치로도 한두 번이 아니게 누노카와에 드나들었다. 이런 장소에서 그의 얼굴이 빠지면, 찻집 측에서나 친구들도 이빨이 하나 빠진 것처럼 서운함을 느끼는 것이 보통이어서, 어쩌다가 그를 빼놓고 왔을 때도 결국은 그의 모습을 보지 않고는 못 배겨 불러오곤 했다.

"기노시타를 불러 오너라."

"사람을 보내라."

그 도키치로가 오늘 밤에 신랑이 된 것이다. 단골 주전장(酒戰場)에서도 한 차례 피로연을 안 할 수 있겠냐고—— 물론 그것은 취한 머리가 생각하는 상식이었지만, 아무튼 그런 까닭으로 해서 떠들썩하니 누노카와의 문 앞까지 몰려온 것이었다. 그리고, 이케다 가쓰사부로였는지, 마에다 이누치요였는지 분명치는 않지만 널쩍한 봉당으로 들어서며 소리쳤다.

"여봐라. 모두 나와 영접해라. 계집들도 사내도 할멈도 모두 이리 나오란 말이다. 천하제일의 신랑을 모시고 왔다. 누군 줄 아느냐, 그 신랑이, 기노시타 도키치로라는 사나이다. 신부는 누군지 아느냐. 기요스에서 첫째 가는 미인인, 궁대 마을 네네 아가씨란 말이다. 자, 축하해라. 술을 내 와라!"

비틀거리는 다리가 비틀거리는 다리에 휘어 감긴다. 도키치로는 그 사이에서 이리 밀리고 저리 밀리며 봉당까지 밀려 들어왔다.

어리둥절했던 찻집 사람들도 차차 내막을 알게 되자 웃음을 터뜨리고 말았다. 혼례 도중에 신랑을 가로채왔다는 말을 듣자 놀라기도 했다. 세상에 그런 법이 어디 있느냐고 배꼽을 쥔 채 신랑 도키치로를 신기한 물건이나 보듯 바라보았다.

도키치로는 도망치듯 방으로 들어갔다. 새벽까지 신랑을 포로로 하여 돌려보내서는 안 된다며, 장난이 심한 친구들은 그를 포위한 채 술, 술만 외쳐댔다.

얼마나 마셨을까? 또 무슨 소리를 하고 어떤 춤을 추었는지 그것을 기억하고 있는 사람은 몇 사람 되지 않으리라. 결국 끝장은 여느 때처럼 팔베개, 큰댓자로 제각기 아무렇게나 쓰러져 잠이 들고 말았다.

밤이 깊으니 가을 기운이 완연했다. 8월의 뜰에는 이미 가을 풀이 무성했다. 주정뱅이들이 조용해지자 벌레들이 울기 시작했다. 풀뿌리에도 이슬이 하얗게 내려 있었다.

"……가만 있자?"

이누치요가 번쩍 고개를 들고 사방을 둘러보았다. 보니까 도키치로도 고개를 쳐들고 있었다. 이케다 가쓰사부로도 눈을 떴다.

"……"

서로 눈을 마주보며 귀를 곤두세웠다. 뜰 건너 한길에서 들려오는 소리가 있었다. 한밤중의 고요를 깨뜨리며 말발굽소리가 지나가고 있었다.

"이상하군."

"무얼까?"

"꽤 많은 인원인 것 같은데?"

이누치요는 비로소 생각이 미친 듯 무릎을 탁 치며 말했다.

"그렇다. 얼마 전 미카와의 마쓰다이라 모토야스에게 사자로 갔던 다키가와 가즈마스(瀧川一益)님이 마침 돌아오실 때가 됐군. ……그것이 아닌가 생각하는데?"

"맞았어. 오다가와 제휴할 것인지 이마가와가에 붙을 것인지…… 미카와의 향배를 확인하고 돌아오셨을 게다."

한 사람, 한 사람, 모두 눈을 뜬 모양이었으나, 그것을 기다리지 않고 세 사람은 누노카와를 뛰쳐나왔다. 그리고 훨씬 앞을 달려가는 말발굽 소리와 한 떼의 인마의 그림자를 뒤쫓아 급히 성문을 향해 달려갔다.

배화전전(背和前戰)

다키가와 사콘노쇼겐 가즈마스가 미카와에 사자로 간 것은 작년의 오케 분지 전투 이후 몇 차례인지도 모를 정도였다.

그 임무가 미카와의 마쓰다이라 모토야스를 설복시켜 오다가와 제휴하게 하려는 중대 외교 사명에 있었음은 이미 공공연한 비밀로서 기요스에는 널리 알려져 있었다.

물론 미카와는 어제까지만 해도 이마가와가에 예속해 있던 약소국이었다. 오와리는 비록 작다 해도, 강대국 이마가와에 치명적인 일격을 가함으로써 천하의 군웅들로 하여금,

"오와리에 노부나가라는 자가 있다!"

는 기억을 강력히 심어 준 신흥 번력(藩力)과 승전의 의기를 지니고 있는 나라였다.

제휴하여 동맹을 맺는다 해도 당연히 오다가는 우월한 위치에서 마쓰다이라를 산하에 불러들이려는 것으로, 거기에 여러 가지로 어려운 외교적인 호흡이 있었다. 그러나 오와리측에 그런 의도가 있으면 미카와측 역시 속셈이 있을 것은 당연했다. 약소국이면 약소국일수록 의연한 태도를 가지는 것

도 필요했다.

'만만하다……'

이런 인상을 주었으면, 무엇 때문에 제휴를 위한 사자를 이웃 나라에서 보내 올 것인가? 일거에 무력으로 병탄해버리면 될 것이 아닌가?

그러나 미카와의 실정은 요시모토가 전사한 후 사실상 사활(死活)의 기로에 처해 있었다.

우지자네 밑에서 이마가와에 계속 가담하느냐.

이 기회에 아주 절연하느냐.

오다가와는 어떻게 하느냐.

해묵은 국경 쟁탈전을 다시 일으켜 '고립된 미카와'가 현재의 곤경에서 탈출하는 것이 옳으냐, 아니면 끈덕지게 오다측에서 동맹을 교섭해 오는 이 기회를 놓치지 말고 후일을 도모하느냐?

오카자키 성에서는 이 문제를 어떻게 해결하느냐 하는 의제로 얼마나 회의를 열었고, 얼마나 사자를 교환했으며, 얼마나 논의와 설전을 거듭했는지 모른다.

그 사이에도, 이마가와 우지자네와 미카와 사이에는 소규모 분쟁이 있었고, 오다가의 전초성과 미카와측의 전초성 사이의 싸움도 물론 끊임없이 되풀이되어 왔다. 그것이 언제 큰 발화점이 되어 양국의 운명을 건 큰 싸움으로 번질지 아무도 예측할 수 없는 일이었다.

'한바탕 시작되지 않을까?'

싸움을 기다리고 있는 나라는 오다, 마쓰다이라 외에도 무수히 있었다. 미노의 사이토, 이세의 기타바타케, 고슈의 다케다, 스루가의 이마가와 우지자네.

불리했다.

마쓰다이라 모토야스는 싸울 생각이 없었다. 오다 노부나가 역시 승전의 여세가 있기는 했지만 지금 미카와와 싸운다는 것은 어리석은 일임을 잘 알고 있었다.

그러나,

'싸움은 원치 않는다.'

이런 표정을 보여서는 안 된다. 이쪽의 내심을 보이면 상대방이 그에 업히려고 하는 것이다. 언제라도 일전을 불사한다는 것을 전제로 한 외교라야만 했다. 동시에 상대방이 쉽사리 받아들일 수 있도록 여러 가지 배려를 할 필요가 있었다. 미카와 무사의 강직성과 인내성을 잘 알고 있는 터라, 그 체면을 충분히 고려해 줘야 한다는 것을 노부나가는 알고 있었다.

미즈노 시모쓰케노카미 노부모토(水野下野守信元)는 지타(知多) 고을을 맡고 있는 오다의 막하였지만 혈연으로 보면 마쓰다이라 모토야스의 백부뻘 되는 사람이었다.

노부나가는 그 미즈노 노부모토를 불러 영을 내렸다.

"그대도 가 보아라."

노부모토는 그 뜻을 받들어 오카자키를 방문하자, 모토야스는 물론 미카와 역대 가신들인 이시카와, 혼다, 아마노, 고리키 등과도 만나 측면적인 유인에 노력했다.

정면, 측면의 온갖 외교적 노력이 겨우 미카와를 움직인 모양이어서, 일전에 마쓰다이라 모토야스로부터 이 문제에 대한 명확한 답변을 드리겠노라는 연락이 왔기 때문에 성사냐, 실패냐 양단간의 최후 답변을 듣기 위해, 다키가와 가즈마스를 미카와로 급파했던 것이다. 그리하여 오늘밤 미카와에서 돌아오자 야심한 시간이기는 했지만 한달음에 성까지 달려간 것이다.

가즈마스의 통칭은 히코에몬(彦右衞門)이라고 한다. 오다군의 한 부장이었으며, 총에 관해 잘 알고, 사격에 능했다.

그러나 노부나가는 그의 사격술보다 그의 재치를 훨씬 더 높이 평가하고 있었다.

웅변가는 아니었지만 차근차근 얘기하는 그의 말은 항상 그럴싸하게 들리는 것이 특징이었다. 진지하고 풍부한 상식을 지닌 데다 눈치도 빨랐다. 따라서 외교 임무를 부여하기에 적당한 재목이라고 노부나가는 보고 있었다.

"기다렸다."

한밤중이기는 했지만 노부나가는 그를 접견했다.

"지금 돌아왔습니다."

가즈마스는 여장도 풀지 않은 채 그 앞에 꿇어 엎드렸다.

이런 경우, '지저분한 여장을 풀지도 않고 주군 앞에 나서는 것은 실례가 된다'는 쓸데없는 생각을 하여 의복과 몸을 깨끗이 한 다음 나타났다가는 꾸중을 듣기 십상이다.

"꽃놀이라도 하고 돌아오는 건가?"

그런 연유로 가즈마사는 말 냄새가 풍기는 차림 그대로 가쁜 숨을 몰아쉬며 주군 앞에 무릎을 꿇은 것이었다.

"돌아왔습니다."

노부나가도 사신을 오래 기다리게 한 후 유유히 나타나는 일은 좀처럼 없었다.

"어떻게 됐나?"

언제나 기다리고 있었다는 듯한 태도였다.

이에 대한 대답 역시 요령이 있어야 했다.

흔히 사신들이 돌아와 보고할 때는 이 일 저 일 잔가지들만 죽 늘어놓으며, 정작 결과에 대해서는 좀처럼 언급하지 않는 버릇을 가진 부하들이 있었다.

노부나가는 그것이 질색이었다. 잔가지들만 늘어놓고 있을 때는 곁에서 봐도 뚜렷할 만큼 노부나가는 답답하고 언짢은 기색을 보였다. 그래도 눈치 채지 못하고 쓸데없는 소리를 하면 주의를 환기시킨다.

"용건은, 용건은?"

어떤 기회에 노부나가는 시신들에게 이에 관하여 다음과 같이 말한 적이 있었다.

"사자를 보냈으면 그 결과가 어떻게 됐는지, 잘 됐는지, 잘 안 됐는지, 기다리는 사람은 그것이 궁금하다. 불필요한 얘기는 나중에 해라. 돌아와 내 앞에서 보고할 때는 우선 결과가 순조로웠다든지, 제대로 되지 않았다든지, 그것부터 먼저 말하고, 그 다음에 자세한 내막이나 저쪽의 태도 같은 것을 설명해야 한다."

히코에몬 가즈마스도 그 말을 듣고 있었고 더구나 이렇게 중요한 외교에 사자로 선발된 인물인 만큼, 노부나가의 모습을 우러러보고 꿇어 엎드리자 우선 결론부터 전했다.

"주군, 기뻐하십시오. 미카와측과의 제휴 문제는 마침내 이루어졌습니다. 거기다 거의 주군께서 바라신 대로 되었습니다."

"성공이었나?"

"예, 결정을 보았습니다."

"그래?"

노부나가는 당연하다는 얼굴을 하고 있었으나 내심 그는 크게 숨을 몰아

쉬고 있었다.
 "세부에 관한 약정은 후일 나루미 성을 회견 장소로 하여 소신과 마쓰다이라가의 이시카와 가즈마사가 다시 회합하기로 하고 돌아왔습니다."
 "그렇다면, 미카와공을 비롯하여 가신 일동이 한결같이 우리와의 화맹에 이의 없으며, 앞으로의 제휴를 약속했단 말인가?"
 "그렇습니다."
 "수고했다."
 여기까지 듣고 나서 노부나가는 비로소 그의 노고를 치하했다.
 군신 사이에 상세한 보고와 여담이 오간 것은 그러고 난 뒤였다.
 다키가와 가즈마스가 노부나가 앞에서 물러나 성을 나간 것은 이미 새벽녘에 가까운 무렵이었다.
 새벽빛이 성 안 구석구석에 퍼져 갈 무렵에는, 그 소문이 환한 아침 햇살과 더불어 입에서 입으로 퍼져갔다.
 미카와측과의 화맹이 성립되었다.
 머지않아 다시 양가 대표가 나루미 성에서 회합하여 정식 조인을 할 것이며, 내년 즉 에이로쿠 5년 정월에는 오카자키의 마쓰다이라 모토야스가 이기요스 성을 방문하여 노부나가 공과 대면하리라는, 아직은 기밀에 속하는 얘기도 재빨리, 그리고 넌지시 가신들 사이에 퍼져갔다.
 스가구치의 찻집에서 사자의 귀성을 알아채고 밤새도록 뒤따라와 성 안의 일실에 들어앉은 채 주군 노부나가와 같은 심정으로 미카와와의 교섭이 화합과 전쟁 어느 쪽으로 기울어졌는지 소식을 애타게 기다리고 있던 마에다 이누치요, 이케다 가쓰사부로, 사와키 도하치로 등 여러 젊은 무사들 사이에는 새신랑 도키치로도 물론 끼어 있었다.
 "반가운 소식입니다."
 사와키 도하치로는 시동이라 그 자리에서 오간 말을 재빨리 누구한테선가 듣고 와 일동에게 고했다.
 "……여차여차합니다."
 "결정을 봤는가?"
 대강 짐작은 하고 있었지만 정식으로 결정을 보았다는 소식을 듣자, 모두 얼굴이 한층 환해져서 앞날에 대한 결의가 넘쳐 보였다.
 "……이제 마음 놓고 싸울 수 있다……."

누군가 중얼거렸다.

가신들은 전쟁을 피할 수 있다는 의미에서 미카와와의 동맹을 기뻐하고 있는 것이 아니었다. 다른 적에 전력을 기울이기 위해 배후에 있는 미카와와의 결맹을 반기고 있는 것이었다.

"잘 됐네."

"주군께서 무운이 좋으신 거지."

"미카와측에도 해로운 것은 없을 게고."

"아무튼 반가운 일이야."

시시 각각, 방향이 바뀌는 시국에 대해 민감하게 기쁨이나 우려를 느끼는 것은 뭐니 뭐니 해도 이런 젊은 무사들이었다.

"그건 그렇고 결과를 알고 나니 왠지 갑자기 졸리는걸. ……생각해 보니 어젯밤부터 한숨도 자지 않았어."

기쁨을 나누다가 갑자기 누군가 말하자 도키치로가 큰 소리로 말했다.

"난 그렇지 않다. 정반대야. 어젯밤도 경사스러웠고, 오늘 아침 또한 경사가 생겼으니, 아주 스가구치로 되돌아가서 다시 한 잔 마시고 싶어졌어."

그러자 이케다 가쓰사부로가 놀리듯 말했다.

"거짓말 작작해라. 돌아가고 싶은 건 신부 곁일 테지. 그러고 보니 신부께선 첫날밤을 어떻게 보냈을까?"

그러자 다시 누군가가 말을 했다.

"하하하. 기노시타. 쓸데없는 고집 부릴 것 없어. 오늘 하루쯤, 휴가를 얻어 가지고 돌아가는 게 어떤가? 눈이 빠지게 기다리는 사람이 있을 테니 말이야."

"무슨 소리!"

도키치로는 일부러 가슴을 펴 보였다. 친구들이 웃을 것을 각오하고 한 말이었다. 아니나 다를까 일제히 터진 폭소가 아침 햇살이 환한 복도에까지 새 나갔다.

둥, 두둥 하고 북이 울리고 있었다.

근무가 시작되는 것이다.

그들은 각자 일하는 곳을 향해 급히 흩어져 갔다.

"지금 돌아왔소."

넓지도 않은 아사노 마타에몬의 집 현관이었지만 도키치로가 들어서니까 갑자기 훤해 보였다. 목소리가 우렁찬 데다 표정이 아주 밝았기 때문이었다.
"……어머나!"
마루 끝에서 공치기 놀이를 하고 있던 네네의 동생 오야야가 까만 눈을 동그랗게 뜨며 그를 올려다봤다. 손님인가 했으나, 그것이 어젯밤의 신랑, 새로 맞은 형부임을 알자, 키득거리며 안으로 달려 들어갔다.
"하하하……."
도키치로는 뜻도 없이 웃었다. 그저 뭔가 우스웠다.
혼례 석상에서 친구들한테 붙들려 나갔다가 그대로 근무를 마치고 돌아와 보니, 바로 어젯밤 그 시각에 가까운 저물녘인 것이다.
오늘 저녁에는 문앞에 화톳불이 피워져 있지 않았지만, 사흘 동안 여러 가지로 집안 사람들끼리의 행사도 있었고 손님도 드나드는 법이어서, 집안은 떠들썩했고 현관에도 신발이 즐비했다.
"……지금 돌아왔소."
쾌활한 목소리로 신랑은 또 한 번 소리쳤다.
부엌이고 안방이고 손님들로 붐비고 있어 아무도 그를 맞이하는 사람이 없었던 것이다.
도키치로는 생각했다. 어젯밤부터 자기는 이 집 사위이다. 장인을 내놓고는 이 집 주인이라고 할 수도 있었다. 마중 나오는 사람이 없으면 들어가지 않으리라.
"여보, 내가 왔다니까!"
"네에!"
안울타리 저쪽 부엌 뒤에서 깜짝 놀란 듯한 귀여운 대답이 들렸다.
동시에 무슨 일인가 하는 얼굴로, 마타에몬 부부와 오야야, 그리고 친척들과 하인들까지 줄레줄레 나타나더니 그의 모습을 보자 잠시 기가 막힌다는 표정이었다.
네네는 급히 현관으로 나와, 막옷을 벗고 마루 끝에 단정히 앉으며 그를 맞이했다.
"지금 돌아오셨어요?"
다른 사람들도 비로소 허둥지둥 인사를 한다.
"지금 돌아오십니까?"
물론 마타에몬 부부는 제외하고다. 그들은 이 장면을 구경하러 나온 것 같은 형국이었다.
"음."
 네네에게, 또 다른 사람들에 대해서도 도키치로는 그렇게 고개를 끄덕였다.
 방으로 들어가자 이번에는 그가 깍듯이 장인 앞에 인사를 올렸다.
 "지금 돌아왔습니다. ……성에서는 별일이 없었고, 주군께서도 낙락한 모습이시었습니다."
 실은 장인 마타에몬은 어젯밤부터 잔뜩 벼르고 있던 참이었다. 친척들에 대한 체면도 있고 신부 입장도 좀 생각해 보라고 소리를 지르고 싶은 심정이었다. 기신거리고 돌아오기만 하면 손님 앞이라 좀 안 되기는 했지만 호통을 치리라 단단히 마음을 다져먹고 있었는데, 막상 돌아온 얼굴을 보니 아무런 구김살도 없는 밝은 표정인 데다, 자기까지 현관으로 마중 나가게 한 것이다.
 '화도 낼 수 없구나.'
 마타에몬이 기막힌 얼굴로 한숨을 쉬고 있으니, 우선 인사가 오늘 하루 성에서 아무 일 없었다는 것과 주군의 소식을 전하는 것이었다.
 "그래, 수고했네."
 저도 모르게 앉음새를 고치며, 사람 좋은 마타에몬은 마음먹었던 것과는 딴판으로 그의 수고를 치하하기까지 했다.
 그날 밤도 늦게까지 신랑은 술자리에 끼어 다녔다. 손님들은 대강 돌아갔다 해도 친척들 중에는 멀리서 온 사람들도 있어 자연히 며칠 묵는 패들이 많았다.
 신부인 네네도 하인들의 지친 얼굴을 보면 부엌을 떠날 수가 없었다. 도키치로는 겨우 집에 돌아오기는 했으나, 단 둘이 마주앉을 틈은 고사하고, 웃음 한 번 나눌 겨를도 없었다.
 밤도 어지간히 깊어서 술상을 부엌으로 치우고, 내일 아침 일을 지시한 다음, 곤드레가 되어 쓰러져 자는 친척들의 자리도 일일이 보살펴 주고 나서 겨우 한숨 돌리자, 비로소 남편이 된 사람을 슬며시 찾아 봤다.
 '어떻게 됐을까?'
 두 사람이 즐거운 속삭임을 나누어야 할 방에는 친척 노인의 흰머리와 어린 것들이 셋이나 자고 있었다. 술상은 물렸지만 다른 방에서는 아직 그녀의 부모가 손님들과 두런두런 얘기를 나누고 있다.
'⋯⋯어디 계시는 걸까?'
툇마루께를 살펴보자, 불도 켜지 않은 하인 방에서 말소리가 들렸다.
"당신이오?"
남편의 목소리였다. 네네는 일순 목이 막혀 버렸으나, 제 딴에는 대답을 한 것으로 알고 있었다. 가슴이 두근거렸다. 혼례 석상에서 술잔을 나눌 때까지만 해도 전혀 그런 것을 몰랐는데, 어젯밤부터 도키치로를 정면으로 쳐다볼 수도 없는 것이었다.
"⋯⋯들어와."
도키치로가 말했다. 네네의 귀에는 아직 자지 않고 있는 부모의 애깃소리가 들리고 있었다. 어물어물하다가 문득 마루 끝에서 아직 타고 있는 모깃불을 발견했다. 그녀는 모깃불 그릇을 들고 겁먹은 걸음으로 들어왔다.
"이런 데서 주무시고 계셨어요? 모기가 많을 텐데요."
그는 거적 위에 그냥 누워 있다가 벌떡 일어나며 말했다.
"모기? 아닌 게 아니라 모기가 있어."
"무척 고단하시죠?"
"당신이야말로 고단할 테지."
그렇게 위로하고,
"손님들은 굳이 사양했지만, 그렇다고 노인네들을 하인 방에서 주무시게 하고 당신과 내가 편안히 금침 위에 누울 수가 있어야지. 억지로 그분들을 저 방에서 주무시게 했어."
"⋯⋯하지만 이렇게 이부자리도 없이 누워 계시다니."
"괜찮아."
일어서려는 네네를 말리며 말했다.
"나는 땅바닥에서도 마룻바닥에서도 잤고, 고생에는 아주 익숙한 몸이야."
그리고 조금 앉음새를 고쳤다.
"이리 다가앉아."
"⋯⋯네."
"할 말이 있어. 아직 우리는 이렇게 서로 어려워하고 있군. 하지만 시간이 흐름에 따라 이런 어려움도 예의도 차차 없어지겠지."
"아무쪼록 부족한 점이 있으면 많이 꾸짖어 주셔요."

"아내란 새로 산 밥통과 같은 것. 누군가 그런 말을 했어. 새 것일 때는 나무 냄새가 풍겨서 좋지 않고, 낡으면 테가 빠지기 쉽다는 거지. 하지만 남편 역시 마찬가지. 기회 있을 때마다 반성해야지."

"……"

"한 평생을 흠투성이인 남녀가 짝이 되어 흰머리가 될 때까지 살자는 거니, 워낙 보통 일이 아니야. 그래서 아직 서로 엄숙한 기분을 잃지 않고 있는 지금, 맹세해 두고 싶은 일이 있는데 당신 생각은 어떻소?"

"네, 어떤 말씀이든 반드시 지켜 가겠어요."

네네는 분명히 대답했다.

앉음새를 고친 도키치로도 진지했다. 다소 무서운 얼굴이기도 했다. 그러나 네네는 남편이 이런 근엄한 얼굴도 가지고 있구나 하고 느끼게 되는 것이 오히려 기뻤다.

"먼저 남편으로서 아내인 당신에게 바라는 것부터 말하겠소."

"네."

"다름 아닌 내 어머니요. …… 혼례 석상에는 모시지 못했지만 내가 장가 든 것을 천지간에서 누구보다……그야말로 누구보다 가장 기뻐하고 계실 나카무라의 내 어머니."

"네."

"머지않아 한집에서 당신과도 같이 사시게 될 테지만……남편 시중은 둘째로 미뤄도 좋다. 어머니에 대한 효도를, 어머니의 기쁨을 무엇보다 먼저 생각하며 모셔 줘야겠어."

"……네."

"우리 어머니는 무가에 태어나시기는 했지만, 내가 태어나기 전부터 줄곧 나카무라에서 가난한 농사꾼으로 지내오셨어. 나를 맏이로 해서 많은 동생들을 키워오셨고, 자식을 키우는 것과 가난을 견디는 것밖에는 아무것도 모르시는……겨울에는 솜옷, 여름에는 홑옷 한 벌 얻어 입으시는 낙조차 보지 못하고 살아오신 분이야. ……그 때문에 남만큼 아시는 것도 없고, 말도 상스럽고, 예의범절이나 대인 관계 같은 것에도 아주 어두운 양반이지만…… 그런 어머니를 당신은 며느리로서 진심으로 섬길 수 있겠소? 아니 존경할 수 있겠소?"

"있어요. 어머님의 기쁨은 곧 지아비의 기쁨. 당연히 해야 할 일로 생각합니다."
"……하지만 당신에게도 부모님이 건재하고 계셔. 내게는 마찬가지로 소중한 장인과 장모 당신에게 지지 않을 만큼 효도해 드리지."
"고맙습니다."
"결론은 한집에서 살게 될 때 남편만 받들고, 남편에게만 눈이 팔리는 일이 없도록 해 달라는 거야. 적당히 해 두어도 사랑은 서로 통하는 법이지. 남의 눈에도 그 정도가 보기 좋은 것. 시어머니나 시누이, 하인들에게는 아무리 좋은 빛을 보여도 모자라는 법이니까. ……특히 나로서는, 위에 어머니의 기쁜 얼굴이 계시고 가족 모두가 화목하게 살아간다면 그것이 무엇보다 큰 기쁨이 될 거야."
"부족한 점이 많지만 그런 가정을 만들도록 힘껏 노력하겠어요."
"그리고 또 하나……이건 나 자신에 대한 건데."
"네."
"당신은 필시 오늘날까지, 올바른 아내가 되도록 부모님한테서 많은 가르침을 받아 왔을 테지만, 나는 그렇게 까다롭지 않아. ……부탁하고 싶은 것은 한 가지뿐이오."
"……무엇입니까?"
"그건 말이야, 남편이 하는 일, 평상시에 내가 하는 일을 아내인 당신도 같이 즐겁게 생각해 달라는 것. 그것뿐이오."
"…… ?"
"아주 쉬운 것 같지? 하지만 쉽지 않아. 오랫동안 같이 살아 온 부부들을 봐. 남편이 무슨 일을 하고 있는지 알지도 못하는 아내. 남편이 아무리 즐겁게 해 주려고 해도 즐거워할 줄 모르는 아내들이, 지체 높은 가정일수록 더 많이 눈에 띄지 않나? 그렇게 되면 남편은 커다란 보람을 잃는 거야. 천하를 위해 일하는 사나이도 집에 오면 한낱 인간…… 작고, 가엾고, 약한 자들이야. 아내가 기뻐해 주는 것을 큰 보람으로 알고 살아가는 자들이지. 기뻐만 해 주면 그것으로 만족하고 사나이들은 다시 내일의 싸움터로 용감하게 출진하는 거야. 내조란 바로 그런 거요."
"알겠습니다."
"자, 그럼 이번에는 당신 소원을 들어볼까? 말해 봐. 나도 맹세하지."
그렇게 물어도 네네는 아무 말도 하지 못했다. 그저 잠자코 있었다.

"아내가 남편에게 바라는 것. …… 당신이 말할 수 없다면 내가 대신 말해 볼까?"

도키치로의 말에 네네는 방그레 웃으며 고개를 끄덕였다. 그리고 곧 다시 고개를 떨어뜨린다.

"남편의 사랑……아닌가?"

"……."

"틀렸나?"

"……아아뇨."

"변치 않는 사랑일 테지?"

"네……."

"훌륭한 아이를 낳아 줘."

네네의 몸은 떨고 있었다. 등불이 있었다면 그 얼굴이 빨갛게 물들어 있는 것을 볼 수 있었으리라.

3일에 걸친 친척들의 축하가 끝난 다음 날이었다. 애써 준 사람들을 두루 찾아 인사하는 그 첫 걸음을, 그는 새색시를 데리고 사실상의 중매 역할을 한 나고야 이나바노카미의 저택부터 방문했다.

"여러 가지로 감사합니다."

도키치로 부부가 인사를 했다.

"천생 배필이군."

이나바노카미는 그렇게 치하했다. 새로운 한 쌍이 새로운 걸음을 내딛는 모습이 이나바노카미는 보기에 흐뭇한 듯했다. 술을 내놓고 대접하며 이런 말을 했다.

"사랑으로 맺어진 부부다. 싸우면 못써."

술이 거나해지자 도키치로 부부는 물러났다.

"또 들르겠습니다."

다시 두세 집을 더 돌았다. 오늘 따라 기요스의 거리는 자기들 부부에게 온통 시선이 집중되고 있는 듯했다. 네네의 아름다운 모습을 돌아보며 가는 행인들── 젊은 남편은 더욱 더 기쁨을 느꼈다.

"참, 아저씨 댁에도 잠깐 들러 봐야지."

보군 동네로 들어섰다. 보군의 자식들이 보군답게 떠들썩하니 장난을 쳐가며 길을 가로막고 있었다.

"아저씨 계십니까?"

다 망가진 문을 밀자, 마침 비번이었던 모양으로 주렁주렁 늘어진 수세미 밑에서 이치와카가 손수 만든 대삿갓에 옻칠을 하고 있었다.

"여어, 원숭이……."

하다가 말을 허둥지둥 삼킨다.

"도키치로냐?"

"제 처를 데리고 왔습니다. 많이 보살펴 주십시오."

"원, 우리 주제에 그런 소리를…… 궁대 아사노 나리의 따님이라면서? 이봐, 도키치로. 너는 복도 많구나. 장인 영감님 눈 밖에 나지 않도록 잘해야 한다."

이치와카는 진정으로 그런 말을 하고 있었다. 불과 7년 전이었다. 이 집 툇마루로 기어들어온 바늘장수 차림의 도키치로, 무명 홑옷 한 벌을, 그것도 땟국이 흐르도록 더러워진 것을 입고, 도대체 얼마나 굶었던지, 밥을 주자 정신없이 퍼먹으면서 무슨 꿈같은 소리만 늘어놓았었다.

어디로 일을 보내나 제대로 붙어 있지 못하는 덜된 녀석이라고 들었기에, 일부러 냉정히 쫓아 버렸는데──그 조카놈이, 그 원숭이가, 어떻게 지금과 같은 팔자가 됐는지 모를 일이었다.

이치와카는 눈앞에 놓고 바라보면서도, 도무지 그것이 믿어지지 않을 정도였다.

"너무 팔자가 늘어져도 조심해야 하는 거다."

그 때문에 이번 혼인 때만 해도, 그야말로 육친의 한 사람으로서 진정으로 입이 닳도록 말했던 것이었다.

"자, 누추한 집이지만 우선 좀 올라들 앉아라."

그가 허둥지둥 안에 있는 아내에게도 알리고 자신도 안내를 하려고 일어섰을 때였다.

"출진이오, 출진이오. 어서 준비하고 모이시오!"

울타리 밖에서 누군가 소리 지르더니 옆집으로 달려가 같은 말을 또 전한다.

"아, 소집이다. ……그러고 보니 뿔피리도 울리고 있구나!"

신랑과 신부를 데리고 방으로 들어가려던 주인 이치와카는 봉당에서 엉거주춤하고 있었다.

그 등 뒤에 도키치로도 멈춰선 채, 멀리서 들려오는 뿔피리 소리와 근처의 소란에 잠시 귀를 기울이고 있었다.
"아저씨."
도키치로는 갑자기 부르며 말했다.
"소집령입니다. 어서 채비를 하고 나가셔야 할 게 아닙니까?"
"음. 웬일로 또 갑자기 싸움터로 끌어 낼 모양이군."
"그렇게 한가한 말씀을 하고 계실 때가 아닙니다. 어서 나가 보십시오. 저도 그만 돌아가겠습니다."
"모처럼 새색시를 데리고 왔는데……."
"아닙니다. 염려 마십시오."
"안됐네. 그럼 다음 기회에."
"워낙 이런 세상이 아닙니까. 싸움에서 돌아오시면 그 때 다시 찾아뵙겠습니다."
"살아서 돌아오기나 할는지, 원."
"하하하. 왜 하필이면 그런 말씀을. ……출진을 앞두고 그런 말씀을 하시니까 아주머니께서 울고 계시지 않습니까? 그보다도 적장 목이나 하나 따 오십시오."
"한 번이라도 좋으니 그런 공을 세울 수만 있다면, 가족들이 조금은 더 편안히 살 수 있을 텐데. 만년 보군에 만년 가난이야. 게다가 나도 이젠 나이가 나이라서."
"이치와카, 못 들었나. 갑작스런 소집령이야. 어서 준비하고 나오게."
울타리 밖에서 다시 같은 보군인 이웃인 듯한 사람이 말했다. 전립, 창날 등을 울타리 너머로 보이며 벌써 분주히 달려가고 있었다.
"여보."
"네."
"가진 것 좀 있나?"
"가진 것이라뇨?"
"돈이지. 얼마가 되든."
"어젯밤 제가……."
"아, 그 돈주머니."
도키치로는 품속을 뒤지더니, 그것을 네네의 손에 맡기며 말했다.

하객소동 565

"이것을 아주머니에게 드리도록 해. 아주머니가 홀쩍이니까 아이들까지 울지 않나? 모두가 가난 때문이야. 이렇게 슬퍼하는 가족들을 두고 나가니 아저씨가 제대로 활약을 할 수 있나? ……당신은 남아서 가족들을 격려하고 아저씨가 기분 좋게 나서도록 해 줘."
"예. ……한데 서방님께선?"
"나? 내게도 소집령이 내렸을 거야. 한 걸음 먼저 집으로 돌아가야겠어."
"오동나무밭 집으로?"
"아니지, 내 갑옷궤는 당신 방에 있지 않소. 갑옷궤가 있는 곳이 언제나 내가 돌아가는 곳이야. ……그럼 나중에 오도록 해."
도키치로는 그 말을 남기고, 벌써 동네 뒷길로 달려가고 있었다.
오늘 아침까지도 아무 징조도 안 보였고, 이나바노카미와 만났을 때도 태평스런 태도였는데, 갑자기 어디로 출진하는 건가?
도키치로에게도 여느 때의 육감이 작용해 주지 않았다. 언제나 출진이라면 이번엔 어느 방향이다, 하는 직감이 그에게는 있었다. 그리고 그 직감은 대개 적중했다. 역시 지난 며칠 동안, 신랑이 된 그는 시국에서 멀어져 있던 모양이었다.
갑옷을 둘러메고 골목에서 달려 나오는 사람들과 부딪히기도 했다. 심상치 않은 기색을 보이며 성쪽에서 달려오는 기마 무사도 볼 수 있었다. 싸움터가 먼 곳인 모양이구나. 어쩐지 그런 예감이 도키치로의 머리를 스쳐갔다.
"기노시타, 기노시타!"
궁대 동네에 이르렀을 때, 누군가 부르는 사람이 있었다.
돌아보니까 바로 마에다 이누치요였다.
말을 타고 있었다. 갑옷을 입고 오케 분지 전투에서도 본 매화꽃잎 무늬의 표기를 등에 꽂고 있었다.
"금방 자네 장인 영감에게 들러서 전갈을 하고 오는 길일세. 어서 채비하고 마장으로 나오게."
"출진인가?"
도키치로가 걸음을 돌려 안장 밑까지 오자, 이누치요는 말에서 내리며 인사 대신 빙그레 웃었다.
"어떤가, 그 뒤로?"
"무엇이?"

"뻔하지 않나? 금슬상화(琴瑟相和)하고 있느냐 이 말씀이지."
"물을 것도 없는 일이야."
"이거 못 당하겠는걸. 하하하. 하지만 미안하게 됐네. 출진이니 말이야. 늦었다간 때가 때인 만큼 크게 웃음거리가 될 걸세."
"웃음거리가 돼도 할 수 없지. 네네의 괴로움을 생각하면 말이야."
"아직도 그런 소린가?"
"미안."
"군사 2천쯤으로 기소 강을 향해 급히 진격하는 걸세. 출진은 저물녘이라고 포고되어 있네. 아직 다소 여유가 있는 셈이야."
"그렇다면 목표는 미노인가?"
"이나바 산의 사이토 요시타쓰가 갑자기 병사했다는 밀보가 들어왔어. 그 허실을 확인하기 위해 소병력으로 한 번 부딪쳐 보려는 거야."
"지난 2월 중순경에도 요시타쓰가 병사했다고 해서 한 차례 떠들어 댄 일이 있지 않나?"
"이번에는 사실인 모양이야. 어쨌든 당가(當家)로서는, 주군의 장인이신 도산공을 쳐부순 요시타쓰가 아닌가? 인륜상으로도 불공대천의 원수고, 중원으로 발을 뻗으려면 부득불 발판으로 삼지 않을 수 없는 미노야. 어쩔 수 없는 오와리와의 숙명이지."
"머지 않았네, 그 날도."
"멀지 않긴커녕. 당장 오늘 저녁, 기소 강을 향해 떠나지 않나."
"아니, 아직 주군께선 출진 않으실 거다."
"시다, 사쿠마, 양장께서 감군(監軍)과 지휘를 맡으신다는 것을 보니, 노부나가 공께서는 출진하시지 않는 모양이기는 하네."
"비록 요시타쓰가 죽고 그 아들 다쓰오키는 쓸모가 없다 해도, 미노의 3거두라고 일컬어지는 안도 이가노카미(安藤伊賀守), 이나바 이요노카미(稲葉伊豫守), 우지이에 히다치노스케(氏家常陸介) 등이 건재하고, 지금은 주가(主家)를 떠나 구리하라(栗原) 산에서 은거하고 있긴 하지만, 나케나카 한베 시게하루(竹中半兵衞重治) 같은 인물이 있는 동안은 그렇게 호락호락하지는 않을 거야."
"한베 시게하루?"
이누치요는 고개를 갸웃거렸다.

"3거두의 이름은 진작부터 널리 알려져 있지만, 다케나가 한베란 인물도 그렇게 대단한가?"

"남들은 잘 모를 걸세. 나만이 존경하고 있는 인물이니까."

"어떻게 자네는 그런 것까지 알고 있나?"

"미노에 오랫동안 있었기 때문이지."

도키치로는 그 정도로 말하는 데 그쳤다. 바늘장사를 하며 헤매었던 일, 하치스카 마을의 고로쿠 일당을 따라 이나바 산성을 넘보던 일 등, 소년 시절에 대해서는 입 밖에도 내지 않았다.

"허, 이거 너무 얘기가 길어졌군."

이누치요는 다시 말에 올라타며 말했다.

"그럼 마장에서."

"곧 가겠네."

두 사람은 그 곳 네거리에서 양쪽으로 헤어졌다. 어느 편이나 젊은 청운의 꿈을 가슴에 안고——.

"나 돌아왔소!"

현관에 들어서면 으레 그는 소리를 지르곤 했다. 아, 사위님께서 돌아오셨다 하고, 곳간에서 일하는 하인으로부터 부엌 구석까지 누구나 다 알 수 있었다.

도키치로는 이 날만은 마중을 기다리지 않고 안으로 들어갔으나, 마주 나오는 네네의 모습을 보자 주춤하며 깜짝 놀란 얼굴을 했다.

"돌아오셨어요?"

네네는 여느 때와 다름없이, 엉거주춤하는 그의 발밑에 무릎을 꿇었다.

도키치로도 여기에는 그만 질려 버렸다. 어떻게 네네가 자기보다 먼저 돌아와 있는가? 뒤에 남아서 아주머니를 격려하고, 아이들에게도 무슨 말이든 들려주고 나서 천천히 돌아오라는 말을 이르고 먼저 나서지 않았던가?

"……당신 언제 돌아왔소?"

"조금 전에 돌아왔습니다."

"조금 전에?"

"네. 아저씨 댁에선 분부하신 대로 했어요."

"흠……."

"서방님께서 내놓으신 돈을 드리자 두 분 다 눈물을 흘리며 기뻐하셨습니다. 보군 신세로 싸움터에 나가는 자신보다 뒤에 남은 가족들이 항상 걱정이었는데, 이제 안심하고 떠나실 수 있다면서……."
"그런데 당신은 어떻게 나보다 한 걸음 먼저 집에 돌아와 있지?"
"서방님도 출진하실 테니 늦으면 안 되겠다는 생각에, 아주머니한테 부탁드려서 이웃집 말을 빌려 지름길로 달려왔습니다."
"뭣이, 말을 타고?"
딴은 말을 타고 왔다면 자기보다 빨랐을 것이라고 비로소 이해가 갔으나, 방에 들어가 보고 도키치로는 다시 한번 탄복하고 말았다.
객실에는 깨끗한 새 자리가 깔려 있고 갑옷궤가 그 위에 놓여 있었다. 팔덮개, 정강이받이 같은 것은 말할 것도 없고, 금창약, 부싯돌, 탄약주머니 등, 당장 차리고 나설 수 있게 모든 것이 준비되어 있었다.
"어서 준비하세요."
"음. 놀랍군, 정말 놀라워."
도키치로는 아내를 칭찬했다. 칭찬을 하면서 문득 그는 생각하고 있었다.
──나는 이 아내에 대해서만은 사람을 제대로 보지 못한 것 같다. 혼인 전에 생각했던 것보다 훨씬 더 똑똑하고 야무지다. 아사노가란 집안 탓도 있겠지만, 본인의 소양 자체가 처음부터 연애 상대밖에 안 되는 인형과는 달랐던 것이다. 자칫하면 이 아내의 연민이나 받고 지낼 남편이 될 우려가 있는 걸. 됐다. 이런 아내가 뒤에 있는 한 나는 전력을 다해 앞으로 나아갈 수 있을 게다. 평생을 두고 사랑해 주자.
갑옷을 입고 나자, 네네는 술잔과 황밤, 다시마 등을 담은 쟁반을 내놓았다.
"그럼 뒷걱정은 마시고."
"부탁하오."
"네."
"장인께 인사드릴 틈도 없군. 당신이 대신 말해 주구려."
"어머니는 동생 야야를 데리고 쓰시마 신사(津島神社)에 참배하러 가신 채 아직 돌아오시지 않았습니다. 아버님은 성에 남아 계시게 되어 오늘 밤부터 집에도 못 돌아오신다는 전갈이 왔습니다."
"쓸쓸하겠소."

"아…… 아니에요."

아내는 고개를 떨어뜨렸다. 그러나 울지는 않았다. 남편의 투구를 무릎 위에 받쳐 든 채, 다만 귀여운 꽃이 바람을 견디고 있는 모습 같았다.

"이리 줘."

투구를 받아 머리에 쓰고 도키치로는 끈을 묶었다. 동시에 향기로운 침향 향내가 투구로부터 전신에 스며들었다. 그는 빙그레 웃는 얼굴로 네네의 얼굴을 바라보며 그 향기를 투구 끈으로 단단히 묶었다.

신춘귀빈

에이로쿠 5년의 정월.
노부나가는 29살이 되는 설을 맞이했다.
아직 날이 새기도 전에 그는 욕실로 들어가 냉수욕으로 몸을 깨끗이 했다.
우물물은 차라리 따뜻하여 하얀 김이 피어올랐지만 떠올리는 사이에 물통 밑바닥은 벌써 얼기 시작하고 있었다.
"어이 추워라!"
우물가에서 시동들이 저도 모르게 하얀 입김을 내뿜으며 중얼거리자 호위 무사들이 꾸짖었다.
"쉿!"
노부나가의 귀에 들어가면 무슨 꾸중이 내릴지 모르기 때문이다. 또한 정월 초하루부터 사소한 일로 불쾌하게 해 드릴지도 모른다는 염려 때문이기도 했다.
"물, 물을 더 가져오너라."
미처 펴 나를 사이가 없을 만큼, 욕실에서는 그것을 뒤집어쓰는 물소리와 우렁찬 노부나가의 목소리가 들리고 있었다.

"나오셨다!"
이 말을 했을 때는, 호위 무사나 시동들이 미처 대령할 틈도 없이 노부나가는 이미 다음 일에 착수하고 있었다.
이날 아침 그는 단정한 차림으로 기요스 성 뒷숲으로 갔다. 서리 내린 나무 사이의 오솔길에는 깔개가 죽 깔려 있었다. 이 성을 쌓기 훨씬 전부터 모셔져 있는 신전에 그는 엎드려 온 몸이 얼어들어 오는 것도 모르고 있었다. 그는 이미 노부나가도 아니고 영주도 아니었다. 어떤 계기였던지 이 천지간에 삶을 얻은 하나의 핏덩이에 불과했다.
어째서 나라는 생명이 태어났을까? 말할 것도 없이 그도 언젠가는 흙으로 돌아갈 것을 알고 있었다. 새해에 아침의 한 때를 더욱 깊은 사색으로 보내기 위해, 그렇게 찬 서리 위에 앉는 습관을 그는 스스로 만든 것이었다.
일어나 걸음을 옮기면 멀지 않은 곳에 선영과 영묘가 있다. 영묘는 노부나가가 이 성의 주인이 된 후 손수 세운 것이다.
어쩌면 생전에,
——이렇게 어리석은 아이가 오늘과 같은 난세에 태어나 과연 나라를 지키고 살아갈 수 있을 것인가?
이런 걱정을 안은 채 세상을 떠났을 그의 선친 오다 노부히데의 영혼도 거기 있었다.
물을 떠 놓고 향을 피운 뒤 새해 아침의 공물을 바친 노부나가는 호위 무사들과 시동을 돌아보며 영을 내렸다.
"저쪽에 가 있거라."
"예."
단에서 내려가 열 걸음쯤 떨어진 곳에 늘어서자, 노부나가는 다시 손을 내저었다.
"좀더 멀리 가 있거라."
보는 사람이 아무도 없게 되자 노부나가는 선친의 비석 앞에서 마치 산 사람에게 고하듯 한동안 중얼거리고 나서, 품에서 꺼낸 흰 종이로 두 눈을 닦았다.
선친이 생존해 있을 때에 그는 세상이 다 아는 어린 망나니였고, 죽은 뒤에도 오랫동안 어리석은 영주로 통해 왔던 그라, 오늘날까지 노부나가는 거의 불사를 올린 적이 없었다. 죽음으로써 자기에게 간해 준 히라테 나카쓰카사를 위해서만은 세이슈사(政秀寺)라는 절을 세워 주었지만, 그는 부친의 영전에마저 합장을 한 적이 없었다. 가신들도 노부나가의 그런 모습을 거의 본 적이 없었다.

그러나 이미 한낱 비석이 되어 버린 부친을 대할 때, 그는 다만 합장만으론 그칠 수 없는 무엇이 복받치곤 했다. 어린 망나니의 본성으로 되돌아가듯이 그는 돌을 향해 말을 하고, 돌을 향해 울어 버리는 것이었다.

노부나가는 자신의 그런 모습을 결코 가신들에게 보이지 않았다. 지금도 보이지 않는 먼 곳까지 물리치고 나서야 비로소 혼자 영묘를 참배한 것이다.

첫 까마귀의 드높은 울음소리와 함께 나뭇가지들이 붉게 물들기 시작했다.

새해 아침 의식을 마치고 노부나가가 중앙 건물 넓은 뜰을 현관 쪽으로 돌아오자 중문께서부터 그곳까지 흙인형처럼 진흙투성이가 된 부장과 그 부하들이 새벽 하늘 아래 하얀 입김이 수염에 얼어붙은 모습으로 숙연히 정렬해 있었다.

"……."

노부나가의 모습을 보자 장병들은 일제히 갑옷소리를 울리며 머리를 숙였다.

"수고들 했다."

노부나가가 말했다.

그리고 그들의 노고를 위로했다.

"어서 가서 쉬도록 하여라. 넉넉하게 설을 즐기도록 해라."

그들은 작년부터 미노를 향해 출진한 뒤 그대로 기소 강 동쪽 기슭에 진을 치고 있다가 연말께에야 귀환 명령을 받고 마침 오늘 새벽에 귀성한 것이었다.

미노를 향한 출진은 작년 가을부터 수십 차에 걸쳐서 되풀이되었다. 그 때마다 기소 강 국경을 찔러 보고는 물러나고, 물러났다가는 찌르는 탐색전만 계속해 왔던 것이다.

시바타 내의 부장 시바타 가쓰이에도, 사쿠마 대의 사쿠마 노부모리도, 전부터 돌아와 있었다. 뒤에는 거의 적의 사정을 살필 수 있을 정도의 인원밖에 남겨 놓지 않고 있었다.

'미노 공격은 중지하는 건가?'

그런 말이 떠들 정도였으나, 노부나가는 반년간의 목적이 일단 달성된 것으로 보고 있었다. 또한 국경에서 대부분의 병력을 철수시켜도 별일 없으리라 보고 있었다.

까닭은 작년 8월에 사이토 요시타쓰가 병사했다는 것이 그 후의 적의 전의나 정보 같은 것으로 미루어 보아 이미 확실했기 때문이었다.

요시타쓰의 아들 다쓰오키(龍興)에 이르러서는 그 어리석음을 다행으로 여기고 있어서 아예 문제조차 삼지 않고 있었다. 또한 노부나가는 그를 토벌하는 데 장인인 도산공을 시살한 반역자에게 벌을 내린다는 떳떳한 인도적 기치를 들 수가 있었다.

다만 노부나가가 신중을 기하는 까닭은 다쓰오키에게는 아직 엄연히 도산공 이래의 부강과 어진 신하가 있기 때문이었다. 이마가와 요시모토를 쳐부쉈다고는 하지만 그로 인해 오다가가 갑자기 부강해지거나 병력이 급증한 것은 아니었다. 동쪽에서 이기고 서쪽에서 일패도지(一敗塗地 : 여지없이 패하여 다시 일어날 수 없게 되는 지경에 이름)한다면 덴가쿠 분지의 명성도 하루 아침의 몽화(夢花)로서, 어이없는 웃음거리가 될 것이 아닌가?

"우선 미카와측과 결맹을 한 다음에……."

이것은 중신들의 진언이기도 했다. 그 자신도 가장 현책으로 생각하고 있었다. 따라서 지난 반 년간의 큰 수확도 다름 아닌 마쓰다이라 모토야스와 화맹을 성립시킨 것이었다.

이제 초이레 안으로 마쓰다이라 모토야스가 미카와에서 기요스 성으로 회견을 위해 내방할 예정이었다. 노부나가는 크게 환대하려고 그날을 손꼽아 기다리고 있었다. 주요 신하들을 미노 국경에서 소환한 것도 그날의 행사를 될 수록 성대히 하려는 생각에서였다.

이윽고 노부나가는 안으로 들어갔다.

오랫동안 주군의 모습을 못 본 무사들은 노부나가가 성 안으로 사라질 때까지 지긋이 바라보고 있다가 부장의 명령으로 대열을 풀었다.

"쉬어라……각자 대기소로 물러가 휴식하면서 영을 기다리도록. 그리고 나서 휴가를 얻도록 하여라."

여기저기 무리져 흩어지는 무사를 위해 새해 첫날의 아침 해가 찬란히 떠오르고 있었다.

그 가운데 보군 50명 가량을 거느리고 한쪽 구석으로 가는 기노시타 도키치로의 모습도 있었다.

　성에 남아 있던 동료들이 그와 정면으로 부딪쳐도 잘 알아볼 수 없을 만큼 그의 얼굴은 볕에 그을려 있었다. 수염은 그다지 많이 나는 편이 아니었으나, 살갗은 장작처럼 거칠어지고 투구에 스쳐서 머리가 벗어진 데다, 콧등에는 빨갛게 얼음이 박혀 있었다. 흰 데는 눈과 이뿐이었다.

　"제대로 설을 맞게 됐구나. 어때? 돌아올 성이 있다는 것이 얼마나 다행한 일이냐 말이다."

　부하 보군들을 보고 그런 말을 하며 가는 그의 얼굴은 솟아오르는 태양처럼 기운차고 활기에 넘쳐 있었다.

　네네는 오랫동안 남편이 집을 비운 동안 친정에서 남편의 집으로, 오동나무 밭 조그만 집으로 모든 짐과 함께 이사해 있었다.

　그것은 처음부터 합의를 봤던 일이었다.

　사위를 양자로 삼는 형식으로 혼례를 치르기는 했지만 도키치로는 아사노가(家)를 이을 처지가 되지 못 되었다. 어차피 나카무라의 모친이나 가족들을 부양하지 않으면 안 되는 장남이기 때문이었다. 네네도 장녀인 것은 마찬가지였지만, 동생인 야야도 있으니——하는 결론을 얻어 신랑 신부는 처가에서 나와 따로 살게 된 것이다.

　그러나 야야만은 언니 곁을 떠나기 싫어하여 지난 연말께부터 오동나무 집에 와서 묵고 있었다. 네네가 빨리 남의 아내답게 변화해 가고 있는 반면에, 야야는 여전히 공치기를 하며 노래나 부르기 일쑤였다.

　　꽃과 이슬처럼
　　다정해져서
　　후지 산 구름처럼
　　이름 높이고……

　공은 이따금 울타리보다 높게 오르곤 했다. 햇볕이 퍼지자 서리가 녹기 시작한다.

　　꽃에 바람이 세게

불어도 좋아
임의 마음 딴 데로
불려 가지만 않으면……

"야야(也屋)!"
울타리 안에서 그릇을 씻고 있는 네네의 목소리였다.
"왜요, 언니?"
"너 몇 살이더라?"
"열……하고도 넷이죠 뭐."
"이웃 사람들이 웃어요. 거문고를 뜯든가 글씨 공부를 하든가 해."
"웃으면 어때? 언니처럼 돼 버리면 공치기도 다하는 게 아녜요?"

무명(綿)은 도키치(藤吉)
쌀은 고로자(五郞左)
숨어라, 시바타(柴田)
비켜라, 사쿠마(佐久間)

"야야!"
"또예요, 언니?"
"그런 노래 부르는 게 아니야."
"어머!"
"거리에 떠돌아다니는 노래 말고도 좋은 공치기 노래가 많지 않니?"
"언닌 정말 자기 맘대로야. 이 노래는 언니가 배워 가지고 와서 나한테 가르쳐 준 거 아냐?"
야야의 말주변을 당할 수가 없었던지 울타리 안은 잠잠해지고 말았다.
오야야는 울타리 틈에서 얼굴을 갖다 대고 부엌에 있는 언니를 놀려 댔다.
"아씨, 아씨마님! ……무명 도키치로님의 새 아씨마님! 어째서 말씀이 없으시죠?"
친정인 궁대 마을 이상으로 여기는 이웃의 귀가 가까웠다.
"야야!"
네네는 얼굴이 홍당무가 되어 눈을 흘기며 집안으로 뛰어 들어가 버렸다.

"호호호, 언니가 꼼짝 못하네."

야야는 신이 나서 저도 모르게 공을 높이 던져 올렸다. 떨어지는 것을 툭 치니까, 먼저보다 더 높이 올라간다. 또 쳤다. 치면서 걸어가기 시작했다.

그러자 별안간 옆에서 불쑥 손이 튀어 나오더니 공을 가로채서 쳐 버린다. 서투른 솜씨에 공은 옆으로 튕겨나고 말았다.

야야는 동그란 눈을 크게 뜨고 공을 친 무사를 흘겨 주었다.

"어마나!"

자세히 보니, 그것은 형부 도키치로였다. 어제 하룻밤을 성에서 묵고 초이틀인 오늘 아침에야 돌아오는 길이었지만, 아직 싸움터에서의 차림 그대로여서 자세히 보지 않으면 알아볼 수 없는 모습이었다.

"언니! 형부가 돌아오셨어요. 형부가 돌아오셨어요."

오야야는 집안으로 뛰어 들어가며 고함에 가까운 소리를 질렀다.

물론 도키치로의 귀환은 진작부터 알려져 있었다. 성에는 어제 도착했지만, 직무에 관한 의논과 처리해야 할 일도 있어 오늘 밤은 성에서 묵고 내일에야 돌아가게 될 거라는 남편의 전갈을 받고, 네네는 아침부터 기다리고 있었던 것이다.

아침 화장도, 집안일도, 여느 때와 다른 것 같지 않으면서도 어딘가 들뜬 것 같은 기색이 야야의 눈에도 보였고, 야야까지 공연히 까불어 대며 언니를 놀리기도 하고 공을 안고 한길에 나가기도 하던 참이었다.

네네는 야야의 다급한 목소리를 듣자마자 소리쳤다.

"곤조, 나리께서 돌아오셨대요."

그녀는 남편의 부하인 곤조에게 전하고 자기도 급히 일어나 문간으로 마중 나간다.

집안 사람들은 네네와 야야 옆에 늘어섰다. 하인까지 합쳐 모두 대여섯 명이 늘어선 셈이었다. 이것이 기노시타가의 총인원이었다.

미리 소식을 전한 오야야보다 한 걸음 뒤에 도키치로가 벙글거리며 들어섰다. 얼마 안 되는 가족이었지만, 그리고 자그마한 집안의 주인이었지만, 그 순간은 엄숙했다. 한 성의 성주가 개선하는 것과 심정은 다를 바가 없었다. 네네가 하는 것을 본따, 모두 무릎까지 손을 내리며 진심으로 머리를 숙였다.

"이제 왔소."

도키치로가 말했다.
"얼마나 고생하셨습니까?"
가족들은 소리를 모아 반겼다.
네네의 눈에 눈물이 가득했다.
속눈썹에 매달린 하얀 구슬에 새봄의 햇빛이 반짝였다.
"혼자서 애썼지? 진중에서 보낸 편지는 봤나?"
"네, 봤어요."
"편지에는 당분간 귀성하기는 틀렸다고 썼고 사실은 나도 정초를 기해서 이렇게 집안사람들 얼굴을 보게 되리라고는 전혀 생각지도 않았어.……허어, 아주 깨끗해졌는걸."
그는 집안과 대문 앞이 말끔히 비질된 것을 둘러보며 말했다.
"역시 결혼은 좋은 것이군. 흔히 사람들은 독신으로 있어야 전장에서 마음 놓고 싸울 수 있다고 하지만, 그건 거짓말이야. 정말로 훌륭한 아내라면 뒤에는 아내가 있다고 안심이 되기 때문에 좀더 마음 놓고 싸울 수 있거든."
"……아이, 공연히 추켜세우시네요."
네네는 속눈썹에 맺혔던 흰 구슬을 보조개 위에 떨어뜨렸다. 반가움을 그 눈물로 나타내며 남편과 함께 방으로 들어갔다.

독신이었던 때와 같은 집인데도 아주 달라진 것 같았다. 먼지 하나 없었다. 어디를 둘러보나 아내의 손길이 안 닿은 곳이 없었다. 아내의 손에서 옮겨진 광채가 나고 있었다. 그 광채 중에서도 도키치로의 마음속 깊숙이까지 환하게 비쳐 준 것은 아직 생나무 냄새가 풍길 듯한 벽에 모신 조그만 감실과 그 앞에 켜 놓은 등불이었다. 또한 옆방 불단에 켜 놓은 등불이었다.

물론 혼자 살 때는 감불단도 없었다. 또 집안에서도 이렇게 광채가 나지는 않았다.

불단이라고 해도 네네는 아직 남편의 조상도 근친 중의 고인도 몰랐기 때문에 그저 미타여래 일체만을 모셔 놓고 있었다. 거기 묵배(默拜)한 남편은 그것으로 만족하는 눈치여서 네네는 은근히 마음이 놓였다.

이윽고 갑옷을 벗고 평상복으로 홀가분하게 갈아입은 도키치로가 말했다.
"자, 이제부터 설 기분을 내야지. 여보, 수고 좀 해 주오. 먼저 목욕, 뭐? 벌써 물을 데워 놓았다고? 면도 준비도 해 줘.……다음에는 먹을 거야.

당신이 지은 밥을 먹어야겠어."

편안히 앉자 길게 다리를 뻗고 허리도 폈다. 나카무라에서 보내왔다는 어머니가 손수 찧은 떡도 먹었다. 네네가 정성껏 만든 갖가지 음식도 먹고 소주도 마셨다.

"음, 이제 느긋하군."

그는 잠이 들고 말았다. 아주 만족스런 얼굴이었다.

2, 3일 동안은 손님들이 찾아오고 답례하러 나가고 했다. 금방 초이레가 지나갈 것 같았다.

엿샛날 아침이었다.

그는 이른 아침부터 출사했다. 정장을 하고 부하 보군 50명과 함께 아쓰타까지 간 것이었다.

아쓰타의 거리는 깨끗했다. 한길에 먼지 하나 떨어져 있지 않았다. 도랑물까지 말갛게 바닥을 드러내 보이고 있었다.

주막촌 어귀에서 아쓰타 신궁 근처까지, 연도에 오다가의 가신들이 정연하게 늘어서 대기하고 있었다.

오늘.

기요스 성을 방문하리라는 미카와 오카자키의 마쓰다이라 모토야스를 영접키 위한 것이었다.

노부나가의 출영 사신으로 이곳까지 부하들을 거느리고 온 것은, 하야시 사토노카미, 다키가와 가즈마스, 스가야 구로에몬 등 세 중신이었다.

도키치로도 그 어느 틈엔가 끼여 있었다. 그러나 그의 부하들은 훨씬 떨어진 민가의 처마 밑에서 대기하고 있었다. 귀빈이 지나갈 길목을 청결히 하는 역할이었다. 말똥이 떨어지면 말똥을 치우고, 들개가 나타나면 개를 쫓고 하는 정도에 불과했다.

신궁 숲에 햇볕이 따사롭게 퍼지기 시작하는 무렵이었다. 마쓰다이라 모토야스의 선발대가 걸음도 정연히 가도에 물결치며 나타났다. 궁조의 대열이었다.

조금 떨어져 한 떼의 기마대가 화려한 고삐들을 갖추어 쥐고 행진하여 오는 것이 보였다. 그 한가운데 끼여 있는, 아직 스물 한두 살밖에는 안 들어 보이는 젊은이가 바로 모토야스였다. 단순한 행인 같은 표정으로 침착하게 말 위에서 흔들리고 있었다.

그러나 전후를 에워싼 미카와 중신의 면면들은 숨길 수 없는 굳은 표정을 보이고 있었다. 사소한 틈도 엿볼 수 없는 긴장을 나타내고 있었다. 이시카와, 가즈마사, 사카이, 다다쓰구 등 중신들이 그 중심이었다.

아무리 화맹이 결정되고, 넘치는 새봄의 햇볕과 아울러 평화가 구가되고 있다 해도, 이 곳은 지난 40년간 피차의 선조 때부터 분쟁이 계속돼 온 적지였다. 그런 곳을 40년 만에 처음으로 갑옷을 벗고 국경을 넘어 온 것이다. 무량한 감개가 없을 수 없었다. 동시에 아직 진정한 의미에서 안심할 수는 없었다.

신궁 앞에 이르자 모토야스는 말에서 내렸다.

휴식——

노부나가가 보낸 출영자들에 대한 인사가 있었다. 그리고 다시 행렬은 전진했다. 미카와측 종자는 모두 120여 기로 추산되었다.

모토야스의 가신들은 기요스 거리로 들어와서야 비로소 그 눈매에 긴장이 풀렸다. 온 성시의 공기를 보아 짐작가는 것이 있었다. 기요스의 주민들은 모토야스에게 냉담하지 않았다. 진정으로 화맹을 반기며, 평화를 위한 손님, 새봄의 빈객으로 모토야스 일행을 환영하고 있었다.

성 안으로 들어가자, 노부나가가 직접 본영의 중앙 건물에 나타나 시원스런 웃음을 보냈다.

"오오!"

모토야스는 말에서 내려 같은 미소를 머금으며 노부나가 앞에 섰다.

"모토야스입니다."

어느 쪽이나 젊었다.

모토야스는 21살, 노부나가는 새 해 들어 29살이었다.

그 모토야스는 아직 유모 손에서 떨어지지도 않은 4살 때 이 오다가에 볼모로 보내진 적이 있었다. 그로부터 꼭 15년째 오늘은 평화를 위한 손님, 새봄의 빈객으로 이 성대한 환영을 받고 있는 것이다. 모토야스 자신보다도 그 동안의 인고와 신산(辛酸)을 잊을 수 없는 미카와의 노신들은 한없는 감격으로 가슴이 가득하여 뜨거워지는 눈시울을 감추면서 젊은 두 영주가 서로 즐거움을 나누는 것을 바라보고 있었다.

객전에서는 곧 향연이 베풀어졌다. 오다가는 현재의 재력을 과시하기 위해서도 국빈을 최대한으로 대접했다. 선(善)을 다하고 미를 다한 것이었다.

노부나가는 주빈 모토야스와 나란히 앉았다. 어느 쪽이 상좌이고 어느 쪽이 하좌라는 것도 드러내지 않았다. 끊임없이 두 사람이 미소를 나누고 있는 광경을 멀리 말석에 있는 가신들도 바라볼 수 있었다.

도키치로도 멀리서 그런 광경을 바라보고 있었다. 그러나 그의 자리는 객전에서 보면 말석 중의 말석. 게다가 한단 낮은 복도 밖이었다.

술잔은 그래도 복도 밖에 있는 말석에까지 차례로 돌아왔다. 도키치로의 손에 그것이 넘어온 것은 몇 백 명째인지 알 수 없었다.

"기쁜 날이야."

"정말 태평스럽군."

"당가로서는 이런 평화스런 날은 수십 년 만에 맞는 걸 거야. 선대 노부히데공 이래 처음 있는 일일 테니까."

"그것은 미카와 공측으로 봐도 마찬가질 걸세……한 잔쯤 더 돌아왔으면 좋겠는데."

복도 밖은 역시 마음이 편했다. 은근히 주빈에 대한 공론까지 수군거리고 있었다.

어떤 자는 모토야스의 인품을 과묵 온화하지만 무략(武略)에 대해서는 과연 어떨지 하는 평을 했고, 어떤 자는 모토야스 자신보다 오늘 거느리고 온 가신들을 보니 골상이 뛰어난 자가 있더라. 필시 현신을 가졌으리라는 말도 했다.

시시비비, 보는 눈은 천층만층이었다. 도키치로는 그런 뒷공론을 여러 가지로 곁에서 듣고 있었으나, 누구의 평에도 공감이 가는 것은 없었다.

'잘 봤다.'

그는 그 나름으로 본 바를 혼자 가슴 속에 간직해 두고 있었다.

우선 그가 느낀 것은 모토야스가 어디까지나 노부나가와 대등한 자세를 취하고 있다는 사실이었다. 낮추지도 않고 높이지도 않았다. 완전히 대등한 모습이었다.

따지고 보면 그럴 수가 없는 것이었다. 모토야스는 오다가에 대패한 이마가와 요시모토의 볼모인 동시에 그의 한 막장에 불과했던 사람이다.

국력으로 봐도 미카와의 재정은 오다가의 그것과 비할 때 훨씬 악조건 밑에 있었다. 그런데도 오케 분지의 패전 뒤 불과 2년도 되기 전에 전승국인 오다가로 하여금 이만한 대접을 하게 하고 29살인 노부나가와 대등한 자리에 앉아 있어도 조금도 꿀리는 데가 없는 21살의 이 모토야스란 사람은 그리 호락호락하게 볼 위인이 아닌 것이다.

——도키치로는 그렇게 생각하며, 문득 복도 밖 널쪽 위에 황공스럽게 앉아 있는 자신의 나이를 가슴 속에서 되새겨 봤다.

'나도 한 살 더 먹어서 이제 스물일곱이 됐단 말인가?'

신분은 보군 50명의 대장, 나이는 27살, 몸은 대체로 건강하고 고향에는 무슨 일이든 기뻐해 주는 노모가 계신 데다 집에는 훌륭한 아내가 있다. 도키치로는 아무 불만도 없었다. 오히려 자신을 축복하고 이것도 군은의 하나라고 생각했다. 만약 노부나가가 10년 전, 쇼나이 강변에서 붙들고 늘어진 자기를 건져 주지 않았던들——하는 생각을 하면 하사되는 술 한잔도 무심하게 마실 수가 없었다. 노부나가의 눈이 미치건 안 미치건 그는 진심으로 두 손에 받쳐 들고 마셨다.

주연이 한창 무르익을 무렵.

주빈과 노부나가 사이에서, 환담 끝에 이런 약속이 오갔다고 나중에 측근들은 말했으나, 그 진위는 알 수 없었다.

"만약 마쓰다이라 공이 장군이 되면 오다는 그 막하에 따르리라. 혹시 오다가 천하를 쥐게 될 때는 마쓰다이라 공이 오다의 막하에 따라 주시오."

그만큼 양자가 친밀하게 대담을 나눈 것만은 틀림없었다.

어찌 되었든——.

오다가의 가신들을 깜짝 놀라게 한 것은 이 회견이 있었던 바로 다음날 모토야스가 이마가와령인 가미(上) 고을을 공격하여 성주 우도노 나가테루를 베어 버림으로써 진중의 주장(主將)으로 되돌아가 있었다는 그 사실이었다.

축성

그 해 3월이었다.

무르익은 꽃 향기도 봄볕도 멀리 물리치고 회의실은 어두웠다.

한낮이었지만 군데군데 등불이 있었다. 출입구에는 감시병이 날카로운 눈으로 사방을 둘러보고 있었다.

"누구든 좋다. 의견이 있으면 밝혀 보아라."

노부나가의 말이었다.

"……."

그저 조용할 뿐이었다.

늘어앉아 있는 가신들의 얼굴에 이따금씩 불그레한 불빛이 흔들릴 뿐이었다.

밖에는 봄볕이 화창했다. 새소리가 분주히 들리고 있었다. 그러나 이곳 불그레한 등불과 늘어앉은 가신들의 얼굴에는 전의가 타오르고 있었다.

"의견이 없단 말인가, 아무도?"

노부나가가 거듭 재촉했을 때였다.

"소신에게 우견이 있습니다만……."

"가쓰이에가?"

"예."

시바타 가쓰이에가 말했다.

"지금 말씀하신 스노마타(洲服) 축성에 관한 계획은 극히 지략적인 것이기는 합니다만, 다소 무모하지 않을까도 생각됩니다."

"지략적이라는 칭찬도 하고 무모하다고도 하니 대체 어느 쪽이 옳은 말인가, 가쓰이에? 기탄없이 말하여라."

"예. 지형으로 보아 그 곳에 성을 구축하는 것은 말은 쉽지만 이루어지기 어려운 일로 생각됩니다."

"어째서?"

"지세가 너무 험합니다. 인력은 자연의 힘을 극복할 수 없으며 또한 적도 잠자코 보고만 있지는 않을 것입니다. 필연코 무수한 희생을 내고 일은 성사되지 않을 것이 명약관화한 일입니다."

가쓰이에의 의견에 뒤이어 저마다 한마디씩 했다.

"소신도 같은 생각입니다."

"시바타 공의 의견이 옳은 것으로 압니다."

"소신도."

"저도."

일제히 같은 대답이었다. 노부나가는 음——하고 입을 다물었다. 마음에 들지 않는 것이다. 여러 부하들의 의견이 자기 뜻과 합치되지 않기 때문이다. 무모하다는 가쓰이에의 설에 거의 전부가 동의하는 듯했다.

노신 하야시 사토노카미도,

일족인 오다 가게유도,
나고야 이나바노카미도,
사쿠마나 니와 등 막장들도.

따지고 보면, 노부나가의 뜻이야말로 중론에 어긋나는 것이었다. 중론이란 언제나 상식이다. 그러나 노부나가가 바라는 것은 상식이 아니었다. 더욱 비약된 새로운 슬기를 바라는 것이다.

새로운 슬기도 이내 상식이 되어 버리는 것은 사실이지만 노부나가는 경험이 바탕이 된 지식만 소중하게 내세우는, 이른 바 중론에 항상 만족을 느끼지 못하고 있었다.

문제의 스노마타라는 곳은 오와리와 미노의 국경에 있었다. 미노 공략을 위해서는 그 발판으로 절대적인 필요를 느끼는 곳이었다.

눈이 녹고 3월로 접어들면서 미노 공격군은 다시 국경으로 파견되었다.

적당한 곳에 진을 치고 이따금 적의 허를 노려서는 각처에 방화를 하여, 기습적인 효과도 거두었지만, 그런 정도로는——비록 요시타쓰는 죽고, 다쓰오키는 우매하다 해도——대국 미노는 끄떡도 하지 않았다. 따라서 확고한 요해에 의지하여 본격적인 공격을 가하기 위해서는 어떤 일이 있어도 스노마타에 아군의 성채가 필요했다.

그러나 아무리 약식으로 구축한다 해도 적어도 하나의 성(城)인 이상, 그렇게 간단히 축성할 수는 없었다. 더욱이 공사는 적국의 눈앞에서 진행되어야 했으며, 일단 비라도 오면 강물이 범람하여 부근 일대는 삽시간에 홍수에 휩쓸리는 지형이었다. 그런 틈에 적병이 기습이라도 가해 온다면 원병을 청할 겨를도 없고, 설사 원병이 온다 해도 전멸을 면치 못할 것이었다.

이것이 가쓰이에 등이 주장하는 상식론이었다. 상식은 항상 움직일 수 없는 진리처럼 식자의 웅변에 의해 뒷받침되는 것이 보통이다.

일단 의견으로서 듣고는 있었지만, 노부나가는 가쓰이에의 이론을 결코 긍정하려 하지 않았다.

오히려 불만이었다. 상식론은 듣고 싶지 않다는 기색조차 보였다.

그러나 노부나가는 신념은 있어도 그들의 상식이론을 반박할 만한 근거를 찾지 못하고 있는 듯했다. 다만 불만의 빛을 가득 띠고 침묵을 지키고 있을 뿐이었다.

"……"

당연히 회의석은 깊은 늪처럼 무겁게 가라앉았다.

가쓰이에와 하야시 사토노카미 등의 주장과, 그것을 불만스럽게 여기는 주군의 표정이 일동의 입을 굳게 봉해 버려 한동안 침묵이 계속됐다.

"참, 도키치로."

갑자기 노부나가가 지명을 했다.

까마득한 말석에 앉아 있는 그의 얼굴을 노부나가는 그제야 발견한 것처럼 부른 것이다.

"도키치로, 그대의 의견은 어떤가? 서슴지 말고 말해 보아라."

"예……."

대답이 들렸다.

그러나 상좌에 앉은 중신들에게는 돌아봐도 보이지 않을 만큼 까마득한 말석이었다.

"말해 보아라."

노부나가는 재촉했다.

자기의 뜻을, 자기를 대신해서 말할 만한 자는 노부나가의 눈으로 보건대, 이 많은 가신들 중에서 그밖에 없을 것 같았던 것이다.

"여러 중신들께서 말씀하신 의견은 사리 분명한 당연한 말씀으로 들었습니다."

도키치로는 그렇게 말하면서 자리에서 조금 나앉으며, 노부나가를 향해 꿇어 엎드렸다.

"……하오나, 누구든 생각이 미칠 수 있는 일이라면 적 역시 생각할 수 있는지라, 병법이라고 할 수는 없는 줄 아옵니다. 적이 예측할 수 없는 곳을 뚫고 기습을 가해야 하며, 적의 생각이 미치지 못하는 곳에 방비를 쳐 두어야 합니다. ……그런 의미에서 스노마타에는 반드시 성채를 구축해야 한다고 믿습니다. 물이 무서워서는 강변에 축성할 수가 없습니다. 적이 두려워서는 적국으로 쳐들어갈 수 없습니다. 누가 보아도 지극히 어렵고 무모하게 생각되는 일을 힘겹고 어렵지 않게, 무모하지 않게 지략과 열성을 다해 관철하는 곳에 승리가 있는 것으로 아옵니다."

"음,……음."

노부나가는 몇 번이고 끄덕이었다.

그리고 여전히 침묵을 지키고 있는 일동을 둘러보며, 이번에는 의견을 묻는 것이 아니라 엄명을 내리듯이 말했다.
 "미노 공략에는 스노마타에 보루를 쌓는 방법밖에 다른 도리가 없다. 누구든 이 노부나가를 위해 목숨을 버릴 각오를 하고 스노마타에 성채를 지어볼 자는 없는가. 만일 이 일을 이룬다면 그를 미노 공략에서 으뜸가는 공로자로 간주하리라."
 "……."
 도키치로는 나앉았던 몸을 다시 물리더니 그것과는 아무 상관없다는 듯이 곧장 앞만 바라보고 있었다.
 그가 마음속으로 '보나마나 이제……' 하고 추측한 대로 이윽고 시바타 가쓰이에가 노부나가의 엄명에 응하여 말했다.
 "그토록 주군께서 굳은 결의를 가지고 계시다면 신하로서 무슨 논의를 거듭하겠습니까. 군명은 산과 같은 것, 소신들도 결코 물이 두렵고 적이 두려워서 그런 뜻을 아뢴 것은 아닙니다."
 가쓰이에는 의식적으로 도키치로의 이름을 입 밖에 내지 않았다. 그의 눈으로 볼 때에는 논의의 대상조차 안 되는 존재였으며, 따라서 그의 이름을 들먹이면 그를 인정하는 결과가 되기 때문이었다.
 동시에 잘못하여 도키치로에게 군명이 내리면 큰일이라는 생각으로 허둥지둥 사쿠마 노부모리가 적임자일 거라고 추천했다.
 노부나가는 그것을 받아들여, 즉각 3천의 병력과 5천의 인부, 그리고 많은 군비를 노부모리에게 주어 스노마타를 향해 떠나게 했다.
 우기에 접어들었다.
 오와리, 미노의 산과 들은 매일 같이 빗속에 잠겨 있었다.
 "어떻게 됐을까? 스노마타에 간 사람들은……."
 "공사가 좀 진척됐을까?"
 갤 틈이 없는 하늘을 올려다보며 기요스에서는 곧잘 공론들을 펼쳤다.
 5천의 인부와 3천의 군사를 이끌고 사쿠마 노부모리가 스노마타로 떠난 것이 지난 3월 초순이었으니, 이미 두 달 이상이 지난 셈이었다.
 "불초 대임을 하명받아 축성에 착수하는 이상 늦어도 여름까지는 완공하고 돌아오겠다."
 출발에 앞서 이런 호언을 남기고 떠났다는데, 그 뒤 통 신통한 소식이 들리지 않는 것이었다.

그러자 오와리 영내에서도 쇼나이 강이 범람하여 적잖은 수해가 예상되고 있는 판국에 급보가 성내에 도착했다는 소문이 입에서 입으로 전해졌다.

"스노마타가 성채를 짓기 시작했던 재목과, 돌, 인부 숙소가 하룻밤 사이에 홍수로 떠내려가고 말았다."

아니나 다를까, 그날 밤에서 다음 날 아침에 걸쳐 참담한 패잔병들이 국경에서 물러나 기요스로 돌아왔다.

사쿠마 노부모리 이하 여러 장병들과 인부들이었다.

들으니——

그들은 홍수에만 쫓겨 도망쳐 온 것이 아니었다. 미노 군은 바로 이 우기를 노리고 있었던 듯 스노마타 일대가 탁류에 휩쓸리기 시작하자 뗏목을 타고 또는 진작부터 강을 건너 산 속에 숨어 있던 기병들이 일제히 호응해 사쿠마 노부모리의 진지로 기습을 가해 온 것이었다.

오와리 군은 순식간에 대패를 면치 못하고 말았다. 축성 중이던 스노마타 진지와 수백을 헤아리는 전사자를 내버린 채 가까스로 기요스까지 후퇴해 온 것이었다.

홍수에 휩쓸리거나 적의 손에 죽은 자는 모두 9백여 명에 이르렀고, 그밖에도 5천의 인부는 그 반수가 생사 불명이어서 기요스에도 돌아오지 않았다.

"자연의 힘에 거역할 수는 없다."

노부모리는 근친들에게 그렇게 탄식했다지만, 노부나가에게 보고한 다음에는 질책을 대기하는 뜻에서 근신하고 있었다.

그러나 노부나가는 노부모리의 대패를 책망하지 않았다. 불가항력이었던 것으로 보고 그 날로 시바타 가쓰이에에게 총군의 지휘를 맡겨 다시 출발시켰다.

"가쓰이에, 그대가 가라."

그러나 그 가쓰이에도 역시 얼마 되지 않아 미노 군의 기습과 홍수에 시달린 끝에 성과없이 돌아와 버리고 말았다.

"무리다. 도대체 계획 자체가 무모하다. 누가 지휘를 하건 그토록 지형이 불리하고 게다가 바로 적의 눈앞인데 축성이 가능할 턱이 있는가. 미노에 사람이 없다면 그건 또 별문제지만……."

가쓰이에의 입을 빌리지 않아도 살아서 돌아온 자는 입을 모아 공사의 무리를 말했고, 잇따른 고전을 호소했으며 계획의 무모성을 비난했다.

그러나 노부나가는 여론에 꺾여 계획을 중지할 사람이 아니었다.

"가게유, 그대가 가라."

세 번째 명령은 노부나가의 사촌인 오다 가게유 자에몬에게 내려졌다. 이미 일족을 제외하고는 적당한 인물도 없었던 것이다.

그러나 그 가게유 자에몬 역시 임지에 도착하여 축성을 위한 재목과 돌을 제대로 운반도 하기 전에, 나루미 부근의 격전에서 부하의 반수(半數)와 함께 나란히 전사하고 말았다.

사쿠마, 시바타, 오다 가게유——이렇게 계속해서 세 막장이 축성에도 실패, 적에도 참패하고, 죽고 다치는 군사들 역시 부지기수에 이르자 성내외의 여론이 분분했다.

"처음부터 뻔한 폭거다. 무엇 때문에 그 폭거를 강행하는 건가."

뒷공론이긴 했지만, 책임을 주군에게 돌리며 사리에 어두운 주군을 비난하는 소리가 점점 높아지기 시작했다.

"오케 분지의 요행수가 오히려 당가를 위해서는 해가 됐다. 이길수록 신중을 기할 생각은 하지 않고 오히려 오만해지신 거다."

은근히 그렇게 수군대는 사람들도 있었다.

그러나 이젠 전비(戰費)를 감당하지 못하실 게다. 사촌인 가게유 나리까지 전사하셨으니 아무리 고집불통이시라도 이번만은 크게 뉘우치셨을 게다——.

전몰자들의 장례도 끝나 일단 주위가 정리되자 가을바람이 불기 시작했다. 여론에는 귀를 기울이는 기색도 없이 침묵을 지킨 채 노부나가는 여름을 보냈다. 시바타, 사쿠마 등 한 때 풀이 죽었던 면면이 '어때? 이제 알았을 테지?' 하는 듯한 얼굴로 가을바람과 함께 슬슬 얼굴을 들고 성 안을 나돌아다니기 시작했다.

"기노시타 씨는? 기노시타 씨 안 계시오?"

그 성 안에서 지금 분주히 대기소마다 기웃거리며 찾아다니는 호위 무사가 있었다.

"여기 있습니다."

어디 있었던지 도키치로의 얼굴이 나타나자, 호위 무사는 급히 몇 마디 이르고 다짐을 한 뒤 가 버렸다.

"서두르시오."

도키치로는 속으로 혼자 고개를 끄덕였다.

'마침내 왔구나.'

그는 잠시 가까운 대기실로 들어가 머리를 매만졌다. 그리고 곧 노부나가를 만나기 위해 안으로 들어갔다.

마침내 온 것이란 말할 것도 없이 스노마타 건(件)이라고 그는 직감하고 있었다. 언젠가는 자기한테 돌아올 것으로 거의 믿어 의심치 않았던 것이다.

과연 노부나가는 그의 모습을 보자 곧 영을 내렸다.

"도키치로. 이번에는 그대를 임명한다. 내일 중으로 스노마타를 향해 떠나라."

"……예."

도키치로가 영을 받는 태도를 노부나가는 눈여겨 바라보고 있었다. 그리고 재우쳐 다시 말했다.

"어떠냐?"

"과분한 대임이오나 곧 분부대로 거행하겠습니다."

"신통한 수라도 있나?"

"별로……."

"없나?"

"특별한 수는 없습니다만, 약간의 가능성은 있습니다."

"그 가능성이라는 것을 들어보자. 대체 어떤 가능성이 있다는 거냐?"

"축성이 성공하지 못하는 것은 치수(治水)와 지형적인 조건이 좋지 않기 때문이 아닙니까?"

"모두 그렇게들 말하고 있다."

"저 역시 자연의 힘을 거스를 수는 없습니다. 전임자인 세 분께서도 치수의 어려움을 아시면서 공사하신 방법을 들어 보니 자연을 인력으로 극복하여 보려고 하셨던 것 같습니다. 저는 한낱 범인인 까닭에 어디까지나 물의 뜻대로, 물이 움직이고 싶어하는 대로 유도하여 치수를 해 볼까 하는 생각입니다."

"물의 뜻이라?"

"빗물이 흐르는 데도 강물이 넘치는 데도, 물 자신의 뜻이 있는 것으로 생각합니다. 조그만 인지와 인력을 가지고 그 본연의 뜻을 둑을 쌓아 억지로

막거나 방향을 바꾸려고 하면, 일단 폭풍우가 내습할 때는 반드시 성난 홍수가 되어 돌과 재목은 물론 인명까지 무수히 휩쓸고 마는 것입니다."
"도키치로."
"예."
"그대는 지금 나에게 정도를 해설하고 있는 건가?"
"아니옵니다. 스노마타의 축성에 관한 말씀입니다."
"어려움은 수해만이 아니다. 축성 중에 끊임없이 공격해 오는 미노군에 대해서도, 그대는 무슨 승산이 있는가?"
"그 점은 염려 없습니다. 저는 그 점에 관한 한 그리 크게 생각하지 않습니다."
"크게 생각하지 않는다고?"
"그렇사옵니다."
도키치로는 노부나가의 진지한 얼굴을 미소를 띠고 올려다보며 말했다.
"사쿠마, 시바타, 가게유, 당가의 이름 있는 여러분이 계속 패하여 물러났습니다. 적은 지금 거듭되는 승리에 오만해질 대로 오만해진 때입니다. 그런 판국에 보잘 것 없는 한낱 풋내기인 제가 네 번째로 중임을 맡아 가지고 가면, 적은 모두 웃을 것임에 틀림없습니다."
"음."
"봐라. 이번에는 오다가 중에서도 형편없는 풋내기 한 녀석이 나타났다. 대체 어떤 성을 지으려는지 한 번 두고 보기로 하자. 다 되거든 그때 짓이겨 버리는 거다. ……적은 이렇게 생각하리라고 봅니다."
"그래? 만약 그대 생각대로 되지 않을 때는?"
"임기응변이 있을 뿐입니다."
"음, 과연 그럴 듯하군."
"주군, 하오나 이 도키치로의 생각이 아마 틀림없을 것입니다. 적에도 모사(謀士)가 있다면, 이쪽에서 성을 쌓도록 내버려 두었다가 그것을 점령함으로써 오다가 미노 공략을 위한 발판으로 삼으려던 것을, 거꾸로 미노가 오와리를 병탄하기 위한 발판으로 삼으려는……그만한 지략가는 사이토가에도 있으리라 생각하옵니다."
"딴은……그렇다면 묻겠다만, 그대는 그만한 생각을 가지고 있으면서, 어찌하여 스노마타에 관한 회의가 있었던 당초에는 그런 뜻을 밝히고 스스로 대임을 맡으려 하지 않았느냐?"

"아니옵니다. 저 역시 맨 처음에 스노마타에 갔더라면 시바타, 사쿠마 양장들과 같이 호된 고난을 겪었을 것입니다. 무략(武略)에 있어서는 어차피 저는 그분들과 대적할 수 없는 풋내기에 불과합니다. 뿐만 아니라……."

그가 잠깐 숨을 돌리는 기회에 노부나가는 가슴을 펴면서 무언가 탄복한 듯한 기색을 보였다. 그것은 자신을 돋보이게 하려든가, 자랑스런 태도를 보이려 하는, 누구에게나 있는 겉치레가 조금도 없는, 지나치게 정직할 만큼 담담한 도키치로의 어조에 기가 막혔다고 할까, 묘미를 느꼈다고 할까, 노부나가는 무언가 헤아릴 수 없는 것이 가슴 속을 오가고 있었다. 그것이 얼굴에까지 나타난 것이었다.

'함부로 볼 자가 아니다!'

노부나가가 속으로 중얼거리고 있는 동안, 도키치로는 여전히 치레가 없고 육색이 없는 말투로 말했다.

"……따라서 저는 사실 일부러 회의 당초에는 아무 말씀도 드리지 않았습니다. ……또한 저 같은 풋내기가 시바타, 사쿠마, 양장 같은 중신을 젖혀 놓고 선두로 대역을 맡았다면 아무도 주군의 안목과 식견으로만 보지 않았을 것입니다. 너무 편협하신 처사라는 평을 했을지도 모릅니다. ……그러나 이제 와서는 저를 시기하고 비방하는 사람이 없을 줄 압니다. 원숭이 녀석, 공연한 입을 놀려 가지고 스노마타로 죽으러 가는구나, 하고 통쾌하게 생각할 것입니다. 따라서, 적측으로 보나 이쪽으로 보나, 오늘 도키치로에게 대임을 내리시는 것은 가장 시의적절한 일이라 생각되옵니다."

"……."

눈을 감고 듣고 있으면, 노부나가는 자기를 위해 세상사와 병법에 통달할 군사(軍師)가 스노마타를 예로 가르침을 주고 있는 것처럼도 생각됐으나, 눈을 뜨면 그곳에는 남달리 깊숙이 고개를 숙인, 보군 50명의 조장에 불과한 일개 말단 부하가 꿇어 엎드려 있을 뿐이었다.

"좋다. ……가거라!"

노부나가는 곁에 놓였던 상자를 시동의 손을 통해 도키치로에게 내렸다. 군배(軍配)를 내린 것이었다. 도키치로는 비로소 노부나가로부터 장수로서의 자격을 얻은 것이다.

"여보, 나 돌아왔어."

때 아닌 남편의 귀가에 마중나온 네네가 말했다.

"어머나, 여느 때보다 이른 것 같네요."

"아니야. 곧 다시 돌아가야 해. 한동안 헤어져야 하겠기에 일부러 온 거야."

도키치로는 방으로 들어서며 말했다.

무사의 아내는 언제 닥쳐올지 모르는 '작별'에 항상 각오를 가지고 있게 마련이었다. 네네의 눈썹에 어렴풋한 슬픔이 서렸다.

"헤어진다면……?"

"내일 스노마타로 떠나게 됐어."

"예?……스노마타요?"

절망에 가까운 것이 네네의 가슴을 먹물처럼 어둡게 칠해 버렸다.

"……하지만 염려할 것 없어. 오히려 당신을 기쁘게 해 주려고 이렇게 급히 돌아온 거야. 머지않아 말이지……."

도키치로는 오른손 손바닥을 네네 앞에 넓게 펴 보였다.

"이 손바닥 위에 성 하나가 놓이는 거야. 나도 마침내 한 성의 주인이 되는 거지. 조그만 성이지만 성은 성이니까."

"……."

네네는 영문을 모르겠다는 얼굴이었다. 도키치로는 크게 웃고 말했다.

"무슨 말인지 모를 테지. 하긴 그래. 아직 세상에 없는 성이니까. 이제부터 내가 가서 내 손으로 쌓을 성이니 말야. 하하하."

그는 잠시 앉는가 했더니, 물 한 잔을 마시고 이미 일어나 있었다.

"뒷일을 잘 부탁해. 나카무라의 어머니한테도 틈틈이 편지 드리는 것을 잊지 말고. 장인께도 대신 인사드려 줘.……알겠지? 그리고……."

하인들이 없는지 도키치로는 둘러보았다. 그리고 자기를 따라 일어서는 네네의 얼굴을, 그 두 뺨을 양손으로 감싸 쥐며 속삭였다.

"당신도 감기 들면 안 돼."

"……."

지금까지 한번도 눈물을 보인 적이 없었던 네네도, 두 뺨을 남편 손에 맡긴 채 이 때만은 눈물방울을 떨어뜨렸다.

남편이 이토록 쾌활한 것은 자기에게 불안을 주지 않으려는 배려이리라. 스노마타로 출진해서 살아 온 장병은 드물지 않은가?
그렇게 생각한 것이었다.
"……."
도키치로는 언제까지나 네네의 뺨을 감싸 쥐고 있었다. 그러다가 물끄러미 들여다봤다. 아내의 눈물을 처음 본 것이다.
"바보!"
별안간 그 얼굴을 좀더 깊이 품안에 안아 주었다가 밀어내듯 떼놓았다.
"……왜 우는 거야. 머지않아 성주의 부인이 될 사람이. 하하하."
그는 성큼성큼 툇마루로 나서며 부하를 불렀다.
"곤조가 없느냐. 곤조!"
"예, 무슨 분부가 계십니까?"
곤조 달려와 그 앞에 무릎을 꿇었다.
"이 서찰을 가지고 급히 다녀오너라."
이미 성에서 써 가지고 나온 모양이었다. 품속에서 편지 한 통을 꺼냈다.
"어디로 보낼 겁니까?"
"밀봉을 했기에 보낼 데를 밑에 적어 놓기는 했지만, 가이토(海東) 고을의 하치스카 마을까지 갔다 와야겠다."
"하치스카 마을이요?"
"고로쿠의 저택을 모르느냐? 토호인 고로쿠님 말이다."
"아, 그 토적 때의……."
"무슨 소리. 추호도 실례가 있어서는 안 된다. 지금 내가 성에서 타고 나온 말이 문간에 있을 테니, 그것을 타고 곧장 다녀오너라."
"예, 분부대로 하겠습니다."
"답장은 성 안으로 가지고 오너라. 집에는 없을 테니까."
그날 밤, 도키치로는 이미 무장을 끝내고 성 안에서 대기하고 있었다.
새로운 대임이 그에게 내렸다는 말은 이미 널리 퍼진 듯했다. 가신들의 입에서는 뒷공론이 자자했다.
시시비비, 갖가지였지만, 물론 안 된다고 하는 자가 더 많았다.
그러나 갑옷으로 몸과 마음을 굳힌 도키치로는 비난, 반목, 조소 등 그 일체에 개의치 않고, 성 안 무사들의 대기소에 걸상을 버티어 놓고 앉은 채,

밤새도록 출병할 인원과 대오, 짐수레, 물자 등에 관한 지시를 내리고 있었다.

성 안이어서 모든 발령은 노부나가로부터 직접 내려지고 있었다. 노부나가도 안에서 오늘 밤은 자지 않고 있는 듯 했다. 쉴 새 없이 도키치로 앞으로 전언이나 지령이 내려왔다.

그러던 중 부하 하나가 전해 왔다.

"방금 곤조라고 하는 자가 심부름에서 돌아왔노라고 말을 타고 왔습니다만……."

이미 4경에 가까운 무렵이었다.

도키치로는 기다렸다는 듯이, 그의 모습을 보자 다짜고짜 물었다.

"빨리도 다녀왔구나, 곤조. 그래, 고로쿠님은 계시던가? 내 서찰은 받아 보셨나?"

"예. 분명히 전해 드렸고, 이렇게 답장도 받아 가지고 왔습니다."

"수고했다. 돌아가도록 해라."

"예. 그럼 이만 돌아가겠습니다."

"나는 내일 아침 출발한다. 내가 없는 동안 아씨를 잘 보살펴 드려야 한다."

곤조가 돌아가자, 다시 노부나가의 영을 받은 호위 무사가 달려 나왔다.

"곧 들어오시라는 분부요."

도키치로는 급히 안으로 갔다. 노부나가는 뜰에 장막을 치고 그 곳을 영소로 삼고 있었다. 이따금 차를 마시며 휴식하는 정도로, 그 역시 밤을 새우고 있는 것이다.

"도키치로 대령하였습니다."

진막 안을 들여다보니, 그 곳에는 니와, 시바타, 사쿠마를 비롯한 많은 중신들이 둘러앉아 있었다. 힐끗 쳐다보는 싸늘한 눈초리가 일제히 새로 발탁된 이 장령(將領)의 얼굴에 집중되었다.

"뭐냐, 기노시타?"

"주군께서 부르신다기에 왔습니다만."

"그래? ……주군께서는 지금 피로하셔서 다정(茶亭)에 들어가 쉬고 계시는데."

"알겠습니다. 그럼……."

그는 걸음을 돌려 나무 사이의 다정을 살펴보았다.

시녀에게 차를 끓이게 하여, 노부나가는 차를 마시고 있었다. 도키치로의 목소리가 들리자 그는 곧 일어나 다정 한쪽에 다시 앉았다.

"도키치로인가? ……그대는 이 노부나가가 내린 3천의 병력을 필요없다 하여, 불과 10분의 1인 3백 명으로 고쳐서 지령서를 중신들에게 돌려보냈 다고 하는데, 대체 어인 까닭이냐? 시바타, 사쿠마 같은 명장도 3천 병력 과 5천의 인부를 거느리고 갔다가 그런 패배를 당한 판국이 아니냐? …… 아무리 그대에게 기략이 있다 해도 설마 3백의 소병력으로 사명을 완수할 수는 없을 터인데?"

"아니올시다. 결코 그렇지 않습니다."

"할 수 있다는 거냐?"

"예. 해마다 거듭되는 막대한 군비. 잇따른 패전의 고배. 더 이상 국가의 재산을 낭비하시면 싸움에 이긴다 해도 내정면에서 크게 패하실 염려가 있는 것으로 아옵니다."

"지금 그런 것이 문제냐?"

"재정 문제뿐이 아닙니다. 이미 많은 인명을 스노마타에 버렸습니다. 더 이상 소중한 군사를 잃는 것은 현명한 일이 아닌 것으로 생각됩니다. …… 이 도키치로는 적의 양식으로 군량을 충당하고, 적의 자재로 성을 쌓을 것 이며, 병력도 당가 이외의 인력을 동원하여 스노마타 성을 구축할 생각입 니다."

아군 병력을 소모하지 않고, 자국내의 자재도 쓰지 않고서 목적을 달성해 보이겠다는 도키치로의 말에, 웬만한 일에는 이해가 빠른 노부나가도 의아 한 얼굴을 했다.

'원숭이 녀석, 돌지 않았나?'

"결코 염려하실 일이 아닙니다."

재빨리 그 눈치를 알아보고 도키치로는 그렇게 말하며, 그 비책을 밝히기 위해 좌우를 물려 달라는 청을 올렸다.

"너희들은 멀리 물러가 나무 사이에서 감시라도 해라."

노부나가는 시동들에게 이르고 주종 단 둘만이 남게 되자 말했다.

"도키치로,……적의 자재로 적지의 성을 구축한다는 것은 나도 짐작이 가 지만, 아군 병력을 쓰지 않고 싸운다는 것은 대체 무슨 말이냐? ……그런 기략이 있다면, 이 노부나가가 무릎을 꿇고라도 그대의 가르침을 받으리라."
"황공한 말씀이옵니다."
도키치로는 더욱 머리를 낮추며 말했다.
"실은 제가 어린 시절, 먹고 살기 위해 안 가본 곳이 없습니다. 미노, 오미, 이세를 비롯해서 이 영내 근방도 헤매던 중, 가이토 고을에서 토호들과 한 때 가까이 지낸 일이 있습니다. ……주군께서도 아시리라 생각합니다만, 하치스카 마을의 고로쿠란 자 밑에서 일을 한 적도 있습니다."
"음, 그래서?"
"그들은 때를 얻지 못하고 초야에 묻혀 있는 용사들입니다. 무용은 있으되 써 주는 사람이 없습니다. 이끌어 주는 어진 사람을 만나지 못하고 있습니다. 또한 두령이라는 자가 따로 있는지라, 풍운을 만나도 헛되이 지나치며, 비육지탄(髀肉之嘆 : 재능을 발휘할 때를 얻지 못하여 헛되이 세월만 보내는 것을 한탄함)만 거듭하고 있는 자들입니다."
"……."
"그 때문에 때로는 난폭한 짓도 하고, 치안을 교란시키며, 무리를 지어 도둑이 되기도 하여 양민을 괴롭힘으로써 토적이라는 이름으로 불리고는 있습니다만, 본질은 극히 호탕스럽고 의협심에 찬 무리들입니다. 다만 사회의 규제에서 벗어나 있을 뿐이오라, 잘만 인도하면 천하의 양민까지는 안 되더라도 난을 이용하여 난을 평정하기에는 족한 자들입니다."
"흠……."
"이 토호들은 당(當) 영내에만도 3, 4천은 될 것입니다. 고바타, 미쿠리야, 시나노, 시노키, 가시와이, 하타카와 등 각처에 널리 있으며, 각각 위에는 두령이 있습니다. 무기, 마구 등도 훔쳐서 비축해 둔 것이 많으며, 여차하면 천하의 쌀을 내 것으로 하여, 영주도, 국경도 없이 사나운 말처럼 날뛸 것이며 흐르는 탁류처럼 장소를 가리지 않고 세상을 해칠 우려도 있습니다."
"……."
"어찌 이들을 이용하지 않을 수 있겠습니까? 이는 국정을 게을리 하는 거나 다름없습니다. 진작부터 그런 뜻은 있었습니다만, 워낙 상대가 상대라 적당한 기회가 없었던 것이, 이번에야말로 주군을 위해……좀더 크게는 천하만민을 위해 이들을 이용함으로써, 한 명이라도 헛되이 해서는 안 되는 저희 병력은 보다 긴요한 때를 대비하여 아끼는 것이 좋지 않을까 하는 생각을 한 것입니다.……부디 이 도키치로의 계책을 허락하시어, 만사 염려 놓으시고 맡겨 주셨으면 합니다."

"……좋다, 알겠다. 알겠다."

그렇게 말할 뿐 노부나가는 미처 딴 말을 하지 못했다. 그저 크게 고개를 끄덕일 뿐이었다.

──새벽.

기노시타 도키치로를 부장으로 하여 짐수레까지 합해야 고작 6백도 안되는 병력이 서쪽 국경을 향해 떠났다.

그가 다시 살아서 돌아오리라고 믿는 사람은 아무도 없었다.

용을 부르다

"뭘까?"
 연도의 영민들은 한가롭게 바라보고 있었다. 설마 스노마타로 출정하는 군사들이라고는 미처 생각지 못한 것이다.

 무명(綿)은 도키치
 쌀은 고로자,
 숨어라, 시바타
 비켜라, 사쿠마

 이런 노래에도 등장하는 무명 도키치로가 오늘은 말을 타고 군사들의 선두에서 대장이 되어 가고 있었다.
 인원도 적었다.
 게다가 당당한 위세——라고 하고는 싶지만 웬일인지 사기가 말이 아니었다. 도무지 생기가 없었다.
 시바타, 사쿠마 등이 스노마타로 출진한 때는 그야말로 위풍당당, 대단한 기세였다. 그 때와 비교하면 영내 순시나, 전선의 일부 교체 정도로밖에 보이지 않을 정도였다.

"어어이!"

기요스에서 1, 20리쯤——.

이노구치(井之口)를 지나 세이간사(正願寺) 부근에 이르렀을 때, 뒤에서 부르며 쫓아오는 기마 무사가 있었다.

"어어이, 기다려라!"

"아, 마에다 공!"

대열 후방에 있던 치중대장이 군사 하나를 앞으로 보내 곧 도키치로에게 전했다.

휴식 명령이 앞쪽으로부터 전달되어 왔다. 기요스를 떠나 아직 땀이 날 만큼도 걷고 있지 않았다.

각 대열의 조장들도 모두 풀이 죽은 표정이었다. 군졸들의 얼굴을 살펴봐도 모두 불안이 감돌고 있다.

"이봐, 휴식이래."

"벌써 쉬나?"

"쓸데없는 소리 하지 마. 쉬는 거라면 언제든 해로울 것 없지 않아?"

말을 맡기고 편성된 대열 사이를 급히 걸어가는 이누치요의 귀에도 사졸들의 그런 대화가 들렸다.

"여어, 이누치요 아닌가?"

도키치로는 보자마자 말에서 뛰어내려, 이누치요를 향해 걸어왔다.

"이누야마(犬山) 방면의 정세는 어떤가?"

먼저 그런 말을 묻는 바람에, 이누치요는 무슨 급한 용무가 있는 듯한 눈치였으나 간단히 대답했다.

"아직 그대로야. 일단 퇴군하라는 영이 내려 헛되이 돌아오는 길일세."

그 이누야마 방면에는 얼마 전부터 오다가의 내우(內憂)가 있었다.

이누야마의 성주 시모쓰케노카미 노부키요(下野守信淸)는 오다가의 일족이었지만, 노부나가에게는 줄곧 반항해 왔다. 하구리(葉栗) 고을의 와다(和田)라든가, 니와(丹羽) 고을의 나카지마 분고(中島豊後) 등, 기요스에 중용되지 않은 불만파들과 짜고 반기를 들자, 은밀히 미노의 사이토가와 내통하기 시작했다. 동족인 만큼 더욱 처치가 곤란했다.

노부나가는 어쩔 수 없이 이들을 토벌하려고 했으나 미노의 사이토측에서 원조를 아끼지 않는 까닭에 오히려 토벌 차 출진했던 이와무로 즈쇼만 전사하고 동족끼리 공연한 피만 흘릴 뿐, 좀처럼 결판이 나지 않았다.
"그래? 일단 퇴군하라는 영이 내렸단 말이지?……시기적으로 보아 현명하신 처사야."
도키치로는 기요스의 하늘을 바라보며 중얼거렸다.
"그보다도 말이네."
이누치요는 대들 듯이 말했다.
"……이제부터 자네가 가고 있는 전방이야말로 오다가 흥망의 갈림길이야. 딴 사람 아닌 자네라 나는 믿고 있지만, 가신들의 불평, 영민들의 불안이 이만저만이 아니야. 너무 걱정이 되어 작별 인사도 할 겸 뒤따라왔는데, 정말 괜찮겠나?……대장으로서 한 군대를 지휘하게 되면, 지금까지의 자네와는 짊어진 책임부터가 다르고 군배를 드는 손도 달라지는 거야.……자신 있을 테지, 기노시타?"
"안심해 주게."
도키치로는 힘 있게 고개를 끄덕여 자신의 각오를 보여 주고, 이어서 말했다.
"다 계책이 있네."
그러나 이누치요는 그 계책이란 말을 듣자, 그것이 바로 불안한 점이라는 듯 얼굴을 찌푸리며 물었다.
"자네 군령을 받자 곧 곤조에게 말을 주어 하치스카 마을까지 다녀오게 했다면서?"
"들었나, 비밀이었는데?"
"실은 부인한테서 들었네."
"말은 역시 여자 입에서 새는 법이군. 무서운 걸."
"아니야. 출진을 축하하려고 문간에서 기웃거렸더니, 새벽에 아쓰타 신궁을 참배하고 자네 무운을 빌고 돌아오는 길이라면서 마침 곤조와 같이 있더군. 얘기 끝에 무심코 나온 말일세."
"그렇다면 내 속셈도 말할 필요 없이 짐작할 테지?"
"짐작하네.……하지만 괜찮을까? 상대방은 정상을 벗어난 토적들이야. 섣불리 손을 댔다가 오히려 물리지 않을까?"

"그 점은 염려 없네."

"도대체 어떤 미끼를 던졌는지 모르지만, 자네 편지에 대해 하치스카 마을의 토적 두목이 승낙한다는 대답을 해왔나?"

"비밀일세."

"음, 비밀인가?"

"이걸 보게."

도키치로는 갑옷 밑에서 편지 한 장을 꺼내 잠자코 이누치요에게 넘겨주었다. 어젯밤 곤조가 받아온 하치스카 고로쿠의 답장이었다. 이누치요는 그것을 눈으로 읽은 뒤 편지를 돌려주며, 어안이 벙벙한 듯 도키치로를 바라본 채 한동안 말을 하지 못하고 있었다.

"알았나."

"기노시타."

"왜?"

"알기는 알았지만, 그것은 거절하는 편지가 아닌가? 하치스카 일족은 선대부터 사이토가와는 끊으려야 끊을 수 없는 구연이 있는 까닭으로……오다가에 가담하는 일은 의리상 할 수 없다고 명백히 거절하고 있지 않나? 대체 자네는 이 편지를 어떻게 읽었나?"

"글자 그대로."

"……?"

"미안하이."

갑자기 머리를 숙여 보이며 말했다.

"내 중책이 염려되어 예까지 뒤쫓아 와 그렇게 물어 주는 우의(友誼)에는 무척 실례가 되는 것 같아 미안하네만 내게 생각이 있으니 아무 염려 말고 후방이나 단단히 지켜 주게."

"그렇게까지 말한다면 충분한 가능성이 있는 걸 테지.……그럼 잘해 보게."

"고맙네."

도키치로는 곁에 있는 부하에게 영을 내린다.

"마에다 나리의 말을 끌어오너라."

"아니야, 인사는 필요 없네. 어서 가보도록 하게."

"그럼 가겠네."

도키치로가 말 위로 돌아갔을 때, 이누치요의 말도 게까지 끌려왔다.
"수고하게."
말 위에서 다시 한 번 인사를 나누고, 도키치로는 그대로 말을 몰았다. 그의 표기에는 아직 아무 표지도 없었다. 다만 빨간 깃발만이 늘어선 병사들 사이로 넋을 잃고 서 있는 이누치요의 눈앞을 흘러갔다.
——안녕히.
이미 인사가 들릴 거리는 아니었지만 반정쯤 가자 도키치로는 다시 이누치요의 모습을 돌아보고 있었다. 초가을 맑은 햇빛이 웃고 있는 그의 하얀 이를 멀리서도 똑똑히 보여 주었다. 억지로 웃는 것이 아니었다. 도키치로는 극히 자연스럽게 웃으며 가고 있었다.
고추잠자리 떼가 푸른 하늘을 시원스럽게 맴돌고 있었다. 이누치요는 혼자 묵묵히 기요스 쪽으로 말머리를 돌렸다.

더께로 앉은 이끼가 새삼스럽게 놀라웠다.
출입이 금지된 사원 안뜰처럼 이곳 토호의 저택 넓은 뜰에도 몇 백 년을 묵었는지 모르는 이끼가 가득 끼어 있었다.
바위 그늘에는 댓잎.
연못에는 연꽃.
가을 낮이었다. 말할 수 없이 한적했다.
'용케도 이어 왔구나.'
뜰에 내려서면 고로쿠 마사카쓰는 언제나 그런 생각이 들었다. 오에이(應永), 다이에이(大永)의 그 옛날부터 지금에 이르기까지 조상들과 현재의 연관을 생각하는 것이다.
'내 대에 와서도 마침내 제대로 집안의 명예를 일으키지 못하고 끝날 것 같구나. ……하지만 이런 세상에서, 이만큼이라도 물려주신 것을 잃지 않고 버티어 온 것만으로도 선조들은 양해해 주실지 모른다.'
그렇게 자위하면서도, 한구석에 그는 본질적인 비육지탄을 항상 숨기지 못하고 있는 듯이 보였다.
이렇듯 조용히 뜰을 거니는 그의 모습이나, 울창한 수목에 둘러싸인 성곽과도 같은 그의 오랜 저택만 보아서는, 이 집 주인이 사실 가이토 고을 들녘에 출몰하는 2천여의 시랑(豺狼)을 기르고 있으며, 오와리와 미노에 걸쳐 어둠 속을 누비며 난세의 뒷길을 활보함으로써 영주도 감히 손댈 수 없는 세력을 지닌 토적 떼의 두령으로는 생각되지 않았다.
"가메이치(龜一)."
뜰을 거닐고 있던 고로쿠가 느닷없이 안채에 대고 소리쳤다.
"가메이치, 준비하고 나오너라!"
올해 12살 된 장남 가메이치는 아버지의 목소리를 듣자 대답한다.
"네!"
곧 하카마 자락을 걷어 올리며, 방안에서 연습용 창 두 자루를 안고 뜰로 내려선다.
"무엇을 하고 있었느냐?"
"책을 읽고 있었습니다."
"책만 읽고 무예 방면에는 통 힘을 기울이지 않으니 어쩐 일이냐?"
"……"
가메이치는 눈을 내리깔았다.
고로쿠의 억세고 호방한 기질과는 달리 온화하고 지적인 성격이었다.
자기의 후사로서, 이렇듯 일반적인 의미에서는 나무랄 데 없는 자식을 둔 것을 고로쿠는 오히려 우려하고 있었다.
2천여의 부하들은 대개가 무식하고 반항적이었다. 억세고 거친 야인들이었다. 그들을 통솔해 가지 못하면 하치스카 일족도 보존할 수 없었다. 맹수의 세계에서는 약육강식이 당연한 이치이기 때문이다.
그 때문에 고로쿠는 자기와는 딴판인 아들을 볼 때마다, '이래 가지고는 장래가……' 하고 가메이치의 유순한 천성과 학문에 대한 재능을 오히려 걱정하며, 틈만 있으면 뜰로 끌어내어 무예를 통해 자신의 용맹성과 억센 피를 옮겨 주려고 하는 것이었다.
"창을 들어라."
"네."
"여느 때처럼 아비를 아비로 생각지 말고 찔러라."
고로쿠는 창을 들이댔다.
아들로 보지 않는 눈초리였다.
"……간닷!"
벼락같은 아버지의 고함에 가메이치는 나약한 눈을 움츠러뜨리며 한 걸음 물러나려고 했다.
 동시에 가차 없는 아버지의 창이 가메이치의 어깨를 세차게 찌르고 있었다. 가메이치는 앗——하고 소리 지르며 창을 내던지고 나자빠졌다. 그대로 실신하고 말았다.
 "아이고머니나, 이런 변이……."
 어머니 마쓰나미(松波)가 정신없이 방에서 뛰어나와, 가메이치를 안아 일으키며 어쩔 줄을 모른다.
 "다치지 않았니? 가메이치야, 가메이치야."
 지나친 남편의 처사를 원망하듯, 물이다, 약이다 하며 하인들을 불러 댔다.
 "저리 가!"
 고로쿠는 아내를 꾸짖으며 소리쳤다.
 "왜 우느냐. 간호할 필요 없어. 임자가 그 따위로 키우니까 가메이치가 자꾸만 나약해지는 거다. 죽지는 않아, 어서 저리 가 있어!"
 물과 약을 들고 온 하인들도 고로쿠의 엄한 표정에 그저 멀리서 바라보고 있을 뿐이었다.
 부인 마쓰나미는 눈물을 닦았다. 품속에서 종이를 꺼내, 안고 있는 가메이치의 입술에서 흐르는 피를 찍어 냈다. 창에 찔려 자빠지는 서슬에 입술을 씹었거나, 돌에 부딪힌 것이리라.
 "얼마나 아프냐. ……다친 데는 없니?"
 어떤 불만과 불평도, 그 자리에서는 남편에게 말대꾸를 안 하는 아내였다. 아니, 그것이 그 시대의 가풍이라고 할 수 있었다.
 그저 눈물이 날 뿐이다.
 가메이치는 겨우 정신을 차리고 눈물을 흘리고 있는 어머니에게 말했다.
 "괜찮습니다. 이젠 아무렇지도 않아요. 어머니는 저쪽에 가 계셔요."
 아들이 창을 들고 아픔을 참으며 다시 일어나자, 그 태도가 비로소 마음에 든 듯 고로쿠는 빙그레 웃으며 얼굴을 누그러뜨리고는 더욱 격려했다.
 "좋다. 그런 각오로 덤벼라."
 바로 그 때 부하 하나가 분주히 중문을 통해 들어오며 고로쿠에게 고했다.
 ——방금 오다 노부나가의 사자라는 자가, 사자치고는 이상스럽게 종자 한 명 대동하지 않고 둔전에 말을 매더니, 꼭 비밀리에 만나 뵐 일이 있다고

하는데 어떡하면 좋겠습니까?

"아주 이상야릇한 사나입니다."

부하는 덧붙였다.

"혼자 성큼성큼 대문 안으로 들어서더니, 여기 저기 스스럼없이 둘러보면서 정말 오래간만이군……그런 소리를 하는가 하면, 여전히 산비둘기가 울고 있군, 이 감나무도 무척 자랐는걸……혼자 고개를 끄덕이며 그런 수작을 늘어놓는 품이 아무리 봐도 오다가의 사자 같지가 않습니다만."

고로쿠도 고개를 가웃거렸다.

"그래?"

그는 잠시 말을 끊었다가 물었다.

"이름은?"

"기노시타 도키치로라고 했습니다."

"하하하."

갑자기 알았다는 듯이 큰소리로 말했다.

"그렇다면 알겠다. 지난 번 편지를 보내 왔던 노부나가의 부하군.……만날 필요 없다. 쫓아 버려라."

그럴 줄 알았다는 얼굴로 부하는 고개를 끄덕이며 당장 집어 내던질 기세로 달려나갔다.

"소원입니다."

마쓰나미는 그 기회에 얼른 한마디 한다.

"가메이치의 창 연습, 오늘만은 이만 끝내 주서요. 아직 얼굴도 파리한 데다 입술도 저렇게 통통 부어올랐으니……."

"음.……그럼 데려가오."

고로쿠는 아내의 손에 창과 아이를 맡기며 일렀다.

"너무 받아만 주지 마오. 좋은 일이라고 무작정 책만 안겨 주지도 말고."

그는 서원을 향해 걸어갔다. 막 댓돌 위에 올라서려는데, 아까 그 부하가 다시 고개를 설레설레 흔들며 달려와서 보고를 한다.

"두령, 암만 해도 모를 녀석입니다. 도무지 돌아갈 생각을 않습니다. 그리고, 어느 틈에 쪽문으로 들어와 멋대로 마구간으로 가서는 마구간지기나 뜰지기를 붙들어 놓고 천연덕스럽게 잡담을 나누고 있습니다."

"내쫓아라. 오다가의 첩자일지도 모르는 녀석을 왜 그대로 내버려 뒀느

용을 부르다 605

나!"

"아니올시다. 말씀대로 다른 자들도 합세해서 돌아가지 않으면 담 너머로 내던진다고 엄포를 놓았지만, 한 번만 더 말씀을 드리다오, 10년 전 야하기 강(矢矧江)에서 처음 뵈었던 히요시라면 반드시 생각나실 게다……그런 말을 하면서 도무지 움직일 기세가 안 보입니다."

"……야하기 강에서?"

암만해도 생각이 나지 않았다. 야하기 강이건 히요시건, 10년이나 전에 길가에서 있었던 사소한 일은 이미 고로쿠의 기억에서 사라진 지 오래였던 것이다.

"모르시겠습니까?"

"모르겠는걸."

"그렇다면 더욱 수상한 놈입니다. 급하니까 적당히 둘러댄 모양입니다. 이젠 더 이상 용서 않겠습니다. 치도곤을 안겨서 말과 함께 기요스로 쫓아 버리고 말겠습니다."

누차 심부름을 한 격이 되어, 부하는 그렇지 않아도 화가 나는 판이었다. 녀석, 어디 보자 하는 얼굴로 그가 중문께까지 달려갔을 때, 서원 댓돌 위에 올라선 채 계속 생각을 더듬던 고로쿠가 불러 세웠다.

"잠깐!"

"네. 무슨 말씀이신지?"

"음. 잠깐 기다려 봐라.……혹시 그 녀석 원숭이가 아닐까?"

"원숭이요? ……그러고 보니, 히요시라고 여쭈어서 모르시면 원숭이라고 하시오……그런 말도 한 것 같습니다."

"그렇다면 역시 원숭이가."

"아십니까?"

"원숭이라면 한동안 이 집에도 있은 적이 있어서, 뜰지기도 했고 가메이치를 봐 주기도 했지. 아주 눈치 빠른 녀석이었는데……."

"그렇다면, 오다 노부나가의 사자로 왔다는 건 이상하지 않습니까?"

"글쎄다. 복색은?"

"제대로 갖추었습니다."

"흠."

"갑옷 위에 겉옷을 걸치고, 꽤 먼 길을 온 모양이어서, 안장이나 등자가 이슬과 먼지투성이입니다. 점심 그릇 같은 것도 가지고 있었습니다."

"……아무튼 들여보내 보아라."

"들여보낼까요?"

"낯짝이나 한 번 보자."

고로쿠는 툇마루에 걸터앉아 곧 나타날 작자를 기다렸다.

오다 노부나가의 거성인 기요스와 이곳은 불과 수십 리 정도밖에 떨어져 있지 않았다. 물론 오다령에 속해야 하는 곳이다. 그러나 고로쿠는 그것을 인정하지 않았다. 일찍이 오다가의 녹이라곤 쌀 한 톨 얻어먹은 일이 없기 때문이었다.

선대 이래 미노의 사이토가와는 상부 상조해온 사이였다. 토호라 해도 의리는 대단했다. 차라리 의리와 협기를 소중히 여기는 면에서는 난세의 무인을 능가하는 데가 있었다. 살육과 약탈을 업으로 하고 있어도, 일족은 부자지간 같은 관계로 맺어져 있었고 불의와 예의에 어긋남을 용서치 않았다.

그는 그런 철칙 위에 앉아 있는 대가족의 가장이었다.

이미 야마시로 도산은 양자인 요시타쓰한테 살해당했고, 그 요시타쓰는 작년에 병사하고 말았다. 미노는 내분에 내분이 거듭되고 있어서 고로쿠에게도 영향이 미쳤다. 도산이 생존해 있을 때는 매년 꼬박꼬박 보내오던 녹이나 그 밖의 모든 수당이 지금은 끊어진 지 오래였다.

하기는 그것은 사이토가의 의사라기보다는 오다측의 작전이 자연히 미노와의 통로를 차단하고 있기 때문이기도 했다.

그러나 고로쿠는 군량은 끊어졌어도 의리는 끊지 않았다. 오히려 반 오다의 기치를 높이 들고, 근년에는 이누야마 성의 시모쓰케노카미 노부키요와 내통하여, 은근히 노부나가에 대한 배반을 돕고 오다령 내의 교란을 획책하기도 하는 어둠 속의 모장이기도 했다.

"데려왔습니다."

중문에서 부하의 목소리가 들렸다.

만약을 염려했으리라. 밖에 있던 5, 6명의 부하가 손님을 에워싸듯 하며 안내해 왔다.

고로쿠는 힐끗 쳐다보며 크게 턱짓을 했다.

"이리로."

이윽고 고로쿠 앞에 평범한 한 사나이가 마주섰다. 그는 인사 역시 평범하게 머리를 숙였다.

"안녕하셨습니까?"

고로쿠는 그 얼굴을 뚫어지게 바라보고 있었다가 중얼거렸다.

"오오, 역시 원숭이구나. 그러고 보니 별로 모습도 변하지 않았는걸."

10년 전의 야하기 강에서의 하룻밤이 비로소 뚜렷이 생각났다. 깡똥한 무명 홑옷 한 벌에 목이고 손발이고 때투성인 데다 돈이 없어 굶주린 채 강가에 묶어 둔 배 안에서 잠을 자고 있다가, 고로쿠의 부하가 흔들어 깨우자 어이가 없을 만큼 큰소리를 쳤던 자였다.

'도대체 이 녀석이?'

부하가 들이대는 등불에 비친 소년의 모습을 물끄러미 들여다봤는데, 이제 그 때의 그 기이한 소년의 모습을 고로쿠는 분명히 눈앞에 그릴 수 있었다.

"한동안 뵙지 못했습니다."

도키치로는 또 머리를 숙이며, 그때의 처지와 지금의 처지를 전혀 의식치 않는 태도로 말했다.

"늘 찾아뵙는다 하면서도……항상 무고하신 모습 다행입니다. 가메이치 도련님도 이젠 많이 컸을 테죠? 마님께서도 무고하십니까? ……벌써 10년이 지났습니다. 10년 만에 와 보니 모든 것이 반가운 것뿐이어서……."

새삼스럽게 뜰 안의 나무를 둘러보고, 지붕을 쳐다보고 하며, 저 바위 곁에서 야단을 맞은 일이 있다든가, 도련님을 업고 늘 매미잡이를 했었다든가, 그런 지난 얘기만 늘어놓았다.

그러나——.

고로쿠의 태도는 그런 회고담을 들으면서도 조금도 누그러지지 않았다. 끊임없이 일거 일동을 살피고 있더니, 이윽고 엄격한 목소리로 그전처럼 불렀다.

"원숭이."

그리고 보면 알 수 있는 것을 새삼스럽게 물었다.

"무사가 되었느냐?"

도키치로는 조금도 불쾌한 빛을 보이지 않고 대답했다.

"예. 보시다시피 아직 미미한 녹이기는 하지만 그럭저럭 무사 틈에 끼게 되었습니다……. 실은 오늘 겸사겸사, 그 기쁨을 말씀드리려고 멀리 있지만 스노마타에서 아무도 모르게 빠져나왔습니다."

고로쿠는 씁쓰레하게 웃으며 말했다.

"좋은 세상이구나. 너 같은 녀석도 무사로 써주는 사람이 있으니 말이다. ……주인은 누구냐?"

"오다 가즈사노스케 노부나가 공입니다."

"아, 그 개고기 말인가?"

"그건 그렇고……."

도키치로는 얼핏 말투를 바꾸었다.

"너무 여담으로 흘렀습니다만, 오늘은 노부나가 공의 한 가신 기노시타 도키치로로서 주군의 뜻을 내밀히 전해 두려고 이렇게 찾아 왔습니다."

"그래 네가 바로 사자였단 말이냐?"

"미안하지만 잠깐 들어가 앉겠습니다."

말과 함께 도키치로는 짚신을 벗어던지고 고로쿠가 앉아 있던 댓돌을 딛고 넘더니, 곧장 서원으로 들어가 객실을 등지고 멋대로 상좌에 유유히 앉아 버렸다.

"허어."

고로쿠는 툇마루에 걸터앉은 채 움직이지 않았다.

들어가란 말도 하지 않았는데 멋대로 서원에 들어가, 그것도 상좌에 도사리고 앉은 도키치로의 모습을 앉은 채 돌아보며 불렀다.

"원숭이."

먼저는 대답했으나 이번에는 대답하지 않았다. 도키치로는 힐끗 눈을 돌릴 뿐이었다.

고로쿠는 그 치기가 우습다는 듯이 말했다.

"이봐 원숭이. 뭐냐, 갑자기 태도를 바꾸고. 아하, 지금까지는 한 개인으로서 대한 거지만, 이제부터는 노부나가의 사자라는 격식을 취한다……이건가?"

"그렇습니다."

"그렇다면 당장 돌아가거라."

"……."

"돌아가라, 원숭이……."

고로쿠는 댓돌 위에 버티고 섰다. 그 눈매, 거친 어조, 지금까지의 그와는 딴판이었다.
"네 주인 노부나가는 이 하치스카 마을도 영내라고 생각하는지 모르나, 하치스카 마을은 말할 것도 없고 가이토 고을은 그 대부분이 이 고로쿠의 손에 의해 다스려지고 있다. 또한 이 고로쿠는 선조 대대 노부나가로부터 단 한 알의 좁쌀도 얻어먹은 일이 없단 말이다.……영주랍시고 나를 대하다니, 가소롭기 짝이 없는 일. 자, 돌아가라 원숭이. 섣부른 짓을 하면 쳐죽이고 말테다."
고로쿠는 부릅뜬 눈으로 노려보며 소리쳤다.
"……돌아가거든 이렇게 전해라. 노부나가와 나는 대등하다. 이 고로쿠를 볼 일이 있으면 직접 오라고.……알았느냐, 원숭이!"
"모르겠소."
"뭣이?"
"가엾도다. 그대 역시 무지한 토적 떼의 두령에 불과했는가?"
"뭐, 뭣이! 건방지게."
고로쿠는 뛰어들 듯 방으로 들어와 한가운데 버티고 서더니 칼자루에 손을 얹으며 노려보았다.
"원숭이! 한 번만 더 지껄여 봐라."
"앉으시오."
"닥쳐라!"
"앉으시오. 이 도키치로가 할 말은……."
"시끄럽다."
"아니오. 나는 그대의 무지를 계몽해 주려는 거요. 가르쳐 주려는 거요. 자, 앉으시오."
"이 자식이!"
"잠깐, 칼을 빼서 이 도키치로를 두 동강이 내자면 이 장소에 그대의 솜씨, 조금도 서두를 것 없을 게다.……그러나 나를 베어 버리면 누가 그대의 무지를 깨우쳐 주는가?"
"이 자식이 점점 더 한다는 소리가!"
"아무튼 앉으시오. 앉고 봅시다. 조금만 고집을 버려야 하오. 이 도키치로가 진심으로 그대에게 하려는 말은 일개 노부나가나 일개 하치스카 같은 그런 조그만, 고양이 얼굴만한 조그만 얘기가 아니오. 우리는 피차 이 일본이라는 나라에 태어났다는 사실에서부터 얘기가 시작돼야 하오. 그대에게 노부나가는 영주가 아니라고 했소. 옳은 말이오. 당연한 말이오. 도키치로도 지극히 동감이오…… 문제는 하치스카는 내 영토라는 그대 생각에 있소. 그것은 절대로 잘못이오."

"무엇이 잘못이냐."

"하치스카 마을은 말할 것도 없고, 오와리는 물론 방방곡곡, 아무리 하찮은 변토라해도 내 땅이라고 말할 수는 없을 거요. 있소 없소? 말해 보시오!"

"……음."

"모든 땅은 서울에 계시는 천황폐하의 것이오.……이토록 황공하신 분에 대해 말하고 있는, 아니 깨우쳐 주고 있는 자 앞에 칼을 움켜잡고 서 있는 법은 또 어디 있소? 아무리 야인은 예의를 모른다 해도, 그대는 2천의 부하를 거느린 두령이 아닌가?……자, 앉아서 들으시오."

날카로운 설봉(舌鋒 : 날카롭고 무서운 말재주)이었다. 둘러대기도 잘 둘러댔다. 마지막 일갈은 뱃속에서 나왔다기보다 그의 온 몸에서 뿜어져 나오는 것 같았다.

그때 갑자기 안쪽에서 소리친 자가 있었다.

"주인장, 앉으시오. 앉는 게 좋을 것 같소."

──누굴까?

주인인 고로쿠도 돌아다봤다. 도키치로도 놀라며 그쪽을 봤다.

그러자──.

뜰에서 비쳐드는 푸른 빛을 받으며 누군가 복도 안쪽에 서 있는 것이 보였다. 반은 벽에 가려져 있었다. 누군지는 모르나 법의를 입고 있었다. 그 옷자락이 힐끗 보인 것이다.

"아, 에케이(惠瓊) 스님이 아니시오?"

고로쿠가 말했다.

"그렇소."

대답하는 상대방은 은근히 미소를 머금고 있는 듯했다. 에케이 스님이라고 불린 승려는 계속 그 자리에 선 채 대답했다.

"……이런 데서 참견을 하는 건 실례지만, 두 분께서 언성을 높이기에 무슨 일인가 해서 나온 거요."

고로쿠는 목소리를 누그러뜨리며 말했다.

"죄송하오. 염려마십시오. 곧 이 건방진 녀석을 집어 내던지고 말겠습니다."

"아, 잠깐. 고로쿠공!"

에케이는 그 때까지 들어오기를 삼가고 있던 문지방을 부지중에 넘어서며 타일렀다.

"성급한 짓은 하지 말게."

이 집에 손님으로 와 있는 승려일까? 아직 40 전후의 중년으로 보였다. 무사 같은 억센 골격과 굵직한 눈썹을 가지고 있었다. 특히 두드러지는 것은 그 크고 붉은 입술이었다.

고로쿠는 자기 집 객승이 오히려 도키치로를 편드는 듯한 말투에 정색을 한다.

"스님, 성급한 짓이라니요?"

"그럴 수밖에 없는 것이 거기 앉은 사자의 말에 일리가 있지 않나? 이 고장도 오와리도 모두 노부나가나 하치스카 한 개인의 것이 아니라, 천황폐하께서 다스리는 것이라 했네. 기노시타 님의 말에 아니라고 단언할 수 있나?"

"……."

"아니라고는 못할걸세. 그 국시에 불만이 있다고 하면 천황폐하께 역심을 품는 것과 같다고, 잘못하다간 다시 그의 설봉에 말려들 염려가 있으니 말이오. 그러니 일단 앉아서 사자의 진의를 자세히 들은 연후에 쫓아 보내든 들어 주든 결단을 내리는 게 옳으리라 빈도(貧道)는 생각하오만."

고로쿠는 결코 그만한 사리도 모를 만큼 무지몽매한 야인은 아니었다. 도키치로의 말에 일리가 있다는 것을 인정하지 않을 수 없었다.

"알겠습니다. 스님 말씀대로 일단 사자의 말씀을 들어 보기로 하죠."

그가 이성을 되찾고 자세를 고쳐앉는 것을 보자 객승 에케이는 만족한 듯했다.

"자, 그렇다면 이제 빈승이 참견할 일은 없을 것 같으니 물러가기로 하겠소. ……하지만 주인장, 그 사자에게 최후의 답변을 말하기 전에 잠깐 나를 좀 만나도록 하시오. 하고 싶은 말이 있으니까……."

그런 말을 남기고 사라졌다.

고로쿠는 그 말에 고개를 끄덕이고――자, 그렇다면 하듯이 도키치로를 향해 고쳐 앉으며 다시 말했다.
"원숭이. 아니……노부나가의 사자님. 대체 이 고로쿠한테 무슨 용건인가? 간단히 말해보게."

대기의 상

그는 저도 모르게 입술을 축였다. 세 치 혀끝으로 이제부터 이 사나이를 손아귀에 말아 넣느냐, 실패하느냐 하는 기로에 선 것이다.
스노마타의 축성도.
자신의 전 생애도.
나아가서는 주군가의 흥망 역시, 이 사나이의 대답 여하에 달렸다고 생각하자 긴장하지 않을 수 없었다.
"실은…… 다름이 아니라 지난번 곤조라는 하인을 시켜, 일단 의향을 여쭈어 본 그 일에 관한 얘기입니다."
말이 채 끝나기도 전에 냉담하게 그의 말을 꺾어 버린다.
"그 건이라면 답장에 쓴 대로 분명히 거절한다. 이쪽의 답장을 도대체 봤나, 못 봤나?"
"봤습니다."
상대방의 강경한 태도를 느끼자 도키치로는 순순히 머리를 한번 숙여 보이며 말했다.
"하지만 그 때 것은 제 사신(私信), 오늘은 노부나가 공의 뜻으로서 전하는 겁니다."
"누구의 청이든 오다측에 가담할 뜻은 없다. 고로쿠는 한 번 싫다면 싫은 사람이다."
"그럼 모처럼 이 땅에 조상께서 남겨 주신 기반을 고로쿠 님 대에서 멸망으로 이끄실 작정입니까?"
"뭐라고?"
"노여워하지 마십시오. 이 도키치로도 10년 전에 신세를 진 일이 있는 댁입니다. 크게는 지금의 세태로 봐서 고로쿠 님 같은 인물이 야에 묻힌 채 쓰이지 않는 것이 유감입니다. 공사 양면으로 생각해서 하치스카의 기반을 고립, 자멸시키는 것은 섭섭하기 짝 없는 일이라 생각되어……이렇게 찾아 온 것입니다. 아니, 하치스카를 위해 저는 그 옛날의 은혜를 갚으려고 활로를 열어 드리기 위해 온 것입니다."
"도키치로."
"예."
"너는 아직 젊다. 설봉 하나로 주군의 심부름을 할 자격이 없단 말이다. 나 역시 너 같은 풋내기를 상대로 화를 내는 것도 싫으니, 그만하고 돌아가는 것이 어떤가?"
"사명을 완수하기 전에는 돌아가지 않겠습니다."
"그 열의는 알아주겠지만, 그건 백치의 고집이라는 거야."
"고맙습니다. 그러나 백치의 외곬이란 말도 있습니다. 잘 음미해 주십시오. 인력을 초월한 대업은, 대개 백치가 외곬을 달리는 식으로 하여 이루어진 것입니다. 반면에 현자라고 해서 반드시 현명한 길만 취하지는 않습니다. 이를테면 고로쿠 님은, 지금 저보다 현명하다고 생각하고 계실 것입니다. 그러나 그것을 국외자가 보면, 병신이 지붕 위에 올라앉아서 불구경하고 있는 것과 다름없습니다. 사방으로 불이 번지고 있는데, 그래도 버티다니 말이 됩니까? ……불과 3천의 토적을 거느리고 말입니다."
"원숭이, 너는 끝내 그 목에 내 칼맛을 보고 싶은가?"
"천만에. 위험한 것은 당신 목입니다. 의리를 지키는 것도 상대 나름이오. 미노의 사이토란 대체 뭣에 써먹을 수 있는 자들입니까? 군신과 부자 형제간의 내분, 골육이 서로 살육을 되풀이해 오는 그 문란함, 인류의 부패가 그 정도에 이른 것은 타국에서는 다시 볼 수 없을 것입니다. 당신은 자식이 없소? 일족도 없소?"
"……."
"다시 고개를 돌려 도카이의 미카와를 보십시오. 마쓰다이라 모토야스 공은 이미 오다가와는 끊으려야 끊을 수 없는 맹약을 맺고 있습니다. 사이토가 무너졌을 때, 이 하치스카 마을은 어디로 갈 것입니까? 이마가와를 의지하자니 미카와가 차단하고, 이세를 믿어 보자니 오다가 포위하고 있습니다. 당신은 누구에게 의지하여 후손을 지켜 갈 겁니까? ……고립, 자멸, 그것밖에 없지 않소?"
고로쿠는 침묵을 지키고 있었다. 기가 막힌다는 듯이.
또한 도키치로의 웅변에 넋을 잃은 듯이.
그러나 도키치로는 어디까지나 넘치는 성의로 말하고 있을 뿐, 상대방을 내려다보거나 말장난을 하고 있는 태도는 결코 아니었다. 더듬더듬, 다만 진심을 가지고 말하는 것이 열정이 되어 웅변으로 들리는 것이었다.

"거듭 현명한 생각을 하시기 바랍니다. 하늘을 이고 있는 자, 누구 하나 사이토 일족의 불륜과 악정에 눈살을 찌푸리지 않는 자가 없습니다. 그런 불의와 불륜의 나라를 편들어 고립을 자초하고 멸망을 자초한다면 누가 당신을 무인으로 떳떳했다고 하겠습니까?"

"……."

"이 기회에 선조 이래의 악연을 끊고 저희 주군 노부나가 공을 만나 보십시오."

"……."

"현재 각처에 무장이 널려 있지만 노부나가 공을 따를 인물은 없습니다. 부처님께 설법하는 격입니다만 당신도 지금과 같은 세상이 그냥 계속되리라고는 생각지 않을 것입니다. 황공한 말이지만 아시카가 장군가도 이제 어지간히 말로에 들어섰다고 생각하지 않습니까?"

"……."

"오닌의 난 이후 많은 무장들이 막부에 복종하지 않고 관령에 따르지 않으며, 각각 자기 영지를 차지하고 양병 군비에 총력을 기울이고 있는 것은 결코 예삿일이 아닐 겝니다. ……그 많은 군웅들 중에 누가 이 낡은 질서를 일신시켜 새 시대를 건설할지……그것을 명확히 간파하는 것이 오늘과 같은 세상에서 살아가는 방법이 아닐까요?"

"……음."

고로쿠는 비로소, 그러나 억지로 한번 고개를 끄덕였다.

"그러니 말입니다."

도키치로는 무릎걸음으로 다가앉으며 말을 계속했다.

"있습니다! 이런 시대일수록 다음 시대의 인물은 있는 법입니다. 다만 범안(凡眼)에는 보이지 않을 따름이오. 당장 당신 눈앞에는 오다 노부나가 공이라는 영명한 분이 서 계십니다. 다만 그것을 당신은 사이토가에 대한 의리라는 작은 의리에 사로잡혀 큰 의리를 미처 못 보고 있는 것입니다. 저는 그것을 유감으로 생각합니다. 당신을 위해서도 노부나가 공을 위해서도……"

"……."

"사소한 의리를 씻어 버리고 좀더 큰 것을 생각해 주십시오. ……시기도 마침 적당합니다. 불초 도키치로는 이번에 스노마타 축성의 대명을 받았고, 이것을 발판으로 해서 미노 공략을 단행할 작정입니다. 오다가에도 모장과 용장이 결코 드물지 않습니다. 그럼에도 불구하고 저 같은 하찮은 사람을 굳이 등용하신 이 한 가지만으로 미뤄 봐도, 노부나가 공이 세평과 같은 범군이 아니심을 짐작할 수 있으리라 생각합니다. 그리고 주군께선 스노마타의 성은 그것을 지은 자에게 맡기리라, 짓는 대로 눌러앉아 성주가 돼라……는 하명이었습니다. 어찌 제가 분발하지 않을 수 있겠습니까?"

"……"

"지금이 아니면 이 세대에 태어난 자들, 언제 또 일어날 때가 있겠습니까? 그러나 저 혼자만으로는 역부족입니다. 그래서 당신을 끌어내려고 왔습니다. 제 말에는 아무 치레가 없습니다. 저는 이 기회야말로 당신을 등용해야 할 때라 생각하고, 목숨을 걸고 권하러 온 것입니다. 자칫 잘못하면 죽으리라는 것도 각오하고 말입니다."

"……"

"……그러나 빈손으로 오지는 않았습니다. 우선 휘하 장졸들에 대한 수당과 군비가 필요할 테니, 넉넉지는 않겠지만 말 세 필에 금과 은을 실어 가지고 왔으니, 받아 주시면 감사하겠습니다."

도키치로가 말을 마쳤을 때였다. 바깥에서 고로쿠를 향해 꿇어 엎드리는 낯선 무사가 있었다.

"숙부님!"

"나더러 숙부라고?"

고로쿠는 의아스럽게 생각하며 꿇어 엎드린 무사를 바라보았다.

"오랫동안 뵙지 못했습니다."

상대방이 고개를 들었다.

흠칫했을 것에 틀림없었다. 숨길 수 없는 놀라움으로 굳어진 얼굴이었다. 고로쿠는 저도 모르게 말하고 있었다.

"아니, 너는 와타나베 덴조가 아니냐?"

"면목 없습니다."

"어찌된 일이냐?"

"살아서는 다시 뵐 날이 없을 줄 알았는데, 기노시타 님의 배려로 오늘 이렇게 같이 모시고 왔습니다."

"뭣이? 모시고 와?"

"숙부님을 배반하고 하치스카 마을에서 탈출한 뒤, 한 동안 가이(甲斐)국 다케다가(武田家)에 몸을 의탁하고 첩자로 일을 보고 있었는데, 3년 전쯤 오다가의 동정을 살피고 오라는 영을 받아 기요스 성시에 잠입했다가, 오다측에 덜미를 잡혀 오랫동안 옥에 갇혀 있었습니다. 그것을 구해주신 것이 기노시타님입니다."

"그럼……지금은 이 기노시타의 부하가 되어 있단 말인가?"

"아닙니다. 옥에서 풀려난 뒤, 역시 기노시타 님의 주선으로 성내 닌자인 간마쿠라는 사람 밑에서 일을 보고 있었습니다만, 이번에 기노시타 님께서 스노마타로 출진하신다는 말을 듣고 자진해서 모시기로 한 것입니다."

"흠……."

고로쿠의 눈은 넋을 잃고 몰라보게 달라진 조카의 모습을 바라보고 있을 뿐이었다.

달라진 것은 그 모습보다 조카 덴조의 성격이었다. 일족 중에서도 가장 흉포하여 손을 댈 수 없었던 조카가, 도무지 딴 사람같이 예의도 바르고 눈매도 부드러워진 것이, 지난 일을 뉘우치고 있는 것이 분명했던 것이다.

10년──무려 10년 전이었다.

찢어죽여도 시원치 않을 놈!

조카의 악행에 그토록 격분하여 멀리 고슈 국경까지 일족을 이끌고 추격했던 그였다.

그러나 그 때의 분노는 지금 다소곳이 앉아 있는 덴조의 모습을 볼 때, 새삼스럽게 생각나지 않았다. 혈연에서 오는 정 때문만은 아니었다. 덴조 자신이 그토록 변해 있었던 것이다.

"참, 나중에 말씀드리려고 아직 꺼내지 않고 있었지만……조카님에 대한 노여움은 이 도키치로를 봐서 용서해 주시기 바랍니다. 이미 덴조는 지금은 나무랄 데 없는 오다의 가신. 스스로 이전에 저지른 잘못을 크게 뉘우치고 있으나, 다만 이대로는 숙부님을 뵐 면목이 없다, 무슨 낯을 들고 하치스카로 찾아가느냐……고, 당신에게 사죄할 기회를 늘 엿보고 있던 차였습니다. 마침 때가 좋은 것 같았기에 같이 데리고 왔으니……피는 물

용을 부르다 617

보다 진하다고 하지 않습니까. 숙부와 조카 사이니 부디 예전처럼 의좋게 지내시기 바랍니다."

도키치로가 곁에서 중재를 하자, 고로쿠 역시 10년 전의 조카의 죄를 새삼스럽게 따지고 싶은 생각은 나지 않았다.

도키치로는 고로쿠가 방심한 틈을 놓치지 않고 물었다. 덴조를 대할 때는 당연히 명령조였다.

"덴조,……신고 온 금은은 문 안으로 끌어 들였을 테지?"

"예. 이미 다 내려놓았습니다."

"좋다. 그럼 곧 목록과 함께 보여 드리도록 하자. 하인에게 명해서 예까지 운반해 오도록 하여라."

"예."

덴조가 일어나자 고로쿠는 당황하며 말했다.

"잠깐, 덴조. 그것을 받으면, 이 고로쿠의 입장이 난처해진다. 오다가에 따를 것을 약속하는 결과가 된다.……잠시 생각할 여유를 다오."

마침내 그의 얼굴에 고민의 빛이 감돌기 시작했다. 그는 훌쩍 일어나더니 안으로 몸을 숨기고 말았다.

집안이 갑자기 조용해졌다. 자기 방으로 돌아가 여행 일지 같은 것을 적고 있던 에케이 화상은 문득 일어나 주인 방을 들여다봤다.

"고로쿠 공."

그가 보이지 않자, 다시 조상들의 위패를 모신 방을 기웃거렸다.

"여기 계시나?"

고로쿠는 그 위패 앞에 팔짱을 끼고 앉아 있었다.

"어떻게 대답했소? 노부나가의 사자더러."

"아직 돌아가지 않았습니다. 응대하기가 귀찮아서 내버려 뒀소."

"돌아가지 않을 거요. 그 정도로는."

에케이 화상이 입을 다물자, 고로쿠도 언제까지나 덤덤히 앉아 있었다.

이 객승 에케이는, 자(字)를 요보(瑤甫)라 하며, 아키(安藝)국 누마다(沼田) 태생으로, 교토 도후쿠사(東福寺)에 들어가 중이 된 사람이었다.

2, 3년 전부터 절을 나와 여러 나라를 편력하던 중, 청을 받아 한동안 스루가에 머물고 있었으나, 요시모토가 죽은 뒤 내정도 엉망이고 법문에 귀를 기울이는 자도 드물어지자, 다시 그 곳을 떠나 우연히 하치스카 마을까지 왔

다가 마침 고로쿠의 집에서 법사가 있었던 것이 계기가 되어 그대로 눌러 앉아 벌써 반 달이나 머무르고 있는 중이었다.
"고로쿠 공."
"뭐요?"
"듣자 하니 오늘 찾아온 사자는 전에 이 댁에 하인으로 있었던 자라면서요?"
"원숭이라고만 불렀을 뿐, 어디에 살던 개뼈다귀인지도 모르는 녀석을 야하기 강 근처에서 주워다가 잠시 부렸을 뿐이었소."
"그게 나빠."
"나쁘다뇨?"
"주인장 머리에서는 그 관념이 씻어지지 않는 거요. 원숭이, 원숭이, 하며 하찮게 여겼던 선입견이 가로막아 그 자의 진정한 모습을 못 보고 있단 말이오."
"그럴까요?"
"빈승은 오늘처럼 놀란 일이 없었소."
"왜요?"
"그 사자의 모습을 본 순간이오. 그 얼굴은 흔히 말하는 이상(異相)이라는 거요. 나는 골상을 배운 적이 있소. 그것을 업으로는 하지 않지만, 골상을 통해 그 인물을 짐작하고, 혼자 가슴속에 치부해 두고 있으면, 언젠가는 크게 이용이 되는 법이오. ……아무튼 놀랐소."
"그 원숭이 화상에 말인가요?"
"그렇소. 저 자는 잘만 하면 후일 천하를 쥐고 흔들 인물이 될지도 모르오."
"스님, 무슨 농담을 그렇게……?"
"그렇게 웃을지도 모르기에, 내 미리 주인장 머릿속에 있는 선입견에 관한 얘기를 하지 않았소? 그것을 이제라도 씻어 버리시오. 사람은 눈으로 보는 것이 아니라 뱃속에다 비쳐 봐야 해요. ……만일 오늘 저 사사를 거절해서 돌려보낸다면 주인장께선 천추의 한을 남기게 될 거요."
"어인 까닭에 스님께선 그토록 신념을 가지고 남의 중대사에 장담을 하시는 거요?"
"골상만 가지고 말하는 것이 아니오. 아까부터 저 사자의 말을 들어보니 과연 경청할 대목이 많았소. 시국의 방향을 취함에 있어, 정의 정도를 주장하는 점은 신불의 뜻과도 통하는 거요. 주인장의 멸시와 위협에도 굴하지 않고 성심 성의를 다해 상대방을 설복하려는 그 열성은 정직한 자가 아니고는 지닐 수 없는 태도요. 큰 그릇이오. 반드시 후일에 큰 그릇이 될 인물로 빈승은 의심치 않고 믿는 바요.”

고로쿠는 갑자기 몸을 물렸다. 그리고 깍듯이 두 손을 짚으며 말했다.

“말씀에 따르겠습니다. 허심탄회하게 그와 저를 비교해 보건대, 분명 제가 떨어지는 것 같습니다. 과거와 현재의 소아(小我)를 일체 버리고, 즉각 만족할 대답을 해 주겠습니다. 스님의 충고 또한 감사합니다.”

고로쿠는 잘라 말하고 나서 스스로 새로운 시류의 방향을 찾은 듯 눈을 번쩍이는 것이었다.

지은이
요시카와 에이지(吉川英治)

그린이
곤도 고이치로(近藤浩一路)

옮긴이
박재희 창춘사도대학일문학전공 김문운 니혼대학일문학전공
김영수 와세다대학일문학전공 문호 게이오대학일문학전공
유정 조지대학일문학전공 추영현 서울대학교사회학전공
허문순 경남대학불교학전공 김인영 숙명여대미술학전공

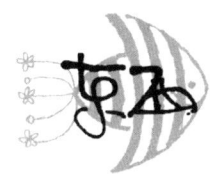

대망 13 다이코 1

지은이 요시카와 에이지/책임편집 박재희 추영현 김인영

1판 1쇄/1979. 12. 1
2판 1쇄/2005. 8. 8
2판 13쇄/2022. 3. 1

발행인 고윤주/발행처 동서문화사
창업 1956. 12. 12. 등록 16-3799
서울 중구 마른내로 144(쌍림동)
☎ 546-0331~3 (FAX) 545-0331
www.dongsuhbook.com

＊
이 책은 저작권법(5015호) 부칙 제4조 회복저작물 이용권에 의해 중판발행합니다.
이 책의 한국어 大멸상표등록권 문장권 의장권 편집권은 저작권법에 의해 보호받으므로
무단전재 무단복제 무단표절 할 수 없습니다.
이 책의 법적문제는 「하재홍법률사무소 jhha@naralaw.net」에서 전담합니다.
＊
사업자등록번호 211-87-75330

ISBN 978-89-497-0352-7 04830
ISBN 978-89-497-0351-0 (2세트)